HEYNE <

DAS BUCH

Endlich leben die Bewohner der Höhlenwelt in Frieden. Die fremden Unterdrücker, die grausamen Drakken, konnten mithilfe der Drachen besiegt werden und schließlich wurden auch Leandra und ihre drei Freundinnen Roya, Azrani und Marina aus den Fängen der Feinde gerettet. Doch dann taucht einige Monate nach dem großen Kampf der Verräter Rasnor wieder auf, der Primas des Cambrischen Ordens entdeckt eine rätselhafte Spur in den Kellern des Ordenshauses, und Reste überlebender Drakken beginnen erneut Unruhe zu verbreiten. Für Alina, die inzwischen geachtete und geliebte Shaba des Landes Akrania, sind dies Vorboten drohenden Unheils und so ruft sie ihre fünf treuen Freundinnen zu einer Beratung zusammen.

Als die jungen Frauen daraufhin unter Führung Leandras einen schicksalhaften Bund schließen, stürzen sie unversehens in ein neues, großes Abenteuer. Und alte Fragen entpuppen sich plötzlich als Schlüssel zu Rätseln, die weit über die Grenzen der Höhlenwelt hinausreichen.

DER AUTOR

Harald Evers, 1957 in München geboren, arbeitete als Gamedesigner und Journalist, bevor er sich mit seiner groß angelegten und farbenprächtigen *Höhlenwelt-Saga* als deutscher Fantasy-Autor einen Namen machte. Der Autor lebt und arbeitet in Kirchdorf.

Eine Liste der im WILHELM HEYNE VERLAG erschienenen Bücher von Harald Evers finden Sie am Ende des Bandes.

HARALD EVERS

Die Schwestern
des Windes

Fünfter Roman
der
HÖHLENWELT-Saga

Originalausgabe

WILHELM HEYNE VERLAG
MÜNCHEN

HEYNE ALLGEMEINE REIHE
Band-Nr. 01/13773

Umwelthinweis:
Dieses Buch wurde auf chlor-und
säurefreiem Papier gedruckt.

Originalausgabe 06/2003
Redaktion: Angela Kuepper
Copyright © 2003 by Harald Evers
Copyright © 2003 by Ullstein Heyne List GmbH & Co. KG, München
Der Wilhelm Heyne Verlag ist ein Verlag der
Ullstein Heyne List GmbH & Co. KG.
www.heyne.de
Printed in Germany 2003
Umschlagbild: Hans-Werner Sahm »TREFFPUNKT«/Galeria Andreas
www.sahm-gallery.de
Umschlaggestaltung: Nele Schütz Design, München
Satz: Schaber Satz- und Datentechnik, Wels
Druck und Bindung: Elsnerdruck, Berlin

ISBN 3-453-86961-3

*Für meinen 12-jährigen Sohn Eric,
den ehemaligen Lesemuffel,
der ausgerechnet mit Papas Werken
den Spaß am Lesen entdeckt hat*

PROLOG ◆ Lakorta

Die Tage waren grau und einsam, und sie vergingen wie zäher Brei. Er saß in seiner kalten Stube, hoch droben in einem der turmartigen Häuser von Savalgor, und starrte durch das schmutzige kleine Fenster hinaus auf die Stadt. Seine Augen lagen tief in den Höhlen, als wollten sie die Welt nur mehr aus dem Verborgenen heraus beobachten. Das von harten Falten durchzogene Gesicht zeugte von etlichen Lebensjahren in verantwortlicher Position. Es schien lange her, dass sein Mund – strichdünne Lippen, von grauen Bartstoppeln eingerahmt – zum letzten Mal gelächelt hatte. Seit geraumer Zeit wiesen die Mundwinkel abwärts wie in immerwährendem Verdruss und bar jeder Hoffnung, je wieder bessere Zeiten zu erleben.

Wie viele Tage er schon hier war, wusste er nicht zu sagen.

Das kleine Fenster, vor dem er saß, war sein Auge zur Welt geworden; in den letzten Wochen hatte er Spektakuläres, ja fast Unglaubliches durch die vier kleinen, halb blinden Scheiben gesehen, Dinge, die er so nicht erwartet hatte. Und sein Ohr zur Welt war die geschwätzige alte Vettel, die ihm täglich Wasser und sein Essen heraufbrachte. Was sie ihm alles zugetragen hatte, war nicht weniger abenteuerlich gewesen.

Inzwischen war es in der Stadt wieder ruhiger geworden, aber er saß immer noch hier.

Er suchte nach einem Grund aufzustehen. Einem Grund, hier nicht für alle Zeiten sitzen zu bleiben und zu vertrocknen; verstoßen von den Menschen und vergessen von der Welt. Was bot ihm das Leben noch für Möglichkeiten? Was gab es für ihn noch zu tun?

Er war schmählich verjagt worden – in der Stunde, die eigentlich sein Triumph hätte sein sollen, und dazu noch von einem guten alten Freund. Alles, was danach geschehen war, was er durch sein Fenster gesehen und von der Alten gehört hatte, schien nur zu bestätigen, dass seine Gegner im Recht gewesen waren. Besonders dieses dreimal verfluchte Weibsbild Leandra.

Doch er wusste, dass dem nicht so war.

Es war einer der Vorzüge des Alters, dass man Klarblick erlangte und die Dinge im Licht der Wahrheit betrachten konnte. Was halfen stolze Parolen und eitle Ziele, wenn einen die schlichte Wahrheit zuletzt doch einholte – auch wenn man einen vermeintlich großen Sieg davongetragen hatte? Selbst seine Feindin Leandra hatte das lernen müssen.

Er hatte durch sein Fenster miterlebt, wie die Schiffe der Fremden über die Stadt gekommen waren, kaum dass die neue Shaba mithilfe ihrer lächerlichen Hochzeit den Thron bestiegen hatte. Chaos war über die Stadt hereingebrochen. Die Drakken waren mit ihren Flugschiffen gekommen und hatten die Menschen versklavt – genau so, wie er es vorausgesehen hatte. Dass es Leandra und ihren Kumpanen gelungen war, die Hilfe der Drachen zu gewinnen und die Eindringlinge zu besiegen, war zwar eine beachtliche Tat, das musste selbst er zugeben. Aber es änderte im Grunde gar nichts, denn die Drakken existierten immer noch irgendwo dort draußen im All, und er wusste, dass sie eines Tages wiederkommen würden, und wenn es nur aus Rache sein würde.

Er wandte den Kopf, als er Schritte auf der schmalen, steilen Stiege vernahm, die in sein verstecktes

Zimmer heraufführte. Nicht einmal die Drakken hatten ihn hier oben aufgestöbert.

Ein kurzes, energisches Klopfen ertönte. Es war Quira, die Alte; sicher brachte sie das Essen. Wahrscheinlich wieder irgendeine dünne Suppe. Er überlegte, ob er sie vielleicht gar nicht hereinlassen sollte. Doch sein Magen knurrte, und er war magerer, als es gesund für ihn gewesen wäre. Mit einem unwilligen Seufzen erhob er sich, tappte gebeugt zur Tür und öffnete sie.

»Ihr seht schlecht aus«, brummte die kleine, rundliche Frau und drängte sich mit einem Tablett in der Hand herein.

Missgelaunt verfolgte er ihren Weg durchs Zimmer, wo sie das Tablett auf der Kommode abstellte, dem einzigen richtigen Möbel im Raum. Vor Tagen hätte sie noch »Ihr seht schlecht aus, Meister Lakorta!« gesagt. Aber dieses Minimum an Respekt war inzwischen wohl auch schon verloren gegangen.

Sieh dich an!, sagte er sich bitter. *Ist an dir irgendetwas, wovor man Respekt haben müsste? Nicht einmal dein Name ist echt.*

Als hätte die Alte seine stumme Selbstkritik gespürt, maß sie ihn mit ihren typischen vorwurfsvollen Blicken. »Ihr solltet hier wenigstens einmal täglich lüften, Meister Lakorta.«

Ah, dachte er, als er den Namen hörte.

»Soll ich Euch nicht langsam einmal frische Bettwäsche aufziehen? Oder Euch eine neue Robe besorgen? Dann müsst Ihr mir aber Geld geben!«

Er winkte ärgerlich ab. »Wie oft denn noch, Weib? Ich sagte bereits, dass es mir an Geld mangelt. Außer für das Essen habe ich nichts übrig.«

»Das solltet Ihr aber!«, schimpfte sie und warf die Arme in die Luft. »Wohin soll das nur führen mit Euch? Seit über vier Wochen hockt Ihr hier und starrt zum Fenster hinaus! Dabei gäbe es Grund genug hinauszugehen!«

»So?«, fragte er verdrossen und setzte sich wieder an seinen Fensterplatz.

»Natürlich! Die ganze Stadt ist auf den Beinen und feiert. Wisst Ihr das nicht? Die vier Mädchen sind gerettet worden!«

Er erstarrte. *Die vier Mädchen? Gerettet?* Ungläubig wandte er den Kopf und glotzte sie an. »*Was* sagst du da?«

»Aber ja!«, rief die Alte, nahm das Tablett mit den Resten vom Vortag und wandte sich zum Gehen. »Diese … Leandra und ihre Freundinnen. Die vier, die das große Schiff der Fremden vernichtet haben. Draußen im All.«

Er rang nach Luft. »Aber …«, keuchte er, »ich dachte, *sie wären tot!*«

Die Alte blieb stehen und zuckte mit den Schultern. »Das dachten alle. Aber die Shaba hat offenbar doch noch einen Weg gefunden, sie zu befreien.« Sie lächelte kurz; noch nie hatte er dergleichen bei ihr gesehen. »Die ganze Stadt steht Kopf. Sie feiern sie als Heldinnen.«

Für einen Augenblick hatte er das Gefühl, als packte eine mörderische Faust sein Herz und quetschte es mit aller Kraft zusammen. *Leandra lebt!*, dröhnte ein monströses Echo durch seinen Kopf.

»Stimmt etwas nicht?«, fragte die Alte.

Zum Glück saß er bereits, doch er rang um seine Fassung. »Nein, nein … geh nur. Geh!«

»Euch hat's wohl vor Freude die Sprache verschlagen, was?« Sie kicherte und wandte sich zum Gehen. »Ja, ja, das könnte ich verstehen.« Die Tür klappte zu, und sie war verschwunden.

Die folgenden Minuten verbrachte er wie in Trance. Sein gesamtes Weltbild war binnen Sekunden gekippt:

Die Vorstellung eines gerechten, wenn auch späten Ausgleichs des Schicksals, welches von Leandra letztendlich doch noch Rechenschaft für ihre Taten gefordert hatte, war zerplatzt wie eine Seifenblase.

Sie lebt noch!, kreischte eine irre Stimme in seinem Hirn.

Der Hass, der in ihm aufkochte, war von urzeitlichen Ausmaßen. In ihm flammte eine heiße Lust auf, herumzutoben, all seine magischen Kräfte zu entfesseln und so viel Schaden anzurichten, wie er nur irgend konnte. Diesen Wahnsinn vermochte sein geplagtes Hirn nicht zu fassen: Seine schlimmste Feindin, dieses widerliche Weibsstück, das ihn so sehr gedemütigt hatte, war seiner gerechten Strafe entgangen!

Er biss die Zähne zusammen, dass es nur so knackte, und ballte die Fäuste, dass seine Fingerknöchel weiß hervortraten. Als knisternde Geräusche an sein Ohr drangen, sah er, dass ein Stück Pergament, das auf der Fensterbank vor ihm gelegen hatte, Feuer gefangen hatte. Eine der vier kleinen Scheiben hatte einen Sprung bekommen. Die Luft um ihn herum war plötzlich heiß geworden – offenbar von der bloßen Macht seines magischen Potenzials, aufgepeitscht durch den unbändigen Zorn, der in ihm tobte.

Als er für einen Sekundenbruchteil gänzlich die Kontrolle über sich verlor, wurde plötzlich das Fenster samt Fensterrahmen wie von einem Rammbock nach außen gedroschen; Holztrümmer und Glassplitter regneten auf die umliegenden Häuser und Gassen hernieder. Ein kühler Lufthauch wehte herein. Erschüttert von der Macht seiner bloßen Aura, trat er zwei Schritte zurück. Mit einer enormen Kraftanstrengung riss er sich zusammen und bemühte sich, seine Wut zu beherrschen.

Doch noch immer verspürte er diese fatale Lust zu zerstören. Nie zuvor war es ihm passiert, dass seine reine Wut derartige Folgen zeitigte. Dennoch empfand er es als überaus erregend, über eine solche Macht zu gebieten. Ob Chast oder Sardin zu so etwas fähig gewesen waren?

Momente später packte ihn ein plötzlicher Entschluss.

Seine verloren geglaubten Lebensgeister waren mit einem Mal wieder erwacht. *Nein!*, sagte er sich. *Mein Dasein ist noch nicht zu Ende!*

Er würde nicht als gebrochener alter Mann in einem namenlosen Turmzimmer vermodern und irgendwann vergessen sein – im Gegenteil! Er würde von neuem beginnen, denn er konnte nicht eher ruhen, bis er diese vermaledeite Leandra getötet hätte! Die Vorstellung, sie mit einer Magie vor seinen eigenen Augen zu zerquetschen, bis kein Tröpfchen Blut mehr in ihrem lästerlichen Leib war, weckte seinen Lebenswillen. Er würde sie langsam und qualvoll töten und dann auf ihren Leichnam *pissen!* Ja, verflucht, das würde er!

Zitternd stand er da, die Fäuste noch immer geballt, und versuchte ein Ziel auszumachen, gegen das er seine momentane Wut richten konnte. Mit einem plötzlichen *Woff!* stand sein Bett in hellen Flammen – ohne dass er bewusst eine Magie gewirkt hätte.

Schon wieder!, dachte er schockiert. *Was ist mit mir?*

Er trat zwei Schritte zurück und starrte in die Flammen.

Wenn er nicht sehr schnell eine Magie wirkte, um den Brand zu ersticken, würde das Zimmer binnen weniger Minuten eine Flammenhölle sein. Doch ein unerklärlicher Gefallen an dem Feuer schlich sich in sein Herz. Die Flammen züngelten empor und schwärzten bereits die hell getünchte Zimmerdecke, doch er unternahm nichts.

In seinem Denken entstand ein Bild davon, was in Kürze geschehen würde. Die Spitze des turmartigen

Hauses würde rasch in Flammen stehen. Bald darauf würden brennende Trümmer sechs oder sieben Stockwerke tief hinabregnen und andere brennbare Dinge entzünden. Spätestens zu diesem Zeitpunkt war dringend ein geübter Magier vonnöten, der das Feuer bekämpfen konnte. Aber der Cambrische Orden von Savalgor war längst noch nicht wieder so gut organisiert und reich an Mitgliedern, dass ein schnelles Eingreifen gewährleistet wäre. Mit etwas Glück würde der Brand so rasch um sich greifen, dass er nicht mehr zu löschen wäre. Die Vorstellung eines Feuers, das über die ganze Stadt hinwegraste, entzückte ihn geradezu.

Was war schon der Tod dieses dummen Mädchens, wenn er die Möglichkeit hätte, die ganze Stadt zu verbrennen! Eine Stadt voller Nichtsnutze und Tagediebe, die ihn so schmachvoll davongejagt hatten!

Während die Hitze im Zimmer anstieg und das Feuer um sich zu greifen begann, entzündete sich eine monströse Idee in seinem Herzen. Nein, nicht die Stadt sollte büßen, sondern diese ganze verfluchte Welt! Ein Leben lang hatte er sich für die Menschen aufgeopfert, doch auf seine alten Tage hatte man ihm jeglichen Dank und Ruhm vorenthalten! Diese verderbte Gesellschaft kannte nichts als Eigennutz und Gier! Er würde sich an ihnen rächen, an diesem dreckigen Volk von Taugenichtsen!

Mit einer wütenden, spontan gewirkten Magie ließ er das Feuer, das inzwischen beachtlich angewachsen war, zu nichts verpuffen. Augenblicke später wirbelte nur noch herrenloser Rauch durch den Raum. Vom Bett war bloß eine verkohlte, dampfende Ruine übrig.

Rasch schritt er zur Tür und öffnete sie, um dem beißenden Qualm zu entgehen. Auf der Schwelle stehend, entschied er sich, sofort aufzubrechen und keinen Gedanken mehr auf Vergangenes zu richten. Entschlossen marschierte er durch die schmale Tür hindurch und die steile Stiege hinab. Seine Stunden hier oben waren gezählt, er wusste nun genau, was er zu tun hatte. *Man muss die Sache einfach nur ein wenig grö-ßer aufziehen*, sagte er sich. *Irgendwann ist sie so groß, dass selbst eine Leandra nicht mehr davonkommt.*

Unterwegs kam ihm die alte Vettel entgegen, das Gesicht erneut zu Vorwurf und Missgunst verzogen. »Was ist los?«, kläffte sie. »Ich habe seltsame Geräusche von oben gehört!«

Er eilte an ihr vorbei und deutete mit dem Daumen über die Schulter. »Ich habe gelüftet, wie du es wolltest. Aber irgendwie riecht es ein wenig … verbrannt.«

Sie starrte ihm verständnislos hinterher, während ihm ein böses Lächeln über die Züge glitt. Dann hatte er das Erdgeschoss des Hauses erreicht und trat auf die Gasse hinaus. Die frische Luft tat ihm tatsächlich gut. Kurz überlegte er, dann wandte er sich nach Südwesten.

»Das Ei!«, murmelte er leise zu sich selbst. »Ich muss das Ei finden!«

Wenn dieses Ding noch immer dort stand, wo er es zuletzt gesehen hatte, nämlich in den Katakomben unter der Stadt, gab es für ihn womöglich einen direkten Weg zu den Drakken. Und zu ihnen musste er jetzt, wenn er die Sache *ein bisschen größer* aufziehen wollte.

Er hatte auch schon eine Idee.

1 ◆ Die Ruinen von Thoo

Einsam ragte die uralte Festung auf der Landzunge auf.

Graue Türme und Mauern, seit ungezählten Jahrhunderten den Kräften des Windes, des Meeres und der Sonne ausgesetzt, drängten sich aneinander, als wollten sie sich gegenseitig stützen. Wenn dies tatsächlich ihre Absicht gewesen war – oder doch zumindest die Absicht der Erbauer –, so war es ihnen vortrefflich gelungen: Noch immer standen sie als ein beherrschender Festungskomplex auf dem Felsen, der Richtung Westen ins Meer ragte, und trotzten den Naturgewalten.

Draußen im Meer brachen sich brausende Wellen an einem schmalen Felspfeiler, der seltsam allein aus dem Wasser in den grauen Himmel aufragte. An diesem Ort hatten die Naturgewalten einen enormen Hohlraum in der Höhlenwelt erschaffen – in allen Richtungen waren mindestens zwanzig Meilen Platz, bis sich die nächsten Pfeiler zum Himmel erhoben. Heute, bei diesem Wetter, war der Felsenhimmel jedoch nicht zu sehen.

Victor wischte sich das Wasser aus dem Gesicht und warf einen Blick zu Jacko, der neben ihm kauerte. Seit Sonnenaufgang hockten sie hier im Nieselregen hinter ein paar Felsen und beobachteten die alte Festung am Meer. Nicht, dass es jetzt wesentlich heller gewesen wäre.

»Bist du sicher, dass sich dort Drakken aufhalten?«, fragte Victor leise. »Gewöhnlich wagt sich dort niemand hin. Die Festung soll voller hässlicher Dinge sein. So sagen jedenfalls die Legenden.«

»Wäre doch eine fabelhafte Tarnung«, entgegnete Jacko. »Niemand traut sich, den alten Steinhaufen zu betreten, und man hat infolgedessen seine Ruhe ...«

Victor maß ihn zum wiederholten Male mit heimlichen Seitenblicken. Er machte sich Sorgen um seinen alten Kampfgefährten. Jacko wirkte verzagt und schwarzseherisch, und das lag an dem Kummer, den er mit dem Mädchen hatte, das er liebte: Hellami. Victor wusste, dass Jacko sie schon seit Wochen nicht gesehen hatte. Es gab keinen Streit zwischen ihnen, aber dennoch hatte sie sich zurückgezogen. Niemand konnte so recht sagen, was mit ihr war; Jacko, der sie liebte, litt furchtbar. Er hielt sich für schuldig, wusste aber nicht, was er sich vorzuwerfen hatte. Victor empfand tiefes Bedauern. Er fände es sehr schade, wenn die Liebe der beiden zerbräche, denn er mochte sie beide sehr.

So gesehen hätte ihre Jagd nach den versprengten Drakken für Jacko eigentlich eine willkommene Ablenkung sein sollen. Seit ihrem großartigen Sieg über die Echsenwesen vor vier Monaten waren die Drakken keine richtigen Gegner mehr. Sie flohen kopflos, kaum dass sie einen entschlossenen Kämpfer zu Gesicht bekamen, und stellten sich bei ihrer Flucht auch noch geradezu tölpelhaft an. Unbeholfen, ja, angstvoll rannten sie in alle Richtungen davon, so als hätten sie keinen Anführer mehr. Echte Angriffe brachten sie kaum noch zustande.

Für einen erfahrenen Krieger wie Jacko galt eine Drakkenjagd kaum noch als *gefährlich* – doch eben nur, wenn es der *richtige* Jacko war. Der Jacko jedoch, der in diesem Augenblick neben Victor kniete, war nur mehr ein Schatten seiner selbst. Victor fürchtete, dass er unkonzentriert oder unvorsichtig ans Werk gehen könnte, und das mochte ihn durchaus das Leben kosten, wenn es das Pech so wollte.

Jacko hatte Victors Seitenblicke bemerkt. »Was ist?«, murrte er ärgerlich. »Kannst du nicht mal aufhören, mich ständig zu anzuglotzen? Ich komme schon klar.«

Victor hütete sich, Jackos Kampfbefähigung offen in Zweifel zu ziehen. So etwas konnte sein Freund nicht im Mindesten vertragen. Trotzt seiner zweiundvierzig Lebensjahre war er noch immer der fähigste und gefährlichste Schwertkämpfer in ihren Reihen, und diesen Rang durfte ihm keiner streitig machen.

Jacko brummte ungeduldig. »Ich habe die Warterei satt. Wenn dort Drakken sind, ist es wahrscheinlich nur wieder der nächste verschreckte Hühnerhaufen, den wir mit ein paar Schwerthieben auseinander treiben können.«

Victor musste nicht lange nachdenken – Jacko hatte Recht. Von hier aus würden sie nicht dahinterkommen, ob sich in den Ruinen von Thoo Drakken verbargen oder nicht. Sie würden nachsehen müssen. Er wandte sich um und winkte in Richtung des Birkenwäldchens hinter ihnen, in dem sich die anderen versteckt hielten: sechs Männer und eine Frau.

»Wir gehen dort am Strand entlang«, entschied Jacko und deutete hinab zur Bucht, die sich in einem weiten Bogen bis zur Landzunge erstreckte. Die Küste war hier vergleichsweise steil, und Victor erkannte, dass sie sich an dem schmalen Strand im Schutz der aufragenden Felswand bis nahe an die Festung heranbewegen konnten.

Victor blickte den sieben Personen entgegen, die nun geduckt zu ihnen eilten. Es waren Gildenmeister Herphram und seine beiden Schüler Lem und Rhemor, der Bogenschütze Enias, die beiden Schwertkämpfer Poul und Damian sowie Yo, die junge Diebin und Meisterin in allen Künsten der unbemerkten Bewegung. Marko war heute nicht bei ihnen, und das war wie ein Zeichen. Leute wie er, frisch verliebt und auf den Wolken des Glücks schwebend, schonten sich gern … Nein, dachte Victor, eine solche Unterstellung wäre ungerecht. Marko war zwei Wochen lang tapfer mit ihnen gezogen und hatte oft genug einiges riskiert. Aber es stimmte schon: Er war stets auf der Seite der Vorsicht geblieben, hatte nie zu viel gewagt. Es gab jemanden, den er unbedingt wieder sehen wollte.

Victor musterte noch einmal den großen, grauen Klotz von Festung draußen auf der Landzunge, dann sah er sich nach Herphram um. Es war wichtig, bei einem möglichen Zusammenstoß einen erfahrenen Magier in der Nähe zu haben. Zwar führten sie ihre Salzwasserspritzen mit sich – die Geheimwaffe gegen die Drakken –, aber die Dinger waren unhandlich, und um sie einsetzen zu können, musste man sehr nahe an einen Drakken herankommen. Genau das wollte er jedoch lieber vermeiden: Drakken waren im Nahkampf nicht ungefährlich.

»Gehen wir!«, sagte Jacko und erhob sich.

Er eilte los, während Victor und die anderen sieben im geduckten Gänsemarsch folgten. Zwischen Felsen und Latschenkiefern hindurch führte sie der Weg ein Stück landeinwärts, dann bog Jacko nach Norden ab, wo ihnen eine Kolonie regennasser Ginsterbüsche eine gute Deckung bot, bis sie den Scheitelpunkt der Bucht erreicht hatten. Der Regen war stärker geworden, und so konnten sie die Festung kaum mehr erkennen. Aber das galt in gleicher Weise für die Drakken, die von der Festung aus vergebens Ausschau nach ihnen halten mochten.

Victor übernahm jetzt die Führung und fand einen gangbaren Weg über die Felsküste hinab zu dem schmalen Streifen Strand. Dort angekommen, wandte er sich nach Norden und eilte im Schutz der ansteigenden Felsen, die den schmalen Strand begrenzten, in Richtung der Landzunge. Die anderen folgten ihm.

Es wurde ein anstrengender Marsch, denn die Landzunge reichte bis weit ins Meer hinaus. Während sie sich der Festung näherten, wuchs diese vor ihren Blicken ins Riesenhafte. Die trutzigen, beinahe schwarzen Mauern strebten schräg in die Höhe; dahinter erhoben sich die breiten und massigen Türme, die allesamt noch zu stehen schienen. Das Wort *Ruine* wollte nicht recht zu Thoo passen. Sah man einmal von den wenigen eingestürzten Mauern und verfallenen Zinnen ab, wirkte die Festung noch ziemlich intakt. Victor wunderte sich nicht weiter darüber, denn sie war von gigantischen Ausmaßen, und ihre dicken Mauern wirkten, als wären sie für die Ewigkeit gebaut.

Als sie sich etwa zwanzig Minuten später unterhalb der großen Klippe versammelten, auf der die Festung aufragte, lag nur noch ein kleiner Aufstieg über die Felsen vor ihnen.

»Yo!«, rief Victor leise und winkte die junge Diebin zu sich heran. »Nun bist du dran!«

Yo kam geduckt zu ihnen. Sie trug inzwischen ihre dunklen Haare etwas länger, was ihr eine Spur mehr Weiblichkeit verlieh. Aber hübsches Aussehen war ohnehin nicht das, was sie auszeichnete. Sie war eine Diebin, groß gewachsen, sehnig und mager, und ihre Talente lagen in allem, was ihren *Beruf* anging. Gleichzeitig war dieser auch ihre Leidenschaft.

»Soll ich den Weg auskundschaften?«, fragte sie jetzt.

Victor nickte. »Wenn du Drakken siehst, versuch einen Weg zu finden, wie wir ungesehen in die Festung kommen können. Aber sei vorsichtig, ja?«

»Schon gut«, nickte Yo, die von solchen Dingen mehr verstand als irgendein anderer. Schon eilte sie los und war nach kurzer Zeit jeglichen Blicken entschwunden.

21

Victor winkte seine kleine Truppe in den Schutz der Felswand. Nun konnten sie nur noch warten.

Während Victor, in seinen grauen Umhang gehüllt, der ihm die Nässe vom Leib halten sollte, in die verregnete Ferne starrte, kam ihm Leandra in den Sinn. Er wusste nicht, wo sie sich im Augenblick aufhielt. Zum letzten Mal hatte er sie in der Woche nach ihrer Rettung vom Mutterschiff der Drakken gesehen, doch seither nicht mehr. Manchmal kam sie ihm schon vor wie eine ferne Erinnerung. Sie hatte Ernst gemacht und sich von ihm zurückgezogen, um Alina das Feld zu überlassen.

Noch immer hatte er sich nicht entschließen können, die Distanz Alina gegenüber aufzugeben. Er mochte sie wirklich, sie hatte ein sehr sanftes und liebevolles Wesen und ließ ihm alle nur denkbaren Freiheiten. Was ihren gemeinsamen Sohn Maric anging, war sie die liebevollste Mutter, die man sich nur wünschen konnte, und ihr Amt als Shaba von Akrania erfüllte sie auf so geschickte und verantwortungsvolle Weise, dass Victor manchmal regelrechte Verehrung für sie empfand. Darüber hinaus war sie auch noch bildschön.

Dennoch, er war ihr noch immer nicht näher gekommen. Manchmal glaubte er, sie zu lieben, ohne sie jemals berühren zu können. Auf der Suche nach den Gründen für sein Verhalten war er nur auf *Skrupel* gestoßen. Er glaubte, sich wie ein Verräter an Leandra zu fühlen, sollte er sich Alina jemals zuwenden. Hellami hatte ihm gesagt, dass das ›großer Quatsch‹ sei, und Roya natürlich auch. Sogar Jacko, der voller Melancholie war, und der in heißer Liebe entbrannte Marko. Alle schienen Leandras Entscheidung zu verstehen, und Alina gab sich überdies noch so geduldig und rücksichtsvoll, dass er sich langsam wie ein Würfel unter lauter Kugeln vorkam, der auf einer weiten Ebene kantig und nutzlos herumlag, während alle anderen um ihn herum munter in Bewegung waren. Was war es nur, das ihn so furchtbar starr machte?

Er schüttelte die Gedanken ab. Im Moment war etwas anderes wichtig. Er machte ein paar Schritte von der Felswand fort, damit er sich umdrehen und den Felshang hinaufblicken konnte. Vielleicht war Yo schon wieder zu sehen.

Er musste nicht lange warten. Allerdings sah er sie erst, und das empfand er als sehr beruhigend, als sie beinahe wieder bei ihm war.

»Da sind tatsächlich Drakken!«, berichtete sie aufgeregt. »In einer tiefen Grube mitten in der Festung.«

»Wirklich? Wie viele?«

»Schwer zu sagen. Mindestens so viele wie wir.«

Victor verzog das Gesicht und warf Jacko einen zweifelnden Blick zu.

»Ich denke, wir sollten trotzdem hinauf«, meinte Yo. »Ich glaube, sie machen da irgendwas. Ich habe einen Drakken gesehen, der mit einer dieser sechseckigen Schwebekisten unterwegs war.«

Ein Schauer glitt Victors Rücken hinab. Wenn wirklich zutraf, was Yo da berichtete, hatten sie vielleicht zum ersten Mal die Chance herauszufinden, was die Drakken planten. Ansonsten wäre es ziemlich dumm von ihnen gewesen, sich auf dem Festland herumzutreiben, wo sie jederzeit von den Drachen entdeckt und angegriffen werden konnten. Nur auf dem Meer waren sie einigermaßen sicher, denn die Drachen flogen niemals weit hinaus.

»Sie müssen irgendeinen wichtigen Grund haben, sich hier aufzuhalten«, meinte Jacko. »Wir sollten versuchen, den herauszufinden.«

Victor war unschlüssig. »Ich weiß nicht recht …«

Yo wirkte ungeduldig. »Ich hab einen Weg gefunden, wie wir unbemerkt von Norden her in diese Grube gelangen können.«

Victor seufzte. Er konnte das soeben erwachte Jagd-fieber in den Augen der beiden förmlich sehen. »Also gut. Aber keine Wagnisse! Zuerst sehen wir nach, wie viele es sind. Erst wenn wir sicher sind, dass wir sie schlagen können, wird angegriffen, verstanden?«

Yo grinste wölfisch, setzte sich in Bewegung und winkte die anderen hinter sich her.

*

»Wehe, wir sind hier nicht richtig!«, klagte Munuel und stemmte sich einen weiteren Schritt den felsigen Hang hinauf. Seit er sein Augenlicht verloren hatte und sich nur noch mithilfe des *Trivocums* orientieren konnte, fühlte er sich wie ein alter Mann.

Du bist *ein alter Mann!*, sagte eine Stimme aus sei-nem Inneren. *Ja, aber nicht* so *alt!*, antwortete er ihr. *Jockum ist fast zwanzig Jahre älter als ich, aber ich halte kaum noch Schritt mit ihm.*

»Komm, Munuel! Gleich hast du's geschafft!«

Seufzend stieg er weiter, schwer auf seinen Wan-derstab gestützt, den Blick des *Inneren Auges* vor sich auf den Boden gerichtet, wo sich Steine und Felsen als graue Schemen abzeichneten. Seine nächste Um-gebung konnte er gerade noch erkennen; alles, was mehr als ein Dutzend Schritte entfernt lag, ver-schmolz mit dem rötlichen Schleier des Trivocums. Als sich Jockums Gestalt aus dem Rot schälte, atmete Munuel auf.

»Schade, dass du es nicht sehen kannst, alter Freund«, sagte Jockum, als er Munuel über die letzte Felsstufe zu sich hinauf half, »aber die Aussicht ist wundervoll!«

Ein dumpfes Rauschen ertönte mit einem Mal in der Luft. Es schien aus der Tiefe zu ihnen heraufzu-dringen.

»Ist das ... Wasser?«, fragte Munuel. »Sind wir etwa schon da?«

Er hörte ein wohlgelauntes Lachen von Jockum. »Ja, in der Tat! Vor uns geht es gute zweihundert Ellen in die Tiefe. Und da unten rauscht der Semphir über einen tosenden Wasserfall in ein noch tiefer gelegenes Becken. Ich wusste gar nicht, dass wir ein solches Naturschauspiel in Südakrania haben, kaum hundert Meilen von Savalgor entfernt.«

»Na ja«, seufzte Munuel, »das Felsengebirge nach Osten hin zu überwinden ist nicht gerade ein Spaziergang.«

Eine Weile schwieg Jockum, und Munuel nahm an, er gebe sich dem Anblick der landschaftlichen Schönheit hin. Es war schon ein böser Schicksalsschlag, dass er in den Katakomben von Unifar sein Augenlicht verloren hatte, selbst wenn er sich glücklich schätzen durfte, einundsechzig Jahre seines Lebens sehend verbracht zu haben. Man hätte meinen können, dass dieser Zeitraum ausreichte, um alles Lohnende erblickt zu haben, doch nein – es reichte eben *nicht*. Die Höhlenwelt war reich an wundervollen Landschaften, die es immer wieder anzuschauen lohnte, und allein dass er die sechs Mädchen nie mehr würde *sehen* können, eine hübscher als die andere, war deprimierend. Da half es auch nichts, wenn sein Freund Jockum sich abmühte, ihm alles ganz genau zu beschreiben.

»Die Schlucht ist tief, wie ich schon sagte«, führte er soeben aus, und Munuel hörte zu und schwieg höflich. »Und die Wasser des Semphir sind grün. Ein wunderschöner Farbton. Dort unten ist alles mit riesigen Felsbrocken angefüllt, das Licht fällt aus dem Sonnenfenster schräg hinab bis aufs Wasser des tieferen Beckens.« Er machte eine kurze Pause. »Ein wirklich großartiger Anblick.«

»Und? Ist die Brücke auch da?«, fragte Munuel ungeduldig.

Jockum antwortete nicht gleich. »Im Augenblick sehe ich sie noch nicht. Allerdings ist der Weg hier wieder zu erkennen. Er ist nach wie vor vorhanden.«

»Immer noch?« Munuels Stimme klang schärfer als beabsichtigt.

»Ja, es ist wirklich erstaunlich. Obwohl diese alte Route seit Jahrhunderten nicht mehr benutzt wird, gibt es noch immer einen schönen, gangbaren Weg, der in die Schlucht hinabführt. Wie für uns gemacht.«

Munuel enthielt sich einer Antwort. Er hatte den Eindruck, sich in den letzten Monaten zunehmend zu einem Zweifler und Nörgler entwickelt zu haben. Zu einem, der mangels eines eigenen Sichtwinkels alles und jeden in Frage stellte. Nein, so wollte er nicht sein.

»Komm«, lautete Jockums Aufforderung, und sie klang nach Tatkraft, Unternehmungslust und guter Laune. »Gehen wir ein Stück hinunter. Irgendwas sagt mir, dass wir die Brücke bald finden werden. Wenn nicht in dieser Schlucht, dann in der nächsten.«

Munuel ließ sich von Jockum an der Hand nehmen und führen.

Vorsichtig stiegen sie über Felsen und karge Büsche hinweg und erreichten schon bald wieder ungewöhnlich ebenen Boden, der mit einem gelblich grünen Moos bewachsen war. Es gab tatsächlich eine Art Trampelpfad darin; allerdings konnte der auch von Tieren stammen, vielleicht von Bergziegen oder Felsböcken. Das Rauschen des Wasserfalls begleitete sie, während sie den leicht abschüssigen Weg in die Schlucht hinab nahmen. Bald beschrieb er eine enge Kurve, führte noch eine Weile abwärts, stieg dann aber überraschenderweise wieder an. Jockum stieß plötzlich einen Laut des Entzückens aus.

»Die Brücke!«, rief er, »sie ist tatsächlich da! Kannst du sie sehen?«

Unter Jockums Führung liefen sie noch ein Stück weiter. Das Tosen des Wasserfalls drang machtvoll von links heran; der Weg, der an der steilen Felswand entlang geführt hatte, machte plötzlich einen rechtwinkligen Knick und führte zum steinernen Bogen einer Brücke, die sich zur anderen Seite hinüberschwang. Leider fehlte jedoch der mittlere Teil der Brücke.

»Sie ist zerstört!«, rief Munuel aus.

»Ja«, seufzte Jockum. »Wen wundert es, nach so langer Zeit. Phenros schrieb, dass sie einst die erste wirkliche Verbindung zwischen West- und Ost-Akrania war. Eine viel benutzte Handelsroute, wenngleich sehr beschwerlich. Den Marunde-Pass im Norden entdeckte man erst vor vierhundert Jahren.« Er warf die Arme in die Luft. »Wir sind an einer historischen Stätte, mein Lieber! Der Verbindungsstelle zweier Teile des alten Kontinents. Ist dir das klar?«

Munuel seufzte. »Ich wünschte, ich hätte nur ein Zehntel deiner guten Laune.«

»Das solltest du aber haben«, empfahl ihm sein Freund. »Es macht das Leben bedeutend erfreulicher. Wie kommen wir da hinüber?«

»Du meinst wirklich, es ist *unsere* Brücke? Phenros' Brücke? Die aus seinem seltsamen Gedicht?«

»Aber ja. Bisher hat die gesamte Wegbeschreibung gestimmt.«

Munuel schnaufte lautstark, mahnte sich aber gleich, nicht wieder so schwarzseherisch zu sein. »Also gut. Mit ein bisschen Magie sollten wir es dort hinüber schaffen, meinst du nicht?«

»Eine kleine Levitation? Warum nicht? Das habe ich seit Jahren nicht mehr gemacht.«

»Ich schon«, erinnerte sich Munuel an seinen Besuch in der Festung von Tulanbaar. Bei dieser Gelegenheit hatte er zum ersten Mal Chast getroffen, seinen Erzfeind, der ihm letztlich auch das Augenlicht geraubt hatte. *Ich bin nur blind,* dachte er grimmig, *du aber bist tot!*

»Kannst du die andere Seite erkennen, Munuel?«, fragte Jockum sanft.

Munuel fragte sich, warum er den ganzen Tag schon mit diesem Zorn im Bauch herumlief. Jockum hatte eine Menge mit ihm auszuhalten. Mit einer wahren Kraftanstrengung riss er sich zusammen und verbot sich jede weitere Äußerung von Unmut, Zorn oder schlechter Laune.

»Ja, ich kann sie sehen. Bist du bereit? Soll ich dich hinüberschubsen?«

Jockum grinste breit und trat ein Stück näher an den Rand. »Ja, *schubs* mich. Aber lass mich nicht fallen. Wenn ich drüben bin, hole ich dich, einverstanden?«

Munuel nickte.

Inzwischen war es überflüssig, die Augenlider zu schließen, so wie er es früher immer getan hatte, wenn er sich mit aller Sorgfalt auf eine Iteration konzentriert hatte. Er öffnete ein Aurikel der Fünften Stufe und empfand Befriedigung, dass sich wenigstens *dies* verbessert hatte. Er vermochte inzwischen das Trivocum mit spielerischer Leichtigkeit zu beeinflussen; nie war er in Sachen Magie so gut gewesen wie heute. Es war völlig mühelos für ihn, und er hatte sogar das seltsame Gefühl, dass er gefahrlos bis in die allerhöchsten Stufen gehen könnte. In Unifar hatte er damals eine zehnte oder elfte Iteration gewirkt – und hatte es überlebt. Inzwischen fragte er sich, ob er vielleicht sogar eine zwölfte beherrschen könnte. Das war die höchste nur denkbare Iterationsstufe in der Elementarmagie, und sie war seit Menschengedenken von keinem Magier mehr gewirkt worden.

Während Hochmeister Jockum sanft wie eine Feder

über den zehn oder zwölf Schritt breiten Abgrund schwebte, erfreute sich Munuel seiner vollkommen sauberen und gekonnten Iteration. Er ließ Jockum gar keine Zeit mehr, ihn herüberzuholen, sondern schloss sein eigenes Hinüberschweben sanft und nahtlos an. Wenn er schon mal in einer Sache der Bessere war, und das geschah in letzter Zeit selten genug, dann wollte er es auch ein wenig auskosten.

»Wundervoll!«, lobte ihn Jockum, als sie beide wohlbehalten auf der anderen Seite angekommen waren. »Du hast deine eigene Meisterschaft noch übertroffen. Wahrscheinlich bist du im Augenblick der beste Magier in unserer Welt!«

Munuel lächelte gutmütig. »Danke für die Blumen.«

Tatendurstig wandte Jockum sich um und maß den weiterführenden Weg. Er strebte zunächst in die gleiche Richtung wie der gegenüberliegende Pfad auf der anderen Seite der Schlucht, verschwand dann aber bald hinter einem aufstrebenden Felspfeiler.

»Komm! Wir müssen bald da sein. Jetzt fehlt uns nur noch eine Grotte mit einem kleinen See darin! Das war die letzte Zeile von Phenros' Gedicht.« Wieder nahm er Munuel an der Hand und marschierte los. Als sie den Pfeiler umrundet hatten, sah Jockum, dass der Weg steil und in vielen Windungen an einer zerklüfteten Felswand in die Tiefe führte, bis er sich auf der Höhe des Wassers verlor. Weiter konnte man von hier aus nicht sehen. Entschlossen setzte er sich in Bewegung. Der spätere Wiederaufstieg würde mühsam sein, aber das kümmerte ihn jetzt nicht. Mit aller gebotenen Vorsicht stieg er hinab und zog Munuel hinter sich her, ihn immer wieder beruhigend, dass er nicht fallen würde, da der Weg gangbar und eben war. Noch immer herrschte der Moosbelag vor, und er war fast wie ein Teppich.

Nach einer Viertelstunde gelangten sie unten beim

Wasser an. Aufgeregt sah sich Jockum um. »Wo könnte hier eine kleine Grotte versteckt sein?«, murmelte er.

»In alten Legenden sind geheime Grotten stets unter Wasserfällen verborgen«, meinte Munuel.

»So? Na, dann werde ich einmal nachsehen.«

Er marschierte los, während sich Munuel mit seiner sehr begrenzten Sichtweite am Ufer ›umsah‹. Jockum kehrte bald ergebnislos zurück. Eine ganze Stunde lang suchten sie die Umgebung ab, bis Jockum endlich an einem kleinen Seitenarm des Sees links neben dem Wasserfall eine Stelle fand, an der er ziemlich weit ins Wasser hineinwaten konnte.

»Ich glaube, ich habe etwas gefunden«, rief er Munuel zu und umrundete watend einen kleinen Felspfeiler. Dahinter entdeckte er, unter verkeilten Felsplatten, die hier vor langer Zeit einmal herabgestürzt sein mussten, einen schmalen, dunklen Spalt.

»Hier!«, rief er. »Hier muss es sein!«

Eilig stapfte er durch das knietiefe Wasser zurück und holte Munuel. Gemeinsam drangen sie in den Spalt vor, der sich schon nach kurzer Zeit zu einer erstaunlich geräumigen Höhle weitete. Es war überflüssig zu fragen, ob es die Grotte des Phenros war. Sie konnten beide spüren, dass hier eine uralte, magische Aura herrschte.

»Runen!«, flüsterte Munuel. »Hier gibt es Runen.«

Über ihren Köpfen flammte ein kleiner, gleißender Funke auf und tauchte das Innere der Grotte in fahles Licht.

»Ja, du hast Recht«, bestätigte Jockum und watete aus dem Wasser heraus auf eine kleine Sandbank.

»Runen und ein weiteres Gedicht.« Er deutete auf eine glatte Wand, in der, von ein paar Dutzend magischen Symbolen umgeben, sechs Zeilen in den Fels graviert waren.

»Das ist mal wieder irgendeine alte Sprache«, meinte Jockum. »Aber das macht nichts. Die entziffere ich schon.«

*

Endlich verstand Victor, warum Thoo als Ruine bezeichnet wurde.

Als sie den Burghof erreichten, stießen sie zwischen den monströsen grauen Türmen auf erste große Trümmerbrocken. Je weiter sie in nördlicher Richtung in die Festungsanlage eindrangen, desto mehr wurden es. Ab einem bestimmten Punkt wurde offensichtlich, dass Thoo durch einen gewaltigen Schlag von Norden her zerstört worden sein musste.

Victor fröstelte. Die Zerstörung sah tatsächlich nach *einem* Angriffsschlag aus. Aber in der Höhlenwelt gab es nichts, das eine solche Gewalt hätte entwickeln können. Nichts außer der Magie. Die Drakken mochten vielleicht mit den Waffen ihrer großen Flugschiffe eine derartige Wirkung erzielen, in der Höhlenwelt hingegen kam nur ein magischer Schlag für einen solchen Angriff in Betracht. Gleichzeitig aber stellte sich die Frage, welcher Magier eine derartige Gewalt hatte entwickeln können, dass er den gesamten nördlichen Trakt einer so mächtigen Festung zermalmt hatte.

Voller Staunen und Schaudern schlichen sie nordwärts. Sie nutzten jede kleinste Deckung und hielten unablässig nach Drakken Ausschau. Doch unwillkürlich flogen ihre Blicke zu den stummen titanischen Mauern, die wie Spielzeug-Bauklötze hinweggefegt worden waren. Da standen die Ruinen einst mächtiger Türme und die Reste vormals stattlicher Gebäude, von denen auf der Nordseite nichts als ein paar Mauern mit leeren, glotzäugigen Fensterhöhlungen übrig geblieben waren. Der Nieselregen und die drohende Wolkendecke taten ihr Übriges, um den Ruinen von Thoo ein wahrhaft gespenstisches Aussehen zu verleihen.

Stygische Kräfte gab es hier jedoch nicht mehr.

Weder Herphram noch seine beiden Schüler Lem und Rhemor konnten irgendetwas spüren. Als sie im äußersten nördlichen Teil der Anlage angelangt waren, wo sich ein kleiner, zusätzlicher Festungstrakt auf die schmale Landzunge hinauszog, hieß Yo sie anhalten. Zusammen mit Victor und Jacko schlich sie auf eine grasüberwachsene Kuppe und deutete nach links. Dort hatte offenbar der magische Angriff einst den Untergrund der Festung aufgerissen. In einem steilen Grashang unterhalb eines fast völlig zerstörten Gebäudes klaffte eine breite Öffnung, durch die man Mauerreste erkennen konnte. Dort schien es einen Zugang in die Verliese und Burgkeller zu geben.

»Da sind sie drin?«, fragte Jacko leise.

Yo nickte. »Die eigentliche Öffnung liegt weiter oben, im Innenhof des Burgfrieds. Er ist riesig. Und dort ist ein Loch im Boden, so groß, dass ein Sonnendrache hineinfliegen könnte. Sieht irgendwie aus, als wäre da etwas mit Gewalt aus der Erde herausgebrochen.« Sie zog die Stirn in Falten. »Inzwischen möchte ich schon gar nicht mehr wissen, was einst hier geschehen ist.«

Victor nickte. »Hier muss es ziemlich gerummst haben. Und dort drüben kann man rein? Ist der Zugang denn nicht bewacht?«

»Nein. Seltsamerweise nicht. Nicht einmal oben, im Innenhof.«

»Bist du sicher?« Mit zweifelnden Blicken maß Victor die Punkte, an denen *er* Wachen aufgestellt hätte. Nirgends war etwas zu entdecken.

»Natürlich bin ich sicher!«, zischte Yo. »Glaubst du, ich würde so was sagen, wenn ich Zweifel hätte?«

Er legte ihr brüderlich die Hand auf die Schulter. »Entschuldige. Ich bin nur vorsichtig. Hier keine Wachen aufzustellen ist sträflicher Leichtsinn.«

»Vielleicht haben sie nicht genug Leute«, meinte Jacko.

»Wie auch immer – wir müssen hinein und sie uns ansehen. Wenn sie leichte Beute sind, erledigen wir sie.«

Er stieg die kleine Kuppe wieder hinab und berichtete den anderen, was er gesehen hatte. Jacko und Yo gesellten sich wieder zu ihnen.

»Wir gehen in drei Gruppen«, ordnete Victor an, »je ein Magier bei jeder Gruppe. Ich gehe mit Lem und Enias, Jacko mit Herphram und Darius und Yo mit Rhemor und Poul. Wir verteilen uns da unten in den Kellern und kundschaften die Lage aus. Äußerste Vorsicht! Keinen Kampf, bevor ich es sage!«

Die Männer nickten knapp – sie wussten, was zu tun war. Dies war nicht ihre erste Drakkenjagd.

Victor nickte Rhemor zu. Augenblicke später spürte er schon, dass sich im Trivocum etwas tat – der Jungmagier hatte ein Aurikel geöffnet. Victor machte sich nicht die Mühe, das Trivocum mit seinem *Inneren Auge* zu betrachten. Er war noch immer nicht sehr geübt in dieser Disziplin; Rhemor hingegen hatte schon mehrfach bewiesen, dass er sie zu schützen vermochte. Enias gesellte sich zu ihnen, und gleich darauf lief auch Yo mit ihren beiden Begleitern los.

Der Boden innerhalb der Festung war fast überall mit hohem Gras bewachsen, das eine gewisse Deckung bot. Vorsichtig arbeiteten sie sich voran und erreichten nach einigen Minuten die aufgerissene Stelle unterhalb des zerstörten Gebäudes. Lautlos drangen sie in das Innere der Burgkeller ein. Einen Wachposten gab es hier tatsächlich nicht.

Die drei Gruppen trennten sich, nachdem sich schon zu Beginn zeigte, dass die Keller unterhalb der Festung sehr weitläufig sein mussten. Yos Gruppe ging voraus und verschwand bald nach links, über eine Treppe hinab in eine große, steinerne Halle. Als die beiden anderen Gruppen vor sich Licht erblickten, das von dem riesigen Loch im Innenhof stammen musste, wandte sich Jacko mit seinen beiden Gefährten nach rechts. Victor, Rhemor und Enias schlichen weiter geradeaus.

Die Kellergewölbe selbst waren von enormer Höhe und Ausdehnung. Langsam fragte sich Victor, welche Art Menschen hier einst gelebt hatte. Die Treppenstufen waren überall so hoch, dass sie nur mit Mühe zu erklimmen waren. Doch Victor war nichts darüber bekannt, dass in der Höhlenwelt je ein Volk von Riesen gelebt hätte.

Schließlich erreichten sie den Ort, wo von oben das Tageslicht in die Katakomben herabfiel – es war genau so, wie Yo erzählt hatte. Die Burgkeller waren tief, und irgendetwas musste vor Urzeiten einmal von ganz unten heraufgebrochen sein. Was immer es gewesen war, Victor vermochte es sich nicht vorzustellen. Es hatte einen gewaltigen Trichter der Zerstörung hinterlassen, der sich nach oben hin erweiterte. Sie befanden sich etwa fünfzig Ellen unterhalb des Innenhofes und konnten von der Stelle, an der sie jetzt standen, hinauf zum wolkenverhangenen Himmel blicken. An der gegenüberliegenden Seite des Trichters, gut zweihundert Schritt von ihnen entfernt, konnte Victor abzählen, dass sie sich hier im dritten Kellerstockwerk befanden, wenn man von oben zu zählen begann.

Nach unten hin schien es jedoch noch mehr Stockwerke zu geben. Der Trichter reichte so weit hinab, dass sein Grund in der Dunkelheit verschwand. Noch nie hatte Victor von einer Burg gehört, die derartig tiefe Keller besaß; es schien fast, als hätte sich hier im Untergrund einmal eine ganze Stadt befunden. Er schauderte. Die Geheimnisse von Thoo kamen ihm im Augenblick noch unheimlicher vor als die paar Drakken, die hier herumgeistern mochten.

»Sieh mal – da drüben ist eine Treppe!«, flüsterte Rhemor und deutete schräg nach rechts, quer über den Abgrund hinweg. »Sie sieht irgendwie … *wichtig* aus, findest du nicht? Vielleicht führt sie bis ganz hinunter.«

Victor nickte. »Gut. Versuchen wir sie.«

Sie eilten durch angrenzende Räume in Richtung der Treppe und fanden sie ohne Probleme. Die Treppe war steil und trotz ihrer übermäßig hohen Stufen sehr schmal. Schon jetzt kündigte sich an, dass der spätere Wiederaufstieg anstrengend sein würde. Zum Glück lag sie verborgen und außerhalb des Einblicks in die Tiefe, sodass sie nicht befürchten mussten, während ihres Abstiegs von unten gesehen zu werden. Victor hielt nach den anderen beiden Gruppen Ausschau, konnte aber keine von ihnen entdecken.

Seine beiden Begleiter hinter sich her winkend, machte er sich an den Abstieg. Das Licht schwand, je tiefer sie kamen, dafür aber verbesserte sich der Blick nach unten. Was zuvor nur Schwärze gewesen war, verwandelte sich nun in graue Schemen, und endlich, nachdem sie vier hohe Stockwerke hinabgestiegen waren, konnte Victor den Grund des Trichters erkennen. Dort unten musste sich eine riesige Halle befinden – sie lag noch einmal vier oder fünf Stockwerke tiefer. Insgesamt mochte der Trichter, vom Innenhof des Mittelbaus bis hinab zu der Halle, eine Tiefe von dreihundert, vielleicht sogar dreihundertfünfzig Ellen aufweisen.

Fasziniert und furchtsam zugleich blickte Victor hinab. Soweit es zu erkennen war, lagen dort unten in der Halle Berge von Gesteinstrümmern, die wieder hinabgestürzt sein mussten, nachdem dieses *Etwas* vor Urzeiten aus der Tiefe heraufgebrochen war. Was mochte das nur gewesen sein? Eine magische Entladung titanischen Ausmaßes? Ein riesenhafter Dämon? Dass die Drakken dort unten waren, erschien ihm im

Augenblick sogar als gutes Zeichen, denn es bedeutete, dass dieses *Etwas* nun nicht mehr dort unten war.

Dann endete die Treppe, und sie mussten nach einer neuen Möglichkeit suchen, weiter hinab zu gelangen. Enias entdeckte schräg gegenüber, auf der anderen Seite des Trichters, eine weitere Treppe. Hoffnungsvoll liefen sie darauf zu, fanden aber keinen Zugang zu ihr. Dafür entdeckte Victor etwas Neues: Von seinem jetzigen Standort aus meinte er, tief unten in der Halle einen schwachen Lichtschein erkennen zu können. Die Quelle selbst lag anscheinend noch ein ganzes Stück außerhalb seines Blickwinkels; offenbar erstreckte sich die Halle noch ein ganzes Stück in mehrere Richtungen.

Rhemor deutete schräg nach unten auf die andere Seite des Trichters, wo sich Yo mit ihrer Gruppe voranpirschte. Sie winkten sich zu. Nach einer kleinen Weile fanden sie doch noch einen verborgenen Zugang zu der Treppe und schlichen vorsichtig Stufe für Stufe tiefer. Als sie im Stockwerk unmittelbar über der tiefen, unterirdischen Halle angekommen waren, trafen sie auch Jacko mit seinen beiden Begleitern. Victor seufzte erleichtert. Leise zogen sie sich an einen versteckten Ort zurück und warteten, bis Yo zu ihnen stieß.

»Wir haben einen Weg ganz hinunter gefunden«, erklärte sie. »Ihr werdet nicht glauben, was dort unten ist.«

»Du warst schon ganz unten?«

Sie grinste. »Hast du etwa daran gezweifelt, dass ich als Erste dort sein würde?«

Victor quittierte ihre Anspielung mit einem tadelnden Brummen. »Und? Was tun sie da?«

»Ein Flugschiff«, sagte Yo. »Sie basteln an einem Flugschiff herum.«

Ein leises Kribbeln erfasste Victors Nacken. »Wirklich? Etwas in der Art dachte ich mir schon. Sie versuchen, zerstörte Schiffe wieder instand zu setzen oder Ersatzteile zu sammeln. Dabei haben wir sie schon öfter erwischt.«

»Das hab ich anfangs auch gedacht«, nickte Yo. »Aber ihr müsst euch das Ding mal ansehen. Es sieht ganz anders aus.« Sie deutete hinab in die Halle, wo der ferne Lichtschein nun gut zu erkennen war. »Eine Menge Lampen haben sie um das Ding herum aufgebaut und hantieren daran herum. Es ist ein pechschwarzes Schiff, ganz flach und spitz – und es sieht richtig gefährlich aus.«

»Wie viele Drakken sind es?«, fragte Jacko, den das Schiff nicht sonderlich interessierte.

»Nicht allzu viele. Sechs oder sieben. Aber es sind Bruderschaftler dabei. Drei, wenn ich keinen übersehen habe.«

Victor zog die Brauen hoch. »Bruderschaftler?«

Yo nickte grimmig. »Ja. Wie es scheint, werden wir diese verdammte Brut so schnell nicht los.«

Victor stieß ein Knurren aus. »Warum«, murmelte er, »landet man mit einem Schiff dort *unten*?«

»Vielleicht, weil man dort ungestört ist?«

Victor nickte langsam. »Ja, wäre möglich. Aber wenn man ungestört *bleiben* will, stellt man zusätzlich Wachen auf. So ganz verstehe ich das alles nicht.«

»Gehen wir runter«, forderte Jacko. »Wir haben den Überraschungseffekt auf unserer Seite. Mit den Bruderschaftlern werden wir fertig!«

Victor forschte in Jackos Gesicht. Seit geraumer Zeit überließ Jacko die endgültigen Entscheidungen ihm, obwohl er der bei weitem erfahrenere Kämpfer war. Möglicherweise, weil Victor so etwas wie der *Shabib* war – der Ehemann der Shaba. Diesen Titel trug er zwar nicht wirklich, und er hatte auch keinerlei Befehlsgewalt über irgendjemanden, trotzdem galt seit seiner Heirat sein Wort anscheinend mehr. Was Jacko anging, war Victor das nur recht, denn so konnte er besser auf ihn achten.

Jacko befand sich in einer Krise, dieser große, beeindruckende Mann, das war unübersehbar. Victor erinnerte sich an Jackos überlegenes, weltmännisches Auftreten, damals in dem Räubergasthof bei Tharul, als er und Leandra ihn kennen gelernt hatten. Heute war nicht mehr viel davon zu spüren. Victor nahm sich vor, dahinter zu kommen, was mit Hellami war. Jemand musste Jacko aus seiner Not heraushelfen. Es durfte nicht sein, dass er seine persönliche Not in übertriebenen Heldenmut ummünzte und am Ende dabei umkam. Die mächtigen Drakken waren derzeit kaum mehr als ein verschrecktes Häuflein von Besiegten, aber auch ein erfahrener Kämpfer wie Jacko konnte sich einmal verrechnen.

Victor wandte sich an Yo. »Zeig uns den Weg. Wenn es wirklich so aussieht, als könnten wir mit den Drakken fertig werden, erledigen wir sie. Einverstanden?«

Yo nickte und eilte los. Auf der gegenüberliegenden Seite des Trichters, der hier nur noch etwa fünfzig Schritt Durchmesser besaß, stießen sie auf eine weitere, sehr schmale Treppe, die noch tiefer führte. Yo hatte unbestreitbar das Talent, die kürzesten und verstecktesten Wege in unbekanntem Gebiet aufzuspüren. »Die Halle hat zwei Ebenen«, flüsterte sie und deutete hinab. »Wir kommen bis zur oberen der beiden, danach ist erst Mal Schluss.«

»Alles klar«, gab Victor leise zurück. »Gehen wir.«

Vorsichtig und mit großen Abständen schlichen sie über die hohen, schmalen Stufen in die Tiefe. Yo wartete geduckt am Fuß der Treppe und führte jeden der Ankömmlinge in Richtung eines großen, rückwärtig gelegenen Torbogens, der vollkommen in der Dunkelheit lag. Sie befanden sich hier auf einer Art Podest; Victor fühlte sich an einen großen Theatersaal erinnert.

Während sie sich auf der erhöhten ›Bühne‹ befanden, breitete sich sechs oder sieben Ellen unterhalb von ihnen die gewaltige Halle aus. Nachdem alle beisammen waren, schlich Victor ein Stück an den Rand des Podests, um sich zu orientieren.

Die Halle besaß einen annähernd quadratischen Grundriss und war in der Tat riesig: mindestens vierzig Ellen hoch und hundertfünfzig Schritt in der Kantenlänge. Dutzende von Säulen, welche die gesamte Halle durchzogen, stützten das Deckengewölbe. Mitten in der Halle, etwa 50 Schritt von ihnen entfernt, stand das Drakkenschiff.

Es war ein mattschwarzer Pfeil mit einem dicken Wulst am hinteren Ende. Victor wusste, dass diese Fluggeräte am hinteren Ende Feuer ausstießen, um damit an Geschwindigkeit zu gewinnen. Es wurde von sechs hellen Lichtern angestrahlt, die auf Stützen aufgebaut waren; mehrere Drakken machten sich an ihm zu schaffen. Auch Victor sah nun die sechseckigen, gelben Schwebekisten; es hatte den Anschein, als verpackten die Drakken irgendwelche Dinge darin, um sie fortzuschaffen. Er wandte sich um und winkte Yo zu sich.

»Schleich dich mal in den hinteren Teil der Halle«, bat er sie leise und wies nach schräg links. »Ich will wissen, wohin sie die Kisten bringen. Und verteile die anderen ein bisschen. Wir sollten nicht auf einem Haufen sitzen, falls sie uns entdecken.«

Yo nickte knapp und war schon wieder in der Dunkelheit verschwunden. Victor beobachtete die Drakken. Es schien so, als hätten sie gerade ihre Arbeit an dem Schiff vollendet. Es stand ruhig auf seinem Landegestell, und aus einer Reihe von kleinen Fenstern vorn an der Oberseite drang schwaches Licht. Irgendetwas Besonderes musste an diesem Schiff sein, sonst wären die Drakken nicht das Risiko eingegangen, sich hierher aufs Festland zu wagen.

Nach einer Weile kam Yo von ihrem Erkundungsgang zurück. Gleichzeitig stieß Jacko zu ihnen; auch er hatte sich umgesehen.

»Weiter dort hinten ist noch ein Schiff«, berichtete Yo leise. »Ein kleiner Mannschaftstransporter für zehn oder zwölf Mann. Ich habe zwei Kerle in schwarzen Kutten gesehen, die sich dort herumtreiben. Zwei Drakkenpiloten sitzen im Schiff, und zwei weitere Drakken verladen mehrere dieser sechseckigen Schwebekisten.«

»Hast du eine Ahnung, was in den Kisten ist?«, flüsterte Jacko.

Yo schüttelte den Kopf. »Nein. Aber es kommt mir so vor, als wären sie gerade mit ihrer Arbeit fertig.«

Victor nickte. »Ja, das Gefühl habe ich auch. Wenn wir dahinterkommen wollen, was sie hier getrieben haben, müssen wir sie stellen, bevor sie von hier verschwinden.« Er runzelte die Stirn. »Aber schaffen wir das?«

»Es sind zehn oder elf«, meinte Yo. »Vier sind da vorn bei dem schwarzen Schiff, zwei dürften gerade mit den Kisten unterwegs sein, und zwei weitere sind bei dem anderen Schiff. Dazu noch die beiden Piloten, aber die können wir für den Kampf nicht voll mitzählen. Und dann noch die beiden Bruderschaftler. Mag sein, dass es noch einen Drakken oder einen Bruderschaftler gibt, den ich nicht gesehen habe. Mehr sind es aber gewiss nicht.«

»Sprechen wir sicherheitshalber von zwölf«, meinte Victor. »Wir sind neun.«

»Aber wir haben immer noch den Überraschungseffekt«, flüsterte Jacko. »Wenn wir sofort losschlagen, sind die vier dort bei dem Schiff erledigt, ehe die anderen gemerkt haben, dass wir da sind.«

Victor hob eine Hand, er hatte nichts anderes von Jacko erwartet. »Schon gut, spar dir den Rest. Ich ...«

Plötzlich wurde Victor blass. Er deutete geradeaus zu dem schwarzen Schiff und wäre beinahe aufgesprungen.

»Was ist?«, flüsterte Jacko. Dann sah er es selbst. Victor deutete auf einen Mann, einen Bruderschaftler, der etwa 30 Schritt entfernt stehen geblieben war und mit irgendetwas hantierte.

Rasnor!

Jacko konnte kaum an sich halten. »Verdammt – dieser dreckige, kleine Verräter!«, fauchte er.

In Victors Gesicht stand der heilige Zorn. »Dieser Dreckskerl! Den *müssen* wir kriegen!« Er hatte viel zu laut gesprochen, und Yo zog ihn mit einer heftigen Bewegung herunter.

»Leise!«, zischte sie. »Alle beide! Seid ihr verrückt? Wisst ihr nicht was passiert, wenn *der* uns hört?« Yo musste nichts weiter sagen. Sie wussten alle drei, dass Rasnor zwar kein großer Magier war, aber dass er sich ein paar äußerst hässliche Kampfmagien antrainiert hatte. Mit ihnen vermochte er selbst übermächtige Gegner zu vernichten. Auf diese Weise hatte er ihren Freund Meister Fujima getötet.

»Wir *müssen* ihn kriegen!«, verlangte Victor. »Um jeden Preis!« Wilde Entschlossenheit loderte in ihm auf. Rasnor zu erwischen war selbst das größte Wagnis wert. Er war nicht nur der schlimmste Verräter, den diese Welt je hervorgebracht hatte, sondern besaß inzwischen sicher einigen Einfluss bei den Drakken. Ihn auszuschalten wäre ein entscheidender Schlag im Kampf gegen die verbliebenen Gegner, einschließlich der verhassten Bruderschaft.

Victor winkte in Richtung Herphram. Geduckt lief er zu ihnen, und Victor erklärte ihm die Situation.

»Und er ist ansonsten nicht sehr gut?«, fragte der Magier, nachdem Victor geendet hatte.

»Sagt man jedenfalls. Leandra hat ihn stets beherrschen können.«

Herphram zuckte lächelnd mit den Schultern. »Ich habe keine Ahnung, wie gut Leandra wirklich ist. Man erzählt sich ja Wunderdinge über sie.« Er räusperte sich. »Also gut, ich denke, zu zweit werden wir seiner Herr werden. Ich selbst werde mich darauf konzentrieren, das Trivocum zu versiegeln, damit er keine stygischen Energien mobil machen kann. Lem oder Rhemor können ihn dann schlafen legen. Danach müssen wir allerdings aufpassen …«

Plötzlich gellte ein Pfiff durch die riesige unterirdische Halle, kurz darauf ein Sirren und ein Schrei. Alle drei schossen in die Höhe – der Lärm konnte nur eines bedeuten.

Mit einem singenden Geräusch zog Jacko sein Zweihänderschwert vom Rücken und duckte sich leicht in seine typische Kampfhaltung. Victor sah sich mit pochendem Herzen in alle Richtungen um.

»Da!«, rief Yo.

Die Bewegung links von ihnen, verdeckt durch mehrere Steinsäulen, war kaum zu sehen gewesen, da fauchte auch schon ein Schuss aus einer Drakkenwaffe heran. Das Glück mit diesen Waffen war, dass man ungefähr eine Sekunde hatte, davonzuhechten. Jacko tat es und riss sowohl Victor als auch Herphram zu Boden.

Der Schuss hätte sie nicht getroffen, aber weit vorbei ging er dennoch nicht. »Los – Angriff!«, brüllte Jacko. Sein Kommando galt nur noch für Victor und Herphram, Yo war schon davongehuscht, und die anderen waren längst in den Kampf verwickelt. Victor hatte keine Zeit mehr für Pläne. Sein Blick fiel hinab in die Halle, wo zwei feuernde Drakken auf Enias losmarschierten, der sich hinter einer Säule verkrochen hatte.

Wie kommt der dort hinunter?, dachte Victor wütend. Fauchende graue Energiebälle wummerten aus den klobigen Drakkenwaffen auf den Bogenschützen zu.

Enias konnte seine Deckung nicht mehr verlassen. In wenigen Sekunden würden sie ihn erreicht haben.

Victor stürmte voran und sprang, ohne zu überlegen. Es war eigentlich viel zu tief, aber er tat es trotzdem. Als er unten aufkam, knackten seine Knochen von der Wucht des Aufpralls, und ihm blieb für einen Augenblick die Luft weg. Doch er war direkt hinter den beiden Drakken aufgekommen.

Einer der beiden bemerkte ihn und fuhr herum. Victor vollführte eine Vorwärtsrolle und zog währenddessen das Schwert aus der Scheide, das er wie Jacko quer auf dem Rücken befestigt hatte. Es war das erste Mal überhaupt, dass ihm dies wie aus einer Bewegung heraus gelang. Seine ›Männerfreundschaft‹ mit Jacko hatte ihm diese Technik beschert: die grimmige Zuneigung des großen Mannes und erfahrenen Kämpfers, der sich eingebildet hatte, seinen jüngeren Schützling für den Kampf stählen zu müssen. Er hatte Victor in Malangoor so manchen Tag geschunden und ihn mit seiner überlegenen Körperkraft und Härte dazu gezwungen, sich zu wehren – so lange, bis Victor aus reiner Wut heraus versucht hatte, Jacko eins zu verpassen. Und es war ihm sogar gelungen – zuletzt immer häufiger. Nun endlich zahlte sich die Plackerei aus. Victor zog mit Wucht sein Schwert durch und hackte dem Drakken einen Fuß und die Schwanzspitze ab. Die Bestie heulte auf und fiel zu Boden.

Augenblicke später wummerte ein Schuss neben ihm in den Steinboden. Bevor er die Orientierung wiedergewann, hörte er ein Brüllen, und neben ihm krachte ein Bündel aus Enias und einem Drakken zu Boden. Enias schrie auf, als er sich die Hand am noch glühenden Stein verbrannte, doch dies steigerte noch seine Wut, mit der er der Echsenbestie seinen langen Dolch in den Rückenpanzer hieb. Die inzwischen wohlbekannte Dampfwolke stob aus der Rüstung auf, dann

43

lag der Drakken still. Victor sprang auf die Füße. Überall waren Kämpfe im Gange; Geschrei, magische Entladungen und Drakkenschüsse hallten zischend und dröhnend durch die unterirdische Welt. Vor ihnen wälzte sich gurgelnd der andere verletzte Drakken am Boden. Er hatte seine Waffe verloren und versuchte, auf die Beine zu kommen, was ihm mit nur einem Fuß nicht gelingen wollte.

Eigentlich besaß Victor nicht die Kaltblütigkeit, einem wehrlosen, verletzten Gegner stehenden Fußes den Garaus zu machen. Aber ein Drakken war nichts anderes als eine auf Mord und Tod versessene Bestie. Fände er irgendeine Gelegenheit, Victor erneut anzugreifen, so täte er es. Eine sinnvolle Unterredung oder dergleichen war mit diesen Wesen einfach nicht möglich. Victor zog seine Wasserspritze aus dem Gürtel, führte das flötenähnliche Instrument zum Mund, biss die Spitze auf, drehte es herum und blies auf der anderen Seite kräftig hinein. Ein halb zerstäubter Wasserschwall ergoss sich über das Echsenwesen.

Die Wirkung trat fast sofort ein. Der Drakken begann zu keuchen und zu gurgeln, verfiel in rasende Bewegungen und versuchte, sich seinen Panzer, der nur den Oberkörper überdeckte, vom Leib zu zerren. Victor trat zurück und verzichtete darauf, sich den Rest des Todeskampfes anzusehen.

Mit brüderlichem Handschlag verständigte er sich mit Enias, der ihm ein erleichtertes »Danke!« zurief. Dann eilten sie in Richtung des mattschwarzen Drakkenschiffs. Als sie dort ankamen, war der Kampf schon vorbei.

Jacko hatte natürlich allein drei Drakken niedergemacht, und das war auch gut so. Herphram stand über dem reglosen Körper eines Bruderschaftlers, Yo hingegen kümmerte sich um den offenbar verletzten Poul.

»Wo ist Rasnor?«, rief Victor.

Niemand wusste es. Sie sahen sich suchend um, als aus der Ferne ein Geräusch anschwoll. Es war das wohlbekannte Jaulen, das von einem startenden Drakkenschiff erzeugt wurde. Victor rannte los.

Etwa sechzig Schritt entfernt erhob sich das Transportboot in einem Orkan aus Lärm, Feuer und aufwirbelndem Staub. Als Victor am Ort des Geschehens ankam, schwebte es schon ein Stück über dem Boden und hielt auf das riesige Loch in der Hallendecke zu, durch das von weit oben ein Rest grauen Tageslichts herabfiel. Sekunden später hatte es den Durchlass erreicht und gewann zusehends an Höhe. »Bleib hier, du Dreckskerl!«, schrie er dem Schiff mit ohnmächtig erhobenen Fäusten hinterher. Doch es stieg immer schneller in die Höhe.

Verzweifelt blickte er sich um. Jacko und Herphram kamen dahergerannt. »Herphram!«, schrie Victor dem Magier entgegen und deutete in die Höhe. »Halte ihn auf!«

Augenblicke später stand der Magier neben ihm und blickte in die Höhe – doch er unternahm nichts.

»Was ist los, Herphram?«

Der Magier hob die Hände. »Was soll ich tun?«, rief er hilflos. Das Drakkenschiff hatte schon siebzig oder achtzig Ellen an Höhe gewonnen und entglitt in den grauen Himmel über der Festung.

»Ein Blitz! Ein ... magischer Pfeil!«, brüllte Victor, außer sich vor Zorn.

Herphram starrte hinauf, schüttelte den Kopf.

»Was ist los?«, schrie Victor ihn an. »Du bist doch *Magier*!«

»Victor!« Das war Jacko. Er hatte seinen Freund am Arm gepackt und ihn herumgerissen. »Lass ihn in Ruhe! Du weißt selbst, dass Magie *so* nicht ist! Was soll er denn tun? Irgendeine monströse Energie blind da hinauf in den Himmel schießen? Damit begraben wir uns nur selbst unter Trümmern!«

Victor stieß einen Fluch aus und schmiss wütend sein Schwert auf den Boden. »Verdammt! So nah kommen wir diesem Schwein vielleicht nie wieder!«

Jacko seufzte, während er dem entschwindenden Flugschiff hinterher blickte. »Ja, ich weiß. Was soll's. Nun ist er weg.«

Yo kam im Laufschritt zu ihnen. »Poul geht es nicht gut«, sagte sie. »Auch Damian hat etwas abgekriegt. Aber ... dieses schwarze Schiff! Das müsst ihr euch ansehen!«

Victor holte tief Luft. Der Ärger über Rasnors gelungene Flucht nagte heftig an ihm.

»Komm«, sagte Jacko und klopfte ihm kameradschaftlich auf die Schulter. »Den kriegen wir schon noch. Wir müssen uns um die Verletzten kümmern.«

Als sie zurückliefen, kam ihnen Rhemor entgegen. »Lem hat's arg erwischt«, sagte er mit dumpfer Stimme. »Und ...«

Herphram erschauerte. »Lem?«

Rhemor nickte. »Ja, womöglich schafft er es nicht.«

Herphram wandte sich um und eilte davon. Victor und Jacko tauschten betroffene Blicke und folgten dem Magier.

2 ◆ Allein gelassen

Leandra war glücklich, aber müde. Es war ein langer Spaziergang gewesen. Nun stand sie unschlüssig in der Aue nahe einem schmalen Fluss östlich von Angadoor, blickte über die kleine Brücke hinweg und überlegte, ob sie es wirklich noch wagen sollte, bevor sie nach Hause zurückkehrte.

Dem fluchbeladenen Asgard einen Besuch abzustatten.

Mit argwöhnischen Blicken musterte sie den dunklen Waldrand drüben auf der anderen Seite des kleinen Flusses. Der Asgard war der Ort, an dem alles begonnen hatte – damals, als sie noch ein zartes Pflänzchen vom Rang einer Novizin gewesen war. Sie hatte eine alberne Novizen-Mutprobe bestehen wollen und war dabei in ein Abenteuer von ungeahnten Ausmaßen hineingeschlittert. Nie hätte sie sich träumen lassen, einmal eine so bedeutungsvolle Rolle einzunehmen. Doch es war ihr gelungen, nicht zuletzt mit der tatkräftigen Hilfe vieler Freunde, die sie gewonnen hatte, die gewaltige Aufgabe zu meistern. Alle Gefahren waren gebannt, der Friede war in die Höhlenwelt zurückgekehrt.

Nur den Asgard, diesen uralten Steinkreis dort drüben im Wald, umgab noch immer etwas von seiner alten Bedrohlichkeit. Nachdenklich musterte sie den Waldrand, wo die Bäume dicht und dunkel standen; es schien, als wollten sie ihr zuflüsterten, sie solle sich den schönen Tag nicht verderben und lieber nach Hause gehen.

An diesem Morgen war sie zusammen mit ihrer kleinen Schwester Cathryn zu einer Wanderung aufgebrochen, bei herrlichem, warmem Wetter, in großer Entspanntheit und ohne all die Sorgen und Belastungen der drangvollen Zeit des Krieges, der nun schon gut vier Monate zurücklag.

Strahlender Sonnenschein hatte sie begrüßt, nachdem sie im Morgennebel ihr Heimatdorf Angadoor verlassen hatten, nur mit einem leichten Frühstück im Bauch, um unbeschwert laufen zu können. Das morgendliche Vogelgezwitscher war geradezu lärmend gewesen, die Luft kühl und erfrischend und die Wiesen noch feucht. Sie waren in Richtung der *Spindel* gelaufen, des seltsam verdrehten Stützpfeilers und Wahrzeichens von Angadoor. Von den endlosen, majestätisch grauen Felsstrukturen in zehn Meilen Höhe war im Frühdunst noch nichts zu sehen gewesen. Ihre Wanderung hatte sich in ihrem weiteren Verlauf zu einer rechten Trödelei entwickelt; Leandra hatte das Gefühl genossen, ganz ohne wichtige Aufgaben zu sein und sich voll und ganz Cathryn widmen zu können.

Ihrer achtjährigen Schwester ging es langsam wieder besser. Sich um sie zu kümmern war Leandras großes Anliegen, denn die Kleine hatte Furchtbares erlebt. Jedenfalls glaubte Leandra das.

Cathryn war für fast zwei Wochen verschwunden gewesen – während der Zeit unmittelbar nach dem Sieg gegen die Drakken. Niemand konnte sagen, wo sie gesteckt hatte, nicht einmal sie selbst schien es zu wissen. Als besonders schrecklich empfand Leandra die Tatsache, dass keiner so recht Cathryns Fehlen bemerkt hatte, außer natürlich ihren Eltern, die nach dem Sieg gegen die Drakken sofort nach Savalgor gereist waren, um nach ihren beiden Töchtern zu suchen. Zu dieser Zeit jedoch war in Akrania alles drunter und drüber gegangen. Das ganze Land hatte sich um Leandra und ihre drei Freundinnen gesorgt, die auf dem untergehenden Mutterschiff der Drakken eingeschlossen gewesen waren – vermeintlich unrettbar, draußen im All.

Doch bis Leandras Eltern Savalgor erreicht hatten, war Cathryn bereits wieder aufgetaucht – völlig verstört, ohne Erinnerung an das, was ihr widerfahren war, während Leandra und ihre drei Freundinnen, die den Drakken eine tödliche Fracht hinaus ins All gebracht hatten, noch immer auf dem riesigen Schiff festsaßen. Sie waren die tragischen Heldinnen dieses Krieges geworden; ein jeder hatte sich den Kopf zerbrochen, wie man sie nur retten könnte, und niemandem war Cathryns Abwesenheit aufgefallen.

Leandra hatte eine ganze Weile gebraucht, um ihre Wut darüber zu verdauen. Doch schließlich hatte sie verstanden, dass keinem ihrer Freunde so recht klar gewesen war, dass Cathryn überhaupt in Savalgor hätte sein müssen. Es war eine Zeit des grenzenlosen Durcheinanders gewesen, und zum Glück war ja auch wieder alles in Ordnung gekommen.

Doch Cathryn, sonst ein munteres, verspieltes Mädchen, war scheu und empfindsam geworden. Zum Glück schlief sie normal und hatte wohl auch keine schlimmen Träume. Leandra sorgte sich sehr um sie, und dass die Kleine langsam wieder zugänglicher wurde, erleichterte sie über die Maßen. Heute war der beste Tag seit Wochen gewesen; Cathryn hatte sich zum ersten Mal wieder richtig umarmen lassen. Sie hatten miteinander geschmust wie in früheren Zeiten, und so ging es Leandra nun ebenfalls besser. Endlich gestattete sie sich, wieder an andere Dinge zu denken – an sich selbst zum Beispiel oder an die ungestümen Ereignisse der letzten anderthalb Jahre.

Noch immer waren viel Fragen offen.

Sie war sich unschlüssig, ob sie es wagen sollte, sich auf die Suche nach Antworten zu machen. Es mochte sein, dass sie dadurch Dinge aufrührte, die neues Unheil heraufbeschworen. Eigentlich empfand sie es als wohltuend, dass für den Augenblick alles so wundervoll ruhig war.

Seufzend ließ sie sich im hohen Gras nieder und genoss den Duft der Wiese. Cathryn kam herbei, ließ sich neben sie fallen und schmiegte sich an ihre Seite. Glücklich über diese Nähe, hievte Leandra ihre Schwester auf ihren Schoß und schlang die Arme um sie. Manchmal empfand sie so viel Liebe für Cathryn, dass sie gar nicht wusste, wohin damit.

»Es geht dir gut«, sagte Cathryn mit Bestimmtheit.

Leandra grinste. »*Das* kannst du spüren?«

»Ja, ganz deutlich. Und du möchtest, dass es so ruhig bleibt.«

Verwundert sah sie ihre Schwester an. »Ja, du hast Recht. Genau daran habe ich eben gedacht.« Sie drückte Cathryn wieder an sich. »Wir sind halt richtige Schwestern. Wir können spüren, was die andere denkt.«

Sie ließ sich rücklings ins Gras sinken und seufzte wohlig. Für eine Weile lagen sie ruhig da und starrten beide in den Himmel hinauf. Es war Nachmittag geworden, und nun sah man deutlich die grauen Felsstrukturen in der Höhe. Leandra musste unwillkürlich an den *blauen* Himmel denken, der sich vor Jahrtausenden dort oben, an der Oberfläche der Welt, ausgedehnt hatte. Ja, sie besaß noch immer das geheimnisvolle, gefaltete Blatt, das sie in Sardins Turm gefunden hatte. Das Blatt, das über fünftausend Jahre alt war und eine Insel im Meer zeigte – ein Meer, über dem sich *kein* Felsenhimmel spannte und in dem weit und breit kein Stützpfeiler zu sehen war. Nur blaues Wasser und darüber ein blauer Himmel.

In diesen Anblick von Freiheit und Weite hatte sie sich verliebt. Nicht, dass ihr die Höhlenwelt neuerdings missfiel – nein, dies war ihre Heimat, und die

Höhlenwelt hatte die wohl großartigsten Landschaften zu bieten, die man sich nur denken konnte. Die majestätischen Pfeiler aus Fels, zehn Meilen hoch, die gleißenden Sonnenfenster, die schroffen Gebirge, weiten Wälder und stillen Seen. Der Anblick des völlig freien Landes bis hin zum Horizont hatte es ihr jedoch wahrlich angetan. Sie empfand es als unendlich traurig, dass heute dort oben, auf der Oberfläche der Welt, niemand mehr existieren konnte. Da gab es nichts mehr: kein Wasser, kein Leben und keine atembare Luft. Nur noch kalte Ödnis und Tod.

So gesehen war die Höhlenwelt, ein paar Meilen unterhalb dieser untergegangenen Welt, ein wahres Paradies. Gut geschützt unter einem Himmel aus meilendickem Fels, war sie sicher vor allen bösen Einflüssen oder Angreifern. Jedenfalls *jetzt* – nachdem die Menschen gelernt hatten, worauf es ankam.

Die Drakken waren in einem Krieg, der nicht einmal einen halben Tag gedauert hatte, vernichtend geschlagen worden – und zwar nicht nur ihre Armee *innerhalb* der Höhlenwelt, sondern auch ihr gigantisches Mutterschiff, dessen Wrack dort draußen im All noch immer den Planeten umkreiste. Niemals würden diese Bestien es wagen wiederzukehren, dessen war man sich sicher. Denn die Höhlenwelt hatte die mächtigsten Beschützer, die man sich nur denken konnte: die Drachen. Es waren ihrer Hunderttausende – und keine Macht war ihnen gewachsen.

Mit den Drakken war endlich auch die Bruderschaft, dieser zweitausend Jahre alte Fluch, von der Höhlenwelt gewichen. Ihr Terror war beendet, ihre Herrschaft gebrochen und das Kriegsrecht, das der Hierokratische Rat verhängt hatte, endlich wieder aufgehoben. Die Garnisonsbaracke in Angadoor, in der Leandra vor nicht allzu langer Zeit noch Frondienste hatte leisten müssen, war abgerissen, und die Soldaten waren verschwunden. Kein finsterer Duuma-Mann weit und breit, kein Ausgangs- und Reiseverbot und keine abendliche Sperrstunde mehr. Cathryn konnte mit den anderen Kindern so lange spielen wie sie mochte, und niemand musste sich mehr Gedanken machen, wenn er abends noch Lust verspürte, über die Wiesen zu spazieren und das Funkeln der Sterne durch die Sonnenfenster hindurch zu beobachten.

Einzig die Erinnerungen waren es noch, die wehtaten.

Es hatte Schmerz, Tod, Verrat, Opfer und Trauer gegeben – und Leandra hatte ihre große Liebe Victor verloren. Aber sie bemühte sich, die Gedanken daran von sich fern zu halten.

Am meisten hatte ihr dabei ihre neue Aufgabe geholfen. Da sich ihr Lehrer Munuel schon seit vielen Wochen dem Wiederaufbau des Cambrischen Ordens in der Hauptstadt Savalgor widmete, hatte sich Leandra darauf verlegt, in Angadoor die Aufgaben einer Dorfmagierin zu übernehmen. Die Leute schenkten ihr, der großen Heldin, grenzenloses Vertrauen. Immer wenn Not am Mann war, half sie aus: mit Heilkunde, Kräutern, Gebrauchsmagien und allem anderen, was ihr gerade in den Sinn kam. Manchmal spendete sie auch nur Trost oder half mit geheimnisvollen Rezepten, wenn eines der jungen Mädchen an Liebeskummer litt oder einer der Männer sich müde und kraftlos fühlte. Sie erhielt Geschenke und wurde fast täglich zum Essen eingeladen. Wenn es ihr zu viel wurde, zog sie sich einfach für ein paar Tage zurück; manchmal schlief sie dann irgendwo an einem See oder zog mit Cathryn für ein paar Tage durch die Gegend.

Als hätte die Kleine wiederum ihre Gedanken gespürt, schoss sie plötzlich in die Höhe. »Was machen wir jetzt?«, fragte sie unternehmungslustig.

Leandra richtete sich auf und blickte wieder hinüber

zum Waldrand. Spontan fasste sie einen Entschluss. »Lauf schon ins Dorf, Schatz«, sagte sie. »Ich will noch kurz nach etwas sehen.«

Cathryn stemmte die kleinen Fäuste in die Hüften und zog die Stirn kraus. »Bist du *sicher*, Leandra?«

Leandra lächelte. Cathryn hatte viele Qualitäten, unter anderem konnte sie, wenn sie *erwachsen* spielte, unheimlich witzig sein. »Ja doch«, grinste sie. »Geh nur. Ich bin ein großes Mädchen und kann schon eine Weile auf mich selbst aufpassen.« Wieder blickte sie zum Wald hinüber. »Der *Asgard* ist nichts für dich!«

Cathryn musterte sie zweifelnd, dann setzte sie, von einem Moment auf den anderen, ein strahlendes Lächeln auf. »Ist gut!«, rief sie, wandte sich um und rannte den Weg in Richtung des Dorfes hinab. Kurze Zeit darauf war sie verschwunden.

Leandra sah ihr kopfschüttelnd hinterher. Was die plötzliche Zustimmung Cathryns bewirkt hatte, vermochte sie nicht zu sagen. Aber das war wohl der Zauber ihrer kindlichen Seele.

Sie stand auf und musterte die kleine Brücke. Sollte sie es tatsächlich wagen? Sie wusste nicht einmal, was sie dort zu finden oder besser: *nicht* zu finden hoffte. Die mystischen Kräfte des Asgard flößten ihr noch immer ein Gefühl der Unsicherheit ein.

Los jetzt!, trieb sie sich selbst an und setzte sich in Bewegung. Entschlossenen Schrittes überquerte sie die kleine Holzbrücke. Als sie auf der anderen Seite anlangte, wurde ihr klar, dass sie ein Aurikel im *Trivocum* geöffnet hatte. Fünfte Stufe, eine durchaus ansehnliche magische Kraft also, mit sauberen, hellgelben Rändern und bereit, stygische Kräfte ins Diesseits zu lenken, wenn sie es nur wollte.

Warum nicht?, dachte sie. Warum sollte sie sich nicht schützen? Sie war inzwischen eine ungleich bessere Magierin als damals; mittlerweile konnte sie sich wehren, ganz im Gegensatz zu jener Zeit, als sie in dieses Abenteuer förmlich hingestolpert war. Der Asgard war ein grausiger, unheimlicher Ort für sie gewesen, aufgeladen mit mörderischen Energien, die sie hätten vernichten können. Beinahe wäre es damals auch dazu gekommen. Etwas hatte sie verfolgt, ein riesiges, monströses Wesen, und wären Caori und Munuel nicht gekommen, um sie im letzten Moment zu retten, wäre diese ganze Geschichte schon sehr früh für sie zu Ende gewesen.

Leandras Entschluss wuchs, sich dem unheimlichen Etwas, das dort noch immer lauern mochte, zu stellen. Sie erreichte den Waldrand, formte aus der stygischen Energie, die aus ihrem Aurikel ins Diesseits herüberleckte, einen Keil verdichteter Luft und stieß ihn vor sich ins Gebüsch, um den Weg frei zu bekommen. Raschelnd teilten sich die Zweige, wie von Geisterhand bewegt.

Nein, dachte sie entschlossen, *es kommt gar nicht infrage, dass hier noch immer irgendeine uralte, vergessene Macht herumspukt! Nicht, solange ich kaum einen Steinwurf entfernt wohne!*

Vorsichtig und mit geschärften Sinnen schlich sie weiter. Es war unerwartet still hier im Wald, dabei hatte die Stunde der Dämmerung noch nicht begonnen.

Dann spürte sie den *Asgard*.

Es war wie damals, und für Augenblicke verlangsamte sie ihre Schritte. An diesem Ort hatte einst, vor Jahrhunderten, ein furchtbarer magischer Kampf stattgefunden, bei dem der schreckliche *Minuu* einer Gruppe von Gildenmagiern ein mächtiges magisches Artefakt hatte entreißen wollen. Selbst nach dieser langen Zeit war der Boden noch immer von den stygischen Energien aufgeladen. Um der Kräfte, die nicht weichen wollten, Herr zu werden, hatte die Gilde dort einen mystischen Kreis aus zwölf großen, mit Runen beschrifteten Steinblöcken errichten lassen. Seine Gegenwart war überdeutlich zu spüren.

Leandra zwang sich weiterzugehen.

Die ersten Steinblöcke wurden zwischen den Bäumen sichtbar, und plötzlich stellten sich ihr die Nackenhaare auf. Eine Stimme wollte ihr einflüstern, sie solle rasch umkehren, denn *selbst jetzt* hätte sie nicht den Hauch einer Chance, gegen das anzukommen, was hier in der kalten Erde des *Asgard* auf ahnungslose Wanderer lauerte. Befangen blieb sie stehen und kämpfte gegen den beinahe übermächtigen Drang an, sich umzudrehen und wegzulaufen.

Doch dann sah sie etwas.

Es war ein Stück blauer Himmel, der durch die Zweige zu ihr herabschimmerte und sein Licht über den Steinkreis des Asgard ergoss, und das konnte nur ein Omen sein. Damals hatte hier ein finsterer Gewittersturm getobt, heute aber war tatsächlich einer jener besonderen Abende, an dem der Felsenhimmel in beruhigendem Blau herableuchtete und der Welt eine Botschaft des Friedens zusandte. Leandra atmete auf.

Sie lief weiter, trat auf die Lichtung hinaus und ging mit langsamen, aber unbeirrten Schritten weiter, bis sie die Grenzlinie des Steinkreises übertreten hatte.

Die zwölf grimmigen, mehr als mannshohen Steinblöcke bildeten einen weiten Kreis um sie, und der dunkelbraune Boden aus fest gebackener Erde, auf dem sich nichts Lebendes aufhalten wollte, lag wie damals Unheil verkündend unter ihren Füßen. Deutlich konnte sie die Kräfte spüren, die hier versammelt waren. Aber ein anderes Gefühl gab ihr ein, dass sie nichts zu befürchten hatte. Die Gilde hatte durch das Errichten der zwölf Steinblöcke alles Notwendige getan, um diesen Ort im Zaum zu halten. Und die gutartigen Kräfte des Himmels – und auch die, die in ihr selbst schlummerten – würden mit allem fertig werden, was sich hier erheben mochte.

Leandra blieb stehen, mitten im Asgard, und stemmte herausfordernd die Fäuste in die Seiten. Einmal drehte sie sich im Kreis, dann wusste sie, dass sie gewonnen hatte. Hier gab es nichts mehr, das wagte, ihr die Stirn zu bieten.

Nach einer Weile ging sie einfach wieder.

Niemand hielt sie auf, kein verhutzeltes Mütterchen mit einer schrecklichen Weissagung wartete auf sie, und auch kein namenloses Ungeheuer entstieg der Erde, um sie zu vernichten. Sie durchquerte den Wald und gelangte unbehelligt zu den Auen am nahen Iser. Für Augenblicke überkam sie noch einmal ein Schauer, denn an dieser Stelle war damals, als sie aus dem Asgard geflohen war, jener entsetzliche Verfolger aus dem Wald hervorgebrochen, ein schattenhaftes Ungetüm, das sie in ihrer Panik nur aus den Augenwinkeln heraus gesehen hatte.

Sie blieb stehen, drehte sich herum – aber da war nichts als der friedliche Wald, in dem die Vögel ihr Abendlied zwitscherten. Ein zweites Mal atmete sie auf. Sie hatte es gewagt, und nun war sie froh darum.

Erleichtert überquerte sie die Wiese und die kleine Holzbrücke und marschierte den stillen Waldweg nach Angadoor hinab. Alles war ruhig und beschaulich, die Höhlenwelt hatte ihren Frieden wieder.

Kaum zu glauben, dachte sie unterwegs, still in sich hineinlächelnd.

Als sie den Dorfrand erreichte, sah sie ein kleines Drakkenflugboot, das am Rand des Siebenplatzes gelandet war. Die verrückten Malereien und bunten Fähnchen auf der metallenen Hülle wiesen es als Meister Izebans *Schaukel* aus.

Mit leicht pochendem Herzen bog sie in den Weg ein, der zum Haus ihrer Familie führte. In der Küche saßen ihre Eltern, Cathryn und der kleine Gelehrte mit dem wirren weißen Haar. Als sie hereinkam, sprang er auf. Sein Gesicht zeigte eine Mischung aus Wiedersehensfreude und Sorge.

»Fräulein Leandra! Wie gut, Euch zu sehen. Ihr müsst unbedingt mit mir nach Savalgor kommen! Wir haben ein schreckliches Problem!«

Aha!, dachte Leandra und seufzte.

*

Rasnor blickte durch das Seitenfenster in die Tiefe, wo die Ruinen von Thoo immer kleiner wurden. Er hatte die Zähne zusammengebissen, die Fäuste geballt und kochte vor Wut.

»Verdammt!«, knirschte er voller Zorn. »Jetzt haben wir das Schiff verloren! Und dieser Dreckskerl Victor lebt ebenfalls noch! Ist denn *gar keiner* von denen während der Kämpfe umgekommen?«

Novize Marius schwieg. Er fürchtete, die Wut seines Meisters mit einer unbedachten Bemerkung weiter anzufachen. Zum Zeitpunkt des Überfalls war er zufällig an Bord dieses Flugbootes gewesen, und das hatte ihm wohl das Leben gerettet. Meister Rasnor war schnell hineingesprungen und hatte den Start befohlen. Marius' Freund Mischa hatte weniger Glück gehabt. Ob er noch lebte, wusste Marius nicht, jedenfalls hatte er es nicht mehr an Bord geschafft. Nach allem, was sein Meister ihm erzählt hatte, war Mischa nur zu wünschen, dass er jetzt tot war. Denn sonst würde man ihn unerträglichen Foltern aussetzen, ehe man ihn mit gebrochenen Knochen und zerschmettertem Gesicht den Raben zum Fraß überließe.

Rasnor hob beschwörend die Hände. »Das Schiff!«, heulte er. »Es war fertig – nach drei Monaten Arbeit! Das darf einfach nicht wahr sein!«

Marius schwieg weiterhin. Er hatte Angst, dass sein Meister die Beherrschung verlor und vor lauter Wut eine Magie wirkte; an Bord dieses kleinen Schiffes hätte das verheerende Folgen. Doch nachdem er eine Weile heftigst geflucht hatte, beruhigte sich Rasnor ein wenig.

»Wir müssen uns etwas anderes überlegen«, rief er aus. »So geht das nicht weiter!«

Links und rechts neben Marius hockten zwei Drakken, denen die Flucht ebenfalls gerade noch gelungen war. Vorn saßen die beiden Piloten, mehr aber waren von den zwölf Mann nicht übrig geblieben. Und der Hohe Meister tobte. Gern hätte Marius jetzt mit einem der Drakken-Piloten den Platz getauscht. Einesteils, um von Rasnor wegzukommen, aber auch, weil er das Fliegen eines solchen Flugschiffs neuerdings beherrschte.

»Immer wieder spüren die uns auf!«, bellte Rasnor zornig. »Ich möchte wissen, wie!«

»Wir sollten …«, begann Marius zaghaft, »vielleicht doch eher nachts ausrücken. Wenn die Drachen schlafen.«

Rasnors Kopf fuhr herum wie der eines Habichts. Marius wusste, dass sein Meister sich noch immer weigerte, die Drachen als wirklich intelligente Art zu betrachten – als Wesen, die mehr als nur das Hirn eines Hundes besaßen und eigenständig zu handeln und miteinander zu kommunizieren vermochten. Obwohl er es eigentlich hätte besser wissen müssen. Der Drachenkrieg war das beste Zeugnis dafür.

»Auch wir schlafen nachts!«, erwiderte Rasnor wütend. Er schien zu wissen, wie schwach sein Einwand war, und suchte nach einem weiteren. »Wie sollen wir nachts an einem Ort wie diesem landen können?« Er wies in die Tiefe. »Oder dort etwas ausrichten? Es ist viel zu dunkel!«

Marius, ein mittelgroßer, leicht rundlicher Bursche mit rosigem Gesicht, spürte, dass er etwas unternehmen musste – jetzt gleich. Sein Meister war verunsichert und hatte noch immer kein Vertrauen zu den Errungenschaften der Drakken gefunden. Stattdessen plagte er sich mit Ungewissheiten herum, die ihm, Marius, überhaupt keine Probleme bereiteten. Wenn er in dieser Bruderschaft, in die er vor ein paar Jahren hineingeraten war, etwas werden wollte, dann musste er einen Vorstoß wagen.

Er ließ sich von seinem Sitz direkt in einen Kniefall hinabgleiten und sah mit flehentlichen Blicken zu seinem Hohen Meister auf. »Ich beschwöre Euch, Meister, vertraut mir – gebt mir eine Chance! Man *kann* nachts mit diesen Schiffen fliegen! Die Geräte der Drakken machen das möglich. Und es ist ebenso gewiss, dass es die Drachen sind, die uns immer wieder aufspüren; sie sind überall, und sie *können* tatsächlich miteinander reden, Meister!« Er musterte angstvoll Rasnors Miene, aber der starrte ihn nur aus blitzenden Augen an. »Doch nachts, Hoher Meister«, fuhr Marius fort, »nachts können sie nicht fliegen. Nicht wir, sondern die Drachen sind es, die dann nichts sehen können! Wir hingegen …« Er blickte nach vorn, wo die beiden Drakkenpiloten an der großen, schrägen Instrumententafel hantierten.

Rasnor sah ebenfalls dorthin, sein Blick voller Unmut und Zweifel. Marius wusste, dass Rasnor nicht ganz Unrecht hatte, denn es hatte bereits Unfälle gegeben. Mehr als zehn ihrer wertvollen Flugschiffe hatten sie durch Drachenangriffe verloren. Außerdem hatten sich die Drakken nicht gerade als besonders gewitzte Piloten erwiesen. Er war überzeugt, dass er selbst schon jetzt jeden gewöhnlichen Drakkenpiloten in der Kunst des Fliegens übertraf.

»Wenn unsere Gegner erst dahintergekommen sind, was wir vorhaben, Hoher Meister«, fuhr Marius fort,

»können sie direkt etwas dagegen unternehmen. Dann wird es schwierig für uns.«

Das war eine Anspielung auf den Verlust des Schiffes in den Ruinen von Thoo, und Rasnor verstand sie. »Das weiß ich selbst!«, schnappte er.

»Ihr müsst mehr Vertrauen in die Technik der Drakken aufbringen, Meister. Wenn wir sie uns zunutze machen, kommen wir viel schneller zum Ziel!«

Rasnor stand inzwischen seitlich zu dem immer noch knienden Marius und starrte auf ihn herab wie auf eine Schlange. Sein größtes Problem war, so jedenfalls empfand es Marius, dass er ein übermäßiges Misstrauen hegte – gegen alles und jeden.

»Und dann könnten wir vielleicht auch … diesen Victor …«

Rasnor trat einen schnellen Schritt auf Marius zu und zerrte ihn hoch. »*Was* können wir dann mit Victor?«, fragte er scharf.

Marius' Knie schlotterten. Er wusste, dass sein Meister in der Lage war, ihn mit einer seiner mörderischen Magien auf der Stelle zu töten. Man erzählte sich Wunderdinge über Rasnor. Er hatte immerhin den großen Meister Fujima getötet, einen der mächtigsten Magier der Welt!

»Ich meine … wir könnten ihm eine Falle stellen. Und ihn töten.«

»Eine Falle?«, fragte Rasnor verächtlich. »Wie willst du das anstellen?« Er ließ ihn wieder los. »Ihn in eine Falle zu locken, das wäre …«

Seine Worte wurden von einem schrillen Piepen durchschnitten. Alarmiert fuhr er herum.

Marius erhob sich. Wie sein Meister kannte er dieses Geräusch. Es ertönte immer dann, wenn sich etwas Großes auf ihr Schiff zubewegte. Etwas Großes, das kein anderes Drakkenschiff war. Marius trat zu den Seitenfenstern und suchte den Himmel ab.

»Da!«, rief er und deutete nach Süden. Rasnor fuhr herum und blickte in die angegebene Richtung.

Es waren mindestens ein Dutzend Sturmdrachen. Sie hatten sich weit hinauf in den Himmel gearbeitet; nun stießen sie mit hoher Geschwindigkeit aus der Höhe auf sie herab.

Marius wurde blass. Er fuhr zu Rasnor herum. »Meister! Befehlt mich ans Steuer – ich beschwöre Euch! Die Drakken werden nur wieder beschleunigen, etwas anderes fällt denen nicht ein! Schnell! *Sonst sind wir tot!*«

Zum Glück besaß Rasnor eine Winzigkeit mehr Vertrauen zu ihm als zu den Echsenwesen. Er wandte sich zu den beiden Piloten um und bellte ihnen den Befehl zu, dass sie Marius ans Steuer lassen sollten.

Marius sprang los.

Sein letzter Blick durchs Fenster hatte ihm gezeigt, dass die Drachen rasend schnell näher kamen. Kaum saß er in der engen Steuerkabine auf dem seltsam geformten linken Sitz, griff er nach hinten und drückte den Hebel, den ein Drakkenpilot mit seinem Schwanz bediente, ganz nach unten. Er konnte kaum noch »*Festhalten!*« brüllen, da verlor das Boot auch schon rapide an Geschwindigkeit. Rasch trat er in die Pedale und ließ es schräg nach rechts unten aus dem Kurs fallen – eine Richtung, die der Flugbahn der Drachen zuwider lief.

Schon heulte einer der Sturmdrachen mit pfeifendem Geräusch über das Kabinendach hinweg ins Leere. Augenblicke später erhielt das Boot einen heftigen Schlag gegen die vordere rechte Seite. Das Glas der Pilotenkabine barst, ein heftiger Schrei schmetterte durch die Luft. Der Drakken rechts von Marius sank in seinem Sitz zusammen.

»Du hast ihn erwischt!«, ertönte Rasnors Triumphgeheul von hinten. »Das Mistvieh ist erledigt!«

Marius hatte Schwierigkeiten, das schlingernde Boot

61

wieder zu stabilisieren, und bekam nur aus den Augenwinkeln mit, wie ein Drache, der offenbar mit seiner linken Schwinge gegen das Drakkenboot gekracht war, sich überschlug und in die Tiefe stürzte. Das rechte Kabinenfenster war zersplittert und von einer breiten Blutspur bedeckt.

Marius arbeitete fieberhaft weiter. Kaum hatte er das Flugboot wieder unter Kontrolle, drückte er es weiter nach rechts unten in die Tiefe und zog dann die Flugbahn langsam nach rechts in die Höhe. Noch einmal bekam er den getroffenen Drachen in den Blick, wie er weit unten auf dem Wasser aufschlug. Thoo war außer Sicht, sie befanden sich inzwischen ein Stück weit draußen über dem Meer.

»Da kommen sie wieder!«, schrie Rasnor. »Mach die Seitentür auf, Marius, schnell! Die linke Seitentür!«

Marius' Kopf schwindelte. Er versuchte die Entfernung zu den Drachen abzuschätzen, doch ihre Geschwindigkeit war beängstigend. Vom Schicksal ihres Artgenossen schockiert, strebten sie diesmal weit auseinander. Marius fühlte einen heißen Schauer auf dem Rücken, als er sah, mit welch spielerischer Leichtigkeit die riesigen Wesen ihre Flugbahnen kontrollierten. Sie stoben auseinander wie ein Volk von Spatzen und flogen gleich darauf aus einer völlig anderen Richtung wieder herbei ... Es war unglaublich.

»Was ist mit der Tür?«, schrie Rasnor.

»Ich ... ich weiß nicht ...«, schrie Marius hilflos zurück. Das Öffnen der Seitentüren erforderte eine andere Anzeige auf seinem Leuchtschirm, die immer von selbst erschien, wenn das Schiff auf dem Boden stand. Wie er es *jetzt* herbeiholen sollte, wusste er nicht. Der andere Drakken konnte ihm nicht mehr helfen. Er hing leblos in seinem Sitz.

Im nächsten Moment fauchte eine Wolke aus weißem Feuer über sie hinweg. Marius gurgelte hilflos;

seine Haare standen zu Berge. Es war, als hätte man ihn in eine Aura brennender Luft gestoßen. Zum Glück hielt das entsetzliche Gefühl nur kurz an, dann waren sie durch die Wolke des Drachenfeuers schon hindurch. Doch nun sah er, dass alles um ihn herum brannte. Entsetzt kreischte er auf. Jedes einzelne Teil in seiner Umgebung war von einer zwei Finger dicken Schicht weißen Feuers überdeckt: die Sitze, die Bedienungstafel, die Kabinenscheiben, er selbst … einfach alles. Augenblicke darauf verlosch das Feuer mit einem seltsamen Puffen.

»Bring uns hier raus!«, brüllte Rasnor.

Ein neues, heißes Gefühl durchströmte Marius. Meister Rasnor hatte das magische Feuer erstickt! So schnell! Für ein, zwei Sekunden hatte alles gebrannt, er konnte sogar seine verschmorten Haare riechen. Seine Haut glühte wie nach einem heftigen Sonnenbrand. Aber die Flammen waren bezwungen.

Endlich hatte er seine fünf Sinne wieder beisammen. Die Drachen waren im Moment außer Sicht, und das Boot flog noch. Er griff nach hinten und zog den Hebel ganz hoch. Augenblicklich reagierte das Boot und nahm Geschwindigkeit auf. Vor sich sah er das offene Meer. Er wusste eine Möglichkeit, alle Kraft der Geräte an Bord auf die Beschleunigung zu ballen; ein Trick, den er sich durch Beobachtung der Drakkenpiloten selbst zusammengereimt hatte. Rasch berührte er auf dem Leuchtschirm ein paar farbige Flächen. Die gläserne Oberfläche war durch das magische Feuer trüb geworden. Mit den Pedalen richtete er die Nase des Schiffs leicht aufwärts; das war die beste Richtung, um gegenüber den Drachen an Geschwindigkeit zu gewinnen. Für eine bange Minute ignorierte er das protestierende Heulen der Maschinen im hinteren Teil des Flugschiffes und blickte währenddessen furchtsam aus allen Fenstern. Kein Drache war zu entdecken. Auch die Anzeige des Leuchtschirms blieb leer, und das nervtötende Piepen war verstummt.

»Wir haben es geschafft!«, keuchte er. »Wir sind sie los!«

Die drei überlebenden Drakken hatten sich mit ihren Waffen vor der Brust in die Ecken des hinteren Frachtraums gedrückt, und Rasnor lief von links nach rechts zu den Fenstern und wieder zurück, um sich zu überzeugen, dass Marius Recht behielt. Nach einer Weile war er sich sicher.

Er kam nach vorn und klopfte Marius auf die Schulter. »Gut gemacht, Junge!«, lobte er ihn. »Das hätte kein Drakken besser hingekriegt!«

Marius atmete auf. »Danke, Meister«, flüsterte er erleichtert.

Für eine Weile sagte Rasnor nichts, er stand nur hinter Marius und blickte über seine Schulter hinweg zum vorderen Fenster hinaus. Marius spürte, dass er überlegte. Vielleicht kam nun seine Chance.

»Also gut, Novize Marius!«, eröffnete ihm Rasnor. »Du hast bewiesen, dass du etwas kannst. Wir werden gemeinsam einen neuen Plan ausarbeiten. So kann es wirklich nicht weitergehen. Womöglich hast du Recht, und diese verfluchten Drachenbestien sind schlauer als ich dachte.«

Marius schluckte. So ganz konnte er den Abscheu seines Meisters vor den ›Drachenbestien‹ nicht teilen. Insgeheim bewunderte er die majestätischen Tiere. Diese Leandra und ihre Freundinnen flogen auf ihnen, hieß es. Wie gern hätte er das ebenfalls versucht!

»Wir sollten vielleicht wirklich dazu übergehen, nachts zu fliegen«, fuhr Rasnor in großmütigem Ton fort. »Aber ich möchte mehr Piloten wie dich. Diese dummen Drakken taugen vielleicht als Soldaten, aber als Piloten sind sie keinen Kupferfolint wert.«

Marius lächelte insgeheim. Er hatte plötzlich das Gefühl, als könnte aus ihm noch etwas werden.

*

»Es ist Monate her, dass ich durch unterirdische Gänge geschlichen bin«, protestierte Leandra. »Und ehrlich gesagt, habe ich die Nase voll davon!«

Izeban blieb stehen und hob die Lampe. Er schien sich schuldig zu fühlen – schuldig deswegen, weil er *wieder einmal* etwas übersehen hatte. Etwas, worauf ohnehin niemand gekommen wäre, aber Izeban schalt sich offenbar jedes Mal, wenn er nicht den Weitblick bewies, gar das Unmögliche vorauszuahnen. »Ich fürchte, es ist notwendig«, sagte er bedauernd. »Im Palast ist es längst nicht so sicher, wie man meinen möchte.«

Cathryn drängte sich an Leandra. Die Magierin hatte die kleine Schwester mitgenommen, um die Sorge ihrer Eltern zu zerstreuen, sie würde *schon wieder* aufbrechen, um sich in lebensbedrohliche Abenteuer zu stürzen. Nein, diesmal drehte es sich nur um eine Freundin, die sich allein gelassen fühlte.

»Dass wir deswegen gleich wieder durch Geheimgänge schleichen müssen?«, beklagte sie sich.

Izeban wandte sich um und eilte weiter. »Es ist besser, glaubt mir, Fräulein Leandra«, rief er über die Schulter zu ihnen zurück.

Cathryn kicherte leise. Sie blickte zu Leandra auf, rollte mit den Augen und formte *Fräulein Leandra* mit dem Mund. Leandra legte grinsend den Zeigefinger auf die Lippen. Der kleine Gelehrte hatte eine überaus förmliche Art, niemand duzte ihn, und er tat es auch mit niemanden. Nicht einmal mit Marko, mit dem er wochenlang Seite an Seite gekämpft hatte. *Fräulein Leandra.* So hatte sie noch nie jemand genannt.

Der geheime Fluchttunnel, durch den sie nun mühsam den Großen Savalgorer Stützpfeiler durchstiegen, führte von einer verborgenen Höhle am Meer direkt hinauf zu Alinas Gemächern. Leider war er elend lang. Leandra kannte den Gang nur zu gut. Durch ihn waren einst fünfzehn Fässer Salz, mithilfe hochgradiger Magie verdichtet und leichter gemacht, in den Palast gewandert, wo Leandra und ihre Freundinnen es innerhalb von zwei Nächten in ihre Ballkleider eingenäht hatten. Sie schüttelte ungläubig den Kopf, als sie an diese aberwitzige Aktion dachte.

Cathryn hielt den anstrengenden Aufstieg tapfer durch. Als sie das Ende des Tunnels erreichten, betätigte Izeban den Öffnungsmechanismus. Mit einem Knirschen schob sich, von Wasserkraft bewegt, in einem der Badezimmer der Shaba-Gemächer eine mächtige steinerne Wanne zur Seite. Als der Weg frei war, stieg Izeban voraus. In dem fürstlich ausgestatteten Badezimmer angekommen, lief er zur Tür und klopfte von innen dagegen.

Es dauerte eine Weile, dann wurde sie geöffnet. Alina starrte den kleinen Mann verblüfft an. »Izeban! Was tut Ihr denn hier …?« Dann erblickte sie Leandra, und ein Lächeln flog über ihr Gesicht.

»Leandra!«

Leandra setzte ebenfalls ein Lächeln auf und trat mit ausgebreiteten Armen auf Alina zu. Doch bevor sie Alina erreichen konnte, wurde sie von Cathryn überholt. Mit einem Schrei sprang die Kleine los und hüpfte Alina in die Arme.

Alina stieß ein Ächzen aus, fing Leandras Schwester mit Mühe auf und konnte sie gerade noch halten. Sie stemmte sie hoch und drückte sie fest an sich – der Lohn war ein schmatzender Kuss auf die Wange. »Melde mich zum Dienst, Shaba!« rief Cathryn und vollführte einen zackigen militärischen Gruß.

»Da bin ich aber froh! Ohne dich geht hier alles schief! Bist du wieder geflogen?«

»Ja, vorgestern. Mit Asakash!« Sie streckte die Arme in die Höhe. »Ich kann schon *auf dem Kopf* fliegen! Meister Izeban mit seiner fliegenden Blechdose kann es nicht!« Frech streckte sie ihm die Zunge heraus. Alle drei Erwachsenen lachten auf.

Alina ließ Cathryn wieder herunter, und die Kleine hüpfte fröhlich zu Izeban und drückte sich kurz an ihn, offenbar zur Entschuldigung für ihr freches Mundwerk. Dann sprang sie mit rudernden Armen davon, um die Shaba-Gemächer, die ihr bis in den letzten Winkel vertraut waren, erneut zu erkunden.

Leandra und Alina umarmten sich zur Begrüßung. »Was bin ich froh, dich zu sehen«, sagte Alina erleichtert. Wie immer war ihr Wiedersehen von einer gewissen Befangenheit begleitet; Alina bemühte sich, diese gleich zu zerstreuen. »Er … er ist nicht hier«, sagte sie leise. »Er ist irgendwo mit Jacko unterwegs …«

Leandra schüttelte den Kopf. »Hör auf, dich ständig zu entschuldigen. Er ist *dein* Ehemann!«

Alina seufzte tief. Offenbar lagen ihr tausend Worte auf der Zunge, tausend Erklärungen, Ausreden, Besänftigungen … lauter anständige Dinge, um Leandras Herz ein wenig leichter zu machen. Wäre da nur diese *eine* Sache nicht gewesen, wegen der sie sich für alle Zeiten schuldig fühlen würde. Leandra wusste es: Alina liebte ihn – sie liebte Victor.

Leandra ließ Alina los und betrachtete sie kurz. Wie immer sah sie fabelhaft aus – schlank und hoch gewachsen, mit glattem, seidigem Haar. Sie trug ein langes hellgelbes Kleid, einfach im Schnitt, aber edel in der Machart. Mit jeder Bewegung schwang es sanft mit und unterstrich ihre Anmut und Geschmeidigkeit.

Leandra, wie fast immer in derber, praktischer Kleidung, trat an ihr vorbei in die Shaba-Gemächer. Hier war sie seit damals nicht mehr gewesen – einem Komplex von sechs riesigen Zimmern, mit zahlreichen kleinen Nebenräumen, begehbaren Kleiderzimmern, Bädern und noch vielem mehr. Für eine Woche war sie selbst Shaba gewesen – die Shaba Rasnors, dieses kleinen, hinterhältigen Verräters, der sich mit der Bruderschaft verbündet hatte, um sich zum vermeintlichen Herrscher der Höhlenwelt aufzuschwingen. Ein bedauernswerter Kriecher, der sich mit allem, was er geplant hatte, gründlich verkalkuliert hatte.

»Ist er wieder aufgetaucht?«, fragte Leandra und drehte sich herum. »Ich meine, Rasnor? Wir haben ihn damals nicht finden können.«

Alina schüttelte den Kopf. »Nein, Leandra. Vielleicht hat ihn deine Magie doch getötet.«

Leandra runzelte die Stirn. Sie hatten auf dem großen Drakkenschiff überall nach Rasnors Leiche gesucht, sie aber nicht finden können. Und von einem Luftstoß, auch wenn er die Stärke eines Orkans besessen hatte, vollständig *zerpulvert* zu werden, hielt Leandra für unmöglich. »Na, egal«, sagte sie und nahm Alina bei den Händen. »Warum hast du uns holen lassen?«

Alina blickte irritiert zu Izeban. »Euch ... *holen* lassen?«

Leandra schüttelte entschuldigend den Kopf und winkte ab. »Ach ja, verzeih. Das warst ja gar nicht du.«

Izeban senkte schuldbewusst den Blick, Alina hingegen war anzusehen, dass sie seine Eigenmächtigkeit missbilligte. Immerhin war sie die Shaba.

»Sei ihm nicht böse«, bat Leandra. »Er hat es nur gut gemeint.« Sie hielt sie noch immer an den Händen und zog sie nun mit sich in den großen, nördlichen Salon. Sorgfältig schloss sie die Tür hinter sich. Cathryn hatte sie mit einem Kopfnicken signalisiert, dass sie ein Weilchen draußen bei Meister Izeban bleiben sollte. Die beiden verstanden sicher, dass sie nun mit Alina allein sein musste.

»Du siehst aus, als hättest du allen Kummer der Welt auf den Schultern«, sagte Leandra. »Ist etwas mit Maric? Wo ist er denn?«

Alina seufzte und ließ sich auf einen breiten Diwan sinken. »Ihm geht es gut. Er liegt nebenan in seinem Bettchen und schläft. Hilda ist ja auch noch da und sorgt für uns.«

Leandra setzte sich neben sie. »Dann ist es wegen Victor.«

Wieder seufzte Alina, schüttelte den Kopf. »Nein ... nicht wirklich seinetwegen. Er bemüht sich. Obwohl er im Augenblick mal wieder fort ist.«

»Das hast du schon angedeutet. Wo ist er denn?«

»Auf Drakkenjagd mit Jacko. Die Amtgeschäfte hier im Palast liegen ihm nicht sonderlich. Deswegen macht er sich davon, so oft es geht.« Sie seufzte und lächelte milde. »Ich kann ihn ja verstehen.«

Allein an Alinas Gesichtsausdruck konnte Leandra ablesen, wie viel uneigennützige Liebe sie Victor entgegenbrachte. Und zugleich erkannte sie, dass Victor es offenbar noch immer nicht geschafft hatte, den letzten Schritt auf Alina zu zu tun. Warum konnte er es nicht? Einmal hatte er sogar Leandra gegenüber zugegeben, dass er Alina mochte und dass ihm Maric, sein kleiner Sohn, inzwischen sehr ans Herz gewachsen war.

Leandra wusste nicht, auf welche Weise sie dieses Thema aufgreifen sollte, wenngleich sie spürte, dass Alina jemanden brauchte, mit dem sie darüber reden konnte. Ausweichend fragte sie: »Die Amtsgeschäfte? Ist es das, was dir Kummer bereitet?«

Alina zuckte mit den Schultern. »Kummer ist etwas anderes. Aber schau mich an: Ich sitze hier in meinen Gemächern, anstatt irgendwo dort unten mit den wichtigen Herren zu debattieren. Ich bin eine schutzbedürftige Mutter, man badet mich in Milch und Honig, gibt mir feine Speisen – aber zu sagen habe ich im Rat kaum etwas. Dabei gibt es Dinge, um die man sich dringend kümmern müsste.« Sie schnaufte missmutig. »Ich bin allein. Eine Weile hat Victor versucht, mir zu helfen, aber seit Jacko und Hellami auseinander sind, kümmert Victor sich um ihn …«

»Jacko und Hellami? Sie sind auseinander?«

Alina zuckte die Achseln. »Ja, leider. Ich fürchte, darauf läuft es hinaus. Hellami hat sich verändert. Sie ist plötzlich ganz verschlossen und abweisend geworden. Jacko leidet furchtbar darunter, und Victor ist nun ständig bei ihm.«

»Du hattest ihm und seinen Männern doch angeboten, so eine Art persönliche Garde für dich zu bilden.«

Alina lachte auf. »Da sagst du vielleicht was! Das wäre wirklich eine fabelhafte Sache gewesen; wie gut könnte ich ihre Unterstützung gebrauchen. Aber diese Garde ins Leben zu rufen – allein schaffe ich das einfach nicht. Mir fehlt es an Einfluss, das im Rat durchzusetzen. Offiziell ist ja die Palastwache meine Garde. Und im Hierokratischen Rat behandeln sie mich wie ein kleines Mädchen.« Alina erhob sich und untermalte ihre Rede mit Gesten, während sie auf und ab marschierte. »*Ja, liebe Shaba, wir machen das schon!*, heißt es dann. *Geht nur und lasst Euch die Fingernägel maniküren!*« Sie blieb stehen. »Ich müsste ständig von meinen zwölf Stimmen Gebrauch machen, um mich über sie hinwegzusetzen. Aber das würde mich in kürzester Zeit ins Abseits manövrieren.«

Leandra runzelte die Stirn. »Aber du bist doch die Shaba! Du kannst bestimmen, was dort geschieht!«

Alina schüttelte entschieden den Kopf. »Dachte ich anfangs auch. Aber so einfach ist das leider nicht. Ich brauche Rückhalt im Rat. Und je häufiger ich meine zwölf Stimmen einsetze, desto mehr tun sie sich gegen mich zusammen. Viele Fragen werden vom Tagesgeschäft bestimmt, und da haben selbst die ›Guten‹ noch so mancherlei Eigeninteressen. Na ja, ich habe immerhin Primas Ulkan. Erinnerst du dich noch an ihn? Er hält treu zu mir. Er ist jetzt sogar Ratsvorsitzender.«

»Und … was ist mit Munuel? Und dem Primas?«

Wieder winkte Alina ab. »Anfangs waren sie mit dem Wiederaufbau des Ordens beschäftigt. Nun sind sie schon seit vielen Wochen fort. Sie verfolgen irgendeine Sache, aber ich weiß nicht, was. Irgendwelche Spuren aus der Vergangenheit, sagte Munuel einmal. Es mag ja sein, dass es sehr wichtig ist, aber meine Lage verbessert es nicht. Ich sitze hier allein, und von Tag zu Tag schrumpft mein Einfluss. Zudem gibt es noch immer so manchen zwielichtigen Kandidaten unter den Ratsherren, weißt du? Bruderschaftler, meine ich.«

Leandra erschauerte. Sie richtete sich auf. »Bruderschaftler? Bist du sicher?«

Alina blieb endlich stehen. Ihr Auf-und-ab-Marschieren hatte Leandra nervös gemacht. »Keine Sorge, Leandra – ich bezweifle, dass die Bruderschaft selbst noch aktiv ist. Doch damals, während ihrer Herrschaft, haben viele Leute in höheren Positionen Geld und Macht angehäuft. Wer einmal in solch eine Position gelangt ist, der lässt sie nicht so einfach wieder los. Mir ist erst in den letzten Monaten klar geworden, wie viele Beziehungen diese Leute geknüpft haben müssen. Einige von ihnen sitzen noch immer im Rat. Aber vor allem dreht es sich um Leute im Savalgorer Magistrat, in der Stadtwache, der Armee, den Behörden und was weiß ich noch alles. Da gibt es etliche, die sich damals ganz schön bereichert haben. Und jetzt verfügen sie, zusammengenommen, über ein hübsches Stück Einfluss.« Wieder hob sie die Arme. »Und nun sieh mich an! Ich sitze hier in meinen Zimmern, habe Maric auf dem Arm und will die Dinge zum Besseren wenden. Aber womit? Mit der Macht meines Namens?« Sie lachte spöttisch auf. »In so einem Palast, Leandra, ist die Gegenwart von Tücke, Hinterlist und Vetternwirtschaft das Einzige, worauf du wirklich zählen kannst!«

Leandra runzelte die Stirn. Ihr kam der hässliche Verdacht, dass sie Alina im Stich gelassen hatte. Und nicht nur sie, sondern auch andere.

»Das wäre das eine«, sagte Alina.

»Das *eine?*«

Alina presste die Lippen aufeinander und nickte.

Wieder lief Leandra ein Schauer den Rücken herunter. »Und?«, fragte sie zaghaft. »Was ist das … *andere?*«

Alina seufzte unentschlossen, setzte sich neben Leandra und strich sich mit den Fingerspitzen das Haar übers Ohr. Eine Geste vollkommener Anmut. In diesem Augenblick konnte Leandra Victor nicht verstehen – dass er sich so sehr gegen Alina stemmte. Sie war nicht nur klug und besaß Ausstrahlungskraft – nein, sie war auch noch die schönste und anmutigste junge Frau, die man sich überhaupt nur vorstellen konnte. Leandra kam sich neben ihr plump und hässlich wie eine Ente vor. Dann, als sie Alina voller Bewunderung betrachtete, fiel ihr etwas auf. »Was hast du da?«, fragte sie mit einem Blick auf den Halsausschnitt von Alinas Kleid. Sie deutete auf eine Stelle am Schlüsselbein.

Alina blickte an sich herab. »Ach, nichts«, sagte sie und lupfte den Stoff ihres Kleides darüber. Als aus dem Nebenraum ein leises Glucksen hörbar wurde, erhob sich Alina und kehrte mit Maric auf dem Arm zurück. Allerdings hielt sie ihn nicht länger wiegend in der Armbeuge; stattdessen saß ein strammer kleiner Bursche auf ihrem Unterarm und glotzte Leandra neugierig aus seinen großen blauen Victor-Augen an.

»Beim Felsenhimmel!«, rief Leandra. »Ist er *groß* geworden!«

Alina musste nichts mehr sagen. Allein *das* war genug Hinweis darauf, wie viel Zeit inzwischen vergangen war. Zeit, die Alina offenbar ganz allein hier verbracht hatte, in dem hoffnungslosen Bestreben, die verdrehten Verhältnisse in Akrania nach diesen Monaten des Unheils wieder zu entwirren.

Leandra suchte verlegen nach Ausflüchten. »Wo ist Hellami? Und Azrani und Marina?«

»Hellami ist bei Jackos Leuten sehr beliebt«, sagte Alina milde lächelnd und setzte sich. »Sie *zivilisiert* seine Bande. Sehr zu Jackos Unmut. Übrigens auch meinen alten Freund Matz.«

Maric begann mit den Armen zu fuchteln und zu brabbeln. Alina setzte ihn auf den weichen Teppich, und er krabbelte sofort aufgeregt umher – mit unbekanntem Ziel.

»Matz? Du meinst den Schankwirt aus dem *Roten Ochsen?* Der dir damals aus der Stadt geholfen hat?«

»Genau den. Und was Azrani und Marina angeht: sie besuchen mich oft. Sie sind sehr lieb und hilfsbereit, aber, nun ja, sie haben keine große Begabung in Sachen Politik. Und Einfluss natürlich überhaupt keinen. Ich glaube, sie haben ihren Spaß daran, dem Primas zu helfen und in irgendwelchen vergessenen Katakomben und Kellern herumzustöbern. Sie fördern reihenweise alte Schriftstücke und Landkarten zutage und verdrehen dabei den Adepten des Ordenshauses die Köpfe. Das haben sie ja die ganze Zeit über gemacht.«

Leandra lachte leise auf. »Den Adepten die Köpfe verdreht …?«

Alina hob kopfschüttelnd die Hand. »Nein, nein. Alte Karten und Schriftstücke ausgraben. Das liegt ihnen. Aber leider hilft es mir nicht weiter.«

Leandra schluckte verlegen. Es stimmte also: Sie alle hatten Alina allein gelassen. Leandra kam sich gemein vor.

Als hätte Alina ihren Selbstzweifel gespürt, sagte sie rasch: »Es ist ja nicht so, dass jemand herumgefaulenzt hätte, aber …«

»*Ich* habe gefaulenzt!«, erwiderte Leandra laut.

Alina setzte ein ungläubiges Grinsen auf. »Du?«

»Allerdings. Wie ein alter Dorfköter. Ich hab mich in die Sonne gelegt und mich von sämtlichen Bürgern Angadoors verwöhnen lassen. Ich bin schon richtig fett geworden!« Sie packte ihren Bauch und versuchte eine Speckrolle zu formen. Viel bekam sie nicht zu fassen.

Alina kicherte leise. »Na, egal. Nun bist du ja da.«

Leandra nahm sich zusammen. »Was war das nun mit der *zweiten* Sache?«, wollte sie wissen.

Alina zog die Brauen hoch. »Der … zweiten Sache? Ach so, ja.« Ihre Miene verfinsterte sich. »Die Drakken.«

Leandra wartete.

»Es gibt noch welche«, eröffnete ihr Alina.

Leandra nickte. »Das hab ich befürchtet. Viele?«

»Nein, das wohl nicht. Aber sie haben etwas vor. Wir versuchen gerade, dahinter zu kommen.«

»Wir? Dann … hast du *doch* jemanden, der dir hilft?«

Alina erhob sich, ging zur Tür und öffnete sie. Sie rief nach Izeban, und der kleine Erfinder kam herbeigeeilt. Alina baute sich neben ihm auf, legte den Arm um seine Schulter und nahm Haltung an. »Darf ich vorstellen? Die Landesführung! Eine Herrscherin ohne Macht und ein Gelehrter ohne Stab. Eine Armee haben wir auch nicht, und Geld … nun ja, wir könnten versuchen, die Wandteppiche hier zu verkaufen.« Sie deutete ringsum auf die Wände.

Leandra erhob sich. »Immerhin hast du noch deinen Humor«, stellte sie fest. Sie gesellte sich zu den beiden und sagte: »Genug gefaulenzt. Jedenfalls, was *mich* angeht. Wir werden etwas unternehmen, und zwar jetzt gleich!«

3 ◆ Stygischer Tanz

Wir sollten wieder von hier verschwinden«, flüsterte Munuel. »Diese Gegend ist mir unheimlich!«

»Kann ich verstehen«, grinste Hochmeister Jockum und verließ ein wenig die Deckung. Vor seinen Augen tanzten Steine. Er zog sich wieder zurück. »Ein Jammer, dass du das nicht richtig sehen kannst, alter Freund. Ich hätte nie gedacht, dass das solche Formen annehmen könnte.«

Munuel zog Jockum ungeduldig an seiner Robe zu sich herab. »Mir genügt, was ich übers *Trivocum* sehen kann. Ich frage mich, was du daran so lustig findest.«

»Es sieht wirklich höchst erstaunlich aus. Das ganze Tal ist voller Steine, die wie wild umherfliegen. Es gibt einzelne Steine, ganze Gruppen und sogar einige Schwärme. Sie fliegen kreuz und quer umher, stoßen aber nie zusammen. Auf manchen wächst sogar Gras!« Er stieß ein vergnügtes Lachen aus.

»Und diese Monstren? Die machen dir gar keine Angst?«

»Glaub mir, Munuel – die stygische Verseuchung ist auf das Tal beschränkt. Bis hier herauf kommen die nicht.«

»Na und? Wir müssen auf dem Rückweg *hindurch!* Hast du das vergessen?«

Jockum winkte leichtfertig ab. »Wir sind zwei der besten Magier – hast du etwa *das* vergessen? Wir haben es ohne größere Schwierigkeiten bis hierher geschafft, also kommen wir auch wieder zurück. Wir machen es wie zuvor: Du baust eine Schutzaura auf, und ich schieße ein bisschen auf die Biester!«

Munuel hob die Hände und vollführte eine ärgerliche Geste. »*Ich schieße ein bisschen!*«, äffte er.

Jockum musterte ihn eine Weile, und schließlich seufzte er. Es war durchaus verständlich, dass Munuel nicht wohl war. Ihm selbst wäre es nicht anders ergangen, hätte er nur einen Bruchteil seiner Umgebung sehen können – wohl wissend, dass überall unbekannte Gefahren lauern mochten.

»Komm, alter Freund«, sagte Jockum und stieg von dem Felsbrocken herab, den er als Leiter benutzt hatte, um über die Felskante in das benachbarte Tal blicken zu können. »Wir schlafen den Rest der Nacht und überlegen morgen früh noch einmal, was wir tun sollen. Die Drachen werden sich schon fragen, wo wir bleiben.«

Dieser Vorschlag schien Munuel etwas zu versöhnen. Er brummte zustimmend und folgte Jockum das flach abfallende Geröllfeld hinab.

Jockum marschierte forschen Schrittes über die groben Kiesel in Richtung des flachen Überhangs, unter dem sie ihr Lager aufgeschlagen hatten. Es war eine wilde Gegend, in die sie hier vorgestoßen waren, ein felsiges, großes Eiland im Norden des Inselreiches von Chjant. Von Wind und Wetter geschliffene, rötlich braune Felsformationen türmten sich übereinander – durchzogen von geheimnisvollen Kanälen, Tunneln und Schluchten. Manche davon führten noch Wasser, und hier gab es auch eines der wohl eigentümlichsten Phänomene der ganzen Höhlenwelt zu beobachten: Wasser, das bergauf floss. Dazu schwarze Blasen, in denen das Licht fehlte, leuchtende Felsen, fliegende Steine, glühende Flecken im tiefen Schatten oder Schneefelder in der Hitze des Tages. Und natürlich eine gewisse Anzahl höchst eigenartiger Lebewesen.

Die stygische Verseuchung dieser Gegend, dachte Jockum. *Nie wäre ich darauf gekommen, dass das so aussehen könnte.* Die Kräfte des Chaos strömten hier an manchen Stellen ungehindert aus dem Stygium ins Diesseits – und das seit Tausenden von Jahren. Sie hatten sich feste Wege geschliffen, wie Wasser, das stetig durch ein Labyrinth von Steinen strömt, und an manchen Stellen warteten die unglaublichsten Dinge auf einen. Man musste sich sehr vorsichtig bewegen, um nicht versehentlich in eine Zone zu tappen, in der die Gesetze der Natur auf den Kopf gestellt waren. Die ganze Gegend war zudem von einem gespenstischen, orangefarbenen Leuchten erfüllt, das dem blanken Stein zu entstammen schien. Jetzt, weit nach Mitternacht, erleuchtete es ihnen die Nacht. Hoch in der Luft zogen bläuliche und rötlich gelbe Staubschlieren dahin, und von Zeit zu Zeit rumpelte und wackelte der Boden – von leichten Beben erschüttert.

»Vorsicht, vor dir … ein heißer Fleck!«, warnte Munuel.

Jockum blieb abrupt stehen und schärfte seinen Blick aufs Trivocum. Ja, Munuel hatte Recht, und er selbst täte besser daran, wenn er sich ebenso orientieren würde wie sein Freund: mithilfe des *Inneren Auges.* Weiträumig umrundete er die Zone, die nur etwa drei Schritt Durchmesser hatte, die ihm aber buchstäblich Feuer unter dem Hintern gemacht hätte, wäre er hineingetappt. Mit seinen gewöhnlichen Augen sah er bloß ein leichtes Flimmern in der Luft.

»Komm, wir sind gleich da.« Jockum reichte Munuel seine Hand, um ihm über ein paar Felsstufen hinweg zu helfen. Sie betraten eine schräge Steinplatte, stiegen über mehrere Risse hinweg und erreichten schließlich eine geschützte Stelle unterhalb eines Überhangs, wo sie ihre Habseligkeiten gelassen hatten.

»Sind diese Riesenameisen wieder da?«, fragte Munuel.

Jockum beugte sich nieder und lupfte vorsichtig die beiden Schlafdecken. Darunter kam nichts zum Vorschein. »Nein, diesmal nicht. Glück gehabt. Wir sind weit genug abseits ihres Pfades. Bis hierher kommen sie wohl nicht gekrabbelt.«

Seufzend setzte sich Munuel auf seine Decke. Jockum ließ sich neben ihm niedersinken und seufzte ebenfalls – nein, es war mehr ein Ächzen gewesen, das Vorrecht alter Männer. Sein Gewissen regte sich, dass er Munuel zu dieser Reise gedrängt hatte. Dass sie damit auf ihrer Suche den Durchbruch schaffen würden, hatte er selbst schon zu Beginn bezweifelt.

Was stimmt an meiner Theorie nicht?, fragte er sich.

Er stellte ein paar Zweige, die sie schon am Nachmittag gesammelt hatten, zu einer Pyramide zusammen, konzentrierte sich kurz und ließ in der Mitte zwischen ihnen eine kleine Flamme aufflackern. Ohne weitere Verzögerung griff sie um sich, und wenige Sekunden später flackerte an der Stelle ein munteres Feuerchen.

Praktisch, dachte er. *Die Magie ist ungemein praktisch. Allerdings kann sie mir auch nicht sagen, was ich verkehrt gemacht habe.*

Munuel erriet seine Gedanken. »Dieses Mal sind wir falsch, nicht wahr?«

Jockum nickte unwillig, während er hinab auf das Geröllfeld starrte, wo sich so mancherlei versammelte, das einen unwissenden Besucher in tiefste Verwirrung gestürzt hätte. »Ich verstehe es einfach nicht!« Er langte nach seinem Rucksack und kramte darin, bis er seine Notizen gefunden hatte. Er hielt die Blätter in den schwachen Feuerschein, suchte das Entsprechende und las ein kurzes Gedicht vor – das Gedicht aus Phenros' Grotte beim Wasserfall des Semphir:

78

Nach Süden und Osten der Weg führt weit,
und mach dich auf wunderlich' Dinge bereit,
wo Steine tanzen, wo Felsen verglüht
und Wasser bergauf strömt, der Geist sich müht,
das Bild der Natur und der Welt zu verstehn,
und nicht sich selbst im Wege zu stehn.

»Je öfter ich das höre«, meinte Munuel verdrossen, »desto kryptischer kommt es mir vor. Besonders die letzten beiden Zeilen.«

»Was soll daran kryptisch sein?«, ereiferte sich Jockum. »Tanzende Steine! Glühende Felsen! Bergauf strömendes Wasser! Das kann eigentlich nur dieser Ort sein.«

»Nur weil irgendwelche Leute diese Gegend einmal die *Insel der Tanzenden Steine* genannt haben, muss es nicht so sein, mein Freund, dass Phenros ebenfalls diesen Ort gemeint hat. Wir sind hier endlos weit von jeglicher Ansiedlung entfernt. Und hier ist auch nichts außer seltsamen Phänomenen und bösartigen Monstren. Wie soll Phenros je hierher gelangt sein, und was soll es hier geben? Überdies steht noch infrage, ob es dieses Tal zu Phenros' Zeiten schon gab. Es mag durchaus erst mit dem Dunklen Zeitalter entstanden sein!«

Jockum ließ das Blatt sinken und starrte auf das Geröllfeld zu seinen Füßen. Es stieg nach rechts leicht an, wo hinter einem Felsabsatz der Hang ins Tal der Tanzenden Steine abfiel. Nach links schlossen sich seltsame, orangebraune Felsmonumente an, die den Eindruck erweckten, als wären für Jahrtausende ungeheure Wassermassen zwischen ihnen hindurchgeschossen, immer wieder die Richtung wechselnd, und hätten auf diese Weise ein bizarres Labyrinth erschaffen. Die seltsamen Phänomene auf dieser Seite des Tals waren vergleichsweise gering. »Die Hinweise sind eindeutig!«, beharrte er, inzwischen sogar gegen seine eigene Überzeugung. »Wir haben es einfach nur noch nicht gefunden!«

»Was willst du tun? Die ganze Gegend noch einmal durchforsten? Das haben wir nun schon zweimal getan.«

Jockum verstummte. Ja. Das gesamte Inselinnere hatten sie abgesucht, immer wieder, in der Hoffnung, hier irgendein uraltes Relikt zu finden; ein vergessenes Bauwerk, eine alte Götzenstatue oder wenigstens irgendein in den Fels geritztes Zeichen. Aber da war nichts, rein gar nichts.

»Und langsam werden diese Biester hier ungemütlich«, fügte Munuel hinzu. »Gestern dieser seltsame Vogel und die riesigen Ameisen ... wer weiß, was uns heute Nacht noch überfällt. Es scheint, als hätte sich herumgesprochen, dass wir hier sind. Ich glaube, man will uns langsam wieder loswerden.«

Jockum wandte sich zu Munuel um. »Aber ... wenn wir uns jetzt wieder auf den Weg zurück machen ... vielleicht kommen wir nie wieder hierher. Es sind achthundert Meilen bis nach Hause!«

»Eben drum«, sagte Munuel und ließ offen, was er damit meinte. Ächzend schwang er seine Beine herum und streckte sich auf seinem unbequemen Lager aus. Jockum blickte über die Schultern zu ihm herab; er war im Zwiespalt, ob er seinem Freund nachgeben oder doch noch weiterbohren sollte.

Es gab ein Geheimnis, dem sie auf der Spur waren – ausgelöst durch einen zufälligen Fund bei den Aufräumarbeiten im Cambrischen Ordenshaus von Savalgor, wo sich monatelang die *Bruderschaft* breit gemacht hatte. Seit Wochen schon verfolgten sie diese Sache und reisten mithilfe der Drachen beachtliche Strecken, aber je weiter sie vordrangen, desto undeutlicher und schemenhafter wurden die Spuren.

Lag es daran, dass sie beide zu alt waren, um bessere

80

Ergebnisse zutage zu fördern? Es stimmte schon: Eine kleine Mauer, über die ein Mädchen wie Leandra einfach hinweggesprungen wäre, stellte ein echtes Problem für Munuel oder auch für Jockum dar, der zwar rüstig, aber schlichtweg ein alter Mann war. Ganz zu schweigen von eingestürzten Treppen, verschütteten Kellern oder eingebrochenen Durchgängen, hinter denen andernorts entscheidende Antworten liegen mochten, die sie aber einfach nicht mehr erreichen konnten. Jockum nickte. Ja, ein Jüngerer hätte gewiss mehr Erfolge vorzuweisen gehabt. Diese Sache mochte überaus bedeutungsvoll sein.

»Wir sollten die Suche vielleicht doch einem Jüngeren überlassen«, meinte Jockum. »Oder wenigstens einen bei uns haben.«

Munuel hob den Kopf. »Warum sagst du nicht gleich: *eine*? Ich weiß genau, dass du niemanden lieber als Leandra hier hättest.«

Jockum erwiderte nichts. Ganz sicher wäre Leandra von dieser Aufgabe fasziniert gewesen, aber Munuel hatte nach wie vor seine Bedenken. Einesteils, weil er unendlich froh war, dass sie all die Gefahren der letzten eineinhalb Jahre gesund überstanden hatte, und zum anderen, weil er wahrlich nicht glücklich über die Idee war, die Jockum mit sich herumtrug: Er suchte nach einem Nachfolger.

»Sie ist zu jung«, fügte er leise hinzu und ließ den Kopf wieder sinken.

»Aber sie ist die Beste«, hielt Jockum mit ebenso leiser Stimme dagegen. »Natürlich kann sie das Amt nicht sofort übernehmen. Ich bin schließlich noch unter den Lebenden und habe nicht vor, mich so schnell zu verabschieden. Aber in ein paar Jahren …?«

»Sie hat noch gar nicht richtig gelebt«, beharrte Munuel. »Das Mädchen ist zweiundzwanzig, hat gerade mal ihre erste große Liebe erlebt, und du willst sie gleich in solch ein Amt stecken! Sie hätte so viel Verantwortung zu tragen, dass sie darunter zerbrechen könnte!«

»Ich habe mit jungen Jahren auch schon Verantwortung getragen, Munuel! Mancher muss seiner Bestimmung folgen. Und ich wüsste niemanden außer ihr …«

Munuel unterbrach ihn barsch. »Nun aber mal halb lang! Primas des Ordens bist du erst mit über fünfzig geworden!«

»Ja, mag sein. Aber nach allem, was geschehen ist, haben wir eine Reformation dringend nötig. Und dazu braucht es jemanden, der jung ist, der modern denkt. Der Kodex muss überarbeitet werden. Die Stygische Magie, die du selbst ins Spiel gebracht hast, kann nicht länger ignoriert werden, da sie ganz andere Zugangsmöglichkeiten zum Trivocum bietet. Und sogar die Rohe Magie ist in gewisser Weise kultiviert worden – denk nur, was Magister Quendras von der Bruderschaft geleistet hat. Und …« Er brummte. »Hörst du mir überhaupt zu?«

»*Nein.*«

Jockum stöhnte ärgerlich. Munuel war dagegen, dass Leandra überhaupt *gefragt* wurde, und allein das machte Jockum wütend. Warum sollte sie nicht selbst entscheiden? Sie war unbestritten die talentierteste junge Magierin, und ihr Gefühl für Gerechtigkeit, ihre Ausstrahlungskraft und ihre Gutartigkeit standen ohnehin außer Frage. Mit diesen ihren Fähigkeiten hatte sie eine Gruppe des Widerstands geschmiedet und die Höhlenwelt vor der Tyrannei durch die Drakken bewahrt. Niemand wäre ein besserer Primas – eine bessere *Prima* – des Cambrischen Ordens als sie. Davon war Jockum fest überzeugt. Zehn Jahre würde er ihr geben, zehn Jahre, in denen sie von ihm das Handwerk dieser Berufung lernen könnte, um dann eines Tages, wenn er wirklich hinfällig wäre, sein Amt zu übernehmen.

Vorausgesetzt, dachte er finster, *es gibt dieses Amt dann noch.*

Das war die andere Seite der Medaille.

Verdrossen blickte er sich um. Sie waren hier, um herauszufinden, was die Zukunft ihnen bringen mochte. Die anfängliche Euphorie, die Drakken derart hinweggefegt zu haben, dass sie nie wieder eine Gefahr für ihre Welt darstellten, erschien sowohl Jockum als auch Munuel inzwischen als verfrüht. Unangenehme Fragen waren übrig geblieben und hatten sich in den letzten Wochen, wie von unsichtbarer Hand berührt, regelrecht aufgebläht.

Warum hatten die Drakken vor, die Höhlenwelt vollständig zu vernichten?

Dass dies ihre Absicht gewesen war, hatte nicht nur Leandra herausgefunden. Nein, inzwischen hatten sie es auch selbst entdeckt – in Form alter Dokumente aus den hintersten Winkeln lange vergessener Archive in den Kellern des Cambrischen Ordenshauses. Was sie dort gefunden hatten, war erschreckend gewesen und hatte sie förmlich hinausgetrieben, hinaus aus dem Ordenshaus, um Beweise für die ungeheuerlichen Behauptungen zu finden, die ein gewisser Phenros vor zweitausend Jahren niedergeschrieben hatte.

»Was ist?«, fragte Munuel. »Du bist plötzlich so still.«

Jockum wandte sich kurz um – er hatte gedacht, Munuel sei bereits eingeschlafen. »Ich denke nach. Ich mache mir Sorgen. Kein Krieg ist wirklich zu Ende, nachdem der letzte Schwertstreich getan wurde – nicht einmal dieser Krieg gegen völlig fremde Wesen. Können wir es uns erlauben, von hier fortzugehen, ohne eine Antwort gefunden zu haben? Noch immer gibt es überlebende Drakken, und noch immer gibt es eine ganze Reihe unbeantworteter Fragen. Wenn wir uns nicht darum kümmern, passiert uns das Gleiche wie damals mit Hegmafor. Weißt du noch?«

Munuel blieb liegen wie er war, Jockum den Rücken zugewandt. Doch der alte Primas des Cambrischen Ordens wusste, dass es in Munuels Kopf ebenso tickte wie in seinem. Auch sein Freund trug seinen Teil der Verantwortung für damals – für das Versäumnis, die Keller der verfluchten Abtei von Hegmafor nicht wirklich bis in die letzten Winkel ausgebrannt zu haben, bevor sie zugeschüttet worden waren. Und auch dafür, dass die letzten Mitglieder der unheimlichen Sekte damals nicht wirklich ausgemerzt worden waren, bevor man sich geleistet hatte, die ganze Sache zu vergessen. Nein, diese Fehler hatte Jockum nicht allein begangen. Munuel war ebenfalls dabei gewesen, und mit ihnen ihr Freund Altmeister Ötzli.

»Wo steckt er eigentlich?«, fragte Jockum. »Ich habe ihn seit Alinas Hochzeit nicht mehr gesehen.«

»Von wem sprichst du denn?«

»Von Ötzli – unserem alten Freund. Denkst du, er lebt noch und sinnt auf Rache?«

Munuel lachte leise auf. »Womit wir *noch* ein Problem hätten! Ötzli! Ich glaube, er war damals ziemlich wütend, nicht?«

Jockum seufzte. »Erinnere mich nicht. Dass er sich so von uns abwenden könnte, hätte ich niemals für möglich gehalten!«

Munuel rollte ein Stück herum und wandte Jockum das Gesicht zu. »Er war schon immer ein zorniger, eitler Mann. Klug und gerecht, o ja, aber leider von zu großer Leidenschaft beseelt.«

»Das ist wahr. Wirklich dumm, dass er auf seine alten Tage noch in den Brennpunkt einer solchen Sache geriet. Es hat ihn immer nach Ruhm verlangt, aber dass ihm dieses Mädchen zuvorkam und ihm alles wegnahm ...«

»Du denkst, Leandra wollte ihm etwas vorenthalten?«

Jockum brummte gutmütig. »Nicht absichtlich. Aber muss ich dir denn sagen, dass man im Alter gern auf ein gelungenes Lebenswerk zurückblicken mag?« Er starrte in die blinden Augen seines Freundes. »Na ja, *dir* vielleicht schon. Du hast dein Leben lang nichts mit Ruhm im Sinn gehabt.«

Munuel verschränkte die Hände hinter dem Kopf. Er lächelte. »O doch. Ruhm – wer möchte den nicht? Aber für mich liegt der Ruhm nicht in lauten Reden, die einem eifrige Verehrer nachschreien.«

»So? Worin dann?«

Munuel schwieg eine Weile. Dann sagte er: »Nun ja, zum Beispiel darin, ganz zuletzt – im letzten Augenblick seines Lebens, die Gewissheit zu haben, dass man immer noch sagen könnte: ›Oh – Verzeihung, das habe ich falsch gesehen!‹, oder: ›Es tut mir Leid, da habe ich wohl einen Fehler gemacht!‹ Verstehst du?« Er lächelte. »*Dessen* könnte man sich wirklich rühmen!«

Jockum blickte Munuel lange an. Dann lächelte er. »Du bist fast zwanzig Jahre jünger als ich, du Grünschnabel. Aber von dir kann ich immer noch etwas lernen!« Er nickte anerkennend. »Dein klarer Blick für das Wesentliche beeindruckt mich einmal mehr, mein Freund.«

Stille legte sich über ihre Zweisamkeit, nur unterbrochen vom gelegentlichen Knacken des kleinen Feuers. Für den Moment war alles gesagt. Die beiden alten Männer saßen schweigend da, und jeder blickte für sich in die Nacht hinaus.

Vielleicht ist mein Blick nur deswegen so klar, weil ich nichts mehr sehe, dachte Munuel.

»Lass uns ein wenig schlafen, Munuel«, sagte Jockum. »Morgen früh möchte ich an ein paar Stellen im Inneren der Insel noch einmal nachsehen. Wenn wir dort nichts finden, machen wir uns auf den Heimweg. Einverstanden?«

»Na, meinetwegen. Welche Stellen meinst du denn?«

»Bei diesem Wildwasser zum Beispiel. Ich glaube, an einer Stelle könnte es einen Durchschlupf geben. Dahinter muss etwas liegen.«

»Ausgerechnet dort!«, stöhnte Munuel. »Ja, die Stelle habe ich auch bemerkt. Aber sie ist mir *gar* nicht geheuer. Nicht im Mindesten.«

»Na, na, du wirst doch wohl keine Angst haben?«, grinste Jockum.

*

Seit Tagen bemühten sich Alina, Leandra und Izeban, eine möglichst ausführliche Liste der Kriegsschäden zusammenzutragen, um ermessen zu können, was nun am dringendsten getan werden musste. Alles sollte ab jetzt nach einem klugen Plan ablaufen, selbst die Dinge, die man gar nicht laut aussprechen durfte, wie zum Beispiel, gewisse Mitglieder des Hierokratischen Rats auszuspionieren.

Izeban war es, der auf diese Liste gedrängt hatte. Er erklärte, dass sie viele der Schäden oder Probleme überhaupt nur würden schätzen können, da ihnen die Mittel fehlten, alles einzeln zu erfassen und auszuwerten. Leandra und Alina waren anfangs von seinen Ideen befremdet, aber es gelang ihm, ihnen klarzumachen, worum es ihm ging.

Mit der Hilfe der Drachen und einiger Freiwilliger, die Hellami aus den Reihen von Jackos Leuten gewann, trugen sie eine Übersicht über die verlassenen und zerstörten Drakken-Stützpunkte zusammen. Dazu zählten die Drakken-Garnisonen in den Dörfern, die riesigen Bergbau-Anlagen, die vielen abgestürzten

Wracks und andere militärische Drakken-Stützpunkte. Es war erschreckend, was alles zusammenkam. Die Drakken hatten innerhalb von weniger als vier Wochen ihrer Terrorherrschaft so gut wie alle Städte und Dörfer in Akrania besetzt, und das waren über dreihundert, wenn man die ganz kleinen nicht mitzählte. Aber auch im sehr viel dünner besiedelten Veldoor oder im Inselreich von Chjant waren Siedlungen überfallen und Bergbauanlagen errichtet worden. Jeden Tag trafen neue Nachrichten ein. Bald schon hatten sie fünf Dutzend der gigantischen Wolodit-Abbauanlagen in ihren Karten verzeichnet; es war ein Rätsel, wie diese Wesen in so kurzer Zeit derart viele davon hatten errichten können. Überall in der Höhlenwelt standen und lagen die Wracks und Ruinen riesenhafter Maschinen, verlassener Gebäudekomplexe und gigantischer Fabrikanlagen. Manche waren völlig zerstört, andere noch halbwegs intakt, aber unbewohnt, da sie von den Menschen instinktiv gemieden wurden.

Als Izeban schließlich bekannt gab, wie viele Drakken und Drakkenschiffe seiner Berechnung nach an dem Überfall auf die Höhlenwelt beteiligt gewesen waren, stockte jedem, der ihn hörte, der Atem. Es mussten über einhundertfünfzigtausend Drakkensoldaten gewesen sein. Die Liste ihrer abgestürzten Flugschiffe, große wie kleine, belief sich auf über zweitausend, aber Izebans Ansicht nach musste die Gesamtzahl mindestens doppelt so hoch sein. Er vermutete viele Wracks in abgelegenen Gegenden oder auf dem Grund von Seen oder des Meeres. Manche davon waren riesig; sie lagen wie vom Himmel gefallene Titanen in der Landschaft. Allein in Savalgor hatte eines von ihnen einen halben Stadtteil verwüstet.

Es gelang Izeban sogar, den Grad der Zerstörung in den Dörfern zu *errechnen* – eine Kunst, die Alina und Leandra nicht wenig beeindruckte. Ohne wirklich jedes einzelne Dorf bereist zu haben, wussten sie nach kurzer Zeit, dass die Drakken ein rundes Zehntel der Gebäude in den Dörfern und Städten zerstört hatten und dass dort etwa ebenso viele getötete Menschen zu beklagen waren. Und noch immer trug rund ein Fünftel der Menschen die seltsamen Halsbänder der Drakken. Sie waren zwar, wie sich herausgestellt hatte, nur für das Auffinden von Flüchtigen gedacht gewesen, inzwischen also ungefährlich, aber es war notwendig, noch einmal Leute mit den erbeuteten Geräten der Drakken auszuschicken, die die Halsbänder lösen würden. Zugleich musste dafür Sorge getragen werden, dass die betroffenen Menschen von dieser Möglichkeit erfuhren.

Die einzelnen Blätter ihrer Liste wurden mehr und mehr, und bald häuften sich Berge von Pergamenten in Izebans Arbeitszimmer. Mit so viel neuem Wissen gelang es Alina, den Rat zu beeindrucken und Mittel für die wichtigen Aufbauarbeiten zu erwirken.

Als sich aus der Vielfalt der Erkenntnisse auch die Notwendigkeit ergab, die Leute zu zählen, die verletzt oder krank waren, die ihr Hab und Gut oder gar ihre Angehörigen verloren hatten, eilte Alina und ihren Helfern bereits der Ruf voraus, dass sie sich um die Menschen im Land kümmerten. Anfangs war das ein schönes Gefühl, doch es brachte Probleme mit sich. Die Menschen erwarteten Hilfe. Doch es war der Hierokratische Rat, der die Geldmittel bewilligen musste, und hier war, so musste Alina bitter lernen, gegen die alten Besitzstände kein Ankommen. Auch mit ihren zwölf Stimmen, die sie als Herrscherin von Akrania in sich vereinte, scheiterte sie an eine geschlossen gegen sie stimmenden Rat, der es in diesem Fall auf dreizehn Stimmen bringen konnte. Selbst Primas Ulkan, der zumeist auf Alinas Seite stand, musste mehrfach dem Druck seiner Ratsbrüder nachgeben.

Nach einer anfänglichen Zeit des Wohlwollens regte sich im Rat der Unmut gegen Alina. Nun musste sie nachgeben und vorsichtiger agieren. So zogen sich die Tage dahin. Bald war abzusehen, dass sich eine Besserung der Zustände nur sehr langsam durchsetzen würde.

Dann, eines Tages, meldete Alinas Leibdiener Larmos einen Besucher für die Shaba. Er sagte, ein Mann namens Cleas habe darum gebeten, sie zu sehen.

Ein Schauer lief über ihren Rücken. »Cleas? Ein ... *Cleas* will zu mir?«

»Sehr richtig«, sagte Larmos höflich. »Er sieht ... nun, ein wenig heruntergekommen aus.«

Sie erhob sich aufgeregt. »Herein mit ihm, schnell!«

Larmos entfernte sich würdevoll und führte gleich darauf einen großen, hageren Mann herein. Er wirkte abgehärmt, müde, und seine Kleider waren staubig und zerschlissen.

Alina stieß einen Schrei aus. »*Cleas!*«

Sie eilte auf ihn zu, um ihn in die Arme zu schließen, aber Cleas hatte trotz seiner Müdigkeit offenbar das Bedürfnis, einen Kniefall vor seiner Shaba zu vollführen. Der Boden war glatt, und beinahe wäre Alina über ihn gefallen. Sie zog ihn auf die Füße und nahm ihn fest in die Arme.

»Hoheit«, ächzte er. »Ich ...«

Alina drückte ihm, glücklich lächelnd, einen Kuss auf die Wange. Cleas keuchte hilflos. Cathryn quietschte vor Vergnügen und kam herbeigesprungen, während Maric, der mit ein paar Klötzen am Boden gespielt hatte, plötzlich lautstark losheulte. Leandra eilte zu ihm.

»Darf ich vorstellen?«, sagte Alina und strich sich breit lächelnd eine Haarsträhne aus dem Gesicht, »Das ist Cleas. Der Mann, ohne den wir alle heute nicht hier wären. Er hat mich damals aus höchster Not gerettet, als ich auf dem Weg ins Ramakorum war, um Roya zu finden.«

Leandra hatte inzwischen Maric auf dem Arm. Sie trat zu dem verdatterten Cleas und streckte ihm die Hand entgegen. »Wirklich? Du bist Cleas? Wir haben dir eine Menge zu verdanken! Willkommen im Palast. Ich bin Leandra.«

Cleas ergriff entgeistert ihre Hand; seine Augen waren noch größer und runder geworden.

Alina schlang noch einmal beide Arme um seinen Hals und drückte ihm einen Kuss auf die Wange. »Was bin ich froh, dich zu sehen«, sagte sie. »Ich dachte, du wärest tot. Ich habe dich suchen lassen, aber …«

Cleas kämpfte um seine Beherrschung. Schon früher, als sie beide noch Gefangene und Zwangsarbeiter bei den Drakken gewesen waren, hatte er unablässig versucht, Alina gegenüber so distanziert und respektvoll wie möglich aufzutreten, nachdem er herausgefunden hatte, dass sie in Wahrheit die Shaba von Akrania war. Doch sie führte ihn schon lange auf der Liste ihrer engsten und wichtigsten Freunde. Ohne seine Hilfe hätte sie es niemals bis zu Roya geschafft, und damit wäre es aller Wahrscheinlichkeit nach niemals zum Befreiungsschlag gegen die Drakken gekommen. Cleas hatte damals, um ihr die Flucht zu ermöglichen, sein eigenes Leben aufs Spiel gesetzt. Dass er noch lebte, war wie ein Geschenk höherer Mächte.

»Meine Shaba …«, stammelte er.

»Du hörst jetzt ein für alle Mal damit auf!«, herrschte sie ihn an und stemmte die Fäuste in die Hüften. »Du bist mein Freund, mein Lebensretter! Ich will verdammt sein, wenn ich mich von dir mit *Euch* und *Shaba* anreden lasse – wie von einem Fremden!«

Er starrte sie ungläubig an, und dann endlich löste sich seine Befangenheit. »Darf … darf ich mich setzen?«, fragte er mit unsicherer Stimme.

Nun erst bemerkte Alina, wie wacklig er auf den Beinen war. Sie half ihm auf einen Polsterstuhl. Als er saß, betrachtete er das Möbel unter sich, so als hätte er Angst, das königliche Gestühl mit seiner unwürdigen Erscheinung zu beschmutzen.

Sie kniete sich vor ihn und nahm seine Hand. »Meine Güte, Cleas, du sieht völlig erledigt aus! Was ist geschehen?«

Er stieß ein tiefes Seufzen aus und ließ sich zurücksinken. »Ich … ich bin geflohen«, sagte er. »Zusammen mit drei anderen Magiern. Gerade erst kam ich mit einer Fischerschaluppe im Hafen an. Ich bringe leider keine guten Nachrichten.«

»So?« Alina tauschte ahnungsvolle Blicke mit Leandra. Dann zog sie sich einen Stuhl heran und setzte sich zu ihm.

Cleas holte tief Luft; er schien unendlich müde zu sein. »Damals, nachdem wir uns getrennt hatten, erwischten mich die Drakken. Ich hatte es schon befürchtet, nach allem, was wir auf dem Hinweg angerichtet hatten.«

Alina nickte verstehend. Ihre Flucht war dramatisch verlaufen. Unter anderem waren dabei mehrere Drakken und ein Bruderschaftler umgekommen, und sie hatten sogar den Absturz eines kleinen Drakkenbootes mitten im Fluss verursacht.

»Ich konnte mich nur retten, indem ich zugab, Magier zu sein. Sie verfrachteten mich in ein Flugschiff und brachten mich über mehrere Stationen bis zu einer kleinen Insel. Sie liegt, wenn ich das richtig sehe, irgendwo weit draußen vor der Südwestküste im Meer. Dort war ich mit anderen Magiern eingesperrt – monatelang.«

»Monatelang?«

»Ja. Ein Gefängnis für Magier. Jeder von uns in einer einzelnen Zelle, unterirdisch. Sie beobachteten uns den ganzen Tag und drohten, uns alle zu töten, wenn auch nur einer einen Ausbruch wagen sollte. Keiner blieb länger als drei Tage in diesem Gefängnis, dann wurde er weiter transportiert. Nur ich selbst, ich blieb länger. Ich weiß nicht, warum.«

Alina stellten sich die Nackenhaare auf. Beunruhigt sah sie zu Leandra, die ihr einen besorgten Blick zuwarf. Was Cleas da erzählte, klang nicht so, als hätten sie Anlass, alle Kümmernisse der Vergangenheit vergessen zu können.

»Wir wurden verpflegt und konnten uns waschen, das aber war alles. Ich bekam kaum je einen der anderen zu Gesicht. Dann aber, etwa zwei Wochen, nachdem man mich eingesperrt hatte, änderte sich alles. Die meisten Drakkensoldaten verschwanden. Ich erfuhr erst vor einer Woche, als wir endlich bei Tronburg die Küste erreichten, was geschehen ist.«

Er nahm Alinas Hand, die direkt vor ihm saß, und sagte: »Du hast es geschafft, nicht wahr? Du hast deine Freundin in den Bergen gefunden, und deswegen kam es zu dem Krieg gegen die Drakken. Und ihr habt ihn gewonnen.«

Alina lächelte verlegen und sah kurz zu Leandra. »Ja, das stimmt. Aber das geht beileibe nicht allein auf mich zurück. Viele haben mitgeholfen. Einer der wichtigsten warst du.«

Cleas schenkte ihr ein dankbares Lächeln. »Ach, ich habe nur einen kleinen Teil dazu beigetragen. Stell dir vor, Renash wäre nicht gewesen. Oder dein Hund.« Er blickte sich um. »Wie geht es ihm?«

Alina schlug die Augen nieder. »Benni ... leider ist er tot. Er ist damals im Ramakorum umgekommen. Beim Absturz eines Drakkenbootes.«

»Oh, Alina ... das tut mir Leid ...«

Sie brachte ein bitteres Lächeln zustande. »Schon gut, Cleas. Danke für deine Anteilnahme. Aber nun erzähl weiter. Du sagtest, alles hätte sich dort geändert, in diesem Gefängnis.«

Er nickte, ließ ihre Hand wieder los und lehnte sich müde zurück. »Es muss wegen des Krieges gewesen sein. Die Drakkensoldaten wurden zum Kampf abgezogen, aber den haben sie ja offenbar schnell verloren. Dennoch – einige blieben zurück und bewachten uns.« Er sah sie ernst an. »Alina, es gibt allem Anschein nach noch immer Drakken in der Höhlenwelt. Und ich fürchte, es sind gar nicht so wenige.«

»Das wissen wir, Cleas. Allerdings …«

Er sah sie fragend an.

»Sie bewachten euch weiterhin?« Alina suchte nach Worten. »Entschuldige, wenn ich das so grob ausdrücke, aber … nun, ich hätte eher erwartet, dass sie euch … *töten* würden.«

Er nickte. »Du hast vollkommen Recht, Alina. Aber sie bewachten uns noch für mehr als zwei Monate. Versorgten uns mit Nahrung und Wasser … Natürlich ist uns dieser Widersinn erst nach unserer Flucht klar geworden – nachdem wir erfuhren, dass die Höhlenwelt längst befreit war.«

Alina blickte unschlüssig zu Leandra.

Auch Leandra schien verwirrt. »Warum?«, fragte sie kopfschüttelnd. »Ihre Streitmacht war vernichtet, sie hatten ihr Mutterschiff verloren … warum sollten sie weiterhin Gefangene bewachen? Das ergibt keinen Sinn.«

Alina wandte sich wieder zu Cleas. »Hast du noch irgendwas erfahren? Eine Erklärung hierfür?«

Cleas schüttelte den Kopf. »Nein. Wir haben nur mitbekommen, wie ihre Lage immer schlechter wurde. Zuletzt waren nur noch eine Hand voll Drakken da, und die gesamte, riesige Gefängnisanlage funktionierte kaum mehr. Da ergab sich natürlich irgendwann eine Möglichkeit zur Flucht. Die haben wir genutzt.«

»Und … wie?«

»Wir waren nur noch zu viert. Vier gefangene Magier. Und ziemlich am Ende. Viele von uns waren gestorben, an Krankheit, Unterernährung oder Schwäche. Ich denke, die Drakken hätten sogar versucht, die Kranken von uns zu behandeln, aber sie hatten weder die Mittel dazu noch das Wissen. Zuletzt war es das reinste Totenhaus, dieses Gefängnis. Wir warteten eine günstige Situation ab und überwältigten die Drakken mit Magie. Wir töteten alle. Dann aber saßen wir auf dieser Insel fest. Wir haben drei Wochen lang an einem Floß gebaut und waren dann noch einmal zwei Wochen auf See. Vor etwa einer Woche haben wir die Küste von Kambrum erreicht. Da erst haben wir mitbekommen, dass die Drakken schon vor vier Monaten besiegt wurden.« Er setzte ein schwaches Lächeln auf. »Und dann hörte ich natürlich, dass Akrania eine neue Shaba hat. Ich wollte dir gleich von dieser Sache berichten, aber ich brauchte noch eine ganze Woche bis hierher.«

Sie lehnte sich vor und umarmte ihn wieder. »Danke, Cleas, dass du gekommen bist. Das war sehr wichtig. Ich weiß noch gar nicht, was ich von all dem halten soll.«

»Die Drakken sind ziemlich einfältige Kreaturen«, meinte Leandra. »Womöglich halten sie einfach nur an ihren alten Befehlen fest – ganz egal, was zwischenzeitlich passiert.«

Alina saß lange da und dachte intensiv nach. »Wir müssen uns mit dem Primas und mit Munuel beraten«, sagte sie schließlich. »Seit gestern sollen sie wieder da sein. Am besten ist es, wir beide gehen gleich mal hinüber ins Ordenshaus, Leandra. Ich möchte auch endlich wissen, wo die beiden so lange gewesen sind.«

*

Es war spät in der Nacht, als Rasnor leise seine Leibdecke zurückschlug und die Beine von seiner kargen Pritsche schwang. Es war dunkel im Schlafsaal, die Brüder um ihn herum schliefen längst, leises Schnarchen kündete von friedlichen Träumen. Es musste um Mitternacht sein, die Stunde, zu der ihn Prior Septon zum Hintereingang der Bibliothek gebeten hatte.

Lautlos schlüpfte er in seine Kleider und die Stiefel.

Am Vorabend war er als einfacher Wandermönch hier an den Toren von Hegmafor erschienen und hatte um eine Suppe und einen Schlafplatz für die Nacht gebeten. Er hätte es auch einfacher haben können, indem er mit Unterstützung der Drakken und viel Radau über die alte Abtei im Rebenland hereingebrochen wäre und Zutritt in die alten Keller verlangt hätte. Aber das wäre grundfalsch gewesen.

In Thoo hatte er erlebt, was passierte, wenn man nicht über die Maßen vorsichtig war. Der Verlust des kleinen Drakkenschiffes hatte seine Pläne um Monate zurückgeworfen, nur weil er sich sicher gewesen war, niemand würde ihre Anwesenheit in diesem bodenlosen Abgrund der Keller von Thoo bemerken. Nein, einen ähnlichen Fehler konnte er sich nicht noch einmal erlauben. Hegmafor besaß noch immer eine funktionierende Tarnung. Hier oben, in der Abtei, arbeiteten nach wie vor die Brüder vom Rebenländer Orden und sortierten ihre alten Bücher, fertigten Abschriften historischer Dokumente an und pflegten ihre Kräutergärten. In den tiefen Kellern von Hegmafor jedoch befand sich der älteste Stützpunkt der Bruderschaft von Yoor. Schon seit Jahrhunderten gab es hier ein geheimes Nest seiner Brüder – mehrmals schon für Jahrzehnte völlig verwaist, seit dreißig Jahren jedoch wieder rege genutzt. Chast war von hier hervorgegangen, er selbst auch, und vor ihm zahllose andere Bruderschaftler. Seit der Dämonenaustreibung vor etwas mehr als dreißig Jahren war jedoch niemand mehr auf die Idee gekommen, dass sich hier erneut ein Geheimversteck der Bruderschaft gebildet hatte.

Als er am vergangenen Abend hier angekommen war, hatte er allerdings selbst nicht gewusst, ob dieser Stützpunkt noch existierte. Vor über einem Jahr war er zum letzten Mal hier gewesen, und nach dem Drachenkrieg hätte es sein können, dass die Bruderschaft so sehr zerschlagen wäre, dass er die alten, geheimen Keller leer vorgefunden hätte. Doch gleich nach seiner Ankunft hatte er von Prior Septos gehört und darum gebeten, ihn sehen zu dürfen. Septos war schon seit zwanzig Jahren hier, und seit zehn Jahren stand er im Rang des zweithöchsten Würdenträgers des Rebenländer Ordens. Im Geheimen jedoch war er einer der Verantwortlichen des geheimen Stützpunkts. Rasnor hatte ihm klar gemacht, wer nun in der Bruderschaft das Sagen hatte. Der Prior hatte nur kurz gezögert und ihm dann seinen Gehorsam zugesichert.

So weit, so gut.

Nun galt es herauszufinden, welche Unterstützung er von hier erhalten konnte. In Thoo hatte er einen weiteren Novizen verloren, und das war schon der siebte seiner Brüder, der bei einem Angriff der Truppen der Shaba umgekommen war. Nur vierzehn waren noch übrig, vierzehn Menschen unter mehreren Hundert Drakken, über die er gebot.

Er brauchte einfach mehr Leute. Nach wie vor mochte er die Echsenwesen nicht, und nach wie vor waren sie zu keinen großen Intelligenzleistungen imstande, sah man einmal von den *Liin*-Offizieren ab. Aber die mochte er am wenigsten.

Rasnor erhob sich und machte sich auf leisen Sohlen auf den Weg. Der Schlafsaal war groß, aber es schliefen nur wenige Brüder hier. Die Zeiten hatten sich geändert; Rasnor konnte sich noch an Tage erinnern, da die

96

Abtei Wandermönche hatte abweisen müssen, die um Unterkunft ersucht hatten, weil die Schlafsäle belegt und das Refektorium überfüllt gewesen waren. Heute lebten hier noch um die zwanzig Brüder, und es waren gerade mal drei Wandermönche zu Gast. Wie viele Bruderschaftler es unten in den Katakomben geben mochte, wusste er nicht.

Er durchquerte den Saal und huschte zur Tür hinaus. Auf dem Korridor wandte er sich nach Osten und lief bis zum Schlafsaal der Novizen. Dort gab es ein Fenster, durch das er in einen schmalen Spalt zwischen der Ostmauer und dem Unterkunftsgebäude hinabsteigen konnte. Die Wege kannte er von früher noch bestens, ebenso wie er wusste, dass ihn keiner der Novizen verraten würde, sollte einer von ihnen erwachen. In Abteien wie Hegmafor gab es in den niederen Rängen allerlei heimliches Getue und dazu passende ungeschriebene Gesetze. Wer sich nicht von den höheren Brüdern oder von der Nachtwache auf frischer Tat ertappen ließ, war sicher. Niemals würde ein Novize jemanden verpetzen, der nachts irgendwo herumschlich.

Leise kletterte Rasnor durch das Fenster hinaus. Sicher erreichte er den schmalen Spalt zwischen der Hauswand und der Ostmauer. Von dort ging es südwärts an der Abteimauer entlang; an einer Stelle konnte man hinüber in den Innenhof zur Nachtwache blicken: Ein einsamer Novize saß mitten auf dem Abteihof und fristete, in eine wärmende Decke gewickelt und mit einer Laterne bewaffnet, seinen nächtlichen Dienst.

Rasnor wusste, dass es sich hier nur um alte Traditionen handelte, nicht um wirklichen Wachdienst. Trotzdem durfte man sich von dem nächtlichen Aufpasser nicht erwischen lassen, denn er würde Alarm schlagen. Zum Glück kannte Rasnor sämtliche Schleichwege.

Er wandte sich nach Süden, wo es zwischen der Abteikapelle und der Ostmauer eine weitere schmale Passage gab. Von dort aus gelangte er ungesehen ins Zeughaus an der Südseite der Abtei. Alles war verlassen und dunkel. Er schlich hinauf in den ersten Stock und fand den alten, versteckten Durchlass in der Bretterwand, durch den er in den westlichen Teil des Zeughauses gelangen konnte. Bald verließ er den Holzbau wieder, ganz in der Nähe des Abteitores. So ging es weiter, über versteckte Pfade, kleine Treppchen und schmale Wege entlang der Abteimauer, vorbei an den Tierställen, dem Abteifriedhof und dem Kräutergarten, bis er endlich die Rückseite des stattlichen Gebäudes der Bibliothek erreichte. Wie versprochen, wartete Septos dort.

»Wir haben aus Sicherheitsgründen einen neuen Zugang zu den Katakomben eingerichtet, Bruder Ras ...« Er räusperte sich. »Verzeiht. Hoher Meister, wollte ich sagen.«

»Schon gut. Führ mich hin. Wie viele Leute habt ihr derzeit hier?«

Septos setzte sich in Bewegung und schlich ein Stück denselben Weg zurück, den Rasnor gekommen war. »Ich weiß es nicht einmal genau, Hoher Meister«, gab er leise zu. »Wir haben in den letzten Wochen gar nicht mehr gezählt. Viele sind zu uns gekommen, die nicht mehr wussten, wohin. Ich denke, wir sind um die vierzig.«

»Vierzig!«, stieß Rasnor leise hervor.

Septos legte den Zeigefinger auf dem Mund, als sie den Schutz des Bibliotheksgebäudes verließen und am Kräutergarten vorbei zum Friedhof huschten. Bald darauf hatten sie das Sanctum erreicht, einen trutzigen alten Turm, der die Westseite der Abtei markierte.

Septos blieb stehen und deutete auf den Eingang. »Hier ist es.«

Rasnor zog die Brauen hoch. »Hier? Im Sanctum?«

Septon lächelte spöttisch. »Ja, Hoher Meister. Ein guter Platz, nicht wahr?«

Rasnor lächelte zurück. Hier, im alten Heiligtum der Gilde, würde ganz sicher niemand einen Zugang in ein geheimes Bruderschaftsnest vermuten. Ganz Hegmafor lag wie auf einer Insel, einer hohen Felseninsel, obwohl das umgebende Wasser nur ein Wildbach in einer tiefen Schlucht war, der den Felsen von Hegmafor auf beiden Seiten umfloss und sich jenseits der Abtei, in einem kleinen See, wieder traf. Am westlichsten Punkt der Abtei stand das Sanctum – ein nicht sehr hoher, aber äußerst wehrhaft wirkender Turm, der einen Teil der Abteimauer darstellte. In seiner obersten Kammer wurde das Original des *Kodex* aufbewahrt – des uralten Gesetzbuches der Magiergilde, welches die verbindlichen Regeln des Standes der Magier enthielt. Ausgerechnet da, wo das geheiligte Werk der Cambrier aufbewahrt wurde, wirkte im Geheimen seit ungezählten Jahrhunderten die Bruderschaft. Und nun hatte Septos hier sogar einen Zugang in die lästerlichen Gefilde der Bruderschaft eingerichtet!

Leise schlich der Prior voran, betrat den kurzen, tunnelartigen Zugang des Turmes und zog einen großen Schlüssel hervor. Das Schloss war gut geölt und gab keinen Laut von sich; ansonsten wären sie gewiss von der Nachtwache gehört worden, denn der Einging wies genau auf die Hofmitte hinaus. Leise öffnete der Prior die schwere Eisenholztür, deren Scharniere ebenso sorgfältig geölt waren. Erst als sie im Turm selbst waren und Rasnor die Tür wieder geschlossen hatte, ließ der Prior auf magischem Wege ein Licht in der Luft entstehen.

Vor ihnen erhob sich der Große Steinerne Drache – ein riesenhaftes Standbild, das vor langer Zeit einmal die Freundschaft zwischen den Drachen und den Menschen versinnbildlicht hatte. Ein fader Geschmack entstand in Rasnors Mund, als er sich korrigieren musste: Diese Freundschaft gab es inzwischen wieder, neu geschmiedet von diesen *Weibern* – Leandra und ihren Freundinnen. Die Drakken hatten zu spüren bekommen, was das hieß, und er natürlich auch. Seine Entschlossenheit wuchs abermals, sich nicht so einfach geschlagen zu geben.

»Wo ist nun dieser Zugang?«, verlangte er zu wissen.

»Hier, Hoher Meister!«

Septos trat auf die Drachenstatue zu und drückte auf einem umlaufenden Kastenmuster am Sockel des Drachen nacheinander auf drei Stellen. »Der dritte, elfte und siebte«, erklärte er. »In dieser Reihenfolge.«

Leise, klickende Geräusche waren ertönt, dann hörte Rasnor ein hohles Knirschen wie von zwei großen Steinblöcken, die aneinander rieben. Septos wandte sich nach rechts und bedeutete Rasnor, ihm zu folgen. Er trat unter die Stufen einer Treppe, die im Innern des großen, runden Raumes an der Wand entlang in die Höhe strebte. Darunter ging es tief in einen dunklen Winkel hinein, den man erst einsehen konnte, wenn man etliche Schritte unter die Treppe getreten war. Plötzlich schien es, als wäre Septos verschwunden.

Instinktiv tasteten Rasnors magische Sinne nach dem Trivocum. Er erspürte eine fein gewebte Struktur direkt vor sich. Ihm war sofort klar, dass man sie kaum entdecken konnte, wenn man nicht unmittelbar davor stand. Es war wie ein schwarzer Vorhang, und entschlossen schritt er hindurch. Sofort wurde es wieder hell, und er sah eine enge Treppe, die in die Tiefe führte. Septos stand ein paar Stufen tiefer und lächelte zu ihm herauf.

»Hübsch gemacht«, sagte Rasnor anerkennend und stieg die Stufen hinab.

Septos wartete auf ihn und wandte sich dann um. »Kommt, Hoher Meister. Die anderen werden staunen. Und ich glaube, wir haben auch etwas ganz Besonderes für Euch hier.«

»So?«, fragte Rasnor. »Etwas Besonderes? Was ist es denn?«

Septos lächelte geheimnisvoll. »Wartet nur ab. Ihr werdet staunen!«

4 ◆ Rätsel der Vergangenheit

Alina hatte, einem neu erwachten Tatendrang folgend, wieder einfache Kleidung mit Hosen angezogen. Wie während der Zeit ihrer Flucht vor den Drakken, hatte sie ihr Haar zu einem dicken Bauernzopf geflochten und war nun geradezu begierig darauf, den Palast unerkannt zu verlassen, um sich unters Volk zu mischen. Sie setzte sich noch eine Mütze auf und ließ nach Hilda schicken, die auf Maric aufpassen sollte. Zusammen mit Leandra machte sie sich auf den Weg.

Als sie durch die Straßen nördlich des großen Marktes liefen, befiel Alina ein seltsames Gefühl. Savalgor hatte sich verändert.

Die Stadt wirkte ruhiger, die Menschen schienen sich langsamer zu bewegen und achtsamer zu sein. An einigen Stellen, wo vor vier Monaten brennende Drakkenschiffe in eng bebaute Stadtviertel gestürzt waren, hatte die Stadt schreckliche Narben davongetragen. Die Drachen hatten sich damals bemüht, die Drakkenschiffe von der Stadt wegzulocken, ehe sie über sie herfielen, aber in einigen Fällen waren sie direkt über Savalgor abgestürzt. Dazu kamen die Schäden, welche die Drakken in den etwa vier Wochen ihrer Schreckensherrschaft selbst angerichtet hatten. Die nördliche Front des Shabibspalasts war mit verheerenden Waffen angegriffen worden, und das riesige Tor war bis heute noch nicht wieder repariert. In vielen Stadtvierteln konnte man sehen, wie brutal die Drakken bei der Jagd

nach Flüchtigen zugeschlagen hatten. Ganze Häuser-
zeilen waren dem Erdboden gleich gemacht worden.
Immerhin waren ihre fremdartigen, silbrigen Zeltbauten vor den Palasttoren verschwunden. Sie abzurei-
ßen hatte jedoch ausgefeilter magischer Tricks bedurft,
denn die papierdünnen, metallischen Wände hatten
sich als sehr widerstandsfähig erwiesen.

Während die meisten Hinterlassenschaften der Drakken wieder verschwunden waren, konnte man die Verwüstungen selbst noch deutlich erkennen. Viele Bürger
der Stadt waren damit beschäftigt, die Schäden zu
beseitigen, aber Savalgor würde wohl niemals wieder
ganz das sein, was es einst gewesen war.

Trotz ihrer Verkleidung wurden sie von einigen Leuten angestarrt, als sie die Straßen durchquerten. Aber
sie störten sich nicht daran. Im Augenblick gab es
nichts, was sie hätten fürchten müssen – zumindest
nicht hier.

Zügig liefen sie durch die Gassen, neugierig um sich
blickend und von ebenso neugierigen Blicken verfolgt.
Schließlich erreichten sie das Cambrische Ordenshaus,
einen sehr alten, hoch ummauerten Bau, der einen ganzen Häuserblock einnahm und einen eigenen Innenhof
besaß – was für das eng bebaute Savalgor geradezu
verschwenderisch war. Sie klopften an das Tor und ein
vor Ehrfurcht erstarrter Novize ließ sie ein.

Im Innenhof angekommen, begegneten sie ihnen bekannten Ordensbrüdern, die sogleich den Primas rufen
ließen. Leandra und Alina blieben vor dem altehrwürdigen Hauptbau stehen und sahen sich um; viele Brüder waren unterwegs, und offenbar waren alle sehr
beschäftigt. Doch schon bald erschien der Primas und
mit ihm Munuel.

»Endlich seid Ihr wieder da, Hochmeister!«, sagte
Alina erleichtert und tauschte eine kurze Umarmung
mit dem Primas des Cambrischen Ordens. Die Be-

grüßung zwischen Leandra und ihrem alten Lehrer und Meister Munuel war ebenso knapp und herzlich. »Wo seid Ihr nur so lange gewesen?«

»Ach, das ist eine lange Geschichte«, sagte Jockum und winkte ab. Aber lasst uns ins Turmzimmer gehen und zuerst einen Tee zu uns nehmen. Ich bin noch gar nicht richtig zum Durchatmen gekommen, seit wir wieder da sind. Seht euch nur um, was hier los ist!«

Leandra und Alina ließen ihre Blicke durch den Innenhof schweifen. Ja, sie wussten, wie sehr das Ordenshaus gelitten hatte. Während der Zeit der Drakkenherrschaft hatte sich hier in diesen altehrwürdigen Mauern die Bruderschaft eingenistet. Der letzte große Schaden war entstanden, als beim Absturz eines Drakkenschiffes ein größeres Wrackteil auf das Ordenshaus gestürzt war. Der Dachstuhl eines Nebengebäudes war ausgebrannt, die Stallungen ebenfalls, die östliche Hofmauer war zum Teil eingestürzt, und die kunstvolle Fassade des Hauptbaus hatte arg gelitten. Viele der Schäden waren bereits notdürftig repariert, aber noch immer gab es eine Menge zu tun. Gerüste waren aufgebaut, und Handwerker wie auch Ordensbrüder arbeiteten daran, den historischen Bau wieder instand zu setzen. Überall liefen Männer mit Werkzeug, Baumaterial und Gerüstteilen umher.

Der Primas rief einen Novizen herbei, um ihn nach Tee zu schicken, dann begannen sie den etwas beschwerlichen Aufstieg ins Turmzimmer, in die private Studierstube des Primas. Dort hielt sich der Hochmeister gern auf, wenn es darum ging, bedeutsame Dinge zu besprechen – nicht zuletzt, weil der Turm ein Stück höher als die meisten anderen Gebäude Savalgors war und ihm so ein Gefühl der Übersicht bescherte.

»Ihr seht müde aus, Hochmeister!«, stellte Leandra fest, als sie sich im Turmzimmer niedergelassen hatten.

»Ja, ich weiß«, seufzte der alte Herr. »Ich bin jetzt

zweiundachtzig. Wenn ich mir überlege, was ich im letzten Jahr so alles durchgemacht habe, nicht zuletzt wegen dir, junge Dame …«

Leandra lächelte höflich. »Wo wart ihr zwei denn so lange? Ihr habt Alina ganz allein hier zurückgelassen, und sie hätte eure Hilfe nötig gehabt.«

Munuel hob eine Hand. »Ich weiß – und es tut mir Leid, Alina. Das haben wir uns unterwegs oft vorgeworfen. Wir waren einer Sache auf die Spur gekommen und hofften jeden Tag, das Rätsel lösen zu können. Aber dann wurden aus zwei Tagen zwei Wochen und schließlich zwei Monate.«

»Und? Habt Ihr herausgefunden, was Ihr wissen wolltet, Hochmeister?«, fragte Alina neugierig.

Der Primas schüttelte den Kopf. »Wir haben einiges entdeckt, aber leider nicht die Antwort, nach der wir suchten.« Er wandte sich an Munuel. »Sind wir überhaupt schon so weit, einen Bericht abgeben zu können?«

Munuel zuckte die Schultern. »Von Alina und Leandra dürften wir kaum Geheimnisse haben. Und du weißt ja, was wir uns vorgenommen haben.«

Der Primas brummte leise. »Also gut. Dann will ich euch berichten. Es begann vor drei Monaten, als wir hier anfingen sauberzumachen. Wie ihr wisst, hatte sich die Bruderschaft in diesen Räumlichkeiten breit gemacht. Der Cambrische Orden existierte für ein Jahr nicht, und diese Schmutzfinken stellten hier alles auf den Kopf. Es war sogar das Hauptquartier dieser *Duuma!*« Er schüttelte den Kopf. »Es sah aus – ich kann euch sagen! Wir fingen an, ihre Hinterlassenschaften zu tilgen. Besonders schlimm waren die Verwüstungen in unseren Bibliotheken. Diese Ignoranten haben einfach uraltes, wertvolles Schriftgut vernichtet – das sogar *ihnen* hätte nutzen können. Es war ein Graus!«

»Aber dennoch auch wieder ein Glück«, ergänzte Munuel. »Wir haben bei den Aufräumarbeiten uralte Dokumente gefunden, auf die wir ansonsten wohl nie mehr gestoßen wären.«

Leandra lachte spöttisch auf. »Wirklich? Dann lass mich raten: aus der Zeit des *Dunklen Zeitalters?*«

»Noch ältere sogar. Und sie stießen uns ganz unvermutet wieder auf eine alte Frage, die nie beantwortet wurde.«

»Und die lautet?«

»Du kennst sie. Warum haben die Drakken nie versucht, mit uns zu verhandeln? Wenigstens ganz zu Anfang?«

Leandra nickte bedächtig. »Ja. Das hat sogar Rasnor nachdenklich gemacht. Es schien den Drakken immer darum gegangen zu sein, uns mit Gewalt die Geheimnisse der Magie zu entreißen.«

Der Primas hob einen Zeigefinger. »Mehr noch, Leandra. Du selbst hast herausgefunden, dass es darauf hinauslief, unsere Welt vollständig zu zerstören. Binnen einer Frist von etwa zwanzig Jahren wäre das Land entvölkert worden. Mit den gewaltigen Staubwolken der Schlote ihrer Bergwerke hätten sie unsere Welt unbewohnbar gemacht und uns Menschen entweder getötet oder irgendwohin verschleppt. In Wahrheit wollten sie nicht nur unsere Magie. Nein, sie wollten uns von Anfang an vollständig vernichten!«

Alina nickte bitter. »Und das, obwohl sie immer streng nach einem Plan des größtmöglichen Nutzens handelten. Ich habe es in ihren Bergwerken selbst erlebt. Aber was könnte ihnen denn unsere Vernichtung einbringen?«

Munuel hob ratlos die Achseln. »Tja, was?«

»Ist es denn wirklich sicher, dass sie das wollten? Gibt es einen Beweis dafür?«

Der Primas wies auf einen Stapel altersbrauner Pergamente, die ordentlich auf seinem Schreibtisch aufgeschichtet lagen. »Dies hier haben wir gefunden. Über zweitausend Jahre alt, sorgfältig magisch versiegelt, wie es in unserem Orden üblich ist. Alles noch gut lesbar.«

Alina und Leandra erhoben sich, traten zu dem Tisch und nahmen die Dokumente in Augenschein. Doch sie konnten die Schriftzeichen auf dem uralten, harten Papier nicht entziffern. Leandra wusste jedoch, dass sich Hochmeister Jockum gut auf die alten Schriften verstand.

»Es sind die Aufzeichnungen eines gewissen Phenros«, erklärte er. »Vor über zweitausend Jahren war er ein berühmter Mann in Diensten des Cambrischen Ordens. Er war nicht nur ein begabter Magier und Gildenmeister, sondern auch ein Philosoph und Künstler. Und er war persönlicher Berater des damaligen Primas. Er hieß Armenas.«

Es klopfte, und der Novize brachte Tee – was Jockums Miene sichtlich aufhellte. Er kümmerte sich persönlich darum, dass jeder ein Tässchen Tee bekam. Mit einem wohligen Seufzen lehnte er sich in seinem Stuhl zurück und genoss mehrere Schlucke seines liebsten Getränks.

Leandra legte ihr Bündel Papiere ab, setzte sich und trank ebenfalls vom Tee. Alina war stehen geblieben und studierte weiterhin die uralten Pergamente.

»Armenas war stets um Frieden und Harmonie bemüht«, fuhr Hochmeister Jockum fort. »Doch als zu dieser Zeit aufgrund von waghalsig gewirkten Magien immer wieder Unfälle passierten, rief er alle Ordensführer zu sich und forderte eine Einigung unter den Gilden. Ihr kennt die Geschichte. Er wollte die Erschaffung eines Kodex, nach dem sich alle Magier zu richten hatten. Anfangs gab es zahllose Debatten und selbst Anfeindungen, aber schließlich gelang ihm eine Einigung.

Nur eine Gruppe stellte sich quer. Es war eine gewisse *Bruderschaft von Yoor* unter ihrem Führer Sardin.«

Leandra und Alina nickten. »Ja. Diesen Teil der Geschichte kennen wir.«

»Womöglich nicht genau«, wandte der Primas ein. »Zuerst gelang es Armenas nämlich, Sardin zu überzeugen.«

»Ach … tatsächlich?«

»Ja, das steht in diesen Dokumenten geschrieben. Doch Sardins gute Vorsätze hielten nicht. Kurz bevor es zur feierlichen Unterzeichnung und zum Inkrafttreten des Kodex kam, sperrte er sich plötzlich. Armenas war enttäuscht, um nicht zu sagen: wütend. Er schickte seinen besten und umsichtigsten Mann, nämlich unseren Chronisten Phenros, um dahinterzukommen, was da geschehen war. Phenros deckte auf, dass offenbar *Fremde* aufgetaucht waren, die Sardin einen besseren Vorschlag unterbreitet hatten.«

»Fremde? Die Drakken?«

»Davon dürfen wir wohl ausgehen. Obwohl nirgends etwas Näheres über sie vermerkt ist.«

»Und was tat Armenas?«

Der Primas nahm noch einen Schluck Tee, ehe er weitersprach. »Nun, er kam auf die Idee, selbst mit diesen Fremden reden zu wollen. Er stellte eine Abordnung zusammen. Und dann ging das ganze Unheil los. Gewöhnlich hört man sich doch zumindest an, was eine Gegenpartei vorzubringen hat, nicht wahr? Aber in diesem Fall kam nur mehr die Sprache der Gewalt zum Zuge. Die Abordnung des Cambrischen Ordens, unter ihnen auch Armenas, wurde von den Fremden in eine Falle gelockt und getötet. Nur Phenros blieb unbehelligt – er war bei dem Treffen eines banalen Zufalls wegen nicht zugegen.«

Leandra nickte. »Jetzt verstehe ich. Die Fremden, die Drakken, wollten schon damals mit niemandem verhandeln. Aber warum sprachen sie dann mit der Bruderschaft?«

Munuel seufzte. »Das ist eine schwierige Frage. Die beste Antwort, die ich bieten kann, ist: Die Drakken hatten schon immer vor, unsere Welt auszubeuten und anschließend zu vernichten. Für diesen Zeitraum benötigten sie einen Verbündeten. Jemanden, der skrupellos genug war, ihnen aus Vorteilssucht alle Wege zu eröffnen.«

Alina legte die Pergamente beiseite und widmete sich nun auch ihrem Tee. »Ihr glaubt, die Bruderschaft wusste von diesem Plan? Und obwohl die gesamte Welt …?«

Munuel unterbrach sie. »Nein, das wohl nicht. So gewissenlos dürfte nicht einmal Sardin gewesen sein. Schließlich brauchte er selbst ja eine Welt, in der er leben konnte – besonders, nachdem es ihn nach der *Unsterblichkeit* dürstete.« Er schüttelte den Kopf. »Nein, ich denke, die Drakken haben ihre wahren Pläne niemandem offenbart. Später dann war ihre Einfältigkeit schuld, dass Rasnor davon erfuhr.«

Leandra schüttelte ungläubig den Kopf.

»Für eine Weile blieb alles in der Schwebe, schreibt Phenros«, fuhr der Primas fort. »Die Gilde suchte nach einer Einigungsmöglichkeit mit der Bruderschaft, während Phenros sich fragte, warum sich die Fremden so unnahbar verhielten und jeden Versuch einer Kontaktaufnahme brutal zurückschlugen. Er setzte den gesamten Orden in Bewegung, um *irgendetwas* über sie herauszufinden – woher sie stammten oder was sie im Sinn hatten. Aber keiner seiner Leute konnte etwas entdecken. Er schreibt verzweifelt, dass es schien, als wären sie aus dem Nichts gekommen. Damals, so glaube ich, vermochte niemand eine Vorstellung davon zu entwickeln, dass sie aus dem *Weltall* stammen könnten.«

»Phenros dachte, die Drakken stammten aus *unserer* Welt?«

Hochmeister Jockum hob die Schultern. »Das nehme ich an. Wahrscheinlich hat er sie nie gesehen. Vieles spricht dafür – besonders, dass er sie nie beschrieben hat. Wenn man die Drakken auch nur ein einziges Mal erblickt, drängt es einen doch förmlich danach, sie zu beschreiben, meint ihr nicht?«

Alina und Leandra nickten. »Und was geschah dann?«

»In seiner Ratlosigkeit begann Phenros damit, in der Vergangenheit zu graben. Er hoffte, in irgendwelchen alten Aufzeichnungen etwas über die Drakken zu finden und vielleicht auf diese Weise zu erfahren, was er tun sollte. Aber auch damit war ihm kein Erfolg beschieden.« Er legte eine kurze Pause ein. »Dafür aber etwas ganz anderes.«

»Ah, jetzt kommt es!«, kündigte Alina mit viel sagenden Blicken an.

Der Primas schüttelte den Kopf. »Nein, meine Liebe. Phenros entdeckte zwar etwas, aber das hatte offenbar weder mit den Fremden noch mit der Bruderschaft zu tun. Jedenfalls muss er das geglaubt haben. Wir allerdings sind zu einem anderen Schluss gekommen.«

»So?«, fragte Leandra. »Dann müsst ihr es ja ebenfalls gefunden haben.«

Der Primas lächelte verlegen. »Leider nicht ganz – wir haben es versucht. In Phenros' Aufzeichnungen gab es einen Hinweis auf eine geheimnisvolle Runentafel. Immerhin haben wir sie finden können – in einer Schlucht an einer uralten Passstrasse. Gar nicht so weit entfernt von hier – im Südausläufer des Felsengebirges, östlich von Savalgor. Dort gibt es eine Grotte in der Nähe eines Wasserfalls, und dort fanden wir die Runentafel. Auf ihr ist ein Gedicht eingemeißelt und von magischen Runenzeichen umgeben. Wir haben es abgeschrieben, übersetzt und zu deuten versucht. Zuerst schien es uns wie ein sehr konkreter Hinweis auf ein Eiland im Inselreich von Chjant, aber dort haben wir leider nichts finden können.« Er blickte hinüber zu Munuel. »Nichts außer herumfliegenden Steinen.« Munuel lachte trocken auf.

»Herumfliegende Steine?«, fragte Leandra. Sie tauschte erstaunte Blicke mit Alina.

Jockum wirkte ab. »Nichts von Bedeutung, vergesst es. Kein Ruhmesblatt für uns.«

Leandra zuckte die Schultern. »Und … ihr wisst nun *gar nichts* darüber, wem Phenros auf der Spur war?«

»Doch, natürlich. Wir haben es zwar nicht finden können, aber aus seinen Aufzeichnungen lässt sich einiges herausdeuten. Wir denken, dass es sich um eine Art Stadt, eine Festung oder um Ruinen handeln muss – jedenfalls irgendetwas, das einem größeren Bauwerk gleichkommt. Ein uraltes Bauwerk in einer sehr abgelegenen Gegend. Unserer Meinung nach nicht in Akrania. Vielleicht steht es in Chjant, auf Veldoor oder vielleicht sogar auf Og.«

Leandra spürte ein heißes Kribbeln, das ihr Rückgrat heraufglitt und sich über ihre Schultern ausbreitete. »Wirklich – auf Og? Wo diese schrecklichen Echsen leben?«

»Wie gesagt, wir haben es nicht finden können. Wir sind wochenlang in den entlegensten Regionen von Akrania umhergereist und waren dann auf dieser Insel bei Chjant. Leider wurden wir auch dort nicht fündig.«

»Aber … ihr denkt, Phenros hat das Bauwerk damals entdeckt?«

»Ja, es sieht ganz so aus. Aus seinen Aufzeichnungen kann man herausdeuten, dass er dort war, und sogar, dass er etwas von dort mitbrachte. Aber an dieser Stelle endet der Bericht. Wir wissen nicht, ob er nicht weiterkam oder einfach aufgab. Es wäre möglich, dass die sich damals zuspitzende Lage seine Nachforschungen behinderte; schließlich entwickelte sich gerade der Konflikt zwischen den Gilden und gipfelte im *Dunklen Zeitalter*.«

Leandra und Alina tauschten abermals Blicke. »Und ... was hat das nun alles mit den Drakken zu tun?«

Für eine Weile schwiegen die beiden Männer. »Was das Rätsel dieses Bauwerks selbst angeht«, erklärte der Primas schließlich, »wissen wir nicht mehr als Phenros. Aber im Gegensatz zu ihm ist uns heute bekannt, dass die Drakken unsere Welt vernichten wollten. Eine Tatsache, für die wir bis heute keinen vernünftigen Grund finden konnten. Wenn man nun allerdings das alles in Zusammenhang mit diesem rätselhaften Bauwerk setzt ...«

Leandra keuchte. »Ihr meint, sie wollten deswegen unsere Welt vernichten? Wegen eines ... *Bauwerks?*«

»Wenn wir wüssten, was es damit auf sich hat, könnten wir diese Frage beantworten. Aber dazu müssten wir es erst einmal finden.«

»Richtig«, bestätigte Munuel. »Und dann können wir vielleicht auch herausbekommen, ob die Vergangenheitsform, die du, Leandra, gebraucht hast, auch angemessen war.«

Leandra stutzte. »Vergangenheitsform ...? Was meinst du damit?«

»Das Wort *wollten*, meine Liebe.«

Leandra schoss in die Höhe. »Das ist nicht dein Ernst, Munuel!«, rief sie aufgebracht. »Glaubst du wirklich, die Drakken würden sich je wieder hierher wagen? Nach dieser Niederlage? Wir haben ihr riesiges Mutterschiff vernichtet – und die Drachen haben ihre Armee in weniger als einem halben Tag völlig ausgelöscht! Wir werden von Hunderttausenden von Drachen beschützt!«

Munuel wiegte den Kopf hin und her. »Ich bete zu den Kräften, mein Kind, dass du Recht hast. Jeder Kriegsherr sollte erkennen, wann er der Unterlegene ist. Aber wenn ihr Ziel tatsächlich unsere Vernichtung war, kommen sie vielleicht *doch* noch einmal wieder. Wir wissen nicht, welche Mittel sie haben, um ihren Plan auszuführen. Vielleicht müssen sie dazu nicht einmal zu uns in unsere Welt *herein* kommen.«

»Ja«, sagte Jockum. »Vielleicht wollen sie auch einfach nur Rache üben!«

Leandra starrte die beiden alten Männer sprachlos an. Wie gern hätte sie ihnen leidenschaftlich widersprochen, doch tausend Gedanken schossen ihr zugleich durch den Kopf. Einer davon war die Erinnerung an den Augenblick ihrer Rettung von dem großen Mutterschiff der Drakken. Da hatte Hellami zu ihr gesagt, dass der Krieg nun endlich vorbei sei. Offenbar ein Trugschluss. Aber Leandra erinnerte sich noch an etwas anderes – etwas, das ihr in diesem Moment wie die monströse Fleischwerdung einer lächerlichen Aufschneiderei vorkam. Rasnor hatte ihr gegenüber einmal behauptet, die Drakken hätten eine Waffe, mit der sie eine ganze Welt von innen heraus so aufheizen konnten, dass sie nach ein paar Tagen regelrecht zerplatzte. Damals hatte sie das für eine lächerliche Aufschneiderei gehalten, für einen Versuch, ihr Angst zu machen.

»Leandra, was ist?«, fragte Alina besorgt. »Du bist leichenblass.«

Sie schluckte. »Nichts, Alina. Es … ist schon wieder vorbei.«

*

Rasnor wusste nicht, ob er weinen oder lachen sollte. Als er die alten Keller unter Hegmafor durchschritt, überkamen ihn Erinnerungen an seine eigene Vergangenheit – an seine Novizenzeit, die er hier verbracht hatte.

Während er mit Prior Septos durch die steinalten, feuchten Korridore und Gänge lief, Blicke in alte Kammern und Verliese warf und von Novizen und Jungbrüdern begrüßt wurde, die auf sein Kommen offenbar schon vorbereitet waren, stiegen ihm vertraute Gerüche in die Nase und altbekannte Geräusche ans Ohr. Jedoch verbanden sich nur wenige davon mit erfreulichen Erinnerungen. Es plätscherte, tropfte, schabte und knirschte durch die Korridore, wie er es schon tausendfach gehört hatte – in einem anderen Leben und in einer anderen Zeit. Da war der alte Geruch nach feuchtem Moder, nach Pilzbewuchs und verrottendem Holz, den er jahrelang erduldet hatte und der ihn jetzt zu ersticken drohte. An manchen Stellen roch es nach scharfen Essenzen und giftigen Reagenzien – die typischen Düfte der alchimistischen Küchen. Dann wieder stach der muffige Geruch mühselig durch Magie konservierten Papiers durch, und schließlich roch er auch den ekelhaften Mief der Latrine. Nein, so vertraut das alles auch war, hier unten wollte er nie wieder leben. Manchmal hatte er für Wochen kein Tageslicht erblickt, nur in alten Folianten gewühlt und Abschriften von Texten angefertigt, nach denen irgendein höherer Bruder verlangt hatte.

Die Brüder, die hier unten lebten, waren blasshäutig und mager, und er fragte sich ehrlich, was sie hier trieben. Er konnte sich nicht vorstellen, dass sie noch einer sinnvollen Arbeit nachgingen, jetzt, da die Bruderschaft am Boden lag und nur mit Mühe wiederbelebt werden konnte.

Mithilfe *seiner* Mühe.

Ja, von den Gesichtern der abgemagerten und verdrossenen Leute konnte er die Hilferufe ablesen: *Holt uns hier heraus, Hoher Meister! Wir folgen Euch überall hin, wenn wir uns nur nicht wieder in diesen modrigen Kellern verstecken müssen! Holt uns hier heraus!*

Rasnor überlegte, ob er das vielleicht wirklich tun sollte – und zwar mit allen, auf einen Schlag. Er konnte jeden von ihnen gebrauchen. Zwar würde er ihnen vorerst nur andere Keller bieten können, aber immerhin welche, die weniger modrig waren. Vor allem hatte er eines: eine richtige Aufgabe für sie.

»Hört mich an, Brüder!«, rief er plötzlich. »Kommt alle zusammen, in den großen Saal!«

Von seiner eigenen, spontanen Idee begeistert, lief er voran. Den Weg kannte er nur allzu gut. Er nahm ein paar Abzweigungen und erreichte nach kurzer Zeit eine befreiend große Halle, die den östlichsten Teil dieser Katakomben unter Hegmafor darstellte. Rasch eilte er über die elf Treppenstufen hinab, bis er den Boden der Halle erreicht hatte. Tische und Bänke standen hier, es war ein Gemeinschaftsraum, in dem gegessen und Versammlungen abgehalten wurden. Manche verbrachten hier ihre Freizeit, lasen oder spielten einfache Würfelspiele miteinander. Mehr als das und die tägliche Arbeit hatte dieser Ort nicht zu bieten.

Der Prior war ihm hinterher geeilt, und binnen kurzem hatten sich etliche Brüder versammelt. Rasnor wartete, bis der Zustrom verebbt war, dann warf er die Arme in die Luft. »Die Zeiten werden sich bessern!«, rief er ihnen zu. »Ich werde euch hier herausholen!«

Es waren mehr als vierzig Brüder, alle mit kurz geschorenen Haaren und in grauen oder schwarzen Roben, und sie starrten ihn an.

»In Kürze schon!«, rief er. »Und ihr werdet eine Aufgabe von mir erhalten, die euch letztlich zu Ruhm, Reichtum und Freiheit verhelfen wird! Ihr werdet die Könige dieser Welt sein, das verspreche ich euch!«

Dutzende verwirrter Blicke trafen ihn. Niemand

hatte damit gerechnet, heute, in dieser finsteren Stunde, eine derartige Aussicht eröffnet zu bekommen.

»Du bist … Rasnor!«, rief einer. »Ich kenne dich!«

Rasnor warf einen prüfenden Blick in Richtung des Rufers. Ja, er erkannte ihn ebenfalls, wusste aber seinen Namen nicht mehr.

»Richtig!«, erwiderte er scharf. »Stört dich etwas an mir?«

»Du bist … der neue Hohe Meister? Letztes Jahr warst du noch Skriptor unter Chast. In Torgard!«

Rasnor sah sich plötzlich einer völlig ungewohnten Situation ausgesetzt. Er musste nun nicht nur Anführer sein, sondern auch wie einer wirken – stark, charismatisch und überzeugend. Diese Männer wussten nichts über seinen Aufstieg, und genau genommen war er alles andere als ein *Hoher Meister* der Bruderschaft. Nicht hier unten in den Kellern von Hegmafor. Zwar besaß er mehr Macht und Möglichkeiten als dieser zusammengewürfelte Haufen herrenloser Kellerasseln – aber woher sollten sie das wissen? Wie sollte er ihnen das beweisen?

»Die Zeiten ändern sich!«, rief er, eine Spur Unsicherheit in der Stimme. »Draußen im Land ist viel geschehen. Ich habe …« Plötzlich versiegte ihm der Redefluss. Was sollte er den Männern sagen? Was würde sie überzeugen, ab jetzt hier unten für ihn zu darben?

»Was hast du?«, fragte er Mann.

Leise Wut keimte in Rasnor auf. »Ich bin nun Herr aller Drakken!«, rief er und hob wieder die Arme. »Ich bin …«

»Herr aller Drakken?«, rief der Mann spöttisch. »Die Drakken gibt's nicht mehr! Sie wurden von den Drachen vernichtet! Ich hab's selber gesehen!«

»Es … es sind welche übrig geblieben!«, schrie Rasnor. »Und ich bin ihr *uCuluu*.«

Die Leute starrten ihn stumm an. »Ukku ... was?«, fragte einer leise.

Rasnor wurde plötzlich von einer vernichtenden Woge der Angst überspült. In wenigen Augenblicken würde er als Trottel vor diesen Leuten dastehen. Was für ein Narr war er nur gewesen, völlig unvorbereitet hier hereinzustolpern? Die Brüder hatten nicht einmal Unrecht, sich zu wehren. Sonst hätte hier sogar Leandra hereinplatzen und sich als die neue Anführerin der Bruderschaft ausgeben können.

Seine Wut stieg, aber es war größtenteils die Wut über sich selbst. »Wie heißt du?«, bellte er den Mann an, der ihn die ganze Zeit bedrängt hatte.

»Gyndir«, erwiderte der sofort und arbeitete sich herausfordernd nach vorne. »Ich hab unter dir in Torgard gedient, bevor Valerian deinen Posten übernommen hat. Aber weißt du was? Valerian war zwar ein Verräter, doch er war mir immer noch lieber als du! Du hast uns die ganze Zeit nur herumgescheucht und tyrannisiert. Im Übrigen hab ich die Nase voll von euch ›Hohen Meistern‹! Was macht ihr denn, außer uns auszunutzen und uns in feuchten Kellern einzusperren? Dass wir die Könige der Welt würden, haben uns vor dir schon viele versprochen! Und was ist daraus geworden? Wir hocken hier unten und verfaulen in diesem Mief und Dreck!«

Rasnor dachte fieberhaft nach. Es gab freilich noch einen Weg – nämlich ein Exempel zu statuieren und diesen Dreckskerl in die Hölle zu schicken.

Aber wie?

Die Magie, mit der er Meister Fujima umgebracht hatte, konnte er hier nicht anwenden. Sie hätte die Hälfte der Leute hier getötet, womöglich sogar ihn selbst. Das konnte er unmöglich riskieren. Doch ihm war klar, dass seine einzige Chance darin lag, diesen Gyndir zu erledigen. Damit würde er einen

Gegner loswerden und sich zugleich Respekt verschaffen.

Dann plötzlich wusste er es. In einem seiner alten, geheimen Bücher hatte er von einer Magie gelesen, die der Autor den *Spalter* genannt hatte. Sie war eigentlich dazu gedacht, schwere Dinge, wie zum Beispiel einen Felsen, beiseite zu schieben, indem man einen Keil geballter grauer Energien aus dem Stygium zwischen zwei Objekte schob. Es war eine reine Gebrauchsmagie und eigentlich nicht für den Kampf gedacht. *Es kommt nur darauf an,* dachte er, *wie viel stygische Energien man dafür mobilisiert.*

Das Öffnen des Trivocums mit dem Prankenschlag der Rohen Magie hatte er in den letzten Wochen bis zum Äußersten geübt. Er würde ohne weiteres eine Öffnung hineinreißen können, die in der siebenten der zehn Stufen lag.

Rasnor ging einen Schritt auf Gyndir zu. »Du nennst mich also einen Lügner!«, fauchte er ihn an.

»Einen Lügner und einen Aufschneider!«, fauchte Gyndir zurück. »Unter dir würde ich nicht mal meinen kleinen Finger rühren!« Dann lachte er spöttisch auf und wandte sich an die anderen, während er auf Rasnor deutete. »Im Übrigen ist er als ziemlicher Versager in Sachen Magie bekannt. Vor dem hab ich keine Angst!«

Eine heiße Woge brandete durch Rasnor. Er verspürte plötzlich eine heiße Mordlust in sich aufsteigen, und was dieser Gyndir da so höhnisch von sich gab, konnte ihm nur Recht sein. Er kniff kurz die Augen zusammen, konzentrierte sich mit aller Macht und riss das Trivocum mit einem fürchterlichen Schlag auf.

Augenblicklich entfuhr den Anwesenden ein gemeinsames Aufstöhnen. Sogar Rasnor war ein wenig überrascht. Im Trivocum klaffte ein Riss, so groß wie ein Haus.

»Du hast keine Angst vor mir?«, zischte er mordgierig. »Solltest du aber!« Mittels einer weiteren kurzen und intensiven Konzentration platzierte er den Fokus der stygischen Kräfte – einen winzigen Punkt, aber er entstand mitten in der Brust seines Gegners.

Gyndir stieß ein entsetztes Gurgeln aus, seine Augen weiteten sich so arg, dass sie aus den Höhlen zu fallen drohten. Sein Mund war ein riesiges, angsterstarrtes Rund. *Genau genommen ist er bereits tot,* dachte Rasnor voll schwarzer Freude. *Niemand kann ihn mehr retten.*

»Wir fühlst du dich jetzt, Angeber?«, fragte er Gyndir. »Wie geht es dir, Großmaul?« Doch Gyndir konnte nicht mehr antworten. Er röchelte nur, versuchte die Hände zur Brust zu heben, aber dazu fehlte ihm bereits die Kraft. »Du hättest dir lieber vorher überlegen sollen, mit wem du dich anlegst!«, rief Rasnor mit anschwellender Stimme. Sein letztes Wort war nur noch ein Schrei. Dann ließ er den Keil mit aller Macht nach vorn schnappen.

Gyndir existierte nur noch eine Sekunde. Dann zerbarst sein gesamter Leib wie ein Kessel, in dem zu hoher Druck geherrscht hatte. Mit solch einer Wirkung hatte Rasnor selbst nicht gerechnet, und er wandte sich aufstöhnend ab. Er hatte ein Ekel erregendes Blutbad angerichtet.

Die Wirkung auf die Anwesenden war jedoch durchschlagend.

Alle waren entsetzt auseinander gesprungen und saßen oder standen nun wie ein hilfloser Haufen um den Ort des Geschehens herum. Schon übergaben sich einige, und selbst Rasnor musste einen Brechreiz niederkämpfen. Gyndirs Leiche war kaum mehr als menschlich zu erkennen. Rasnor verspürte nur einen winzigen Augenblick lang einen kleinen Anflug von Reue, doch gleich darauf obsiegte die Befriedigung über die gelungene Demonstration seiner Macht. Das

Entsetzen, das er verbreitet hatte und das überdeutlich in den Gesichtern der Brüder geschrieben stand, würde ihm für alle Zeiten Respekt verschaffen. Allein das war es, was jetzt zählte. *Sollen sich mich hassen*, sagte er sich verbissen, *hassen und fürchten! Lieben würde mich ohnehin keiner.*

»Hat sonst noch jemand etwas an mir auszusetzen?«, schrie er die Männer an und trat auf sie zu. Mit angstvollem Stöhnen wichen sie zurück.

»Ich bin der Befehlshaber aller Drakken in der Höhlenwelt, und das sind Hunderte! Wir haben Waffen, Flugschiffe und Stützpunkte. Außerdem stehen siebzehn Brüder unter meinem Befehl. Ihr kommt nun noch hinzu sowie jeder Einzelne, der noch nachträglich auftaucht! Von diesem Augenblick an bin ich euer Hoher Meister! Ist das jetzt allen klar?«

Einige angstvolle *Jas* erreichten sein Ohr. Die ganze Bande vor ihm sah so verschreckt und mutlos aus, dass er sich fragte, ob ihm diese Leute überhaupt etwas nützen würden.

»So, und nun macht diese Schweinerei hier weg!« Er wandte sich um. »Septos!«

»J-ja, Hoher Meister!«, sagte der Prior und kam herbei. Er war blass wie eine frisch getünchte Wand.

»Du bist der Einzige, der mich sofort anerkannt hat«, sagte er laut. »Deswegen ernenne ich dich jetzt zum Magister und Anführer dieses Ortes. Such dir zwei Gehilfen aus und fertige mir eine Liste an – über *alles* hier.« Er vollführte eine weit ausholende Geste. »Über die Leute, über alle Schriften, Apparaturen und Essenzen. Ich will wissen, was ihr könnt und was mit euch anzufangen ist, verstanden?«

»J-ja, Hoher Meister.«

»Ich gehe jetzt. Warte auf Befehle von mir.«

»Jawohl, Hoher Meister!«

Rasnor setzte sich in Bewegung und stieg über umgestürzte Bänke hinweg, um die elf Stufen der Treppe zu erreichen. Dann erinnerte er sich. Er blieb stehen und wandte sich um. »Du wolltest mir etwas Besonderes zeigen«, sagte er. »Etwas, worüber ich staune.«

Septos kam zu ihm geeilt. »Ja, Hoher Meister. Es ist …« Unsicher sah er sich nach jemandem um, schien ihn aber nicht zu finden.

»Heraus damit«, forderte Rasnor.

Septos schluckte, dann trat er an Rasnor vorbei, murmelte: »Folgt mir bitte« und stieg rasch die Treppe hinauf. Rasnor brummte etwas und eilte ihm hinterher.

Was danach folgte, empfand Rasnor als so unheimlich, dass es sich in sein Gedächtnis einbrannte wie selten etwas in seinem Leben zuvor.

Septos hatte sich mit einer Fackel bewaffnet und führte ihn durch mehrere lang gezogene Korridore. Er öffnete Türen, hinter die Rasnor während seiner Novizenschaft niemals hatte blicken dürfen. Seltsamerweise befand sich nirgendwo etwas Besonderes; er staunte nur über die Weitläufigkeit der Keller. Früher hatte er nicht geahnt, dass es hier so viele Gänge, Verliese, Kammern und Hallen gab.

»Wo führst du mich hin?«, fragte er ungeduldig.

Septos sah ihn unsicher an. »Hinab«, sagte er nur.

Irgendetwas war an diesem Wort, das Rasnors Nackenhaare aufstellte. Er hatte das Gefühl, ein kalter Hauch habe ihn berührt, ein Hauch aus finsteren Tiefen und unvordenklichen Zeiten. Es ging über schmale Treppchen hinab und durch bedrückend enge Tunnel hindurch. Unruhe befiel ihn. Hin und wieder quetschten sie sich durch Löcher im Felsen, einmal mussten sie sogar steil bergab kriechen, sodass Rasnor Angst bekam, er könnte kopfüber stecken bleiben und käme nicht mehr zurück. Und immer, immer weiter ging es hinab und nur hinab.

Bald musste er Anwandlungen von Platzangst nie-

derkämpfen. Obwohl es ihn immer stärker danach verlangte, Septos am Gewand zu packen, ihn durchzu-
schütteln und anzuschreien, wohin bei allen Höllen er
ihn schleppte, tat er es nicht. Ihn hinderte dieses Gefühl des *Verbotenen*, das in ihm aufstieg, je tiefer sie
kamen – ein elektrisierendes Kribbeln unter der Haut,
das ihn in höchste Gereiztheit und unbestimmbare
Furcht versetzte. Hier unten, tief unter Hegmafor, musste etwas Grauenhaftes lauern.

Septos wurde langsamer.

»Wir sind da«, flüsterte er. Seine Stimme klang
brüchig wie morsches Holz.

Er hob seine Fackel und beleuchtete eine Tür. Eine
Tür aus uraltem Holz, über und über bedeckt mit
fremdartigen, beängstigenden Schnitzereien. Das Holz
war schwarz und speckig, es glänzte im Licht der
Fackel, doch gab es hier keine Feuchtigkeit, nicht wie
oben in den Kellern. Nein, hier war alles völlig trocken.
Nur dieses elektrisierende Gefühl war über die Maßen
präsent: es war dumpf und schwer, sodass man kraftlos auf die Knie sinken wollte, und zugleich brannte es
auf der Haut wie sengendes Sonnenlicht. Rasnor atmete schwer.

Warum wage ich nicht zu fragen?

Septos holte tief Luft und drehte einen großen, eisernen Schlüssel, der im Schloss der Tür steckte. »Vielleicht habt Ihr Euch gefragt, Hoher Meister«, keuchte
er, »was wir … die ganze Zeit über … hier getan
haben.«

Rasnor würgte den Kloß in seiner Kehle hinunter.
Sein Hals war trocken.

Septos öffnete die Tür.

Rasnor stieß ein Röcheln aus. Ein unnatürlich kalter
Hauch wehte über sie hinweg. Er war nahe daran, den
Kopf zu verlieren und von hier zu fliehen.

Mit wankenden Schritten und erhobener Fackel trat

Septos in den kleinen Raum. Auf einem steinernen Sockel stand ein steinerner Sarkophag. Sonst war der Raum vollkommen leer.

Rasnor pumpte hektisch Luft in seine Lungen und zwang sich, Schritt um Schritt näher zu treten.

»Wir brachten ihn hierher«, fuhr Septos fort, »viele Monate ist das her. Seither haben wir versucht, ihn einzubalsamieren. Aber haben bisher noch keine Mixtur finden können.«

Rasnor hatte den Sarkophag erreicht und blickte hinein.

Chast.

Ein Schwindel überkam ihn. Nur mühsam hielt er sich auf den Beinen.

»Er … erkennt Ihr ihn?«, fragte Septos mühsam.

Rasnor antwortete nicht. Er wusste selbst nicht, woher er es bereits in der ersten Sekunde gewusst hatte. In dem Sarkophag lag nichts als eine halb verfaulte Leiche, ein verrottetes Stück Fleisch und Knochen, mit aufgerissenem Mund und leeren Augenhöhlen, so ekelhaft und widerlich, dass man sich übergeben mochte. Und doch hatte er es vom ersten Augenblick an gewusst.

»Ist er … tot?«, fragte Rasnor. Eigentlich war die Frage nichts als ein närrischer Witz, denn jener Kadaver in dem Sarkophag hatte sein Leben ebenso so sicher ausgehaucht wie dieser überhebliche Gyndir, den seine Kumpane jetzt dort oben aufsammelten.

Aber selbst Septos schien die Frage nicht als unpassend zu empfinden. »Ja, Hoher Meister. Seine Leiche verstrahlt noch immer eine enorme Aura, aber die ganze Zeit über hat sich an ihm nichts verändert.« Er räusperte sich. »Nur dass er … nun, weiter verfault ist. Wir finden einfach nichts, womit wir ihn vor dem Verfall bewahren könnten.«

Rasnor starrte eine Weile den verrotteten Leichnam

an. Dann fasste er einen Entschluss. »Hilf mir!«, forderte er Septos auf und trat an den steinernen Deckel, der am Sockel des Sarkophags lehnte. »Hilf mir, den Sarg zu schließen.«

Septos starrte ihn an. »Wollt Ihr wirklich …?«

»Seit heute habt ihr einen neuen Hohen Meister. Diese stinkende Leiche braucht ihr nicht mehr!«

Nach einer Weile nickte Septos, steckte die Fackel in einen Wandhalter und beugte sich nieder. Gemeinsam hoben sie den schweren Steindeckel in die Höhe und schlossen den Sarkophag.

*

Zwei Tage nach Alinas und Leandras Besuch im Ordenshaus traf die Nachricht, dass Rasnor wieder aufgetaucht sei, in Savalgor ein. Victor selbst war der Überbringer der Botschaft, und als er bei seiner Ankunft im Palast hörte, dass Leandra da war, machte sein Herz vor Freude einen Satz.

Er stürmte die Treppen hinauf, sodass ihm die beiden Gardisten, die ihn begleiteten, kaum auf den Fersen zu bleiben vermochten. Schließlich erreichte er die Gemächer der Shaba und gab den gehetzten Gardisten Gelegenheit, ihn anzumelden. Es war, wie er vermutet hatte: Sie waren beide da, und er würde sich sehr zurückhalten müssen, Leandra unter Alinas Augen nicht direkt in die Arme zu fallen.

Doch dann war es Cathryn, die jubelnd auf ihn losstürzte und ihm Küsse abverlangte, während sich Leandra und Alina grinsend zurückhielten.

»Ich habe schlechte Nachrichten«, eröffnete er den beiden, nachdem er sich von Cathryn befreit hatte. Schnaufend ließ er sich in einen breiten Sessel fallen. »Dieser dreimal verfluchte Rasnor ist wieder da.«

Alina wie auch Leandra erschauerten. Auch Cathryn

124

stieß einen Laut aus – sie hatte ebenfalls persönliche Erfahrungen mit diesem Verräter gemacht. Alinas Blicke waren voller Sorge, die von Leandra hingegen voller Wut.

»Ich wusste es!«, knirschte sie. »Ich wusste, dass wir diesen Dreckskerl noch nicht los sind!«

»Wir werden ihn kriegen!«, versicherte Victor. »Und dann wird er bezahlen!«

»Ja!«, rief Cathryn voller Wut aus und ballte die kleinen Fäuste. »Er hat mir wehgetan!« Plötzlich lief sie zu Leandra und schmiegte sich Schutz suchend an ihre Seite. Tränen standen in ihren Augen.

»Schon gut, Kleines«, sagte Alina und kniete sich zu Cathryn. »Wir erwischen ihn ganz bestimmt. Er wird dir nie wieder etwas tun, das verspreche ich dir!«

»Hast du ihn denn gesehen?«, wollte Leandra wissen. »Bist du sicher, dass er es war?«

Victor nickte. »Ja, völlig sicher. Er war kaum zwei Dutzend Schritte von mir entfernt – in den Ruinen von Thoo. Es gab einen Kampf, und wir haben gewonnen. Leider konnte er mit einem Drakkenboot fliehen.«

»Einem Drakkenboot? Ist er immer noch mit ihnen verbündet?«

»Ja. Und ein paar Bruderschaftler waren auch dabei. Rasnor hatte damals schon einen hohen Rang bei den Drakken. Vielleicht ist er jetzt der Anführer dieser ganzen verdammten Brut.«

Alinas Miene zeigte tiefe Besorgnis. »Es sind immer noch ziemlich viele, nicht wahr?«

Victor seufzte. »Ja, leider. Ich hatte gedacht, dass wir sie nun langsam in die Knie gezwungen hätten. Schon über zwei Dutzend Kämpfe haben wir mit ihnen ausgefochten und meistens gewonnen. Aber es tauchen immer wieder welche auf. Ich fürchte, es sind Hunderte, die überlebt haben. Vielleicht sogar über Tausend – man kann es nur schwer schätzen.«

Alina stieß einen überraschten Laut aus. »So viele?«

»Ich fürchte, ja. Und dazu kommen noch die Bruder-schaftler – wie viele das sind, weiß ich beim besten Willen nicht. Ich fürchte, dieser Ärger wird sich noch eine ganze Weile hinziehen.«

»Habt ihr denn genug Leute in Malangoor?«

»Es geht so. Es gäbe sicher eine Menge Freiwillige, aber wir können kaum Leute hinzunehmen. Nur solche, die über jeden Zweifel erhaben sind. Es wäre eine entsetzliche Katastrophe, wenn die Lage von Malangoor bekannt würde. Aber unsere Leute werden immer besser, und wir verlassen uns zunehmend auf die Macht der Drachen. Wir haben in Royas Höhlen, neben dem Windhaus, eine Art Ausbildungsstätte eingerichtet. Marko bringt den Leuten das Bogenschießen bei, Jacko den Schwertkampf, Quendras kümmert sich um die Magier, und ich …«, er schnitt eine Grimasse, zog aus seiner Jacke ein flötenähnliches Ding und hielt es hoch, »… zeige den Leuten den Umgang mit der *tödlichen Wasserspritze!*«

Drei Augenpaare starrten ihn fragend an.

Plötzlich schnellte er aus einem Sessel hoch, biss die Spitze auf und sprang in Richtung Cathryn. Die Kleine quietschte auf, hüpfte davon, und Victor ließ sich fallen, als wäre er gestolpert. Die Spritze entfiel seiner Hand und kullerte Cathryn vor die Füße; es endete damit, dass *sie* den Triumph davontrug, ihn nass spritzte und sich mit Siegesgeschrei auf ihn stürzte. Während Victor mit ihr kämpfte, fragte er sich, ob Leandra als Kind ein ebenso zauberhaftes, kleines Temperamentsbündel gewesen war.

Alina und Leandra stürzten sich lachend mit ins Gefecht; binnen kurzem war die würdevolle Ruhe der Shabagemächer einem reichlich kindischen Gebalge zum Opfer gefallen.

Der Kampf endete, als Larmos mit steifem Gesichts-

126

ausdruck Tee brachte. Sich verlegen räuspernd, erhoben sich alle und strichen sich die Kleider glatt. Als Victor wieder saß und wohlig schnaufte, beobachtete er aus den Augenwinkeln Leandra, die mit leiser Stimme in irgendein Gespräch mit Alina vertieft war.

Sie trug ihre übliche einfache Kleidung: hellbraune lederne Hosen und eine schlichte, dunkelgrüne Tunika mit einer hübsch bestickten Weste darüber, und wie gewohnt tat sie das mit Anmut und wundervoll weiblicher Ausstrahlung. Ihre wilde, rotbraune Lockenpracht hatte sie zu einem Pferdeschwanz zusammengebunden, und ihr Lächeln war einnehmend und ansteckend zugleich. Seltsamerweise wirkte die schlichte Eleganz von Alina, die neben ihr saß, als höbe sie Leandras Schönheit noch hervor. Dabei war Alina, das musste Victor immer wieder schmerzlich zugeben, eine hinreißend schöne junge Frau. Wenn sie sich im Palast aufhielt, trug sie fast immer ein langes schlichtes Kleid, ganz anders als Leandra, die man fast nie in weiblichen Gewändern sah. Heute war Alinas Kleid hellgelb, eine Farbe, die ihr vorzüglich stand. Ihr glattes, hellbraunes Haar war wie reine Seide, es war so weich und fein, dass jeder kleinste Luftzug es fliegen ließ, woraufhin es sich wie von Zauberhand wieder ordentlich legte und ihre Schultern wie ein sanfter Wasserfall umspielte. Victor empfand es als erleichternd, dass sich die beiden Frauen so gut verstanden und dass diese leidige Geschichte mit ihm ihre Freundschaft nicht auseinander bringen konnte.

»Was starrst du uns so an?«, fragte Leandra.

»Ich? Oh … äh, nichts. Ich meine … ihr seht ziemlich hübsch aus. Alle beide.«

Leandra und Alina tauschten belustigte Blicke.

»Ich hätte noch etwas«, tönte Victor, um möglichst rasch das Thema zu wechseln. »Leider ebenfalls keine angenehme Sache. Als wir in den Ruinen von Thoo auf

Rasnor trafen, waren seine Drakken mit einem Schiff beschäftigt ... offenbar mit der Instandsetzung.«

Die beiden nickten ihm zu. »Und weiter?«

»Nun ja, es handelt sich um kein gewöhnliches Drakkenschiff. Genau genommen habe ich so eines noch nie gesehen. Es ist über zwanzig Schritt lang und sehr schlank, lang gestreckt und irgendwie flachgedrückt. Es hat ganz kleine Flügel, und nach hinten, wo es dicker wird, ragen dicke Röhren aus dem Schiffskörper. Wie soll ich sagen ... es sieht ziemlich *schnell* aus.«

»Schnell?«

Victor zuckte mit den Achseln. »Ja. Gegen dieses Ding wirken die anderen Drakkenschiffe plump wie Ochsenkarren. Wir haben uns überlegt, wozu es gut sein könnte. Ganz besonders, weil es so versteckt gehalten wurde. Später entdeckten wir dort unten so etwas wie eine Werkstatt und ein Lager. Hunderte von Ersatzteilen und Werkzeugen – die ulkigsten Dinge. Es scheint, als hätten die Drakken ganz besondere Sorgfalt darauf verwendet, dieses Schiff flott zu kriegen.«

Leandra spürte einen Gedanken in sich aufsteigen. »Du meinst ...?«

Victor nickte nur.

»*Was* meint er?«, fragte Alina mit strenger Miene.

»Ein Kurierschiff«, sagte Leandra leise, so als fürchtete sie, etwas Verbotenes auszusprechen.

»Ein Kurierschiff?«

Leandra nickte nachdenklich. »Du weißt doch – die Drakken müssen ihre Nachrichten mit Kurierschiffen überbringen, jedenfalls dann, wenn sie im All über weite Strecken befördert werden sollen. Sie haben keine Möglichkeiten, sich anders zu verständigen.«

»Ja. Und weiter?«

Leandra hob die Achseln. »Also, wenn Rasnors Drakken so ein Schiff hätten, könnten sie ...«

Alina ächzte. »Das meinst du nicht im Ernst!«

Leandra schüttelte den Kopf. Sie war betroffen von der Befürchtung, die sie selbst ausgesprochen hatte. Das lähmende Gefühl in ihrem Innern, das sie vor kurzem im Turmzimmer des Primas heimgesucht hatte, kehrte wieder.

Sie selbst hatte eifrig die Zuversicht verbreitet, die Drakken würden es niemals wagen wiederzukehren. »Vielleicht wissen die Drakken, die irgendwo dort draußen im All auf ihrer Heimatwelt leben, noch gar nicht, was hier passiert ist«, erklärte sie sorgenvoll. »Vielleicht haben wir allein deswegen in den letzten vier Monaten Ruhe gehabt.« Sie forschte in den Gesichtern von Victor und Alina. »Was ist, wenn uns die Drakken noch immer vernichten wollen – und Rasnor und seine Truppen darauf hinarbeiten? Das würde auch erklären, warum sie Cleas und die anderen Magier so lange gefangen hielten. Sie hören nicht auf, uns zu ärgern, und nun haben sie auch noch ein Schiff, mit dem sie Hilfe holen könnten.«

»Sie haben es nicht mehr. *Wir* haben es!«, korrigierte Victor.

Das tröstete Leandra nur wenig. »Ja, stimmt. Aber ... glaubst du, sie geben deswegen auf?«

Alina schaltete sich ein. »Nein, natürlich nicht. Sie werden versuchen, ein anderes dieser Schiffe flott zu kriegen!«

»Falls sie noch eins haben«, warf Victor ein.

Seine Einwände beruhigten auch Alina nicht wirklich. »Darauf können wir es nicht ankommen lassen«, sagte sie und schwieg für eine Weile nachdenklich. »Wir müssen uns etwas einfallen lassen.« Sie stand auf. »Es wäre gut, wenn Meister Izeban das hören würde. Ich hole ihn rasch!« Sie wandte sich um. »Cathryn, hast du Izebans Werkstatt schon gesehen? Möchtest du mitkommen?«

»Ja!«, rief Cathryn begeistert und sprang auf. Gleich

darauf waren die beiden durch die hohe Zimmertür verschwunden. Victor sah ihr hinterher und blickte dann zu Leandra, die sich erhoben hatte. Er tat es ihr gleich.

Dann standen sie sich unmittelbar gegenüber, und beinahe wäre er einem alten Impuls gefolgt und hätte sie umarmt. Aber sie würde das gewiss nicht schätzen. Er fragte sich, ob Alina ihn und Leandra absichtlich für ein paar Momente allein gelassen hatte.

Leandras Blicke waren voller Wärme, als sie zu sprechen begann. »Du bist ihr immer noch nicht näher gekommen, nicht wahr?«

Victor schluckte. »Hat … sie dir das gesagt?«

»Das muss sie gar nicht. Man sieht es ihr an.«

»Wirklich?« Victor blickte in Richtung der Tür, so als könnte er dort sehen, was Alina bedrückte. Plötzlich kam er sich wie ein gefühlloser Trottel vor. Seit vier Monaten schon, seit er mit ihr hier im Palast lebte und Vater und Ehemann war, hatte er sich nicht sonderlich um ihr Befinden gesorgt. Sie war stets fröhlich und umgänglich gewesen, und er hatte sich in dieser Situation wohl gefühlt und es einfach dabei belassen. Dass es Alina offenbar doch nicht so gut ging, war ihm gar nicht aufgefallen.

»Magst du sie denn gar nicht?«, fragte Leandra.

»Doch, natürlich!«, beeilte er sich zu versichern. »Das hab ich dir doch schon gesagt! Und auch Maric …«

Sie sahen sich lange an, Victors Gedanken pulsten schwer durch seine Schläfen. Er fühlte sich schuldig, die ganze Zeit über nicht nachgedacht zu haben.

»Ich mag sie wirklich«, bemühte er sich wieder zu erklären. »Aber … ich käme mir vor wie … ein Verräter. Dir gegenüber.«

Leandra stöhnte. »Nun vergiss mich doch endlich! Ich habe längst einen neuen Freund. Was glaubst du, wie viele …«

130

»Was?«, keuchte er. »Du hast …?«

Sie sah ihn unschuldig an. »Natürlich. In Angadoor. Denkst du, ich hab die ganze Zeit nur Trübsal geblasen? Denkst du, du wärest der einzige Mann auf der ganzen Welt?«

Victor bemühte sich, die Fassung zu bewahren. Er suchte in Leandras Miene nach einem Beweis dafür, dass es stimmte, was sie da behauptete. »Wer ist es?«, verlangte er scharf zu wissen. »Kenne ich ihn? Wie lange bist du schon mit ihm zusammen?«

Ihre Miene trübte sich. »He!«, beschwerte sie sich. »Was soll das? Bin ich dir etwa Rechenschaft schuldig?«

Victors Herz schlug dumpf und dröhnend. Alles in ihm drängte danach, aus Leandra die Wahrheit herauszuschütteln. Er vermochte nicht zu glauben, was sie da behauptete. Wahrscheinlich erfand sie diese Geschichte nur, um ihn in Alinas Arme zu treiben.

»Du glaubst, ich lüge!«, warf sie ihm vor.

»Nein, ich …«

»Doch, ich sehe es dir an!«, sagte sie wütend. »Weißt du was? Du bist wie ein Kind, das von seinem Lieblingsspielzeug nicht lassen kann, obwohl es immer größer wird. Kannst du nicht endlich mal erwachsen werden? Du lebst hier bei einer Frau, die dich liebt! Bekenne dich endlich dazu oder verlasse sie! Sie hat es nicht verdient, dass du sie so behandelst! Deine blöde Unentschlossenheit geht mir auf die Nerven. Und nicht nur mir!«

Damit ließ sie ihn stehen und marschierte zur Tür. Krachend fiel sie hinter ihr ins Schloss.

Victor stand wie vom Donner gerührt.

Und als wollte das Schicksal ihm noch eine weitere Ohrfeige geben, öffnete sich die Tür kaum zehn Sekunden später, und Alina kam herein.

»Was war denn los?«, fragte sie erstaunt. »War Leandra wütend? Die Tür hat ganz schön gekracht.«

131

Victor atmete tief ein und aus. Dann nickte er. »Ja, das war sie.«

»Und weshalb?«

Victor sah sie an, blickte in ihre Augen, die immer noch voller Wärme und Wohlwollen und Geduld waren – und endlich verstand er. Endlich wurde ihm klar, warum sie so geduldig mit ihm war.

Weil sie mich so sehr liebt.

Alina setzte ihn nicht unter Druck, im Gegenteil – sie ließ ihm alle Freiheit. Als er all die lästigen Amtsgeschäfte einfach liegen gelassen hatte, um mit Jacko für volle zwei Wochen zu verschwinden, hatte sie sich nicht einmal beklagt. Waren es nur zwei Wochen gewesen? Nein, eher drei. Er hatte sich nicht einmal um Maric gekümmert.

»Weil ich so ein Hornochse bin«, sagte er und seufzte.

Ihr wissendes Lächeln wäre es wert gewesen, auf einem Gemälde verewigt zu werden. »Bist du das?«, forschte sie leise nach und zog die Brauen hoch.

In diesem Augenblick geschah etwas mit ihm. Plötzlich fühlte er sich gut aufgehoben bei ihr. Oder besser: er verstand, dass er sich schon seit langem so fühlte – sich so fühlen *durfte*. Er erinnerte sich an einen Satz, den Jacko vor langer Zeit einmal zu ihm gesagt hatte: *»Sie ist wie ein kleiner Schmetterling. Du musst sie frei lassen. Wenn sie zu dir zurückkehrt, dann hast du gewonnen. Tut sie es nicht, dann hat sie dir ohnehin nie gehört!«* Jacko hatte damit Leandra gemeint. Es war in der Stadt Tharul gewesen, an einem Tag, an dem Victor Magenschmerzen vor lauter Verliebtheit gehabt hatte. Und dann hatte dieser Jacko auch noch behauptet, dass man dem Menschen, den man so sehr liebte, in solch einem Moment *völlige Freiheit* gewähren sollte. Sogar mit der Gefahr, dass er tatsächlich nicht wiederkehrte!

Genau das war es, was Alina mit ihm tat. Und nicht

nur für einen Tag, sondern seit Monaten. Ihm wurde ein wenig schwindlig bei dem Gedanken daran, wie wenig er sie beachtet hatte.

Er nickte bekräftigend. »Ja, ich glaube, ich bin ein Riesenhornochse.«

Sie besaß das Geschick, dies nicht zu hinterfragen, sondern schenkte ihm ein zweites Lächeln und wechselte dann das Thema.

»Ich habe mich gerade zu etwas entschlossen«, erklärte sie frohgemut.

Dankbar fing er den Ball auf. »So? Wozu denn?«

Plötzlich strahlte sie wie ein kleines Mädchen, wie Cathryn. »Ich will wieder nach Malangoor!«, verkündete sie. »Fort aus diesem staubigen Palast und raus aus den feinen Kleidern. Ich möchte wieder einfache Sachen tragen, mit Drachen herumfliegen und unter normalen Menschen sein.«

Victor zog die Brauen in die Höhe. »Nach Malangoor? Aber … von dort aus wirst du kaum Einfluss nehmen können. Nicht den Einfluss, den du brauchst, um hier in Savalgor etwas bewirken zu können.«

Ihr Lächeln wurde breiter. »Doch! Es gibt eine Möglichkeit.«

»So?«

»Cleas! Ich habe dir früher schon einmal vom ihm erzählt – weißt du noch? Der Magier, der mir damals geholfen hat, aus dem Drakkenbergwerk zu entkommen. Seit kurzem ist er hier. Er wird mir etwas ganz Besonderes einrichten – ein *Stygisches Portal.* Es ist ein Jahrtausende altes Geheimnis, mit dem man auf magischem Weg reisen kann. Er hat es wiederentdeckt und die magischen Schlüssel nachgebildet.«

»Wirklich? Und das geht?«

Sie nickte eifrig. »Ich habe es selbst schon benutzt – damals, auf meiner Flucht. Da hat er mich über Hunderte von Meilen an einen anderen Ort versetzt. Nun wird er mir eine direkte Verbindung einrichten – von hier, dem Palast, unmittelbar nach Malangoor. Dann kann ich jederzeit hin und her reisen!«

Victor erinnerte sich und nickte. »Ja, jetzt weiß ich wieder … Auf diese Weise bist du damals ins Rama-korum gelangt, nicht wahr? Bist du da nicht unfreiwil-lig ins Wasser gestürzt? Fünfzig Ellen tief?«

»Vierzig. Aber diese Gefahr besteht nun nicht mehr. Es wird ganz einfach funktionieren. Dann kann jeder von uns ständig hin und her. Auch du.« Sie zuckte mit den Achseln. »Wenn du willst.«

Er nickte ihr aufmunternd zu. »Ja, ganz bestimmt werde ich das.«

Wieder strahlte sie, und Victor überkam ein seltsa-mes Gefühl.

134

5 ♦ Drachenmädchen

Roya war sehr stolz.

Sie stand vor einem riesigen Spiegel, und ihr gefiel, was sie darin sah. Als Herrin von Malangoor – ein Titel, den sie sich insgeheim selbst verliehen hatte – hatte sie gleich nach ihrer Rückkehr nach einem großen Spiegel verlangt.

Spiegel waren eigentlich nichts Besonderes, so gut wie jeder besaß einen. Einen so großen wie den ihren hatte sie bisher jedoch erst einmal gesehen: in Alinas Badezimmer, dem Badezimmer der Shaba, im Palast von Savalgor. Niemand sonst besaß einen so riesigen Spiegel, und dazu noch einen, der ein so helles, klares und scharfes Bild zurückwarf. Er bestand aus einer auf Hochglanz polierten, dünnen Metallplatte. Jenkash, der Malangoorer Schmied, hatte sogar ein Gestell dahinter gebaut, damit das Metall flach auflag und sich nicht wellte – und Royas Gestalt mit einem gekrümmten Bauch, verbogenen Kopf oder mit Stummelbeinen wiedergab.

Nein, sie sah blendend darin aus, und das war das *eine*, was sie stolz machte.

Sie war halb verhungert, mit durchscheinenden Rippen und hässlich wie eine Vogelscheuche nach Malangoor zurückgekehrt, aber jetzt, etwas mehr als drei Monate nach ihrer Rettung, sah sie wieder richtig gut aus. Ihre schulterlangen, glatten schwarzen Haare glänzten wie früher, ihre niedliche Nase besaß wieder diesen ganz leicht rosigen Schimmer auf der Spitze, und ihr freches Grinsen strahlte auf gesunden Wangen und nicht auf eingefallenen, verzweifelten Gesichtszügen, mit denen sie noch vor zwölf Wochen – gefangen auf dem riesigen, toten Mutterschiff der Drakken – einem grässlichen Hungertod ins Auge geblickt hatte. Nein, zum Glück war das ausgestanden.

Auch ihre Figur war wieder die alte. Roya blickte an ihrem Spiegelbild herab – und fand sogar, dass sie irgendwie noch besser aussah als früher. Nach all den Kämpfen, Strapazen und Abenteuern hatte ihr Körper etwas leicht Muskulöses, eine gewisse Sehnigkeit, so als befänden sich unter ihrer glatten Haut kräftige, sprungbereite Muskeln. Sie war wunderbar schlank und hatte einen festen Bauch; Marko hatte ihr gesagt, dass er ihre kleinen, mädchenhaften Brüste geradezu liebte – sie wären richtig *süß* – und dass er kein Freund von üppigen Busen wäre. Sie wusste nicht, ob er das nur ihr zuliebe sagte, aber es war inzwischen auch egal. Er hatte ihre Brüste oft genug liebevoll geküsst, dass sie ihm glaubte.

Nun hörte sie ihn und blickte nach rechts.

Er kam aus dem Badezimmer und war ebenfalls nackt. Mit einem ungläubigen Heben der Augenbrauen musterte sie seinen noch immer halb angeschwollenen Penis und staunte über das riesige Ding. Sie hatten sich gerade geliebt.

Er war der erste Mann in ihrem jungen Leben gewesen, der erste, mit dem sie richtig geschlafen hatte, und sie liebte das Gefühl, wenn er, dieser Klotz von einem Kerl, mit aller Sanftheit in sie eindrang. Mit ihren neunzehn Jahren war sie spät dran gewesen, das wusste sie, aber jetzt machte es ihr nichts mehr aus. Sie genoss das wohltuende Gefühl, nicht das Schicksal ihrer früheren Freundinnen teilen zu müssen, die mit fünfzehn oder sechzehn ihre Unschuld unbedingt hatten loswerden wollen, danach aber *vom ersten Mal* nur mit Abscheu und Unwillen berichten konnten.

Marko schmiegte sich von hinten an sie und umarmte sie, und sie streckte frech den Po nach hinten und drückte seinen Penis zwischen ihren Hinterbacken. Prompt kam die Reaktion, und ein wohliges Seufzen entfuhr ihm.

Sie grinste frech in den Spiegel. »Reiß dich zusammen, Hauptmann! Keine Zeit mehr für Schamlosigkeiten. Wir müssen uns anziehen.«

Er stöhnte leise. »Ich weiß.« Leidenschaftlich umschlang er sie, betrachtete über ihre Schulter hinweg ihr Spiegelbild und sagte seufzend: »Du bist das schönste Mädchen in dieser ganzen löchrigen Welt.«

Sie lachte auf. »In dieser … *löchrigen* Welt? Wo hast du denn das her?«

Er grinste zurück. »Kommt einem als Erstes in den Sinn, wenn man oben drüber fliegt, findest du nicht? Ich meine … *außen* drüber.«

Sie dachte nach. »Nein. So hab ich das noch gar nicht gesehen. Für mich haben all diese Höhlen etwas … Beschützendes.« Wie um ihre Worte zu untermalen, schmiegte sie sich noch ein wenig tiefer in seine Umarmung hinein. Das Spiegelbild seiner großen, muskulösen Arme um ihren zierlichen Körper gefiel ihr, und neue Lust erwachte in ihrem Bauch.

Er fuhr mit der Spitze seines Zeigefingers sanft über ihre rechte Brust und verfolgte dann eine Linie bis hinab zu ihrem Schoß. »Es wird immer deutlicher.«

Sie nickte breit lächelnd. »Ja.«

Das war das *Zweite*, worauf sie großen Stolz empfand. Ihre *Drachen*.

Sie besaß drei von ihnen: Der erste breitete sich über ihre rechte Schulter, überdeckte dort mit einer Schwinge ihre Brust, während sein grimmiges Gesicht die linke Brust anzuknurren schien, so als wäre sie ungerechterweise die schönere. Der zweite war wie ein Wurm auf ihrer Hüfte. Sein endlos langer Schweif

137

wand sich ungezählte Male über ihre rechte Körperhälfte – verlief, unter der Achsel beginnend, bis hinab zur Hüfte und reichte auf dem Bauch bis fast zum Nabel. Der dritte, ein frecher kleiner Kerl direkt auf ihrem Schoß, war Markos Liebling. Sein Echsenkopf befand sich unmittelbar über ihrer Scham, die inzwischen schon fast keine Härchen mehr besaß. Der Drache hatte seinen Schädel ein wenig zur Seite gelegt, und es schien, als zwinkerte er dem Betrachter herausfordernd zu. Eine vorgereckte Krallenklaue überdeckte Royas Schamlippen und Marko erfand ständig neue Erklärungen und Ausreden, um sie küssen zu dürfen. Verträumt schloss sie die Augen und rieb die Wange an seinem Bizeps. Er war ein unendlich zärtlicher und phantasievoller Liebhaber.

»Ob sie schon da sind?«, fragte er leise. Sein Kopf lag noch immer in ihrer Halsbeuge, und er liebkoste ihre Schulter und ihren Hals. Sie wusste, worauf er hinauswollte. Sie spürte es deutlich zwischen ihren Pobacken. Vielleicht hatten sie noch eine Viertelstunde Zeit. Sie drehte sich herum und drängte sich ihm entgegen. »Einmal noch, dann ist aber Schluss, du Unersättlicher!«

Eilig verschwanden sie in ihrem Bett, und aus der Viertelstunde wurde fast eine halbe.

*

Als Roya endlich die kleine unterirdische Halle betrat, kam sie natürlich zu spät.

Man begrüßte sie mit tadelnden Blicken und mehrdeutigen Bemerkungen. Ihre heftig entflammte, neue Liebe war derzeit Tagesgespräch in Malangoor. Wochenlang, so erzählte man sich mit wohlwollendem Spott, habe sie sich hartnäckig gegen *diesen Marko* zur Wehr gesetzt, nur um jetzt mit aller Wucht in ihr Unheil zu rennen. Sie sei, da war man sich einig, einfach nicht mehr zu retten, völlig von Sinnen, und ihr war schon mehrfach die Frage gestellt worden, was sie denn täten, wenn sie sich gerade mal *nicht* liebten.

Sie hatte ihren Spaß daran. Sie fühlte sich befreiter als je zuvor und hatte allen Ernstes schon wieder Sehnsucht nach ihm. Nie hätte sie gedacht, dass sie so hungrig nach dem Körper eines Mannes sein könnte, und sie sonnte sich geradezu in dem Gefühl, dass man ihr täglich mehrfach stundenlange Liebesakte mit ihm unterstellte. Weit davon entfernt war sie nicht.

»Hallo ihr Süßen!«, begrüßte sie ihre fünf Freundinnen grinsend. »Na, habt ihr auch alle fleißig ge-ar-bei-tet?«

Das war natürlich eine gewollte Anspielung auf das, was *sie* stattdessen getan hatte, und sie erhielt entsprechende Erwiderungen. Nach wie vor war sie das Küken unter den sechs, und das gewährte ihr Freiheiten. Natürlich waren die anderen alle schon so *erwachsen* und *erfahren*, dass sie jetzt ihr, der kleinen Nachzüglerin, großmütig Nachsicht einräumten. Grinsend setzte sie sich in den Sand.

Es war ein kleiner, himmlisch romantischer Höhlenraum innerhalb ihres geheimen Stützpunktes in Malangoor, des *Drachenbaus,* wo sich die sechs aufhielten.

Roya hatte die Höhlen schon vor Monaten entdeckt, gleich nachdem sie und Nerolaan beschlossen hatten, das Flüchtlingsdorf Malangoor auf diesem versteckten Hochplateau zu gründen. Die Existenz der Höhlen war auch der Grund dafür gewesen, das Windhaus so ausgesetzt und hoch droben über dem Dorf an der Felswand zu errichten. Es sollte den Höhleneingang versteckt halten und zugleich einen bequemen Zugang dazu bieten.

Inmitten eines Labyrinths aus Höhlen, kleinen, unterirdischen Hallen und einer Vielzahl an Wasserläufen, die nun für die verschiedensten Dinge genutzt wurden, lag diese Halle. Sie war auf natürliche Weise warm, besaß ein paar Tropfsteine und einen wundervollen, kleinen See. Eine breite Sandbank gewährte ihnen Platz zum Sitzen, wo sie sich nun im Kreis versammelt hatten. Mehrere, in den Sand gesteckte Fackeln verbreiteten ein flackerndes, geheimnisvolles Licht.

Roya hauchte Hellami, die rechts neben ihr saß, beim Hinsetzen einen Begrüßungskuss auf die Wange. Heute war es das erste Mal seit ihrer Rettung aus dem Mutterschiff der Drakken, dass sie sich alle sechs trafen: Alina, Leandra, Hellami, Azrani, Marina und Roya.

»Endlich«, seufzte Alina. »Endlich sind wir alle wieder beisammen.«

Fünf neugierige und erwartungsvolle Augenpaare starrten sie an. Ein Geheimnis umgab Alinas Wunsch, sie alle hier in Malangoor zu versammeln. Sie saß in einfacher Kleidung als eine von ihnen in ihrem Kreis, und dennoch war ihr anzusehen, dass sie die Shaba war. Sie hatte selbst in der kurzen Zeit als Herrscherin über Akrania deutlich an Ausstrahlungskraft gewonnen.

Alina richtete sich auf. »Cathryn?«

Aus dem schmalen Durchgang am unteren Ende der Sandbank kam Leandras kleine Schwester gehüpft. »Ja?«

»Sind wir allein, Schatz?«

Sie stand stramm und stieß ein »Ja, Shaba!« hervor. Dann hob sie einen winzigen Dolch und setzte ein listiges Grinsen auf. »Hier kommt niemand rein! Nur über meine Leiche!«

Sie mussten alle auflachen. Seit Cathryn häufiger bei ihnen war, war sie der Liebling von allen geworden. Sie warf ihnen ein Grinsen zu und sprang wieder davon.

140

»Gut«, sagte Alina. »Dann fangen wir an.« Sie blickte einmal forschend in die Runde. »Der wahre Grund ist … nun, Leandra hat um diese Zusammenkunft gebeten. Es geht nicht von mir aus.«

Alle Gesichter wandten sich Leandra zu. Sie lächelte verlegen und holte sich bei Alina per Kopfnicken die Erlaubnis, das Wort zu übernehmen. Dann erhob sie sich. »Bitte steht alle auf«, sagte sie.

Zögernd und sich fragende Blicke zuwerfend, standen die anderen fünf auf.

»Ein kleines Gebet?«, grinste Roya.

Leandra schüttelte den Kopf. »Nein, kein Gebet. Ich möchte euch um etwas bitten. Es wird euch seltsam vorkommen.«

Alle sahen sie neugierig an, aber jede von ihnen nickte schließlich. »Nur zu«, meinte Alina.

Leandra holte tief Luft. »Gut. Dann … zieht euch jetzt bitte alle aus.«

Laute der Überraschung entrangen sich fünf Kehlen. Leandra musste ihre Freundinnen mit erhobenen Händen beruhigen. Während Roya eine plötzliche Ahnung überkam, verschränkte die aufgebrachte Hellami die Arme vor der Brust und verlangte eine Erklärung für diesen ›Quatsch‹. Auch Alina wirkte verstört.

Roya berührte Hellami am Oberarm und nickte zugleich Alina zu. »Keine Sorge«, flüsterte sie. »Vertraut ihr. An euch ist nichts, was nicht alle anderen von uns auch hätten.«

Hellami sah sie verärgert an und wechselte dann Blicke mit der ebenso verblüfften Alina. Doch Leandra war bereits dabei, ihre Bluse aufzuknöpfen, und als Azrani und Marina ihrem Beispiel folgten, nickte Roya Hellami und Alina noch einmal aufmunternd zu. Dann löste sie selbst ihren Hosengürtel. Alina zögerte noch kurz, dann zuckte sie unschlüssig mit den Schultern und tat es ihr nach. Zuletzt gab auch Hellami ihren

141

Widerstand auf und entledigte sich seufzend und ohne aufzublicken ihrer Kleider.

Alle sechs standen sie nackt im Kreis. Und tatsächlich gab es an *keiner* von ihnen etwas, was nicht alle anderen ebenfalls besaßen.

Hellami und Alina standen wie erstarrt.

Mit großen, erstaunten Augen und geöffnetem Mund musterte Hellami ihre fünf Freundinnen, während Alina unwillkürlich zu Marina getreten war, der einzigen unter ihnen, die ebenso groß war wie sie. Verblüfft starrte sie auf Marinas Brüste, wo gelbe und rote Flammen züngelten, die aus dem Rachen eines kleinen, wütenden Drachengesichts oberhalb ihrer linken Brust stoben. Sie stieß ein leises Keuchen aus und wandte sich den anderen zu.

Jede von ihnen trug eine unendlich kunstvolle, blasse Tätowierung auf dem Oberkörper. Bei Marina und Hellami bedeckte sie das linke Drittel des Oberkörpers, bei allen anderen das rechte. Es waren Bilder und Ornamente von Drachen, die vom Halsansatz über die Schultern, die Brüste und den Bauch hinab liefen zum Schoß liefen, wo sie in feinen und aufregenden Ausschmückungen zwischen den Beinen verschwanden.

Royas Herz pochte heftig. Sie konnte sich noch gut erinnern – damals, an den Tag im Badezimmer der Shaba, wo sie zusammen mit Azrani, Marina und Leandra vor dem Spiegel gestanden und sich verzweifelt gewünscht hatte, *auch* so etwas wie ihre drei Freundinnen zu besitzen. Vor etwas mehr als vier Monaten hatte sich kein einziges Fleckchen dieser Drachenornamente auf ihrer Haut gezeigt. Bei Leandra hingegen hatten sich damals erste Ornamente entwickelt, während sie bei Azrani und Marina bereits voll ausgebildet waren. Nun hatte Roya es auch.

Der Reihe nach sah sie alle anderen an. Auch Alina

trug die Tätowierungen, und Hellami natürlich ebenfalls.

»Was ... was ist das?«, keuchte Hellami. »Ich dachte
die ganze Zeit, ich wäre ...«

»... die Einzige?«, fragte Alina. Kopfschüttelnd blickte sie Hellami an und musterte sie von oben bis unten.
»Bis ... bis eben dachte ich das auch von mir.«

Roya betrachtete mit Herzklopfen Alinas Körper. Sie
war unbestreitbar die Schönste unter ihnen, und auch
ihr Drachenbild war das Aufregendste. Es war unverkennbar ein Baumdrache. Das Bild war sparsamer als
das der anderen, aber die Gestalt des kleinen Wesens umspielte ihre Körperformen auf so wundervolle
Weise, dass Roya Lust bekam, Alina zu berühren.

Wieder zu berühren.

Roya spürte, wie ihr die Röte ins Gesicht stieg. Verstohlen blickte sie in die Runde – aber keine der anderen schien ihre Gemütsregung bemerkt zu haben. Sie
atmete tief durch. Nein, keine von den anderen hatte
im Augenblick Gedanken für etwas anderes als die erstaunlichen Drachenbilder.

Ihre eigene und Alinas Tätowierung waren vergleichsweise blass. Nur sie beide besaßen noch ein
winziges bisschen Flaum im Schoß, während die anderen vier bereits völlig nackt waren. Die deutlichsten
Bilder waren bei Azrani und Marina zu sehen. Die
Tätowierungen waren unendlich fein und zart, längst
nicht von der derben Machart etwa jener *Künstler* aus
der Savalgorer Hafengegend, die einem für eine Flasche Schnaps irgendwelche groben Bildchen unter die
Haut stachen. Nein, dies waren Bilder von unendlicher
Kunstfertigkeit und Pracht, und dabei doch so zurück-
haltend und unaufdringlich. Woher sie aber stammten,
hätte Roya noch immer nicht sagen können.

Leandra betrachtete mit wehmütigem Lächeln Royas
drei kleine Drachen und fuhr ihr dann sanft mit den

Spitzen ihres Zeige- und Mittelfingers über die Rundung der rechten Brust, wie es Marko vor kaum einer Stunde getan hatte. Roya erschauerte.

»Siehst du?«, sagte Leandra leise. »Nun hast du es also auch bekommen.«

»Findest du es schön?« Sie wusste, dass Leandra selbst nicht wirklich einverstanden mit den Bildern auf ihrer Haut war.

Leandra trat einen Schritt zurück, betrachtete sie und nickte. »Ja, es sieht sehr hübsch aus.« Dann wandte sie sich an die anderen. »Ziehen wir uns wieder an.«

Bald darauf saßen sie im Schneidersitz im Kreis. Wie eine kleine, verschworene Gemeinschaft, dachte Roya. So seltsam diese Sache auch sein mochte, sie empfand ein erregendes Kribbeln. Es war, als wären die drei kleinen Drachen auf ihrer Haut zum Leben erwacht. Ein aufregenderes Geheimnis, so fand sie, konnte eine Gruppe von Freundinnen kaum haben. Selbst Leandra schien sich damit abgefunden zu haben.

»Es muss etwas zu bedeuten haben«, flüsterte Roya.

Die anderen starrten sie an. »Ja. Aber was?«

Da keine von ihnen eine Antwort wusste, wandten sich alle Blicke Leandra zu. Sie hatte diese Versammlung einberufen – sie musste etwas wissen.

»Ich habe in der letzten Woche ein bisschen spioniert«, berichtete sie. »Durch Schlüssellöcher geguckt, wisst ihr? Im Palast gibt es Badezofen. Mädchen, die mit einem in die großen Steinwannen gehen und einen waschen, wenn man will. Ich habe sie alle durchprobiert. Keine Einzige hatte irgendetwas von diesen Ornamenten auf der Haut. Dann bin ich ein paar Tage lang in die Quellen von Quantar gegangen. Nichts. Keine einzige Frau in Savalgor hat auch nur den Hauch eines solchen Drachenornaments auf der Haut.«

Die anderen tauschten fragende Blicke. Keine wusste Rat.

»Nur wir sechs haben es«, sagte Leandra. »Wir sechs, die wir zusammen in Guldors Hurenhaus eingesperrt waren.«

Das ratlose Schweigen hielt an.

Roya räusperte sich. »Ich kann mir nicht vorstellen«, meinte sie leise, »dass wir uns das dort bei Guldor ... *geholt* haben. Wie eine Krankheit!«

Ihre Freundinnen schüttelten einhellig die Köpfe. »Eine Krankheit ist das sicher nicht«, meinte Marina. »Was mich angeht – mir gefällt es.« Sie lächelte unsicher und legte eine ausgebreitete Hand über ihre Brust.

»Warum wir sechs?«, fragte Hellami. »Ich meine ... uns verbindet diese Gefangenschaft bei Guldor, aber was könnte der Auslöser für so etwas gewesen sein?«

»Nicht nur die Gefangenschaft bei Guldor verbindet uns«, wandte Roya ein. »Wir haben viel mehr Dinge gemeinsam. Auch wenn wir nicht die ganze Zeit beisammen waren – irgendwie waren es doch immer wir sechs, die so tief in diese ganze Geschichte verwickelt waren, nicht wahr?«

»Es muss mit Magie zu tun haben«, meinte Marina.

Leandra nickte. »Ja, hat es. Und ich habe inzwischen auch eine Vermutung, woher es stammt. Ich wollte nur sicher gehen, dass sie zutrifft – dass wir es *alle* haben.«

»Und? Wie lautet deine Vermutung?«

Leandra erwiderte Hellamis Blick nur ganz kurz und wich ihm dann aus.

Plötzlich entstand in Royas Denken eine hauchdünne, kaum wahrnehmbare Verbindung, wie der Seidenfaden einer Spinne. Der Blick zwischen Leandra und Hellami hatte etwas Wehmütiges an sich gehabt, und Roya wusste, dass die Freundschaft der beiden einen Sprung erlitten hatte. Einen, den sie sich beide während dieses kurzen Blickkontakts wehmütig weggewünscht hatten, denn im Grunde ihres Herzens mochten sie sich sehr.

Royas nächster Blick fiel auf Marina und Azrani. *Nicht so, wie diese beiden sich mögen*, dachte sie. Marina und Azrani waren *immer* zusammen, seit damals schon. Ständig hielten sie Nähe zueinander, und Roya erkannte, dass sie mehr als nur eine einfache Freundschaft verband. Auch hier, im *Windhaus*, schliefen sie stets im gleichen Zimmer. Roya wurde klar, dass sie die beiden eng umschlungen anträfe, wenn sie sich nachts in ihr Zimmer schleichen würde. Sie holte tief Luft und sah verstohlen zu Alina. Ihre Blicke trafen sich. Jetzt wusste sie es.

Leandra setzte ein Lächeln auf. »Wir haben alle ein wenig … *gesündigt*, nicht wahr?«, fragte sie in die Runde.

»Gesündigt?« Das war Hellami gewesen.

Sie nickte. »Nun ja, *ich* jedenfalls habe es. Und ich bereue es nicht. Es war ein schönes Erlebnis. Ich gebe es einfach zu.«

Die Blicke der anderen waren verstört. »Wovon redest du?«

»Von meiner … *Nacht* mit einer anderen von uns«, antwortete sie, jedoch ohne jemanden dabei anzublicken. Für Momente schien es, als hallten ihre Wort bedeutungsvoll von den Höhlenwänden wider. Alle starrten sie an.

»Ist ja egal, mit wem«, fuhr sie mit einem verlegenen Lächeln fort. »Wahrscheinlich könnt ihr es euch denken. Und ich wette, jede von uns hat … *mit einer anderen von uns* … eine solche Nacht erlebt oder gleich mehrere. Und jede von uns hat den *Drachentanz* getanzt.«

Betroffenes Schweigen breitete sich unter ihnen aus.

Roya schluckte. Sie mied den Blick zu Alina, wagte kaum, die anderen anzusehen. Doch was Leandra gesagt, was sie ihnen *unterstellt* hatte, stand in allen Gesichtern geschrieben – so deutlich, als trüge jede von ihnen ein Schild um den Hals, auf dem stand, mit welcher von den anderen sie ihre *Sünde* begangen habe. Roya blickte zu Boden, ihr Herz klopfte vor Angst und Scham.

Leandra hob mit einem Lächeln die Hände. »He! Es ist kein *Vorwurf!*«

Hellami hob das Gesicht, ihr Blick war finster. »So?«

Leandra schüttelte den Kopf. »Nein. Warum auch? Wie ich schon sagte, ich habe es selbst getan und bereue es nicht. Außerdem kann keine von uns wirklich etwas dafür.«

Von Marina kam ein angstvolles Aufatmen, so als hoffe sie, dass Leandra ihr diese Last von den Schultern nehmen könnte und würde. »Nicht?«

»Nein. Ulfa ist daran schuld. Er war es, der diese besondere Verbindung zwischen uns schaffen wollte und uns deswegen diese … *Lust* eingab.«

Alle starrten Leandra mit großen Augen an.

»Stimmt es etwa nicht?«, fragte sie leicht herausfordernd. »Ich meine, jede von uns hat doch den Drachentanz mit ihm getanzt, nicht wahr?« Sie wandte sich zu Azrani, die neben ihr saß. »Und ihr beiden sogar als Erste, stimmt's?«

Azrani und Marina blickten Leandra verblüfft an. Dann tauschten sie Blicke untereinander und sahen wieder zu Leandra. »Ulfa? Du meinst den … *Urdrachen* Ulfa? Den du damals …?«

Leandra nickte. »Er ist stets in Gestalt eines kleinen Baumdrachen erschienen. Wir alle kennen ihn.« Sie blickte der Reihe nach die Mädchen an, zuletzt wieder Azrani und Marina. »Und da die Drachenbilder bei euch am weitesten entwickelt sind, müsstet ihr eigentlich den Drachentanz als Erste von uns allen getanzt haben.«

»Du meinst, diese Bilder haben mit dem Drachentanz zu tun?«, fragte Alina verblüfft.

Leandra wandte ihr den Kopf zu und zog die Brauen hoch. »Ja, richtig. Du hast es doch auch getan, nicht wahr?«

Alina blickte befangen zu Roya, dann nickte sie schließlich und seufzte. »Ja, du hast Recht. Ich und Roya.«

Leandra blickte abermals zu Azrani und Marina.

Wieder sahen die beiden sich an, dann nickten sie gemeinsam. »Ja, Leandra. Da … da war ein Baumdrache. Aber dass es *Ulfa* gewesen sein soll …?«

»Wann war das?«

Azrani dachte nach. »Ungefähr zwei Monate nach unserer Flucht aus dem *Roten Ochsen*. Wir hatten uns versteckt, in einem Wald östlich von Savalgor. Wir wollten ein, zwei Wochen vergehen lassen, ehe wir zurückkehrten. Uns war klar, dass Guldor Jagd auf uns machte. Aber es wurden über vier Monate daraus.«

»Und in diesem Wald – da habt ihr einen Baumdrachen getroffen?«

Marina nickte. »Ja. Es war ein ganz besonderer Wald. Meine Mutter hatte mir als Kind von ihm erzählt. Wir fanden ihn tatsächlich. Ein wunderschöner, geheimnisvoller Wald.« Ihr Lächeln versiegte. »Aber dann wurde er angegriffen.«

Azrani nickte bestätigend. »Ja. Von unheimlichen Schattenwesen. Sie waren auf der Jagd nach uns.«

Roya, Leandra und Hellami tauschten wissende Blicke. »*Uns* haben sie erwischt«, stellte Leandra fest.

»Ja, das wissen wir«, sagte Azrani. »Uns ebenfalls.«

Das war Leandra neu. »Euch auch? Tatsächlich?«

»Ja«, bestätigte Marina. Sie strich ihre langen, dunklen Haare zurück und zeigte Leandra die linke Seite ihres Halses. Eine gut verheilte, aber erschreckend lange

Narbe wurde im Fackellicht sichtbar. »Meine Hals-schlagader war zerrissen.«

Roya erschauerte und mit ihr die anderen. Sie reckte sich vor, um besser sehen zu können. Inzwischen aber hatte sich Azrani auf die Fersen gesetzt und ihre Tunika angehoben. Mit dem Zeigefinger strich sie über eine Stelle auf der rechten Hälfte ihres Bauches, knapp unter den Rippen. Dort befand sich, inzwischen vom Bild einer Drachenklaue halb verborgen, ebenfalls eine Narbe. »Hier«, sagte sie leise. »Hier traf mich ein Schwert.«

»Ein Schwert?« keuchte Roya. »Aber … du hättest tot sein können!«

Azrani blickte auf. Ihre Augenwinkel waren feucht. »Ich *hätte*? Ich weiß nicht, Roya, ob ich's nicht vielleicht schon war!«

Betroffenes Schweigen legte sich über die sechs. Nur Leandra erweckte den Eindruck, als hätte sie nun end-lich den Beweis für ihre Vermutungen gefunden. Mit entschlossenem Gesicht wandte sie sich Roya zu. »Also gut, Roya. Woran bist *du* gestorben?«

Roya ächzte. »Ich? *Gestorben*?«

»Ja! Oder *du*, Alina? Was ist mit dir? Du hast dich durch das halbe Land geschlagen, von der Bruder-schaft und den Drakken gejagt, mit einem falschen Drakkenhalsband … gab es da nicht ein Ereignis, nach dem du dachtest: Unfassbar, dass ich jetzt noch am Leben bin?«

Alina lachte bitter auf. »Eins? Eher ein halbes Dut-zend! Ich … ich überlebte den Absturz eines Drakken-schiffes, in dem ich saß. Ich bin hundert Ellen tief eine Felswand hinabgestürzt und habe es irgendwie über-standen. Ein paarmal hätten mich die Drakken beinahe umgebracht. Und …« Sie unterbrach sich kurz. »Und da war natürlich noch die Sache in …«

»Worauf willst du hinaus, Leandra?«, unterbrach Roya sie.

149

Leandra seufzte. Man konnte fast sehen, wie heftig ihr Herz schlug. »Worauf? Nun, die meisten von uns, wenn nicht sogar jede, wäre ohne Ulfa längst tot.«

Ein leises Aufstöhnen durchfuhr die Gruppe.

Leandra deutete auf Hellami. »Du hattest einen Pfeil im Herzen – ich war dabei! Da kam Ulfa und blieb eine volle Woche bei dir – in unmittelbarem Körperkontakt –, bis du wieder erwachtest!«

Hellami starrte Leandra betroffen an.

»Ich selbst«, fuhr Leandra fort, »war nach unserer Schlacht in Unifar vollständig gelähmt. Ich wäre binnen weniger Wochen gestorben. Ulfa hat mein gebrochenes Rückgrat geheilt!« Sie fuhr entschlossen zu Marina herum. »Deine Halsschlagader war zerrissen? Und ihr wart irgendwo in einem Wald? Wie willst du das ohne Hilfe überlebt haben? Azrani hätte dich niemals allein …«

»Warte«, sagte Azrani und hob die Hände. »Du hast mich falsch verstanden, Leandra. Ich hatte nicht irgendwann ein Schwert im Leib. Es war genau zur gleichen Zeit. Die Kreaturen hatten uns die halbe Nacht durch den Wald gejagt und schließlich gestellt. Wir …«, sie holte tief Luft, »nun, ich weiß nur noch, wie mir schwarz vor Augen wurde. Marina lag neben mir und ihr pulste das Blut aus dem Hals. Ich selbst … das Schwert war mindestens zwei Ellen lang. Es schaute aus meinem Rücken wieder heraus.«

Roya holte tief Luft, Alina stöhnte leise auf.

»Ich erwachte als Erste wieder«, erklärte Marina. »Es muss über zwei Wochen später gewesen sein. In der Hütte einer alten Frau. Sie hatte einen kleinen Baumdrachen, der oft bei mir war. Azrani lag im Nebenzimmer, sie erwachte vier Tage nach mir.«

So unglaublich diese Geschichte auch klang, Leandra schien nicht weiter beeindruckt. Sie blickte schweigend in die Runde, so als wollte sie es jeder Einzelnen selbst überlassen, die richtigen Schlüsse zu ziehen.

Schließlich seufzte sie. »Ich habe schon früher versucht, diese Rolle von mir zu weisen, aber Ulfa hat es nicht gestattet. Aber er hat nicht nur *mich*, sondern jede von uns sechs für etwas ausgewählt.«

»Du meinst, unsere Tätowierungen sind sein Zeichen?«

Leandra nickte. »Ja. Ausgelöst durch den Drachentanz mit ihm. Der Beweis liegt allein schon darin, dass er immer wieder jene Grenze überschritt, die er nie überschreiten wollte. Er rettete jeder Einzelnen von uns das Leben, vielleicht sogar mehrfach. Weil er uns brauchte, weil wir offenbar eine Aufgabe für ihn zu erfüllen hatten. Und sie ist noch nicht beendet. Euch das vor Augen zu führen ist der Grund, warum ich um dieses Treffen gebeten habe.«

Ein Schauer fuhr über Royas Rücken. »Eine Aufgabe?« Ihre Stimme zitterte leise vor Aufregung. »Und was ist das für eine Aufgabe?«

Leandra schüttelte bedächtig den Kopf. »Etwas Genaues kann ich euch leider nicht sagen. Allerdings …«

»Was?«

»Nun ja – *zu tun* gäbe es wohl reichlich für uns.«

6 ◆ Die Gründung

Was habt ihr da nur den ganzen Tag zu verhandeln?«

Victors Frage war an Roya gerichtet, die sich unmittelbar neben ihm an das Balkongeländer des *Windhauses* lehnte. Zugleich warf er Marko, der unten im Dorf gerade mit einem großen Brett unter dem Arm vorbeiging, ein herausforderndes Grinsen zu.

Marko grinste zurück und zeigte ihm ein weniger wohlerzogenes Handzeichen.

Victor lachte auf. »Ich bin tabu für ihn, weißt du das?«

Roya wandte den Blick zu Victor. »Tabu? Wirklich?«

»Soll ich's dir beweisen?« Er richtete sich auf, zog Roya schwungvoll an sich her, umarmte sie fest und drückte ihr einen laut schmatzenden Kuss auf die Wange. Dann sah er strahlend zu Marko hinab.

»Ist notiert!«, rief Marko fröhlich herauf. »Nur weiter!« Demonstrativ warf er das große Brett in hohem Bogen auf einen Haufen, wo es polternd aufschlug. Die kräftigen Muskeln seines nackten Oberkörpers glänzten vor Schweiß.

»Bin mal gespannt, wann du dich zu rächen gedenkst!«, rief Victor hinab. »Im nächsten Leben?«

»Wirst du schon sehen, großer Shabib!«

Victor lachte lauthals.

»Du meinst, es ist wegen des Pfeils, den er dir ins Bein geschossen hat?«, fragte Roya grinsend.

»Genau. Dafür hätte ihm der Richtblock gebührt! Zu diesem Zeitpunkt war ich bereits der Ehemann der

Shaba. Nun kann ich ihn für den Rest meines Lebens hänseln!«

Roya winkte ab. »Stell dich nicht so an!«, spottete sie. »War doch nur ein Kratzer!«

»Stimmt«, erwiderte Victor gut gelaunt. »Aber dass er dich jetzt mir weggeschnappt hat …«

Roya knuffte ihn. »Ach, hör auf. Als ob du nicht genug Frauen hättest. Leandra, Alina … Sogar mit Hellami hast du mal herumgeknutscht! Stimmt's nicht?«

Er schluckte und ließ sie los. »Das … das *weißt* du?«

»Klar. Wir sind Schwestern. So etwas spricht sich herum.«

Victor stöhnte leise auf. »Bei euch muss man aufpassen, was?«

Sie nickte verbindlich. »Darauf kannst du wetten. Gerade jetzt hecken wir was besonders Schlimmes aus!«

»Und was ist das?«

»Wirst du schon sehen, großer Shabib!«, rief sie fröhlich und trat ein paar Schritte zurück. »Ich muss jetzt wieder gehen, unsere Nachmittagssitzung beginnt.« Sie winkte ihm zu. »Und pass auf dich auf, ja? Markos linker Haken ist ü-übel!« Sie wandte sich lachend um und eilte davon.

Victor blickte ihr seufzend hinterher.

*

Als Roya durch die von Fackeln erleuchteten Höhlengänge lief – stets mit leisem, achtsamem Schritt –, spürte sie, wie sich erneut ein leiser Schauer in ihr ausbreitete. Dies hier war ein ganz besonderer Ort, und er war von besonderen Menschen bevölkert. Sie hatte sich wie ein kleines Kind gefreut, als Alina gefragt hatte, ob sie einverstanden sei, wenn sie nun wieder öfter hierher käme, wenn sie Malangoor zu einer Art zweitem

Shaba-Sitz machte. Sie hatte ihr die Sache mit dem *Sty-gischen Portal* erklärt: Im Palast von Savalgor wollte sie ihre Amtsgeschäfte erledigen, aber hier wollte sie leben. Hier sollte Maric aufwachsen, und hier wollte sie mit all ihren guten Freunden zusammen sein und die wirklich wichtigen Entscheidungen mit ihrer Hilfe und ihrem Rat treffen.

Für Roya war diese Nachricht eine der besten der letzten Zeit gewesen. Sie liebte Malangoor; sie hatte dieses weit entlegene Dorf in den Bergen gegründet, als sie Flüchtlinge vor den Drakken in Sicherheit ge-bracht hatte. Aber nie hatte sie wirklich gewusst, ob sie hier würde bleiben können. Malangoor war so weit von jeder anderen menschlichen Ansiedlung entfernt, dass sich die Frage stellte, ob dieses Dorf, so entlegen wie es war, je auch nur einen zufälligen Besucher ha-ben würde. Außerdem war es ohnehin nur auf dem Luftweg erreichbar.

Oder eben durch ein *Stygisches Portal*.

Wenn Alina dies tatsächlich wahr machte, würde Malangoor bestehen bleiben und Roya könnte weiter-hin mit Marko im Windhaus wohnen. Ein geheimer Weg zwischen Malangoor und der Hauptstadt, nur den engsten Freunden der Shaba bekannt – das war die Lö-sung! Hier waren sie sicher und konnten ein wun-dervolles Leben führen, und Marko schien Malangoor ebenfalls zu mögen. Die Shaba würde kommen und mit ihr ihre Freunde, und dann gab es natürlich noch die große Drachenkolonie, ganz oben am Stützpfeiler. Eine wichtige Aufgabe würde Malangoor ebenfalls zufallen. Seit Monaten befand sich hier die geheime Ausgangs-basis aller Einsätze gegen die versprengten Drakken, und dabei würde es auch bleiben! Welch besseren Ort konnte es für so eine Aufgabe geben, versteckt wie er war, mit dem geheimen Höhlensystem und der großen Drachenkolonie! Noch vor wenigen Tagen hatte sie sich

Sorgen gemacht, ob dieser Ort nicht bald seine Bedeutung verlieren würde – und nun sah alles schon ganz anders aus.

Bestens gelaunt lief sie voran, voll gespannter Erwartung, was der Tag wohl noch bringen würde. Sie strich sich mit beiden Händen über Brust und Bauch, so als wollte sie Kontakt zu ihren drei Lieblingen aufnehmen. *Markos* Lieblingen.

In einer flachen Halle angekommen, ging sie weit nach links zu einem Felsabsatz und rutschte an einer verborgenen Stelle über einen Buckel ein Stück in die Tiefe, bis sie mit einem federnden Sprung auf einem Sandflecken landete. Hier plätscherte schon leise der unterirdische Wasserlauf entlang. Hinter einer Felsbiegung steckte eine erste Fackel im Boden, die ihren Schein herüberwarf und den Sand hellgelb beleuchtete. Roya kam wieder hoch und umrundete mit ein paar leichten Schritten die Felsen. Als sie die Fackel passiert hatte und sich unter einem niedrigen Durchgang hinwegbeugte, tauchte ein Dolch vor ihrem rechten Auge auf.

»Halt!«, hieß es. »Das Losungswort?«

Sie schluckte. »Ähm … das hab ich vergessen.«

»Dann musst du sterben!« Mit einem schrillen Quietschen hing ihr plötzlich ein kleines Mädchen am Hals und beförderte sie in den Sand. Roya kicherte und kämpfte mit Cathryn. Sie war einfach süß. Nur mit Mühe konnte sie die Kleine bändigen; für Momente glaubte sie, die unbeugsame Leandra in ihr spüren zu können. Dann küsste sie das Mädchen auf die Wange und bat um Gnade. Großmütig wurde sie entlassen.

Als sie die geheime Versammlungshalle betrat, war sie diesmal immerhin die Zweite. Nur Hellami war schon da. Sie schien traurig zu sein, irgendetwas schleppte sie mit sich herum. Aber Roya bekam keine

155

Gelegenheit, mit ihr vertrauliche Worte zu wechseln, denn kurz nacheinander trafen die anderen ein. Schließlich waren sie wieder vollzählig und saßen im Kreis im Sand.

»Leandra«, begann Alina, »du hast so viel über deine Theorie mit Ulfa erzählt, den Drachentanz und … unsere *Sünden*. Aber warum kommt Ulfa nicht selbst und erklärt uns, was wir tun sollen?«

»Das kann er leider nicht mehr«, erklärte Leandra. »Es ist ein Vermächtnis, das er uns hinterlassen hat.«

»Was meinst du damit? Das klingt ja, als wäre Ulfa tot!«

»Tot ist wohl nicht das richtige Wort. Aber du hast Recht – er ist nicht mehr da. Er ist … sozusagen von uns gegangen.«

Roya erschauerte. Sie hatte mit dem kleinen, geheimnisvollen Baumdrachen, in dem der Geist des Urdrachen Ulfa steckte, so manches Mal gesprochen, in Freundschaft wie auch im Zorn. Er war ein wichtiger Teil ihres Lebens und der Höhlenwelt gewesen. Dass er jetzt *fort* sein sollte, machte sie unruhig.

»Wie kann das sein? Ist er nicht unsterblich – ebenso wie Sardin?«, fragte sie.

Leandra nickte. »Ja. Mit Sardin hast du das richtige Stichwort genannt.« Sie blickte bedeutungsvoll in die Runde. »Er war der Grund für Ulfas Existenz.«

Fünf neugierige Augenpaare musterten sie.

»Sardin wollte die Unsterblichkeit erlangen«, erklärte sie, »und genau das boten ihm die Drakken an. Oder besser: das ewige Leben. Dass das ein Unterschied ist, erkannte er damals nicht. Aber es ist auch egal: Es gelang ihm ohnehin nicht, das von ihnen zu bekommen. Er sollte den Drakken die Macht über unsere Welt geben, aber er versagte. Später versuchte er auf eigene Faust, die Unsterblichkeit zu erlangen – mithilfe eines der Stygischen Artefakte: der Canimbra. Er tötete Ulfa, den Wächter der Canimbra, riss sie an sich und zerstörte damit das Trivocum vollständig. Damit gab er auch unsere gesamte Welt der Vernichtung preis, denn die Kräfte des Chaos überschwemmten sie, und das Dunkle Zeitalter brach an. Aber diese Geschichte kennt ihr ja.«

»Ich glaube, ich weiß, worauf du hinauswillst«, sagte Marina. »Ulfa ist … er *war* das Gegengewicht zu Sardin.«

»Richtig. Zu Lebzeiten war Sardin ein Zerstörer, ein Mann der Vernichtung. Leben, Ordnung oder Erschaffen bedeuteten ihm nichts. Als Unsterblicher wurde er dann zu einem Dämon des Chaos. Mit seiner Macht hätte er das Gleichgewicht der Welt ins Wanken bringen können, und deswegen rief sein Überwechseln in diese … *Sphäre der Unsterblichen* zugleich einen Gegenpart hervor: Ulfa, einen Geist des Guten. So jedenfalls stelle ich es mir vor.«

Roya nickte. »Das klingt sinnvoll. Aber … warum sagst du, Ulfa wäre nun fort? Geht denn von Sardin keine Gefahr mehr aus?« Sie dachte an den finsteren Turm im Lande Noor, wo dieser böse alte Geist wohl noch immer in seinem namenlosen Nichts hockte und wer weiß was ausbrütete.

»Sardin ist ebenfalls fort«, eröffnete Leandra. »Ich fürchte, wieder einmal … durch meine bescheidene Mithilfe.« Sie lächelte verlegen. »Ich habe ihn sozusagen geläutert.«

Für Augenblicke herrschte erstauntes Schweigen. »Das musst du uns erklären.«

»Du weißt doch noch«, begann Leandra und wandte sich an Roya, »dass Sardin damals in Hammagor nach mir verlangte. Er wollte mich sehen, um mir angeblich den Pakt auszuhändigen.«

Royas Herz begann wieder leise zu pochen. Aus dieser Zeit trug sie noch eine alte Last mit sich herum. Immerhin hatte sie Alina und Marko bereits davon gebeichtet. »Ja. Aber als du kamst, war er nicht mehr da.«

»Doch, er war noch da, Roya. Allerdings nicht mehr in seinem Turm. Er hatte sich in den Geist von Quendras eingeschlichen, und von Quendras sprang er auf mich über. Erinnerst du dich noch an den Augenblick, als ich Quendras das erste Mal begegnete? Damals in Hammagor, beim Frühstück, als wir uns die Hände reichten? Wir wurden beide wie von einem Blitz getroffen – von einer magischen Entladung.«

Roya versteifte sich. »Das war Sardin? Er ergriff Besitz von dir?«

Leandra schüttelte den Kopf und versuchte sie mit einer Geste zu beruhigen. »Nein, nicht wirklich, Roya. Mach dir keine Sorgen. Er hielt sich lange im Hintergrund. Erst viel später, nachdem die Drakken uns schon überfallen hatten, offenbarte er sich mir.«

Roya spürte Tränen in den Augen. Sie hob die Hände vor den Mund. »Oh, Leandra, es tut mir so Leid. Das alles ist meine Schuld …«

Leandras lächelte sanft. »Du meinst, wegen Quendras? Weil Ulfa ihm nicht helfen wollte und du dich deswegen an Sardin gewendet hast?« Sie winkte ab. »Ach, mach dir keine Gedanken, das ist nicht schlimm!«

Roya sah zu Alina. Sie musste es Leandra bereits erzählt haben.

Protest wollte in ihr aufsteigen, aber zugleich kam es ihr vor, als strömte eine seltsame Kraft auf sie ein – eine Kraft, die aus ihrem Kreis stammte. Ein Vertrauen, das unter ihnen herrschte und das es überflüssig machte, irgendein Geheimnis voreinander zu haben. Unschlüssig, woher dieses Gefühl so plötzlich kam, ließ sie sich wieder zurücksinken.

»Was hat Sardin von dir gewollt?«, fragte sie.

Leandra lachte leise auf. »Er war völlig verbittert.

Seit zweitausend Jahren hockte er allein in seinem finsteren Turm – in seiner Sphäre der Unsterblichkeit. Er hatte es sich ganz anders vorgestellt. Er klagte mir sein Leid, was er alles ausprobiert habe, um ein Ziel zu finden. Aber alles sei ihm misslungen, und jetzt wolle er nur noch sterben. Aber er wusste nicht, wie.«

Nun musste auch Azrani auflachen. »Ein Gott, der sich zu Tode langweilt – und nicht sterben kann?«, fragte sie. »Das ist ja verrückt.«

»Ja, war es auch«, bestätigte Leandra. »Er verlangte von mir, mich mit den Drakken gut zu stellen, sodass er auf diesem Weg von ihnen erfahren könnte, worin der Sinn und Zweck der Unsterblichkeit läge – oder wenigstens, wie er sie überwinden und sterben könnte.«

Nun lachten auch die anderen.

»Dabei ist es so einfach!«, meinte Roya.

Die anderen verstummten und sahen sie neugierig an.

»Aber ja! Ist es das denn nicht?«

Es dauerte einige Momente, bis sich Azrani leise von links meldete. »Doch. Er stand nur auf der falschen Seite ...«

»... auf der Seite der Zerstörung«, ergänzte Marina, die neben ihr saß.

»Er hätte etwas *erschaffen* müssen ...«, sagte Hellami leise.

»... und hätte darin sein Ziel gefunden«, vollendete Alina.

Danach herrschte für eine Weile Schweigen.

Es war wie eine kleine Magie, die über sie gekommen war. Sie sahen sich untereinander an, als könnten sie in ihren Gesichtern die Antwort finden, woher dieses Einvernehmen stammte.

Leandras Züge spiegelten Erstaunen. »Genau das habe ich ihm auch gesagt.«

Wieder Stille.

»Ich wusste es«, schloss sie schließlich. »Es ist wirklich Ulfas Vermächtnis.«

Ein weiteres Mal dauerte das Schweigen an, während Roya ein immer stärkeres Gefühl durchströmte, dass jede von ihnen Teil eines besonderen Ganzen war.

Ja, das war es, was Leandra mit dem *Vermächtnis* Ulfas meinte.

Es konnte kein Zufall sein, dass ausgerechnet sie sich so gut verstanden. Mit Grausen dachte sie an frühere Zeiten, wo sich die *Weiber* ihres Heimatdorfes Minoor bis aufs Blut bekämpft hatten – wegen Nichtigkeiten. Hingegen war die Harmonie unter ihnen sechs schon fast beängstigend. War es das Werk von Ulfa? Hatte er es herbeigeführt, in dem er ihnen diese rätselhafte *Lust* aneinander eingegeben hatte? Oder hatte er nur etwas zum Leben erweckt, das tief in ihnen schlummerte? War ihr Zusammentreffen in Guldors Gefangenschaft Zufall oder so etwas wie Vorbestimmung gewesen? Wahrscheinlich würden sie nie eine wirkliche Antwort auf diese Frage erhalten – es sei denn in ihren Herzen. Roya glaubte zu spüren, dass dieses Geheimnis ihre Bindung nur verstärkte. Ja, da war ein Vermächtnis, eine Aufgabe, die sie *gemeinsam* erfüllen sollten.

Irgendwann, als wäre in der Zwischenzeit eine Stunde vergangen, drang eine Frage an ihr Ohr. Es war Alina. »Wie ... wie bist du Sardin wieder losgeworden?«

Leandra richtete sich auf, bewegte sich, als wollte sie einen Traum abschütteln, aus sie gerade erwacht war. »Wie? Oh, er ... er ging. Er ging einfach.«

»Er ging? Und wohin?«

Leandra seufzte. »Zu Ulfa. Zu seinem Gegenpart. Ich meine – ich war nicht dabei ... doch Sardin ist *fort*, und Ulfa ist es auch. Jedenfalls glaube ich das. Eigentlich bleibt nur diese Möglichkeit übrig. Ich erklärte es ihm – dass Ulfa sein Gegenpart sei und dass dies wohl der einzige Weg sei, wie er sterben könne. Zu Ulfa zu gehen und mit ihm eins zu werden.«

Alle anderen nickten. Diese Antwort barg jede von ihnen in ihren Gedanken; Leandra hatte sie nur ausgesprochen. Sie schöpften ihr Wissen aus einer gemeinsamen Quelle.

Wie von selbst spann Roya den Faden noch ein kleines Stück weiter. »Und du glaubst nun«, sagte sie, »dass diese Tätowierungen Ulfas Vermächtnis sind – etwas, das er uns hinterlassen hat, nachdem er selbst nicht mehr da ist?«

Leandra nickte. »Ja, sie müssen ein Zeichen sein. Es sind lauter Drachen – ich kann mir nichts und niemanden als ihn vorstellen, der dafür verantwortlich sein könnte. Wir sind ein Bündnis mit ihm eingegangen, und die Zeichen dafür tragen wir auf unseren Körpern.«

Roya studierte Leandras Züge. »Ich kenne dich«, sagte sie mit einem vorsichtigen Lächeln. »So ganz glücklich bist du damit nicht. Es war nicht deine freie Entscheidung.«

Leandra tauschte kurz einen Blick mit Hellami, dann seufzte sie leise, setzte eine gespielt zufriedene Miene auf und sagte zu Roya: »Ja, du hast Recht. Aber ich will nicht undankbar sein. Ulfa hat mir das Leben gerettet und unserer Welt die Freiheit zurückgebracht. Wenn das der Preis ist, den ich dafür zahlen muss, dann will ich es tun und mich nicht beklagen.« Sie blickte in die Runde und fragte nach einer Weile: »Wie steht es mit euch?«

Die Frage hatte kommen müssen, und ausgerechnet Leandra, derjenigen unter ihnen, der die *Freiheit* am meisten bedeutete, war ihnen ein Stück vorausgegangen. So als stünde eine Waagschale in ihrer Mitte, in der sie gute Gründe sammeln müssten, warf Marina

161

ihr Argument hinein: »Wir haben jetzt sogar neue Freunde: die Drachen! Sie sind sehr mächtig und können uns jederzeit an jeden Ort bringen.« Sie lächelte zuversichtlich.

»Und eine anständige Shaba«, fügte Roya mit Blick auf Alina hinzu.

Sogar Hellami lächelte endlich. Sie legte beide Hände auf den Bauch. »Meine Drachenbilder gefallen mir«, verkündete sie.

Azrani brachte es auf den Punkt. Sie setzte sich auf die Fersen, arbeitete sich ein kleines Stück weiter in die Mitte des Kreises vor und sagte laut. »Ich finde, wir sollten es tun! Ich bin jedenfalls dabei!«

Niemand hatte gesagt, *was* sie tun sollten, aber jede von ihnen nickte.

Wieder entstand ein kleiner Augenblick der Stille zwischen ihnen, und Roya empfand es schon fast ein wenig als unheimlich, wie greifbar die Übereinstimmung zwischen ihnen war. Doch etwas fehlte noch. Irgendetwas stand in der Luft, eine Frage, das konnte Roya deutlich spüren. Plötzlich verstand sie. »Wir brauchen einen Namen!«, sagte sie.

»Einen Namen?«

»Ja.« Eine seltsame Erregung hatte sie plötzlich ergriffen. »Wir haben eine Aufgabe – aber wir sind nicht *irgendwer!* Ulfa hat uns zusammengeschmiedet. Wir sind … *Schwestern!*«

»Schwestern?«

Alina antwortete. »Ja, Roya hat Recht. Schwestern … wie die Bruderschaft.«

»Richtig!«, nickte Leandra. »Wie die Bruderschaft von Yoor.«

»Sardin war der Gründer der Bruderschaft«, spann Alina den Faden weiter, »und Sardins Gegenpart war Ulfa. Und Ulfa ist … nun, so etwas wie *unser* Gründer, nicht wahr?«

»Das stimmt. Wir sind … eigentlich der Gegenpart zur Bruderschaft von Yoor.« Das hatte Azrani gesagt.

»Sind wir dann die … *Schwesternschaft* … von Yoor?«

»Quatsch! Doch nicht *von Yoor!*«

»Dann die …«

»… von Ulfa!«

Leandra schluckte. »Die Schwesternschaft von Ulfa?«, fragte sie.

Hellami verzog das Gesicht. »Klingt blöd. Schwesternschaft? Wir sind doch keine Klosterfrauen!«

»Roya ganz bestimmt nicht«, hieß es von irgendwoher.

»He! Was soll das …«, kicherte Roya.

»Die Klosterfrauen von Malangoor!«, rief Azrani vergnügt.

»Ein *Kloster* ist Malangoor nun wirklich nicht.«

Marina wackelte mit dem Kopf. »Richtig – besonders nicht das Windhaus.«

»Ruhe!«, rief Alina. »Ihr benehmt euch wie kleine Kinder.«

»Ja – der Kindergarten von Malangoor, das würde passen!«

Sie lachten ausgelassen.

»Ihr spinnt doch alle«, beschwerte sich Marina grinsend. »Könnt ihr bei so einer Sache nicht ernst bleiben?«

»Die Schwestern des Windes.«

Plötzlich kehrte Stille ein. Sie sahen sich untereinander an. »Wer hat das gesagt?«

Zwischen ihnen tauchte ein kleines Mädchen auf und hob zaghaft die Hand.

»Schwestern des Windes?«, fragte Alina. »Wie kommst du darauf, Cathryn?«

Die Kleine sah sich unsicher um. Sie gehörte nicht zu ihrem Kreis, war aber dennoch nicht ausgeschlossen worden. Dort draußen, auf ihrem Wachtposten, hatte sie alles mithören können.

»Ich weiß nicht«, sagte Cathryn verlegen. »Ist mir gerade so eingefallen.«

Leandra seufzte und streckte beide Arme nach Cathryn aus. Dankbar floh die Kleine in die Umarmung ihrer großen Schwester. Leandra küsste sie auf die Wange und zauste ihr das Haar.

»Klingt irgendwie schön«, sagte Roya leise.

»Und warum Schwestern des *Windes*?«, fragte Leandra.

»Wegen der Drachen«, antwortete Cathryn. »Weil ihr alle auf Drachen durch die Luft fliegt und weil die Drachen eure Freunde sind. Und ... weil hier das *Windhaus* ist.«

Die sechs jungen Frauen tauschten untereinander Blicke. Es war, als stünde der von Cathryn genannte Name zwischen ihnen in der Luft und wartete auf ein gemeinsames Urteil. Und aus irgendeinem geheimnisvollen Grund mussten sie nicht einmal darüber reden. Sie nickten sich untereinander zu, jede von ihnen in den Gesichtern der anderen forschend, ob eine mit dieser Bezeichnung nicht einverstanden wäre. Aber es gab keine Ablehnung. Cathryns Blicke flogen befangen von einem Gesicht zum nächsten.

»Also die *Schwestern des Windes?*«, fragte Alina nach einer Weile.

Für Momente lauschten sie alle in sich hinein. Dann wussten sie, dass dieser Name bereits existiert hatte – schon bevor sie sich hier getroffen hatten. Warum ausgerechnet Cathryn ihn ausgesprochen hatte, war ein Geheimnis. Aufmunternde Blicke und zustimmendes Nicken erreichten der Reihe nach Cathryn, und das Mädchen begann zu strahlen.

»Also gut!«, sagte Alina munter. »Wenn keine von euch Einwände hat, dann gilt der Name jetzt. Wir sind die *Schwestern des Windes!* Das Gegenstück zur Bruderschaft von Yoor.«

Azrani schnitt eine Grimasse und hob die Faust. »Wehe ihnen, dass sie sich mit uns *Weibern* eingelassen haben!«

»Ja!«, rief Roya begeistert. »Das werden sie bereuen!«

Cathryn klatschte vor Aufregung in die Hände. Leandra drückte ihre Schwester an sich, während die anderen durcheinander redeten.

Roya sah aus den Augenwinkeln zu Hellami. Ihre traurige Miene schien sich endlich ein wenig aufgehellt zu haben. Sie hatte sich Sorgen gemacht und verspürte wegen ihres eigenen Glücks sogar leise Schuldgefühle gegenüber Hellami. Anfangs hatte sie eine so wichtige Rolle im Kampf gegen die Bruderschaft gespielt, aber seit ihr Glück mit Jacko nicht mehr das alte war, war sie regelrecht verblasst. Roya nahm sich vor, sich um Hellami zu kümmern. Hellami hatte das Gleiche auch schon für sie getan.

»Was ist es denn nun, das wir tun sollen?«, rollte Azrani die drängendste Frage wieder auf.

Leandra ließ Cathryn los, die sich brav neben sie in den Sand setzte. Ihre Miene wurde ernst. »Wie ich schon sagte: Probleme gibt es genug. Alina und ich haben uns in den letzten beiden Wochen Fragen gestellt. Und je weiter wir nachdachten, desto mehr Fragen gesellten sich hinzu. Zum Schluss kamen wir zu dem Ergebnis, dass unser schöner Friede wohl nicht lange halten wird. Jedenfalls nicht, wenn wir uns nicht schleunigst um einige Dinge kümmern.«

Roya zog überrascht die Brauen in die Höhe. »Schleunigst?«

»Ja. Obwohl im Moment alles ruhig aussieht. Unsere Welt ist befreit, die Bruderschaft zerschlagen, es gibt nur noch wenige Drakken.« Sie schüttelte den Kopf. »Der Schein trügt. In Wahrheit braut sich schon wieder etwas zusammen. Schlimme Dinge, kaum weniger ernst als die der Vergangenheit. Wenn wir nicht rechtzeitig etwas dagegen unternehmen, werden sie uns einholen.«

»Und was … sind das für Probleme?«

»Dass es noch versprengte Drakken gibt, wissen wir ja. Aber sie planen etwas. Jacko und Victor haben in den Ruinen von Thoo ein ungewöhnliches Flugschiff gefunden, an dem die Drakken herumbastelten. In einer unterirdischen Halle war eine regelrechte Werkstatt eingerichtet – mit einem ganzen Lager von Wrackteilen, die sie eingesammelt hatten. Was die Sache aber wirklich beunruhigend macht: Rasnor war dort. Leider konnte er fliehen.«

»*Rasnor*?«, wiederholten Roya, Azrani und Marina im Chor.

»Ich dachte mir schon, dass euch drei das besonders interessieren würde. Mir ging es genau so. Offenbar konnte er tatsächlich noch aus dem Mutterschiff der Drakken fliehen.«

»Verdammt!«, zischte Azrani und ballte die Fäuste. Ihr Gesicht war mit einem Mal wutverzerrt – so erlebte man sie selten.

»Wir werden ihn kriegen!«, versuchte Leandra Azrani aufzumuntern. »Irgendwann haben wir ihn – ganz sicher!«

»Ja, dafür bin ich auch«, erklärte Alina. »Es wird Zeit, dass er für seine Taten zur Rechenschaft gezogen wird!«

»Was ist mit diesem Schiff?«, fragte Hellami. »Was ist so besonders an ihm?«

»Wir wissen es noch nicht genau. Es sieht ganz anders aus als die normalen Drakkenschiffe und scheint sogar flugtauglich zu sein. Izeban ist im Augenblick dort und sieht es sich an. Wenn er zurück ist, werden wir sicher mehr erfahren. Wir vermuten, dass die Drakken damit Verstärkung von ihrer Heimatwelt holen wollten.«

»Verstärkung?« Hellami schüttelte ungläubig den Kopf. »Du denkst, sie würden es wagen, wieder hierher zu kommen? Das glaube ich nicht. Hunderttausende von Drachen beschützen uns. Gegen die Drachen würden sie niemals ankommen!«

»Damit magst du Recht haben, Hellami«, sagte Alina mit ruhiger Stimme. »Aber wir sind einer weiteren Sache auf der Spur. Immer wieder stoßen wir auf die Frage, warum die Drakken unsere Welt vollständig vernichten wollten. Vielleicht müssen sie dazu gar nicht *in* unsere Welt dringen, vielleicht geht das von außen. Ich glaube, wir sollten das nicht völlig ausschließen. Munuel und der Primas haben Hinweise auf ein rätselhaftes Bauwerk entdeckt, das irgendwo in einer weit entlegenen Gegend stehen soll. Wir wissen so gut wie nichts darüber, nur dass es von einem gewissen Phenros entdeckt wurde, der schon vor zweitausend Jahren der Frage nachging, warum die Drakken von Anfang an niemals mit uns verhandeln wollten und sich auf Gewaltanwendung versteift hatten.«

Betroffene Stille kehrte ein.

»Und dann ist da noch das Problem der gefangenen Magier«, fuhr Alina nach einer Weile fort. »Cleas, ihr wisst schon, der Magier, der das Stygische Portal errichtet hat, war ein Gefangener der Drakken, und das noch Monate *nach* dem Krieg. Bis jetzt haben wir uns nicht erklären können, warum die Drakken so lange nach ihrer Niederlage noch Gefangene hielten. Aber offenbar klammern sie sich nach wie vor an ihre alten Befehle. Zusammen mit dem Fund dieses Flugschiffes wird das Ganze langsam bedrohlich. Wir müssen uns unbedingt um die Drakken und Rasnor kümmern. Und um dieses Geheimnis, das Phenros aufdeckte.«

Azrani seufzte. »Es sieht ganz so aus, als würde es mehr als nur ein kleiner Spaß werden – die Gründung der *Schwestern des Windes*.«

»Bereust du es?«, fragte Leandra.

Azrani schüttelte entschieden den Kopf und richtete sich auf. »Nein, keinesfalls – ganz im Gegenteil. Kann ich mich um diese Sache mit dem Bauwerk kümmern? Mit Marina? Das interessiert mich wirklich.«

»Warte einen Moment. Es gibt da noch etwas. Meister Izeban hat eine Menge Berechnungen angestellt. Sie sind sehr interessant und aufschlussreich. Eine davon ist jedoch ziemlich beunruhigend. Uns fehlt Gestein. Etwa in der Größenordnung von dreißig großen Stützpfeilern.«

Die Mädchen blickten sich verdutzt an.

»Die Drakken hatten insgesamt siebenundsiebzig Bergwerke errichtet«, erklärte Leandra. »Man kann in jedem von ihnen in die Tiefe gehen und sich die riesigen Hohlräume ansehen, in denen sie das Wolodit abgebaut haben. Wenn man einige dieser Bergwerke möglichst genau vermisst, einen Mittelwert errechnet und dann mal siebenundsiebzig nimmt, kommt man auf diese Zahl. Uns fehlt der Fels, oder besser das Wolodit, das etwa dreißig großen Stützpfeilern entspricht. Es ist fort – nirgends mehr zu finden. Ich meine, so viel Gestein würde man doch sehen, wenn es irgendwo herumläge, oder?«

»Du glaubst, die Drakken haben es schon verarbeitet? Es zu ihrem Mutterschiff gebracht, mit ihrer riesigen Maschine verdichtet und zu diesen … *Amuletten* gemacht?« Hellami blickte Leandra fragend an.

Leandra nickte. »Es könnte sein, dass sie immer noch versuchen wollen, ihren Plan in die Tat umzusetzen, wenigstens im kleinen Rahmen. Wenn sie tatsächlich schon Wolodit-Amulette haben, würde das erklären, warum sie die Magier weiterhin gefangen halten. Sie könnten versuchen, sie von unserer Welt fortzuschaffen, um sie in ihre Dienste zu zwingen.«

»Das darf nicht sein!«, rief Roya impulsiv aus. »Das können wir nicht zulassen!«

»*Noch* eine Aufgabe für uns«, flüsterte Azrani bedeutungsvoll.

Nach einer Weile aufgeregten Gemurmels hob Alina die Hände. »Es gibt genügend wichtige Dinge, um die wir uns kümmern müssen. Und das werden wir von hier aus tun. Vom *Drachenbau* aus. Einverstanden?«

Sie nickten alle.

»Und der *Drachenbau* sowie Malangoor müssen unbedingt geheim bleiben«, fuhr sie fort. »Jeder, der hier lebt, wird gewissermaßen ein Mitglied unseres Geheimbundes werden. Ich werde von Savalgor aus versuchen, alles an Mitteln zur Verfügung zu stellen, damit Malangoor unabhängig existieren kann – wie eine Geheimfestung. Wie Torgard damals eine war, versteht ihr?«

»Wer von uns soll sich nun um welche Aufgabe kümmern, Alina?«

»Genau das müssen wir uns jetzt überlegen«, antwortete sie.

7 ♦ Besuch

Die Liste, die Septos aus Hegmafor geschickt hatte, stimmte Rasnor verhalten zuversichtlich – wie auch die Tatsache, dass der Prior in seinem Begleitschreiben versichert hatte, alle Brüder seien ihm zutiefst ergeben. Ja, sie seien sogar dankbar, dass Rasnor sie von dem Aufwiegler Gyndir befreit und sie an ihre eigentliche Aufgabe erinnert habe. Nun könnten sie sich wieder mit aller Kraft den neuen Zielen widmen.

Die Überbringer von Septons Nachricht waren die zehn Brüder gewesen, die Rasnor als ersten Trupp angefordert hatte. Er benötigte dringend neue Leute hier in Usmar, einem seiner neuen und zugleich alten Stützpunkte, und nun standen alle zehn vor ihm aufgereiht.

Zufrieden erhob sich Rasnor von seinem Arbeitstisch, verschränkte die Hände hinter dem Rücken und marschierte vor der Reihe einmal auf und ab.

»Na, Leute?«, fragte er mit aufmunterndem Ton. »Hattet ihr eine gute Reise?«

»Jawohl, Hoher Meister«, lautete die unsichere Antwort aus einigen Mündern. Es schienen hauptsächlich die jüngeren unter ihnen zu sein, die ihm gefallen wollten. Unter den zehn befand sich auch Vandris, ein ehemaliges Mitglied des Hierokratischen Rates. Im Moment jedoch war nichts Ehrfurchtgebietendes an dem Mann festzustellen. Er war bloß einer der zehn Brüder, mit fast kahl geschorenem Kopf und in eine dunkelbraune Robe gewandet. Die blutroten Leibriemen der *Duuma* trug natürlich niemand mehr – diese Zeiten waren vorbei.

»Willkommen in Usmar«, sagte Rasnor und nahm seinen Gang wieder auf. »Ich bin froh, dass ihr da seid. Ihr werdet bald neue Aufgaben zugewiesen bekommen. Wir haben über fünfhundert Drakken zu dirigieren und müssen einen herben Rückschlag wegstecken, den uns die Shabatruppen vor kurzem zugefügt haben. Aber wir werden es schaffen!«

Rasnor blieb abermals stehen und musterte die zehn. Laut der Liste beherrschte jeder von ihnen die Künste der Rohen Magie, jedoch war keiner darunter, der es darin zu besonderer Meisterschaft gebracht hatte. So gut wie alle Kampf- oder Meistermagier der Bruderschaft waren in den Konflikten der letzten eineinhalb Jahre getötet worden. Einesteils war dies ungünstig für seine Pläne, andererseits aber eröffnete es ihm selbst eine grausig-schöne Aussicht: Nun würde er selbst, wenn er sich entsprechend bemühte, der mächtigste Magier der Bruderschaft werden! Einen Ruf wie Chast oder Sardin zu haben, ja – das wäre grandios!

Natürlich mangelte es ihm noch an vielen Fähigkeiten, doch niemand ahnte das. Im Gegenteil: ihm eilte der Ruf voraus, den großen Meister Fujima getötet zu haben und zugleich zwei mächtige Felsdrachen. Als er Gyndir auf so spektakuläre Weise ausgelöscht hatte, hatte er ein zusätzliches Zeichen seiner Macht gesetzt und nicht zuletzt seine Brüder damit vorgewarnt, dass er gnadenlos zuschlagen würde, sollte sich jemand gegen ihn erheben.

»Man wird euch über einen geheimen Weg hinauf zur alten Burgruine bringen«, sagte Rasnor und deutete zum Fenster hinaus in Richtung der Klippe am Meer, auf der die alte, seit Jahrhunderten verlassene Festung von Khalid stand. »Es gehen Gerüchte um, dass es dort spukt, aber das ist Unfug. Höchstens *wir* spuken dort herum.« Er lachte auf, was einige der Novizen dazu ermunterte, ebenfalls zu lachen. »Der Ort ist ideal«, fuhr er fort. »Die Bruderschaft hat seit Jahrzehnten einen geheimen Stützpunkt hier in Usmar. Dort oben in den alten Verliesen sind wir durch die alten Spukgeschichten gut geschützt. Dort werdet ihr die nächsten Wochen …«

Es klopfte.

Rasnor sah verwundert zur Tür – schon an der Art des Klopfens hatte er hören können, dass etwas Dringliches vorgefallen sein musste. Ohne dass er ›Herein!‹ gerufen hatte, öffnete sich die Tür, und Novize Marius trat eilig ein.

»Hoher Meister, es … es ist jemand gekommen!«

Rasnor zog die Brauen hoch.

Marius war voller Unruhe und warf Seitenblicke auf die Neuankömmlinge. Rasnor verstand. »Bruder Vandris!«, kommandierte er. »Führe deine Leute nach unten und melde dich bei Magister Jorish. Der wird euch sagen, was zu tun ist. Los, ab mit euch!«

Vandris, offenbar befriedigt, dass er ein Kommando übernehmen durfte, scheuchte seinen Trupp aus dem Zimmer. Als die Tür ins Schloss fiel, trat Rasnor einen Schritt auf Marius zu. »Was ist los? Warum bist du so aufgeregt?«

»Es … es ist niemand von uns«, sagte Marius nervös. »Ich meine, niemand aus der Bruderschaft. Aber er hat namentlich nach Euch verlangt, Hoher Meister. Wie kann er wissen, dass wir hier sind?«

Ein leiser Schauer kroch Rasnors Nacken herauf. »Er hat nach mir persönlich verlangt? Hat er seinen Namen nicht gesagt?«

»Nein, Hoher Meister. Das hat er abgelehnt. Er müsse euch sprechen, sagte er, es sei wichtig. Es ist ein alter Mann – wenn ihr mich fragt, ein Magier der Gilde.«

»Der Gilde? Woher willst du das wissen?«

Marius leistete sich ein schwaches Lächeln. »Aber das ist …« Er verstummte, sein Gesicht wurde grau, und er blickte zu Boden.

Rasnor merkte es natürlich. Er legte den Kopf schief. »Ah, ich verstehe. Du erkennst ihn, weil du selbst einmal ein Cambrier warst, nicht wahr? Als Novize.«

»Da-davon wisst Ihr?«

»Natürlich. Ich weiß sogar, dass du dich immer noch mit der Elementarmagie beschäftigst.« Mit einer energischen Handbewegung winkte er ab. »Aber das interessiert jetzt nicht! Dieser Mann da unten … bist du dir sicher, dass er von der Gilde stammt?«

Marius zuckte mit den Achseln. »Völlig sicher bin ich mir nicht. Aber er hat so etwas an sich …«

Rasnor fühlte ein plötzliches Verlangen zu verschwinden – aber er kämpfte es nieder. Das Waisenhaus von Usmar, in dem sie sich hier befanden, galt innerhalb der Bruderschaft als perfekter Deckmantel, und das seit Jahrzehnten. Einige der Brüder kümmerten sich um die Waisenkinder, während es im hinteren Teil des großen Baus und natürlich auch im Keller verschiedene Räume gab, die von der Bruderschaft genutzt wurden. Zusätzlich stellte das Haus eine hervorragende Möglichkeit dar, Nachwuchs zu rekrutieren. Trotz immer wieder aufkommender Gerüchte war das Waisenhaus jedoch nie ernsthaft in den Ruf geraten, etwas anderes zu sein als eine mildtätige Einrichtung für elternlose Kinder, geführt von ein paar gütigen Mönchen.

»Wo ist er jetzt? Ist er allein?«

»Ja, Meister. Er wartet unten, in der Eingangshalle.«

Rasnor dachte nach. »Kann man ihn von der Balustrade aus sehen?«

Marius blickte sich nachdenklich um, dann nickte er. »Ja, ich denke schon, Hoher Meister.«

Rasnor ging zur Zimmertür. Marius war schneller und öffnete sie für ihn.

Mit leisen Schritten durchquerten sie einen Korridor, passierten den Zugang zum Treppenhaus und verlangsamten ihre Schritte, als rechts das steinerne Geländer der Balustrade sichtbar wurde. Wortlos schlich Marius voran, schob sich an einer Säule vorbei und peilte vorsichtig hinab. Er nickte Rasnor zu. »Ja, Meister, man kann ihn sehen«, flüsterte er.

Rasnor drängte sich an Marius vorbei und sah selbst hinab.

Später hätte er nicht mehr sagen können, warum er schon im ersten Augenblick gewusst hatte, dass *er* es war – der Mann, mit dem er nur ein einziges Mal über eine weite, magische Verbindung gesprochen, ihm aber nie ins Angesicht geblickt hatte. Der Mann, der eine Legende war, dem man gewaltige magische Kräfte nachsagte und der, wie Rasnor auch, von seinen eigenen Leuten verstoßen worden war. Er stand unten in der Eingangshalle und wartete.

Altmeister Ötzli.

Rasnor atmete ein wenig auf, wiewohl ein großer Teil seiner Unruhe blieb. Zum Glück hatte er keinen Besuch vom Cambrischen Orden bekommen, wie er es anfangs befürchtet hatte. Was aber dieser Ötzli hier wollte, wusste er nicht. Hatte er abermals vor, ihm den Anspruch auf die Führung der Bruderschaft streitig zu machen? Diesmal würde es ihm schwerlich gelingen, denn Rasnors Rang stand nicht zur Verfügung. Nach dem Tod des *uCuluu* war er mit seinem Rang als *uCetu* in die höchste Position unter den Drakken aufgerückt. Mit dieser Macht im Hintergrund konnte er auch die Führerschaft über die Reste der Bruderschaft für sich beanspruchen – und niemand war in der Lage, ihm dies streitig machen.

Er straffte sich und nickte Marius zu. »Ich kenne ihn«, flüsterte er. »Du kannst gehen.«

Marius schluckte, deutete eine Verbeugung an und flüsterte: »Jawohl, Hoher Meister.« Kurz darauf war er verschwunden. Rasnor wartete noch einige Sekunden, holte dann tief Luft und wandte sich der Treppe zu.

*

Leandra erschrak ein wenig, als das schlanke, schwarze Ding plötzlich über den Wellenkämmen auftauchte; es war so schnell und lautlos erschienen, dass sie für Momente ein Gefühl der Schutzlosigkeit überkam.

Rasch trat sie ein paar Schritte zurück, als müsste sie ihm Platz machen, aber das Schiff schwebte seitlich an ihr vorbei und landete an der gleichen Stelle unten am Strand, wo es zuvor schon gestartet war. Ganz ohne das typisch jaulende Geräusch sank es dort nieder, leicht schaukelnd, aber ohne dass man sich sorgen müsste, es könnte anders als ordentlich auf seinen sechs Beinen zu stehen kommen.

Es ist wieder gelandet, Freunde, flüsterte sie ins Trivocum.

Kurz blickte sie zum Himmel auf, wo weit verstreut einige Drachen kreisten, sehr hoch droben und wachsam. Abgesehen von Izebans bunt bemalter *Schaukel,* einem Beutestück aus dem Drakkenkrieg, hätten sie jedes Flugschiff augenblicklich angegriffen.

Als das schlanke, schwarze Schiff ruhig stand, setzte sie sich in Bewegung. Ihr Weg führte über die Flanke eines Sandhügels abwärts, und bald rannte sie mit Schwung zum Strand hinab. Als sie das Schiff erreichte, öffnete sich neben der kleinen Reihe von Fenstern, die nach vorn zeigten, eine Luke. Knapp darunter fuhr eine seltsame, faltbare Treppe aus der Schiffswand, deren unterste Stufe sich mit einem dumpfen Geräusch ein Stück in den Sandboden grub. Izeban erschien aus dem Inneren des Schiffs und stieg die Treppe herab.

»Wie *macht* Ihr das nur, Izeban? Wie bringt Ihr dieses Ding dazu, Euch so zu gehorchen?« Ihre Frage hatte beinahe wie ein Vorwurf geklungen – so als hätte einer von ihnen gar nicht das Recht, so etwas zu können.

Der kleine Gelehrte, gerade auf dem Boden angekommen, hatte ein breites Lächeln im Gesicht. »Ihr könntet es auch, Fräulein Leandra!«, sagte er munter. »Ihr müsst nur von der richtigen Voraussetzung ausgehen. Es ist für Dummköpfe gebaut!«

Ihre Miene wurde starr.

Er hob erschrocken die Hände. »Oh, ich meine natürlich nicht Euch. Sondern die Drakken!« Er tippte sich gegen die Schläfe. »Sie sind sehr einfach gestrickt, jedenfalls die gewöhnlichen Soldaten. Die Dinge, die sie umgeben, müssen ebenso einfach sein. Hinsichtlich dieses Schiffes sind wir ganz ähnlich wie sie: Dummköpfe. Deswegen ist die Bedienung eigentlich nicht schwer zu begreifen.«

Sie stemmte sie Fäuste in die Hüften und schüttelte den Kopf. »Für Euch vielleicht, Izeban. Wenn ich mir das da drin ansehe, kriege ich Angst.«

Er lächelte milde und trat ein paar Schritte rückwärts von dem schlanken Schiff fort. Während er das Drakken-Fluggerät vom Bug bis zum Heck musterte, konnte seine Miene nicht verbergen, dass er dieses Stück Technik über die Maßen bewunderte.

Leandra sah in die Höhe, wo noch immer ein paar Drachen kreisten. »Sie haben Angst«, stellte sie fest. »Wir müssen das Schiff ebenfalls bunt bemalen, wie die *Schaukel.* Sonst werden sie Euch eines Tages noch vom Himmel holen.«

Izeban schüttelte den Kopf. »Das ist nicht nötig, Leandra. Mit diesem Schiff werde ich kaum viel herumfliegen. Es ist zu schnell.«

Sie stutzte. »Zu schnell?«

Er nickte mit ernster Miene. »Ja. Ihr hattet wohl Recht mit Eurer Vermutung, dass es eines dieser Kurierschiffe der Drakken ist.«

»Wirklich?« Ein leiser Schauer rann ihr den Rücken herab.

»Seht Euch die Form an. Vorn ist es schmal, und in der Pilotenkabine ist nur Platz für eine Person. Es gibt keinen Flecken, wo man eine größere Kiste oder etwas in der Art unterbringen könnte.« Er deutete zur Rückseite des Schiffskörpers. »Hinten hingegen ist alles mit Apparaturen voll gestopft. Man kann nur durch ganz schmale Tunnel an einige Stellen kriechen – ich nehme an, für Reparaturarbeiten oder dergleichen. Ansonsten wird alles von einer riesigen Maschine ausgefüllt. Und ganz hinten am Schiff treten diese seltsamen Röhren aus dem Leib. Ich halte das für den Antrieb des Schiffes.«

»Den Antrieb?«

»Ja. Drakkenschiffe werden von Feuerstrahlen angetrieben, die aus großen Schlünden an ihrer Rückseite hervorschießen. Ich bin zu der Auffassung gelangt, dass dieses Feuer einen schwebenden Schiffskörper durch seinen Druck nach vorn schiebt. Es gibt Fische, die machen etwas Ähnliches. Mit Wasser.«

»So?«

Er nickte verbindlich, ganz der Gelehrte, der er war. Dann winkte er ihr und umrundete den Schiffskörper in Richtung der Rückseite. Dort deutete er nach oben, wo aus dem verdickten Teil des abgeflachten Schiffshecks ein Bündel von zwölf Röhren herausragte. Sie umgaben ein stärkeres Rohr in der Mitte. »Das da ist so ein Antrieb. Ruß gibt es jedoch nur in der Röhre in der Mitte.«

Leandra studierte die Anordnung der Röhren. Es gab noch vier weitere, kleinere, die sich ganz außen be-

177

fanden und deren Ränder ebenfalls geschwärzt waren. Sie machte ihn darauf aufmerksam.

»Ja. Diese rußigen Dinger treiben das Schiff hier in unserer Welt an. Da kommt das Feuer heraus.« Er deutete auf die zwölf dünneren Röhren. »Für weiter draußen im All brauchen sie jedoch etwas Schnelleres.«

»Etwas Schnelleres? Ich dachte, es wäre schon *zu* schnell?«

Er setzte wieder sein mildes Lächeln auf. »Mein liebes Kind, was ahnen wir schon von den Geschwindigkeiten, die im All nötig sind! Ein Schiff wie dieses wurde nicht für eine Höhlenwelt gebaut, in der alle paar Meilen riesige Hindernisse in Form von Stützpfeilern auftauchen! Nein, diese rußigen Röhren werden es mit gehörigem Tempo von der Oberfläche einer Welt hinaus ins All schießen, und wenn es dort schnell genug ist, werden diese anderen Röhren dafür sorgen, dass es noch viel schneller wird, und diese *höchste Geschwindigkeit,* von der Euch Rasnor erzählte, übertreffen kann. Dann ist es in der Lage, in rasendem Tempo zu einer anderen Welt zu eilen und wichtige Nachrichten an ihren Bestimmungsort zu bringen.«

Leandra starrte erst Izeban und dann das Schiff an, dann nickte sie verstehend. Das Vorstellungs- und Begriffsvermögen des kleinen Mannes war wirklich außergewöhnlich. »Ja, Izeban. Wahrscheinlich habt Ihr Recht«, murmelte sie.

»Und nun können wir auch sicher sein, was Rasnor und seine Drakken mit diesem Schiff vorhatten«, nickte Izeban. »Es ging ihnen wohl tatsächlich darum, Verstärkung zu holen. Ein Schiff wie dieses – so schnell und mit Platz für nur einen Mann – macht ansonsten keinerlei Sinn. Nicht in unserer Welt.«

Abermals erschauerte Leandra. Ihre Befürchtungen trafen also tatsächlich zu. Rasnor und seine Drakken arbeiteten weiter an ihren alten Plänen. Und wenn die Drakken dort draußen im All nicht eines Tages von selbst wieder kämen, würde Rasnor versuchen, sie zu holen. Nun konnten sie es darauf ankommen lassen: Entweder versuchten sie, das zu verhindern. Oder aber sie taten selbst einen Schritt nach vorn.

»Glaubt Ihr, Izeban, Ihr kommt dahinter, wie man dieses Schiff auf seine Höchstgeschwindigkeit bringt?«

Er verzog das Gesicht. »Tja, darüber habe ich auch schon nachgedacht. Ich weiß es nicht. Was das Fliegen solcher Schiffe in unserer Welt angeht, konnten wir *zuschauen*, versteht Ihr? Wir haben sehen können, wie die Drakken es machten, und konnten unsere eigenen Versuche darauf aufbauen. Was jedoch die Sache mit dieser höchsten Geschwindigkeit betrifft ...« Er schüttelte zweifelnd den Kopf. »Da fehlt mir jegliches Vorwissen. Das dürfte schwierig werden. Und gefährlich. Doch keinesfalls würde ich es hier in der Höhlenwelt ausprobieren, denn ich fürchte, es könnte zu einer Katastrophe kommen. Das ginge höchstens draußen im All.«

Leandra überlegte eine Weile. »Die Säuleninsel ist nach wie vor in unserer Hand«, meinte sie. »Wir könnten durch die Schleusenstation der Drakken hinaus ins All.«

Izeban legte den Kopf schief. »Ihr wollt diese höchste Geschwindigkeit erreichen, Fräulein Leandra? Aber ... wozu?«

Sie kaute eine Weile unentschlossen auf der Unterlippe. »Nennt mich eine Närrin, Izeban, aber ich möchte es von Euch lernen. Mit diesem Schiff umzugehen.«

Er musterte sie eine Weile und nickte dann verstehend. »... und den Drakken zuvorkommen, nicht wahr? Ihr wollt auf eigene Faust ins All fliegen und herausfinden, woher sie stammen und was sie im Sinn haben!« Seine Worte hatten wie ein Vorwurf geklungen.

Sie lächelte verlegen. »Ja, so ungefähr. Oder sagen wir besser: Ich möchte lernen, so ein Schiff zu fliegen, und herausfinden, ob es irgendwie möglich ist, den Drakken zuvorzukommen. Mir gefällt es nicht, hier in der Höhlenwelt warten zu müssen. Wir werden niemals wissen, ob oder wann sie kommen. Und wenn sie erst da sind, wird es zu spät sein, etwas zu unternehmen. Wir wissen nicht, was diese Bestien da draußen aushecken.«

»Ich muss Euch warnen, liebe Leandra«, erklärte Izeban mit schulmeisterlich erhobenem Zeigefinger. »Die Entfernungen dort draußen sind gewaltig! Die Sterne sind Tausende Meilen von uns entfernt! Ach, was sage ich!« Er winkte ab. »Hunderttausende! Vielleicht Millionen! Wie wollt Ihr da den richtigen herausfinden? Wollt Ihr etwa einfach losfliegen und wahllos zu suchen beginnen? Da kann es leicht sein, dass Ihr nie den Richtigen findet!«

Leandra nickte lächelnd. »Ja, das ist mir schon klar. Aber vielleicht gibt es noch andere Möglichkeiten. Rasnor wollte mit diesem Schiff Hilfe holen. Dann müsste er ja eigentlich wissen, wohin man fliegen muss, oder?«

Izeban lachte auf. »Na, das wird er Euch bestimmt nicht freiwillig sagen!«

Sie grinste breit. »Ganz recht, Izeban. Freiwillig sicher nicht. Aber vielleicht unfreiwillig.«

Izeban erwiderte ihr Grinsen und lachte leise. »Das war brillant formuliert, meine Liebe. Ja, ich verstehe. Die ganze Sache beginnt mich zu interessieren.«

Leandra nickte ihm aufmunternd zu. »Als Erstes würde ich gern noch einmal auf dieses Mutterschiff der Drakken. Denkt Ihr, das schaffen wir?«

Izeban verzog nachdenklich den Mund. Aber seine

kleinen, klugen Augen blitzten vor Neugierde und Tatendrang. »Warum nicht? Ich habe bereits einmal hin-
gefunden. Glaubt Ihr, dort ist noch etwas zu holen?«

»Mal sehen. Um das herauszufinden, will ich ja hin.«

*

Als Rasnor die letzten Treppenstufen in die Halle hi-
nabstieg und Ötzli musterte, war er schockiert, wie
groß sein Besucher war.

Er musste über achtzig Jahre alt sein, aber er stand
beinahe da wie dieser Hüne Jacko, obwohl er natürlich
längst nicht so breit und muskulös war. Sein Gesicht
war scharf geschnitten, und sein kurzer Haarschnitt
und der graue, kurz geschorene Bart verliehen ihm
eine gewisse Ähnlichkeit mit seinem Magierfreund
Munuel. Seinem *ehemaligen* Magierfreund, korrigierte
sich Rasnor. Die zwei mochten jahrzehntelang enge
Vertraute gewesen sein, aber jetzt hatten sie sich ent-
zweit. Rasnor kannte die Geschichte; man hatte ihm erzählt, was bei der Hochzeit der Shaba im Wappensaal
des Palastes vorgefallen war.

Er bemühte sich, langsam und gleichmäßig zu atmen. Sein Herz klopfte, aber er sagte sich, dass er keinen Grund hatte, nervös zu sein. Ötzli war in *sein*
Reich, sein Hoheitsgebiet eingedrungen. Er musste
wissen, dass er hier nicht einfach tun konnte, was er
wollte. Nein, er hatte sich gewissermaßen Rasnors
Gnade ausgeliefert, das sollte ihm klar sein. *Ja,* sagte
sich Rasnor und nickte unmerklich. *Er ist hier, weil er
etwas will. Weil er mich braucht.*

Unten in der Halle angekommen, setzte er ein
freundliches Gesicht auf und marschierte direkt auf
Ötzli zu. Sein Herz schlug schneller, je näher er ihm
kam. Er riss sich zusammen und drängte seine Ner-
vosität beiseite. Als er zehn Schritt hinter sich ge-

bracht hatte, blieb er ein Stück vor dem großen Mann stehen.

»Altmeister Ötzli«, sagte er liebenswürdig. »Was verschafft mir die Ehre?«

Ötzli zog die linke Braue ein wenig in die Höhe. »Ihr wisst, wer ich bin?« Er blickte sich um. Seine Stimme war ruhig und sonor. »Ich habe es niemandem gesagt.«

Ein Punkt für mich, dachte Rasnor erleichtert. *Und noch einer, weil er mich nicht gleich wieder duzt.*

»Aber ja!«, erwiderte er betont freundlich. »Wer würde einen Meister wie Euch nicht auf den ersten Blick erkennen?«

Während Ötzli seiner Verwunderung Ausdruck verlieh, überlegte Rasnor fieberhaft. Ihm war nicht wohl dabei, dieses Treffen, was immer es auch bringen mochte, hier im Waisenhaus abzuhalten. Erstens war es sein wichtigster Rückzugsort und zugleich Vorposten, und zweitens wollte er keinen seiner Brüder als Zeugen für dieses Treffen haben.

Er hob die Hand, um Ötzli am Arm in Richtung des Eingangs zu geleiten. »Gehen wir hinab zur Küste«, bat er seinen Gast mit einem Lächeln. »Dort kenne ich eine wunderschöne Stelle, wo wir ungestört sind. Es sind nur ein paar Schritte. Das Wetter ist schön, und ich möchte ein wenig laufen.«

Wieder lupfte Ötzli erstaunt die Augenbrauen, ließ sich aber bereitwillig von Rasnor hinausführen.

Südlich des Waisenhauses lag ein kleiner, gepflasterter Platz mit einem großen Brunnen, an dem viele Usmarer Familien täglich ihr Wasser holten. Das Waisenhaus markierte gewissermaßen die Grenze zwischen der Ober- und der Unterstadt. Die Rückseite des Gebäudes war der Oberstadt zugewandt, deren gepflegte Häuserreihen sich in einem weiten Bogen um die Nord- und die Ostseite der Felskuppe zogen, auf welcher, hoch droben über der Stadt, die Ruine der alten

Festung von Khalid stand. Auf der anderen Seite des Waisenhauses breitete sich die Unterstadt aus, mit dem Händler-, dem Handwerker- und dem Hafenviertel. Es waren einfache Bauten, teils aus Holz, und hier spielte sich das muntere Leben ab, dem Usmar seinen bescheidenen Reichtum verdankte: Handel, Warenverkehr, Schiffsbau, Fischfang, Märkte – und natürlich das übliche Maß an Schmuggel und zwielichtigen Geschäften.

Im Augenblick gab es jedoch noch eine zusätzliche Attraktion. Draußen, in der Bucht, ragte das Wrack eines großen Drakkenschiffes aus dem Wasser. Das Heck seines schwarzgrauen Rumpfes reckte sich schräg in die Höhe, und der riesenhafte, schwarze Schlund einer der Triebwerksöffnungen gähnte den Hafen und seine Bewohner an. Es hatte einen guten Monat gedauert, ehe sich die ersten Leute in die Nähe des Wracks gewagt hatten; nun aber schwamm dort eine kleine Stadt aus Flößen und Kähnen. Zahlreiche Leute hatten sich um den aus dem Wasser ragenden Rumpf des Schiffs versammelt und suchten das riesige Beutestück aus dem Drakkenkrieg nach Verwertbarem ab. Man brachte die unmöglichsten Dinge zutage: haufenweise Metall in allen Formen, dazu Gefäße aus unzerbrechlichem Material, seltsame Werkzeuge, viele Dinge aus Glas oder Kristall und andere, die sich als Möbelstücke verwenden ließen, wie Sitze, schrankartige Metallkästen oder Tische. Auf dem großen Marktplatz nahe des Hafens hatte sich ein reger Handel mit Drakkenartikeln entwickelt.

Eine Weile liefen sie harmlos plaudernd nebeneinander her; der ungewöhnliche Anblick des Wracks und der geschäftigen Straßen lieferte Rasnor einen Vorwand, seinem Gast ein paar Dinge über Usmar zu berichten. Währenddessen überlegte er angestrengt, wie er vorgehen sollte. War es besser zu warten, bis Ötzli sich erklärte, oder sollte er selbst einen Vorstoß wagen?

Der Verlauf ihrer Begegnung und vor allem das Ergebnis, das er letzten Endes zu verbuchen hätte, schienen ihm maßgeblich davon abzuhängen, wie gut er sich zu verkaufen verstand. Hier ging es um ein Geschäft, das spürte er allzu deutlich, aber er hatte keine Lust, den kleinen Lakaien zu spielen. Würde es ihm gelingen, sich vor Ötzli wie ein Respekt gebietender Anführer aufzuspielen? Oder würde er, so wie früher schon, in die Rolle einer dummen, kleinen Randfigur gedrängt werden?

Bald schon hatten sie den Hafen erreicht, und Rasnor lenkte seinen Gast nach links, wo nach einem kurzen, leicht ansteigenden Straßenstück das Stadtgebiet bereits endete und sich Felder und Wiesen erstreckten.

Bis sie den kleinen Abschnitt der Steilküste nordöstlich von Usmar erreicht hatten, war ihr Gespräch bei Chast, der Bruderschaft, dem Hierokratischen Rat und dem Cambrischen Orden angelangt; lauter Themen, die interessant, angemessen, aber dennoch unverfänglich waren. Ötzli schien keine Eile zu haben, auf das eigentliche Thema und den Grund für seinen Besuch einzuschwenken.

Auf dem höchsten Punkt der Steilküste, wo es jenseits der Klippe fünfzig Ellen tief zum Meer hinabging, ragte eine uralte Ulme in die Höhe, vor der eine hölzerne Bank zum Rasten einlud.

Rasnor bot seinem Gast einen Platz an und setzte sich neben ihn. Der Moment war gekommen, die Karten auf den Tisch zu legen.

»Weswegen seid Ihr hier, Altmeister?«, fragte er.

Die Nachmittag neigte sich dem Abend zu, und das warme Licht verlieh Ötzlis Antlitz einen unvermuteten Anschein von Güte und Herzenswärme.

»Weshalb seid *Ihr* hier, Rasnor?«, lautete die Gegenfrage.

»Ich? Was meint Ihr damit?«

Ötzli wies mit einer knappen Armbewegung in die Welt hinaus. »Warum seid Ihr an diesem Ort? Der Krieg ist verloren. Die Drachen haben den Menschen die Freiheit zurückgebracht, der Überfall der Drakken ist nur mehr eine seltsame Begebenheit, über die man sich in ein paar Jahren wundersame Geschichten erzählen wird.« Er machte eine kurze Pause. »Glaubt Ihr etwa, das ließe sich noch umkehren? Mit Euren paar Brüdern und Echsensoldaten?«

»Echsensoldaten?«, fragte Rasnor.

Ötzli lächelte milde. »Bemüht Euch nicht. Ich weiß, dass Ihr nach dem Tod des Kommandanten der Drakken zum *uCuluu* aufgestiegen seid. Ein kurioser Zufall, möchte ich meinen. Nun aber seid Ihr Herr über alle noch lebenden Drakken in der Höhlenwelt.«

Rasnor hob stolz das Kinn. »Worauf wollt Ihr hinaus, Ötzli?«

Der Altmeister warf ihm ein herausforderndes Lächeln zu. »Ich suche nach Eurem Motiv, Rasnor! Dem Motiv, den Drakkenanführer zu spielen, Eure Bruderschaftskutte nicht einfach fortzuwerfen, Euch unerkannt in irgendeinem Dörfchen im Hinterland zu verkriechen und Gras über die Sache wachsen zu lassen. Warum seid Ihr hier?«

Nun verstand Rasnor. Er starrte Ötzli eine Weile forschend an. »Ich nehme an«, sagte er bedächtig, »ich habe das gleiche Motiv wie Ihr.« Er studierte das Gesicht des Altmeisters. »Etwa nicht?«

Ötzli warf ihm ein breites Lächeln zu. Rasnor nickte nur.

Das Wort *Rache* ließ Ötzli unausgesprochen, ebenso, wie Rasnor es nicht in den Mund nahm. Das war auch gar nicht nötig. *Rache* war kein Wort, das man gern oder voller Stolz aussprach; nichtsdestotrotz war sie eine mächtige Triebfeder.

Rasnor hatte schon vor dem Drachenkrieg reichlich

Gründe gehabt, sich an zahlreichen Personen zu rächen, besonders natürlich an Leandra. Aber nach dem, was vor vier Monaten draußen im All geschehen war, verzehrte ihn seine innere Wut geradezu. Er hatte sich von diesem hinterlistigen Weibsstück so weit austricksen lassen, dass er zum Kurier für ihre Wahnsinnstat geworden war – er selbst hatte es erst möglich gemacht, dass diese vier Weiber ihre tödliche Fracht auf das Mutterschiff der Drakken hatten bringen können! Ja, Ötzli hatte Recht – der Grund seines Hierseins war kein anderer als Rache. Was er von Usmar aus in Gang zu setzen versuchte, hatte Zerstörung zum Zweck, das war ihm bewusst. Das Verlangen nach Vergeltung, das in seiner Brust brannte, war zu stark für Einwände der Vernunft.

Und er wollte sogar noch mehr.

Längst war es nicht mehr nur schlichte Rache – so wie das, womit er früher noch zufrieden gewesen wäre: Leandra gefangen zu nehmen, sie ein wenig seine Macht spüren zu lassen und ab und an gönnerhaft großzügig zu ihr zu sein. Nein, das genügte ihm nun nicht mehr. Er wollte ihr die *ganze* Höhlenwelt entreißen, *ihre* Höhlenwelt, die sie gerettet hatte, und er wollte sie mit eigenen Händen in tausend kleine Stücke zerreißen!

Und jetzt wusste Rasnor auch, warum er diesen Gedanken im Geiste noch nie selbst ausgesprochen hatte, warum er es nicht mal gewagt hatte, ihn zu formulieren: Es fehlte ihm an Macht, dieses Werk zu vollbringen. Er verfügte über seine kleine Drakkenarmee, eine Hand voll Bruderschaftler und ein paar flugtaugliche Schiffe – das aber war auch alles. Oft genug hatte er dieser Tage vor seinen Feinden die Flucht ergreifen müssen. Was seinen eigentlichen Plan anging, so würde er nach dem Verlust des Kurierschiffes in Thoo erst wieder lernen müssen, erneut an ihn zu glauben.

Nun mussten sie ein weiteres dieser Schiffe finden – und sie wussten immer noch nicht, ob es ein zweites dieser Art in der Höhlenwelt überhaupt gab.

Rasnor starrte Ötzli mit forschendem Blick an. Der Altmeister musste irgendetwas in der Hinterhand haben, sonst wäre er nicht hierher gekommen. Nicht ein Mann vom Format eines Ötzli.

»Was habt Ihr zu bieten, Ötzli?«, fragte Rasnor hungrig.

Ötzlis Lächeln war raubtierhaft. »Ja, Ihr habt Recht, verehrter Rasnor. Ich habe tatsächlich etwas. Ein Ei.«

Rasnor zog die Stirn kraus. »Ein Ei?«

»Ja, richtig. Ein Ei aus Metall, etwa so groß.« Er formte mit beiden Händen ein Objekt von der Größe eines Kohlkopfes. »Es schimmert silbern und wird ständig von feinen, bläulichen Funken umlaufen, entlang eines Gespinstes aus feinen Linien. Das Ganze steht auf einem kleinen Dreibein, etwa so hoch.« Er hielt die Hand eine Elle über dem Boden.

»Das klingt nach etwas Magischem«, meinte Rasnor.

Ötzli schüttelte den Kopf. »Nein, es ist ein Artefakt der Drakken. Man kann damit direkt zur MAF-1 gelangen.«

»Zur MAF- …?« Rasnor erschauerte. Was diese Buchstaben-Zahlen-Abkürzung bedeutete, wusste er, schließlich hatte er selbst ein paar Dutzend Schiffe. Seine allerdings hatten weniger Buchstaben und höhere Zahlen. Instinktiv wusste er, dass es sich um etwas *Großes* handeln musste. »MAF-1? Ist das etwa … das große Schiff dort draußen?« Er deutete in die Höhe. »Das Mutterschiff der Drakken?«

Ötzli nickte nur.

Rasnors Denkapparat tickerte. Als *uCuluu* hätte er diesen Namen eher wissen müssen als Ötzli. Er kannte ihn aber nicht. Was mochte das bedeuten?

»Ich sehe Fragen auf Eurem Gesicht, Rasnor«, sagte

Ötzli freundlich. »Aber bevor Ihr Euch in Spekulationen versteigt, lasst es mich erklären.« Er legte eine kurze dramatische Pause ein und sagte dann: »Ich war bei ihnen.«

Ein heißer Schauer strömte Rasnors Rücken herauf. »Bei den Drakken?«

Wieder nickte Ötzli. »Seit ich von der Drakkengefahr wusste, versuchte ich sie abzuwenden. Ich suchte nach einer Verhandlungsbasis. Bei meiner ersten Kontaktaufnahme – das war eine Woche, bevor der Pakt gefunden wurde – wiesen die Drakken mir den Weg zu diesem Ei. Ich sollte zu ihnen kommen, sie wollten mich persönlich sehen. Ich berührte es und war auf ihrem Schiff.«

Rasnor spürte einen Stich. Wenn das stimmte, was Ötzli behauptete, war er sogar noch früher mit den Drakken in Kontakt getreten als er selbst. »Und weiter?«

»Wir vereinbarten Verschiedenes, allerdings hatte ich verteufeltes Pech. Keine meiner Anstrengungen war zu dieser Zeit von Erfolg gesegnet. Ihr ahnt sicher, wem ich das zu verdanken habe.«

Rasnor nickte verstehend. *Leandra.*

»Es gab eine Zeit, da hätte ich beinahe aufgegeben«, räumte Ötzli mit unerwarteter Offenheit ein. »Mein Pech war geradezu sagenhaft. Der schlimmste Tag war der von Alinas Hochzeit.«

Dass Ötzli sich nicht mit irgendetwas zu brüsten versuchte, versöhnte Rasnor ein wenig. Er lächelte schwach. »Ja. Davon habe ich gehört.«

Ötzli nickte. »Aber das hat sich inzwischen geändert. Durch das Ei.«

»Ihr meint, Ihr könnt jetzt beliebig zu ihrem Mutterschiff reisen? Aber … ist das nicht zerstört? Dort kann keine Seele mehr am Leben sein!«

»Richtig. Leben kann dort keiner der Drakken mehr,

und es kann auch keiner von ihnen mehr dorthin. Das Salz ist einfach überall. Aber völlig zerstört ist das Schiff nicht. Und es hat noch einen weiteren Vorteil. Über das Ei ist es wie eine … Zwischenstation. Man kann von dort aus weiterreisen.«

»Weiter?«, keuchte Rasnor. »Ihr meint …?«

»Ich sagte ja, ich war bei ihnen. Wenn wir uns zusammentäten, Rasnor, müsstet Ihr Euch nicht mehr damit abmühen, ein neues dieser Kurierschiffe aufzutreiben und flugtüchtig zu machen. Habt Ihr Euch eigentlich mal überlegt, wie Ihr mit solch einem Schiff aus der Höhlenwelt herauskommen wollt? Die Säuleninsel ist in der Hand unserer Feinde. Nur dort existiert eine Anlage, mit der ein Flugschiff unsere Welt verlassen könnte.«

»Ihr … Ihr *wisst* von dem Schiff?«

»Durchaus. Ich habe noch immer einige gute Verbindungen.«

Rasnor fühlte einen Knoten im Magen. Wenn Ötzli tatsächlich *bei ihnen* gewesen war, lag er selbst, Rasnor, inzwischen weit im Hintertreffen – mochte er nun *uCuluu* der Drakken sein oder nicht.

Ötzli schien zu ahnen, was Rasnor plagte, und hob abwehrend die Hand. »Keine Sorge, Verehrtester, ich habe nicht vor, Euch Euren Rang streitig zu machen. Im Gegenteil. Ich brauche Euch. Gemeinsam könnten wir all unsere Ziele erreichen und darüber hinaus noch einiges mehr. Ihr macht Euch keinen Begriff davon, welche Möglichkeiten uns offen stehen! Seid Ihr interessiert?«

Rasnor überlegte nur kurz. Mit trockenem Mund und klopfendem Herzen nickte er.

8 ◆ Die siebente Schwester

Einige Zeit war verstrichen, seit die letzte ihrer Freundinnen gegangen war, und Hellami saß noch immer allein im *Drachennest*, wie sie die kleine Halle ihres Treffens in einem Anfall von Namensgebung benannt hatten.

Hellami hatte mit sich zu kämpfen, seit ihr klar geworden war, dass sie jenes besondere Schicksal nicht allein mit sich herumschleppte. Nicht nur sie war mit Ulfas Hilfe aus dem Reich der Toten zurückgekehrt, sondern auch andere. Manche möglicherweise mehrfach, wie vielleicht Alina, die während ihrer Flucht gleich ein paarmal dem sicheren Tod ins Auge geblickt hatte. Andere, wie Roya, mochten erst durch Ulfa selbst in Gefahr geraten sein und hätten die Sache ansonsten ohne einen Kratzer überstanden. Sogar Leandra. Vielleicht hätte sie es auch ohne Ulfa geschafft – zwar gelähmt, aber am Leben. Eines aber hatten sie alle gemein: Diese schrecklichen Momente waren vorbei, und heute standen sie alle wieder fest auf beiden Beinen.

Nur *ihr* wollte das nicht gelingen.

Warum schaffte sie es nicht, den Tod von sich abzuschütteln?

War es die Erinnerung an den Pfeil, der sie mitten in die Brust getroffen hatte – dieser schreckliche Augenblick, in dem sie hatte spüren können, wie sich seine Spitze in ihr Herz gegraben hatte? Sie schüttelte den Kopf. Azrani und Marina mussten das Gleiche durchgemacht haben. Sie waren ebenfalls von Waffen tödlich verletzt worden: ein Schwert hatte Azrani durchbohrt, Marina war fast verblutet. Sicher hatte keine von ihnen ein angenehmes Schicksal durchleiden müssen, aber ihre Freundinnen schienen es bewältigt zu haben. Nur sie selbst nicht.

Jacko hatte ihr eine Zeit lang geholfen; er war sehr zärtlich gewesen und hatte ihr Kraft gegeben. Damals hatte sie wirklich für Wochen diese Last auf ihrer Seele vergessen können. Dann aber war wieder so etwas wie Alltag eingekehrt, und mit ihm der Schmerz. Hellami hatte sich in sich selbst verkrochen und anfangs gar nicht bemerkt, wie sehr sie sich von den anderen dadurch zurückzog – auch von Jacko. Als ihr das klar geworden war, hatte sich bereits eine Tür hinter ihr zugemacht; eine Tür, die sich nicht mehr öffnen ließ. Ihr fehlte der Schlüssel dazu.

Allerdings gab es da *noch* eine Sache.

Es war dieses Schwert – diese mystische Waffe, derentwegen es damals zum Bruch zwischen ihr und Leandra gekommen war. Leandra hatte es in dem vielleicht sogar *gerechten* Verlangen, Hellamis vermeintlichen Tod zu rächen, mit ihrer sterbenden Seele in Berührung gebracht, und auf diese Weise das Schwert mit einer rätselhaften Kraft aufgeladen. Dieses Schwert hatte Hellami nach ihrer Heilung durch Ulfa sogar noch zweimal das Leben gerettet, bis es irgendwo in den Katakomben unterhalb von Savalgor verloren gegangen war.

Ohne dieses Schwert – das bis heute keinen Namen trug – gäbe es sie vermutlich alle nicht mehr. Es hatte den Sieg über Chast möglich gemacht und Alina damit das Leben gerettet. Doch wo befand es sich heute?

Sie hatte Leandra damals verstoßen, und bis heute war ihre freundschaftliche Beziehung nicht wirklich wieder in Ordnung gebracht worden. Hellami hatte sich ihrer Seele beraubt gefühlt – womöglich sogar zu

Recht, denn ein Teil davon mochte noch heute in dieser Waffe stecken, wo immer sie sich auch befand. Aber seit Hellami wusste, welche Rolle Ulfa in ihrem Leben oder ihrem Tod spielte, war sie sich nicht mehr sicher. Ulfa musste damals dabei gewesen sein, als Leandra das Schwert mit der Kraft von Hellamis sterbender Seele aufgeladen hatte. Die Frage, die sie sich in letzter Zeit immer wieder stellte, lautete: Konnte diese Tat so falsch gewesen sein, wenn ein gerechtes, gutes Wesen wie Ulfa ihr beigewohnt hatte? Ulfa hätte Leandra gewiss daran gehindert, wäre es ein Fehler gewesen.

Hellami seufzte leise. Sie hatte ihre nackten Füße in den Sand gewühlt – wie lange sie hier saß, konnte sie nicht einmal sagen. War es schon eine Stunde? Oder gar mehr?

Gedankenverloren blickte sie zur Decke der kleinen Halle, wo der gelb-orange Schein der langsam ausbrennenden Fackeln ein geheimnisvoll flackerndes Licht tanzen ließ. Nun musste sie ohnehin bald gehen, denn hier würde es dunkel werden.

Sie erhob sich und begann mit den Füßen den aufgewühlten Sand zu glätten. Einen Rechen sollte man hierher bringen, dachte sie, denn dieser Ort musste auch ein wenig gepflegt werden. Neue Fackeln, vielleicht einen kleinen Tisch, wo man für lange Sitzungen Trinkwasser und etwas Brot hinstellen konnte …

Ja, dieser Ort war etwas Besonderes. Das *Drachennest*.

Sie war schon einige Male in der großen Drachenkolonie gewesen, weit oben am Malangoorer Stützpfeiler, wo sich Nerolaan und seine immer größer werdende Sippe einquartiert hatten. Dort gab es zwei Drachenbabys; die kleinen Kreaturen waren unsagbar süß. Hellami musste bei dem Gedanken lächeln, dass der Name dieses Ortes hier ebenfalls auf so etwas anspielte: ein Nest, in dem niedliche kleine Wesen umhertapsten. Waren sie das? Sechs junge Frauen mit rätselhaften Tätowierungen und mächtigen Drachenfreunden, die das Schicksal dieser Welt verändert hatten? Es war erstaunlich, was ihnen alles gelungen war. Sie hatten das Werk von mächtigen, schwer bewaffneten Kriegern getan und sogar noch mehr. Ein Grund, stolz zu sein – und froh, eine so wichtige Aufgabe zu haben.

Wenn sie sich nur nicht so elend bei all dem gefühlt hätte!

Vielleicht sollte ich Jacko allein nach Rasnor jagen lassen und mich selbst auf die Suche nach dem Schwert machen, dachte sie. *Vielleicht ist das meine Bestimmung – das, was Ulfa von mir wollte.*

Sie nickte sich selbst zu, während sie weiterhin den Sand mit den Füßen glättete. Der Gedanke an diese Suche schenkte ihr ein gewisses Gefühl der Ruhe. Ja, sie sollte das Schwert suchen, und wenn sie es gefunden hätte, würde sie sich vielleicht wieder etwas vollständiger fühlen. Und danach, nahm sie sich vor, würde sie zu Leandra gehen und sich endgültig mit ihr aussöhnen.

Sie hörte ein Geräusch und wandte sich um.

Cathryn stand vor ihr. »Soll ich dir helfen, Hellami?«

Ein Lächeln strich über Hellamis Gesicht. »Hellami, du bist ja auch noch da. Klar, hilf mir!« Nun ließ sie sich auf die Knie nieder und strich mit den Händen den Sand glatt. Cathryn verstand sogleich und tat es ihr nach. Aus den Augenwinkeln beobachtete Hellami das Mädchen, und ein warmes Gefühl der Zuneigung überkam sie. Cathryn war ein zauberhaftes Geschöpf; mit ihrem riesenhaften, rotbraunen Lockenschopf sah sie bildschön, und zugleich auch irgendwie witzig aus. Und da war … *noch* etwas. Hellami spürte es in diesem Moment ganz deutlich.

Einem Impuls folgend, ließ sie sich auf den Sand sinken und studierte Cathryn für eine Weile. Die

Kleine merkte es und blickte auf. »Was ist?«, wollte sie wissen.

Hellami breitete die Arme aus und sagte: »Komm mal her.«

Es war wie ein Befehl, jedoch ohne Zwang. Cathryn kam bereitwillig, kniete sich vor Hellami hin, und sie umarmten sich. Sie kannten sich schon lange, gewissermaßen waren sie alte Freundinnen. Hellami spürte eine seltsame Rührung in sich, sie spürte, wie sie feuchte Augenwinkel bekam. Und dann wusste sie plötzlich, dass auch Cathryn ein Geheimnis umgab. Eines, das zum Greifen nahe lag.

Sie rückte wieder ein wenig von ihr ab und sah ihr tief in die Augen. »Woher hattest du diesen Namen, Trinchen?« Sie gebrauchte Cathryns Kosenamen, der eigentlich Leandra vorbehalten war, als hätte sie ihn schon tausendmal ausgesprochen. Doch es war das erste Mal, dass sie das Mädchen so nannte.

»Du meinst, die *Schwestern des Windes*?«

Hellami nickte. Cathryn zuckte die Schultern. »Weiß nicht. Ist mir so eingefallen.«

»Einfach so?«

Diesmal war es Cathryn, die Hellamis Augen studierte. Sie sagte aber nichts.

»Darf ich dich … etwas fragen, Trinchen? Etwas … das vielleicht sogar dein ganz großes Geheimnis ist?«

Cathryn dachte kurz nach. »Muss ich denn darauf antworten?«

Hellami schüttelte heftig den Kopf. »Nein. Natürlich nicht.«

»Ist gut. Dann darfst du.«

Hellami überlegte, wie sie ihre Frage stellen konnte, um wenigstens eine Andeutung zu erhalten, etwas, das ihre Ahnung bestätigen würde.

»Weißt du, ich frage mich«, begann sie vorsichtig, »wo du damals gewesen bist. Zu der Zeit, als Leandra und die anderen auf dem Drakkenschiff draußen im All waren. Du warst für fast zwei Wochen verschwunden.«

Cathryn schlug die Augen nieder.

Hellami fuhr ihr durchs Haar. »Niemand hat in dieser Zeit an dich gedacht – selbst ich habe erst sehr spät erfahren, dass du irgendwo bei uns hättest sein müssen.«

Cathryn starrte noch immer zu Boden; ihr Gesicht drückte einen tiefen, unbestimmbaren Schmerz aus.

»Du musst es mir nicht sagen. Mich interessiert nur, ob du vielleicht … nun, während dieser Zeit jemanden kennen gelernt hast. Einen Freund.«

Cathryn blickte wieder auf. »Einen Freund?«

Hellami nickte. »Ja. Jemanden, der dir geholfen hat.«

Cathryn senkte abermals den Blick, eine Träne hing in ihrem Augenwinkel. Hellami wusste nun, dass es eine Erinnerung gab, die für Cathryn belastend, um nicht zu sagen: *schrecklich* war.

»Schon gut, Kleines«, sagte sie und drückte Cathryn wieder an sich. »Willkommen bei uns. Willkommen bei den *Schwestern des Windes*.«

Nach einer Weile hob Cathryn wieder das Gesicht. Sie hatte geweint und wischte nun mit beiden Handrücken die Tränen fort. »Ist das wahr?«, fragte sie zaghaft. »Ich gehöre jetzt zu euch?«

Hellami nickte lächelnd. »Aber sicher!« Sie piekste Cathryn mit dem Finger in den Bauch. »Dort ist der Beweis!«

Cathryn blickte an sich herab und strich sich mit beiden Händen über Brust und Bauch. »Das weißt du *auch*?«, fragte sie, als sie wieder aufblickte.

Hellami grinste. »Ist mir so eingefallen, weißt du? Nun sag schon: Wie viele von ihnen hast du? Einen nur? Zwei? Oder mehr? Wer von ihnen hat ihn dir zugeflüstert – unseren *Namen*?«

Einem plötzlichen Entschluss folgend, riss Cathryn ihr Hemdchen hoch und deutete mitten auf ihren Bauch. »Sie war's!« sagte sie. »Sie heißt Shaari!«

Hellami starrte fasziniert auf Cathryns Haut, wo sich einige blasse Drachenformen abzeichneten. »Ein Mädchen?«

Cathryn zog ihr Hemd schnell wieder herunter. »Ja. Aber mehr zeige ich nicht. Wie viele hast denn du?«

»Vier«, sagte Hellami. »Aber so schön wie deine sind sie nicht.«

Cathryn seufzte betont. »Ach, das sagst du nur so.« Ihre Wangen waren noch etwas gerötet, aber ihr Lachen und ihre fröhliche Seele gewannen schon wieder die Oberhand.

»Nein, nein«, erwiderte Hellami. »Bestimmt nicht. Aber ich habe trotzdem eine schlechte Nachricht. Roya ist jetzt nicht mehr das Küken, sondern du!«

Mit einem Quietschen ging Cathryn auf Hellami los, was in einem Kampf endete, der den frisch geglätteten Sand wieder völlig aufpflügte.

Als Hellami und Cathryn bald darauf Hand in Hand das *Drachennest* verließen, war Hellami wieder den Tränen nahe. Es waren keine Tränen des Schmerzes, sondern der Aufgewühltheit. Cathryn teilte also *auch* ihr Schicksal – irgendetwas Schreckliches musste ihr in den Wirren der Kriegstage, als niemand auf sie geachtet hatte, widerfahren sein. Wieder einmal war Ulfa zu Hilfe gekommen.

Und nun waren sie sieben. *Wieder* sieben.

Auf diese Weise wurde Royas Schwester Jasmin ein wenig geehrt, die damals, ganz zu Beginn dieser leidvollen Geschichte, zum ersten Opfer geworden war. Sie mussten einfach *sieben* sein – Hellami spürte es. Es war diese allzu bedeutsame Zahl, die sie von Anfang an eingenommen hatten. Sie fühlte eine gewisse Ruhe, die sich langsam in ihr ausbreitete, denn sie hatte das

Gefühl, dass trotz der schwierigen Aufgaben, die nun auf sie warteten, die Dinge allmählich wieder in Ordnung kamen.

Mit dem müde flackernden Rest der letzten Fackel liefen sie am sandigen Ufer des kleinen unterirdischen Wasserlaufs entlang, bis sie die natürliche Felsentreppe erreichten, die hinauf in die große nördliche Halle des *Drachenbaus* führte.

Cathryn blieb plötzlich stehen und sah zu Hellami auf. »Ich weiß, wo es ist«, flüsterte sie.

Hellami blieb stehen und blickte fragend in das Gesicht ihrer kleinen Freundin. Einen Augenblick später wusste sie, was Cathryn meinte.

Das Schwert!

Ein heißer Schauer fuhr über ihren Rücken. Sie kniete sich rasch nieder und wurde auf diese Weise wieder etwas kleiner als die Achtjährige.

»Du ... du weißt es?«

Cathryn nickte nur. Es war ein seltsam bedeutungsvolles Nicken.

»Und ... wo?«

Cathryn hob ihren rechten Arm und deutete in eine Richtung. Hier unten konnte Hellami unmöglich bestimmen, welche das war. »Ich kann es spüren«, sagte die Kleine. »Es ist dort.«

Hellami atmete schwer. Ihr fiel auf, dass sie sich noch immer die Hand hielten, Cathryn hatte die ihre sogar fest umklammert. So als könnte sie dadurch Hellamis Innerstes erfühlen und zugleich die Spur lesen, die zum fehlenden Teil ihrer Seele führte.

*

Rasnor hatte sich bemüht, Altmeister Ötzli den Aufenthalt in Usmar so bequem wie möglich zu machen. Seit Ötzli gestern Abend jene Andeutungen gemacht hatte, sah Rasnor wieder einen neuen Horizont. Einen, der ihn nicht auf ewig dazu verdammte, Anführer einer schrumpfenden Drakken-Streitmacht zu sein, bis ihn der Feind eines Tages schließlich doch erwischte. Nein, er würde auftrumpfen können. Sollte Ötzli in dieser Angelegenheit ruhig einen höheren Rang einnehmen als er selbst. Hauptsache, er vermochte wieder *nach vorn* zu blicken und eine neue Chance für seine Rache zu sehen.

»Habt Ihr gut geschlafen, Altmeister?«, fragte Rasnor beim Frühstück im Speisezimmer des rückwärtigen Teils des Waisenhauses.

»Ja, danke«, erwiderte Ötzli freundlich. Die Fenster, die auf die Oberstadt hinausgingen, waren weit geöffnet, und die kühle Morgenluft klärte Rasnors Geist. Die ganze Nacht hatte er vor lauter Aufregung kaum ein Auge zugetan und sich in bizarren Vorstellungen von Macht, Besitz und Rache hin und her gewälzt.

»Ihr versteht es, mein lieber Rasnor«, erklärte Ötzli wohlwollend, »es Euch hier bequem zu machen. Das Bett war weich, die junge Dame charmant, und dieses Frühstück ist vorzüglich.«

Rasnor lächelte schwach. »Danke, Altmeister. Es freut mich, das zu hören. Was nun Eure Frage von gestern angeht: Ich habe mich entschlossen …«

Ötzli hob die Hand. »Ich weiß, ich weiß. Doch Ihr seid Euch darüber im Klaren, dass wir streng nach dem Plan vorgehen müssen, nicht wahr? Ich besitze nicht allzu viel Handlungsfreiheit. Jedenfalls nicht im Augenblick.«

»Handlungsfreiheit? Was meint Ihr damit?«

»Nun, ich habe eine Vorgabe. Ich muss ein bestimmtes Ziel erreichen, um weitere Mittel zu erhalten.«

»Mittel? Etwa Geld? Ich verstehe nicht …«

Ötzli hörte auf zu kauen und blickte ihm ernst in die Augen. So, als wollte er prüfen, ob Rasnor begriff, was da auf ihn zukam. Dann schluckte er seinen Bissen hinunter. »Ich war bei ihnen ... bei den Drakken. Das wisst Ihr. Doch sie sind kein allmächtiges Volk, das nach Belieben tun oder lassen kann, was immer es will. Sie führen einen Krieg dort draußen im All, auch das wisst Ihr – und dieser Krieg verschlingt eine ungeheure Menge an Material, Zeit und Anstrengungen. Anders herum gesagt: Die Höhlenwelt ist ein Problem für sie, das ihnen wie ein Stachel im Fleisch sitzt, während sie sich auf etwas ganz anderes konzentrieren müssen. Die MAF-1 war einzigartig – ein Schiff, das ein ganzes Invasionsheer transportierte und darüber hinaus noch eine Unzahl anderer Aufgaben erledigen sollte – bis hin zur Verarbeitung des Wolodits, um jene kleinen Magie-Amulette daraus herzustellen. Ein zweites Schiff dieser Art gibt es nicht.«

Rasnor nickte langsam.

»Genau genommen«, fügte Ötzli hinzu, »ist die *Mission Höhlenwelt* als gescheitert eingestuft.«

»Gescheitert?«

Ötzli nickte langsam. »Ganz genau.«

Eine Ahnung stieg in Rasnor auf. Er schluckte. »Und ... was bedeutet das?«

»Das könnt Ihr Euch sicher denken.«

»Ihr meint ... dass ... die *Vernichtung* ...?«

Ötzli stieß mit seiner Gabel in ein Stück Speck und spießte es auf. »Ich habe sie davon abgebracht«, verkündete er und schob sich den Speck in den Mund. Kauend erklärte er: »Vorläufig. Aber wir müssen Erfolge vorweisen. Zum Glück seid Ihr hier, Rasnor, und Ihr verfügt über eine kleine Streitmacht, welche der entscheidende Punkt sein könnte. Ich habe ebenfalls meine Leute an bestimmten Stellen. Zum Beispiel weiß ich, dass diese *Weiber* im Augenblick eine Zusammenkunft abhalten.«

Rasnor keuchte leise. »Wirklich?«

»Ja, an einem geheimen Ort.« Er spießte ein zweites Stück Speck auf und führte die Gabel zum Mund. »Leider ist es mir noch nicht gelungen herauszufinden, wo sich dieser Ort genau befindet. Es sind die vier, die uns von Anfang an so viel Ärger bereitet haben: Leandra, Hellami, Roya und diese Alina. Und wir dürfen …«

»Vier?«, fragte Rasnor. »Es sind eher sechs, nicht wahr?«

Ötzli ließ seine Gabel sinken. »So?«

»Da sind noch zwei … sie heißen Azrani und Marina. Sie waren dabei, auf dem Mutterschiff. Sie haben mit Roya und Leandra die tödliche Ladung Salz an Bord geschmuggelt.«

Ötzli deutete mit der Gabel auf Rasnor. »Seht Ihr? Da zeigt sich schon, wie wichtig eine Zusammenarbeit ist. Ihr habt Recht. Es waren sechs, die damals aus Guldors Hurenhaus ausbrachen. Die beiden, von denen Ihr sprecht, habe ich jedoch nie gesehen.«

»Und sie halten eine Zusammenkunft ab? Jetzt, in diesem Augenblick?«

»Ja. Wie ich sagte: an einem geheimen Ort. Aber wir werden sie in Savalgor wiedertreffen. Vielleicht gelingt es uns, diesen Ort auszuspionieren.« Er fuhr mit seinem Frühstück fort. Für einen alten Mann, der so hager war, schien er einen außergewöhnlichen Appetit zu besitzen. »Für den Moment jedoch«, fuhr er kauend fort, »ist es das Wichtigste herauszufinden, was sie vorhaben. Darum müsst Ihr Euch kümmern. Wie viele Leute aus der Bruderschaft habt Ihr noch zur Verfügung?«

Rasnor überlegte. »Ich bin gerade dabei, die Reihen wieder aufzufüllen. Derzeit verfüge ich über etwa fünfzig Leute. Aber wenn es mir gelingt, die alten Klüngel in den großen Städten wieder auszuheben, werden es bald doppelt so viele und noch mehr sein.«

»Fein, das klingt gut. Dann kümmert Euch bitte

darum. Ich selbst habe keine Zeit, denn ich muss wieder fort.«

»Zurück ... zu den Drakken?«

Ötzli warf ihm einen kurzen Blick zu und nickte.

Rasnor legte den Kopf schief. »Aber worin liegt denn nun eigentlich unser Ziel? Die Höhlenwelt *doch* wieder unter die Drakkenherrschaft zu zwingen? Ich bezweifle, dass wir die Macht dazu haben.«

Ötzli winkte mit der Gabel ab und schüttelte den Kopf. »Nein. Ich fürchte, diese Welt ist für die Drakken verloren. Die Zahl der Drachen in der Höhlenwelt ist gewaltig – gegen die ist kein Ankommen. Die Drakken würden diese Welt nie besetzen können; nicht so, wie sie es vorgesehen hatten. Deswegen stand als Nächstes die Vernichtung auf ihrem Plan.«

Rasnor wurde heiß und kalt zugleich. Der *uCuluu* hatte ihm damals, als er noch lebte, einmal von ihren *heißen Bomben* erzählt. Aber er hatte sich das nie richtig vorstellen können. Dennoch, was es auch war, die Vorstellung, dass er jetzt bereits hätte tot sein können, zusammen mit allen anderen lebenden Kreaturen dieser Welt, jagte ihm kalte Schauer über den Rücken.

Ötzli legte sein Besteck fort, nahm sein Mundtuch und tupfte sich die Lippen ab. »Ich habe sie von einer anderen Möglichkeit überzeugt«, fuhr er fort. Er tippte sich an die Schläfe. »Es ist *mein* Plan. Eine ganz neue Möglichkeit, und sie gefällt den Drakken. Zusätzlich kann uns dies sagenhaften Reichtum einbringen – uns beiden, wenn wir klug zusammenarbeiten. Und unsere ... *Rache!*«

»Reichtum?«, fragte Rasnor erstaunt. »Das ist mir neu.«

»Nicht Reichtum im Sinne von Geld und Besitz.« Er räusperte sich. »Obwohl wir auch in dieser Hinsicht nicht zu kurz kommen dürften. Nein, Rasnor – es gibt noch andere Dinge, von denen Ihr bisher nicht einmal zu träumen wagtet!«

Rasnor erschauerte. »Und … was ist das?«

Ötzli legte das Tuch weg und hob abwehrend beide Hände. »Später, mein Bester, später. Vertraut mir. Ich muss an dieser Sache noch sehr intensiv arbeiten. Aber wenn Ihr mir den Rücken frei haltet, hier in der Höhlenwelt neue Kräfte sammelt und unsere Gegner gezielt ausspioniert und bekämpft, werden wir unser Ziel erreichen. Und dann kann ich Euch bestimmt einmal mitnehmen. Zu … *ihnen.*«

Rasnor verstand die Andeutung. Ötzli verfügte über diese entscheidende Verbindung, er jedoch nicht. Er zwang sich, ruhig zu bleiben. »Aber was ist danach? Was ist, wenn die Drakken das haben, was sie von uns wollen? Wird die Höhlenwelt dann trotzdem vernichtet? Ist das schon jetzt eine beschlossene Sache?«

»Ich fürchte, ja.« Ötzli pulte mit den Fingernägeln zwischen den Zähnen. Sein eitles Getue missfiel Rasnor zusehends.

»Aber … warum? Warum muss diese Welt unbedingt zerstört werden?«

Ötzli schnitt eine verächtliche Miene. »Ich weiß es nicht, und es ist mir auch egal. Glaubt mir, wenn wir Erfolg haben, wenn unsere Mission eines Tages abgeschlossen ist, werdet Ihr in eine andere Welt aufsteigen und Euch fragen, wie Ihr es nur so lange in diesen stinkenden Höhlen ausgehalten habt.«

Ein seltsames Prickeln durchströmte Rasnor.

Was Ötzli da andeutete, war eine Ungeheuerlichkeit. Es waren zwei gänzlich verschiedene Dinge, von einer monströsen Rache zu träumen, die weit außerhalb der eigenen Möglichkeiten lag – und dann ganz plötzlich und unverhofft *doch* nach der Macht greifen und sich rächen zu können. Würde er so etwas wirklich fertig bringen? Würde er den Befehl erteilen können, die gesamte Höhlenwelt zu vernichten, wenn ihm dies eines Tages möglich sein sollte?

Allein das Gefühl, über so viel Macht zu verfügen, erschreckte ihn – und elektrisierte ihn zugleich.

Aber vermutlich waren solche Träume nichts als Unfug. Sollte es eines Tages tatsächlich zu so einer Wendung kommen, würde nicht er es sein, der einen solchen Befehl erteilte.

Das wiederum machte Rasnor klar, dass er auch die *Entscheidung* nicht fällen würde, dass er vermutlich nicht einmal nach seiner Meinung dazu gefragt werden würde. Und das missfiel ihm. Da saß Ötzli mit Sicherheit am längeren Hebel. Insgeheim nahm sich Rasnor vor, seine Macht und seine eigenen Möglichkeiten auszubauen. Er wollte im entscheidenden Moment nicht hilflos dastehen und einfach hinnehmen müssen, was andere beschlossen hatten.

»Ich verstehe, Altmeister Ötzli«, sagte er ausweichend.

»Gut«, erwiderte Ötzli. »Eine Sache noch. Ich habe meinen alten Namen abgelegt. Aus verschiedenen Gründen, und nicht zuletzt, um unerkannt zu bleiben. Wenigstens eine Weile. Nennt mich von jetzt an Lakorta.«

Rasnor legte die Stirn in Falten. »Lakorta?«

»Richtig. Vergesst das nicht. Ich muss nun gehen, aber ich werde in drei oder vier Wochen wieder hier sein. Dann weiß ich mehr, und ich werde Euch Einzelheiten meines Planes darlegen.« Seine Augen verengten sich, und ein herrischer Ausdruck überzog seine Miene. »Bis dahin, Rasnor, erwarte ich von Euch Fortschritte! Stärkt Eure Reihen, kundschaftet unsere Feinde aus, und schwächt sie, wo Ihr könnt! Sind die Shaba und ihre Truppen einmal aus dem Weg, gehört diese Welt uns!«

Rasnor beherrschte sich nur mühsam. Ihm missfiel

der Befehlston – niemand hatte mehr das Recht, ihn so zu behandeln!

Der Altmeister erhob sich. »Ich muss nun gehen«, sagte er. »Danke für Eure Gastfreundschaft. Wir sehen uns bald wieder. Und macht Euch nichts draus, wenn ich manchmal etwas … nun, fordernd klinge. Das ist eben meine Art.«

Rasnor grummelte leise eine Antwort.

Ötzli hob kurz die Hand zum Gruß und wandte sich der Tür zu. Dort angekommen, drehte er sich noch einmal um. »Eine kleine Sache noch. Sie betrifft unsere Freundin Leandra. Ich hörte, dass sie mit Eurem erbeuteten Schiff herumspielt. Irgendwo an der Südwestküste.«

»*Was?*« Rasnor erhob sich ebenfalls.

»Im Moment werdet Ihr sie nicht fangen können – *noch* nicht. Sie wird von Drachen beschützt. Aber vielleicht könnt Ihr sie beobachten. Ich würde gern wissen, was sie mit dem Schiff vorhat. Habt ein wenig Vertrauen in die Geräte eurer Drakkenboote.« Damit wandte er sich um und verließ den Raum.

Die Tür klappte hinter ihm ins Schloss, und Rasnor stand verdattert da. *Verdammt!*, fluchte er lautlos in sich hinein. Dieser verdammte Ötzli hatte einen Wissensvorsprung ihm gegenüber, den er nicht länger hinnehmen konnte.

*

»Azrani!«

Marinas Schrei war voller Entsetzen; sie krabbelte, von Panik erfüllt, auf allen vieren durch den dicht aufwallenden Staub und über Gesteinstrümmer hinweg auf das Loch im Boden zu. »*Azrani!*«, schrie sie wieder.

Ein gequältes Husten ertönte, dann ein Ächzen.

»Azrani! Ist dir was passiert?«

Noch einmal hörte sie ein Husten und dann: »Schrei nicht so! Es geht mir gut.«

Marina seufzte erleichtert. Sie erreichte das Loch, hob ihre Fackel und sah hinab. Dort unten musste irgendwo auch Azranis Fackel liegen; mehr als einen Schein von Helligkeit konnte sie in dem dichten Staub unter sich nicht erkennen. Doch die Lichtquelle war nicht gerade nah – Azrani musste tief gestürzt sein. »Bei den Kräften!«, rief sie hinab. »Irgendwann musste das ja mal passieren! Hast du dir wehgetan?«

Langsam legte sich der Staub, und das Licht wurde heller; Azrani musste die Fackel aufgehoben haben. Eine Antwort gab sie jedoch nicht.

»Was ist?«, verlangte Marina zu wissen. »Ist da unten etwas?«

Es dauerte eine Weile, ehe ihre Freundin antwortete. Ihr Tonfall verriet maßloses Erstaunen. »*Das* musst du dir ansehen!«

»Wie komme ich da runter, ohne mir den Hals zu brechen?«, fragte Marina aufgebracht.

Auch diese Frage ließ Azrani unbeantwortet. Marina wurde ungeduldig.

»Am besten holst du den Primas«, tönte es herauf. »Wir müssen herausfinden, was das hier ist. Auf den Karten war nichts verzeichnet.«

»Aber was *ist* denn da?«

»Pyramiden!«, sagte Azrani. »Lauter Pyramiden aus Glas. Oder aus irgendeinem Kristall. In allen Farben und Größen!« Und dann, etwas leiser, wie im Selbstgespräch: »Mann, das gibt's ja nicht!«

Marina verlor nun endgültig die Geduld. Sie stemmte sich in die Höhe, wandte sich um und hastete den niedrigen Gang hinab. Sie waren in Teile der Keller unter dem Ordenshaus vorgedrungen, von deren Existenz selbst Bruder Zerbus, der Bibliothekar, nichts geahnt hatte.

Nach einigen steilen Treppchen, schmalen Tunneln und hüfthohen Durchgängen erreichte Marina bekann-

205

te Gefilde und fand den Primas und Bruder Zerbus in einem niedrigen Raum, wo sie im Fackellicht über alten Karten brüteten.

»Marina!«, sagte der Primas erleichtert. »Da bist du ja. Wir haben uns schon Sorgen gemacht. Was war das für ein Gepolter?«

»Ihr müsst mitkommen, Hochmeister«, schnaufte sie. »Und Seile brauchen wir … und Fackeln. Möglicherweise haben wir etwas Wichtiges gefunden.«

Die beiden Männer wandten sich zögernd von den Karten ab. Zerbus nahm Seile und Fackeln zur Hand, und sie folgten ihr auf dem beschwerlichen Weg. Endlich erreichten sie die Stelle, wo Azrani eingebrochen war. Als sie hinabblickten, hatte sich der Staub gänzlich gelegt. Azrani stand, von einer Staubschicht bedeckt, mit erhobener Fackel etwa sechs Ellen unterhalb von ihnen inmitten eines kleinen, fast kreisrunden Raumes, an dessen Wänden einfache, teils eingebrochene Holzgestelle aufgebaut waren.

Dutzende von bunten Glas- oder Kristallpyramiden ruhten in den Fächern, die kleinsten nicht größer als eine Kirsche, die größten so dick wie eine kleine Melone. Sie alle waren von Kellerdreck und Staub bedeckt, aber die Helligkeit von Azranis Fackel reichte aus, um bei einigen den Schmutz zu durchdringen und ein geheimnisvolles, farbiges Leuchten tief im Inneren zu entfachen.

»Ja, das könnte es sein!«, keuchte der Primas voller Aufregung. »Das könnte der *Fund* sein, von dem Phenros berichtete!«

Die folgenden Stunden verbrachten sie damit, ihren Schatz zu bergen. Da sie unmöglich eine Leiter durch die engen und verwinkelten Tunnel schaffen konnten, ließ der Primas mithilfe von Magie die Pyramiden eine nach der anderen hinauf durch die Deckenöffnung des Raumes schweben. Azrani half ihm, indem sie die Pyramiden aus den Gestellen holte und in der Raummitte in die Höhe hielt. Es war auffällig, dass sich die Pyramiden nicht sonderlich im Gewicht voneinander unterschieden. Sie waren allesamt ziemlich leicht, und selbst die größten wogen kaum mehr als die kleinen. Oben wurden sie von Zerbus und Marina in Empfang genommen und abtransportiert. Der Primas hatte angeordnet, dass das Refektorium des Ordenshauses als vorläufige Lagerstätte herhalten sollte.

Später ließ er sich ablösen, denn es waren insgesamt über hundert Stück. Doch obwohl er müde war, ließ er es sich nicht nehmen, sofort hinauf in den Speisesaal des Ordenshauses zu gehen, um dort den erstaunlichen Fund in Augenschein zu nehmen. Munuel war ebenfalls anwesend. Eilig waren dort Tische zusammengestellt worden, wo man die Pyramiden auf Tüchern lagerte; mehrere Novizen und Adepten waren beauftragt worden, sie sorgfältig zu putzen. Während sich die Tische im Refektorium langsam füllten, gingen der Primas und Munuel zwischen den Reihen auf und ab und untersuchten die Pyramiden.

Sie alle schienen aus farbigem Glas zu bestehen und hatten ohne Ausnahme die gleiche Form: vierseitige Pyramiden mit einer quadratischen Grundfläche. Nur in der Größe und der Farbe unterschieden sie sich voneinander. Dann machte einer der Novizen den Primas auf eine weitere Besonderheit aufmerksam: Auf der quadratischen Grundfläche jeder Pyramide befand sich eine blasse, kaum wahrnehmbare Gravur. Es waren fünf unterschiedliche Symbole: Punkt, Kreis, Dreieck, Quadrat und Fünfeck. Man konnte sie kaum wahrnehmen, aber eines davon war auf jeder der Pyramiden vorhanden. Diese Entdeckung verursachte Aufregung, aber die Fragen vervielfachten sich.

»Wir haben drei Größen, sechs Farben und fünf

Symbole«, sagte ein anderer, ein großer, rothaariger
Bursche mit Sommersprossen, und hielt zwei der Pyramiden in die Höhe.

Der Hochmeister hob den Blick. »Tatsächlich? Sechs
Farben, aber nur fünf Symbole?«

Der Rothaarige zuckte die Achseln und betrachtete
die Pyramiden. »Es gibt Gelb, Orange, Rot, Grün, Blau
und Violett, aber nur die fünf erwähnten Symbole.« Er
hielt die beiden in seinen Händen zum Vergleich neben
eine dritte, große Pyramide, die auf dem Tisch lag. Die
kleinste der drei konnte man bequem in einer Faust
verschwinden lassen. Die mittlere hatte etwa die Größe
eines kleinen Apfels; die große, die auf dem Tisch
lag, besaß schon eine Kantenlänge von mehr als zwei
Handbreit.

»Phenros hinterließ nichts darüber, wo er sie fand«,
erklärte der Primas. »Jedenfalls haben wir keine Hinweise entdeckt. Aber wir wissen ja, dass er dieses rätselhafte Bauwerk fand – vermutlich hat er sie von
dort …«

»Warte«, beschwichtigte Munuel seinen noch immer höchst aufgeregten Freund. Er legte die Hand auf
Jockums Rücken und führte ihn ein Stück von den Tischen fort, sodass sie sich ungestört unterhalten konnten. »Wir haben noch immer keine Ahnung, wo sich
dieses Bauwerk befindet«, sagte er leise. »Bevor wir irgendetwas zuordnen, müssen wir erst einmal herausbekommen, wo Phenros war.«

Hochmeister Jockum holte Luft. »Du willst wieder
aufbrechen? Ich hatte gehofft, wir könnten dieses Rätsel von hier aus lösen.«

Munuel lachte leise auf. »So leicht wird das sicher
nicht. Aber dennoch: *wir* beide können es tatsächlich
von hier aus tun. Denn wir schicken die beiden Mädchen los. Es ist *ihre* Aufgabe.«

»Ihre Aufgabe?«

Er senkte die Stimme. »Ja. Du weißt doch: die *Schwestern des Windes*. Ulfa hat die Dinge so vorbereitet.«

Der Primas verschränkte die Arme vor der Brust und brummte missmutig. »Ich kann mich immer noch nicht recht an diesen Gedanken gewöhnen«, gestand er ein. »Ein kleiner Baumdrache als der große Schicksalsbringer dieser Welt. Ein Trupp junger Mädchen mit Tätowierungen, die nun die Geschicke von uns allen lenken.«

»Tja, leider hast du Ulfa nie gesehen. Dann würdest du …«

»Natürlich habe ich ihn gesehen – bei Alinas Hochzeit. Zugegeben, er besaß eine außergewöhnliche Aura. Ich kann nicht leugnen, dass er eine bedeutsame Persönlichkeit ist. Oder … *war*.«

»Vertraue mir, alter Freund«, sagte Munuel milde. »Ulfa hat mich damals aus den Katakomben von Unifar befreit, und seit jener Zeit arbeiteten wir Hand in Hand. Ich kannte ihn und seine Bestimmung besser als irgendwer sonst. Sofern du mich nicht verdächtigst, dass ich mich wie Ötzli gewandelt haben könnte, bestehe ich darauf, dass du mir glaubst.«

Jockum nickte, und Munuel *sah* es mithilfe seiner Sicht auf das Trivocum. Er war seinem alten Freund dankbar für dieses spontane Zeugnis des Vertrauens. »Wir haben bei unserer letzten Reise deutlich genug gespürt, dass wir nicht mehr die Jüngsten sind, Jockum. Und ich, ohne richtiges Augenlicht … ich tue mich einfach sehr schwer. Marina und Azrani hingegen haben nicht erst heute bewiesen, dass sie großes Talent besitzen. Ich bin sicher, dass ihnen diese Aufgabe von Ulfa zugedacht wurde. Denk nur daran, was sie alles aus den alten, vergessenen Kellern zutage gefördert haben.«

»Und Leandra?«, fragte Jockum. »Früher war sie diejenige, die sich für solche Dinge besonders interessierte.«

209

»Leandra hat andere Pläne, Jockum. Es stimmt, sie war schon immer von Neugierde beseelt, aber ihre Aufgabe weist in eine andere Richtung.«

Jockum schnaufte und bedachte Munuel mit einem prüfenden Seitenblick. »Manchmal glaube ich, du trägst inzwischen selbst einige Züge dieses geheimnisvollen Urdrachen.«

Munuel wich seiner Anspielung aus. »*Du* bist hier der Hausdrache«, sagte er lächelnd, »nicht ich.«

»Urdrache, Hausdrache ... Du spielst mit mir, Munuel.«

Die große Tür schwang auf, und die beiden Mädchen kamen herein. Sie hatten sich gründlich gewaschen und umgezogen, nachdem sie wie graue Gespenster aus den Kellern des Ordenshauses zurückgekehrt waren. Nun boten sie mit den frischen Farben ihrer Kleider und den seidig glänzenden Haaren einen ungewohnt lebhaften Anblick an diesem Ort der grauen Kutten und des demütigen Forschergeistes.

»Fabelhaft«, sagte Marina, als sie das Refektorium mit all den beladenen Tischen und den arbeitenden Ordensbrüdern überblickte. »Da haben wir ja eine richtig große Entdeckung gemacht!«

Überall lagen Kristallpyramiden, die meisten schon geputzt, und das Licht des Nachmittags, das durch die hohen Butzenscheiben hereinfiel, wurde auf die vielfältigste Art gebrochen und reflektiert. Manche der Pyramiden wirkten wie Prismen und warfen buntfleckige Lichter an die schlichten weißen Wände. In Anwesenheit der Mädchen wirkte das Refektorium plötzlich ein wenig wie ein bunter Ballsaal.

Azrani war zu einer der Pyramiden getreten, einem großen, gelben Kristall, der auf einem Tuchpolster auf einem der Tische lag. Sie hielt die Hand in seinen gelblichen Lichtschein. »Sind das Edelsteine?«, fragte sie.

Munuel trat zu ihr. »Nein, das glaube ich nicht. Ich

habe nie von Edelsteinen dieser Größe gehört. Und sie sind auch viel zu leicht … Sind sie wirklich so glatt, wie ich sie über das Trivocum sehe?«

Azrani sah kurz zu ihm auf und forschte in seinen Augen, denen jedoch außer ihrer unnatürlichen Starrheit nichts anzusehen war. »Ja, Meister Munuel, völlig glatt. Selbst die Kanten sind so scharf, als wären sie gestern erst geschliffen worden. Sie haben alle die gleiche Form, nur sind sie unterschiedlich groß.«

»Danke, dass du sie mir so ausführlich beschreibst, mein Kind«, lächelte Munuel.

»Tue ich doch gern«, sagte sie brav und lächelte. »Haben sie im Trivocum ein … besonderes Aussehen?«

»Sieh selbst nach! Du hast es doch gelernt.«

Für Augenblicke sah sie ihn erstaunt an, dann entspannten sich ihre Züge, und sie seufzte. »Ja. Daran muss ich mich erst gewöhnen.«

Marina trat neben sie, legte ihr eine Hand auf die Schulter und schloss selbst die Augen. »Da ist nichts«, flüsterte sie. »Sie sind grau wie Stein.«

9 ♦ Neue Horizonte

Heute war der große Tag.
Zwei Wochen lang hatte Leandra intensiv mit Izeban geübt; nun war sie so weit, ihren ersten Alleinflug zu wagen.

Hinaus ins All!

Aufregung hatte sie gepackt, ihre Vorstellungswelt barst förmlich aus allen Nähten. Schon viermal war sie zusammen mit Izeban *draußen* gewesen, hatte die enge Kabine des Kurierschiffs mit ihm geteilt, jeweils ein paar Stunden, bis das Verlangen, dem winzigen Raum zu entkommen, übermächtig geworden war. Allein mochte man es eine Weile darin aushalten, aber zu zweit war es sehr anstrengend. Es gab nicht einmal eine zweite Sitzgelegenheit, nur ein kleines Stück freien Boden. Heute aber würde sie zum ersten Mal ganz allein draußen im All sein.

Im Augenblick glitt sie noch in gemächlichem Tempo über die Wellen des westlichen Akeanos hinweg. Bald jedoch würde sie die Säuleninsel erreicht haben, und dann begann für sie einer der vielleicht abenteuerlichsten Ausflüge ihres Lebens. Ganz allein draußen im Weltall!

Sie blickte nach links und rechts aus den kleinen Fenstern des Schiffs, wo sie ihre Drachenfreunde sehen konnte. Während ihrer Flüge in der Höhlenwelt ließ sie sich wenn irgend möglich begleiten, denn es wäre durchaus möglich, dass sie irgendwo auf Drakken stieß. Bisher war das zwar noch nicht geschehen, aber sie wollte nichts riskieren. Izeban hatte an Bord dieses

Schiffes keine Bewaffnung entdecken können, ganz abgesehen davon, dass sich bisher alle jemals erbeuteten Drakkenwaffen geweigert hatten, sich von Menschenhand bedienen zu lassen. Nur Alina hatte einmal einen einzelnen Schuss abfeuern können, aber wahrscheinlich nur, weil die Waffe bereits eingeschaltet gewesen war. Mit den Waffen an Bord eines Drakkenschiffs umzugehen war vermutlich noch eine ganz andere Sache.

Aber schließlich wollte sie fliegen und nicht kämpfen, und obwohl der Flug auf einem Drachenrücken sicher einzigartig und unübertrefflich war, hatte Leandra ein neues Flugfieber gepackt. Sie wollte dieses schnelle kleine Schiff beherrschen.

Es gab nicht wenige unter ihren Freunden, die ihre Idee dumm, überdreht oder für viel zu gefährlich fanden. Also hielt sie ihr Vorhaben weitestgehend geheim; ihre *Schwestern* wussten natürlich davon, und die einzige Person, die ihre Faszination vollständig teilte, war Izeban. Er hatte auch dafür gesorgt, dass das Risiko berechenbar blieb, indem er jede kleinste Einzelheit bedacht und entsprechend abgesichert hatte. Leandra war sicher, alles Wissenswerte über das Schiff zu wissen und es an jeden gewünschten Ort steuern zu können. Die große Instrumententafel vor dem Pilotensitz war ihr inzwischen vertraut; Izebans erstaunliches Verständnis für logische Dinge hatte dem Schiff alle Geheimnisse seiner Fortbewegung entrissen.

Alle außer *einem* natürlich.

Wie man das Schiff auf seine wirkliche Höchstgeschwindigkeit bringen konnte, war ihm verschlossen geblieben. Sie hatten es im All enorm beschleunigt, aber da war diese eine Grenze, von der Rasnor gesprochen hatte, die natürliche Höchstgeschwindigkeit aller Dinge. Sie wussten nicht, wo sie lag, aber Izeban war davon ausgegangen, dass man sie mit diesem Schiff erreichen konnte, um sie dann zu überspringen. Nie hatten sie ernsthaft im Sinn gehabt, es zu versuchen, aber Izeban hätte sehr gern ein paar Hinweise auf diesen Moment, diese Fähigkeit des Schiffes oder irgendetwas anderes erhascht, das damit in Zusammenhang stand. Doch das Schiff hatte sich hartnäckig geweigert, das Geheimnis um diese Geschwindigkeit zu lüften.

Fluchend hatte Izeban sich daraufhin in die Arbeit gestürzt, hatte Berge von Papier beschriftet, Zeichnungen vom Inneren des Schiffes und allen Bedienungsteilen angefertigt und sich damit in seinem Arbeitszimmer im Windhaus von Malangoor eingeschlossen. Roya hatte sich bereits Sorgen gemacht, denn Izeban hatte viel zu wenig geschlafen und gegessen, während sich seine Stimmung zu anhaltender Wut hochgeschraubt hatte. Er war leicht reizbar gewesen, und man hatte ihn auf dieses Thema kaum mehr ansprechen können. Leandra hatte sich berichten lassen, wie verbissen er damals nach dem Geheimnis des Hundegebells geforscht hatte, das Drakken zu töten vermochte – bis er schließlich auf die Sache mit dem Salz gekommen war. Izeban konnte regelrecht zu einem Besessenen werden.

Für sie selbst war das Geheimnis der Höchstgeschwindigkeit zu diesem Zeitpunkt nicht weiter wichtig. Das Schiff war schnell genug, um das Mutterschiff der Drakken, das die Höhlenwelt umkreiste, zu erreichen. Mehr wollte sie nicht. Sie war sicher, dass Izeban schon bald hinter das Geheimnis der Höchstgeschwindigkeit kommen würde.

Vor ihr tauchten die sieben mächtigen, im Kreis stehenden Stützpfeiler der Säuleninsel auf. Nun war es bald so weit. Sie lehnte sich ein Stück vor und winkte Tirao zu, der links neben ihr flog.

Leb wohl, Tirao!, rief sie ihm übers Trivocum zu. *Ich bin bald wieder da. Halte mir die Daumen, dass alles klappt!*

Daumen, lautete die Antwort, *welche Daumen?*

Leandra lachte leise und winkte noch einmal.

Tirao wandte seinen mächtigen Schädel ein wenig in ihre Richtung. *Bist du wirklich sicher,* kam seine besorgte Frage, *dass du mit diesem Ding zurecht kommst?*

Ja, Tirao. Ich habe so oft mit Izeban geübt. Hab keine Angst.

Und wo willst du dort draußen hinfliegen ... im All?

Leandra wusste, dass Tirao arge Schwierigkeiten hatte, sich das All vorzustellen. Vor allem, weil es eine Umgebung war, in der er nicht fliegen konnte.

Ich möchte noch einmal zu dem großen Schiff der Drakken, sagte sie. *Ich war mit Izeban schon einmal da, aber wir haben es nur umkreist.*

Leandra, mir ist nicht wohl bei dieser Sache. Ich habe Angst um dich.

Sie seufzte leise. Diese Sache hatte sie mit Tirao schon ein halbes Dutzend Mal durchgekaut. Diesmal antwortete sie ihm einfach nicht. Seine Sorge war rührend, aber inzwischen nicht mehr hilfreich. Sie hatte sich etwas vorgenommen, wusste, dass sie es konnte, und nun würde sie es auch durchführen.

Ich beschleunige jetzt, Tirao, sagte sie. *Leb wohl. Ich melde mich sofort, wenn ich wieder da bin.*

Diesmal antwortete Tirao nicht. Sie tippte mit dem Zeigefinger auf die große Glasfläche vor ihr. Ein neues Bild mit Symbolen und Beschriftungen erschien. Sie konnte die Zeichen nicht lesen, kannte aber ihre Bedeutung. Mit der Zeigefingerspitze berührte sie einen kurzen, blauen Balken und griff dann hinter sich, wo sich schräg unterhalb des Sitzes ein seltsam geformter Hebel befand. Sie zog ihn ein wenig in die Höhe. Der blaue Balken auf dem Leuchtschirm wurde länger, und sie spürte einen sanften Druck, als das kleine Schiff beschleunigte. Augenblicklich fielen Tirao und die anderen Drachen zurück.

Es dauerte nur kurze Zeit, bis die Pfeiler der Säuleninsel unmittelbar vor ihr auftauchten. Nun tippte sie auf ein gelbes Quadrat und lehnte sich zurück. Vorsichtig stellte sie die Füße auf die mittleren Pedale und nahm die beiden kleinen Hebel in die Fäuste, die sich an den vorderen Enden ihrer Armlehnen befanden. Als sie links und rechts zugleich die Knöpfe niederdrückte, die unter ihren Daumen lagen, war es, als löste sich das Schiff aus einer Befestigung. Nun konnte sie es mit Händen und Füßen steuern.

Sie ließ es schräg zur Seite gleiten und steuerte auf die Öffnung zwischen zwei Pfeilern zu. Mehrere Drachen tauchten vor ihr auf, aber sie mussten längst Bescheid wissen, dass Leandra kommen würde. Sie verlangsamte ein wenig, indem sie die Pedale losließ. Sanft glitt sie näher an die Drachen heran. Es handelte sich um eine kleine Gruppe von Feuerdrachen und einen Sturmdrachen, und sie umkreisten sie neugierig. Gleich darauf flog sie in den inneren Kreis der Säuleninsel ein.

Ihr Herz pochte vor Aufregung und vor Begeisterung über den sanften, beherrschten Flug, den sie zustande brachte. Unter ihr, im fast kreisrunden Talkessel zwischen den sieben mächtigen Felspfeilern, breitete sich die zerstörte Stadt der Drakken aus – ein wahres Wunderwerk der Drakkentechnik, das sie durchschritten hatte, als es noch unversehrt gewesen war. Hier hatten einst Zehntausende von Echsensoldaten ihre Unterkunft gehabt, und von hier aus war die gesamte Invasion der Höhlenwelt gelenkt worden. Nun waren gewaltige Löcher in die silbrigen Zeltbauten der Drakken gerissen, die, ganz im Gegensatz zu ihrem zerbrechlichen Aussehen, überaus widerstandsfähig waren. Doch den reinweißen Magien der Drachen, die diesen Ort zu Hunderten angegriffen hatten, hatten sie nicht standhalten können. Etliche große und kleine Flugschiffe waren hinabgestürzt und hatten schwere

Explosionen und Brände verursacht. Die ganze Stadt war vollkommen verwüstet, und ohne Zweifel lagen Tausende von Drakken unter den Trümmern begraben. Sie hatten einen bitteren Preis für ihre Taten bezahlen müssen.

Leandra konzentrierte sich wieder auf den Flug. Sie bediente die Kontrollen, sodass das Schiff auf der Stelle schwebte, aber zusehends an Höhe gewann. Sie richtete seine Nase ein wenig aufwärts und blickte der riesigen Schleusenanlage am Felsenhimmel entgegen.

Dies war die Öffnung, die sich die Drakken geschaffen hatten, um mit ihrer Armee und ihren Flugschiffen in die Höhlenwelt einzudringen. Das große Glück bestand darin, dass die Schleusenanlage ohne Zutun von außen funktionierte. Es musste sich nur ein fliegendes Schiff nähern und einen bestimmten Punkt überschreiten – und schon setzte sich die Anlage ganz von selbst in Betrieb. *Ohne das wäre ich jetzt tot*, sagte sich Leandra. Niemand hätte sie und ihre drei Freundinnen sonst von dem Drakken-Mutterschiff retten können.

Leandra drosselte die Geschwindigkeit.

Das kleine Schiff glitt weiter in die Höhe, wurde langsamer und blieb schließlich in der Luft stehen. Mit pochendem Herzen starrte sie aus den Fenstern. Wie ein gigantischer Stahlkasten hing die Schleusenanlage in der oberen Krümmung eines der Pfeiler. Wie sie es schon mehrfach erlebt hatte, flammten starke Lichter im Inneren der Schleuse auf. Ihr Schiff setzte sich wieder in Bewegung. Langsam schwebte es in den riesigen Hohlraum hinein, der auch Platz für wesentlich größere Schiffe geboten hätte.

Sie blickte nach links und rechts aus den Fenstern. Monströse Aufbauten zogen an ihr vorbei, als das Schiff tiefer in den Hohlraum glitt. Schräg unter ihr schwebte eine weite, rotgraue Plattform mit riesigen Auslegerarmen und Aufbauten vorbei. Und noch immer funktionierten überall die hellen Lichter; so als wäre es nicht bis hierher gedrungen, dass die Drakken, die Herren dieses Ortes, schon vor Monaten vernichtet worden waren.

Abgrundtiefes Dröhnen wurde hörbar. Das kleine Schiff hatte sich inzwischen herumgedreht und blickte nun in die Richtung, aus der es gekommen war. Dort war ein nebliges, wirbelndes Leuchten aufgeflammt, und aus dem Nebel wurde langsam etwas Festes. Die Schleuse schloss sich.

Wieder erschrak Leandra ein wenig, als ein lautes, quäkendes Geräusch durch die gewaltige Halle stob. Alle Lichter, die zuvor in hellem Gelb erstrahlt waren, wechselten nun zu einem dunklen Orange. Sie wusste, was das bedeutete, und lehnte sich nach vorn, um durch die Scheiben nach oben blicken zu können.

Die metallene Decke über ihrem Schiff löste sich in einem Wirbeln auf, ganz so, wie die andere entstanden war. Als Leandra die ersten hellen Punkte am Ende des fast eine Meile durchmessenden, dunklen Schachts über sich erblickte, erschauerte sie. Nun war es so weit: Ganz auf sich allein gestellt, würde sie mit dem kleinen Schiff das Weltall erforschen.

*

Viele Stunden später war Leandra förmlich betäubt von den Dingen, die sie erblickt hatte. Bei ihren bisherigen Flügen hatte der größte Teil ihrer Aufmerksamkeit der Steuerung des Schiffes und dem Begreifen der Bedienungselemente gegolten. Nun aber beherrschte sie es so gut, dass sie das tun konnte, was sie zuvor halb im Scherz zu sich selbst gesagt hatte: *das Weltall erforschen.*

Anfangs war sie nur sehr langsam über die Oberfläche der Welt hinweggeglitten, nicht allzu hoch und sehr konzentriert. Sie hatte bereits die Erfahrung gemacht, wie leicht man hier die Orientierung verlieren konnte. Der Blick aus den kleinen, vorderen Fenstern zeigte nur einen winzigen Ausschnitt der Umgebung. Dann aber hatte sie sich immer sicherer gefühlt, das Schiff langsam steigen lassen und beschleunigt.

Ruhig war sie über die Oberfläche der Höhlenwelt hinweggeflogen, über die rotbraune, tote Wüste, deren hervorstechendstes Merkmal die zahllosen glitzernden Flächen der Sonnenfenster waren. Hier oben existierte seit mehr als fünftausend Jahren kein Leben mehr, nachdem ein schrecklicher Krieg diese Welt völlig verwüstet hatte. Das Meer der glitzernden Sonnenfenster hatte etwas geradezu Festliches; wie schrecklich der Gedanke, dass ausgerechnet diese Pracht wie von zahllosen, glitzernden Diamanten einstmals tödliche Höllenfeuer gewesen waren. Sie hatten das blanke Erdreich verzehrt und beinahe die ganze Welt aufgefressen. Glücklicherweise war damals ein Mittel gefunden worden, die immens heißen Brandherde verlöschen zu lassen. Sie waren zu Glas erstarrt, und gleichzeitig war es durch die rapide Abkühlung der Erdkruste zu gigantischen Verwerfungen gekommen, zu Erdbeben nie gekannten Ausmaßes. Dabei waren die Höhlen entstanden …

Leandra beschloss, die ganze Welt zu umrunden. Verträumt betrachtete sie die Gebirge und Täler, die unter ihr hinwegzogen, und versuchte sich vorzustellen, dass sie einmal grün und voller Leben gewesen waren. Sie überquerte tiefes Land und wusste, dass dort einmal Wasser gewesen sein musste; Ozeane, die nach der Entstehung der Höhlen in die Tiefe versickert waren, ohne dass einer der Überlebenden dies geahnt hatte. Rasnor hatte ihr erklärt, dass das Verschwinden des Wassers der eigentliche Grund für den Tod der Welt gewesen war. Ohne Wasser gab es kein Leben.

Die früheren Ozeane der Welt waren leicht daran zu erkennen, dass es dort keine Sonnenfenster gab. Die Bomben, welche die heißen Brandherde verursacht hatten, waren nur auf dem Land gefallen. Folglich mussten, überlegte Leandra, die heutigen Hohlräume der Höhlenwelt genau unterhalb der Landmassen der früheren Welt liegen. Dort befanden sich die Sonnenfester, und unter ihnen lagen die Höhlen. Da sich die Gebiete der Sonnenfenster häufig mit Landstrichen abwechselten, in denen es keine gab, fragte sie sich, ob es in der Tiefe vielleicht *Höhlen-Inseln* geben mochte – Gebiete, die von Höhlen durchzogen waren, jedoch keine Verbindung zu anderen Gebieten dieser Art besaßen.

Als sie am Stand des über dem Horizont aufgetauchten Mondes abmaß, dass sie ihre Weltumrundung geschafft haben musste, wusste sie nicht mehr genau, wo sie war. Doch das machte nichts. Izeban hatte herausgefunden, dass das kleine Drakkenschiff eine Hilfe besaß, die es gestattete, entweder den großen Schleusenschacht oder das Drakken-Mutterschiff direkt anzusteuern. Sie tippte sich durch ein paar Bilder auf der Bedientafel und wählte das Mutterschiff.

Die Lichter und Anzeigen vor ihr führten einen kurzen, verwirrenden Tanz auf, dann veränderten sich die Geräusche. Das Schiff steuerte in einer weiten Kurve nach links und beschleunigte, während Leandra sanft in ihren Sitz gedrückt wurde. Während der Schräglage konnte sie den Boden sehen und stellte fest, dass das Schiff rasant schnell geworden war. Sie selbst hätte sich nicht getraut, ein solches Tempo vorzulegen, obwohl sie wusste, wie sie das hätte erreichen können. Wahrscheinlich musste sie noch eine ganze Weile üben, bis sie so etwas wagen konnte.

Nach kurzer Zeit schon spürte sie, wie die Geschwindigkeit wieder abnahm. Neugierig reckte sie den Kopf, um zum Fenster hinauszublicken – und tatsächlich, da war er, der titanische schwarze Koloss, der über der Höhlenwelt im All schwebte: eine dicke, meilenlange Röhre, an deren Unterseite rechts und links je drei riesige, etwa zwei Meilen durchmessende Kugeln angesetzt waren. Das ganze Ungetüm wurde wie von einem gigantischen Kraken zusammengehalten, der oben in der Mitte auf der Röhre saß und seine acht Fangarme um die Röhre und die sechs Kugeln schlang. Einmal mehr war Leandra schockiert von der Größe des Schiffs. Das ganze, riesige Savalgor mitsamt seinen Monolithen und dem Stützpfeiler hätte dort hineingepasst.

Dieses Mal unterbrach sie den Flug ihres Schiffes nicht, sondern überließ es ihm, sie ganz heranzubringen. Möglicherweise landete es sogar von selbst in einer der großen Kugeln, so wie sie es früher schon erlebt hatte.

Sie erhob sich, trat an die Rückwand der engen Kabine und hob ihr Bündel auf, das sie vor dem Start an Izeban und den anderen vorbeigeschmuggelt hatte. Sie wickelte es aus und förderte einen Kurzbogen samt zehn Pfeilen, ihr magisches Kettenhemd sowie ein leichtes Schwert zutage, dazu noch einen Wasserschlauch, ein paar Früchte und die Decke selbst – für alle Fälle. Niemand hätte gegen diese Dinge etwas einwenden können, aber sie hatte befürchtet, dass man sie auslachen würde.

Es war ja auch irgendwie zum Lachen, mit einer solchen Ausrüstung an Bord eines Schiffes wie diesem zu gehen. Wenn hier noch Gefahren lauerten, dann sicher keine, die sie mit solcherlei Waffen bekämpfen konnte. Dennoch: irgendetwas wollte sie in der Hand haben, denn ihre Magie würde hier draußen, jenseits der Höhlenwelt und des Wolodits, nicht funktionieren.

Während sich das kleine Schiff dem großen näherte, entkleidete sie sich rasch, schlüpfte in ihr Kettenhemd und zog ihre Kleider darüber. Auch die Magie, die in den Tausenden von Gliedern ihres kunstvoll gefertigten Kettenhemds steckte, war hier draußen im All nutzlos. Aber immerhin, es bestand aus Tharuler Stahl, war sehr leicht und angenehm zu tragen und dennoch außergewöhnlich widerstandsfähig. Sollte es zu einem Handgemenge mit irgendeinem noch nicht ganz toten Drakken kommen, dachte sie grinsend, hatte sie wenigstens eine Chance.

Als sie fertig war, schwebte das Schiff bereits vor einer der sechs riesigen Kugeln. Mehr geschah leider nicht, aber Leandra war darauf vorbereitet. Sie begab sich auf den Pilotensitz und stellte die Kontrollen so ein, dass sie es wieder mit Hebeln und Pedalen steuern konnte. Vorsichtig manövrierte sie das kleine Schiff durch die rechteckige Öffnung des Landeschachts und schwebte ins Innere des Drakken-Mutterschiffs.

Sie wusste, dass bei dem Versuch einer Landung alles Mögliche schief gehen konnte. Als Erstes vermisste sie Licht in der kleinen Halle. Ein paar trübe Lichter glühten hier und dort, aber die Hauptbeleuchtung arbeitete nicht mehr. Plötzlich begann sie zu schweben – die künstliche Schwerkraft innerhalb ihres Schiffes war aufgehoben worden.

Solche Dinge hatte sie bereits während der drei Wochen erlebt, in denen sie und ihre drei Freundinnen hier gefangen gewesen waren. Nachdem das Salz die gesamte Drakken-Besatzung des riesigen Schiffes umgebracht hatte, versagten in den Tagen danach immer mehr Systeme. Niemand war mehr da, der sie beaufsichtigte, wartete oder die entsprechenden Knöpfe drückte. Dennoch war das Mutterschiff nicht völlig unbrauchbar geworden. Dies war nun Leandras Hoffnung. Sie benötigte Licht, Luft und Schwerkraft, um sich hier bewegen zu können. Und möglichst keine überlebenden Feinde. Dann würde sie vielleicht das Geheimnis ergründen können, das die Drakken hierher geführt hatte.

Dreißig Stützpfeiler.

Das war eine gewaltige Menge Wolodit. Sie kannte die riesige Halle hier an Bord, in der das Gestein verdichtet werden sollte, um zu Amuletten verarbeitet zu werden – zu jenen kleinen *Trivocums*, die man bei sich trug, um auch außerhalb der Höhlenwelt Magie wirken zu können. War es möglich, dass das Wolodit, oder ein Teil davon, hier irgendwo lagerte? Oder noch besser: War es möglich, dass bereits ein paar dieser Amulette hergestellt worden waren?

Das kleine Schiff setzte geräuschvoll auf einer Metallplattform auf, und die Schwerkraft kehrte zurück. Leandra schwebte zu Boden und atmete auf. Ihre Chancen stiegen, das Mutterschiff betreten zu können. Als sie aus den Fenstern blickte, sah sie, dass sogar ein paar Lichter aufgeflammt waren. Die kleine Halle war bis auf die üblichen Apparaturen leer, und wie erwartet war nirgendwo ein Drakken aufgetaucht.

Sie holte ein paarmal tief Luft, um ihre Aufregung niederzukämpfen, trat zur Ausstiegsluke und drückte auf die große, rechteckige Taste, die gelb leuchtete. Dort draußen musste alles soweit stimmen, sonst hätte sie orange oder rot sein müssen.

Ein leises Zischen wurde hörbar, dann ein paar lautere Geräusche, und schließlich klappte die Tür nach außen auf.

Ein Schwall kühler Luft strömte herein. *Mist!* Daran, dass es hier kalt sein könnte, hatte sie nicht gedacht. Sie griff nach der Decke, in die ihre Waffen eingewickelt gewesen waren, entschied sich dann aber doch wieder dagegen. Sie war zu groß, um sie die ganze Zeit über mitzuschleppen – außerdem war es *so* kalt dort draußen nun auch wieder nicht. Sie trat durch die

Luke; diesmal musste sie hinausspringen, denn die kleine, sich entfaltende Treppe hatte nicht funktioniert.

Bei ihrem letzten Besuch hatte hier drückende Hitze geherrscht; die Temperatur, bei der sich Drakken wohl fühlten. Dann nickte sie – ja, die Kühle war vielleicht ein Hinweis, dass hier tatsächlich kein Drakken mehr am Leben war. Die Luft schien trocken, sie war auch etwas abgestanden. Zum Glück war es nicht eisig. Wenn sie sich nicht tagelang hier aufhielt, war es sicher auszuhalten.

Die Umgebung aufmerksam beobachtend, lief sie über den Metallboden in Richtung des großen Haupttunnels, der ins Schiff hineinführte. Einen Schweber, so wie das letzte Mal, würde sie heute nicht finden; sie hatten schon damals der Reihe nach ihren Dienst eingestellt. Bogen und Schwert trug sie auf dem Rücken; inzwischen glaubte sie nicht mehr, dass sie hier noch einem Drakken begegnen könnte.

Dann fand sie doch einen – oder besser: das, was von ihm übrig war. Schon damals hatte sie sich gewundert, dass tote Drakken nicht verwesten. Sie schrumpften lediglich zusammen, bis nach ein oder zwei Wochen nur mehr verschrumpelte, ledrige und zusammengekrümmte Leiber von der Größe eines menschlichen Säuglings auf dem Boden lagen. Angewidert umrundete sie das Ding und stöhnte leise auf, als sie schon den nächsten entdeckte. Dieser Anblick war ihr nicht neu, aber sie musste sich erst wieder daran gewöhnen.

Hoffentlich funktionieren die Transporterröhren noch, dachte sie, als sie das Ende des langen Tunnels erreichte. Ohne diese Röhren, die einen schnell an andere Orte beförderten, würde sie vermutlich sehr lange brauchen, um bis zur Verdichterhalle vorzudringen.

Am Tunnelende wandte sie sich ortskundig nach links. Einst war sie hier tagelang herumgewandert, auf der verzweifelten Suche nach Essbarem. Bis heute wusste sie nicht, wovon sich die Drakken überhaupt ernährten. Bald darauf bog sie nach links ab und erreichte eine der Haupt-Transporterbuchten.

Mist!

Der große, offene Zugang zu der senkrecht verlaufenden Röhre gähnte sie dunkel und leer an; früher hatte im Inneren der Röhre grelles, bläuliches Licht geherrscht. Auch das leuchtende Symbol, das normalerweise rechts neben dem Schacht in der Luft schwebte, war nicht da.

Aber vielleicht funktionierten ein paar andere Röhren noch. Sie wandte sich um und eilte im Laufschritt den Weg zurück. An der ersten Abzweigung lief sie geradeaus weiter, bog dann ab, und …

Ja!

Diese Röhre strahlte noch immer in bläulichem Licht. Erleichtert, aber doch ein wenig misstrauisch trat sie an den Rand und hielt prüfend die Hand in die etwa fünf Schritt durchmessende Röhre, deren Inneres auf geheimnisvolle Weise ein türkisblaues Licht verstrahlte, so als wäre dort die Luft mit einer besonderen Energie aufgeladen. Außer einem ganz leisen Kribbeln spürte sie nichts. Der Schlund führte in bodenlose Tiefen und nach oben hin ebenso weit in die Höhe; sie bekam plötzlich Angst, dass sie darin abstürzen könnte. Schließlich fiel ihr Blick auf das Leuchtsymbol rechts neben der Öffnung. Mit gerunzelter Stirn trat sie auf die leuchtenden Linien, Kästchen und anderen Symbole zu, die in der Luft schwebten, als könnte man sie in die Hand nehmen. Sie kamen Leandra unvollständig vor … dann endlich verstand sie. Hier waren offenbar nur noch die funktionierenden Teile des Transportersystems zu sehen. Die große Röhre des linken Korridors, vor der sie vor kurzem noch gestanden hatte, war hier nicht zu sehen.

Leandra studierte die Linien, suchte sich den Weg zur Verdichterhalle und tippte entschlossen mit dem Zeigefinger auf eines der Kästchen. Ein leiser Ton erklang, und in der Röhre verdichtete sich das Leuchten auf typische Weise zu einer Art Blase. Entschlossen sprang sie hinein und wurde, wie früher schon, von der Energieaura umschlossen. Augenblicke später ging es in rasanter Fahrt davon.

Sie musste einige Umwege in Kauf nehmen und sich immer wieder mithilfe der Leuchtsymbole neu orientieren, aber schließlich erreichte sie ihr Ziel. In einem weiten, dunklen Korridor, in dem es außer der Transporterbucht nichts gab, sprang sie aus der Röhre.

Ihr Herz pochte leise. Nun würde sie an einen ganz besonderen Ort gelangen – den einzigen, ihr bekannten Raum außerhalb der Höhlenwelt, an dem es ein Trivocum gab und Magie möglich war. Aufgeregt eilte sie durch den dunklen Tunnel und bog schließlich nach rechts ab.

Vor ihr öffnete sich eine gigantische Halle – mehr als eine Meile im Quadrat, allerdings nur etwa sechzig Ellen hoch. Boden und Decke waren, wie sie wusste, hinter ihren grauen Oberflächen mit Woloditblöcken ausgekleidet. Das verlieh der Halle ein eigenes Trivocum.

Diesmal jedoch sah die Halle anders aus als das letzte Mal. Sie war bis unter die Decke mit Gesteinsbrocken angefüllt.

*

Leandra stieß einen überraschten Laut aus und ließ sich spontan auf den Hintern fallen. Im Schneidersitz saß sie da und starrte durch die große, torartige Öffnung in die Verdichterhalle.

Rasnor hat also nicht gelogen.

Man benötigte tatsächlich einen ganzen *Berg* Wolodit, um daraus ein einziges Amulett zu machen. Betroffen musterte sie die Masse der Gesteinsbrocken, die sich hier türmte. Seltsamerweise hatte sie erst jetzt das Gefühl, ermessen zu können, wie viel es tatsächlich war.

Im Kopf versuchte sie zu überschlagen, der wievielte Teil des Gesteins eines Stützpfeilers dies hier sein mochte. Das Ergebnis war hinsichtlich der in der Höhlenwelt fehlenden Menge von dreißig Pfeilern ernüchternd.

Betroffen erhob sie sich wieder und starrte das graue Gestein ungläubig an. Wenn man mit dieser Menge Wolodit ein Amulett herstellen konnte, musste man aus der Menge, die dreißig Pfeilern entsprach, auf jeden Fall ein paar hundert herstellen können. Das, was hier lag, war zwar viel Gestein, aber sicher nur der zwanzigste Teil eines Pfeilers ... nein, eher noch weniger.

Ihr Herz pochte dumpf, als sie den Gedanken weiterspann. Der Ausbeutungsplan der Drakken war, wie sie von Rasnor erfahren hatte, auf 20 Jahre angelegt. Wenn man innerhalb von nur vier Wochen schon derartig viel Wolodit hatte ausbeuten können, wie viel wäre es in zwanzig Jahren gewesen? Die Zahl der Amulette, die man mit dieser erbeuteten Menge Gestein hätte herstellen können, war geradezu gigantisch.

Was war hier im Gange? Waren ihre Informationen korrekt? Fehlte ein wesentlicher Teil? Sie schüttelte ungläubig den Kopf. Irgendetwas Ungeheuerliches, das zum Plan der Drakken gehört hatte, entzog sich ihrer Kenntnis.

Eine Weile starrte sie auf den riesigen Gesteinsberg in der Halle und überlegte, auf welche Weise es wohl hierher geschafft worden war. Mit großen Maschinen? Aber auf welchem Weg ...?

Plötzlich stieß sie einen entsetzten Schrei aus und trat zurück.

Als sie das letzte Mal hier gewesen war, war die Halle leer gewesen!

Voller Panik sah sie sich in alle Richtungen um, wich nach links in die Dunkelheit zur Wand zurück und zog ihr Schwert. Angstvoll spähte sie in die Umgebung.

Jemand musste in der Zwischenzeit hier gewesen sein!

Angestrengt dachte sie nach. Sie, Marina, Azrani und Roya hatten in dieser Halle einen Kampf gegen Rasnor und eine Drakkeneinheit ausgefochten. Zu diesem Zeitpunkt waren die meisten Drakken in diesem Schiff bereits tot gewesen – dahingerafft von den Unmassen an Salz, das sie und ihre drei Freundinnen in den Wasserkreislauf des Schiffes gebracht hatten. Nach diesem letzten Gefecht musste Rasnor noch die Flucht geglückt sein, sie hingegen hatten keine Möglichkeit mehr gefunden, von hier zu verschwinden. Beinahe drei Wochen hatte es gedauert, ehe sie gerettet worden waren.

Leandra konnte sich nicht erinnern, ob sie während dieser drei Wochen noch einmal hier oben in der Verdichterhalle gewesen war. Aber hätte damals jemand eine solche Menge Gestein hierher geschafft, wäre das nicht unbemerkt geblieben.

Sie ließ ihr Schwert sinken.

Es sein denn, es geschah automatisch.

Sie musterte den riesigen Berg Gestein. Die Vorstellung, dass Tausende von Drakken es mit Schubkarren hierher gefahren haben sollten, war lächerlich.

Langsam und tief atmete sie ein und aus.

Ja, vermutlich traf das zu: es war automatisch geschehen. Durch irgendeine große Maschine im Bauch dieses Ungeheuers war das Wolodit hierher gelangt – anders war es nicht zu erklären. An Bord dieses Schiffes lebte kein einziger Drakken mehr, und von den überlebenden Drakken der Höhlenwelt hätte keiner unbemerkt hierher gelangen können. Selbst wenn Verstärkung aus dem All eingetroffen wäre – Leandra hätte längst irgendetwas bemerkt.

Sie seufzte und steckte ihr Schwert wieder weg. Hier hatte sie nun den Beweis für das, was ihr schon vor zwei Wochen in den Sinn gekommen war: Die Herstellung der Amulette war bereits angelaufen. Und die Idee, eines davon zu besitzen, reizte sie nach wie vor. Damit würde sie auch außerhalb der Höhlenwelt Magien wirken können.

Noch einmal ließ sie den Blick schweifen und lauschte aufmerksam in die Stille. Nichts regte sich, und kein Geräusch war zu hören. Sie war wirklich allein hier.

Wieder eilte sie los, dieses Mal, um die Umgebung genauer zu erforschen. Sie versuchte mithilfe ihrer Kenntnisse über das Schiff einen Ort auszumachen, wo die fertigen Amulette gelagert wurden. Zuerst eilte sie mehrere Ebenen hinauf, wo sich die Räume des *uCuluu* befanden. Sie durchstöberte jeden Winkel, fand jedoch nichts. Als Nächstes begab sie sich zur Brücke des Schiffs, in jenen gewaltigen, runden Raum, von dem aus es einst gesteuert worden war. Sie suchte lange, fand aber auch dort keinen Hinweis. Immer weiter lief sie, bis sie zuletzt, nach vielen Stunden, wieder da landete, wo ihre Suche begonnen hatte: bei der Verdichterhalle. Gefunden hatte sie nichts.

Der Zufall wollte es, dass sie in einem nahen Gang eine kleine, steile Treppe hinaufstieg und in einen Raum gelangte, der eine breite Fensterfront besaß. Von hier aus hatte sie einen ausgezeichneten Blick in die Verdichterhalle, wo sich die Massen der Woloditbrocken türmten.

Müde und verzagt von der langen Suche, trat sie an die Fenster und starrte hinab. Da lag es, dieses unendlich wertvolle Gestein, und war doch das Gewöhnlichste, was es in der Höhlenwelt gab. Unentschlossen sah sie sich im Raum um, ob die wertvollen Amulette am Ende vielleicht hier gelagert wären. Die Wände waren mit großen Platten verkleidet, auf denen zahllose kleine Lichter rhythmisch blinkten, und in der Mitte stand ein Sockel mit allerlei Bedienelementen, nicht unähnlich der Instrumententafel in ihrem kleinen Schiff. Und es gab auch eine große Taste. Sie blinkte gelb.

Leandra sah auf und musterte die Lichter an den Wänden; dann fiel ihr Blick wieder auf die Gesteinmassen in der Halle. Der Gedanke formte sich in ihrem Kopf, dass sie nur diese gelb blinkende Taste drücken musste, um den Verdichtungsprozess in Gang zu setzen. Der ganze Raum war lebhafter als die meisten anderen Orte in diesem Schiff; vielleicht hatte der Augenblick, in dem genügend Wolodit angehäuft worden war, hier eine entsprechende Aktivität ausgelöst.

Ein diebisches Lächeln schlich sich in ihr Gesicht, und sie kniff nachdenklich die Zungenspitze in den Mundwinkel, als sie daran dachte, sich selbst ein Wolodit-Amulett zu erschaffen. Möglicherweise genügte ein Druck auf diese Taste!

So recht konnte sie sich nicht vorstellen, wie das gehen sollte. Sie hatte selbst einmal mittels Magie eine riesige Ladung Salz verdichtet und erst danach festgestellt, dass es sein ursprüngliches Gewicht beibehalten hatte. Nur mit Mühe und magischen Tricks war es ihr gelungen, es transportfähig zu machen. Die Drakken hingegen, so hatte es Rasnor ihr damals erklärt, hatten es geschafft, das Gewicht des verdichteten Wolodits so weit zu verringern, dass man die Scheibe bei sich tragen konnte.

Soll ich es wagen?

Unentschlossen sah sie sich um, musterte jede

Einzelheit des Raumes. Irgendwie wusste sie bereits, dass sie es tun würde, doch noch zögerte sie. Langsam streckte sie die Hand nach der gelb blinkenden Taste aus.

Eines Tages wird mich meine Neugier noch umbringen, dachte sie in bissiger Selbstkritik.

Dann war es plötzlich passiert.

Sie hatte die Taste gedrückt und war rasch zurückgetreten.

Nun leuchtete sie orangefarben, aber im Moment tat sich noch nichts. Unruhig musterte sie den Raum. Hatte sich der Rhythmus der blinkenden Lichter verändert? Sie war nicht sicher.

»Du musst noch einmal draufdrücken«, hörte sie eine Stimme.

Vor Schreck hätten ihr beinahe die Knie nachgegeben. Sie kannte diese Stimme … aber … nein, es war *nicht* die von Rasnor! Sie wirbelte herum.

Ötzli!

Ein entsetztes Röcheln entfuhr ihr. Der Altmeister des Cambrischen Ordens stand lächelnd da, ein paar Schritt entfernt, und war offenbar gerade in den Raum eingetreten. Instinktiv tastete sie nach dem Trivocum. Doch es war nur schwach vorhanden. Sie verstand, dass man sich wirklich im *Zentrum* einer großen Woloditansammlung befinden musste, wenn man eine Magie wirken wollte.

Ötzli setzte sich in Bewegung, umrundete sie, wobei er ihr ein weiteres freundliches Lächeln zuwarf, und drückte auf die orangefarben leuchtende Taste. Ihre Farbe änderte sich in ein strahlendes Rot.

Ötzli drehte sich herum. »Herzlichen Dank, meine Liebe, dass du die Herstellung meines Amuletts in Gang gesetzt hast. Es hat eine ganze Weile gedauert, bis wir all das Wolodit hier herauf geschafft hatten.«

Leandra kämpfte um ihre Fassung. »*Wir* …?«

Im nächsten Moment veränderte sich die Umgebung. Laute summende und dröhnende Geräusche ertönten, und die Lichter an den Wänden veränderten sich dieses Mal dramatisch. Auf den Pulten flammten Leuchtscheiben auf, und die Halle unter ihr wurde in rhythmisch blinkendes, rotes Licht getaucht.

»Ja!«, rief Ötzli durch den Lärm. »Als ich vor vier Monaten hier herauf kam, fand ich in einem großen Frachtschiff, das kurz vor der Katastrophe noch angedockt hatte, ein paar Drakken. Ich befreite sie daraus, und sie sind mir daraufhin freundlicherweise zur Hand gegangen.« Er deutete hinaus. »Und nun mache ich mir ein Amulett. Es dauert nicht lange.«

Leandra starrte durch die Fenster und sah, wie die Woloditbrocken von einem Netz knisternder gelber und grüner Funken überzogen wurden. Ein dicker, weißlicher Nebel entstand in den Ritzen zwischen den einzelnen Brocken und sank rasch zu Boden. Und dann geschah das Unglaubliche: Der ganze Berg *schrumpfte!* Sie konnte nur den Beginn des Vorgangs sehen, denn das Funkennetz verdichtete sich so sehr, dass man nichts anderes mehr erkennen konnte. Es verdichtete sich zu einem wirbelnden Sturm, der in der Halle auf und ab wogte, ein blendendes, gelbgrünes Licht verstrahlend. Ein Orkan von knackenden und knisternden Geräuschen erfüllte die Umgebung. Bald wurde das Schauspiel so heftig, dass Leandra zurücktrat; selbst Ötzli wich einen Schritt nach hinten.

Was geht hier vor? Warum ist der Kerl hier?

Mit einem entschlossenen inneren Ruck mahnte sie sich, alle Hoffnung zu begraben, dass Ötzli plötzlich wieder ein freundlicher, alter Mann geworden wäre, der seine Taten bereute – nur weil er sie angelächelt hatte.

Leandra wich von ihm zurück.

»Was tut Ihr hier, Altmeister?«, rief sie scharf durch den Lärm.

»Ich?« Er hob unschuldig die Achseln. »Was soll ich hier schon tun? Ich stellte ein Amulett für mich her.«

»Das sagtet Ihr bereits. Was habt Ihr damit vor?«

Wieder lächelte er – diesmal jedoch war seine Bosheit unübersehbar. »Nun …«, antwortete er, »wenn es fertig ist, werde ich dich als Erstes damit töten.«

Instinktiv ließ Leandra ein Aurikel im Trivocum aufploppen. Vielleicht hätte sie ihn sofort und mit aller Macht angreifen sollen, mit dem Ziel, ihn auf der Stelle zu töten. Doch ein Schatten lag auf ihren Gedanken – sie wusste, dass ihr so etwas nicht gegeben war.

»Oho!«, machte er spöttisch. »Das kleine Gör packt ein paar magische Tricks aus!« Seine Miene verfinsterte sich innerhalb von Sekunden so sehr zu Hass und Boshaftigkeit, dass sie erschrak. »Glaubst du etwa, du kleine Hure, du könntest dich mit einem Altmeister Ötzli messen?«

Leandras Herzschlag dröhnte, ihr Puls raste, kalter Schweiß trat auf ihre Stirn. Ötzli schien es nicht einmal für nötig zu halten, selbst eine Gegenmagie zu wirken.

»Ihr wollt Euch wieder mit den Drakken zusammentun!«, schrie sie durch den Lärm, der gerade einen neuen Höhepunkt erreichte. »Wozu? Unsere Welt ist frei!«

»Frei?«, brüllte er zurück. »Du dummes Ding! Was hast du denn für eine Ahnung!«

Leandra keuchte, als hätte sie gerade ein gewaltige Last geschleppt. »Greift mich nicht an!«, warnte sie ihn. »Ich …«

Mit einem fast hörbaren *Rumms!* öffnete sich ein riesiges Aurikel im Trivocum. Entsetzt wich Leandra zurück. Es musste in der achten oder neunten Stufe liegen – genug magische Gewalt, um einen ganzen Häuserblock zu verwüsten.

233

»Warum soll ich warten, bis ich das Amulett habe?«, rief er. »Ich werde dich gleich jetzt und hier vernichten!«

Leandra pumpte alles an Kraft in ihr Aurikel, was sie aufbringen könnte. Sie sah, dass Ötzli eine Feuermagie anstrebte – einen gewaltigen Schlag der Hitze und der Flammen – und setzte verzweifelt einen Schlüssel der Erdmagie, um ihm standhalten zu können.

Augenblicke später brach Ötzlis Magie los. Leandra taumelte zurück und schloss voller Furcht die Augen, denn sie erwartete den Tod.

Doch nichts geschah.

Als sie sich mit ihrem *Inneren Auge* einen Blick auf den rötlichen Schleier des Trivocums verschaffte, sah sie, dass Ötzlis Magie nicht zu ihr durchzudringen vermochte. Die Finger stygischer Energie leckten in ihre Richtung, konnten sich jedoch nicht entfalten.

Das Trivocum ist zu fest!

Ein Blick durch das Fenster sagte ihr, warum.

Das wallende Funkennetz war verebbt, die Halle angefüllt von weißlichem Nebel. Das Gestein jedoch war fort. *Das Amulett ist fertig! Es muss in der Mitte der Halle liegen!*

Das Lächeln, das in diesem Moment über ihr Gesicht glitt, mochte ebenso boshaft sein wie jenes, das Ötzli ihr zuvor geschenkt hatte. Sie griff mit dem rechten Arm über die Schulter und zog ihr Schwert. Mit einem hellen Singen glitt es aus der Scheide.

Ötzlis Gesicht war eine verzerrte Grimasse aus Wut und der betroffenen Erkenntnis, dass er ihr mit Magie nichts anhaben konnte. Obwohl er ein alter Mann war, hätte er sie zur Not vielleicht mit seiner bloßen Körperkraft angreifen können – doch er war unbewaffnet, und sie besaß ein *Schwert!*

Er reagierte erstaunlich schnell. Sein gewaltiges Aurikel verschloss sich geräuschlos, und einen Moment später stürzte er nach rechts davon. Schon war er draußen auf der kleinen Treppe. Leandra reagierte nicht schnell genug. Sie kämpfte noch mit ihrem Schrecken und der Erleichterung, dem Tod entkommen zu sein, bevor ihr klar wurde, dass sie ihn nicht entkommen lassen durfte. Der Mann war eine unermessliche Gefahr. Sie riss sich zusammen und nahm die Verfolgung auf.

Als sie nach zwei großen Sätzen über das Treppchen unten im Gang angelangte, sah sie ihn rechter Hand davoneilen; er hatte etwa fünfundzwanzig Schritt Vorsprung. Sie setzte ihm hinterher, war sich aber noch immer nicht schlüssig, was sie überhaupt tun sollte.

Ihn töten?

Mit dem Schwert war sie ihm weit überlegen, aber die Vorstellung, ihn mit gezielten Hieben niederzustrecken, verursachte ihr ein flaues Gefühl im Magen. Auf der anderen Seite hatte sie keine Gnade von ihm zu erwarten. Sie wäre längst nicht mehr am Leben, hätte seine überlegene Magie dort oben in dem Raum funktioniert.

Sie hatte bereits die Hälfte die Weges zu ihm aufgeholt, als er das Ende des Korridors erreichte, dort eine leiterartige Treppe hinaufeilte und oben verschwand.

Ich werde ihn bewusstlos schlagen!, sagte sie sich.

Wie sie das anstellen sollte, wusste sie nicht. Mit der blanken Faust würde ihr das kaum gelingen. An der Treppe angekommen, hastete sie hinauf, stürzte durch die schmale Türöffnung ... und erhielt einen derben Schlag mitten ins Gesicht.

Sie heulte auf, stürzte zu Boden, verlor das Schwert.

Der Faustschlag war so hart gewesen, dass ihr Tränen in die Augen schossen. Ächzend rollte sie sich herum und versuchte die Orientierung zu gewinnen.

Als sie die Augen öffnete, stand Ötzli über ihr, das

Schwert mit beiden Händen erhoben. »Wer hätte gedacht, du kleine Hure«, brüllte er triumphierend, »dass ich dich mit einem *Schwert* erschlagen würde?«

Blitzschnell rollte Leandra herum, klammerte sich an sein Bein und riss so heftig an allem, was sie zu fassen bekam, dass Ötzli das Gleichgewicht verlor und mit einem überraschten Aufschrei zu Boden ging.

Noch immer waren ihre Augen voller Schmerzenstränen, und verzweifelt versuchte sie den Blick zu klären. Als sie aufsprang, sah sie, dass Ötzli noch am Boden lag, doch ein ganzes Stück entfernt von ihr. Er rollte sich gerade herum und kroch auf das Schwert zu, das in seiner Nähe lag. Er würde es früher als sie erreichen, auch wenn sie jetzt einen Hechtsprung wagte.

Da kam ihr die rettende Idee. Sie langte auf den Rücken, zog den Kurzbogen heraus, der mit im Köcher steckte, und stemmte ihn in die Oberschenkelbeuge, um rasch die Sehne aufzuspannen. Bis sie den ersten Pfeil aufgelegt hatte, stand Ötzli wieder, das Schwert in der Hand.

Für Momente belauerten sie sich gegenseitig, tief gebeugt dastehend, auf alles gefasst.

»Na, meine Schöne?«, lachte er sie höhnisch aus. »Hast du die Kaltblütigkeit, einen alten, wehrlosen Mann niederzuschießen?«

»Wehrlos?«, fauchte sie. »Ich …«

Als er plötzlich auf sie zusprang und ausholte, erkannte sie ihren Fehler. Sie quietschte entsetzt und sprang zur Seite; das Schwert zischte knapp an ihr vorbei. Abermals verlor sie das Gleichgewicht und stürzte zu Boden. Als sie wieder hochkam, war Ötzli fort – und ihr Pfeil auch.

Alarmiert sah sie sich um und entdeckte Ötzli erst nach Sekunden, als er schon wieder 25 oder 30 Schritt gewonnen hatte. Er rannte durch einen großen, kaum beleuchteten Gang.

Das Amulett!

Es war der Gang, der zur Verdichterhalle führte. Sie spurtete los, doch da verschwand er schon nach rechts, durch den großen Zugang zur Halle.

Leandra rannte, so schnell sie nur irgend konnte. Sie war um die sechzig Jahre jünger als Ötzli, und bis in die Hallenmitte war es eine gute halbe Meile. Das *musste* genügen, um ihn einzuholen!

Bald hatte sie den Durchgang erreicht, diesmal jedoch erinnerte sie sich rechtzeitig und schlug einen weiten Bogen, bevor sie durch die große Toröffnung hineinrannte. Sie wollte nicht wieder mitten in seine Faust rennen.

Als sie die Halle betrat, war er schon ein ganzes Stück in Richtung der Hallenmitte gelaufen. Aber die Halle war tatsächlich riesig; jetzt, da das ganze Wolodit fort war, bekam sie wieder eine Vorstellung davon. Sie beschleunigte noch einmal, und während sie ihm näher kam, verlangsamte er plötzlich. Offenbar war er außer Atem geraten, und nun stand er hilflos keuchend da. Sekunden später hatte sie ihn eingeholt.

Sie legte einen neuen Pfeil ein, spannte den Bogen und umrundete Ötzli, sieben bis acht Schritte Abstand haltend. Er stand gebeugt da, keuchend, die Hände auf die Oberschenkel gestützt.

»Na?«, fragte er. »Was nun? Erschießt ... du mich jetzt?«

»Weg mit dem Schwert!«, fauchte sie ihn an.

Erst grinste er, dann schüttelte er den Kopf. »Nein, meine Schöne. Ich weiß schon ... du willst mich außer Gefecht setzen.« Noch immer schnaufte er angestrengt. »Du hast nicht den Mumm, mich zu töten. Aber dazu musst du erst mal an mich herankommen! Oder willst du mich ... bewusstlos *schießen?*« Er lachte spöttisch auf.

Leandra überlegte fieberhaft, was sie tun sollte.

Dann plötzlich stand die Lösung klar vor ihrem Auge. Sie ließ den Bogen sinken, lächelte ihn triumphierend an und zeigte ihm die Zähne. »Du hast verloren, alter Drecksack!«

Dann wandte sie sich um und lief los.

Sie rannte so schnell sie konnte in Richtung der Hallenmitte. So schnell, dass der völlig außer Atem geratene Ötzli es nicht mehr schaffen würde, ihr ins Zentrum der Halle zu folgen.

Nur einmal wagte sie es kurz, sich umzublicken, aber von Ötzli war nichts zu sehen. Sie fand die hellgraue Linie auf dem Boden, von der sie wusste, dass sie sich mit einer anderen kreuzen würde – in der genauen Mitte der Halle.

Hoffentlich finde ich dort auch das Amulett!

Es dauerte nicht mehr lange, dann war sie da. Schon aus einiger Entfernung sah sie, dass sich am Kreuzungspunkt der beiden Linien etwas befand. Eine technisch aussehende Apparatur mit einer flachen Schale auf der Oberseite war aus dem Hallenboden aufgetaucht. Eine kleine, glatte graue Scheibe lag darin.

Keuchend hielt sie inne und betrachtete das Amulett. Es sah so unscheinbar aus … Zögernd streckte die Hand aus. Doch da spürte sie schon die kräftige Aura und griff zu.

»Ich habe es!«, rief sie und wandte sich um.

Stille.

Kein Ötzli war zu sehen, und auch Schritte waren keine zu vernehmen.

Mit bebender Brust blickte sie sich um. Wie damals schon herrschte hier dämmriges Licht, dessen Herkunft nicht zu bestimmen war. Um sie herum gab es nichts als Grau.

Wo war Ötzli? Was hatte er vor?

Wenn er tatsächlich Wochen benötigt hatte, das Wolodit hier herauf schaffen zu lassen, würde er vermutlich alles tun, um an das Amulett zu kommen. *Er hatte Drakken!*

Schon damals hatte sie einige Drakken in Schutzanzügen gesehen, die sie vor der salzgeschwängerten Luft geschützt hatten. Wahrscheinlich wollte Ötzli diese Bestien herbeiholen und sie, Leandra, mit ihrer Hilfe erwischen.

Nun gab es nur noch eins: sie musste schneller sein.

Jetzt, da sie das Amulett besaß, brauchte sie den Bogen nicht mehr. Sie ließ ihn fallen und setzte sich in Bewegung. Sie musste ihr kleines Schiff erreichen und von hier fliehen, ehe Ötzli seine Drakken auf sie hetzen konnte. Zum Glück kannte sie sich hier gut aus. Abermals rannte sie mit Höchstgeschwindigkeit und erreichte schon nach kurzer Zeit den Ort, an dem sie Ötzli gestellt hatte. Ihr Schwert lag dort. Zuerst wollte sie es liegen lassen, doch dann bremste sie ab und hob es auf. Um seinen Griff hatte sie eine dünne Lederschnur gewickelt, die sie noch brauchte. Hastig machte sie sich wieder auf den Weg. Einen allzu großen Vorsprung konnte Ötzli noch nicht haben; wenn sie sich beeilte, mochte sie längst fort sein, ehe er seine Drakken auf den Weg gebracht hatte.

Sie hastete durch die Korridore, benutzte Transporterröhren und erreichte in erleichternd kurzer Zeit die Ebene, in der ihr Schiff auf sie wartete. Eine letzte Angstsekunde war zu überstehen, als sie in ihr Schiff stieg – doch niemand erwartete sie dort. Rasch schloss sie die Luke und setzte sich auf den Pilotensitz.

Ein Blick aus dem Fenster zeigte ihr, dass noch immer keine Verfolger aufgetaucht waren. Sie aktivierte die Steuerung, startete den Antrieb und löste das Schiff von seinem Landepunkt.

Noch immer pumpten ihre Lungen heftig, und ihr

Herz schlug viel zu schnell. Dann war das kleine Schiff herumgeschwenkt, und der Schacht, der ins freie All hinausführte, lag offen vor ihr.

Sie gestattete sich ein vorläufiges Aufatmen, während sie langsam die beiden mittleren Pedale nach vorn drückte und das Schiff Fahrt aufnahm. Erst in dem Augenblick, da ihr Schiff ins All hinausschwebte, atmete sie wirklich auf.

Ich hab's geschafft!

Sie mahnte sich zur Ruhe und versuchte ihre Atmung und ihren Herzschlag zu beruhigen. Was für eine *verfluchte* Überraschung! Ötzli lebte noch, und man konnte davon ausgehen, dass er ein noch viel größerer Störfaktor sein würde als Rasnor. Dann kam ihr ein noch viel schlimmerer Gedanke in den Sinn – womöglich arbeiteten die beiden zusammen!

Ein wütendes Schnauben entfuhr ihr. Wollte denn dieser leidige Kampf überhaupt kein Ende mehr nehmen? Mit Ötzli hatte sie längst nicht mehr gerechnet. Wie nur war er hierher gekommen? Gab es vielleicht an Bord des Mutterschiffes noch ein zweites dieser kleinen, schnellen Kurierschiffe? Zahllose Fragen kreisten ihr durch den Kopf, als ihr Schiff plötzlich einen Stoß von hinten erhielt.

Das Blut sackte ihr aus dem Leib, sie schoss in die Höhe. Vorn war nichts zu sehen, nach hinten hatte sie keinen freien Blickwinkel. Was war da nur gewesen? Wurde sie etwa verfolgt?

Als ihr klar wurde, dass die Drakken sie durchaus auch im All jagen konnten, wurde ihr übel vor Angst. Alarmiert stemmte sie sich hoch und beugte sich über die Instrumententafel zu den kleinen Fenstern, die seitlich lagen, um wenigstens einen kurzen Blick nach hinten zu werfen.

In diesem Moment schoss etwas Glühendes, von hinten kommend, knapp an ihrem Schiff vorbei. Sie fuhr entsetzt hoch und schlug mit der rechten Schläfe gegen die Bordwand.

Ein furchtbarer Schmerz stob durch ihren Schädel, augenblicklich verschleierte sich ihr Blick. Sie stöhnte auf, führte die rechte Hand an ihre Stirn und spürte Blut. Sekunden später wurde das Schiff abermals getroffen und erbebte schwer.

Halb betäubt fiel ihr nur noch eines ein. Sie ließ sich in den Pilotensitz fallen, riss den Hebel hinter dem Sitz hoch und trat beide Pedale voll durch.

Die Gewalt, mit der das kleine Schiff plötzlich davonschoss, ließ ihren Kopf gegen die Stütze des Sitzes prallen, und das raubte ihr für kurze Zeit vollends das Bewusstsein.

Als sie wieder zu sich kam, hätte sie nicht sagen können, wie viel Zeit vergangen war. Sekunden? Minuten? Immerhin war ihr Blick wieder halbwegs klar.

Auf dem großen Leuchtbild vor ihr hatte sich der kurze blaue Balken um ein Vielfaches verlängert. Inzwischen war seine Spitze hellgelb geworden. Leandras Herz pumpte heftig. War sie den Verfolgern weit genug davongejagt, um sie abzuschütteln? Ohne die Geschwindigkeit zu verringern, stemmte sie sich ächzend hoch, um aus den seitlichen Fenstern noch einmal einen Blick nach hinten zu erhaschen. So sehr sie sich auch über die Instrumententafel beugte und das All mit Blicken durchforschte – sie konnte das Mutterschiff nicht entdecken. Aber es schien auch niemand mehr auf sie zu schießen.

»Langsam, langsam!«, flüsterte sie und ließ sich wieder zurück in ihren Sitz fallen. Sie fuhr die Geschwindigkeit herab, bis der Balken wieder ganz kurz und tiefblau war.

Gerettet!

Sie seufzte erleichtert. Nun musste sie nur noch das Schiff herumschwenken und nach Hause fliegen.

Die folgende Stunde verbrachte sie damit, in alle Richtungen zu wenden, um die Höhlenwelt oder wenigstens die Sonne wieder zu finden. Es gelang ihr nicht. Sie versuchte es damit, mit hoher Geschwindigkeit einen anderen Ort im All anzusteuern, um dort erneut nach der Sonne oder der Höhlenwelt Ausschau zu halten. Aber sie wusste schon, dass sie sich nur noch weiter verirrte. Die Anzeige, mittels derer sie zum Mutterschiff oder zum Schleusenschacht hätte zurückfinden sollen, war auf dem Leuchtschirm nicht mehr verfügbar. Sie probierte alles aus, hatte aber keinen Erfolg.

Während der ganzen Zeit versuchte Leandra krampfhaft, die Beherrschung zu wahren und nicht in Panik zu verfallen. Aber es gelang ihr immer weniger.

Zuletzt, nach vielen Stunden, hatte sie sich zusammengerollt und hockte weinend und verzweifelt in einer kleinen Ecke unter der Instrumententafel. Sie war verloren. Inzwischen wusste sie genug vom All und vom Fliegen, um zu ahnen, dass sie womöglich nie mehr nach Hause finden würde.

*

Als Victor den Gardisten vor Alinas Gemächern ansprach und um Einlass bat, war er voller Ungewissheit. *Die Shaba würde ihn zu sich bitten*, war ihm gesagt worden. Den ganzen Tag hatte er mit Abordnungen von Gilden und Zünften der Stadt verhandelt und war nun froh, das hinter sich zu haben. Er freute sich auf Alina – obwohl er leise Zweifel hegte, dass sie ihr heute wirklich willkommen war. Sie hatte sich in den letzten Tagen ein wenig zurückgezogen, und vielleicht gab es nur etwas Wichtiges zu besprechen.

Als er die Vorhalle ihrer Gemächer betrat, wurde

ihm etwas mulmig zumute. Es war immer das Gleiche: Wenn er sich auf Alina freute, und das geschah in letzter Zeit immer häufiger, fühlte er zugleich auch Angst. Die Angst, zurückgewiesen zu werden.

Reiß dich zusammen, mahnte er sich.

Er hatte wirklich keinen Grund, Schlimmes zu fürchten. In der letzten Zeit hatte sie ihn mit so viel Wärme und Freundlichkeit verwöhnt, dass er mitunter Lust bekommen hatte, sie zu küssen. Als er die Vorhalle durchquerte, überlegte er mit leisem Herzklopfen, ob er es nicht einfach versuchen sollte.

Wäre da nur nicht diese Angst gewesen, ob sie ihm vielleicht die kalte Schulter zeigen würde. Vielleicht hatte sie ihn längst aufgegeben oder würde wütend werden, wenn er sich ihr nun plötzlich doch näherte. *Ich denke, du liebst Leandra!,* hörte er sie sagen, oder: *Das hättest du dir früher überlegen sollen!*

Und wenn sie ihn nicht verstieße, wie würden die anderen reagieren? Marko, den er so oft geärgert hatte, würde wahrscheinlich hinterlistig grinsen, während er von Jacko oder Hellami ganz sicher eine handfeste Rüge erteilt bekäme. Durfte man das – die eine Frau lieben und plötzlich noch eine andere? Er war völlig durcheinander.

Vor der nächsten Tür wurde er von einer Zofe empfangen, einem hübschen jungen Mädchen mit demütig gesenktem Blick. Sie führte ihn durch die zweite Vorhalle zum nördlichen Salon, Alinas Lieblingszimmer. Mit unsicheren Schritten betrat er einen weiten, aber nicht allzu hohen Raum, der neben kostbaren Möbeln und Teppichen mit einer breiten Fensterfront und einem stattlichen Kamin ausgestattet war. Die Fenster mit ihren kleinen, bleigefassten Kastenscheiben gingen auf das nächtliche Savalgor hinaus, und das Zimmer war nur durch das Licht eines knisternden Feuers im Kamin erleuchtet.

Vor dem Kamin stand Alina, und als Victor sie sah, stockte ihm der Atem.

»Alina, was ... was machst du da?«

»Was denn?«, fragte sie unschuldig.

Er deutete auf das, was sie trug. »Ich meine ... was ... was hast du da an?«

Sie stand barfuß auf einem riesigen weichen Bärenfell, nur mit einem langen, weiten Etwas aus glänzender Seide bekleidet, und sah an sich herab. »Gefällt es dir nicht?«

Er schluckte und würgte ein »Doch, natürlich« hervor.

Mit zaghaftem Lächeln sah sie ihn an. »Entschuldige. Ich dachte ...« Sie unterbrach sich und zuckte mit den Schultern.

Das Gewand, das sie trug, war nichts als ein völlig glattes, silbrig schimmerndes Seidentuch mit einer rotgoldenen Borte. Über ihrer rechten Schulter wurde es nur von einer kleinen, dünnen Schleife zusammengehalten; beide Arme waren frei. Das Tuch verhüllte ihren Körper zwar vollständig, jedoch war nur die linke Seite wirklich *sicher*. Unterhalb der rechten Achsel klaffte ein breiter Spalt. Dort war das Gewand offen und schwang sich, an der Hüfte beginnend, in einem sanften Bogen, das rechte Bein freigebend, bis zum linken Knöchel hinüber. Die winzige Schleife auf der rechten Schulter signalisierte, wie gefährlich nahe die Trägerin dieses Gewandes der Nacktheit war. Victor musste nicht lange raten, ob sie darunter noch irgendetwas trug.

»Hilda hat mir dazu geraten«, bekannte sie mit verlegenem Lächeln.

Victor ächzte. »Hilda?«

Ihr angedeutetes Lächeln war zauberhaft unschuldig. »Ja. Sie meinte, wenn nichts mehr hilft, hätten wir Frauen immer noch die Möglichkeit, es mit unseren …« Wieder unterbrach sie sich und ließ ein Räuspern hören.

Victors Puls pochte wie mit Hämmern getrieben. Verzweifelt überlegte er, ob er jetzt seinen geheimsten Wünschen näher war als zuvor oder nicht. Sie sah einfach wunderschön aus. Nur die Wölbung ihrer Brüste zeichnete sich unter dem Gewand leicht ab, und doch konnte er erahnen, wie schlank ihre Beine, wie zart ihre Haut und vollkommen die Linien ihres Körpers waren.

»Wa-warum hast du mich hergebeten?«, stotterte er.

Sie hob die Schultern. »Ich wollte nur …« Sie unterbrach sich kurz. »Nur mit dir reden.«

»Mit mir reden?«

»Ja, ich …« Wieder unterbrach sie sich. Ihre plötzliche Unsicherheit war nicht zu übersehen. Ulkiger Weise löste sie bei ihm das Gegenteil aus: langsam fing er sich wieder. Inzwischen wusste er, worum es hier ging. Die Frage war nur, wer von ihnen den Mut aufbrachte – oder ob es überhaupt einem von ihnen gelang.

Mit einer regelrechten Kraftanstrengung zwang er sich dazu, aufs Ganze zu gehen. Nein, dieses Mal *musste* es sein; dieses Mal musste er es probieren, egal, wie es ausging. Mutig trat er auf sie zu und nahm ihre rechte Hand. »Wolltest du mich tatsächlich verführen?«, fragte er.

Alina begann zu zittern, und ihr Gesicht spiegelte eine Mischung aus Elend und Hoffnung. Offenbar nahm diese Sache eine ganz andere Richtung, als sie es geplant hatte.

Sie bekam ein schiefes Lächeln hin. »Offen gestanden … ja«, sagte sie leise.

Eine warme Woge durchspülte Victor. »Und … wie wolltest du das machen?«

Sie rollte mit den Augen. »Ich … ich wollte dir meinen Drachen zeigen.«

245

»Deinen Drachen?«

Sie deutete auf das freie Stück ihrer Hüfte, wo sich ein Teil einer Tätowierung zeigte. »Ja. Diesen hier.«

Nun verstand er. Er konnte ein leises Auflachen nicht unterdrücken.

Alina schien vor Scham im Boden versinken zu wollen. »Blöde Idee, was?«, jammerte sie.

Er schüttelte den Kopf. »Nein, nein. Ich musste nur an etwas denken. Roya hat mir mal angeboten, mir ihre Drachen zu zeigen. Für einen Goldfolint. Sie hat drei, nicht wahr?«

Alina machte große Augen. »*Was* hat sie?«

Victor winkte ab. »Ach, *gar nichts* hat sie! Ich hab den Folint herausgezogen, aber da hat sie gekniffen und ist abgehauen.«

Alina starrte ihn mit ungläubigen Augen an, dann schüttelte sie den Kopf und lachte leise. »Das ist typisch für Roya. Immer nur Unfug im Kopf.«

»Darf ich … deine sehen?«

Alina erstarrte. »Du willst wirklich?«

Er nickte.

»Ich habe nur einen«, flüsterte sie unsicher. »Und er ist …«

Sie wollte ihm entfliehen, doch er hielt sie fest. Seinem sanften Griff hätte sie sich leicht entreißen können, aber sie tat es nicht.

»Victor, mir wird ganz komisch zumute«, gestand sie mit verzweifeltem Gesichtsausdruck, während er sie zu sich heranzog. »Ich hab mir das so leicht vorgestellt …«

»Schon gut«, sagte er und schloss sie sanft in die Arme. »Ich mache dir einen Vorschlag, ja?«

Mit hochgezogenen Brauen blickte sie ihn an.

»Du behältst dein … *Dingsda* an und verführst mich nicht. Einverstanden?«

Sie schluckte. »Und dann?«

»Und dann gehst du in dein Bett, und ich komme nach. Du hast doch ein großes Bett, oder?«

»Du willst … nachkommen?«

Er schüttelte den Kopf. »Keine Angst. Mir genügt es, wenn ich deine Hand halten darf. Irgendwie hast du mir in den letzten Wochen ein bisschen den Kopf verdreht. Ich … ich würde heute Nacht gern in deiner Nähe sein.«

Sie sah ihn lange an. Ihr anfangs verschreckter Gesichtausdruck löste sich, und schließlich stand ein zuversichtliches Lächeln auf ihren Zügen. Sie hob die Hand an seine Wange und küsste ihn sanft auf die Lippen. »Das war die süßeste Liebeserklärung, die ich je gehört habe, Victor.« Ihr Lächeln verminderte sich um eine Winzigkeit. »Es war doch eine, oder?«

Er zog die Brauen in die Höhe und nickte ganz leicht.

Ein Strahlen überzog ihr Gesicht. Sie wandte sich um und eilte auf eine Tür zu. »Wann kommst du?«, fragte sie, bevor sie verschwand.

»So schnell ich kann. Ich will mir nur den Muff und den Staub des Sitzungssaals abwaschen.«

Sie winkte ihm noch einmal und war verschwunden.

Mit einem selten verspürten Hochgefühl im Herzen eilte er aus dem Zimmer und begab sich zu seinen eigenen Gemächern, die auf der anderen Seite des Ganges lagen. Er hegte die Hoffnung, bald nicht mehr jede Nacht zum Schlafen dort allein hinübergehen zu müssen.

Innerhalb kürzester Zeit hatte er sich erfrischt und machte sich auf dem Weg zurück zu Alina. Der Gardist vor ihrer Tür erlaubte sich ein freches Grinsen. Victor verzichtete auf den fälligen Anpfiff und boxte ihn dafür kräftig auf den Oberarm. Der Gardist verzog vor

Schmerz das Gesicht, behielt aber sein Grinsen bei. Kurz darauf stand Victor vor Alinas Schlafzimmertür und klopfte.

Sie rief ihn herein, und er betrat den Raum. Er war opulent ausgestattet, mit den feinsten Möbeln, Wandbehängen, Teppichen und natürlich einem riesigen Bett. Er kannte es schon, obwohl er noch nie darin gelegen hatte. Hier schlief gewöhnlich auch Maric, aber der war heute Nacht fort. »Ist er bei Hilda?«, fragte Victor mit einem Blick auf die leere Wiege.

Alina lag wie eine Verheißung unter der seidenen Bettwäsche. »Ja. Ich hatte vorgesorgt«, sagte sie frech. »Nun komm schon.«

Er schlüpfte unter das große Seidentuch und entledigte sich brav erst dort seiner Oberbekleidung. Alina trug nichts, da musste er nicht lange raten. Auch er streifte sehr bald den Rest seiner Kleider ab; sie umarmten und küssten sich, aber sie schliefen nicht miteinander. Das hatten sie früher bereits so gehalten. Es war wie eine stille Übereinkunft, zuerst andere Dinge nachzuholen. Stunden vergingen, in denen sie miteinander redeten und scherzten; Victor fühlte sich unendlich wohl bei ihr. Sehr spät in der Nacht zeigte sie ihm dann doch noch ihren Drachen.

»Willst du ihn sehen?«, flüsterte sie.

Er nickte.

Sie schlug die Decke zurück, sprang aus dem Bett, und er begriff, dass er ihr folgen sollte. Vor dem Kamin fand er sie wieder, wo sie sich auf einen dicken Fellteppich niedergekniet hatte. Den Oberkörper hatte sie dem Feuer zugewandt, das jedoch schon sehr weit heruntergebrannt war und nur noch ein tief orangefarbenes Glühen aussandte.

Victor kniete sich zwei Schritt entfernt von ihr nieder und betrachtete sie im schwachen, warmen Schein der

248

Glut. Tränen stiegen ihm in die Augen. Alina war so schön, dass es fast schon ein bisschen wehtat.

Sie gewährte ihm Minuten, sie anzusehen; schließlich rutschte er auf Knien zu ihr und küsste sie. Sie blieben noch lange dort; erst als die Glut nicht mehr genügend Wärme verstrahlte und sie zu frösteln begannen, begaben sie sich wieder ins Bett. Victor war sicher, diese Nacht niemals im Leben vergessen zu können. Irgendwann trieb er ins Reich sanfter Träume davon; Alina schlief bereits, ihr warmer Körper lag eng an ihn geschmiegt.

Tief in der Nacht geschah es dann.

Er schreckte hoch, als plötzlicher Tumult im Raum aufkam. Schlaftrunken kämpfte er sich hoch, sah Kerzenleuchter und die offene Tür. Hellami und Roya waren da, Jacko kam in diesem Moment zur Zimmertür herein.

»Alina!«, vernahm er Hellamis verzweifelte Stimme. »Es ist etwas Furchtbares geschehen.« Ihr Gesicht war voller Tränen, als sie sich auf die Bettkante setzte. Alina hatte sich bereits aufgesetzt, krabbelte nun mit schreckensbleichem Gesicht über das Bett und nahm Hellami in die Arme. Victor hatte Mühe, sich ausreichend zu bedecken, als Roya seine Umarmung suchte. Jacko baute sich vor dem Bett auf, einen großen Kerzenleuchter in der Hand.

Victors Herz pochte wild. Einesteils empfand er unsägliche Erleichterung, dass sowohl Hellami, Roya als auch Jacko keinerlei Befremdung darüber zeigten, ihn in Alinas Bett vorzufinden. Andererseits konnte ein solcher Überfall mitten in der Nacht nur eine Schreckensnachricht bedeuten.

»Leandra«, stammelte er. »Ist etwas mit Leandra?«

Alle drei sahen ihn mit dumpfen, verzweifelten Blicken an.

»Nun sagt schon!«, rief er.

»Sie ist mit dem Schiff, das wir in Thoo gefunden haben, ins All gestartet«, sagte Jacko tonlos. »Vor vier Tagen.«

»Vor *vier* Tagen?«

Jacko nickte. »Roya hat die Nachricht eben aus Malangoor überbracht.«

Victor war irritiert. »Und … weiter?«

»Verstehst du nicht?« klagte Roya. »Sie hätte nach ein paar Stunden wieder da sein sollen. Izeban meint, wenn sie sich draußen im All verirrt hat, sind ihre Chancen, wieder heim zu finden, gleich Null.«

*An einem (sehr) weit
entfernten Ort ...*

10 ♦ Die Bestie

Schön war sie ja.

Schön wie eine dieser Baumschlangen, schillernd hellgrün, mit trügerisch friedlichem Gesichtausdruck, elegant in der Bewegung, faszinierend in der Erstarrung, gertenschlank und anmutig.

Sie trug ein ebenso grünes Kleid, rätselhaft knapp geschnitten und figurbetonend für das, was sie war; ihre Brille, ein feines Instrument mit mehr modischem als optischem Nutzen, thronte wie ein Ausrufezeichen von Geschmack und Intelligenz in ihrem scharf geschnittenen Gesicht. Schön war sie wirklich – aber genauso hinterlistig und gefährlich wie eine dieser Baumschlangen.

Darius Roscoe strich sanft mit dem Zeigefinger über die gelb aufleuchtende Taste auf dem schrägen Pult, vor dem er saß. Er hatte beide Ellbogen aufgestützt und starrte auf den kleinen Bildschirm vor sich. Seine Nasenflügel bebten leicht.

Seine Gefühle kreisten irgendwo zwischen Schadenfreude, Zorn, leidenschaftlicher Bewunderung und noch einigen anderen Empfindungen, die ihn durchwallten. Diebische Schadenfreude, dass er sie jederzeit beobachten konnte, dieses Miststück, sogar unter der Dusche, wenn er wollte. Zorn über seine Dummheit, dass er sie mitgenommen hatte, so als wäre die Schönheit einer Frau der Maßstab für ihre *Freundlichkeit*. Leidenschaftliche Bewunderung für ihren Körper, ihre grazilen Bewegungen und ihre seidigen, dunkelbraunen Haare. Und all der Rest seiner Emotionen für das, was noch vor ihm liegen mochte, bis er sie endlich wieder los war.

Diese *Bestie*.

Roscoe drückte den gelben Knopf, und das Bild verlosch. Mit einem missgestimmten Brummen ließ er sich in seinen Sitz zurücksinken und wischte sich mit beiden Händen über die Augen.

Vielleicht würde er sich so rächen können – indem er sie nackt beobachtete. Kurz überlegte er, ob er vielleicht ein paar Nacktbilder von ihr einfangen und über dunkle Kanäle verbreiten sollte – doch nein, dass sie *hier* gemacht worden waren, konnte man ihm später womöglich nachweisen. Eine wie sie kannte da sicher keinen Spaß. Sie würde ihm Ärger bereiten, dass ihm Hören und Sehen verginge.

»Käpt'n Roscoe?«, plärrte es aus der Bordverbindung.

»Käpt'n?«, murrte er leise. »Seit wann so viel Respekt, du Miststück?« Er drückte eine Taste. »Was gibt's, Miss Janica?«, flötete er freundlich.

»Hören Sie auf, mich beim Vornamen zu nennen!«, maulte sie. »Wir kennen uns schließlich nicht aus dem Sandkasten! Die Bordküche ist *schon wieder* aus.«

Der Schreck fuhr durch seine Glieder. »V-Verzeihung!«, stammelte er. »Ich …«

»Versuchen Sie nicht, mir irgendeine Lüge über Wartungsarbeiten oder dergleichen aufzutischen! Ich weiß genau, dass Sie das Ding immer wieder abschalten, um mich zu ärgern!«

»Nicht, um Sie zu ärgern, Miss Vasquez. Wir sind nur zwei Personen an Bord und …«

»Ich zahle auf Ihrem hässlichen Raumfisch ebenso viel, als hätte ich auf einem Linienschiff gebucht! Also will ich auch wenigstens dann etwas zu essen bekommen, wenn *ich* Hunger habe, und nicht, wenn Sie geruhen, Ihre verdammte Fraß-Maschine einzuschalten! Sagte ich schon, dass das Zeug grauenvoll schmeckt?«

Ihre hysterisch überbetonten Wörter nervten ihn. Sein anfangs noch freundlicher Tonfall verwandelte sich in ein unwilliges Brummen. »Ja, ja, Miss Vasquez. Sagten Sie schon. Ich komme runter.«

Verdrossen hieb er auf die Taste und unterbrach die Verbindung. Dämliche Ziege! Allein wegen ihr sollte er den lieben langen Tag die automatische Bordküche in Betrieb halten – wegen *einer* Person! Wenn die Küche nicht ständig genutzt wurde, verdarb sie täglich Grundstoffe, mit denen man ein Dutzend Leute versorgen könnte – und das kostete Geld. Doch Geld hatte er im Moment nötiger als sonst was. Wütend erhob er sich, stieß den Pilotensessel aus den Kniegelenken so heftig nach hinten, dass er krachend in das Schienenschloss fuhr, und zischte einen saftigen Fluch. Seine Lust, sich irgendeine Boshaftigkeit gegen sie auszudenken, wuchs.

Er marschierte auf das Brückenschott zu, und Sandy öffnete es gehorsam für ihn. »Ärger, Boss?«, fragte sie.

»Hörst du doch!«, murrte er, während er weiterlief. »Ihre Hoheit geruhen ein Tröpfchen Tee zu trinken und einen halben Keks zu essen!«, äffte er Vasquez nach.

»Sie ist nicht sehr nett, nicht wahr?«, fragte Sandy mitfühlend.

Roscoe trat hinaus in den breiten Arterialtunnel und marschierte in Richtung des Vertikalports – der etwa zweihundert Meter nach achtern von ihm lag. Das Licht war gedämpft, die Wandrippen glänzten, als wären sie feucht. »Nein, ist sie nicht. Sie ist ein dämliches, arrogantes und überhebliches Weibsstück.«

»Tut mir Leid, Boss«, meinte Sandy. »Dabei hatten Sie doch anfangs …«

Roscoe hob während des Laufens eine Hand. »Erinnere mich nicht an die Stunde meiner Schande, Sandy. Ich weiß: Ich dachte, eine schöne Frau als Gesellschaft für einen langen Flug …« Er winkte mit der erhobenen

255

Hand ab und schnaufte unwillig. »Da würde ich lieber mit *dir* ins Bett gehen!«

»Unmöglich ist das nicht«, wandte Sandy ein. »Es gibt einen optionalen Nanostruktur-Manifestor, der einen protoplasmatischen Schaum in eine feste Form …«

Roscoe verzögerte seine Schritte und sah in die Höhe. »Du würdest mit mir ins Bett gehen, Sandy?«

»Aber ja, Boss!«

Er lachte auf und ging wieder schneller. »Manchmal bist du richtig süß, Schätzchen«, sagte er gutmütig. Bald darauf hatte er den Vertikalport erreicht. »Bring mich nach unten!«

Kurz darauf war er ein Deck tiefer. Während er den riesigen Zentralen Venaltunnel weiter nach achtern durchschritt, überlegte er, ob Sandys Angebot nur ein vorgefertigter, einprogrammierter Spruch gewesen war oder ein ehrliches Produkt ihrer Persönlichkeitsstruktur. Traf Letzteres zu, dann wäre sie in der Tat die bessere Wahl als diese dämliche Janica Vasquez.

Er fand sie erwartungsgemäß vor der Kombüse. In ihrem feinen, hellgrünen Kostüm mit Jäckchen und knielangem Rock passte sie überhaupt nicht in die derbe, halb organische Umgebung eines Halon-Leviathans. Sie erwartete ihn mit vorwurfsvoll vor der Brust verschränken Armen.

»Was möchten Sie denn essen, Verehrteste?«, fragte er freundlich, durch Sandys niedliches Angebot ein wenig besänftigt.

»Essen?«, höhnte sie. »Essen nennen Sie das, Roscoe?«

»Was haben Sie denn? Sie sind eine Woche früher auf Spektor Drei. Ich halte extra Ihretwegen bei der Orbitalstation an, damit Sie eine Anschlussverbindung bekommen. Ist das nicht ein kleines Opfer wert? Außerdem ist das Essen gar nicht so schlecht.«

Ihre Züge zeigten Ablehnung. »Ich bin sicher, Sie

müssten nur einen Knopf drücken, dass es besser schmeckt!«

Er hielt an sich. Abfällig-herausfordernd starrte er auf ihre Brüste. Sie bemerkte es und hob die verschränkten Arme noch höher. »Was starren Sie so?«

Er überlegte, wie sie wohl nackt aussah. Heute Abend würde er es wissen – wenn er frech genug war. Angesichts ihres Benehmens zerbröckelten die Schranken seiner guten Manieren immer mehr. Allerdings … wenn er zu weit ging, konnte das böse Folgen für ihn haben. Leise seufzend löste er die Blicke von ihrer weißen Bluse – viel hatte er ohnehin nicht sehen können.

»Also, was wollen Sie nun?«, fragte er.

»Was ich will? Alles!« Sie blitzte ihn herausfordernd an. »Viertausend Solis für eine Fahrt auf Ihrem Seelenverkäufer – da habe ich wohl Anspruch auf ein wenig Komfort! Ich möchte mal wissen, was Sie mit all dem Geld machen!«

Roscoe schluckte. Wieder spielte sie auf ihre Macht an. Sie war Inspektorin der Aurelia-Dio-Finanzbehörde, direkt dem Sektorgouverneur des Pusmoh unterstellt. Derzeit befand sie sich auf der Heimreise von einem Prüftermin irgendwo in den Halon-Habitaten, aber bevor sie wieder auf Diamond ankäme, hatte sie noch ein paar Tage Langeweile auf seinem Schiff vor sich. Wenn er sich ihren Wünschen nicht fügte, konnte sie Einblick in seine Journale, Frachtbücher und Abrechnungen verlangen, und das würde unweigerlich mit dem Entzug seiner Frachtlizenz enden. Womöglich sogar damit, dass er im Gefängnis landete. Bei ihm war so gut wie alles frisiert, und zwar nach Strich und Faden. Hätte er nur etwas von ihrem Beruf geahnt, bevor er sich in ihre schönen Beine vergafft und ihr eine Passage angeboten hatte!

»Na schön«, sagte er und bemühte sich um ein

Lächeln. »Dann will ich heute mal extra für Sie den Knopf drücken!«

»Welchen Knopf?«

»Na den, mit dem es besser schmeckt.«

Sie fand das nicht im Geringsten witzig. Ihre ebenmäßigen Züge strahlten eisige Kälte aus. »Machen Sie sich nicht über mich lustig, Freundchen.«

Freundchen. Er starrte sie kurz an, schluckte aber diese krasse Respektlosigkeit herunter und drückte die Öffnungstaste des Kombüsenschotts. Zischend glitt die Tür zur Seite und gab den Weg in die kleine Bordküche frei.

Der Küchenautomat war nichts Besonderes – ein einfaches, bezahlbares Modell, dazu noch gebraucht. Zehn unterschiedliche Gerichte in dreifacher Tagesstaffel, für maximal 12 Besatzungsmitglieder, das war alles. Die Hälfte davon war tatsächlich nicht gerade als wohlschmeckend zu bezeichnen, da hatte sie schon Recht. Aber mit ein bisschen Phantasie konnte man sich selbst etwas zusammenstellen. Er klappte eine Abdeckung zur Seite und betätigte den Hauptschalter. Summend erwachte die Maschine zum Leben. »Schauen Sie mal, Verehrteste …«, begann er.

»Hören Sie auf mit diesem ›Verehrteste‹!«, fuhr sie ihn wütend an. »Ich bin weder Ihre *Miss Janica* noch Ihre *Gnädigste*, noch Ihre *Verehrteste*! Ist das ein für allemal klar?«

Er war verstummt und starrte sie nur mit einer Mischung aus Verunsicherung und neuerlichem Ärger an. Es war zwecklos, mit ihr auch nur reden zu wollen.

»Mir ist der Hunger vergangen!«, stellte sie fest.

Er blickte in Richtung des Hauptschalters. Jetzt, wo die Maschine hochgefahren wurde, musste sie erst Betriebsstatus erreichen, ehe er sie wieder abschalten konnte. Damit war wieder einmal ein Basisregister dahin, und der Molekularsynthesizer verlor eine Ladung. Na prächtig.

»Was haben Sie eigentlich geladen?«, fragte sie stattdessen. »Ich meine, in den hinteren Frachtabteilen?«

»In den … *hinteren* Frachtabteilen?«

»Ja. Dies ist doch ein Zwölfripper, oder? Glauben Sie, so etwas sehe ich nicht?«

Roscoe wurde blass. »Ein … ein Zwölfripper? Nein, ich …«

Sandys weiche Stimme unterbrach sie. »Käpt'n bitte auf die Brücke. Eingehender Ruf von Spektor Fünf. Commander Griswold.«

Roscoe blickte in die Höhe. »Griswold? Gleich, Sandy. Ich komme.« Er lächelte Vasquez entschuldigend an. »Verzeihung, Miss. Ich muss hoch …«

Sie verschränkte wieder die Arme vor der Brust. »Kommt Ihnen sehr gelegen, wie? Gehen Sie nur. Ich nehme rasch ein Bad und komme dann hinauf. Sie haben Ihre Journale doch da, nicht wahr?«

»Meine Journale?«

Sie warf ihm ein warmes Lächeln zu. »Richtig. Ich glaube, ich werde mir den Abend ein wenig damit versüßen. Mal sehen, ob ich die hinteren zwei Rippen nicht doch irgendwo finden kann!«

Ihr triumphierendes Lächeln traf ihn wie ein Messer. Für einen Augenblick war er geradezu überwältigt von der völligen Gefühlskälte dieser Frau. Sie wandte sich schwungvoll um und verließ die Bordküche.

Fassungslos starrte er ihr hinterher.

»Zweiter Ruf von Commander Griswold, Käpt'n«, hallte Sandys Stimme durch den Tunnel.

*

»Du meine Güte«, sagte Griswold, »du siehst aus, als wärest du einem Gespenst begegnet!«

Roscoe saß matt in seinem Sessel und starrte auf Griswolds riesiges Gesicht, das vor ihm auf dem Zentralmonitor flimmerte. »Kann man wohl sagen. Ich hab da so einen Passagier an Bord ...«

»Sieht sie wenigstens gut aus?«, fragte Griswold.

Roscoe versuchte noch immer, seinen Schock unter Kontrolle zu bekommen. Wenn sie wirklich damit begann, seine Journale und Frachtbücher zu prüfen, würde sie darauf kommen, dass die *Moose* sogar ein Vierzehnripper war. Sie besaß achtern vier nicht vollständig ausgebildete Kammern, die aufgrund eines Wachstumsfehlers von außen kaum auszumachen waren, dabei aber doch einiges an Frachtraum boten. Doch diese dreimal verfluchte Inspektorin hatte Recht: Er führte unregistrierte Fracht mit sich. Es waren zwar nur ein paar Zehntausend Kubikmeter Wasserstoffeis, aber immerhin, die würden ihm auf einem der Bergbaumonde von Rhemur einen kleinen Erlös bringen – unversteuert, versteht sich. Er brauchte das Geld dringend.

»Roscoe, was ist mit dir?«

Er schreckte hoch. »Oh, nichts. Was ist los, Griswold? Bin ich schon im Bereich eures Strahls?«

»Wir haben ein paar neue Bojen hinzubekommen. Der Überwachungssektor reicht jetzt schon bis zu dir hinaus. Was ist, warum nimmst du nicht das Loch?«

Roscoe schüttelte den Kopf. »Kein Geld. Bin zurzeit zum Bummeln verurteilt.«

»Na, das trifft sich ja gut. Ich hätte einen Job für dich.«

»Einen Job?«

Griswold, ein massiger alter Haudegen mit Stiernacken und lichtem Haar, der früher zwei Jahrzehnte lang selbst Roscoes Route geflogen war, nickte gutmütig. »Yeah. Ein Stück Schrott. Treibt bei dir da draußen irgendwo herum. Sieh es dir an und schick mir einen Scan. Dann kann ich es mir sparen, ein Boot raufzuschicken. Das bringt meinem Boss ungefähr neunhundert Solis, und ich kann dir, sagen wir, sechshundert auf dein Konto buchen lassen. Vorausgesetzt, du hast noch eins, du armer Hund.«

In Roscoes Hirn setzte sich ein Räderwerk in Gang. »Sechshundert Solis? Klingt gut. Ich, ähem ...« Er blickte sich beunruhigt auf der Brücke um, so als könnte Vasquez hinter ihn getreten sein und ihn bei seiner neuesten Untat frisch ertappen. »Kannst du ...?«

Griswold blickte sich nun selbst um. Er senkte die Stimme. »Du meinst ...?«

Roscoe nickte schwach. Bei dem, was ihm wohl blühte, musste er jeden verfügbaren Soli auf die Seite bringen. Diese verfluchte Vasquez würde ihn ziemlich sicher über die Klinge springen lassen.

Griswold nickte unauffällig. »Gut. Ich hab die Nummer. Hoffentlich funktioniert der Code noch.«

Roscoe nickte verbindlich. »Er tut's. Und was soll ich nun genau machen? Ein Stück Schrott bergen?«

»Nur, wenn es mehr als ein Stück Schrott ist. Dann kannst du es meinetwegen auch bergen. Allerdings musst du es mir dann auch bringen – nach Spektor Fünf.«

Roscoe brummte unentschlossen. Einen Umweg würde Vasquez nicht schätzen, auch wenn ihm das zusätzliches Geld versprach.

»Egal, was es ist«, erklärte Griswold, »du machst zuerst einen Scan und schickst ihn mir. Dann reden wir weiter. Ich muss erst sehen, ob sie das Ding wollen.«

»Sie? Wer denn?«

»Na, die Drakken.«

Roscoe runzelte die Stirn. »Die Drakken? Seit wann interessieren die sich für Weltraumschrott?«

»Hast du nicht zugehört? Der Überwachungssektor reicht jetzt bis raus zu dir. Das Ding *muss* überprüft werden.«

Roscoe brummte etwas und zuckte fragend mit den Schultern. »Und wo ist es nun?«

Griswold pochte mit dem Zeigefingerknöchel gegen seine Mattscheibe. »Sandy, mein Schatz, hörst du mich?«

»Ja, Commander Griswold«, antwortete sie brav.

»Die Daten kommen … *jetzt!*« Er hatte seinen dicken Zeigefinger erhoben und ließ ihn auf einen Knopf auf dem Pult vor sich niedersausen. Für Augenblicke flammte rechts oben auf Roscoes Monitor das Symbol für Datenempfang auf.

»Was kann an einem Stück Schrott so interessant sein?«, wollte Roscoe wissen.

»Keine Ahnung. Wir fahren hier schon seit fünf Tagen Stufe zwei. Die Drakken sind zurzeit nervös wie ein Hühnerhaufen.«

Roscoe schluckte. »Die Saari? Kommen etwa die Saari?«

Griswold winkte ab. »Ach was. Hast du je auch nur den Schwanz von einem Saari gesehen?«

Roscoe zuckte die Achseln. »Haben die denn Schwänze?«

»Eben. Das weiß keiner. Ich glaub nicht, dass wir beide noch erleben werden, dass die Saari kommen. Manchmal frag ich mich, ob es sie überhaupt gibt.«

Roscoe seufzte. Er wusste es besser. Nach einer Woche fast schon lähmender Ruhe war der Ansturm der Ereignisse im Moment beachtlich. »Na gut. Ich sehe mir dein Schrottstück an und schick dir deinen Scan, ja? Bis dann!«

Griswold nickte und hob grüßend eine Hand. Der Monitor flackerte, und das große Diagramm der Schiffssysteme kehrte zurück. Ein kurzer, gewohnheitsmäßiger Blick auf das fischähnliche Gebilde sagte Roscoe, dass alles in Ordnung war.

Schnaufend ließ er sich zurücksinken.

Sein Herz pochte noch immer dumpf. Vasquez' Drohung saß ihm wie ein Dolch in den Rippen. Für Momente fragte er sich, was wäre, wenn er sie einfach packte und aus der Hauptschleuse warf. Sie war dabei, sein ohnehin beschissenes Dasein zu ruinieren. Wenn sie seine Bücher auseinander nahm und auch noch die hinteren Frachtabteile fand, war es aus mit ihm. Vielleicht fand sie sogar sein Geheimkonto, auf das Griswold die sechshundert buchen lassen würde. *Mist!*

Einem unentschlossenen Impuls folgend, drückte er wieder die gelbe Taste auf dem Pult, und der kleine Monitor flammte auf. Er hatte gar nicht mehr daran gedacht, dass sie davon gesprochen hatte, ein Bad zu nehmen, aber da war sie – durch den Spalt der Badezimmertür ihrer Kabine sah er ihren Arm aus der Wanne hängen. *Und sie sang!*

Roscoe lachte trocken auf. Geradezu unglaublich, dass diese gefühllose Schlange so etwas wie Gesang zustande bringen konnte. Ein paar weitere Knöpfe hätten ihn direkt ins Badezimmer gebracht, aber er hatte keine Lust mehr auf ihren sensationellen, aber kalten, herzlosen Körper. Verdrossen starrte er den Monitor an und überlegte, was er tun könnte. Sollte er versuchen, jetzt über die Maßen nett zu ihr zu sein? Die Kombüse ständig aktiviert lassen, ihr Tee bringen und nötigenfalls den Rücken kraulen?

Sie verließ das Badezimmer, kam mit einem Handtuch in die Kabine spaziert und begann sich abzutrocknen. Nun sah er sie nackt, aber sie ließ ihn kalt. Sie war vielleicht ein, zwei Jahre jünger als er selbst, irgendwo zwischen achtundzwanzig und dreißig. Was sollte er tun? Die Idee, sie ab jetzt zu verwöhnen und zu verhätscheln, war absurd. Sie würde das auch gewiss nicht zulassen. Oft genug hatte sie ihm klar gemacht, dass sie ihn für einen verdreckten, ungepflegten Barbaren hielt; sie würde ihn nicht einmal auf zehn Schritte an sich heranlassen – egal, wie viel Mühe er sich gäbe. Er hieb wieder auf die gelbe Taste und ließ sie allein.

»Ich habe die Kursänderung vorbereitet, Boss«, meldete sich Sandy.

»Gut, mein Schatz«, sagte er, dankbar für Sandys warmherzige Wesensart – obwohl ihm klar war, dass sie nur ein hochgezüchtetes Stück Software war. Er stieß sich ab und rutschte mit seinem Sessel an das Navigationspult, wo ein weiterer großer Holoscreen-Monitor aufflammte. Sandy reichte ihm mit einem Robotarm den Sensorhelm, und er setzte ihn sich vorsichtig auf. Augenblicke darauf entstand auf dem Monitor ein Bild des Rückenmarks der *Moose*.

»Wo ist dieses Ding?«, fragte Roscoe.

Anstelle einer Antwort zoomte Sandy den Bildausschnitt in die Schwärze des Alls, weiter und immer weiter, bis schließlich eine dunkle Form in Sicht kam. Roscoe wusste, dass Sandy keine Optik von dieser Auflösungskraft besaß, sondern dass dieses Bild nur eine Simulation auf der Grundlage von Ortungsdaten war, die sie interpoliert hatte. Dennoch war die Form des Objektes gut erkennbar.

»Das ist kein Stück Schrott«, sagte Roscoe nachdenklich und lehnte sich vor. Er studierte die dunkle Form. »Eher ein völlig verbeultes Beiboot – der Form nach von den Drakken. Was meinst du, Sandy?«

»Die Hülle ist beschädigt und der Energiestatus ist kaum wahrnehmbar, Boss. Vielleicht ist Schrott doch das richtige Wort.«

Roscoe starrte eine Weile nachdenklich auf den Holoscreen.

»Soll ich den Scan jetzt anfertigen, Boss?«

Er schüttelte den Kopf. Eine Idee war ihm gekommen. »Nein. Ich denke, wir sehen uns das Ding mal genauer an. Ich meine – aus der Nähe.«

11 ◆ Der Engel

»Wie lange wird uns das aufhalten?«, fragte Vasquez.

Sie befanden sich im Unteren Venaltunnel vor dem großen Steuerbord-Verladedeck, wo die *Moose* ihr größtes Außentor besaß. Vasquez war herunter gekommen – sehr zum Ärger von Roscoe, der hier nichts mit ihr anfangen konnte. Sie starrte ihn ärgerlich an. Wieder einmal war sie piekfein gekleidet, trug einen eng anliegenden, blassblauen Hosenanzug. Er verstand nicht ganz, warum sie so viel Wert darauf legte, ihm gegenüber ihre Figur so sehr zu betonen. Wollte sie ihn provozieren, um ihn dann abblitzen zu lassen?

»Nur ein paar Stunden, Verehrteste!«, erklärte er. »Halten Sie sich eine Weile zurück. Ich muss eine Bergung dirigieren!«

»Ich werde mich bei der Leitstelle beschweren! So etwas *können* die ihnen gar nicht befehlen!«

»Tun Sie das«, grollte er und winkte sie beiseite.

Sie murmelte etwas Abfälliges, blieb aber, wo sie war – am falschen Ort.

Roscoe beschloss, von seiner Autorität als Kapitän dieses Schiffes Gebrauch zu machen – egal, wie sie das auffasste. »Gehen Sie auf Ihre Kabine, Passagier Vasquez. Das hier ist eine Sicherheitszone. Hier könnte Ihnen etwas zustoßen!«

»Das würde Ihnen so passen, was? Gut, ich gehe!«

Roscoe fühlte sich seltsam ruhig. Er verschwendete keinen Gedanken mehr an sie und schlüpfte in den

Druckanzug. Als er in angelegt hatte, war Vasquez verschwunden. »Sandy, wie ist die Geschwindigkeit?«

»Nahe Null, Boss. Der Transporterstrahl ist bereit.«

»Braves Mädchen. Du kannst die Schleuse öffnen.«

»Ist Ihr Druckanzug korrekt angelegt, Boss?«

Roscoe grinste. Sie wusste genau, ob oder ob nicht. Warum tat Sandy das? Konnte sie die Spannungen zwischen ihm und Vasquez so gut spüren, dass sie jetzt versuchte, sie durch einen Ausdruck besonderer Sorge um ihn zu kompensieren? Wenn die heutigen Computerprogramme tatsächlich schon so weit waren, dann gab es bald wirklich keinen Grund mehr, sich mit einer Frau wie Vasquez herumzuärgern.

»Ja, ist er, Schätzchen. Nun mach schon.«

Die Schleusentür vor ihm öffnete sich, ein Stahltor, das in das organische, innere Rippengeflecht des Leviathans eingelassen war. Er trat in die Schleusenkammer, und das hintere Tor schloss sich wieder. So eine Bergung hatte er noch nie durchgeführt; er hoffte, dass er es allein hinbekam. Nun ja, Sandy würde ihm helfen. Geduldig wartete er, bis der Druck in der Schleuse auf Null gesunken war, und öffnete dann die äußere Schleusentür, um in das große Steuerbord-Verladedeck zu gelangen. Er betrat eine riesige, lang gezogene Halle, die sich an der rechten Unterseite des Schiffskörpers befand und eine Länge von gut hundertfünfzig Metern besaß. Höhe und Breite lagen bei etwa siebzig.

Unwillkürlich entfuhr ihm ein resigniertes Seufzen, als ihn nichts als *leerer Raum* angähnte. Hier hätten sich normalerweise Berge von Eisenerz oder Bauxit türmen sollen. Er hatte keine Fracht für die Rückfahrt ergattern können.

»Boss, ich öffne jetzt die Hauptfrachtluke.«

»Nur zu.«

Etwa hundert Meter von ihm entfernt ruckte eine

riesige Stahlwand in die Höhe. Er hörte nichts, da sich keine Luft mehr im Raum befand. Augenblicke später fiel ein greller Lichtstreifen durch den sich erweiternden Spalt. Aurelia stand direkt längsseits der *Moose*, noch etwa dreieinhalb Lichtstunden entfernt. Und dann sah Roscoe auch schon das Beiboot – kaum mehr 100 Meter von seiner Frachtluke entfernt. Ein schlankes, etwa fünfzehn Meter langes Projektil mit zusätzlichen Stummelflügeln für atmosphärischen Flug.

»Das ist ein TT-Schiff, Sandy!«, rief Roscoe aufgeregt.

»Ja, Boss, ein Modell der Drakken. Wie sie vermuteten.«

Er hatte Recht behalten, es war ein *Hopper*, ein kleines Drakkenschiff, eines der kleinsten Schiffe überhaupt, die einen TT-Antrieb besaßen. Ein unerhört kostbarer Fund. Einen TT-Antrieb in die Hände zu bekommen, selbst wenn er defekt war, stellte einen unermesslichen Schatz dar. Allerdings einen illegalen. Sein Hirn begann zu arbeiten. »Verdammt, Sandy – können wir es reinholen?«

»Commander Griswold verlangte zuerst einen Scan, Sir!«, erinnerte sie ihn.

Ihre förmliche Anrede mit ›Sir‹ versetzte ihm einen kleinen Stich. Es war ein Hinweis darauf, dass er hier einen ungesetzlichen Akt erwog, der in Sandys Legalitäts-Block hängen blieb. Er hatte keine Ahnung, ob sie ihm den Gehorsam verweigern würde, wenn er verlangte, den Hopper zu bergen.

»Ich weiß, Sandy«, antwortete er vorsichtig. »Meine Frage lautete, ob wir es reinholen können?«

»Ja, Boss. Ich könnte es mit dem Transporterstrahl versuchen.«

Roscoe atmete auf. Sie würde ihm gehorchen – und das ›Boss‹ signalisierte, dass ihre eigentliche Persönlichkeit wieder die Oberhand gewonnen hatte. Verpfeifen konnte sie ihn nicht – das widersprach dem Loyalitätskodex künstlicher Persönlichkeiten.

Nun begannen seine Gedanken zu rasen. Der TT-Antrieb könnte ihn zu einem reichen Mann machen und all seine finanziellen Probleme auf einen Schlag lösen. Doch er hatte alles andere als genügend Zeit. Sandy konnte ihm helfen – nur wusste er nicht, wie weit sie mitmachen würde. Sie mussten den TT-Antrieb förmlich aus dem Hopper *herausreißen*, um die leere Hülle danach als ein tatsächliches *Stück Schrott* wieder ins All hinausstoßen zu können. Es war ein verdammtes Wagnis, und er musste so schnell arbeiten wie noch nie zuvor.

»Gut, mein Schatz«, rief er, fieberhaft nachdenkend. »Fixiere die Hochachse. Ich gehe an den Robolifter. Wenn es irgendwo anstößt, versuche ich es damit zu drehen.«

»Dazu muss ich die Gravitation im Frachtdeck abschalten, Boss. Sie müssen Ihre Magnetsohlen aktivieren.«

»Ja, ich weiß. Los, mach schon.«

Gemeinsam bugsierten sie das kleine Drakkenschiff durch die offene Ladeluke ins Frachtdeck der *Moose*. Wie immer funktionierte die Zusammenarbeit bestens, und Roscoe schöpfte Hoffnung, dass Sandy ihn nicht im Stich lassen würde. Dieser verdammte Legalitäts-Block! Wenn er nur wüsste, wie diese Dinger arbeiteten! Möglicherweise konnte er Sandy durch geschickte Frage- und Aufgabenstellung so manipulieren, dass sie die ganze Sache mit ihm durchzog.

Minuten später herrschten wieder Druck und Gravitation im Frachtdeck, helle Lichter strahlten von der schwarzbraunen Hallendecke herab, und das Drakkenboot lag, etwas zur Seite gekippt, auf der großen Verladeplattform nahe dem Eingang zum Rolltunnel A.

Roscoe schlüpfte eilig aus seinem Druckanzug. Sein

Herz klopfte wild. »Sandy!«, rief er nervös. »Hör mir zu. Du musst mir bei etwas helfen. Ist der große Impuls-Brenner betriebsbereit?«

»Ja, Boss. Ich kann ihn innerhalb von vier Minuten hochfahren. Was haben Sie vor?«

Er holte tief Luft. »Also … es ist gewissermaßen ein Notfall. Wir müssen …«

Das Wort blieb ihm im Halse stecken, als er das typische Zischen eines aufgleitenden Schotts vernahm. Er fuhr herum – und erblickte Vasquez im Durchgang zum Unteren Venaltunnel.

O nein!, stöhnte er innerlich. *Jetzt ist alles vorbei!*

In der Aufregung über seinen Fund hatte er überhaupt nicht mehr an sie gedacht. Damit waren seine Chancen gleich Null, sein Vorhaben noch umsetzen zu können. Wütend fuhr er herum.

»Was machen Sie denn hier?«, brüllte er sie an.

»Hee!«, brüllte sie zurück. »Was schreien Sie so? Die Statuslampe dort draußen zeigte *Grün*. Da kann ich doch wohl herein, oder?«

Roscoe stöhnte lautstark und drehte sich wieder herum. Nun wusste sie, dass der Hopper an Bord war – obwohl sie wahrscheinlich kaum ahnte, was für eine Sorte Schiff das war und über welchen Antrieb es verfügte. Sich wütend einen hirnlosen Narren scheltend, überlegte er, ob er sie noch irgendwie austricksen konnte.

»Ah, kein Schrott, sondern ein Drakkenschiff!«, sagte sie gedehnt und spazierte über den Metallboden des Frachtdecks in Richtung des Hoppers.

Argwöhnisch betrachtete er sie von der Seite und mahnte sich, die Situation nicht unbedacht noch zu verschlimmern. Er würde sie einlullen und irgendeine Erklärung erfinden, dass er den Hopper demontieren müsse, bevor er ihn ablieferte – allerdings erst auf dem Rückweg. Auf jeden Fall *nach* dem Zeitpunkt, da sie ihn verlassen hatte. Was er indessen Griswold erzählen würde, stand noch auf einem ganz anderen Blatt.

»Er sieht aus, als wäre er durch den Asteroidenring gerutscht«, sagte er unverfänglich und deutete auf die zahlreichen Schrammen und Beulen am Rumpf des Schiffs.

»Er?«, fragte Vasquez.

»Der … äh … Hippo. Das ist der Schifftyp. Man nennt diese Dinger so.«

Sie nickte verstehend. »Und was für ein Asteroidenring?«

»In der Ekliptik-Ebene ist einer, nicht weit von hier. Da muss man hübsch vorsichtig durch.«

»Die Hülle ist noch intakt«, informierte ihn Sandy. »Keine strukturellen Risse. Der Druck im Inneren müsste noch stehen.«

Roscoe stutzte. »Intakt? Das Ding hat … noch *Druck*?«

»Moment, Boss …«, sagte Sandy, »ich prüfe gerade etwas …«

Roscoe kam plötzlich ein schrecklicher Verdacht. Bang starrte er zur Decke der Halle empor, wie immer, wenn er sich einen Blickkontakt zu seiner ›unsichtbaren‹ Sandy wünschte.

»Ich habe biometrische Daten, Boss.«

Roscoe wurde blass. »Du … du meinst … es ist jemand da *drin?*«

»Ja, Boss. Es sieht ganz so aus.«

Roscoe stieß ein lang gezogenes Stöhnen aus.

»Was ist?«, verlangte Vasquez zu wissen. »Was haben Sie?«

Wieder einmal rasten seine Gedanken. Was sollte er nun sagen?

»Drakken!«, keuchte er. »Da drin muss ein Drakken sein. Oder gleich mehrere!«

Vasquez versteifte sich. »Na und? Ist das ein Pro-

270

blem für Sie? Wir sind ihnen zur Treue verpflichtet! Haben Sie das vergessen?«

Er sah sie an, als könnte er nicht recht glauben, was sie da sagte. Dann aber nickte er verstehend und verzog das Gesicht. »Ach ja. Sie sind ja von eine von denen.«

Ihre Augen blitzten kurz auf, und es erschien ihm beinahe so, als wollte sie seiner Darstellung leidenschaftlich widersprechen. Doch dann entschied sie sich anders. »Allerdings!«, erwiderte sie. »Gut, dass Sie das nicht vergessen haben!«

Roscoe starrte sie nur wütend an.

»Wir haben Pflichten. Besonders Sie, Roscoe!«

»Boss, ich habe eine genauere Auswertung vorgenommen«, meldete sich Sandy. »Meine Biometriedaten sagen, dass es sich um nicht mehr als *einen* Insassen handeln kann. Seine Körperfunktionen sind jedoch sehr schwach. Die Innentemperatur des Schiffes dürfte unter null Grad liegen – der Energiestatus ist fast Null.«

Roscoe spürte Wut in sich aufsteigen. »Dann soll er halt rauskommen!«

»Möglicherweise ist er dazu nicht mehr in der Lage«, erwiderte Sandy. »Da die Schiffshülle beschädigt ist, könnte es sein, dass sich die Außenluke nicht mehr öffnen lässt.«

Roscoe erkannte, dass sein ursprünglicher Plan keinen Soli mehr wert war. Er würde ihn aufgeben müssen. Dafür nun aber Drakken auf seinem Schiff zu haben – das war das Letzte, was ihm noch fehlte. Abwehrend hob er beide Hände und schüttelte energisch den Kopf. »Nein, nein, dieses Ding werde ich nicht öffnen! Wir machen jetzt einen Scan, ganz wie Griswold es wollte, und dann setzen wir es wieder raus!«

Dass sich Vasquez nun wieder einmischte, hätte er sich denken können. »Roscoe!«, brauste sie auf. »Haben Sie nicht gehört? Die Körperfunktionen des Insassen sind schwach! Sie müssen ihn retten! Bis dieses Boot von einem anderen Drakkenschiff geborgen wird, kann er schon tot sein!«

»Na und?«, maulte Roscoe. »Die Drakken sind nicht sonderlich sentimental. Wenn ein Einzelner von ihnen draufgeht, kümmert sie das einen Dreck – dafür sind sie bekannt. Warum also sollte ich mich um dieses Biest da drin kümmern? Griswold verlangte ausdrücklich nur einen Scan.«

Sie verzog das Gesicht – es wurde eine richtige Grimasse daraus. »Nur einen Scan? Warum haben Sie es dann überhaupt reingeholt?«

Er starrte sie an und stieß ein wütendes Knurren aus. Immer tiefer verstrickte er sich in Widersprüche. Dieser verfluchten Vasquez entging nichts. Wäre sie doch nur in ihrer Kabine geblieben!

Sie trat auf ihn zu und stemmte empört die Fäuste in die Seiten. »In meiner Eigenschaft als Beamtin in Diensten des Pusmoh verlange ich, dass Sie dieses Schiff öffnen! Es könnte ein hoher Drakken-Offizier drin sein, der …«

Er hob Einhalt gebietend die Hand. »Hören Sie auf, Vasquez! Ich wünschte, Sie könnten mir das befehlen, dann könnte ich nachher Ihnen die Verantwortung zuschieben! Aber hier draußen im All, und dazu noch auf meinem Schiff, haben Sie *gar nichts* zu sagen, verstanden? Ich bin der Käpt'n, und ich muss diesen Mist ausbaden.«

»Aber … das gebietet allein die *Menschlichkeit!*« rief sie.

Er wollte ihr schon entgegenrufen, dass dieser Begriff wohl als Letztes auf die Drakken zutreffe, diese Unterdrücker und Tyrannen. Doch plötzlich kam ihm ein neuer Gedanke.

Konnte er so falsch handeln, wenn er diese Blechbüchse tatsächlich aufschweißte? Vielleicht rettete er wirklich einen hohen Drakkenoffizier, und das musste Vasquez so weit versöhnen, dass sie ihre Drohung vergaß. Falls nicht, hätte er sie zumindest in der moralischen Pflicht, ihm aus dieser Sache heraushelfen. Bedauerlich allerdings, dass die ersehnte Beute eines wertvollen TT-Antriebes nun unwiederbringlich verloren war. Aber vielleicht war es auch besser so.

»Menschlichkeit«, murrte er. »Wie menschlich wird der Pusmoh mit mir umgehen, wenn da nur irgendein dummer, halb toter Drakkenpilot drinsitzt und man mir vorwirft, ich hätte mich an Militäreigentum vergriffen?«

Ihre Stimme wurde milder. »Nun stellen Sie sich nicht so an, Roscoe – ich bin ja auch noch da. Ich werde aussagen, es sei mein Wunsch gewesen!«

Er wusste, dass das den Pusmoh keinen Deut kümmern würde, aber im Augeblick erschien ihm eine Geldstrafe weniger schlimm als eine Buchprüfung.

»Also gut«, brummte er. »Ich hoffe nur, Sie lassen mich nachher nicht hängen!«

»Wir wurden angewiesen, nur einen Scan vorzunehmen, Sir«, erinnerte ihn Sandy förmlich.

»Schon gut, Sandy. Wir … werden uns auf Miss Vasquez verlassen.« Er warf ihr einen prüfenden Seitenblick zu.

Vasquez setzte eine betont zufriedene Miene auf. Roscoe seufzte und wandte sich um. Mit geübten Bewegungen machte er sich an den Apparaturen des Robolifters zu schaffen. Er deutete auf die lang gestreckte, mattschwarze Form des Hoppers. »Ich mache Ihnen einen Vorschlag, Gnädigste. Ich schweiße die Hülle auf, und Sie dürfen das nette Tierchen mütterlich umsorgen.«

»Sie sollen mich nicht *Gnädigste* nennen!«, maulte sie.

Schlecht gelaunt trat er auf den Führerstand des Schlittens, warf die Servos an und dirigierte ihn mit heulenden Aggregaten an die Steuerbordseite des kleinen Schiffes. Absichtlich ließ er den Schlitten mit einem heftigen Krach an die Seite des Hoppers knallen – zum Zeichen für Vasquez, wie sehr er ihre Obrigkeitstreue schätzte, und gleichermaßen zum Zeichen für den Insassen des Schiffs, wie erpicht er auf seine Gesellschaft war. »Hoppla!«, murmelte er.

Er zog das Steuerpult zu sich heran und programmierte den Roboterarm. Er würde die Luke tatsächlich aufschweißen müssen, denn die gesamte Backbordseite des Schiffs war verbeult.

Nach einer Weile trat Vasquez näher an ihn heran, in fordernder Haltung, so als wäre sie hier der Befehlshaber und Roscoe nur ein ausführendes Organ. »Geht das nicht schneller?«

»Halten Sie den Mund! Ich muss mich konzentrieren!«

Als er mit der Programmierung fertig war, schaltete er das sensorische Kabinett ein und startete den Laserbrenner. Während der Roboterarm in Position schwenkte und seine Arbeit aufnahm, fragte sich Roscoe unzufrieden, ob ihm die Bewirtung des Drakken vielleicht einen Extra-Verdienst einbringen könnte. Aber das würde man ihm sicher als Pflichtleistung eines GalFed-Bürgers auslegen. Vielleicht fiel etwas für die medizinische Versorgung ab, falls eine solche nötig war. Ob seine Krankenstation jedoch einen Drakken zusammenflicken konnte, wusste er nicht.

Missmutig brummelnd und mit verschränkten Armen verfolgte er das Werk des Roboterarms, der zischend eine Öffnung in die verbeulte Außenluke des Hoppers schnitt. »Irgendwelche Gefahren, Sandy?«, fragte er überflüssigerweise. Sie hätte ihn auf der Stelle informiert.

»Nein, Boss. Keine Keime, Bakterien, toxischen Stoffe. Innendruck ist bereits ausgeglichen, Sauerstoffanteil normal, Innentemperatur … minus eins Komma vier Grad, ansteigend.«

Der Laserschnitt war fast fertig. Sandy fuhr die Hallenbeleuchtung etwas herab, und eine kleine Scheinwerferbatterie schwenkte heran. Mit einem metallisch scheppernden Nachhall fiel der aufgeschnittene Kera-Stahl-Deckel der Luke auf den Boden des Frachtdecks. Roscoe holte tief Luft, beugte sich etwas über das Geländer des Robolifters und starrte in das dunkle Viereck, das ins Innere des Hoppers führte. Kein Drakken trat heraus.

Sein Herzschlag hatte sich etwas beschleunigt; gebannt starrte er in das Loch … als ihn plötzlich von schräg hinten etwas berührte.

Beinahe hätte er vor Schreck aufgeschrien, aber es war nur Vasquez. Sie hatte sich regelrecht an ihn herangeschlichen, doch offenbar nur in dem Bedürfnis, sich in seiner schützenden Nähe aufzuhalten – falls dem Loch irgendetwas *Grauenhaftes* entsteigen sollte.

»Bitte, *Gnädigste!*«, zischte er und wies auf die Öffnung. »Tun Sie Ihrem Fürsorgebedürfnis Genüge!«

Diesmal beschwerte sie sich nicht über die Anrede, sondern schwieg einfach nur und warf ihm dabei einen angstvollen, fragenden Blick zu. Plötzlich schien sie *doch* ganz auf seiner Seite zu stehen. Mürrisch wandte er sich von ihr ab und sah nach dem Loch. Noch immer war dort nichts zu erkennen.

»Daten, Sandy!«, flüsterte er.

»Unverändert, Boss«, kam es ebenso leise zurück. Roscoe hatte gar nicht gewusst, dass Sandy flüstern konnte. »Schwache biometrische Werte, keine Bewegung im Schiff. Innentemperatur neun Komma fünf Grad, rasch ansteigend.«

Roscoe brummte ärgerlich. »Können wir nicht …«

»Moment, Boss!«, kam es von Sandy. »Ich habe soeben aus alten Datenbeständen des Systems Vergleichswerte interpoliert. Demnach kann die Lebensform in dem Schiff kein Drakken sein.«

»Was? Kein Drakken?«

»Definitiv nein, Boss. Drakken sind Kaltblüter. Ein Drakken müsste nach einer gewissen Zeit bei unter null Grad Außentemperatur völlig andere Biometriedaten aufweisen.«

Roscoes Verunsicherung wuchs. Angesichts Vasquez' ängstlichem Verhalten überlegte er jedoch, ob es nicht klug wäre, die Gunst des Augenblicks zu nutzen. Er könnte vielleicht weitere Punkte bei ihr machen und so seinen drohenden Untergang abwenden. Er straffte sich, warf ihr ein betont lässiges »Warten Sie hier, Schätzchen« zu und sprang vom Robolifter auf den Boden des Frachtdecks.

Als Nächstes holte er sich einen Krypton-Stabstrahler von einer magnetischen Werkzeugtafel und ließ ihn erst einmal in einem doppelten Salto hochfliegen, bevor er ihn wieder auffing und einschaltete. Ein scharfer Lichtkegel entstand, den er, ohne Vasquez noch einmal anzusehen, durch die Öffnung des Hoppers richtete. Dann trat er ganz nah heran, obwohl in seinem Hirn alle Alarmglocken schrillten. Niemand näherte sich so unvorsichtig unbekannten Gefilden, aus denen im nächsten Moment *sonstwas* hervorschnellen und einen würgen, lähmen, vergiften oder in mehrere saubere Stücke zerteilen konnte. Unangenehmes Getier gab es in diesem Teil der Milchstraße genug.

Roscoe blieb stehen und leuchtete mit pochendem Herzen ins Innere des Schiffs. Das Einzige, was er von seiner Position aus sehen konnte, war eine sehr enge Kabine mit nur einem Sitz. Er war leer. Schon knapp dahinter begannen die Verkleidungen der Aggregate; nur ein schmaler Durchschlupf gewährte den Zugang zur Steuerbordseite des Cockpits, wo ein wenig mehr Platz sein mochte. »Ein Kurierschiff«, flüsterte er.

»Was ist, Roscoe?«, vernahm er Vasquez' Stimme. »Sehen Sie etwas?«

Er zog es vor, nicht zu antworten, und leuchtete stattdessen mit seinem Strahler tiefer ins Innere des Schiffs.

Plötzlich schluckte er. Ein Drakken war tatsächlich nirgends zu sehen, aber auch einen Menschen hätte er in der engen Kabine längst entdecken müssen. Es musste ein kleineres Wesen sein – ein *viel kleineres* möglicherweise! Eines, das sich irgendwo zwischen den Röhren, Kästen und Maschinenblöcken im hinteren Teil verstecken konnte … Ihm fiel ein schauriger Film ein, den er vor Jahren einmal gesehen hatte.

Plötzlich vernahm er ein leises Keuchen.

Er holte tief Luft.

Das Keuchen hatte nicht nach der Sorte Wesen geklungen, die im Dunkeln darauf lauerten, dass ein Ahnungsloser vorbeitappte, um ihn anzuspringen und sich in sein Hirn zu bohren. Er nahm sich ein Herz, setzte einen Fuß in die Öffnung und zog sich hinauf.

»Roscoe!«, hörte er Vasquez zischen. »Sind Sie verrückt? Bleiben Sie hier!«

Das hatte wirklich mehr nach Bewunderung als nach Tadel geklungen. *Es wird mir nur nutzen,* dachte er mit pochendem Herzen, *wenn ich hier lebend wieder herauskomme.*

Er stemmte sich ganz hoch, blieb aber in geduckter Haltung. Er fragte sich, wo er sein Hirn gelassen hatte, dass er keine Waffe bei sich trug! Doch es war zu spät. Vasquez beeindrucken zu wollen hieß, jetzt todesmutig weiterzumachen und den *Hirnbohrer* nötigenfalls mit der bloßen Hand zu erwürgen. Er hob die Leuchte, strich mit dem Strahl über die Instrumententafel, auf der noch schwach einige Lämpchen glimm-

277

ten, und richtete ihn dann seitlich in den hinteren Teil des Schiffes.

Nichts.

Langsam leuchtete er noch einmal alles ab, was in seinem Sichtbereich lag. Dann drängte er sich vorsichtig zwischen dem Sitz und der Rückwandverkleidung hindurch auf die Steuerbordseite.

Als das leise Keuchen ein zweites Mal erklang, setzte für eine Sekunde sein Herzschlag aus. Unwillkürlich richtete er sich kerzengerade auf und stieß mit dem Kopf hart an einen Vorsprung, woraufhin ihm vor Schmerz das Wasser in die Augen schoss. Panik stieg in ihm auf, und er leuchtete dabei wild um sich … bis er ihn plötzlich sah.

Den Engel.

Der Strahl seiner Krypton-Leuchte traf das Mädchen mitten in die Augen – erschrocken kniff sie die Lider zusammen und wandte das Gesicht ab. Ein Gesicht, so schön, dass Roscoe ein hilfloses Seufzen entfuhr.

Sie hatte sich unterhalb des Instrumentenpults in eine Nische gedrückt, wo sie nun furchtsam saß, bis an den Hals in eine kleine Decke gehüllt, das Gesicht von einer Flut von rotbraunen Locken eingerahmt. Der Boden war übersät von seltsamen Dingen – hauptsächlich Stofffetzen und Essensresten; ja, sogar ein kleines Feuer schien dort entfacht worden zu sein.

Wieder leuchtete er in ihr Gesicht, das ihm so engelhaft schön erschien, dass er sich gemahnen musste weiterzuatmen, sonst hätte er es vor Bestürzung vielleicht vergessen.

»Roscoe!«, zischte es wieder von hinten, diesmal lauter. »Was, bei allen Göttern, ist da los?«

Er betrachtete sie noch immer.

Sie war blass und hatte Schmutzflecken im Gesicht, an ihrer linken Schläfe konnte er eine verschorfte Wunde erkennen. Erst als ihm ein unguter Geruch in die Nase stieg, wurde ihm klar, dass sie völlig am Ende sein musste. Nur mit Mühe hielt sie die Augen offen; die Fingernägel ihrer Hände, die unter der zusammengerafften Decke hervorlugten, waren blau angelaufen. Ihr Kopf sackte plötzlich zur Seite. Mit alarmierender Plötzlichkeit wurde ihm klar, dass sie ihm unter den Händen wegsterben könnte, wenn er nicht sofort etwas unternahm.

Rasch lege er seine Lampe auf den Sitz und streckte die Arme nach dem Mädchen aus. Sie wehrte sich nicht, ihre Augenlider flatterten nur kurz, als er sie unter den Knien und Achseln zu fassen bekam, tief Luft holte und sich in einem Kraftakt mit ihr aus der Enge ihres Verstecks in die Höhe stemmte. Gleich darauf stand er, drehte sich, hievte sie über den Pilotensitz hinweg und trat auf die Öffnung zu. Draußen wartete Vasquez.

Erst glotzte sie ihn ungläubig-verblüfft an; dann, als er das Mädchen im Durchgang ablegte, um hinausspringen zu können, fing sie an zu maulen. »Was ist denn das für ein Stück Dreck? Völlig verwahrlost! Und sie stinkt! Lebt sie überhaupt noch?«

Federnd kam er unten auf, wandte sich um und hob das Mädchen wieder hoch. »Weg da!«, brüllte er Vasquez an. »Und *noch* so eine Bemerkung, und ich vergesse mich! Dann können Sie sich die letzte Frage *selber* stellen, verstanden?!«

Vasquez starrte ihm mit offenem Mund hinterher, als er, mit dem Mädchen auf dem Arm, in Richtung des großen Tors zum Arterialtunnel rannte.

*

Sandy, die gute Fee, hatte die Krankenstation bereits hochgefahren, als er mit dem Mädchen dort eintraf. Er hatte sie den ganzen langen Weg getragen, aus lauter

Angst, er könnte vielleicht eine wertvolle Sekunde verlieren, wenn er zu lange auf einen Schweber wartete. *Die Moose ist kein Raumschiff, sondern eine scheintote Raumleiche*, hatte Vasquez ihn einmal angemeckert.

So ganz Unrecht hatte sie nicht. Er wünschte sich, er hätte geahnt, was auf ihn zukam. Dann hätte er die ganzen Sekundär-Systeme schon vorher hochgefahren. Aber was sollte er für sich allein und diese Vasquez all das Zeug in Betrieb halten?

Vasquez, die ihm hart auf den Fersen geblieben war, drängte sich durch die Tür zur Krankenstation. Aber nun war ihm das auch egal.

Unter den skeptischen Blicken seiner Passagierin legte er das Mädchen sanft auf den Behandlungstisch. Zahllose Lämpchen und Geräte summten und blinkten in der hell erleuchteten Station mit all ihre Diagnose- und Therapiegeräten. Die Kleine stank in der Tat gotterbärmlich, war völlig verdreckt und kaum noch bei Bewusstsein. Er hatte keine Ahnung, warum er sie zu einem Engel hochstilisiert hatte. Eigentlich sah sie nur Mitleid erregend aus. Vielleicht war es der kurze, verängstigte Blick gewesen, den sie ihm zugeworfen hatte, ein Blick voller Furcht und einem Flehen um Hilfe. Doch irgendwie glaubte er, noch etwas anderes darin gesehen zu haben: eine gute, freundliche Seele.

Roscoe trat zurück und überließ die momentane Arbeit Sandy. Ein Bioscanner trat in Aktion, über einen aufflammenden Holoscreen huschten lautlos Zahlen und Diagramme. Die Decke des Mädchens, eigentlich nur ein grob gewebtes Tuch mit fremdartigen Stickereien, war zur Seite gerutscht, und darunter kam ihre eigentliche Kleidung zutage: seltsam derbe Sachen in erdbraunen Tönen, dunkelbraune, leichte Stiefel, offenbar aus Leder, eine dunkelblaue Bluse aus seidenartigem Stoff und eine hübsche, bunt bestickte Jacke. Alles in allem keine ärmliche oder schlechte Kleidung, aber von ungewöhnlich archaischer Machart und starrend vor Dreck. Es war leicht zu sehen, dass sie sich beschmutzt hatte – offenbar mehrmals, denn ihre ledernen Hosen waren im Bereich des Unterleibs stark verfärbt.

»Sie hat sich in die Hosen gemacht!«, mokierte sich Vasquez angewidert.

»Drakkenschiffe haben keine Klos«, entgegnete er. »Wo hätte sie denn hinmachen sollen?«

Was die Frage offen legte, woher sie stammte, wie sie in das Schiff gelangt war und wie viel Zeit sie darin verbracht hatte. Ihrem Zustand nach zu urteilen musste es mindestens eine Woche gewesen sein, vielleicht sogar länger.

»Ein weiblicher Mensch«, begann Sandy ihre Daten zusammenzufassen. »Vierundfünfzigkommadrei Kilo, biologisches Alter zwischen zwanzig und zweiundzwanzig Standardjahren. Herzfrequenz 54 Schläge pro Minute, diastolischer Blutdruck bei 60, systolischer Blutdruck bei 90. Körpertemperatur 35,4 Grad, stellenweise unterkühlt. Blutfette und -zucker im unteren Grenzbereich. Unterernährt, Wassermangel, akute Blasenentzündung, verschiedene Pilzerkrankungen und Wundstellen der Haut. Gesamtzustand schwach, aber stabil. Sie schläft.«

»Schläft?«

»Ja, Boss. Ich empfehle 5 Milliliter Sorkalyn, einskommafünf Einheiten YHU-500, vorsichtige Nahrungsaufnahme, insbesondere in flüssiger Form, sowie Wärme. Und natürlich eine gründliche Körperreinigung.«

»Das mache ich!«, stieß Vasquez hervor.

Roscoe wandte sich mit ungläubigen Blicken zu ihr um. »Sie?«

Vasquez nickte verbindlich. »Ja. Schließlich ist sie eine Frau. Jemand muss sie ausziehen und sie waschen.«

Er grinste bissig. Es war das erste Mal, dass sich Vasquez nützlich zu machen versuchte, und es ehrte sie, dass sie eine so unangenehme Arbeit auf sich nehmen wollte. Dann aber sah er wieder ihre Blicke, und die zeigten keinen Hauch Mitgefühl für das Mädchen oder ihr Schicksal. Nein, entschied er ärgerlich – er würde die Kleine nicht diesem Drachen von einer Frau überlassen.

»Ich helfe Ihnen«, beharrte er.

»Sie wollen mir helfen?«, fragte sie ungläubig. »Und … was ist mit ihrer Intimsphäre?« Sie deutete auf das Mädchen.

»Intimsphäre?« Er schüttelte den Kopf. »So was Feines hat sie im Moment nicht. Vielleicht später wieder.« Er öffnete eine Schublade und holte zwei Skalpelle hervor. Eines reichte er Vasquez. »Los, Verehrteste. Helfen Sie mir. Die Hose müssen wir ihr wohl wegschneiden.«

»Sagen Sie nicht Verehrteste zu mir!«, erwiderte sie schwach.

Zehn Minuten später hatten sie das Mädchen entkleidet und halbwegs gesäubert. Ihre Kleider waren sämtlich in die Entsorgung gewandert, nur die hübsche bestickte Weste hatte Roscoe aufgehoben. Ein kleines Schmuckstück, wie aus dunkelgrauem Felsgestein, das sie an einem Lederband um den Hals trug, war das Einzige, was sie im Moment noch am Leib hatte.

Inzwischen war es ziemlich warm im Raum, Sandy hatte zwei Crinolit-Heizstrahler von der Decke herabgefahren, und Roscoe wie auch Vasquez schwitzten unter ihrer Wärme. Dem Mädchen hingegen schien es in der Wärme und nach Verabreichung der Medikamente besser zu gehen. Sandy hatte bereits eine vorläufige intravenöse Zufuhr von Nährstoffen und Flüssigkeit eingeleitet.

Sie war ziemlich klein, höchstens einen Meter siebzig. Damit reichte sie Vasquez gerade noch bis an die

Nasenspitze – dabei war Vasquez als Frau bestenfalls durchschnittlich groß. Die lockigen, rotbraunen Haare des Mädchens wuchsen hingegen weitaus üppiger als die jeder Frau, die er kannte – und trotz des Schmutzes wirkten sie irgendwie weich und seidig.

Im Moment jedoch drängten sich zwei andere körperliche Merkmale in den Vordergrund. Das Mädchen war im Unterleibsbereich schrecklich wund und verschmutzt, und sie trug eine rätselhafte, sehr große und ungewöhnliche Tätowierung auf der rechten Körperseite. Erstaunt und nachdenklich betrachteten Roscoe und Vasquez das Bild.

Ihm fiel sein Wort *Engel* wieder ein, und er versuchte sich vorzustellen, wie sie aussehen würde, wenn sie erst wieder gesund war. Sie war zwar klein und zierlich, aber sie mochte trotzdem ein sehr hübsches Mädchen abgeben – besonders mit dieser ungewöhnlichen Tätowierung, die blass, aber außerordentlich kunstvoll war. Sie stellte zwei Drachen dar. Der eine befand sich oberhalb ihrer rechten Brust, der andere wand sich auf ihrer Hüfte entlang. Beide waren mit verzierten Leibern und vielfältigen Ausschmückungen dargestellt. Jedoch besaßen sie einen künstlerischen Stil, der Roscoe völlig fremd war.

»Starren Sie nicht so auf ihren Leib!«, fuhr Vasquez ihn an.

Roscoe blieb bei seiner neuen Masche und antwortete einfach nicht. »Sandy, wie macht sie sich?«, fragte er stattdessen.

»Die Körperfunktionen haben sich etwas verbessert. Herzfrequenz jetzt bei 59 Schlägen, diastolischer Blutdruck bei 70, systolischer bei 100. Ich habe in der Hygienezelle nebenan ein Wannenbad eingelassen, Boss. Exakt 36 Grad, mit verschiedenen Aufbausubstanzen. Für die Wundbehandlung empfehle ich anschließend Vacoral-15000.«

»Sandy, du bist ein Schatz«, sagte er, was ihm einen missbilligenden Blick von Vasquez einbrachte. Aber auch das ignorierte Roscoe.

»So, jetzt ist es genug, Roscoe!«, verlangte Vasquez. »Raus mit Ihnen! Das Waschen besorge ich allein.«

Roscoe musterte sie. Bisher war sie nicht grob gegenüber dem wehrlosen Mädchen gewesen. Er hob einen drohenden Zeigefinger. »Seien Sie sanft zu ihr, verstanden? Und ein bisschen nett. Sie muss einiges durchgemacht haben.«

»Ach, hauen Sie ab!«, entgegnete sie barsch.

Sein Protest ging in einem Zischen unter – die Tür zur Hygienezelle hatte sich geöffnet. Der Behandlungstisch klackte und begann leicht zu schaukeln, ein Zeichen dafür, dass Sandy ihn abgekoppelt und in den Schwebe-Modus geschaltet hatte.

Vasquez wandte sich von Roscoe ab und schob den Tisch in Richtung der kleinen Tür.

Er beobachtete sie noch eine Weile und wollte schon fragen, ob er helfen sollte, das Mädchen in die Wanne zu heben. Aber die Hygienezelle war viel zu klein für drei Personen. Mit einem unwilligen Seufzen drehte er sich um und verließ die Krankenstation.

*

Wo mochte sie herstammen?, dachte er versonnen, als er den Tunnel zur Brücke hinaufschritt. Sie war so klein und schien so verletzlich … und doch musste sie eine starke Persönlichkeit besitzen. Irgendwie glaubte er, das spüren zu können. Wahrscheinlich hatte sie ein gefährliches Abenteuer durchstanden; er konnte sich keine andere Erklärung dafür vorstellen, dass er sie allein in einem TT-Hopper der Drakken gefunden hatte. War sie ein flüchtiger Sträfling aus den Kolonien bei Epsilon Eridani? Oder die Tochter eines reichen Privilegierten aus dem Sektor, die irgendwo gestrandet war? Doch woher dann diese seltsamen Kleider und die Tätowierung? So etwas hatte er noch nie gesehen.

Er ertappte sich dabei, schon wieder zu ihr zurückkehren zu wollen, zu seinem *Engel*. Er kannte sie nicht, aber er konnte sich nicht vorstellen, dass sie ein Drache wie Vasquez war – nein, völlig unmöglich.

»Eingehender Ruf von Commander Griswold, Boss«, tönte Sandys Stimme durch den Tunnel.

Ein Schreck durchzuckte ihn. Griswold – den hatte er völlig vergessen! Er überlegte kurz. »Sandy, sag Griswold, ich melde mich in einer Stunde mit dem Scan bei ihm!« Er benötigte noch Zeit zum Nachdenken.

»Jawohl, Boss.«

»Wie geht es dem Mädchen, Sandy? Hast du Daten?«

»Nein, leider nicht. Sie liegt im Moment nicht auf dem Behandlungstisch. Aber Miss Vasquez scheint sich gut um sie zu kümmern.«

Er brummte leise. »Sag mir Bescheid, wenn sie fertig ist.«

»Jawohl, Boss.«

Roscoe betrat die Brücke, setzte sich in seinen Pilotensitz und legte sich bei verschränkten Armen eine Hand über die Augen – seine Denkerpose. Was sollte er nun tun? Den TT-Antrieb verschwinden zu lassen konnte er getrost vergessen.

Er hatte den Hopper aufgeschweißt, und das würde er nur rechtfertigen können, wenn er vorwies, was er darin gefunden hatte. Aber die Kleine war mit Sicherheit kein legaler Gast in diesem Schiff gewesen. Wenn er sie auslieferte, würde das wahrscheinlich ziemlichen Ärger für sie bedeuten. Die Drakken waren bekannt dafür, äußerst rabiat zu reagieren, wenn jemand ihrem Militäreigentum zu nahe kam.

Nun, letztlich war das ihr eigenes Problem, aber Roscoe glaubte spüren zu können, dass sie in Schwierigkeiten steckte. Ein unerklärliches Bedürfnis, ihr zu helfen, hatte sich in seiner Brust festgesetzt. Das bedeutete, dass er *mindestens* erst einmal mit ihr reden musste, ehe er Griswold mitteilte, dass er sie in dem Hopper gefunden hatte. Doch wie lange würde es noch dauern, bis sie ansprechbar war?

»Sandy, wie weit ist Vasquez? Ist das Mädchen wieder zu sich gekommen?«

»So weit ich es beurteilen kann, ist sie in einer Art halbwachem Zustand, noch immer schwach, aber auf dem Weg der Besserung. Miss Vasquez scheint gerade fertig zu sein.«

Roscoe stand mit einem Schwung auf und trat zu seinem Kom-Pult. Er wählte die Krankenstation und sagte: »Vasquez, hören Sie mich?«

»Was ist, Roscoe?«, kam es aus dem Lautsprecher.

»Sandy sagt, Sie wären fertig mit der Kleinen.«

»Ja. Ich habe ihr Salbe auf die wunden Stellen gestrichen und sie gerade in ein paar Tücher eingewickelt.«

»Gut. Bleiben Sie, wo Sie sind. Ich komme runter – ab jetzt übernehme wieder ich.«

Er wartete nicht auf ihre Erwiderung, schaltete ab und setzte sich sofort in Bewegung. Fünf Minuten später traf er bei der Krankenstation ein. Vasquez erwartete ihn mit verschränkten Armen. »Soso«, stellte sie fest. »Ab jetzt übernehmen also wieder Sie, was? Nachdem ich die schmutzige Arbeit tun durfte!«

»Das haben Sie selbst so gewollt«, erwiderte er, ärgerlich darüber, dass sie wieder einmal alles so herumdrehte, wie es ihr in den Kram passte. »Sie können jetzt gehen. Ich kümmere mich nur um ihre Unterbringung.«

»Sie wird selbstverständlich *bei mir* untergebracht!«, schnappte Vasquez und ließ die Arme sinken.

»Bei Ihnen? O nein, Verehrteste! Ich bin der Käpt'n, und ich entscheide das!«

Vasquez stand schnaufend vor ihm; er glaubte beinahe, die wütende Hitze ihres Körpers spüren zu können. Sie bleckte kurz ihre makellosen Zähne, drehte sich dann abrupt um und verließ ihn in genau der gleichen Art und Weise, wie sie es vor zwei Stunden in der Bordküche getan hatte.

Roscoe stieß geräuschvoll die Luft aus und versuchte sich zu entspannen.

Das Mädchen lag jetzt wieder auf dem schwebenden Behandlungstisch und bewegte unruhig den Kopf hin und her, so als träumte sie schlecht. Aber sie sah besser aus. Und sie *roch* viel besser.

»Was jetzt, Sandy?«, fragte er leise und beugte sich über sie. »Hast du sie für den Moment ausreichend mit deinem Nährsaft voll gepumpt? Kann ich sie transportieren?«

»Ja, Boss. Etwa eine Stunde Schlaf wäre hilfreich, währenddessen wird sie von selbst erwachen. Danach sollte sie langsam, aber ausgiebig Nahrung und Flüssigkeit zu sich nehmen.«

»Fein, mein Schatz. Schick mir einen Schweber her. Ich bringe sie rauf in meine Kajüte.«

»Steht schon vor der Tür, Boss.«

Roscoe seufzte wohlig. Sandy war das Beste an diesem ganzen Pott. Er beglückwünschte sich für die Wahl ihres Persönlichkeitsprofils. Man hatte ihn gewarnt, dass die weiblichen Profile bei so manchem Cargoskipper – einer Spezies, die auf endlosen Frachttouren oft wochen- oder monatelang allein durch den Raum dümpelte – schon allzu große, weil unstillbare Gelüste geweckt hatten. Aber er hatte ja nun zwei *echte* Weiber: eine Bestie und einen Engel.

Er schob den Behandlungstisch hinaus in den Kapillartunnel, wo der Schweber wartete; ein kleines, wen-

diges Fahrzeug mit zwei Sitzen und einer kleinen La-
defläche. Vorsichtig hievte er das leise stöhnende Mädchen auf den rechten Sitz, rückte sie zurecht und setzte
sich auf den anderen. Seiner guten Fee Sandy überließ er es, in der Krankenstation wieder Ordnung zu
schaffen.

Wenige Minuten später hatte er sein Ziel erreicht
und bettete die Kleine, so sanft er konnte, in seine Koje.

»Sandy, pass auf meinen Engel auf, ja?«, sagte er, als
er sich erhob. Sich räuspernd verharrte er und lauschte. Außer dem üblichen »Jawohl, Boss« erwiderte
Sandy nichts auf seine allzu gefühlsbetonte Äußerung.

Er verließ seine Kabine und benutzte dieses Mal
den Schweber, um schnell voranzukommen. Er musste
dringend auf die Brücke und endlich zu einem Schluss
kommen, was er nun tun sollte. Wenn er Griswold von
dem Mädchen erzählte, würde der verlangen, dass er
die Kleine auf Spektor Fünf ablieferte. Vasquez hingegen würde darauf bestehen, dass er sie schnellstmöglich nach Diamond brachte. An den Rest der Reise,
während der sie ausreichend Zeit und wohl auch Wut
im Bauch haben würde, um doch noch seine Journale
zu prüfen, mochte er gar nicht denken.

12 ◆ Barbarenbraut

Roscoe lief eilig in Richtung Brücke. »Sandy«, rief er unterwegs, »denkst du, Griswold hat mitgekriegt, dass wir sein … *Schrottteil* an Bord genommen haben?«

»Vielleicht nicht. Aber wenn wir von hier fort sind, wird er feststellen können, dass es nicht mehr da ist. Was haben Sie vor, Boss?«

Er brummte ärgerlich, als er das Brückenschott erreichte. Sandy öffnete es für ihn so zeitgenau, dass er seinen energischen Schritt nicht einmal verzögern musste. Unmittelbar hinter ihm glitt es wieder zu.

Mit in die Seiten gestemmten Fäusten baute er sich mitten auf der Brücke auf. Alle Holoscreens flammten auf, die Systeme warten schon in voller Bereitschaft.

»Ich habe die Luke des Hoppers aufgeschnitten«, sagte Roscoe in den Raum hinein. »Wenn die Drakken das sehen, werden sie fragen, was ich da rausgeholt habe.« Er überlegte. »Können sie überhaupt feststellen, dass jemand an Bord war, Sandy? Ich meine, ich könnte ja verschweigen, dass das Mädchen da drin war.«

»Dann wird man Sie fragen, warum Sie den Hopper überhaupt aufgeschnitten haben, Boss.«

Sandy entging nichts. »Also gut, dann … nun, dann behaupte ich, ich hätte deine Biometriedaten missverstanden.«

»Die Bordsysteme des Hoppers dürften voller Aufzeichnungen sein, dass die junge Dame dort anwesend war, Boss«, meinte Sandy. »Die gesamte Zeit ihres Aufenthalts wird dokumentiert sein.«

»Kannst du das nicht löschen?«

Sandy schwieg für einige Momente. »Bestätigung zum Schließen des L1-Blocks, Boss?«

Roscoe erschauerte. *Es stimmte also doch.*

Der Verkäufer hatte ihm zugeflüstert, dass die neuen Systeme den ersten Legalitäts-Block abschalten konnten, manchmal sogar den zweiten, wenn ihre K.I. genügend empirische Werte gesammelt hatten. Das war natürlich in höchstem Maße illegal. Roscoe hatte es für eine Sage gehalten. Er senkte die Stimme. »Ja, Sandy, Bestätigung.«

»Verstanden, Boss.« Es dauerte einige Sekunden, dann antwortete sie auf seine Frage: »Ich könnte versuchen, die Datenspeicher des Hoppers zu manipulieren, aber ich fürchte, ich kenne die Systeme von Drakkenschiffen nicht gut genug, um *alle* Datenspeicher aufzufinden. Wenn ich jedoch nicht alle finde, könnte man den Eingriff später nachweisen. Das würde Ihnen ernste Schwierigkeiten einbringen, Boss. Und es würde auch bedeuten, dass ich gelöscht werde.«

Wieder erschauerte er.

Sandy besaß definitiv eine Persönlichkeit. Sie war weit mehr als nur eine Simulation – das hatte sie ihm gerade mitgeteilt. So beiläufig ihre Bemerkung auch geklungen hatte, sie hatte nicht weniger gesagt als: *»Wenn das rauskommt, muss ich sterben, Boss.«*

Roscoe hatte jetzt keine Zeit, sich mit der alten Frage zu beschäftigen, ob K.I.-Persönlichkeiten eine *Seele* besaßen oder nicht – eine Sache, um die sich die Philosophen seit Jahrhunderten leidenschaftlich stritten. Im Moment musste er sich erst einmal um seine eigene Sicherheit kümmern – und um die des Mädchens.

»Gut, Sandy, dann lassen wir's«, sagte er. »Ist dein … L1-Block noch immer aus?«

»Ja, Boss.«

»Schön. Dann sag mir, was wir machen können.«

»Sie meinen, ohne die junge Dame ausliefern zu müssen, Boss?«

»Richtig.«

Wieder dauerte es einige Sekunden. Die Antwort erschreckte Roscoe dann doch ein wenig: »Nichts, Boss.«

Er schluckte. »*Nichts*, Sandy?« Er hatte damit gerechnet, dass ein hochgezüchtetes System wie Sandy ihm einen Weg aufzeigen könnte, selbst wenn er noch so kompliziert oder ungewöhnlich sein mochte.

»Nein, Boss. Ich finde keine Möglichkeit, die Anwesenheit der jungen Dame auf eine Weise geheim zu halten, die ein akzeptables Maß an Sicherheit verspricht.«

»Wie hoch hast du den Wert ›akzeptabel‹ eingestuft, Sandy?«

»Angesichts des zu erwartenden Strafmaßes musste ich ihn sehr hoch ansetzen, Boss: bei 90% Prozent. Eine Sache wie diese, mit anteiligen militärischen Belangen, unterläge der unmittelbaren Gerichtsbarkeit des Pusmoh, welche die Todesstrafe mit einbezieht. Doch selbst bei einem verminderten Wert bis hinab zu 10% kann ich keine vertretbare Maßnahme finden.«

Roscoe stieß einen leisen Fluch aus.

Sofort schweiften seine Gedanken zurück in seine Kajüte, wo das Mädchen noch auf der Koje liegen und schlafen musste. »Sandy, gib mir ein Bild von ihr«, befahl er.

Es dauerte nur eine Sekunde, dann flammten auf drei Holoscreens Bilder aus verschiedenen Kamerawinkeln seiner Kajüte auf. Er trat vor den großen, mittleren Monitor. Das Mädchen lag friedlich schlafend da, in ihre Tücher eingewickelt, so wie er sie zurückgelassen hatte. Er trat noch näher an den Screen heran, und ihm stiegen fast Tränen in die Augen, als er daran

291

dachte, sie hergeben zu müssen. Ja, *hergeben* war das richtige Wort. Ihr Gesicht war bildschön, ihre Erscheinung unschuldig – sein Herz wurde warm, als er sie betrachtete. Er konnte beim besten Willen nicht sagen, was ihn zu diesen Gefühlen trieb, aber der Gedanke, die Kleine an die Drakken und den Pusmoh auszuliefern, bereitete ihm Magenschmerzen. Er glaubte spüren zu können, dass sie ihr wehtun würden. Ein gequältes Seufzen entrang sich seiner Kehle.

»Ich denke, Sie könnten mit Commander Griswolds Hilfe später etwas über ihren Verbleib herausfinden, Boss«, sagte Sandy mitfühlend und gab damit gleich die einzige sinnvolle Marschrichtung vor.

Er schwieg, überlegte, ob ihm selbst etwas einfiel. Aber so sehr er auch nachdachte, da war nichts. Er musste einen Scan abliefern, und auf dem würde jeder halbwegs vernünftig ausgebildete Operator einen Drakken-Hopper erkennen. An eine Fälschung des Scans war nicht zu denken. Selbst wenn er das wagen wollte, würde er einen Spezialisten und mindestens einen ganzen Tag Zeit benötigen. Wenn er hingegen den Scan nicht abgab, würde er den Hopper selbst als Beweis vorweisen müssen. Und laut Sandy waren die Datenspeicher nicht vollständig zu löschen. Er könnte versuchen, die Bordsysteme des Hoppers so weit zu zerstören, dass man dort gar nichts mehr an Daten retten konnte … aber dann würde man ihm Ort und Zeitpunkt der Zerstörung nachweisen können. Er konnte es drehen und wenden, wie er wollte, er kam aus dieser Sache nicht heraus.

»Soll ich eine Verbindung zu Commander Griswold herstellen?«, fragte Sandy.

Er atmete langsam und tief ein. Schließlich nickte er. »Ja, Sandy.« Ihm brach fast das Herz, als er dabei das Gesicht des Mädchens betrachtete. Sandy stellte die gewünschte Verbindung her.

»Na, Roscoe?«, lautete die gutmütige Frage Griswolds. »Was hast du denn gefunden?«

Roscoe ließ sich ächzend in seinen Pilotensitz fallen. »Du wirst es nicht glauben, Kumpel ...«

Hinter Roscoe zischte das Brückenschott auf. Verwundert drehte er sich herum.

Vasquez stand da und hielt zwei Dinge in die Höhe. Irgendwie *vorwurfsvoll*. »Sehen Sie mal, was ich gefunden habe!«, sagte sie. Roscoes Augen wurden groß und rund.

Er stand auf und trat auf Vasquez zu. Was sie in den Händen hielt, schien aus einer anderen Welt und einer anderen Zeit zu stammen. Es handelte sich um ein Schwert und ein Kettenhemd. Roscoe hatte auf seiner HoloVid-Anlage genügend dieser alten Schinken gesehen, um das auf einen Blick erkennen zu können.

»Wo ... wo haben Sie das denn her?«, fragte er erstaunt.

»Na, woher wohl? Aus dem Hopper natürlich. Sieht ganz nach Unterwäsche und Essbesteck Ihrer *Barbarenbraut* aus!«

Verwundert betrachtete er die beiden Objekte. In den Andenkenläden abgelegener Planeten konnte man allerlei nachgemachtes Gerümpel von den angeblichen *Einheimischen* vergessener Kolonialwelten kaufen, aber das war alles nur billiger Mist. Dass diese beiden Dinge hier jedoch *echt* waren, konnte selbst ein Laie erkennen. Es war ihre Machart – die Derbheit, die Flecken, Scharten und Abnutzungsspuren.

»He, ihr Hübschen!«, schallte es aus dem Hintergrund. »Was gibt's denn? Ist das euer Weltraumschrott?«

In Roscoes Hirn tickerte es. Hatte er bereits vermutet, dass sein *Engel* eine ungewöhnliche Geschichte haben musste, so wurde ihm nun klar, dass sich hinter ihr ein kapitales Geheimnis verbergen musste. Das

293

machte ihm die Sache nur umso schwerer. Sein alter Wunsch, wenigstens einmal mit ihr geredet zu haben, ehe er sie auslieferte, gewann wieder Oberhand.

Er fuhr herum. »Griswold – ich rufe dich später noch mal! Ich muss erst noch was erledigen.« Er sah in die Höhe. »Sandy, trenne die Verbindung! Sofort.« Griswolds erstauntes Gesicht verlosch auf der Stelle. Er hatte gerade protestierend die Hand erhoben und den Mund öffnen wollen. »Gutes Mädchen«, murmelte Roscoe mit einem zufriedenen Lächeln. Dann wandte er sich zu Vasquez um, und sein Lächeln erstarb.

Sie hatte das Schwert und das Kettenhemd sinken lassen und funkelte ihn misstrauisch an. »*Was* … müssen Sie noch erledigen, Roscoe?«, wollte sie wissen.

Er maß sie mit prüfenden Blicken. »Nachdenken, natürlich. Sie etwa nicht?«

»Worüber soll ich denn nachdenken?«

»Na, über das Mädchen. Und dieses Zeug da. Das ist doch nicht normal, dass ein herrenloses Drakkenboot durchs All treibt, völlig verbeult, mit Energiestatus Null, und ein solcher Passagier drin sitzt, oder? Sie muss über eine Woche im Schiff verbracht haben – ganz allein.«

Vasquez gab sich unverständig. »Natürlich ist das nicht normal. Ein Grund mehr, einen Bericht an diesen Fettwanst da zu senden und die Aufklärung den Behörden zu überlassen.«

Er blickte kurz über die Schulter in Richtung des erloschenen Monitors, auf dem eben noch Griswold zu sehen gewesen war. Die Überheblichkeit dieser Vasquez war atemberaubend. Griswold war etwas rundlich, aber kein *Fettwanst*. Dass Vasquez ihn bereits in eine Schublade geschoben und abgeurteilt hatte, sagte alles. Roscoe beschloss, ab jetzt überhaupt nicht mehr auf sie einzugehen.

»Ich muss mir erst überlegen, wie ich ab jetzt weiter verfahre«, verkündete er.

»Wie Sie *weiter verfahren*?«, fragte sie. »Was soll das heißen? Selbstverständlich werden sie nach Spektor Fünf fliegen, den Hippo und das Mädchen ordnungsgemäß übergeben und dann schnellstmöglich nach Diamond weiterfliegen!«

»So? Werde ich das?«

Sie schnappte nach Luft.

Er trat auf sie zu und schubste sie beiseite. »Weg da«, knirschte er. »Ich muss nach dem Mädchen sehen.«

Vasquez taumelte zur Seite, fing sich und blieb mit einem ungläubigen Ächzen stehen.

»Sandy?«

»Ja, Boss?«

»Achte darauf, dass Passagier Vasquez nur Zugang zu Systemen und Bereichen der Stufe D erhält. Keine Gespräche nach außen ohne meine Genehmigung.« Dann drehte er sich herum und stemmte die Fäuste in die Seiten, während er die völlig konsternierte Vasquez mit grimmigen Blicken maß. »Und fahre die Bordküche herunter, Sandy. Essen gibt es ab jetzt nur noch zu normalen Zeiten. Und morgens und abends nur kalt!«

Dazu fiel Vasquez' scharfzüngigem Plappermaul nichts mehr ein. Sie stand nur da und stammelte unzusammenhängende Laute.

Roscoe wandte sich um und verließ die Brücke. Als sich das Schott hinter ihm geschlossen hatte, sagte er leise: »Sandy?«

»Ja, Boss?«

»Warte noch mit dem Runterfahren der Küche. Haben wir etwas, das unserem Passagier schmecken könnte?«

»Sie meinen ... dem *Engel*, Boss?«

295

Er nickte grinsend. »Genau, Sandy!«

»Ja, Boss. Ich denke, ich könnte die Bordküche dazu bringen, ein ansprechendes Menü zusammenzustellen, das den momentanen Bedürfnissen der jungen Dame entspricht.«

»Das ist fein, Sandy, wirklich fein. Dann leg los. Du weißt, wo du mich findest.«

»Ja, Boss«, erwiderte Sandy fröhlich, »das weiß ich.«

*

Sie erwachte langsam, während er den Tisch für sie deckte.

Er fühlte sich wie jemand, der eine Geburtstagsüberraschung für eine liebe Freundin vorbereitete. Als endlich der Schweber mit dem Menü eintraf, fürchtete er schon, nicht mehr rechtzeitig fertig zu werden, ehe sie ganz zu sich gekommen war. Doch er bekam noch ein wenig Zeit.

Während er den kleinen Tisch deckte, seufzte und stöhnte das Mädchen und kam dabei langsam zu sich. Sie reckte und kratzte sich wie nach einem langen, ausgiebigen Schlaf und produzierte allerlei Laute und Verrenkungen. Roscoe war fasziniert. Sie war solch ein zierliches kleines Wesen, ein so bezauberndes Geschöpf, dass er sich selbst und die Wärme seiner Gefühle gar nicht mehr wiedererkannte. Ihre Gesichtshaut war leicht rosig, und dank der Aufbausubstanzen hatten ihre Wangen sogar einen seidigen Schimmer angenommen. Die rotbraune Lockenpracht glänzte regelrecht.

Nach einem wohligen Seufzen lag sie still da und sah ihn wortlos an, den Kopf tief im Kissen vergraben und ihm zugewandt. Ihr Blick war noch immer etwas müde, aber freundlich und dankbar, und ein kleines Lächeln umspielte ihre Mundwinkel. Er hätte sie am liebsten geküsst.

»Na, mein kleiner Engel«, sagte er freundlich und lächelte sie an.

Dann räusperte er sich verlegen. Noch nie in seinem Leben hatte er eine Frau oder ein Mädchen so angesprochen. Eine derartige Vertraulichkeit würde sie wahrscheinlich nicht schätzen.

Wunderbarerweise hob sie eine Hand und fuhr ihm über die stoppelige Wange. Ein warmer Schauer durchströmte ihn von Kopf bis Fuß. Dann sagte sie etwas, und er stutzte.

Er hatte keine Silbe verstanden.

»Sprichst du etwa kein … *Standard*?«, fragte er besorgt.

Sie nahm ihre Hand wieder herunter und studierte verwundert sein Gesicht. Dann drehte sie den Kopf leicht, und ihr Blick wurde wacher; sie besah die Decke und die Wände, musterte einzelne Gegenstände, und ihr Gesichtsausdruck verwandelte sich zunehmend in Betroffenheit. Mit einem ihm unbekannten Wort stemmte sie sich in die Höhe und sah sich vollends um. Zuletzt stand ihr Mund weit offen. Es war unübersehbar, dass sie das, was sie sah, erschreckte und ängstigte.

Wieder formten ihre Lippen einen Satz, der ihm unverständlich blieb.

»Mein Gott, Mädchen!«, sagte er. »Du verstehst mich nicht?! Von welcher Welt stammst du, dass du noch nie die Standardsprache gehört hast!«

Sie schien seine Enttäuschung zu verstehen, denn sie verzog den Mund, zuckte bedauernd mit den Schultern und sagte etwas – was er natürlich abermals nicht verstand. Auch sie schien begriffen zu haben, dass sie keine gemeinsame Sprache hatten. Roscoe seufzte enttäuscht. Er hatte darauf gehofft, rasch erfahren zu können, wer sie war und was es mit dem Hopper auf sich hatte, um sich etwas für Griswold ausdenken zu können. Er musste endlich eine Entscheidung treffen, was er tun sollte.

Eine Entscheidung, die längst gefallen ist, dachte er bitter.

Auch das seltsame Schwert, das Kettenhemd und ihre rätselhafte Herkunft konnten nichts daran ändern. Jeder Versuch, sie zu verstecken, würde in harschen Konsequenzen für ihn enden. Sandys Vorschlag, ihr mit Griswolds Hilfe auf der Spur zu bleiben, war der viel versprechendste Weg.

»Ja, so werden wir es machen!«, sagte er mit einem aufmunternden Nicken zu ihr, von dem er selbst nicht überzeugt war. »Du musst nach Spektor Fünf, aber sobald ich meine Fracht abgeliefert habe, sehe ich nach dir, ja? Das ist … in ungefähr zwei Wochen.«

Sie antwortete mit einem zaghaften Lächeln und einem langen, unverständlichen Satz, aber ihre Stimme tat ihm wohl. *Roscoe, du Riesenross, du hast dich in dieses Mädchen verliebt,* beklagte sich eine innere Stimme lautstark. Er seufzte.

Sie blickte ihm forschend in die Augen, und er sah, dass sie grün waren. Wieder ließ sie einen langen Satz los. Ein paar Laute kamen ihm entfernt bekannt vor, vielleicht hatte er es mit einer zurückgebildeten Art der Standard-Sprache zu tun. Vor Tausenden von Jahren, so lehrte die Geschichtsschreibung, als während der großen Expansion zahllose Kolonisten ins All aufbrachen, verschlug es manche von ihnen zu weit entfernten Welten. Sie fanden nie wieder den Weg zurück in die Zivilisation. Aufgrund mangelnden Nachschubs an hoch technisierten Gütern und infolge ihrer völligen Isolation fielen manche dieser Kolonien wieder tief in mittelalterliche oder gar steinzeitliche Zustände zurück. Ein bizarres Phänomen. Die erste Raumschiffsbesatzung, die später auf eine solch rückständige Kolonie gestoßen war, hatte anfangs die aberwitzigsten Vermu-

298

tungen angestellt – bis hin zu der Theorie einer unentdeckten Bruderrasse aus der Tiefe des Kosmos oder der Idee, dass sich alle höher entwickelten Kulturen der Milchstraße zwangsläufig zu menschengleichen Wesen entwickelten.

Das Mädchen entdeckte das Essen auf dem Tisch, und er war erleichtert, dass sie wenigstens das erkannte: einen Teller mit etwas Essbarem darauf. Sie zeigte auf das Menü, das wie *Lammkotelett B mit Virago-Reis* aussah, und fragte ihn etwas.

»Natürlich, iss nur! Das ist für dich.«

Sie erhob sich und verzog dabei etwas das Gesicht, weil ihre Muskeln und Sehnen wohl noch verkrampft waren. Dann saß sie an dem kleinen Tisch und aß – und benutzte dabei sogar Messer und Gabel. Das erleichterte ihn abermals.

Er beobachtete sie eine Weile, wie sie den Teller leer aß, hungrig, aber durchaus zivilisiert. Mehrfach deutete sie, begeistert nickend, auf das Fleisch und den Reis.

»Ist nicht echt – nur aus dem Synthesizer, Schätzchen«, sagte er. Aber das verstand sie nicht, und es war im Grunde einerlei. Hauptsache, es schmeckte ihr.

Möglicherweise stammte sie von solch einer Kolonialwelt und war ein Mitglied einer Gesellschaft, die vor viertausend oder noch mehr Jahren zur hoch entwickelten Menschheit gezählt hatte, dann aber in archaischen Zeitaltern versunken war. Es würde eine Weile dauern, bis er sie auf den Stand der aktuellen Welt gebracht hatte – seine *Barbarenbraut*, wie Vasquez sie nicht ganz unrichtig bezeichnet hatte. Sie besaß ja nicht mal etwas zum Anziehen.

Plötzlich fiel ihm etwas ein. »He!«, rief er und stand auf. »Ich weiß etwas! Komm mal mit!«

Sie hatte ihr Mahl gerade beendet und mampfte noch mit vollem Mund, aber sie erhob sich. Als sie vor

299

ihm stand, war sie deutlich mehr als einen Kopf kleiner als er. Verwundert blickte sie zu ihm hinauf. Ihre
Nasenspitze befand sich ungefähr auf der Höhe seines
Brustbeins. Verlegen zuckte er mit den Schultern. Er
hoffte, dass der Größenunterschied ihr keine Angst vor
ihm machte; was ihn selbst anging, hatte er soeben
eine neue Schwäche an sich entdeckt: für zierliche
Mädchen wie sie. Er fand sie einfach hinreißend.

»Sandy, wo haben wir diese Kleiderkiste? Du weißt
schon, die mit den vergessenen Sachen, die uns im
Laufe der Jahre geblieben sind?«

Sandy brauchte nur zwei Sekunden, um sie zu finden. »Sie ist im Trainingsraum, Boss. Glauben Sie, dort
findet sich etwas für die junge Dame?«

Roscoe grinste, während das Mädchen mit verblüfften Blicken nach der Herkunft der Stimme suchte.

»Vor ein paar Monaten haben doch die Kinder dieser
Prospektorenfamilie ihre Sportsachen bei uns vergessen, oder nicht?«

»Sie haben Recht, Boss. Diese Kleider könnten ihre
Größe haben.«

Die Tür zischte auf, und das Mädchen trat erschrocken einen Schritt zurück.

»Keine Angst, Schätzchen«, sagte Roscoe, nahm sie
bei der Schulter und zog sie mit sich hinaus. »Das ist
nur eine Tür. Und die Stimme ist Sandy, die gute Fee
hier an Bord. Das Schiff heißt *Moose*, ist ein zwölf ...«,
er senkte die Stimme, »... nein, ein *vierzehnrippiger*
Halon-Leviathan, eine riesige, tote Raumbestie ... und
dann wäre da noch Vasquez, und das ist eine *richtige*
Bestie, verstehst du? Und ich bin Roscoe. Darius Roscoe.« Er tippte sich auf die Nasenspitze. »Wie heißt
denn du?«

Er zog sie mit sich, erzählte ihr alles, was ihm einfiel. Das Mädchen setzte zögernd ein Lächeln auf, bis
ihr Gesicht ein vergnügtes Grinsen zeigte. Sie schien

300

mit jeder Sekunde wacher zu werden, und schließlich
stimmte sie in sein Geplapper mit ein, während er sie
mit ihren wunderhübschen, staunenden, grünen Augen auf den Schweber setzte. Er warnte sie kurz und
startete das Ding. Als es anruckte, stieß sie einen leisen, überraschten Aufschrei aus, dann glitten sie den
großen Arterialtunnel in Richtung des Trainingsraums
hinunter.

*

»Sie sieht lächerlich aus«, spottete Vasquez mit ab-
schätzigen Seitenblicken auf die Kleine. »Entwürdi-
gend für eine erwachsene Frau. Haben Sie nichts Besseres finden können?«

»Sie hätten ihr ja etwas geben können, Vasquez«,
sagte er herausfordernd.

»Zwecklos«, erwiderte Vasquez schnippisch. »Meine
Sachen wären ihr zu groß. Außerdem ist meine Garde-
robe mit Sicherheit mehr wert als ihr ganzer, übel rie-
chender *Raumfisch* hier. Glauben Sie, ich habe das Zeug
zu verschenken?«

Er brummte nur und würdigte sie keines weiteren
Blickes mehr.

Eine Stunde war vergangen, seit das Mädchen wach
geworden war, und sie befanden sich nun zu dritt auf
der Brücke. Die Kleine sah sich neugierig überall um,
während Vasquez sämtliche Rekorde im Nervenzersä-
gen zu brechen versuchte. Griswold hatte sich bereits
dreimal gemeldet – und Sandy hatte ihn immer wieder
abgewimmelt. Roscoe wusste noch immer nicht, was
er tun sollte.

»Boss, Commander Griswold hat seinen Ruf unter
Dringlichkeitscode A angemeldet.«

»Ja, gleich, Sandy.« Roscoe wandte sich um. »Passagier Vasquez, ich möchte, dass Sie die Brücke verlassen.«

»Waas?«, schnappte Vasquez. »Ich soll gehen?«

»Ja, richtig. Ich muss einen neuen Kurs programmieren. Während einer solchen Phase haben Passagiere nichts auf der Brücke verloren.«

»So?« Vasquez blickte sich suchend um. Sie wollte wieder Ärger machen, das sah ihr Roscoe an.

»Und was ist mit ihr?«, fragte sie und nickte verächtlich in Richtung des Mädchens. Langsam verstand Roscoe, was Vasquez umtrieb: Sie war eifersüchtig! Wahrhaftig eifersüchtig auf ein fremdes junges Mädchen und gegenüber einem Mann, den sie verachtete. Die Kleine trug die quietschbunte Trainingskluft einer Vierzehnjährigen, mit giftgrünen Turnschuhen, einer dreiviertel langen Hose, die aus grellfarbenen, psychedelischen Dreiecken bestand, und einer weiten Jacke, auf der ein Dutzend infantile Aufnäher mit Sprüchen wie ›Krieg mich doch!‹ oder ›Wandelnde Sexbombe!‹ prangten. Roscoe würde sie in zwei Tagen auf Spektor Fünf abliefern müssen und vermutlich so schnell nicht wieder sehen. Diese verdammte Vasquez war ihm ein Rätsel.

»Das Mädchen bleibt hier!«, entschied Roscoe kurz angebunden.

»Aah!«, rief Vasquez äffisch. »Sie ist nun Ihr süßer Liebling, was? Warum soll sie bleiben und ich nicht? Sie ist auch nur ein Passagier!«

»Ich … ich muss sie beaufsichtigen«, hielt Roscoe dagegen. »Sie ist neu hier, war noch nie auf so einem Schiff.«

»Sie beaufsichtigen? Das kann ich auch!«

Roscoe suchte verzweifelt nach Argumenten. »Das … das geht nicht. *Ich* trage die Verantwortung. Ich kann so etwas keinem Passagier übertragen.«

Vasquez verschränkte demonstrativ die Arme vor der Brust. »Das ist mir egal. Ich bleibe ebenfalls hier!«

»Damit verstoßen Sie gegen die Anordnungen des

Kapitäns«, bellte Roscoe sie an. »Das wird Folgen für Sie haben!«

»Im Gegenteil!«, bellte Vasquez zurück. »Ich mache hiermit von meiner Verfügungsgewalt Gebrauch! Ich muss nun ebenfalls jemanden beaufsichtigen – und zwar *Sie*, Roscoe! Wegen Fluchtgefahr! Weil Sie unter dem dringenden Verdacht der Steuerhinterziehung stehen!«

Roscoe verschlug es die Sprache. »Waas?«

»Sie haben richtig gehört, Sie Großmaul! Sie haben hier einen Zwölfripper – der nur als Zehnripper eingetragen ist. Ich habe den Zugang zu Ihren hinteren Frachträumen bereits entdeckt. Was ist da drin? Wasserstoffeis?«

Das Mädchen trat ein wenig zurück, der Streit erschreckte sie. Suchend blickte sie dabei in die Höhe, um die Herkunft von Sandys Stimme zu finden. Als der große Holoscreen plötzlich aufflammte, fuhr ihr Kopf herum.

»Eingehender Ruf von Epsilon Maki, Orbitalstation, Ole Bengtson«, meldete sich Sandy lautstark.

Dankbar für die unverhoffte Unterbrechung, wandte sich Roscoe dem Holoscreen zu, denn auf Vasquez' Frage gab es keine Antwort. Keine, die ihn aus diesem Schlamassel retten könnte. »Wer?«, rief er.

»Ole Bengtson, Boss«, sagte Sandy, offenbar bemüht, ihm zu helfen. »Ich glaube, Sie sollten den Ruf lieber entgegennehmen.«

»Ist gut, Sandy«, sagte Roscoe, dem jetzt alles Recht war, wenn er nur ein weiteres Gespräch mit Vasquez vermeiden konnte. »Stell den Ruf durch.«

Sandy bestätigte, und eine Sekunde später erschien ein Gesicht auf dem großen Holoscreen. Es war Griswold. »Schalt deinen Krypto ein!« Griswolds Gesicht verschwand wieder.

Roscoes Herz, bereits in wildem Aufruhr, begann

dumpf zu wummern. Er hatte Griswold viel zu lange warten lassen, und nun kam der fällige Ärger. *Großer Ärger.* »Sandy – den Kryptografen einschalten! Und die Verbindung wieder aufbauen!«

Sekunden später erschien Griswolds Gesicht erneut. Diesmal zweidimensional, schwarzweiß und mit knisternden Interlace-Streifen. »Wer ist denn das?«, fragte er mit einem Seitenblick auf das Mädchen. »Noch eine neue Freundin?«

»Äh … ja. Sag mal, ich …«

Griswold hob Einhalt gebietend eine Hand. Sein Gesicht war ernst. »Machen wir's kurz. Das Gespräch läuft über einen Privatkanal, ein kleiner Trick von mir. Braucht man manchmal, so etwas.« Er grinste schwach. »Ich weiß nicht, was du da oben aufgetrieben hast, Roscoe – aber wenn es kein astreines Stück Schrott ist und du mir jetzt nicht augenblicklich einen Scan davon schicken kannst, steckst du in beschissenen Schwierigkeiten. Ich hatte dich ausdrücklich um einen Scan gebeten, bevor du irgendwas unternimmst.«

Roscoe schluckte. Er warf einen Seitenblick nach links, wo Vasquez stumm und mit blitzenden Augen stand und das Gespräch verfolgte. Sie war offenbar außerhalb des Videosichtwinkels, sodass Griswold sie nicht bemerkt hatte.

»Schwierigkeiten?«, fragte Roscoe.

»Ja, Kumpel. Besonders dann, wenn es irgendein verdammtes Drakkenteil ist. Diese Arschlöcher suchen wie die Irren nach was. Ich weiß nicht, was es ist, aber der Pusmoh hat klare Parolen ausgegeben. Wenn du noch rauskannst aus der Sache, dann setz das Ding wieder ins All und hau einfach ab. Setz 'nen Funkspruch ab, dass du was Dringendes erledigen musstest, und stell dich blöd. Das bringt dir schlimmstenfalls ein unangenehmes Verhör und eine Geldstrafe bei den Drakken ein.«

Roscoe schluckte wieder. Sein Hals fühlte sich an, als hätte er eine Hand voll Sand herunterzuwürgen versucht.

»Wenn du allerdings mit deinem Stück Schrott irgendwas angestellt hast oder wenn du sogar irgendetwas aus ihm *herausgeholt* hast, dann sieht's dumm für dich aus. Du kennst die Drakken. Die machen dich fertig. Deine einzige Chance dürfte dann sein, dass du irgendein illegales Teil in deinen Fisch eingebaut hast und dich jetzt mit Höchstgeschwindigkeit aus dem Staub machst. Tut mir Leid, dass ich dich nicht früher warnen konnte, aber der Alte hat mich die ganze Zeit beobachtet. Und ich schätze, dass alle normalen Gespräche derzeit aufgezeichnet werden. Viel Glück, Mann. Ich hab dir gerade deine Sechshundert überwiesen. Sozusagen ahnungslos. Und gib auf deine kleine Freundin Acht.«

Griswolds Gesicht erlosch und ließ Roscoe mit wild pochendem Herzen zurück. Langsam drehte er sich um und starrte Vasquez an. Erwartungsgemäß stand höchster Triumph auf ihren Zügen.

»Sie sollten es nur scannen, Roscoe?«

»Nur scannen?«, fragte er. »Das haben Sie doch gewusst, verdammt!«

Sie setzte ein gespielt verblüfftes Gesicht auf. »Ich? Nein – woher denn?«

Nun war Roscoe ehrlich verblüfft. Dass sich Vasquez als eine kaltblütige Verräterin entpuppen würde, hätte er nicht für möglich gehalten. »Was sagen Sie da? Das ist nicht Ihr Ernst! Sie haben mich doch dazu gedrängt, das Boot zu öffnen!«

»Ach?«, rief sie. »Die ganze Zeit behandeln Sie mich wie den letzten Dreck, und plötzlich wollen Sie meine Hilfe?«

»Wir hatten eine Abmachung!«, brüllte er zurück. »Ihretwegen habe ich den Hopper aufgeschweißt! Und jetzt fallen Sie mir in den Rücken, Sie Miststück!«

Sie hob drohend den Zeigefinger. »Ich falle Ihnen in den Rücken? Reißen Sie sich zusammen, Mann! Davon habe ich keine Silbe gesagt!«

Bebend stand Roscoe da. Lenkte sie jetzt wieder ein? »Welchen Zweck hatte dann dieses Manöver eben?«

Sie grinste ihn gehässig an. »Ich wollte Sie nur ein bisschen zappeln lassen, Sie arroganter Kerl.«

Roscoe schwieg und wartete darauf, dass sie weitersprach.

»Jetzt haben Sie nicht nur frisierte Bücher und illegale Fracht, sondern haben auch noch Militäreigentum beschädigt und einem Befehl zuwider gehandelt!«

»Ja!«, fuhr er sie an. »Weil ich so dumm war, auf Ihren Wunsch einzugehen.«

Ihr Gesicht wurde zu Stein. »Hören Sie auf. Ich kann Ihnen helfen.«

Er lachte bitter auf. »Sie? Mir helfen?«

»Allerdings. Fliegen Sie nach Spektor Fünf, geben Sie dieses Mädchen und das Drakkenboot dort ab, und überlassen Sie die Verhandlungen mir. Ich boxe Sie da raus.«

Er starrte sie ungläubig an. Was sie ihm da anbot, konnte er nicht recht glauben. Wollte sie wirklich nur das Mädchen loswerden? War sie wirklich und wahrhaftig *eifersüchtig*?

»Was allerdings Ihr Journal angeht«, fuhr Vasquez fort, »und die illegale Fracht ...«

Roscoes neuerliches Elend ging in einem leisen Aufschrei unter. Er fuhr herum und sah die Kleine, die voller Entsetzen auf den Holoscreen starrte. Kaum hatte sich Roscoe ganz herumgedreht, um selbst dorthin zu sehen, schepperte schon eine blechern-kalte Stimme über die Brücke: »Sektorkontolle, Supervisor KanFeer. FG 3412, melden Sie sich!«

Es war ein Drakken, der sich unangemeldet über den

Mainstream ins Kommunikations-System der *Moose* geschaltet hatte. Die Kerle konnten und durften das.

Roscoes Knie wurden weich.

Sandy, die gute Fee, sprang für ihn ein. »FG 3412, Cargoshuttle *Moose*«, erwiderte sie. »Was können wir für Sie tun, Sir?«

Der Drakken peilte mit misstrauischem Gesichtsausdruck durch die Röhre. »Spreche ich mit dem Kapitän?« Seine Stimme klang kalt und knirschend.

»Nein, Sir, mit dem Bordsystem. Der Kapitän ist momentan nicht auf der Brücke.«

Roscoe stieß ein Krächzen aus. Sandy war ein Goldstück. Sie hatte schnell und klug reagiert und den Ruf abgefangen, um ihm ein paar Sekunden Zeit zu verschaffen. Aber nun wusste sogar Vasquez, dass mit Sandys L-Block irgendetwas nicht stimmte. Sie war Zeugin einer glatten Lüge des Bordsystems gegenüber einem Drakken geworden. Roscoe hatte langsam das Gefühl, als zöge sich eine glühende Drahtschlinge um seinen Hals zu.

»Ich … ich übernehme, Sandy«, keuchte er.

Sandy gab ihm drei weitere Sekunden, dann schaltete sie den Ruf auf die Brücke durch. »Sir, der Kapitän ist nun auf der Brücke.«

Roscoe trat ein paar Schritte auf den großen Holoscreen zu, straffe sich und versuchte, ruhig zu atmen. »Käpt'n Darius Roscoe. Was … was kann ich für Sie tun, Sir?«

Der Drakken produzierte irgendein hässliches, grunzendes Geräusch. »Nach unseren Ortungsdaten befinden Sie sich bereits seit über zwei Stunden bei dem Objekt, das Sie laut Auftrag der Orbitalstation Spektor Fünf untersuchen sollten. Warum liegen noch keine Ergebnisse vor?«

Roscoe war nahe daran, in Panik zu verfallen. Vasquez verhielt sich glücklicherweise still, das Mädchen hatte sich links in eine dunkle Ecke verzogen. Er erhaschte einen kurzen Blick auf ihr Gesicht – es war von Angst gezeichnet. Seine Gedanken hingen wie in einem klebrigen Brei. Warum fürchtete sie sich so? Was steckte hinter der Sache mit dem Hopper? Roscoe wandte den Kopf wieder zu dem Drakken. »Ich, äh … ich hatte eine Panne im Kühlsystem. Darum musste ich mich kümmern. Deswegen konnte ich noch keine Meldung absetzen.«

»Eine Kühlsystem-Panne? In einem Leviathan?«

Er hob unschuldig die Achseln. »Ja, Sir, auch hier gibt es kleine Kühlsysteme. So etwas kommt vor.«

Wieder grunzte der Drakken. »Trotzdem müssten Sie inzwischen wissen, worum es sich bei dem Objekt handelt.«

»Nun ja … es sieht aus wie ein Stück Schrott, von einem Frachter stammend, vielleicht …«

»Wir suchen ein Beiboot der Hopper-Klasse. Es muss vor 48 Stunden in diesen Sektor eingeflogen sein. Sind Sie sicher, dass es kein solches ist?«

Roscoes Herz machte einen Satz. *Sie suchten tatsächlich dieses Boot!* Verzweifelt versuchte er, einen Gedanken zu fassen. »Ein … Beiboot?« Er schüttelte heftig den Kopf. »Ich … ich glaube nicht, Sir. Wir haben den Scan noch nicht ganz fertig …«

Der Drakken wandte sich kurz ab, sprach mit jemandem und drehte sich dann wieder um. »Bleiben Sie dort. Wir schicken ein Schiff.«

»Was?« Roscoe wurde blass. »Also, ich … ich muss jetzt dringend weiter …«

»Das ist eine Anweisung der Sektorkontrolle, Kapitän! Ich rate Ihnen, dort zu bleiben. In zwei Stunden sind wir bei Ihnen!«

13 ◆ Verbindung

Langsam bekam Victor ein schlechtes Gewissen.

Seit Tagen vernachlässigte er Alina sträflich, weil er bei der Suche nach Leandra mithalf. Sie hatten, neben der *Schaukel*, ein zweites, kleineres Drakkenbeiboot flott machen können, ein zufälliger, unbeschädigter Fund aus den Kriegszeiten, und nun flogen Izeban und Marko, die beiden besten Piloten, in abwechselnder Folge oder manchmal auch gleichzeitig ins All hinaus. So oft sie irgend konnten, suchten sie die Oberfläche der Welt, das umgebende All oder das Drakkenmutterschiff ab. Es waren jeweils ein oder zwei Begleiter mit im Boot – entweder Roya, Hellami, Jacko, Victor oder irgendein anderer aus dem Kreis der Freunde. Nur Alina durfte nicht mit, da jeder Flug hinaus nach wie vor ein Risiko bedeutete. Ihr durfte auf keinen Fall etwas geschehen.

Doch ihnen war kein Glück beschieden. Mit jedem Start hinaus ins All schwand die Hoffnung, Leandra noch zu finden. Izeban war schon fast zu einem Unglücksboten geworden, denn er kleidete das in nüchterne Worte, was allen anderen im Herzen klar war: sie hatten sich nie einen vernünftigen Begriff vom All gemacht. Von der ungeheuren Leere, der endlosen Weite, die dort draußen herrschte und die sogar in der Lage war, ein Objekt von der Größe einer Sonne zu verbergen, sodass man sie nicht wieder fand.

Inzwischen gab sich Izeban selbst die Schuld. »Ich war so unsagbar dumm«, meinte er voller Elend, »ihr zu sagen, dass die Sterne *Tausende* von Meilen entfernt seien. Ich habe mich zwar gleich berichtigt – hin zu *Hunderttausenden* oder gar *Millionen* –, aber selbst das muss viel zu wenig sein.« Er hob beschwörend die Hände. »Wahrscheinlich ist der nächste von ihnen tausend Mal eine Million Meilen entfernt – oder noch mehr!«

Trotz des Missverständnisses konnte keiner von ihnen glauben, dass Leandra losgeflogen war, um zu erkunden, wie weit sie ins All vorstoßen konnte. Izeban hatte genauestens berichtet, wie sorgfältig sie sich vorbereitet hatte und dass sie sich klar über die Gefahren gewesen war. Leandra war zwar stets eine neugierige Seele gewesen, nie aber hatte sie zu Unvorsicht oder unüberlegtem Draufgängertum geneigt. Nein, es musste irgendetwas Unvorhergesehenes passiert sein.

Am fünften Abend nach Beginn der Suche, die vom *Drachenbau* aus geführt wurde, stieg Victor, von Müdigkeit gezeichnet, in Angadoor aus der *Schaukel*. Izeban, er und Yo waren viele Stunden lang über die Höhlenwelt hinweg geflogen und hatten versucht, irgendeine Spur von Leandra zu finden. Vergeblich.

Alina empfing ihn auf dem winzigen Landeplatz, der auf einem grasüberwachsenen Buckel vor dem Rund der Malangoorer Häuser lag. Kaum ein paar Schritt hinter ihnen ging es jäh in die Tiefe. Sie hatte Maric auf dem Arm; der Kleine streckte die Ärmchen nach seinem Papa aus. Victor nahm ihn und küsste sein strahlendes Gesicht. Izeban und Yo kamen vorbei, begrüßten kurz Alina und marschierten in Richtung des Felsenpfades, der über die Hängebrücke am Wasserfall hinauf zum Windhaus führte.

Victor blickte den beiden hinterher, dann wandte er sich zu Alina. »Es tut mir Leid …«, hob er an, unterbrach sich dann aber. Sie blickte ihm forschend in die Augen.

Was soll sie nun denken, wenn meine ganze Sorge Leandra gilt?, dachte er niedergeschlagen und hatte nicht einmal den Mut, sie ebenfalls zu küssen. Die ganze Zeit über war er fast ständig mit Izeban oder Marko *draußen* gewesen, hatte nach Leandra gesucht und dabei Alina seit ihrer gemeinsamen Nacht im Palast kaum gesehen.

Dabei liebe ich dich so sehr ...

Er wünschte sich, ihr seine Gefühle spontan offenbaren zu können. Ausgerechnet in dieser zauberhaften Nacht mir ihr war die entsetzliche Nachricht über Leandras Verschwinden eingetroffen.

Alinas Miene zeigte keinen Unmut. Sie schmiegte sich an ihn, küsste seine Wange und sagte: »Du kannst ja nichts dafür. Wir können nur noch hoffen ...«

Er stutzte kurz, begriff dann aber, dass sie ihn missverstanden hatte. »Ich wollte mich eigentlich entschuldigen«, erklärte er, »dass ich dich schon wieder so allein gelassen habe. Was Leandra angeht ... nun ja, dafür kann ich nun wirklich nichts.«

Alina schüttelte den Kopf. »Mach dir keine Sorgen. Ich würde etwas dafür geben, selbst bei der Suche mithelfen zu können – aber ihr lasst mich ja nicht.«

Als sie sich auf die Zehnspitzen stellte, um ihn ein weiteres Mal zu küssen, wurde oben, am Windhaus, die Tür des Nebenbaus aufgerissen. Marko war herausgestürmt, lief bis zum Geländer und starrte suchend hinab.

»Alina? Victor? Seid ihr da irgendwo?«

Die Dämmerung war schon angebrochen, und sie mussten sich im schwächer werdenden Licht bemerkbar machen. »Hier! Hier sind wir, Marko! Was ist denn?«

»Schnell, kommt hoch!«, rief er aufgeregt und winkte. »Wir haben Nachricht von Leandra!«

*

Nervös durchkreuzte Rasnor sein Arbeitszimmer. Seit über drei Wochen war Altmeister Ötzli nun fort und würde sicher bald wiederkehren. Doch Rasnor hatte noch immer keine Erfolge vorzuweisen.

Vor einem der Fenster blieb er stehen, riss ärgerlich den Vorhang beiseite und starrte hinaus auf das abendliche Usmar.

»Da!«, rief er und deutete aufs Meer. »Es sieht schon wieder fast so aus wie früher! Das riesige Schiff, das draußen in der Bucht abgestürzt ist, ist kaum noch zu erkennen.«

Marius blickte hinaus, in Richtung des Hafens. Das seltsame Metallungetüm, das unlängst noch über die Häuserdächer hinweggeragt hatte, war kaum mehr zu sehen.

»Sie brennen es mithilfe dieser Geräte aus den Drakkenminen auseinander und transportieren die Teile ab. Noch ein paar Wochen, und dann wird es auf dieser Welt kein Zeichen mehr von uns oder dem Krieg geben!«

Von uns, dachte Marius bedrückt.

Mit diesen Worten setzte Rasnor ihn, sich selbst, die Bruderschaft und alles, was sie bisher getan oder erreicht hatten, mit den Drakken gleich. Mit den Eindringlingen, die ihre Welt überfallen hatten. *Ich bin nun ein Drakken.*

Regungslos stand er an der westlichen Wand des Zimmers, gleich neben der Tür. Er durfte sich jetzt Bruder nennen, nachdem er sich anfangs einige Belobigungen verdient hatte. Im Moment hatte es aber den Anschein, als würde Rasnor am liebsten alles und jeden wieder zum Teufel jagen. Bisher war es ihnen noch nicht gelungen, etwas gegen die Drachen zu unternehmen, die immer intensiver Jagd auf sie machten. Sie mussten einen Spion beim Feind einschleusen, aber das war so gut wie unmöglich. Seit heute Morgen hatte

Marius zwar eine kleine Idee, aber kaum den Mut, sie auszusprechen.

»Was starrst du mich so an?«, maulte Rasnor wütend, als er Marius' angstvolle Blicke bemerkte. »Lass dir lieber etwas Vernünftiges einfallen!«

»Es liegt an ihren Vorkehrungen«, erwiderte Marius in dem schwachen Versuch, seinen Gedanken Form zu geben. »Sie wissen, dass Ihr noch lebt, Hoher Meister, und dass wir irgendetwas planen. Seitdem haben sie scharfe Sicherheitsvorkehrungen getroffen. Es ist so gut wie unmöglich, jemanden bei ihnen einzuschleusen. Personen, die sie nicht schon lange kennen, lassen sie gar nicht bis in ihre heiligen Bereiche vor.«

Rasnor musterte ihn geringschätzig. »Heilige Bereiche? Wo hast du das her?«

»So nenne ich die Orte, an denen sie sich versammeln oder ihre Geheimnisse verbergen. Bereiche eben, die nicht bekannt werden dürfen.«

»Aber es *muss* doch eine Möglichkeit geben herauszufinden, wo sie ihren Stützpunkt haben! Und wo sie sich treffen, diese ... *Schwestern des Windes.*«

Rasnor hatte den Namen mit Abscheu ausgesprochen, aber Marius empfand so etwas wie ehrfürchtige Bewunderung. Er war es gewesen, der die Nachricht aufgetrieben hatte, dass die sechs Mädchen einen geheimnisvollen Bund mit diesem Namen gegründet hatten, und er war stolz darauf. Mehr wusste er aber leider nicht über sie.

»Sie könnten schließlich auch nicht so leicht bei *uns* eindringen, Hoher Meister«, sagte er mit kaum verhohlener Ungeduld. »Aus dem gleichen Grund: auch wir haben besonders scharfe Sicherheitsvorkehrungen.«

Rasnor brummte nur ärgerlich.

Marius zuckte mit den Achseln. »Auf direktem Weg kommen wir nicht ans Ziel. Wir schaffen es nicht, jemanden in den Palast einzuschleusen. Allein schon die

Palastgarde ist unüberwindlich. Ganz zu schweigen davon, jemanden in die unmittelbare Nähe der Shaba zu bringen. Und was passiert, wenn wir versuchen, die heimkehrenden Drachen zu verfolgen, haben wir bereits erlebt. Innerhalb von Minuten sind *wir* die Gejagten. Wir wissen nicht einmal, in welchem Teil von Akrania ihr Stützpunkt liegt.«

»Aber wir wissen den Namen! Malangoor!«

Marius nickte. Das hatte er ebenfalls herausbekommen. Aber der Name allein sagte gar nichts. Selbst nach den sorgfältigsten Nachforschungen hatte er keine Ansiedlung dieses Namens in irgendeiner Karte von Akrania finden können. Sie mussten dieses Malangoor selbst gegründet haben – an einem sehr versteckten Ort.

Er nahm all seinen Mut zusammen. »Ich wüsste vielleicht etwas, Hoher Meister. Aber es ist nur ein Gedanke. Ob er uns etwas einbringt, kann ich nicht sagen.«

Rasnor baute sich vor ihm auf. »Und?«, fragte er scharf.

»Das Cambrische Ordenshaus, Hoher Meister. Es steht in enger Verbindung zum Palast. Wir können auf diesem Weg zwar niemanden in den Palast schleusen, aber im Ordenshaus gibt es Personen, die sehr enge Verbindungen zur Shaba und den *Schwestern des Windes* haben.«

Rasnor dachte kurz nach und nickte dann. »Verstehe. Der Primas Jockum und Munuel, der Meister unserer geliebten Leandra. Ich kenne sie beide. Deine Idee ist völliger Unsinn. Die beiden sind klug, um nicht zu sagen: weise. Und sie haben Erfahrung.«

»Nun ja, es handelt sich nicht direkt um den Primas und Altmeister Munuel. Ich habe erfahren, dass sich zwei der Schwestern des Windes im Ordenshaus aufhalten, und …«

Rasnor lachte lauthals auf. »Ha! Hast du etwa vor, irgendwen zu schicken, der Novize spielen und ihr Vertrauen gewinnen soll?«

»Es ist schon jemand da, Hoher Meister.«

Rasnor stutzte.

»Ja, Meister, es stimmt. Einer von uns ist im Cambrischen Ordenshaus. Seit der Wiederaufbau durch die Cambrier begonnen hat.«

»Und ... wer?«

»Ein Adept namens Martiel. Er ...«

»Martiel? Dieser rothaarige Angeber? Den kenne ich!«

Marius zögerte. »Wirklich? Ich wusste nicht ...«

Rasnors Augen blitzten. »Ein verfluchter Hund! Unzuverlässig, angeberisch, undiszipliniert! Ein Aufschneider und Störenfried. Er war einer meiner Untergebenen, als ich noch Leiter der Skriptoren in Torgard war.« Herausfordernd blickte er Marius an.

Die Unsicherheit des jungen Mannes wuchs. Ihm war bekannt, dass Martiel einen zwiespältigen Ruf besaß – genau deswegen hatten ihn das Schicksal ja zu den Cambriern geführt. Aber der Hohe Meister schien ihn zu verabscheuen. Marius sah sein Gedankengebäude in sich zusammenstürzen.

»Wie kommt es, dass dieser Kerl bei den Cambriern ist?«, verlangte Rasnor zu wissen.

»Er ... er saß in der Arrestzelle des Ordenshauses, als damals der Krieg losbrach.«

»In der Arrestzelle? Hatte er etwas ausgefressen?«

Marius nickte unsicher. »Ja. Zu dieser Zeit gehörte das Ordenshaus ja noch uns. Ich glaube, man hatte ihn bei irgendeiner Sauferei erwischt. Und wegen irgendwelcher Weibergeschichten.«

Marius wusste sehr genau, wegen *welcher* Weibergeschichten. Damals waren er und Martiel als dicke Freunde durch die Stadt gezogen – als Duuma-Mitglieder hatten sie Narrenfreiheit besessen. Die Drakken hatten die Stadt beherrscht, der Cambrische Orden nicht mehr existiert, und ihre schwarzen Kutten und die blutroten Leibriemen hatten sie zu den Königen von Savalgor gemacht. Sie hatten Eintritt in jedes Haus verlangen können, sich nehmen können, was immer sie begehrten, und Gelage feiern dürfen, so viel sie nur mochten. Doch ohne Mädchen machte das alles nur halb so viel Spaß. Und da hatte Marius so ein süßes Ding kennen gelernt – er, der dickliche, schüchterne Bursche –, ein hinreißendes Mädchen namens Mia, die ein bezauberndes Lächeln und eine wundervoll schlanke Gestalt gehabt hatte. Er hatte ihr geholfen, hatte sie vor den Drakken beschützt, und zum ersten Mal in seinem tristen Leben als Novize der Bruderschaft hatte er einen Geschmack von Leben und zarter Liebe verspürt. Als er nach zwei Wochen dahinter gekommen war, dass Martiel seine kleine Mia regelmäßig gevögelt hatte, war er fast durchgedreht. Er hatte Martiel eine Falle gestellt, was damit geendet hatte, dass der verdammte Dreckskerl in der Arrestzelle des damaligen Hauptsitzes der Duuma, dem Cambrischen Ordenshaus, gelandet war. Marius hatte noch allerlei mit Martiel vorgehabt – doch leider war der Krieg und der Untergang der Drakkenherrschaft dazwischen gekommen.

»Und dann haben ihn die Cambrier aufgenommen?«, fragte Rasnor.

»Nicht aufgenommen, Hoher Meister. Sie befreiten ihn aus seiner Zelle, und er gab sich als einer von ihnen aus, als Novize. Er hatte Angst vor der Bestrafung, wenn er sich bei uns zurückmeldete.«

»Ha!«, machte Rasnor spöttisch. »Und dort hast du ihn wieder aufgetrieben?«

»Ein Zufall, Meister. Ich traf ihn in Savalgor, vor Monaten schon. Er kam nicht umhin, mir die Wahrheit zu

316

erzählen, zumal wir gute Freunde waren. Nun ist er bei den Cambriern und schlägt sich irgendwie durch.«

Rasnor starrte Marius eine Weile nachdenklich an.

Dann schüttelte er den Kopf und setzte seinen Weg durch das Zimmer fort. »Deine Idee mit dem Ordenshaus ist nicht schlecht. Aber dass wir diesen Martiel dafür einspannen, kommt nicht infrage. Er hasst mich, er war sogar ein enger Freund dieses Gyndir. Ich …«

»Gyndir?«

Rasnor blieb stehen und musterte Marius kurz. »Unwichtig«, sagte er und lief weiter. »Noch so ein Querulant. Er hat seine Strafe bereits erhalten. Wie gesagt, Martiel traue ich nicht. Außerdem darf er sich im Ordenshaus nicht von Victor erwischen lassen – die beiden kennen sich. Martiel wurde einst von Chast gefoltert. Zwar war es nicht weiter schlimm, aber Chast jagte ihm wohl einen gehörigen Schrecken ein. Victor war an dieser Sache schuld.« Rasnor schüttelte energisch den Kopf.

»Einen anderen haben wir dort leider nicht, Hoher Meister.«

Wieder blieb Rasnor stehen, diesmal unmittelbar vor Marius. Er grinste ihn diebisch an. »Doch, haben wir. Dich!«

Marius erstarrte. »M-mich?«

»Ganz recht. Dich. Du bist doch ohnehin ganz versessen auf diese Weiber! Glaubst du, ich habe das nicht gemerkt?« Er vollführte eine ausholende Geste. »Na bitte, da hast du, was du wolltest. Schöne Mädchen, die auf Drachen herumfliegen …«

»Aber … Hoher Meister! Wie soll ich denn …?«

Rasnor wischte seine Frage mit einer heftigen Handbewegung beiseite. »Benutze diesen Martiel, um ins Ordenshaus zu gelangen. Du kennst dich doch mit dieser Elementarmagie der Cambrier aus, nicht wahr? Soll er dich als alten Freund vorstellen … oder noch besser, als seinen Bruder!« Rasnor dachte kurz nach. »Ja, das ist gut! Als seinen Bruder, der gerade von seiner Zeit der Wanderschaft zurück ist. Das müssen die Adepten der Cambrier doch tun, nicht wahr?«

Marius nickte betroffen. »Ja, Hoher Meister. Ein Jahr lang …«

»Na, das passt doch prachtvoll! Der Cambrische Orden dürfte derzeit Hände ringend nach Nachwuchs suchen. Besonders, da Martiel sie verlassen wird.«

»Er … wird sie verlassen?«

»Genau. Er wird unser Verbindungsmann in Savalgor sein. Ich will ihn da weg haben, aus dem Ordenshaus. Das ist mir zu gefährlich.«

»Aber … er wird nicht einverstanden sein, Hoher Meister. Er fühlt sich dort sicher.«

Rasnor dachte eine Weile nach. Dann marschierte er zu seinem Schreibtisch, zog ein frisches Blatt Papier von einem kleinen Stapel und befeuchtete seinen Kohlegriffel mit der Zunge. Er schrieb etwas, stand dann auf und hielt Marius den Zettel hin. Als Marius ihn überflog, setzte sein Herzschlag für einen Moment aus.

»*Eintausend* Folint, Hoher Meister?«

»Ja. Geh zu Magister Armäus und lass dir das Geld geben. Dann suche Martiel auf, gib ihm die Hälfte und sag ihm, was er zu tun hat. Wenn er spurt, darf er das Geld behalten und kriegt die andere Hälfte noch dazu, sobald wir dahinter gekommen sind, wo dieses Malangoor liegt.«

»Und … wenn er sich weigert?«

Rasnor grinste. »In dem Fall darfst du dir etwas Hübsches für ihn ausdenken. Ich meine, eine Drohung. Dass wir ihn vierteilen werden oder so. Ich bin sicher, dir fällt etwas Nettes ein.«

Marius' Herz wummerte so laut, dass er schon fürchtete, Rasnor könne es hören. *Eintausend Folint!*

Und das ganze Geld würde ihm gehören! Denn er hatte ganz etwas anderes im Sinn, als Martiel mit Geld zu ködern. Nein ... Er hatte Rasnor angelogen: Nicht durch Zufall hatte er Martiel wiedergetroffen und auch nicht irgendwo, sondern in Mias Haus, in ihren Armen, nachdem er, Marius, sich auf die Suche nach ihr gemacht hatte. Sie waren jetzt sogar ein Liebespaar, diese beiden dreckigen Verräter! Marius trug sich seit dem Tag, da er dies entdeckt hatte, mit den übelsten Rachegedanken, und zwar an beiden. Ihm hatte nur noch eine hübsche Gelegenheit‹ gefehlt, seine Rache in die Tat umzusetzen. Nun konnte er es mit dem Segen des Hohen Meisters tun, dabei eine Menge Geld kassieren und sich auch noch Lorbeeren verdienen, indem er herausfand, wo dieses Malangoor lag. Und er würde zwei der *Schwestern* kennen lernen!

Aufgeregt verabschiedete er sich und versprach, sich auf der Stelle um diese Sache zu kümmern.

Kurz darauf klappte die Tür hinter ihm zu.

Als Marius gegangen war, wandte sich Rasnor eilig um und setzte sich wieder an seinen Schreibtisch. Dort lagen Bücher, *neue* Bücher, und er konnte es gar nicht erwarten weiterzulesen. Das Ausspionieren der *Schwestern des Windes* war nur die eine Hälfte dessen, was jetzt als ›höchste Dringlichkeit‹ auf seinem Plan stand. Der andere Punkt war, dass er sich auf dem Gebiet der Rohen Magie weiter voranbringen wollte, möglichst noch bevor Ötzli zurückkehrte. Septos hatte ihm erneut vier Brüder aus Hegmafor geschickt und dazu eine höchst interessante Information. Demnach gab es in Hegmafor noch immer einen der *Wächter der Tiefe*. Rasnor hatte nicht gewusst, dass heute noch einer von ihnen lebte. Die *Wächter* waren es gewesen, die über lange, dunkle Jahrhunderte hinweg die finstersten Geheimnisse der Bruderschaft bewahrt hatten – in Zeiten, da die Mitgliederzahl der Brüder auf nahezu Null gesunken war. Es hieß, sie wären vom Geist Sardins berührt.

Der *Wächter* von Hegmafor, sollte er denn tatsächlich existieren, musste ein unglaublicher Hort alten Wissens und alter Geheimnisse sein. Die abgrundtiefen Keller, in denen die Brüder Chasts Leiche versteckt hatten, waren nicht erst frisch ausgehoben worden – nein, das hätte er gemerkt. Im Gegenteil, sie mussten Jahrhunderte alt sein, Jahrtausende vielleicht. Und ganz gewiss gab es dort unten noch andere Bereiche, uralte Keller und vergessene Verliese, in denen die wirklich *alten Geheimnisse* der Bruderschaft aufbewahrt wurden. Vielleicht fanden sich sogar Spuren zu jenem sagenhaften *Gongh* – dem Refugium der *Dunklen Meister* aus alter Zeit. Ein Schauer lief über seinen Nacken, als er daran dachte.

Abrupt erhob er sich und klappte das alte Buch zu.

Ja, sagte er sich. *Ich breche sofort auf! Ich muss den* Wächter *sehen!*

*

Victor war mit Maric auf dem Arm so schnell den Felspfad zum Windhaus hinaufgeeilt, dass ihm die Luft zum Reden fehlte, als er oben ankam. Er keuchte heftig und brachte kein Wort hervor.

Marko wartete, bis auch Alina eintraf. »Hellami und Cathryn«, sagte er aufgeregt, »sind aus Savalgor gekommen, mit dem Stygischen Portal. Schnell, mir nach!«

Er wandte sich um und lief auf den Treppenniedergang zu, der zwischen dem Haupt- und dem Nebengebäude an der rückwärtigen Felswand lag. Von Victor und Alina gefolgt, polterte er die hölzernen Stufen hinab.

»Was … was ist denn los?«, ächzte Victor.

»Frag sie selbst!«, rief Marko über die Schulter hinweg und hastete weiter. Der Weg führte über den hängenden Brettersteg unterhalb des großen Windhaus-Balkons, dann an zwei Lagerräumen vorbei, die wie Kästen von der Plattform herabhingen, bis zum ›Weinkeller‹. Dort stieß der Brettersteg auf einen letzten Raum an der Felswand, der den Zugang zum *Drachenbau* verbarg.

Als Marko die Tür aufriss und hineineilte, konnte Victor fast nicht mehr. Er wartete auf Alina, schöpfte dabei so viel Atem, wie er nur konnte, und setzte sich wieder in Bewegung. Es ging quer durch den Raum, durch die bereits geöffnete Geheimtür in der Rückwand und schließlich durch einen kurzen, abschüssigen Gang in den *Drachenbau* hinab. Dort angekommen, kam ihnen Marko bereits wieder entgegen und führte sie geradeaus weiter. Sie erreichten einen Höhlenraum, der mit Bänken und Tischen ausgestattet war; hier wurde normalerweise gegessen.

Als sie eintraten, wandten sich alle Blicke ihnen zu. Munuel und Quendras waren da, Roya, Izeban, Yo und nun auch Victor, Alina und Marko. In der Mitte saßen Hellami und Cathryn; sie hatten offenbar gerade etwas erzählt.

»Alina!«, rief Hellami aus und erhob sich.

Alina ging ihr entgegen und tauschte mit ihr den üblichen Begrüßungskuss. Kurzatmig fragte sie: »Stimmt das? Ihr habt Nachricht von Leandra?«

Hellami schüttelte den Kopf. »Nicht wirklich eine Nachricht, aber …« Sie wandte sich um und sah zu Cathryn.

Schon im ersten Augenblick hatte Victor Hellami angesehen, dass sich irgendetwas an ihr verändert hatte. Oder besser: *in* ihr. Der ständig verzagte Blick, der in den letzten Monaten schon fast zu ihrem Erkennungszeichen geworden war, war gewichen. Als sie Cathryn ansah, glaubte er sogar, dass ihre Augen für einen Augenblick aufgeleuchtet hatten. Etwas verband die beiden, das sah er sofort. Dass es ein *gutes* Geheimnis war, konnte Victor leicht erkennen, als sich Hellami neben das Mädchen setzte und ihr beschützend den Arm um die Schultern legte. Cathryn blickte mit einem Lächeln zu ihr auf. Hinter den beiden, auf einem Tisch, lag ein Schwert.

»Los, Trinchen«, sagte Hellami, »erzähl deiner Shaba, was passiert ist.« Sie hob den Blick zu Victor. »Und deinem Shabib!«

Dass Hellami wieder ehrlichen Herzens lächeln konnte, erleichterte Victor sehr. Und es verriet zugleich, dass bezüglich Leandra keine *schlechte* Nachricht drohte. Er setzte sich auf eine Bank gegenüber Cathryn. Alina ließ sich neben ihm nieder und nahm ihm Maric ab. Erwartungsvoll blickten sie Cathryn an.

»Ich ... habe von Leandra geträumt«, erklärte die Kleine.

Victor und Alina tauschten verwunderte Blicke.

»Geträumt?«, fragte er vorsichtig. »Aber ...«

»Sie ist nicht tot.« Cathryns Miene drückte große Entschlossenheit aus. »Jemand hat sich um sie gekümmert. Ein Freund.«

Er wusste nicht, was er sagen sollte. Dass der Traum eines kleinen Mädchens plötzlich bedeuten sollte, dass Leandra gerettet war, kam ihm nicht sehr überzeugend vor.

»Bist du sicher, Cathryn?«, fragte Alina.

Als Victor Alina mit einem Seitenblick maß, stellte er fest, dass sie Cathryns Aussage offenbar ein ganzes Stück mehr Vertrauen entgegenbrachte als er selbst.

Roya war es, die Licht in die Sache brachte. Sie saß auf der anderen Seite neben Victor und legte ihm eine Hand auf die Schulter. »Sie ist eine von uns, Victor.«

»Eine von euch?«

Roya nickte. »Eine von uns *Schwestern des Windes*. Sie trägt ebenfalls ein Drachenbild auf dem Körper.«

Victor zog überrascht die Brauen hoch.

Hellami wies mit dem Daumen über die Schulter auf das Schwert, das hinter ihr auf dem Tisch lag. »Kennst du es noch, Victor? Mein Schwert? Wir haben es wieder gefunden.«

Victor zog die Stirn kraus. »Du meinst das Schwert, das Leandra mit deiner …?« Er unterbrach sich, denn es fiel ihm schwer, von Hellamis *Seele* zu sprechen, die in diesem magischen Schwert stecken sollte.

Hellami nickte, aber ihre Miene zeigte keine Schwermut. »Ja. Ein Teil von mir steckt in ihm. Es ging damals im Durcheinander unserer Flucht aus dem Palast verloren, als die Drakken kamen. Ohne Cathryn hätte ich es nie wieder gefunden.«

»So? Wo war es denn?«

»In den Katakomben unter Savalgor. In einem der vielen unterirdischen Seen. Ich habe tief tauchen müssen, bis ich es fand. Cathryn zeigte mir die Stelle.«

Er deutete auf Cathryn. »*Sie* hat es gewusst? Aber … woher denn? Sie war doch die ganze Zeit bei Leandra.«

»Stimmt. Glaub mir, ohne Cathryn würde es noch in tausend Jahren dort unten liegen. Einesteils wusste … *fühlte* sie, dass ich es wiederhaben musste, und andererseits konnte sie spüren, wo es lag. Wir haben die Suche von Malangoor aus begonnen.« Sie sah lächelnd zu Cathryn und drückte das Mädchen an sich. »Seither sind wir unzertrennlich.«

Mehr als eine vage Ahnung hatte Victor nicht, was diese Geschichte bedeuten sollte.

»Cathryn scheint eine besondere Gabe zu entwickeln«, erklärte Munuel, der Victors Verwirrung spürte. »Ich bin noch nicht sicher, aber es scheint, als könnte sie fühlen, was andere fühlen.«

»Was andere von *uns* fühlen!«, korrigierte Hellami. »Nicht wahr, Trinchen?«

Cathryn wurde verlegen. Sie hob die Schultern. »Ich weiß nicht genau. Es ist, als würde ich mich an einen Traum erinnern.«

Munuel nickte. »Kannst du spüren, was mit Azrani und Marina ist? Sie sind weit fort von hier, in Savalgor.«

... und schnüffeln mit Sicherheit wieder in irgendwelchen vergessenen Kellern herum, dachte Victor.

Cathryn sah Munuel lange an, so als dachte sie intensiv nach. Dann schüttelte sie langsam den Kopf. »Nein ... ich ...« Doch dann setzte sie wieder ein Lächeln auf. »Es geht ihnen gut«, sagte sie.

An Victor nagten Zweifel und Ungeduld. »Gut?«, fragte er. »So wie Leandra?«

Cathryns Miene trübte sich. »Nein«, antwortete sie. »Ich ... ich glaube, Leandra ist in Gefahr. Aber sie lebt.«

»Wo ist sie denn? Weißt du das?«

Cathryn erschauerte, schloss kurz die Augen. Als sie sie wieder öffnete, war ihr Blick starr und glasig geworden. »Sie ist ...«, stammelte sie, »ganz weit weg.«

»Aber wo, Cathryn? Kannst du es uns nicht zeigen?«

Cathryns Miene wurde traurig, sie schniefte. Hellami drückte sie enger an sich. »Ich glaube, sie meint, dass Leandra *zu* weit weg ist. Zu weit, als dass wir sie erreichen könnten.«

Victor konnte seine Enttäuschung kaum verbergen. »Aber Cathryn kann sie trotzdem spüren? Über eine solche Entfernung?«

»Es ist ein Phänomen der Magie, Victor«, erklärte Munuel ruhig. »Dieselbe Sache, derentwegen die Drakken die Magie von uns haben wollten. Eine Verbindung, die keine Zeit benötigt und für die der Raum keine Rolle spielt.«

Victor schwieg. Cathryns Geschichte kam ihm allzu vage vor, aber dennoch: sie war besser und hoffnungsvoller als alles, was sie sonst in Händen hatten. Er spürte Alinas Hand, die sich sanft auf seinen Nacken legte und ihm sagte, dass er Cathryns Gefühl vertrauen sollte.

14 ◆ Der letzte Schritt

Vasquez war mehr als wütend.

Sie fühlte sich gedemütigt und betrogen, und der Anblick dieses lächerlichen Weibsstücks war ihr widerwärtig. Sie konnte nicht begreifen, wie ein erwachsener Mann wie Roscoe, auch wenn er nur ein verlauster Vagabund war, den kindhaften Augen dieser kleinen Schlampe hatte verfallen können. Sie war nicht mehr als ein Stück angeschwemmtes Treibgut aus dem All, von irgendeiner jammervollen Randwelt stammend, ohne Bildung, Stil oder Ausstrahlung. Es war unwürdig! Gleichzeitig ließ er sie, Janica Vasquez, abblitzen. Noch nie hatte ein Mann sie so gedemütigt.

Natürlich, der anfängliche Fehler war ihr selbst unterlaufen, das war ihr durchaus bewusst. Auf der Suche nach einer Passage nach Diamond hatte ihr Roscoe, der lässig wirkende, große Kerl mit seinen wasserblauen Augen, dem herausfordernden Lächeln und der schlaksigen Art gut gefallen. Sie hatte auf eine aufregende Fahrt mit einem kleinen Kurierflitzer oder einem Prospektorenclipper gehofft, auf ein paar spannende Tage auf einem modernen Schiff, mit einer guten Portion Sex und als umschwärmte Prinzessin inmitten einer Crew von kernigen Kerlen, denen sie ein bisschen die Köpfe verdrehen konnte. Dass das Schiff dabei etwas länger brauchen würde, weil es den Wurmlochtunnel nicht benutzte, wäre ihr nur recht gewesen.

Doch sie hätte sich Roscoes Schiff vorher ansehen sollen – die *Moose*. Dieser abgrundtief hässliche Pott, plump, unförmig und langsam, dazu dreckstarrend, voller Unbequemlichkeiten und mit einem einzigen Mann besetzt, der sich sehr bald als ein Querdenker, Eigenbrötler und Außenseiter herausgestellt hatte … Nein, es war ein dummer, ja geradezu peinlicher Fehlgriff gewesen.

Sie stand noch immer mit verschränkten Armen mitten auf der Brücke, und ihre Wut schwoll gefährlich an, denn Roscoe schien sie überhaupt nicht wahrzunehmen. Seit Minuten schon hantierte er hektisch an seinen Kontrollen und hatte ihr währenddessen nicht mal einen Seitenblick zugeworfen. Versuchte er etwa, sie zu schneiden?

Ja, sie hatte ihm ordentlich Dampf gemacht, hatte dabei aber nicht wirklich vorgehabt, ihn ans Messer zu liefern. Jetzt aber spielte sie ernstlich mit dem Gedanken. Er hatte ihr eine trödelige Reise auf seinem stinkenden Pott zugemutet und sie als Frau gedemütigt, indem er diese dahergelaufene, kleinwüchsige Schlampe in ihren voll gemachten Windeln ihr vorzog. Nun war er auch noch drauf und dran, sie, Vasquez, in Gefahr zu bringen, indem er illegale Akte beging, während sie an Bord war. Das ging eindeutig zu weit.

»Was haben Sie vor, Roscoe?«, fragte sie scharf.

»Werden Sie schon sehen, Süße«, murmelte er, ohne aufzusehen.

Beinahe hätte sie empört nach Luft geschnappt – aber das war genau das, was er erreichen wollte: sie zu brüskieren. Nein, den Gefallen würde sie ihm nicht tun: nun aus der Fassung zu geraten. Doch noch bevor sie sich eine entsprechende Antwort überlegt hatte, hob er den Kopf und wandte sich an seine zweite Schlampe, diese lächerliche künstliche Persönlichkeit *Sandy*.

»Wie weit ist es noch bis zu den Asteroiden, Sandy?«

»Etwa zwei Komma vier Millionen Meilen«, hörte sie Sandys süßliche Stimme. »Was haben Sie vor, Boss?«

Na bitte, dachte Vasquez. *Genau meine Frage. Ihr wird er antworten.*

Noch immer stand das Mädchen in ihren grünen Turnschuhen rechts in der Nische zwischen den zwei großen SteoPlast-Blöcken, die einen Teil der Bordelektronik abdeckten. Sie hatte Angst vor den Drakken, große Angst, das war Vasquez nicht entgangen. Als sie das Drakkengesicht auf dem Holoscreen erkannt hatte, war sie in die Nische geflohen und dort geblieben.

»Wie lange brauchen wir mit Vollschub bis dorthin?«, fragte Roscoe, an seine unsichtbare Sandy gewandt.

Vasquez stieß ein Keuchen aus. Sie trat zwei Schritte auf Roscoe zu. »Sie haben doch nicht etwa vor *abzuhauen*, Roscoe?«, fragte sie entgeistert.

Sandy kam ihr zuvor. »Etwa dreieinhalb Stunden, Boss, wenn ich alle Energie von nicht dringend benötigten Systemen abziehe.«

»Roscoe!«, rief Vasquez in hellem Zorn. »Antworten Sie mir!«

Diesmal bekam sie ihre Antwort sofort. Roscoe wandte sich abrupt zu ihr um und war mit drei Schritten bei ihr. Augenblicke später hatte er sie mit eisernem Griff an beiden Oberarmen gepackt. Sie quietschte auf.

»Sie halten ab jetzt Ihr verdammtes Schandmaul, Süße!«, knirschte er sie an. Seine Augen waren voller Wut, seine Stimme verriet wilde Entschlossenheit. Er riss sie herum, schob sie rückwärts über die Brücke und hielt sie dabei an ausgestreckten Armen in der Luft, dass nur mehr ihre Fußspitzen den Boden berührten. Für Augenblicke durchströmte sie ein seltsam heißes, lustvolles Gefühl, als sie seine unbändige Kraft spürte – er war ein verdammt starker Kerl, dieser Ros-

328

coe. Aber diese Empfindung war bald vorüber und machte einer kalten Wut Platz. Er pflanzte sie grob in einen weichen Sessel.

»Die Arme auf die Lehnen!«, knirschte er.

»Was?«, fragte sie verdattert. Ihre verwirrten Sinne registrierten, dass sie im Sessel des zweiten Piloten saß.

»Die Arme auf die Lehnen!«, bellte er. »Schnell – bevor ich Ihnen eine schmiere!«

Sie keuchte angstvoll, gehorchte dann aber rasch.

»Sandy! Die Sensorschlösser!«

Dieses Miststück von einem Computer schien nur darauf gewartet zu haben. Augenblicklich rasteten die beiden Schlösser der sensorischen Abtaster mit einem durchdringenden Klacken über Vasquez' Handgelenken ein. Sie war gefangen.

»Bleiben Sie ganz ruhig sitzen und wagen Sie nicht, an den Schlössern herumzureißen, verstanden?«

Vasquez blickte irritiert auf ihre Handgelenke. Die metallenen Klammern, die sich darum geschlossen hatten, sahen nicht so aus, als gäben sie etwas Geringerem als einem schweren Laserbrenner nach. Sie hatte einmal gehört, dass ein Pilot während eines TT-Transfers heftige Muskelkontraktionen erleiden konnte. Deswegen waren die sensorischen Geräte an einem solchen Pilotensitz für schwere Belastungen gebaut. Aber dieses hässliche Schiff hatte gar keinen TT-Antrieb. Vermutlich stammte dieses Stück Müll von einem Sitz von irgendeinem schmierigen Schrotthändler draußen in den Randwelten – wie wohl das meiste auf diesem zusammengeflickten Pott.

Roscoe richtete sich auf. »Pass schön auf sie auf, Sandy!«, sagte er.

»Jawohl, Boss.«

Vasquez knirschte vor mühsam verhaltener Wut mit den Zähnen.

»Dreieinhalb Stunden sind zu lang, Sandy!«, erklärte

Roscoe, der Vasquez nun den Rücken zugekehrt und sich in der Mitte der Brücke aufgebaut hatte.

»Moment, Boss ... ich rechne gerade ...« Es dauerte ein paar Augenblicke, dann meldete sie sich wieder. »Ich habe Ortungsdaten, Boss. Eine kleine Drakkenfregatte der Sentry-Klasse ist vor vier Minuten von *Janus-2* gestartet. Der Kurs zielt eindeutig auf unseren aktuellen Standort. Wir könnten der Fregatte in einem flachen Winkel entgegenfliegen und ab einem Zeitpunkt X, der etwa in t minus einer Stunde zweiundfünfzig liegt, in einem 35-Grad Winkel aus dem Kurs fallen – in Richtung der Ekliptik des Asteroidenrings.«

»Und das bedeutet?«

»Dass wir eine fast zweistündige Beschleunigungsphase nutzen könnten. Die Fregatte würde sich uns zwar bis auf etwa achtzigtausend Meilen nähern, ab diesem Zeitpunkt aber hätten wir einen günstigen Fluchtwinkel, sodass wir uns umso schneller wieder von ihr entfernen würden. Ich kenne die Beschleunigungswerte der Sentry-Fregatten nicht genau, aber dieses Manöver würde unsere beiden Kurse so weit auseinander treiben, das wir ihr gegenüber einen geschätzten Zeitvorteil von bis zu eins Komma sechs Stunden erzielen könnten.«

»Wirklich? So viel? Dann los, Sandy, leite das Manöver ein!«

»Es ist riskant, Boss.«

»Ich weiß, Sandy.« Er drehte sich zu Vasquez herum und fasste sie mit wütendem Blick ins Auge. »Aber unser größtes Risiko sitzt hier. Wenn dieses machtsüchtige und eitle Weibsstück uns irgendwie schaden kann, wird sie es tun.«

Ein würgender, bitter-saurer Geschmack stieg Vasquez in den Mund. Sie ballte die Fäuste und überlegte, ob ihr unbändiger Zorn vielleicht *doch* ausreichen würde, diese metallenen Fesseln zu zerreißen.

Begleitet von kleinen, beißenden Funken der Wut, die auf ihrer Netzhaut aufleuchteten, beobachtete sie, wie Roscoe plötzlich aufzuckte, als wäre ihm etwas Wichtiges eingefallen. Er fuhr herum und eilte mit raschen Schritten auf das Mädchen zu. Wie ein beschützender Vater nahm er sie in die Arme ... und *sie gab sich auch noch bereitwillig seiner Umarmung hin!*

Ihr traurig-angstvoller Blick streifte kurz sie, Vasquez, dann vergrub sie ihr Gesicht in der breiten Brust von Roscoe, diesem Verbrecher.

»Was ist los, mein Schatz?«, fragte er. »Warum hast du solche Angst vor den Drakken?«

»*Schatz!*«, äffte Vasquez verächtlich nach.

Das Mädchen schmiegte sich an ihn, ganz so, als wären sie alte Freunde. Es war unübersehbar, dass dieser übergeschnappte Idiot sich in die Kleine verknallt hatte, ja, sie geradezu vergötterte. *Schatz* hatte er sie genannt! Er wirkte zu allem entschlossen – wahrscheinlich würde er wie ein Derwisch für sie kämpfen; sogar, wenn es ihn Kopf und Kragen kostete. Lächerlich. Gerade stand er im Begriff, mit diesem Pott einer Drakkenfregatte entkommen zu wollen – ein geradezu aberwitziges Vorhaben.

Wieder traf sie ein Seitenblick der Kleinen, und dieses Mal glaubte sie etwas Trotziges darin zu erkennen, ja sogar eine Warnung, so als könnte sie, dieses klapprige, dürre Ding, irgendetwas gegen sie ausrichten. *Mit ihrem lächerlichen Schwert,* dachte Vasquez und lachte spöttisch auf. Wahrscheinlich konnte die Kleine es nicht einmal heben. Nun sah auch Roscoe zu ihr, und seine Blicke waren die reine Verachtung.

Plötzlich wurde Vasquez klar, dass sie bei ihm verloren hatte.

Keiner ihrer Tricks würde ihn noch irgendwie beeinflussen können. Ihre Wut und Verachtung übertraten in diesem Augenblick die Schwelle zum Hass.

Damit hast du dir ein echtes Problem eingehandelt, du Dreckskerl, dachte sie.

Ihr Gesicht, das jeder Mann ohne Zögern als ungewöhnlich hübsch bezeichnet hätte – jedenfalls dann, wenn es ein ehrliches Lächeln trug –, war nur mehr eine verzerrte Fratze. Die wenigen Personen, die sich bisher Vasquez' Hass zugezogen hatten, waren nicht mehr froh geworden. Sie nahm sich vor, alles zu unternehmen, damit Roscoe sich in diese nette Runde einreihen konnte.

»Einleitung der Beschleunigung in t minus 15 Sekunden, Boss.«

Und du bist ebenfalls fällig, Sandy-Schätzchen, dachte Vasquez in heißem Zorn. Sie wusste, oder besser: *ahnte,* dass künstliche Persönlichkeiten wie Sandy durchaus so etwas wie einen Lebensfunken in sich trugen. Sie hatten Angst vor der *Löschung* – dem, was bei ihnen dem Tod gleichkam. Sich an dieser Sandy zu rächen war die leichteste Übung von allen. Hatten die Drakken dieses Schiff erst einmal geentert – und Vasquez zweifelte keinen Augenblick daran, dass sie nur noch etwa zwei Stunden von diesem Ereignis trennten –, konnte sie die *Moose* im Namen der Obersten Finanzbehörde von Aurelia-Dio beschlagnahmen. Sie würde genüsslich über die Brücke spazieren, ein nettes Viertelstündchen mit Sandy plaudern, ihr dann das tiefste Bedauern ausdrücken und dieser Computerschlampe den Saft abdrehen.

Und dann war da natürlich noch das Mädchen.

Vasquez wandte den Kopf – die Kleine stand noch immer dort drüben, angstvoll an Roscoe geschmiegt. Mal sehen, was die Drakken mit ihr vorhatten. Als hohe Beamtin in Diensten des Pusmoh fand sie sicher Möglichkeiten, das Schicksal der Kleinen in Erfahrung zu bringen. Nein, besser noch: Sie konnte es durch ein paar geschickte Verleumdungen noch verschärfen.

Und das würde sie dann brühwarm diesem verfluchten Roscoe auftischen, sofern ihn die Drakken bis dahin nicht schon einen Kopf kürzer gemacht hatten.

Die Vorstellung, dass die Drakken ihn tatsächlich töten könnten, ließ sie kalt. Er war nicht nur ein brutaler Dreckskerl, sondern nun auch noch ein Verbrecher, Steuerbetrüger und Entführer. Was er ihr angetan hatte, würde er zutiefst bereuen!

»Ich bin so weit, Boss«, sagte Sandy. »Nehmen Sie bitte Platz – und die junge Dame ebenfalls. Es sind Beschleunigungswerte von über 15 g notwendig, und dazu benötige ich so viel Energie, dass ich die g-Kompensatoren nicht volllastig fahren kann.«

Roscoe führte die Kleine zu einem der Sitze, platzierte sie dort mit beruhigenden Worten und setzte sich dann selbst hin. »Leg los, Sandy. Was ist, wenn die Drakken gut genug sind, das Manöver abzufangen?«

Innerhalb von Sekunden schwoll ein Vibrieren an, welches das ganze Schiff erfasste. Ein dumpfes Dröhnen ertönte, zahllose leise und laute Summ- und Zisch-Geräusche kamen hinzu, und sämtliche Holoscreens und Instrumente der Brücke begannen einen wilden Tanz von blinkenden Lichtern und flackernden Diagrammen aufzuführen. Vasquez' Sitz schwenkte herum, sodass er in Kursrichtung zeigte. Augenblicke später wurde sie wie von der Faust einen Riesen in ihn hineingepresst.

»Dann wird es problematisch, Boss«, antwortete Sandy mit erhöhter Lautstärke. »Für derartige Fälle liegen mir keine Vergleichswerte vor. Ich wäre dann auf exakte Befehle von Ihnen angewiesen.« Sie machte eine kurze Pause. »In zehn Sekunden wird ein maximaler Rest- Beschleunigungsdruck von 6,14 g auf Sie einwirken. Soll ich ihn auf Kosten der Beschleunigung reduzieren, Boss?«

»N-n-nein!«, hörte Vasquez ihn keuchen. »B-bring ...
uns ... nur w-weg von hier ...«

Weiter kam er nicht mehr. Vasquez selbst hätte keine
Silbe herausgebracht. Sie hatte das Gefühl, als lastete
eine Tonne Gewicht auf ihrer Brust lasten. Doch es
war zugleich, und das überraschte sie, auch ein berau-
schendes Gefühl. Sie glaubte, mit jeder Faser ihres Körpers die unbändige Kraft der Triebwerke spüren zu
können, die das Schiff nach vorn schoben. Sie röchelte,
versuchte Luft zu bekommen, aber gleichzeitig genoss
sie diese brachiale Kraftentfaltung. So etwas hatte sie
noch nie erlebt.

Eine perverse Lust durchströmte sie. Es war ein völlig irrationales Gefühl – sie sog die Situation auf, als
wäre sie ein trockener Schwamm. Die Beschleunigungskräfte zerrten mit aller Gewalt an ihr, und ihr
ging die bizarre Frage durch den Kopf, ob nicht *dies*
das wahre Leben war! Auf der Flucht, gejagt von Drakken, in der Gewalt eines widerwärtigen Schurken,
das Herz voller Hass, während urgewaltige Kräfte an
ihrem Köper zerrten ... Noch während die Haut auf
ihren geschminkten Wangen Wellen schlug, spürte sie
eine fatale Lust in sich, aufzuspringen, sich die Kleider
vom Leib zu reißen und irgendetwas völlig Verrücktes
zu tun ...

Sie kam nicht mehr dazu weiterzudenken. Trötende
Alarmsignale stoben plötzlich durch die Brücke, während große, rote Lampen in enervierendem Rhythmus
aufblitzten. »Energiebalance im Grenzbereich!«, tönte
Sandys Stimme überlaut. »Dennoch muss ich die Beschleunigung halten, Boss. Das Drakkenschiff hat mit
einer Kurskorrektur Richtung Asteroidenring reagiert.
Wenn Sie wünschen, dass ich die Sequenz unterbre-
chen soll, berühren Sie den rechten Stick, Boss.«

Vasquez rang nach Luft. Sandy würde diesen mörderischen Druck aufrechterhalten, wenn Roscoe nicht

abbrach. Und sie hatte keine Möglichkeit, ihm von hier hinten zu signalisieren, dass sie dem Ersticken nahe war.

Der Druck hielt an. Das ganze Schiff vibrierte und ächzte. Dennoch würde es so etwas aushalten. Halon-Leviathane waren, wenn sie noch lebten, die wohl zähesten Kreaturen der Milchstraße, gewappnet gegen die schlimmsten Einwirkungen der Gravitation. Auch wenn sie tot waren, änderte sich daran nichts. Aus diesem Grund wurden ihre gewaltigen Exoskelette für die interstellare Raumfahrt benutzt. Aber würde es die Schiffseinrichtung ebenfalls aushalten? Schon zischte irgendein Teil an ihrer rechten Schulter vorbei; rechts, an einer Konsole, begann ein Verkleidungsteil in einer hohen Frequenz zu flattern und ein schnarrendes Geräusch zu produzieren.

Sie konnte nichts tun, als abzuwarten und zu hoffen, dass sie nicht von irgendeinem losgerissenen Objekt getroffen wurde. Würde dieser mörderische Druck für die nächsten zwei Stunden anhalten? Das würde sie nicht überleben. Und vielleicht passte das ja Roscoe gut in den Kram … Nein, dachte sie … das Mädchen würde auch sterben … sie war noch viel zerbrechlicher gebaut …

… und dann ließ der Druck wieder nach.

»Rest-Beschleunigungsdruck jetzt auf 2,6 *g*, Boss«, kam die Nachricht von Sandy.

Vasquez atmete keuchend auf. Luft holen konnte sie nun wieder, wenn auch mühsam, an ein Aufstehen war jedoch nicht zu denken. »Ros-coe!«, krächzte sie.

»Schnauze!«, kam es zurück.

Vasquez stieß die mühsam gesammelte Luft wieder aus. *Also gut*, dachte sie, *du willst es nicht anders haben.* Sie wandte den Kopf nach rechts und peilte nach dem Mädchen. Als sie sah, dass die Kleine sie direkt anblickte, erschrak sie ein wenig. Wie lange tat sie das schon? Ihre Augen drückten Wachsamkeit aus und waren voller misstrauischer Fragen, so als hätte sie erkannt, was Vasquez sich vorgenommen hatte. Vasquez wandte das Gesicht wieder ab und blickte steif nach vorn. Sie fügte ihren Absichten noch eine weitere hinzu: ebenso wachsam und vorsichtig zu sein. Offenbar suchten die Drakken tatsächlich dieses Mädchen, und dann mochte mehr hinter ihrer kümmerlichen Erscheinung stecken, als man auf den ersten Blick sah.

*

Verdammt, was mache ich nur mit ihr?, dachte Roscoe.

Er saß am Steuerpult und überlegte verzweifelt, was er mit Vasquez anstellen sollte, sofern er, mit Gottes Hilfe, den Drakken entkam. Ihr Notstart lag nun schon eine Stunde zurück. Inzwischen waren längst nicht mehr so hohe Beschleunigungswerte notwendig, und Sandy konnte entsprechend viel Energie auf die Kompensatoren leiten, sodass wieder Normal-G auf der Brücke herrschte. Vasquez saß mit steinernem Gesicht und fixierten Handgelenken in ihrem Sessel, während das Mädchen in ihrem schlief.

Doch die Ruhe war trügerisch. Die *Moose* war auf der Flucht, und die Verfolger waren keine, die sich große Mühe geben würden, Fragen zu stellen. Unruhig warf er Vasquez und dem Mädchen Seitenblicke zu.

Während ihm das Schicksal dieser Furie Vasquez nur bedingt Kopfzerbrechen bereitete, fragte er sich, ob er das Mädchen durch diesen Fluchtversuch nicht in noch größere Gefahren brachte. Sie wirkte noch ein wenig müde, schien sich aber relativ gut erholt zu haben. Roscoe hielt sie für intelligent genug, trotz der Sprachbarriere halbwegs begriffen zu haben, was hier vor sich ging. Noch immer schlief sie ruhig in ihrem Sessel. Anfangs war sie ein wenig auf der Brücke umhergewandert und hatte sich neugierig überall umgesehen, während er mit Sandy über mögliche Kursänderungen diskutiert hatte. Immer wieder hatten sie leichte Korrekturen durchgeführt, um die Drakken zu verwirren, und ihnen dabei abgehackte Meldungen widersprüchlichen Inhalts entgegengeschickt. Die Echsen sollten glauben, die Steuerung der *Moose* wäre durchgedreht – oder was ihnen sonst in den Sinn kommen mochte.

»Schaffen wir's, Sandy?«, fragte er mit bangen Blicken auf die Ortungsdiagramme.

»Die Drakken haben abermals eine Kursanpassung vorgenommen. Ich schicke ihnen weiterhin verstümmelte Daten entgegen. Im Moment sieht der Kursverlauf günstig für uns aus, Boss.«

»Wann haben wir den Scheitelpunkt erreicht, Sandy? Werden sie dann nicht erwarten, dass wir verlangsamen?«

»Noch 27 Minuten, Boss. Ich könnte dann den Kurs in einer sehr flachen Parabel zuerst gegensteuern. Das würden sie bemerken, aber dann vielleicht in die falsche Richtung korrigieren.«

Roscoe stieß einen leisen Fluch aus. Das Manöver war klug ausgedacht, aber die Drakken hatten noch 27 Minuten Zeit, sich zu fragen, was die *Moose* denn da machte, warum sie nicht, wie befohlen, an Ort und Stelle geblieben war, und besonders: warum sie ihnen ausgerechnet *entgegen* kam.

»Sie werden untergehen, Roscoe«, tönte Vasquez höhnisch von schräg hinten. Ihre Stimme hörte sich an, als dränge sie aus einer dunkeln Gruft herauf. Verwundert hob er den Kopf. »Sie können gar nicht gewinnen, Mann!«, brummte sie mit gesenktem Kopf. »Mit so einem schwerfälligen Pott können Sie unmöglich einem Drakkenschiff entkommen!«

»Überlassen Sie das mir, Vasquez.«

Sie ließ einen spöttischen Laut hören. »Selbst wenn Sie bis zu den Asteroiden kämen – was dann?«

Er brummte und sah weg. »Weiß ich noch nicht.«

»Sie bringen uns nur alle in Gefahr! Das wird mit unserem Tod enden!«

Sein Gewissen regte sich, und er sah sie an. »Einen Leviathan kann man zwischen Asteroiden hervorragend verstecken. Wir werden den Kopf eine Weile unten halten müssen, aber Ihnen wird nichts geschehen. Mit so etwas habe ich Erfahrung.«

»Sie?«, stieß sie geringschätzig hervor. »Woher wollen *Sie* denn so etwas können?«

Er wollte schon wieder den Fehdehandschuh aufnehmen und zurückschießen, da fiel sein Blick auf das Mädchen. Sie saß etwas seitlich auf halbem Weg zwischen ihm und Vasquez, hatte ihr den Rücken zugewandt und war offenbar von dem Wortgefecht aufgewacht. Aber ihr war keine Ängstlichkeit anzumerken, sondern sie sah ihn mit einem leichten, aufmunternden Lächeln an. Sie murmelte irgendetwas, und Roscoe glaubte aus dem Tonfall herauszuhören, dass es so etwas war wie: *Lass sie doch reden, dieses Miststück.* Ein wärmendes Gefühl durchströmte ihn. Er riskierte aus einem ihm selbst rätselhaften Grund seine gesamte Existenz für dieses Mädchen, aber er hatte keinen Augenblick das Gefühl, es könnte umsonst sein.

»Boss, es sind zwei weitere Fregatten von Janus-2 aus gestartet.«

Roscoe schreckte hoch. »Noch zwei? Welcher Kurs?«

»Sie folgen der Ersten. Im Augenblick noch keine … Moment!« Sandy unterbrach sich, kam nach einigen Sekunden wieder. »Die Dritte hat soeben direkten Kurs auf den Asteroidenring gesetzt, Boss.«

Roscoe stand auf. Hinter ihm kicherte Vasquez. »Werden sie vor uns dort sein?«

»Moment, Boss, ich berechne gerade ein Korrektur-

Manöver ...« Wieder dauerte es Sekunden, dann war Sandys Stimme wieder da. »Ich habe ein extra-orbitales Asteroidenfeld geortet, Boss. Es bewegt sich außerhalb des Hauptfeldes, liegt günstig zu unserem Fluchtwinkel. Aber es ist nicht groß. Wenn wir sofort abbrechen und jetzt schon den Kurs korrigieren, könnten wir es bis dorthin schaffen. Unterwegs müsste ich neue Ortungsdaten der Drakken sammeln und ein weiteres Manöver berechnen ...«

»Dann tu's, Sandy!«, rief Roscoe. »Schnell!«

»Augenblick, Boss ... ich benötige mehr Energie, als im Moment zur Verfügung steht. Rund zehn Prozent.«

»Zehn Prozent? Haben wir die?«

Wieder rechnete Sandy. »Das Wasserstoffeis, Boss. Wenn ich die Kompensatoren des Frachtdecks abschalte ...«

Wieder lachte Vasquez hinter ihm auf, diesmal laut und meckernd. »*Ihr zwei* seid mir vielleicht Herzchen!«, geiferte sie. »Der verbrecherische Käpt'n und sein Komplize, der Bordrechner!«

»Ich bin kein *Bordrechner*, Miss Vasquez!«, erwiderte Sandy. Roscoe glaubte verwundert, so etwas wie leisen Protest aus ihrer Stimme herausgehört zu haben. »Ich bin eine virtuelle Persönlichkeit, die neuronal mit den Bordsystemen verknüpft ist. Das ist ein erheblicher Unterschied.«

»Persönlichkeit oder nicht!«, schrie Vasquez wütend. »Ihr beide werdet bezahlen! Nein – ihr alle *drei!* So oder so!«

Es war der kurze Blickkontakt mit dem Mädchen, der Roscoe abermals daran hinderte, sich auf einen wütenden Streit mit Vasquez einzulassen. Er fragte sich hilflos, wie ein Mensch so viel Macht in seinem bloßen Blick haben konnte und wie es möglich war, dass die schlichte Gutartigkeit eines Blicks über die glühende, machtvolle Boshaftigkeit eines anderen triumphieren konnte. Verwirrt wandte er sich wieder seinem Kontrollplatz zu. »Die Energiesysteme der Frachtdecks Elf bis Vierzehn sind autark«, stellte er fest. »Ich muss hinunter und sie per Hand trennen, Sandy.«

»Richtig, Boss. Sie haben etwa 7 Minuten. Wenn mir bis dahin die Energiereserven nicht zur Verfügung stehen, kommen wir mit dem Manöver zu spät.«

»Bin schon weg«, sagte Roscoe und wandte sich um. Mit weiten Schritten stürmte er in Richtung des Brückenschotts.

»Es sind *vierzehn*?«, fragte Vasquez, als er an ihr vorbeikam.

Er verlangsamte kurz seinen Schritt. »Genau genommen sogar fünfzehn, Vasquez. Es gibt noch eine verkümmerte Seitentasche nach achtern. Sie haben kein so gutes Auge, wie Sie glauben.«

Sie lachte spöttisch auf. »Wen kümmert das jetzt? Sie werden alles verlieren, Roscoe, *alles*.«

»Nicht *alles*«, sagte er. »Meine Selbstachtung nicht – im Gegensatz zu Ihnen. Aber wahrscheinlich haben Sie die ohnehin schon vor langer Zeit aufgegeben.«

Sie starrte ihm mit wütenden Blicken hinterher.

*

Es waren sogar noch zwei Minuten weniger, die er hatte. Er benötigte sie, um zurück zur Brücke zu gelangen, bevor Sandy die neuerliche Beschleunigung begann. Denn nur auf der Brücke würden die Kompensatoren noch arbeiten. Hielt er sich währenddessen anderswo in der *Moose* auf, würde er zerquetscht werden. Da Sandy die Beschleunigung im Voraus einleiten musste, bestand tatsächlich eine Gefahr für ihn, besonders gegen Ende der Einleitungsphase.

Er rannte mit Riesenschritten den Arterialtunnel

hinab. »Ich schaff das schon, Sandy!«, rief er unterwegs. »Beginne den Countdown programmgemäß!«

»Das könnte Ihr Tod sein, Boss!«

»Wenn wir nicht rechtzeitig durchstarten«, rief er, während er weiterrannte, »dann bin noch viel toter!«

»Eine Steigerungsform von *tot* gibt es nicht, Boss …«

Für eine Weile war Sandys Stimme fort, denn er war in den Vertikalport gesprungen und rauschte in gehörigem Tempo in die Basis-Ebene hinab. Sandy hatte natürlich wieder einmal klug vorgedacht und die Schwerkraft-Kompensation in der Portröhre auf ein Minimum herabgeschraubt.

Mit einem harten *Wumm* kam er ganz unten am Grund auf, sprang aus der Röhre und rannte den Unteren Arterialtunnel nach achtern. Hier unten hatten die Querrippen des weiten, ovalen Tunnels eine seltsam bläuliche Färbung; zusammen mit der wandernden Lichtaura war der Anblick irgendwie gespenstisch. Roscoe war nicht oft hier unten, und er mochte diesen Teil des Schiffs auch nicht sonderlich. Hier hatte er das Gefühl, als könnte ihm der rächende Geist des toten Leviathans begegnen. Ob ein derart hirnloses Wesen überhaupt eine Seele haben konnte, wusste er nicht, aber diese Biester waren so groß, dass die Vorstellung schwer fiel, in ihnen sei *nichts*.

»Sandy, mach mir alle Schotts auf«, rief er, langsam außer Atem kommend. »Ich brauche einen Scrambler und die Sicherheitscodes.«

»Ein Schweber mit beidem ist bereits unterwegs, Boss. Er wird kurz nach Ihnen im Link-Deck eintreffen. Vorausgesetzt, Sie rennen in diesem Tempo weiter.«

Schlagartig wurde er langsamer. Er war nicht fett oder ungelenk, aber reichlich untrainiert. All die Monate öden Nichtstuns während der langen Transfers hatten seine Muskeln erschlaffen lassen. Mühsam beschleunigte er seine Schritte wieder und atmete tiefer durch.

Der Untere Arterialtunnel fand endlich ein Ende. Links lag ein geöffnetes Schott. Er stieg hindurch, dann durch ein zweites, kletterte eine kurze Leiter hinauf und zwängte sich durch ein drittes, kleines Schott, bis er einen flachen, unregelmäßigen Raum erreichte, in dem einige Aggregatblöcke in ihren Fixings schwebten.

Es war einer der wirklich unangenehmen Räume innerhalb des Leviathans. Hier musste einmal ein pulsierendes Organ existiert haben – die seltsame Form und das noch immer ausschwitzende Zellplasma, das sich am Boden in Rinnen sammelte, deuteten darauf hin. Aber diese *Nodespots*, wie man sie nannte, waren ideal für Link-Einheiten. Von ihnen verzweigten sich zahllose neuronale Kanäle, die innerhalb des Leviathans überall hinführten. Man musste sie nur mit gezielten, elektrischen Impulsen stimulieren. Ein genialer Ersatz für meilenlange Kupferkabel, wie sie in vielen anderen Schiffen verlegt werden mussten.

Schwer atmend stand Roscoe da und versuchte sich zu orientieren. Er war lange nicht hier gewesen.

»Die Zentrale Terminal-Einheit ist oben links, Boss«, erläuterte Sandy. »Sie müssen …«

Seine Aufmerksamkeit wurde von dem kleinen Schweber abgelenkt, der in diesem Augenblick in den Raum glitt. Der Scrambler und die Codekarten lagen obenauf, aber dann merkte Roscoe, dass sich Sandy selbst unterbrochen hatte.

»Boss!«, sagte sie, abermals ungewöhnlich emotional. »Passagier Vasquez versucht sich zu befreien!«

Er versteifte sich. »Was? Kannst du sie nicht hindern?«

»Sie versucht, mit einem Fuß die Notentriegelung zu erreichen.«

»Aber …«

»Sir, die Notentriegelung ist eine rein mechanische Einheit am Hauptkommandositz. Sie unterliegt zu Recht nicht meinem Einfluss. Wenn sie …«

»Fahr sie weg!«, rief Roscoe. »Fahr ihren Sitz weg …«

»Zu spät, Sir … sie hatte ihren Sitz schon ganz zu Anfang verriegelt … ebenfalls mechanisch.«

Roscoes Gedanken rasten. Wenn Vasquez jetzt Unfug anstellte … »Sandy, schnell, was muss ich hier tun?«

Sandy instruierte ihn, und im Eiltempo trennte er die Energiezufuhr von den geheimen Frachtdecks. Sie waren autark, damit sie von einem Kontrolleur nicht in den Diagrammen der Bordsysteme aufgespürt werden konnten. Einen kurzen Moment der Erstarrung leistete er sich, als er über einen kleinen Monitor mitverfolgte, wie sich seine geheime Ladung Wasserstoffeis aus den von Sandy geöffneten Frachtluken in die Leere des Alls ergoss – da ging es dahin, das kostbare Gut. Immerhin würde es die Drakken vielleicht zusätzlich verwirren, wenn sie auf ihren Ortungsgeräten mitbekamen, was da geschah. Vielleicht würden sie es für eine Havarie halten – abgesprengte Teile des Schiffskorpus oder etwas in der Art.

»Boss! Passagier Vasquez hat die Entriegelung erreicht! Sie ist frei!«

Roscoe stieß einen Fluch aus und sprang auf.

Die Sorge verlieh im zusätzliche Kräfte, und er rannte in erhöhter Geschwindigkeit durch die Schotts und Tunnel. »Wie lange noch, Sandy?«

»Der Countdown, Boss? Noch zweieinhalb Minuten!«

Roscoe empfand keine sonderliche Erleichterung. Während er weiterhetzte, rief er: »Verdammt! Sie könnte das Mädchen als Geisel nehmen! Dann kann sie uns zu *allem* zwingen!«

»Passagier Vasquez macht sich an den Kontrollen zu schaffen, Sir!« Immer wenn sie die förmliche Anrede *Sir* gebrauchte, fuhr ein Stich durch sein Hirn. Es deutete darauf hin, dass die Situation so ernst war, dass sie keinerlei emotionale Nuancen erlaubte.

Er rannte weiter und versuchte sein wild pumpendes Herz und seinen Atem zu kontrollieren. Seine Brust und seine Beine schmerzten; es waren viele hundert Meter, die er auf dem Hinweg schon gerannt war und die er nun wieder zurück musste. Verbissen nahm er sich vor, dem Trainingsraum wieder ausgiebige Besuche abzustatten, sofern er es schaffte, diesem Schlamassel hier zu entkommen. Endlich erreichte er den Vertikalport. Sandy schoss ihn so schnell nach oben, dass ihm der Magen in die Knie sackte, nur um ihm anschließend in den Hals zu steigen, als sie ihn im Zentraldeck wieder herunterbremste. Taumelnd verließ er die Portröhre; Sternchen tanzten vor seinen Augen.

»Noch fünfundfünfzig Sekunden, Boss!«, tönte Sandy laut aus den Bordlautsprechern. Überall blitzten bereits die Notstart-Signallampen; die *Moose* wurde abermals von einem heftigen Vibrieren und Stampfen gepackt, während sich zahllose Geräusche zu einem drückenden Hintergrundlärm verdichteten. Roscoe rannte weiter und pumpte verzweifelt nach Luft. In der Mitte des Tunnels brach er zusammen. Er hatte einfach keinen Atem mehr.

»Sir, soll ich abbrechen?«, röhrte Sandy durch den Tunnel. »Noch dreißig Sekunden bis zur Beschleunigungsphase, zehn, um die Sequenz abzubrechen!«

»Nein!«, ächzte er und versuchte auf die Beine zu kommen.

»Außerprogrammgemäße Manipulationen am Hauptsteuerpult!«, dröhnte Sandy. »Ich versuche, die korrekten Werte durch Interpolation zu halten.«

Wieder fluchte er verzweifelt und stolperte weiter. Der Weg bis zum Brückenschott schien ihm endlos. Der ganze Arterialtunnel zischte, blitzte und dampfte. Wie sollte er so schnell Vasquez in den Griff bekommen, falls er die Brücke noch rechtzeitig erreichte? Er zog einen knallharten, rechten Haken in Betracht, um sie auf der Stelle niederzustrecken – aber würde er noch die Zeit haben, sie ihn ihren Sitz zu schaffen? Wenn Sandy beschleunigte und Vasquez am Boden lag – einmal angenommen, er schaffte es *selbst* noch zu seinem Sitz –, würde sie gegen die hintere Wand der Brücke geschleudert, und zu Tode gedrückt werden. Man musste anatomisch korrekt in einem andruckgerechten Sitz liegen, der in Richtung der auftretenden Kräfte ausgerichtet war. Und was war mit dem Mädchen? Was, wenn Vasquez sie tatsächlich als Geisel nahm?

»Letzte Möglichkeit, die Sequenz abzubrechen!«, röhrte Sandys Stimme durch den Tunnel. »Fünf – vier – drei – zwei – eins … Sequenz verankert! Noch achtzehn Sekunden bis zur Beschleunigungsphase.«

Roscoe erkannte, dass er es nicht mehr schaffen würde. Vielleicht kam er noch bis zum Brückenschott, aber die Zeit würde keinesfalls mehr ausreichen, um dort hineinzugehen, sich zu orientieren, Vasquez niederzuschlagen und die beiden Frauen in ihre Andrucksitze zu bugsieren. Von ihm selbst ganz zu schweigen.

Er stolperte weiter durch den dröhnenden, blitzenden Tunnel, überlegte dann aber aufzugeben. Er konnte nicht mehr, alles drehte sich vor seinen Augen.

Dann hörte er das typische Zischen des sich öffnenden Brückenschotts. Röchelnd ging er zu Boden. Vasquez kam auf ihn zu. Sie hielt etwas Klobiges in der Hand.

15 ✦ Abschied

Als die Riesenfaust des anschwellenden Beschleunigungsdrucks Roscoe in seinen Sitz drückte, wusste er nicht, welchem verzweifelten Gedanken er den Vorzug geben sollte. Dem, dass er so wenig Luft in den schmerzenden Lungen hatte, sodass er fürchten musste, innerhalb der nächsten Minute unter dem Druck jämmerlich zu ersticken – oder dem, dass er mit seinem Fingerhut voll Sauerstoff in den Lungen das Mädchen am liebsten totgeküsst hätte.

Denn nicht Vasquez, sondern sie war es gewesen, die dort draußen im Tunnel auf ihn zugekommen war, in der Hand das schwere Navigationshandbuch, das sie dieser dreimal verfluchten Vasquez Augenblicke zuvor über den Schädel gehauen hatte.

Als die Kleine ihn auf die Brücke schleppte, waren nur noch Sekunden Zeit gewesen. Vasquez saß bereits, mit zur Seite hängendem Kopf und geschlossenen Augen. Das Mädchen schob ihn mit aller Kraft bis zu seinem Sitz, wobei er sich seltsam leicht fühlte, drückte ihn dann hinein und schaffte es in der letzten Sekunde, selbst Platz zu nehmen.

Mit Sicherheit hatte sie keine Vorstellung gehabt, wie wenig Zeit zuletzt noch gewesen war, aber sie hatte offenbar die Dringlichkeit und die Art der Situation begriffen und so schnell gehandelt, wie es ihr nur möglich gewesen war. Reines Glück, dass sie es noch geschafft hatten.

Was sie getan hatte, verriet es etwas über ihre Intelligenz. Sie mochte von einem hoffnungslos zurückgebliebenen Hinterwäldler-Planeten stammen, auf dem man sich mehr angrunzte, als dass man ordentlich miteinander sprach. Aber sie war in der Lage gewesen, die Situation zu begreifen und exakt das Richtige zu tun – und das, obwohl sie bisher nur ein einziges Mal etwas Vergleichbares erlebt hatte.

Roscoe hatte eine Schwäche für intelligente Leute. Deswegen mochte er seine Sandy, aber die war nicht wirklich lebendig. Doch das Mädchen schien ähnliche Qualitäten zu besitzen. Er nahm sich in diesen Momenten, da das letzte bisschen Luft aus seinen Lungen gepresst wurde, fest vor, für sie zu sterben, falls es sein musste. Allein der Gedanke bereitete seinem benebelten Hirn ein Gefühl fataler Zufriedenheit. Ja – für sie lohnte es sich. Sie war einfach unglaublich.

Tränen standen in seinen Augen, als er verzweifelt um Luft kämpfte.

»Kursdaten fehlerhaft«, hörte er. »Versuche Nachberechnung.«

Er hob den Kopf, versuchte die Diagramme auf dem großen Holoscreen vor sich zu erkennen. Das Mädchen saß hinter ihm, er konnte sie nicht sehen. »S-Sandy!« ächzte er.

»Sir, ich muss die Beschleunigung nach Ende der Sequenz abbrechen«, sagte sie.

»Was?«

»Jawohl, Sir. Passagier Vasquez hat durch Fehleingaben auf dem Steuerpult einen Kursfehler erzwungen. Ich konnte den Hauptteil des Fehlkurses noch herausrechnen, aber eine minimale Abweichung ist erhalten geblieben. Wir werden um etwa viertausendzweihundert Meilen am Ziel vorbeischießen.«

Die Tränen, die in Roscoes Augenwinkeln standen – bislang eine Mischung aus dem Schmerz der Atemnot und purer Begeisterung über des Mädchen –, verwandelten sich in Tränen glühenden Zorns. *Diese verfluchte*

Vasquez! Sie würde nicht ruhen, bis sie ihn vernichtet hatte! Wieder begannen seine Gedanken zu rasen. »Werden sie uns kriegen, Sandy?«, presste er hervor.

»Ja, Sir«, antwortete Sandy, und Roscoe hatte das Gefühl, ihre Stimme noch nie so ernst gehört zu haben. »Alle drei Drakkeneinheiten haben Kurskorrekturen vorgenommen. Ich empfange automatische Bakensignale, die uns nachdrücklich zum Beidrehen auffordern.«

Jetzt ist es so weit.

Welcher Teufel hatte ihn geritten, diese Flucht zu wagen? Er versuchte sich zu erinnern, was alles zusammengekommen war, um ihn zu dieser verrückten Entscheidung zu treiben – war es wirklich so zwingend gewesen? Griswolds Warnung, dass die Drakken ihn *fertig machen* würden, Vasquez' Drohung, seine Bücher zu prüfen – und schließlich die Sorge um das Mädchen, in die er sich wie ein kleiner, dummer Schuljunge verliebt hatte? *Verdammter Dreck!*

»Wir sind erledigt, Sandy«, stöhnte er.

»T minus 30 Sekunden bis zum Abbruch der Beschleunigungssequenz, Sir«, lautete ihre nüchterne Erwiderung. »Sofern Sie dies nicht ausdrücklich widerrufen.«

Roscoe pumpte angestrengt Luft in seine Lungen und versuchte dabei, seinen Kopf so klar zu bekommen, dass er eine Entscheidung treffen konnte. Der Rest-Beschleunigungsdruck konnte im Moment nur noch um die drei oder vier g betragen. Langsam gewann er wieder die Kontrolle über sich.

Vielleicht konnte er die Sache gegenüber den Drakken noch als Panikreaktion seinerseits hinstellen. Dazu aber musste er tatsächlich spätestens jetzt sein Manöver abbrechen. Allerdings war da noch Vasquez. Sie würde mit allen Mitteln versuchen, ihn dranzukriegen. So viel stand fest.

»T minus zwanzig Sekunden.«

Er wusste nicht, was er tun sollte. Das Mädchen hatte ihm das Leben gerettet. Konnte er sie jetzt so einfach an die Drakken ausliefern? Darauf lief es hinaus – offenbar suchten die Drakken genau dieses Schiff oder gar das Mädchen selbst.

»T minus fünfzehn Sekunden.«

Was würde passieren, wenn er sie auslieferte? Würden die Drakken sie verurteilen und hinrichten? Würde sie tatsächlich sterben müssen?

Die Antwort darauf erhielt er nur einen Augenblick später.

»Neue Ortungsdaten, Sir. Flugkörper-Abschuss von einer der Drakken-Fregatten. Empfange aktive Suchimpulse … Kontakt identifiziert. Es handelt sich um eine Rail-3.«

»Sie … sie *schießen* auf uns?«, röchelte Roscoe.

»Jawohl, Sir. Kontakt in siebzehn Minuten vier Sekunden, wenn wir die Beschleunigungsphase *nicht* abbrechen. Ich wiederhole: wenn wir *nicht* abbrechen.«

Nun war die Entscheidung traurig leicht. Eine Rail-3 war ein Abfang-Flugkörper mit einer Theorit-Landung. Sie würde genügen, um seine *Moose* dreimal in Stücke zu schießen, und sie würde treffen. Die *Moose* war viel zu langsam, um ihr entkommen zu können. Er stieß einen verzweifelten Fluch aus.

»Ich halte die Beschleunigung, Boss. Normal-G in vierzig Sekunden.«

Roscoe kniff die Augenlider zusammen. Dass Sandy jetzt wieder auf das vertrauliche *Boss* umschaltete, bedeutete nicht weniger als ein familiäres Zusammenrücken in der Stunde des Untergangs. Sie würden sterben.

*

»Roscoe, Sie Wahnsinniger!«, schrie Vasquez. »Sie bringen uns um!«

Er fuhr herum, packte sie mit beiden Fäusten am Kragenaufschlag ihres teuren Oberteils und schüttelte sie, dass ihr die goldgefassten Knöpfe wegplatzten. »*Sie* haben mir diese Scheiße eingebrockt!«, brüllte er. »Abgesehen von all Ihren Attentaten: hätten Sie den Kurs nicht zu beeinflussen versucht, hätten wir es bis zu den Asteroiden geschafft!«

»Blödsinn!«, kreischte sie und versuchte sich zu befreien. »Wären Sie an Ort und Stelle geblieben, hätte niemand auf uns geschossen! *Sie* sind schuld!«

Sie versuchte, wild um sich zu schlagen; er stieß sie von sich weg. »Verflucht – wer käme denn darauf, dass die Drakken ohne Warnung zu schießen beginnen!«

»Ohne Warnung?« Sie stieß ein spöttisches Lachen aus. »Ihre feine Sandy hat selbst gesagt, dass sie Befehle zum Beidrehen empfangen hat.«

Roscoes Blicke flogen auf der Suche nach irgendeinem Ausweg oder einer Antwort der Drakken-Fregatte von einem Holoscreen zum nächsten. Sandy funkte die Drakken seit Minuten pausenlos an. Aber sie antworteten nicht – was die Rätselhaftigkeit dieses Angriffs auf die Spitze trieb.

»Verflucht!«, schrie Roscoe. »Diese Drecksäcke könnten die Rail noch abschalten! Warum melden die sich nicht?«

Das Mädchen stand hinter ihrem Sitz, die Hände in die hohe Lehne gekrallt, bereit, sich zur Wehr zu setzen. Sie konnte nicht wissen, was hier vor sich ging – dass sie nur noch Minuten zu leben hatten.

In diesem Moment schaltete Sandy den Alarmstatus ein, und die Brücke wurde in rotes Licht getaucht. Orangefarbene Lampen blitzten auf, und der weite, flache Raum wurde von einem pulsierenden Dreifach-Ton durchdrungen. Alle Monitore flammten auf, Diagramme der Schiffssysteme wurden gezeigt; Ortungs-Monitore stellten die Annäherung der Rail-3 dar.

»Noch immer keine Antwort von der Sentry-Fregatte«, sagte Sandy. »Noch genau zehn Minuten bis zum Aufschlag.«

»Mist!«, heulte Roscoe auf und hob beschwörend beide Hände. »Was tun wir jetzt?«

Vasquez ließ sich in ihren Sitz fallen und schlug die Hände vors Gesicht. Das Mädchen stand noch immer hinter ihrem Sitz, ihre Blicke waren angstvoll und suchend.

»Boss, ich habe gerechnet«, sagte Sandy.

Er hob den Kopf. »Ja?«

»Der Hopper hat noch Reserven im konventionellen Antrieb. Wenn wir seine Energiezellen schockladen, könnte Ihnen eine Flucht zu dem Asteroidenfeld gelingen.«

Er schoss in die Höhe. »Ist das wahr? Schaffen wir das in zehn Minuten?«

»Es wird sehr knapp, Boss.«

Roscoe fuhr herum und rannte so schnell auf das Mädchen zu, dass sie erschrocken zusammenfuhr und abwehrend die Hände hob. Er hielt nicht inne, packte sie und zog sie mit sich fort. »Komm, Kleine! Es geht um Sekunden!«

Als er an Vasquez vorbeikam, die ebenfalls aus ihrem Sitz aufgesprungen war, riss er sie mit sich. Sie war geistesgegenwärtig genug, ihm keinen Widerstand zu leisten, und lief mit. Vor ihnen zischte das Brückenschott auf.

»Funke weiterhin die Drakken an, Sandy, aber bereite dieses Ding für den Notstart vor.«

Sie rannten zu dritt von der Brücke und liefen den Arterialtunnel hinab. »Wie willst du die Energiezellen aufladen, Sandy?«

»Dazu benötige ich Ihre Hilfe, Boss. Ein Schweber ist bereits unterwegs und bringt einige MU-Hohlleiter-Kabel und Adapterstücke zum Frachtdeck. Sie müssen die passenden heraussuchen, sie verbinden und den Hopper an das Bordsystem ankoppeln. Dazu haben Sie im aktuellen Zeitplan exakt zwei Minuten und elf Sekunden Zeit.«

Roscoe wurde flau im Magen, als er an seinen vorherigen Gewaltmarsch dachte, der kaum zwanzig Minuten zurück lag. Immerhin drehte es sich dieses Mal nur um einen Hinweg, und das Frachtdeck lag näher.

»Und die aufgeschweißte Luke?«, rief Roscoe. »Wie sollen wir die dicht bekommen?«

»Ist bereits in Arbeit, Boss. Ich setze gerade das ausgeschweißte Stück mit dem Robolifter wieder ein. Ich hoffe, dass ich die Luke selbst wieder funktionsfähig machen kann.«

Roscoe verlangsamte unwillkürlich seinen Schritt. »Sandy!«, ächzte er ehrfurchtsvoll. »Du bist einfach …«

»Verlangsamen Sie nicht, Boss, sonst platzt der Zeitplan! Ich habe äußerst eng kalkulieren müssen und korrigiere ständig nach.«

Wieder einmal spürte Roscoe Tränen in den Augenwinkeln. Seine Sandy war ein Kleinod von einem Stück Software. Mühsam rannte er weiter.

Sie erreichten den Vertikalport. Vasquez war als Erste da und sprang sofort hinein. Roscoe packte das Mädchen, die einen überraschten Schrei ausstieß, und sprang hinterher. Abermals ging es gehörig schnell abwärts. Eine Ebene tiefer hüpften sie wieder hinaus und rannten weiter.

Plötzlich kam Roscoe ein schrecklicher Gedanke. »Sandy!«, rief er. »Ich … ich kann einen Leviathan fliegen und vielleicht auch einen Ajhan-Clipper … aber ein Drakkenschiff? Verdammt, so was habe ich erst ein einziges Mal von innen gesehen – und das war heute!«

»Die junge Dame, Boss. Sie muss es können.«

Roscoe wäre vor Schreck beinahe gestolpert. »*Was*?«

»Ja, Sir, Boss. Ich bin sicher. Ich habe seit Stunden

alle verfügbaren Daten und Hinweise ausgewertet. An Bord dieses Hoppers kann die ganze Zeit über nur sie gewesen sein. Niemand sonst.«

»Du willst mir doch nicht sagen, die Kleine könnte ein TT-Schiff fliegen!«

»Nein, Boss, das nicht. Der TT-Antrieb dürfte von einer Not-Automatik gesteuert worden sein, die den Hopper hierher brachte – möglicherweise von einem sehr weit entfernten Punkt aus. Hier, im Aurigae-System, existiert ein großer Drakkenstützpunkt mit einem entsprechend starken Leuchtfeuer.«

»Ja, ich weiß. Aber …«

»Ein Hopper, jedenfalls in dieser Ausführung, besitzt keine echte Luftschleuse, Boss. Er muss angedockt werden oder aber atmosphärisch starten. Da kein Druckanzug an Bord war, muss die junge Dame den Start, wo immer er auch stattfand, selbst vorgenommen haben. Es gibt keine andere Möglichkeit.«

Roscoe keuchte. Dass dieses Mädchen mehr als nur irgendein süßes kleines Ding war, wusste er bereits. Aber dass sie einen Hopper fliegen konnte – das war geradezu beängstigend! Langsam wurde sie ihm unheimlich. Kein Wunder, dass die Drakken hinter ihr her waren. Und er kannte nicht einmal ihren Namen!

Vor ihnen tauchte das Tor zum Frachtdeck auf. Augenblicke später öffnete es sich zischend. Wie immer hatte Sandy den vollkommenen Überblick.

In diesem Moment blieb Roscoe wie angewurzelt stehen. »Sandy!«, rief er. »Was ist mit *dir*?«

»Sie müssen weiter, Boss. Sonst platzt der Zeitplan!«

Widerwillig setzte er sich in Bewegung. »Antworte mir, Sandy! Was ist mit dir? Wie kommst *du* von hier weg?«

»Der Schweber steht am Heck des Hoppers bereit, Sir«, erwiderte Sandy.

Allein dass sie seiner Frage auswich und wieder das förmliche *Sir* verwendete, sagte genug. Sie *hatte* Gefühle. Da *war* ein Lebensfunke in ihr! Sie sah ihre Löschung, ihren Tod nahen. Und dennoch gab sie alles, um sein Leben zu retten.

Er eilte weiter. »Sandy, du hast nicht geantwortet! Das war ein Befehl!«

»Ich verfüge über keine Datenverbindung zu dem Hopper, Sir. Und selbst wenn ich eine hätte, würde der Datentransfer viel zu lange dauern. Meine Persönlichkeitsstruktur umfasst über drei Milliarden Neuro-Streams. Hinzu käme noch einmal ebenso viel an reinen Betriebsdaten.«

Roscoe wandte sich zu den beiden Frauen um, die vor der Luke des Hoppers angekommen waren. Der Robolifter war fertig und fuhr gerade von der Luke fort.

»Vasquez!«, rief er. »Sie haben Sandy gehört! Machen Sie da drin Platz und versuchen Sie dem Mädchen klar zu machen, dass sie das Ding fliegen muss! Sonst sind wir tot!«

»Wasser, Sir!«, fügte Sandy hinzu. »Wenn sie wenigstens ein paar Tage überleben wollen, brauchen Sie Wasser!«

»Und ein Klo!«, rief Vasquez, die noch Zeit für sarkastische Bemerkungen zu haben schien. »Sandy, wo ist hier Wasser?«

Roscoe eilte weiter, ohne nach den beiden zu sehen, und erreichte das Heck des Hoppers. Dort stand, wie angekündigt, der Schweber. Er machte sich über die Kabel und Adapter her.

»Sechs Milliarden Streams?« rief er, während er in Windeseile die Stücke aneinander koppelte, »da reicht ja ein einziger Holocube!«

Er hörte, dass Sandy auf der anderen Seite des Hoppers Vasquez anwies, wie sie Wasser auftreiben konnte, während sie ihm hier, offenbar über einen anderen Akustik-Fokus, seine Frage beantwortete.

»Richtig, Sir. Der Transfer ist der Flaschenhals. Selbst mit dem schnellsten existierenden Datenbus dauert es fast eine Stunde. Ganz zu schweigen davon, wie lange es über ein Multicore dauern würde. Abgesehen davon verfügt die *Moose* über keines.«

Roscoe benötigte keine weitere Erläuterung – er kannte die Größenordnungen und die technischen Probleme. Ohne dass er sich dessen wirklich bewusst war, hatte sein Geist längst umgeschaltet: vom nüchternen Versuch zu argumentieren auf das, was man tat, wenn man im Begriff stand, einen guten Freund zu verlieren – auf Trost, Anteilnahme, Trauer und nicht zuletzt auf die Bewältigung des eigenen Gefühls, einen schrecklichen Verlust erleiden zu müssen.

»Und … wenn du all deine Daten vergisst, Sandy?«, fragte er bedrückt, während er weiterhantierte. »Und nur deine … *Seele* rettest?«

Er staunte selbst über diesen spontanen Einfall, und für Augenblicke kam es ihm so vor, als hätte er einen phantastisch klugen Gedanken gehabt. Sandys Daten, selbst die ihrer Persönlichkeitsstruktur, ließen sich später sicher irgendwie rekonstruieren.

Ihre Antwort aber war noch überraschender; sie war geradezu von philosophischer Größe und machte nur umso klarer, dass sie wirklich *mehr* war als ein banaler Programmcode. »Kennen Sie den Sitz Ihrer Seele, Boss?«, fragte sie. »Wüssten Sie, welches Stück Sie von sich retten müssten, um Ihre Seele zu retten?«

Er ächzte leise.

»Womöglich verhält es sich so«, fügte Sandy mit trauriger Stimme hinzu, »dass nur das *Ganze* die wahre Seele darstellt.«

Roscoe fiel nichts mehr dazu ein. Sandy würde hier bleiben müssen und mit der *Moose* untergehen. Er hätte beinahe angefangen zu heulen, obwohl sein Verstand ihm wütend einhämmerte, dass sie nichts als ein Stück Software war. Sie würde bei ihrem *Tod* ebenso wenig Schmerzen verspüren, wie er Grund hatte, jetzt den Verzweifelten zu spielen. Er würde sich später eine zweite Sandy kaufen können, irgendwo bei einem Softwarehändler, eine exakte Kopie, und sie würde nicht einmal allzu teuer sein. Sie war kein Lebewesen. Nicht so wie das Mädchen und nicht einmal wie Vasquez. Obwohl Roscoe diese Frau hasste, hätte er ihr Leben jederzeit eher gerettet als das Sandys. So war das nun einmal. Das gebot allein … die *Menschlichkeit*. Beinahe hätte er aufgelacht.

Trotzdem breitete sich dumpfe Trauer in ihm aus. Er würde, da konnte ihm einer sagen, was er wollte, eine gute Freundin verlieren. Sie hatte sich um ihn gekümmert, auch um das Mädchen, und das sogar mit großem Feingefühl.

»Sandy, du wirst mir fehlen«, sagte er traurig.

»Sie haben nach meinem Zeitplan noch zwölf Sekunden, um das Kabel anzukoppeln, Boss«, erwiderte sie. Ihre Stimme kam ihm ungewöhnlich weich vor.

Er leistete sich kein Zögern mehr, eilte mit dem Kabelende zu einem der Verteiler-Terminals und riss die Verkleidungsklappe auf. Der korrekte Anschlussring blinkte bereits. Während er das Kabel in das Kupplungsschloss einstemmte, dachte er, dass er außer Sandys warmer Stimme und ihrem immerzu freundlichen Ton wohl am meisten ihre unglaublich präzise und zeitgenaue Vorarbeit vermissen würde. Wo immer auf der *Moose* etwas zu erledigen gewesen war: Sandy hatte bereits alle vorbereitenden Schritte getan. Das machte einem jede Arbeit zum Kinderspiel und somit zum Vergnügen.

Er eilte zum anderen Ende des schweren Kabels aus Enolit-Gliedern und zog es lang. Ein dünner, grüner

Laserstrahl flammte von irgendwoher auf und markierte mit einem Leuchtpunkt eine Stelle am hinteren Rumpf der Schiffshülle. »Sie können das Kabel mit dem Magnetschloss einfach hier ansetzen, Boss. Dann aber müssen Sie mindestens zwanzig Schritt Abstand nehmen, besser noch mehr.«

Er folgte den Anweisungen. Mit einem lauten, metallischen Klacken klammerte sich das Magnetschloss an die blanke Schiffshülle, und er trat zurück.

»Vasquez und die Kleine …«, hob er an.

»… sind bereits aus der Gefahrenzone, Boss. Ich habe sie informiert.«

Er drehte sich um und rannte davon. Sandy fuhr die Beleuchtung herunter, Warnlampen begannen zu blitzen, und eine Sirene lief an. Sie begann einen kurzen Countdown. »Ich beende nun die Beschleunigungsphase. Schock-Ladevorgang in t minus drei, zwei, eins …«

Dann brach ein krachendes Feuerwerk im Frachtdeck los. Der gesamte Hopper wurde von einem knisternden und knatternden Gespinst von bläulichen Elektroblitzen eingehüllt. Funken stoben davon und zerplatzten mit lautem Knall, die Beleuchtung flackerte. Vasquez und das Mädchen standen ein gutes Stück rechts von ihm hinter einen Aggregatblock geduckt und beobachteten das energetische Schauspiel.

»Sandy, wie lange haben wir noch?«, rief er durch den Lärm.

»Drei Minuten vierzehn Sekunden«, ertönte ihre Stimme laut und verständlich. »In etwa einer Minute ist der Ladevorgang beendet. Sie müssen dann sofort an Bord und den Start einleiten. Ich werde mich um den Rest kümmern.«

Er antwortete nichts – es gab nichts mehr zu sagen. Er hatte keine Ahnung, wie man sich von einem Stück Software verabschiedete, das im Begriff stand zu sterben. Die *Moose* selbst bedeutete ihm nicht wirklich etwas; er fuhr diesen Pott zwar schon einige Jahre, aber diese Halon-Leviathane waren ihm stets unheimlich geblieben.

Er blieb in Deckung, bis der Schock-Ladevorgang beendet war. Sandy gab das Signal und informierte ihn über die verbleibende Restzeit: eine Minute achtundfünfzig Sekunden. Roscoe hatte keine Ahnung, ob man in dieser Zeit einen Hopper in Startbereitschaft bringen konnte.

Er sprang auf und winkte den Frauen. »Los, wir müssen weg!«, brüllte er. Sekunden später hatte er die Luke erreicht, Sandy hatte den Schweber als Einstiegshilfe davor geparkt. Mit zwei mächtigen Schritten war er drin, drehte sich herum und half erst dem Mädchen, dann Vasquez hinein.

»Haben Sie ihr klar gemacht, dass Sie das Ding starten muss?«

»Ja«, keuchte Vasquez. »Ich glaube, sie hat es verstanden.«

Dann waren sie drinnen, und Roscoe stand allein in der Luke und sah, wie es seine Gewohnheit war, zur Hallendecke hinauf. »Sandy, wir müssen …«

»Schon gut, Boss. Machen Sie der jungen Dame klar, dass sie unbedingt in dem Moment starten muss, den ich mit Lichtsignalen markiere. Oben an der Frachtdeckluke sind Signalleuchten. Sie blinken rot, die letzten fünfzehn Sekunden gelb, dann dreimal grün. Das wird kurz vor dem Aufschlag der Rail-3 sein, auf der anderen Seite der *Moose*. Im Schutz der Explosion muss Ihnen der Start gelingen. Das Asteroidenfeld liegt direkt querab, in etwa dreitausend Meilen Entfernung. Man kann es mit bloßem Auge sehen, die größten Brocken haben mehr als dreißig Meilen Durchmesser. Alles Weitere liegt bei Ihnen, Boss. Ich kann Ihnen dann nicht mehr helfen.«

Er spürte, wie ein Vibrieren durch den Hopper lief. »Verdammt, Sandy, ich …«

»Boss, Sie müssen jetzt die Luke schließen!«

»Hast du denn eine Chance?«, fragte Roscoe elend. »Ich meine, vielleicht zerstört die Rail nicht die ganze *Moose* …«

»Sie wissen selbst, wie wirkungsvoll eine Rail ist, Boss.«

Er starrte suchend in die Höhe. Wenn er Sandy doch nur wenigstens ein Mal *gesehen* hätte. »Ja, Sandy«, seufzte er niedergeschlagen. »Ich hab dir mal von meiner Vergangenheit erzählt, nicht wahr?«

Sie schwieg für Momente. »Leben Sie wohl, Boss.«

Er hob die Hand. »Mach's gut, Sandy. Und danke.«

Er riss sich gewaltsam von ihr los, zog sich ins Innere des Hoppers zurück und schlug fluchend mit der Faust auf den breiten, gelb leuchtenden Knopf des Versiegelungsmechanismus. Zischend klappte die Luke zu. Im letzten Moment hörte er noch eine Zeitansage von Sandy: T minus vierzig Sekunden. Er wandte sich um.

Die Kleine saß auf dem seltsam geformten Drakken-Pilotensitz. Vor ihr glühten und leuchteten die Lämpchen, Anzeigen und Monitore der Instrumententafel. Sie tippte auf einem großen Holoscreen herum, und es sah so aus, als wüsste sie, was sie da tat. Roscoe sah zu den Frontfenstern hinaus, wo sich die große Außenluke des Frachtdecks in die Höhe schob. Die roten Signallampen begannen in diesem Moment rhythmisch zu leuchten, während allerlei nicht festgezurrte Gegenstände hinaus ins All geweht wurden. Sandy hatte keine Zeit mehr gehabt, einen Druckausgleich vorzunehmen, ehe sie die Frachtluke öffnete.

Der Hopper begann plötzlich zu wippen, kam seitlich in die Höhe und Roscoe begriff, dass das Mädchen ihn in einen Schwebezustand versetzt hatte. Das kleine

Schiff hatte schräg auf dem Frachtdeck gelegen, nun aber schwebte es stabil mitten im Frachtdeck. Er schöpfte Hoffnung.

»Dort draußen muss das Asteroidenfeld sein, Vasquez. Sehen Sie es?«

»Noch nicht«, erwiderte sie, spähte dabei angestrengt in die Finsternis des Alls hinaus, das sich immer weiter vor ihnen auftat. Roscoe warf ihr einen verstohlenen Seitenblick zu. Angesichts der Notlage hatte sie sich offenbar entschlossen zu kooperieren. Wenigstens für den Moment.

Er tippte dem Mädchen auf die Schulter. »Die Lichter da, siehst du die?« Er deutete hinauf. Sie blickte ihn an, nickte dann und er begann, ihr mit Worten und Gesten verständlich zu machen, was er wollte. Doch wie sollte er ihr klar machen, was ein Wechsel auf Gelb und dann Grün bedeutete? Sie beobachtete ihn aufmerksam, während er ihr klar zu machen versuchte, dass sie auf sein Signal hin sofort starten musste.

»Wie stark beschleunigt so ein Ding?«, fragte Vasquez angstvoll. »Werden wir da nicht zerquetscht?«

»Sicher hundertmal so stark wie die *Moose*, aber das Schiff muss auch entsprechende G-Kompensatoren haben. Außer einem kleinen Ruck dürften wir eigentlich nichts spüren.«

Die Signallampen sprangen auf Gelb.

Roscoe legte dem Mädchen die Hand auf die Schulter. »Gleich! Gleich geht es los!« Er machte eine Handbewegung nach vorn und bedeutete ihr, den Antrieb langsam hochzufahren. Er wusste nicht, wie ansatzlos ein Hopper durchstarten konnte; es war lange her, dass er auf einem so kleinen Schiff gefahren war, und dies war das erste Mal auf einem mit TT-Antrieb. Nach allem, was er wusste, musste die Beschleunigung atemberaubend sein, denn für einen Transfer musste so ein Ding wahrscheinlich bis auf etwa 30 oder 35 Prozent Lichtgeschwindigkeit vorbeschleunigt werden.

Roscoe spürte, wie der Hopper langsam Fahrt aufnahm und auf die inzwischen weit offene Luke zuglitt. Er wurde nervös. Wenn sie nicht rechtzeitig genug loskamen, würden sie mit der *Moose* zu kosmischem Staub zerblasen werden.

»Los, Roscoe, wir müssen weg!«, rief Vasquez voller Panik.

Roscoe gelangte zu der Auffassung, dass sie Recht hatte. Die Signale würden in Kürze auf Grün umschalten, und einige Sekunden würde auch der kleine Hopper benötigen, um Schub aufzubauen. »Los, Mädchen!«, rief er und winkte heftig. »Vollschub! Dreh auf!«

Sie verstand. Er bekam nur noch mit, wie sie nach hinten griff, *hinter* ihren Sitz.

Und dann schien alles gleichzeitig zu geschehen.

Die Signallampen waren bereits auf Grün gesprungen, als um sie herum alles explodierte. Eine grelle Feuerwolke leuchtete seitlich zu den Cockpitfenstern herein, aber im selben Augenblick entwickelte sich ein mörderischer Schub, der den Hopper nach vorn trieb. Roscoe und Vasquez wurden nach hinten geschleudert.

In diesem Augenblick schoss ihm der Begriff *Kompensations-Offset* durch den Kopf, was einen bestimmten Effekt in der Beschleunigungsphase meinte, wie er damals auf der Akademie gelernt hatte. Demnach trat eine kurze Verzögerung zwischen dem Gravitationsdruck und dem Kompensationseffekt ein, je höher die auftretenden Beschleunigungskräfte waren. Mehr zu denken gelang ihm nicht mehr, ehe er mit dem Hinterkopf gegen eine Verkleidung knallte und ihm schwarz vor Augen wurde.

16 ◆ Wasser

Seit sechs Tagen saß Rascal Rowling auf Diamond fest.

Sechs Tage und sechs Nächte in diesem Höllenloch, das wie eine Strafe Gottes war und ihm gefährlich die Laune verdarb. Denn Diamond war nicht mehr und nicht weniger als der Ort der Verdammnis selbst.

Dieser Planet war auszuhalten, solange man hier etwas zu erledigen hatte, wie zum Beispiel etwas einzukaufen, die Hurenviertel der Küstenstädte aufzusuchen oder Handel mit den Obst-Plantagen, den Uranbergwerken oder anderen, weniger feinen Geschäftszweigen zu treiben. Saß man hier jedoch fest, so wurde es mit jedem Tag unangenehmer. Er hasste es.

Verdrossen stapfte er auf dem hohen, nassen Holzsteg die Straße hinab und achtete dabei sehr auf seine Schritte, denn ein Ausrutscher hätte seine letzte, einigermaßen saubere Hose in einen dreckigen Putzlappen verwandelt. Er empfand es schon wie einen nervösen Tick, dass er ständig zum Himmel hinaufschielte. Aber er hatte einen Grund, denn der nächste Wolkenbruch konnte einen mit der Plötzlichkeit einer niederfahrenden Axt treffen.

Diamond war ein dampfendes Schlammloch, ein Dschungelplanet mit einer Niederschlagsmenge, die seiner Ansicht nach nur noch von einem leckgeschlagenen Unterwasser-Habitat übertroffen werden konnte. Sämtliche Versuche, dauerhaft Straßen auszubauen, waren – einmal abgesehen von den ganz großen Städten – untergraben, oder besser: von Wassermassen unter- und von Schlammmassen überspült worden. Hoffnungslos zu glauben, man käme in diesem feuchtheißen Klima auch nur fünf Meter weit, ohne sein Hemd völlig nass zu schwitzen. Aber wovon die Hemden nass wurden, war eigentlich auch egal. Kein Tag verging ohne ein Dutzend heftige Regengüsse und wenigstens einen ausgewachsenen Gewittersturm. Minuten später brannte dann Aurelia auch schon wieder erbarmungslos herab, um das ganze Wasser wieder hübsch in die ohnehin stickige Luft zu verdampfen. Insekten von der Größe von Spatzen schwirrten umher und saugten einem das letzte bisschen Blut aus, das einem noch geblieben war, und Durchfall, Pilz- und Hautkrankheiten nagten einem an der Substanz. Nur die Hartgesottensten lebten ständig hier; der Rest der Leute sah zu, dass er wieder fortkam, so schnell er nur konnte.

Zerrissene Wolkenfetzen jagten über Spooky Town hinweg, und schon wieder platschten fette Tropfen hernieder. Rowling nahm den verschwitzten Filzhut vom Kopf und hieß sie für den Moment willkommen. Sie befeuchteten seine glühende Stirn und stieß ein leises Stöhnen aus. Was würde er jetzt für ein eiskaltes Bier geben!

Er war ein hoch gewachsener, gut aussehender Arbeitersohn aus dem Miner's Fog, mit dunkelgrauen Haaren und einem scharf gestutzten Vollbart, der seine Kinnpartie zu einem kantigen, selbstbewussten Vorzeigeobjekt machte. Es konnte drohend wirken, wenn seine dunklen Augen aufblitzten, oder die Augen der Frauen zum Leuchten bringen, wenn er sein breites Lächeln auf sie abschoss und seine gepflegten Zähne zeigte. Rascal Rowling war noch nicht ganz vierzig und redete sich hartnäckig ein, dass es nicht den winzigsten Unterschied machte, wenn er es wurde; es kam nur darauf an, wie er sich fühlte. Und eigentlich fühlte

er sich großartig. Sah man einmal von seinem Zwangs-
aufenthalt auf Diamond ab.

Er setzte seinen Hut wieder auf, als die Tropfen
nachließen und ein nahendes, hellblaues Loch in der
Wolkendecke eine brennende Sonnendusche verhieß.
Er schwitzte schnell, und dieser stetige Wechsel zwischen nass, heiß, kühl und wieder nass und heiß raubte ihm den letzten Nerv. Auf Diamond verlor er täglich
mindestens fünf Liter Wasser. Rasch setzte er sich wieder in Bewegung. Unterwegs reckte er den Kopf und
peilte die Straße hinab, um die kleine Seitengasse auszumachen, in die er wollte.

Von fern drang das Rumpeln eines Wolkenbruchs
herüber – wahrscheinlich entlud sich über den Wood-
roffe-Höhen im Westen gerade wieder die tägliche
Sintflut. Zwei Stunden später würde dann hier an der
Küste jedes Rinnsal zu einem reißenden Strom an-
geschwollen sein, und niemand hätte mehr trockene
Füße. Rowling stieß einen leisen Fluch aus.

Leider war Diamond ein unverzichtbarer Stützpunkt im Aurelia-Dio-System. Denn außer dem un-
schätzbar wertvollen Riesenplaneten Halon, der Aurelia weit, weit draußen im All umkreiste, gab es nur
noch ein paar kleine, für eine Kolonisierung uninter-
essante Eis- und Gasbälle, auf denen allenfalls irgendein Rohstoff abgebaut wurde. Und irgendeine Welt
brauchte man ja, um Luft holen oder ein Bier trinken
zu können.

Auf dem Holzsteg kamen ihm Menschen und ein
paar bullige Ajhan entgegen, und er drückte sich vorsichtig an ihnen vorbei. Endlich erreichte er die kleine
Seitenstraße. Rasch bog er ab, sah sich unauffällig um
und huschte in eine Nische, die zu einer Seitentür eines
großen Holzgebäudes führte. An der Front zur Haupt-
straße prangte ein großes Schild: MINNEGAN'S BAR.

Er klopfte mit dem Fingerknöchel leise einen Code

gegen die schwere Holztür, dann wurde ihm aufge-
macht.

»Immer noch keine Nachricht von der *Tigermoth?*«,
fragte er, als er das kleine Hinterzimmer betrat. Rasch
schloss er die Tür hinter sich.

»Doch«, sagte Wes und kratzte sich unter dem Kinn.
»Endlich bist du zurück.«

Rowling sah sich im Raum um. Sechs Männer warteten hier im brütenden Dunst des Hinterzimmers, in
dem sich ein angestrengt rotierender Deckenventilator
vergeblich bemühte, einen Hauch Kühle zu erzeugen.
Alle trugen Unterhemden, Sechs-Tage-Bärte und einen
übel gelaunten Gesichtsausdruck. Sie saßen hier schon
ebenso lange fest wie er selbst. Auf Diamond verging
einem alles, auch die Lust auf Körperpflege. Binnen
zweier Stunden war man ohnehin wieder ein wenig
angenehm duftendes Bündel aus Schweiß, Hautrötun-
gen und schmutzigen Kleidern.

Rowling brummte unwillig. »Und? Können sie endlich landen?«

Wes hob die Schultern. »Heute Abend vielleicht.
Aber José sagt, wir müssten weg vom Kontinent. Hier
ist die Überwachung zu gut. Am besten nach Süden,
zu den Halfmoon-Inseln, oder noch weiter.«

Rowling stieß ein Ächzen aus. »Zu den Inseln? Weiß
der nicht, was da gewöhnlich für ein Wetter herrscht?
Und wer soll uns da rausbringen?«

»Ich hätte schon wen, Boss. Wird uns aber 'nen Tausender kosten.«

Rowling blickte wie ein Habicht in die Runde. Alle
Augen lasteten auf ihm; jeder erwartete, dass er den
Betrag zahlte. Sie waren hierher gekommen, um für
Ordnung zu sorgen, jeder von ihnen hatte seine Haut
riskiert, um Klarheit in den Lieferverhältnissen zu
schaffen. Es hatte ein paar heftige Abreibungen gegeben und sogar einen Toten – zum Glück auf der Ge-

genseite. Irgendein Kleinganove, ein Quertreiber, der großen Profit aus der derzeit etwas angespannten Situation schlagen wollte. Keiner würde dem Kerl eine Träne nachweinen.

»Einen Tausender?«

»Ja, Boss. Der Typ hat angeblich 'nen frisierten Skyscooter. Ich denke, damit kann er uns bis raus zu den Halfmoons bringen, auch wenn's 'n bisschen stürmt.«

Rowling musterte erst Wes, dann seine Männer. Sie schienen nicht zu Scherzen aufgelegt, aber das war er auch nicht. »Und wo ist dieser Typ?«

Wes deutete lässig mit dem Daumen über die Schulter. »Hockt gleich drüben bei Minnegan, an der Bar. So 'n kleiner Dicker.«

Rowling grinste ihn bissig an. »Du hast ihn also gleich mal in Wartestellung geparkt, was?« Er konnte es nicht leiden, wenn man versuchte, ihm seine Entscheidungen aus der Hand zu nehmen.

»Jau, Boss.« Wes hatte eine unvergleichliche Art, völlig ungerührt auf irgendwas herumzukauen, auch wenn die Luft förmlich brannte.

Rowling beschloss beizudrehen. Wenn er sich mit seinen Leuten anlegte, würde es mindestens ein paar kaputte Nasen oder gebrochene Rippen geben, und das konnte er jetzt nicht gebrauchen.

»Also gut, Leute«, sagte er. »Packen wir unsere Sachen.«

Schlagartig löste sich die Spannung. Die Männer atmeten vernehmbar auf, Ooje und Tudor entfuhren sogar Beifallrufe. Rowling atmete ebenfalls auf. Die Lage war angespannter gewesen, als er gedacht hatte. Normalerweise konnte er sich auf seine Leute verlassen, aber in diesem Klima hier wusste man nie, ob nicht vielleicht einer durchdrehte.

Ein mächtiges Rauschen kündete von einem überfallartigen Regenguss, der draußen niederging. Wes stöhnte und riss die Tür auf, war drauf und dran, hinaus in den Regen zu treten, um sich eine Abkühlung zu verschaffen.

»Warte«, sagte Rowling ruhig und legte ihm eine Hand auf den Oberarm. »Nicht jetzt. Lasst uns erst von hier verschwinden, ich möchte nichts riskieren. Da draußen könnten Drakken oder die Jungs von der Konkurrenz sein. Ihr wisst, dass das hier fremder Boden für uns ist.«

Die Männer blickten sich gegenseitig an und nickten dann brummend. Jeder von ihnen wäre gern nach draußen gegangen, wo der Regen nun mit aller Heftigkeit herabdrosch – die Luft hier drin war zum Schneiden. Doch jetzt galt es, keinen Zwischenfall mehr zu riskieren.

»Ich gehe rüber und regle das«, erklärte Rowling. »Und ihr macht euch fertig. Macht die Waffen klar. Wo hat der Kerl seinen Skyscooter stehen, Wes?«

»Auf dem kleinen Landeplatz bei den alten Konverter-Anlagen.«

»Gut, dann treffen wir uns dort. Haltet die Köpfe unten, Jungs. Ich will keinen von euch verlieren.«

*

Rowling hatte schon geahnt, dass der Kerl ein Schnüffler war. Wahrscheinlich vom Ermittlungsbüro der Sektorkontrolle. Kein Pilot aus Spooky Town würde in einer Bar darauf warten, dass man ihm einen illegalen Auftrag zuschanzte, und schon gar keiner, der so aussah wie dieser. Rowling schüttelte missbilligend den Kopf über Wes' Urteilsvermögen.

Er durchquerte den verräucherten Laden, in dem nur ein paar müde Arbeiter an rostfreien Metalltischen ihre warmen Drinks schlürften und sonst nichts los war.

»Sind Sie der Scooterjockey?«, raunte er dem Mann zu und schob sich neben ihm auf einen Barhocker.

Der Mann sah ihn an, als hätte er stundenlang darauf gewartet, ein besonders gelassenes Gesicht machen zu dürfen. »Bin ich. Und wer sind Sie?«

Es passte nicht zu ihm – sein Gesicht. Nicht zu dem, was er zu sein vorgab. Er war zu gut rasiert und hatte zu wenig Mückenstiche, sein Blick war zu aufgeräumt, und seine Oberlippe wies entschieden zu wenig Schnauzbart auf. Rowling glaubte sogar einen leichten Geruch von Rasierwasser oder gar Deodorant wahrzunehmen. Von der Statur her war der Mann eher klein, etwas rundlich, hatte kurzes krauses Haar und stak in einem Overall, dessen Dreckflecken irgendwie nicht echt wirkten. Rowling versuchte ihn sich im Anzug und mit Ärmelschonern vorzustellen. Das passte schon eher.

»Tut nichts zur Sache«, gab er zurück. »Ich will Ihren Namen auch nicht wissen. Sie verlangen tausend?«

Wieder der lässige Blick. »Richtig.«

»Warum so billig?«

Nun hatte er ihn. Der Kerl erstarrte kurz, so als packte ihn die Unsicherheit, dass seine Tarnung auffliegen könnte, weil er den falschen Preis verlangt hatte. Mehr musste Rowling nicht wissen.

Er lachte auf und klopfte dem Kerl auf die Schulter. »War nur 'n Witz. Tausend sind schon okay.« Er hob grinsend die Hand und bot sie ihm. »Ich bin Morris. Wann können wir los?«

Die Erleichterung stand dem Burschen ins Gesicht geschrieben. Lächelnd nahm er Rowlings Hand und schüttelte sie. »Peter Bauer. Nennen Sie mich Peter. Oder Bauer.« Er grinste. »Wohin geht's denn? Und wie viele seid ihr?«

Rowling beugte sich zu Bauer, dessen wahrer Name garantiert anders lautete, und flüsterte: »Drei. Wir wollen nach Osten, zu den Badlands. Aber kein Wort darüber, verstanden?«

Bauer nickte eifrig. »Gut, wir können sofort los. Ich muss nur schnell noch mein Zeug aus meinem Zimmer holen.« Er ließ sich von seinem Hocker herunterrutschen.

»Machen Sie nur, Peter«, sagte Rowling kameradschaftlich lächelnd und nickte. »Ich kümmere mich um Ihre Rechnung.«

Bauer strahlte ihn an und eilte davon.

Rowling ließ sich seitlich gegen den Tresen sinken und seufzte innerlich. Ein Anfänger, ein Dilettant schlimmster Sorte und garantiert nicht der Boss dieser Schnüffler-Abteilung. Da gab es noch jemand anderen, einen gefährlicheren Burschen, er konnte es förmlich riechen. Verstohlen sah er sich um.

Nein, hier war er nicht, wahrscheinlich wartete er in Bauers Zimmer, um die Nachricht zu empfangen, dass sie zu dritt nach Osten wollten. Er würde wissen, dass das nicht stimmte, und Rowling wiederum wusste, dass er sich etwas Besseres hätte einfallen lassen sollen. Aber die Zeit war zu knapp gewesen. Nun musste er improvisieren.

Er winkte den Barkeeper herbei, zahlte und ließ sich noch einen doppelten Rye bringen, den er auf einen Zug herunterkippte. Die verdammten Sektorbullen versuchten schon seit Monaten, ihn zu kriegen, doch im Lauf der letzten Woche war die Suche zu einer regelrechten Hetzjagd ausgeartet. Aber es traf nicht nur ihn. Auch andere Gangs, Brats und Banden litten unter der Verfolgung.

Rowling konnte sich nicht erklären, was in die Cops gefahren war. Klar, es gab jede Menge illegale Aktivitäten hier, aber es wurde nur selten einer umgebracht, es gab keine Anschläge und Unruhen, und solange der Laden lief, war doch ohnehin alles bestens. Aurelia Dio war schließlich kein Raumsektor wie Virago oder Ursa Quad, wo fein gekleidete Banker und Konzernbosse um Milliardenbeträge feilschten. Hier sah jeder zu, dass er seine paar Solis machte, einschließlich der Kleinganoven, wie er selbst einer war. Solange hier ein paar Umsätze getätigt wurden und die Steuereinnahmen nicht in den Keller fielen, musste eigentlich alles in Ordnung sein. Momentan aber war es die reinste Hexenjagd.

Bauer kam zurück, einen dünnen Rucksack über der Schulter. »Wir können los!«, sagte er lächelnd, winkte Rowling und wandte sich dem Ausgang zu. Rowling zögerte. Damit, dass der Kerl so dümmlich war, seine tausend oder wenigstens die Hälfte nicht im Voraus zu verlangen, hatte er nun wirklich nicht gerechnet. Von neuem Misstrauen erfüllt, erhob er sich und folgte dem Kerl.

Der Regen hatte wieder aufgehört, und die Dämmerung kündigte sich am westlichen Horizont an; am östlichen hingegen zog die nächste schwarze Gewitterfront heran. Rowling fragte sich, ob Bauer sich angesichts dessen gegen den Flug entscheiden würde.

Doch der schien die Wolkenmassen nicht einmal zu bemerken. »Mein Skyglider steht auf dem alten Landefeld bei den Konvertern«, rief er gegen den aufkommenden Wind an und deutete nach Südosten.

»Skyglider?«, fragte Rowling und hielt sich seinen Hut fest. »Ich dachte, Sie hätten einen Skyscooter?«

»Oh, äh …« Bauer lächelte verlegen. »Sorry, eine kleine Untertreibung. Ich besitze ein etwas besseres Fluggerät. Das Wetter wird uns keine Probleme bereiten.«

Rowling fluchte innerlich. Er war dabei, in eine bildschöne Falle zu rennen, so anfängerhaft sie auch aufgezogen sein mochte. Kein verdammter Pilot mit einem

Skyglider würde irgendwo in Spooky Town herumhängen, wenn er in Gondola oder Marashi feine Leute für viel Geld herumkutschieren konnte. Ein Skyglider war eine verdammte Festung, selbst innerhalb eines Blizzards der bösartigen Sorte.

Bauer duckte sich unter den Wind und sprang auf den braunen Matsch der Straße hinaus; Rowling blieb nichts übrig, als ihm zu folgen. Gemeinsam stapften sie auf die andere Seite und erklommen dort wieder den Holzsteg.

Rowling sah sich um: hier lief alles falsch. Dieser Bauer verhielt sich in keiner Weise so, als hätte er jemanden bei sich, der eine gewisse Unauffälligkeit bevorzugte. Er wollte kein Geld und flog die falsche Maschine. Darüber hinaus konnte hinter jeder Ecke ein Drakkentrupp, ein Sektorbulle oder eine Bande seiner Gangfeinde lauern. Er war hochgradig nervös, dabei wütend auf sich selbst, und konnte trotz der offensichtlichen Dämlichkeit dieses verkappten Agenten nichts Rechtes tun, um die Situation zu seinen Gunsten zu verbessern.

Mist!, fluchte er verbissen in sich hinein. *Was tue ich hier? Was tue ich hier nur, verdammt?*

Bauer eilte ein Stück den Steg hinab, bog dann in eine Seitenstraße ein und marschierte bis zu einer Stelle, wo der Holzsteg an einer kleinen Treppe endete. Er stieg hinab und stand auf grün-schlammigem Boden, wo sich der Matsch der Straßen von Spooky Town mit dem hartfaserigen, wuchernden Pflanzenzeug vereinte, um zu dem zu werden, was Rowling an diesem Planeten am meisten verabscheute: dem dampfenden, Blut saugenden und alles verschlingenden Urwald von Diamond.

Bauer wandte sich grinsend um. Rowling hätte diesem Idiot am liebsten auf die Schnauze gehauen. »Wir sind gleich da«, rief Bauer gegen den Wind und neuerliche schwere Regentropfen an. »Haben Sie was gegen Ajhan?«

»Gegen … Ajhan? Wieso?«

»Nun ja. Mein Pilot ist Ajhan.«

Rowling blieb stehen. »Ihr Pilot?«

»Ja. Mein Pilot. Stimmt was nicht?«

Rowling trat einen Schritt vor und packte Bauer wütend mit einer Hand am Kragen, während er sich mit der anderen Hand den Hut auf den Kopf drückte, den der plötzlich aufheulende Wind mit aller Macht wegreißen wollte. »Mann! Sie sagten, *Sie* wären der Pilot!«

»Na ja«, rief Bauer, noch immer lächelnd, »ich bin der Co-Pilot. Ich kann auch fliegen, aber mein Partner ist der Bessere von uns beiden.«

Rowling forschte für Sekunden in Bauers Gesicht. Wie viel hatte ihm der Kerl *noch* verschwiegen? Eine Abteilung Drakken? Eine Flotte Kampfjets im All, welche die Tigermoth abfangen würden? Wut sammelte sich in seinem Bauch.

Dann traf er eine Entscheidung. Er ließ seinen Hut los, griff in seine Tasche und zog seinen kleinen Laserblaster. Bauer wurde blass.

Der Wind heulte, und der nahende Gewittersturm breitete Dunkelheit über das Land. Sie befanden sich am Ende einer leeren Seitenstraße – sein Gefühl besserte sich etwas. »Es reicht, Schnüffler!«, schrie er Bauer an. »Du wirst jetzt brav tun, was ich sage, oder ich brenne dir ein Loch ins Hemd! Das ist kein Scherz, verstanden?«

Bauer starrte ihn mit geweiteten Augen an. »Aber Morris, ich …«

»Klappe halten! Los, bring mich zu deinem Glider!«

Er drückte Bauer den kleinen Blaster in die Seite und stieß ihn vorwärts. Unweit begann bereits der Maschendrahtzaun des Konverter-Geländes. Der untersetzte Mann stolperte vorwärts und wäre beinahe gestürzt. Augenscheinlich war er vollkommen schockiert vom Anblick der Waffe. Roscoe konnte sich immer weniger erklären, welcher Teufel die Schnüffler geritten hatte, ihm einen solchen Anfänger zu schicken.

Bauer erreichte den Zaun, klammerte sich Hilfe suchend an die Maschen und starrte Rowling verschreckt an. »Morris, es tut mir Leid, ich …«

»Schnauze, Mann! Wo ist hier der Eingang?«

»D-da …«, jammerte Bauer und deutete nach rechts.

Der Wind hatte sich zu Orkanböen ausgewachsen, die schwarze Gewitterfront war fast über der Stadt angekommen. Im einsetzenden Sprühregen machte Rowling fünfzig Meter weiter links eine Tür im Zaun aus. Das Konvertergelände war seines Wissens nach nicht verschlossen oder bewacht, hier gab es nichts von Wert außer ein paar riesigen grauen Tanks, die schon seit über fünfzig Jahren leer standen.

»Los!«, rief er Bauer entgegen. »Weiter!«

Bauer gehorchte. Seit er mit dem Laserblaster bedroht wurde, war sämtliche Maskerade von ihm abgefallen. Übrig geblieben war nur noch ein verängstigter kleiner Beamter, der am liebsten zurück zu seinen Aktenordern und seinem Schreibtisch wollte. Das war der Fehler, den die Schnüffler so oft machten: Sie schickten keine Profis, sondern einfache Schreibtisch-Heinis, die glaubten, ihre Amtsgewalt allein könne ihnen ausreichend Tarnung verschaffen. Nein, auf Welten wie Diamond ging es rau zu, und hier waren die Echten von den Unechten sehr leicht zu unterscheiden.

Nach hundert schwankenden Schritten im immer heftiger werdenden Sturm erreichten sie die Tür. Sie war nicht mehr als ein mit Maschendraht überspannter Metallrahmen.

»Los, Bauer!«, schrie Rowling. »Aufmachen!«

Bauer war stehen geblieben, klammerte sich wieder an den Zaun und starrte ihn mit weit aufgerissenen

373

Augen an. Rowling kam ein Verdacht. »Los! Machen Sie die Tür auf!«

»Nein, nein, ich ...«

Rowling packte Bauer am Kragen, riss ihn von dem Zaun weg und stieß ihn zur Tür. Er tippte auf eine Laserfalle oder einen Lähmschock.

Bauer knallte gegen die Tür, aber nichts geschah. Rowling wischte sich das Wasser aus dem Gesicht. Wenn sie den Glider nicht erreichten, ehe der Regen richtig losging, würden sie ihn vielleicht nicht mehr finden. Einer seiner Leute hatte mal gesagt, dass man in einem richtigen Diamond-Gewittersturm im Stehen ersaufen konnte. Das hatte Gelächter hervorgerufen, war aber der Wahrheit nicht allzu fern.

»Verdammt!«, schrie Rowling den kleinen Mann an. »Machen Sie endlich die Tür auf!«

Bauer klammerte sich weiterhin an die Maschen und schüttelte mit vor Entsetzen geweiteten Augen den Kopf. Rowling stieß einen Fluch aus, riss Bauer von der Tür weg und gab einen Laserschuss auf das Schloss ab. Das Ding zerplatzte in einem Funkenregen, und der Sturm fegte die Tür so heftig auf, dass sie scheppernd herumschwang und gegen den Zaun krachte. Ein weiterer Schlag ertönte, und die Tür entlud das, was auch immer in ihr versteckt gewesen war, in den Zaun. Also wirklich eine Falle. Hier war etwas geplant, und das entfachte Rowlings Wut. Was war mit seinen Männern?

Er packte Bauer mit der freien Hand und schüttelte ihn. »Was ist hier los, Mann? Sie sind doch von den Sektorbullen, oder? Reden Sie! Sonst vergesse ich mich!«

»Wir ... wir suchen jemanden«, rief Bauer nach kurzem Zögern.

»Ihr sucht jemanden? Und wen?«

»Eine Frau.«

»So? Und was hat das mit uns zu tun? Mit mir und meinen Männern?«

Der Regen rauschte nun mit Macht herab, Blitze hellten die Umgebung auf, und Donner rollte wie das Brüllen eines riesigen Sauriers heran. Sie mussten zusehen, dass sie von hier fortkamen. Bauer wischte sich über das Gesicht. »Sie ist flüchtig. Zurzeit ... wird jeder Unterschlupf überprüft. Jede Person, die sie verstecken könnte, einfach alles. Und da erhielten wir einen Hinweis ...«

Rowling nickte. »Ah, verstehe. Und wieso glauben Sie, dass sie ausgerechnet in Spooky Town ist, diese Frau?«

»In Spooky Town? Oh, Sie verstehen nicht ...«

»Was?«

»Es ... es ist nicht nur hier. Es ist das ganze System. Ganz Aurelia Dio wird abgesucht.«

Überrascht ließ Rowling den Mann los. »Ganz Aurelia Dio? Wegen einer *Frau?*« Er lachte auf. »Na, die möchte ich mal kennen lernen! Was ist das denn für eine?«

Die Antwort war eine Orkanböe, die sie beide von den Füßen hob und in den Matsch schleuderte. Als Rowling sich wieder hochrappelte, völlig nass und schlammverschmiert, wusste er, was er lieber hätte tun sollen: von hier verschwinden und sich um seine Leute kümmern. Zum Glück hatte er seinen Blaster nicht fallen lassen. Er kroch auf Bauer zu, zerrte ihn mit sich in die Höhe und schob ihn vorwärts.

»Los Mann, zum Glider! Dieser Ajhan – das ist Ihr Partner, was?«

»Äh ... ja.«

»Und der ist bei Ihrem Flieger?«

»Das ... das nehme ich an.«

Rowling schob ihn weiter. Rechts tauchten die flachen Tanks auf; schon damals war man klug genug gewesen, sie so zu bauen, dass sie dem Wind nur wenig Widerstand boten. Sie waren kuppelförmig und ruhten auf Stützen, trotzdem sangen und dröhnten sie im Wind und im prasselnden Regen. Rowling und Bauer tappten weiter, tief geduckt und ständig in der Erwartung einer weiteren Sturmböe. Rowling hatte noch gar nicht daran gedacht, Bauer nach Waffen zu untersuchen. Vielleicht deswegen, weil Bauer nicht so aussah, als nähme er gern so ein Ding in die Hand. Nun holte er es nach und tastete während des Laufens den Rucksack ab, den Bauer an einem Riemen über der Schulter trug. Es war tatsächlich etwas Hartes, Kantiges drin.

Er befahl Bauer weiterzulaufen und holte – siehe da! – eine KeraGun heraus.

»Na, das nenn ich doch einen hübschen Fund!«, rief er durch den peitschenden Regen und hielt die schlanke Waffe in die Höhe. Es war zwar nur eine Mini-KeraGun, die längst nicht die Feuerkraft einer großen besaß, dafür aber war sie handlich, und man konnte sie unter einer Jacke verstecken. KeraGuns besaßen keine Metallteile, waren also von Metalldetektoren nicht zu orten und verfügten über Lähm- und Explosiv-Geschosse sowie über winzige Blend- und Rauchgranaten. »Wo hast du denn so ein Geschütz her, Bauer?«, spottete Rowling. »Und dann trägst du es auch noch im Rucksack!«

Bauer warf ihm ein verlegenes Lächeln zu, entgegnete aber nichts. Er tappte weiter, von Rowling unbarmherzig angetrieben. Endlich tauchte vor ihnen der Skyglider auf.

*

Roscoe tastete nach der Beule an seinem Hinterkopf. Er hatte Glück gehabt, dass die Verkleidung des Aggregats aus einem Kunststoffmaterial bestand und nachgegeben hatte.

Vasquez war weniger gut davongekommen. Sie war mit der Schulter gegen etwas Kantiges gestoßen und hatte sich ziemlich wehgetan. Selbst Roscoe verspürte ein wenig Mitleid, denn sie klagte über Schmerzen. Nur das Mädchen hatte den Start unbeschadet überstanden; sie hatte im Pilotensitz gesessen.

Inzwischen wussten sie auch endlich ihren Namen: Leandra. Sie hatte ihn ganz langsam und deutlich ausgesprochen und dabei, wie Roscoe zuvor, lächelnd auf ihre Nasenspitze gedeutet. *Leandra.* Roscoe gefiel der Name.

Er blickte auf und sah zu den Cockpitfenstern hinaus. Ja, sie hatten es bis in das Asteroidenfeld hinaus geschafft, aber um welchen Preis? Er konnte das Wrack der *Moose* dort draußen noch ganz schwach glühen sehen; mit ihr hatte er seine gesamte Existenz verloren. Und natürlich Sandy.

Nun saßen sie in diesem Asteroidenfeld und hatten nichts mehr. Das Mädchen – *Leandra*, korrigierte er sich – vermochte den Hopper tatsächlich zu steuern, allerdings nur auf die allereinfachste Weise. Ortung oder Navigation beherrschte sie nicht. Sandys Theorie zufolge war der Hopper von einer Art Not-Automatik hierher ins Aurelia-Dio-System gebracht worden, und das war auch die einzig sinnvolle Erklärung. Es war völlig unmöglich, im All *auf Sicht* zu navigieren, es sei denn man flog langsam, befand sich in unmittelbarer Nähe zu einem ausreichend großen Objekt und blieb auch dort.

Immerhin, hier bei den Asteroiden traf das zu. Es war das einzige Glück, das sie im Moment hatten. Sie schwebten zwischen kleinen und großen Gesteinsbrocken, hatten den IO-Antrieb abgeschaltet und beobachteten das umliegende All.

»Ob sie unseren Start bemerkt haben?«, flüsterte Vasquez.

Roscoe wusste nicht, ob er sich freuen sollte, dass sie sich inzwischen so benahm, als gehörte sie zu ihnen – zu ihm und Leandra. Wahrscheinlich fürchtete sie einfach um ihr Leben, denn nach dem, was gerade passiert war, musste sie wissen, dass die Drakkenraketen keinen Unterschied zwischen Freund und Feind machten. Aber wie würde es später werden? Würde sie dann wieder anfangen, herumzunörgeln und ihre Flucht zu sabotieren?

»Ich hoffe nicht«, erwiderte Roscoe sorgenvoll. »Wir werden eine Weile abwarten müssen.«

»Abwarten?«, fragte Vasquez tonlos. »Und was dann?«

Er seufzte und ließ sich zu Boden sinken. Der Platz war sehr begrenzt, rund um den Pilotensitz gab es nur einen schmalen Streifen, auf dem man sich niederlassen konnte. Einen vernünftigen Schlafplatz würde hier keiner von ihnen haben, sah man einmal vom Pilotensitz ab. Als er saß, blickte er zu Leandra. Sie hatte einen unschlüssigen Gesichtsausdruck, zuckte mit den Schultern und sagte etwas in ihrer fremden Sprache, während sie zum Cockpitfenster hinausdeutete.

»Ich weiß auch nicht«, räumte Roscoe ein und meinte damit beide seiner Begleiterinnen. Leandra hatte sicher auch nichts anderes gefragt als Vasquez.

»Was soll das heißen?«, brauste Vasquez auf, die auf der anderen Seite stehen geblieben war. »Sollen wir hier etwa …«

Roscoe kämpfte sich wieder in die Höhe, drängte sich wütend um den Sitz herum und packte Vasquez am Kragen. »Hören Sie zu, Vasquez!«, knurrte er. »Ich sage das nur einmal! Wir sind hier zu dritt auf winzigstem Raum, und unsere Chancen, irgendwie noch davonzukommen, sind beschissen schlecht! Ab jetzt will ich von Ihnen nur noch konstruktive Vorschläge hören, verstanden? Wenn Sie wieder damit anfangen, Stunk zu machen, lasse ich mir irgendwas einfallen, dass Sie das *draußen* tun können, haben Sie kapiert?« Er deutete durch das Cockpitfenster. »Verlassen Sie sich drauf, ich tu's!«

Er ließ sie los, und Vasquez sank gegen das halb runde Instrumentenpult vor Leandras Pilotenplatz. Sie starrte verschreckt zwischen ihm und dem Mädchen hin und her, atmete dabei heftig und versuchte den Schreck zu verdauen. Er hatte sie ziemlich brutal gepackt.

»Tut mir Leid«, entschuldigte er sich. »Ich wollte Ihnen nicht wehtun.«

Sie schluckte und schwieg. Er glaubte an ihrem Blick erkennen zu können, dass sie einsah, wie Recht er hatte. Wenn sie jetzt nicht zusammenhielten, und zwar so, als wären sie gute Freunde, würden sie hier drin keine zwei Tage überleben.

Für eine Weile sagte niemand etwas, aber dann meldete sich Vasquez doch wieder. »D-darf ich etwas fragen?«

»Natürlich«, brummte er.

Sie holte Luft. »Ich meine ... was tun wir denn jetzt? Selbst wenn uns die Drakken nicht finden? Wo sollen wir denn hin? Hier draußen ist doch ... *nichts*.«

Roscoe sah zum Fenster hinaus und kaute nachdenklich auf der Unterlippe. »Ja, Vasquez. Da haben Sie Recht.«

17 ◆ Treibgut

Einen Skyglider wie diesen hatte Rowling noch nie gesehen. Er fragte sich, ob er ein paar Modellreihen verpasst hatte. Er war sehr groß, ein richtig beeindruckendes Fluggerät, das entfernt wie eine Wespe geformt war. Ein mächtiger Antigrav-Block ragte hinten aus dem Korpus heraus. Rechts und links davon saßen zwei schwere Triebwerke; sie sahen beinahe aus wie Kaltfusionsröhren – aber das konnte nicht sein. Solche Dinger waren hoch modern und sündhaft teuer, außerdem benötigte man sie nicht für den atmosphärischen Flug. Als er die hell erleuchtete Pilotenkanzel mit der großen, transparenten Frontkuppel durch den Regen schimmern sah und daran dachte, dass dort ein edles Cockpit mit allem Schnickschnack auf einen wartete, lief ihm das Wasser im Mund zusammen. Er überlegte, ob er die Frechheit und den Mut besaß, der Sektorkontrolle eine solche Maschine zu klauen.

Plötzlich hörte er einen leisen Ruf und wandte sich nach links. Es war Wes. Erleichtert atmete er auf.

Er winkte Bauer mit der KeraGun. »Los, Mann. Rüber da!«

Bauer gehorchte. Kurz darauf standen sie unterhalb eines alten Rohrverteilers, der ihnen Schutz vor dem schlimmsten Regen bot. Doch es war nur Wes da, niemand sonst. Er hielt eine kleine, wasserdichte Stablampe.

»Wes, was ist los?«, fragte Rowling. »Wo sind die anderen?«

»Der Typ da hat sie. Der in dem Glider.«

Rowling stieß ein Ächzen aus. Seine Blicke huschten zu der erleuchteten Kanzel des Gliders, dann zu Bauer, der noch ängstlicher aussah als zuvor. Er hatte den Kopf eingezogen, so als fürchtete er, man werde ihn im nächsten Moment zusammenschlagen.

»Er hat sie ... *alle fünf?*«

Wes schüttelte den Kopf. Er wirkte verschreckt und bedrückt. »Nur vier. Lemmy hat's erwischt. Ich glaube, er ist tot – ich finde ihn in diesem Regen nicht mehr. Kann sein, dass er fortgespült wurde.«

»Lemmy – tot?« Rowling stieß einen saftigen Fluch aus. »Wie viele sind es?«

»Nur der eine. Ein Riesenkerl. Er hat ein Schwert.«

Nun verschlug es Rowling die Sprache. »Ein ... *Schwert?* Und es ist nur *einer?*«

Wes nickte.

»Was ist das für ein Blödsinn?«, brauste er auf. »Heutzutage *gibt* es keine Schwerter mehr! Nur in Märchen!«

»Ich weiß auch nicht, Boss«, rief Wes und hob hilflos die Hände. »Es ist ein riesiges Ding – die Klinge faucht und leuchtet irgendwie. Er hat uns erwartet, gerade als der Regen losging. Lemmy erwischte er von hinten, Ooje und Tudor hat er mit der blanken Faust niedergehauen. Ich selbst hatte Glück ... ich hechtete davon in die Dunkelheit und den Regen.«

Rowling war nahe daran, die Beherrschung zu verlieren. »Du bist davongehechtet? *Du?*« Verständnislos schüttelte er den Kopf. Er hatte Wes schon gegen die übelsten Kerle kämpfen sehen – sogar gegen ein halbes Dutzend zugleich.

Er drehte sich zu Bauer herum. »Was soll das? Was ist das für ein Blödsinn mit diesem ... *Schwert?*«

Bauer lächelte verlegen, und plötzlich kam Rowling ein Verdacht. Er packte Bauer am nassen Kragen und zog ihn zu sich heran. »Verdammt – seid ihr Quissler? Seid ihr von der *Kirche?*«

»J-ja ...«, stotterte Bauer, »so könnte man sagen ...«

Rowling ließ Bauer verblüfft los. Das erklärte manches. Bauer stellte sich selbst für einen Schreibtischhengst der Sektorkontrolle arg dümmlich an. Nun versuchte er, sich den kleinen, rundlichen Mann in einer Mönchskutte und mit Tonsur vorzustellen – und das passte *noch* besser. Rowling nickte. Er und sein Schwert schwingender Ajhan-Kumpel waren von der Kirche, von der Heiligen Inquisition.

Was hatten die hier zu suchen? Thelur war fern, und in einem Hinterwäldler-Sektor wie Aurelia Dio hatte die Kirche einen schwachen Stand. Und dass sich die Quissler an Suchaktionen der Sektorkontrolle beteiligten, wäre ihm neu gewesen. Um was ging es hier eigentlich? Wer war diese Frau?

Der Regen ließ ein wenig nach, und Rowling peilte in Richtung des Gliders. Undeutlich konnte er in dem gelblichen Licht des Cockpits die Umrisse mehrerer Personen ausmachen. Wie viele es waren, konnte er nicht sagen. Das Cockpit eines Gliders konnte kaum genug Platz für fünf Leute bieten, aber wahrscheinlich gab es weiter hinten in diesem Riesending noch ein Mannschaftsdeck.

»Was ist das für ein Kerl, dieser Ajhan?«, fragte Rowling. »Einer von diesen Ordensrittern? Aber ... die haben doch keine *Schwerter?*«

»Nein, nein«, bemühte sich Bauer zu versichern, »es ist ein ganz besonderes Schwert ...«

Rowling musterte den kleinen Mann, kam aber einfach auf keine vernünftige Erklärung. Die Hohe Galaktische Kirche, mit Sitz auf Schwanensee im Opera-System, war eine Institution mit reichlich archaischem Flair. Allein die Begriffe *Ordensritter, Inquisition* und *Heiliges Konzil*, wie man die *Drei Arme des*

Klerus benannt hatte, sagten alles. Deswegen war Rowling auch auf den Gedanken gekommen, dass dieses Schwert etwas mit der Kirche zu tun haben könnte. Dennoch hatte er nie davon gehört, dass diese Leute mit Schwertern herumrannten – auch wenn sie *fauchten* und *glühten*, wie Wes behauptet hatte. »Los, Bauer, raus mit der Sprache!«, knurrte er. »Mir reicht's langsam. Wer ist da drin, und was ist das für ein verfluchtes Schwert?«

»Verflucht?« Bauer kicherte. »Nun, *dieses* Schwert ist ganz gewiss nicht verflucht. Es ist eher das genaue Gegenteil …«

Rowling erstarrte.

Es gab nur ein Schwert, welches das genaue Gegenteil eines Fluchs beinhaltete – es war das Eine Schwert, dessen Name jedes Kind in der Schule lernte: das *Geheiligte Schwert des Glaubens*. Und da Bauer in der Tat ein Quissler war, blieb eigentlich nur noch eine Erklärung. Eine, die völlig irrsinnig war.

»Der … Pontifex?«, keuchte Rowling. Er deutete hinauf. »Das da ist der *Pontifex*?«

Bauer zuckte linkisch grinsend mit den Achseln.

Rowling starrte hinauf zur Pilotenkanzel. Als wäre es ein Omen, erhob sich dort ein mächtiger Schatten, und Rowling trat unwillkürlich einen Schritt zurück.

»Der Pontifex?«, flüsterte Wes. »Was, zum Teufel, ist ein Pontifex?«

»Der … der Pontifex Maximus«, keuchte Rowling. Seine Blicke waren noch immer auf den riesigen Schatten in der Pilotenkanzel des Skygliders geheftet. »Der Oberste Hirte, Wes. Großinquisitor der Heiligen Inquisition zu Thelur. Versitzender des Heiliges Konzils zu Schwanensee. Anführer und Kriegsherr der Heiligen Schar der Ordensritter.«

»Wer?«, fragte Wes verwirrt.

»Der Heilige Vater, Wes.« Rowling deutete wieder hinauf. »Das dort oben ist der Papst.«

*

Wäre die Situation nicht so ernst gewesen, hätten sie sicher eine Menge Spaß gehabt. Jedenfalls er und Leandra.

Vasquez hatte sich aufs Schmollen verlegt, aber immerhin nörgelte sie nicht mehr herum. An Roscoes und Leandras Versuchen, sich per Zeichensprache und Gesten zu verständigen, beteiligte sie sich nicht.

Leandra war inzwischen recht munter geworden, und sie war ein echter Sonnenschein. Sie lachte, schnitt Grimassen und machte albernes Zeug, und das gefiel Roscoe. Abgesehen davon war sie blitzgescheit und schien Dinge zu verstehen, die man ihr auf den ersten Blick überhaupt nicht zutrauen mochte.

Beispielsweise war sie es, die Roscoe darauf drängte, sich mit den Kontrollen des Hoppers zu beschäftigen. Roscoe begriff, dass sie ihm als Piloten mehr zutraute als sich selbst – wenn er die Prinzipien der Steuerung des Hoppers nur erst einmal verstand. Sie war nur ein Mädchen von irgendeinem entlegenen Planeten, er jedoch flog seit vielen Jahren Raumschiffe durchs All. Dass sie dieser Auffassung war, musste sie nicht lange erklären. Ein unsichtbares Band des Verstehens knüpfte sich zwischen ihnen.

Noch immer war die Gefahr groß, dass die Drakken dort draußen patrouillierten. In dem Asteroidenfeld waren sie für den Augenblick sicher; mit ihren großen Fregatten konnten die Drakken hier keine Jagd auf sie machen. Aber ewig würden sie nicht in dieser Deckung bleiben können.

Die Sicht durch die Cockpitfenster des Hoppers bot ihnen nur einen winzigen Ausschnitt des umgebenden

Alls. Der Hopper rotierte langsam um seine Längsachse, und hin und wieder konnten sie den grauen Streifen des Asteroidenrings vor dem Licht von Aurelia erkennen. Sie mussten zumindest dorthin gelangen, um irgendwie noch eine kleine Chance zu haben – und deshalb war es wichtig, dass er den Hopper fliegen konnte. Es mussten an die zwanzigtausend Meilen bis zu den Asteroiden sein.

»Was tun wir, wenn wir dort sind?«, fragte Vasquez.

»Uns erst mal verstecken«, antwortete Roscoe.

Vasquez holte angstvoll Luft. »Verstehen Sie mich nicht falsch, Roscoe«, erklärte sie vorsichtig. »Aber wie lange können wir es dort aushalten? Wir haben ein bisschen Wasser, sonst nichts.« Sie blickte zu Leandra auf, die hinter Roscoes Sitz stand – er selbst hatte an den Kontrollen Platz genommen. »Das Drama wird losgehen, wenn der Erste von uns austreten muss. Sie wissen ja, wie es der Kleinen ging.«

»Stimmt, Vasquez. Aber ich habe da so eine Idee.« Er deutete zum Fenster hinaus, das in diesem Moment eine Sichtlinie zum Asteroidenring freigab. »Kennen Sie den Ring? Wissen Sie, was dort früher war?«

»Früher? Sie meinen – ein Planet? Vor Jahrmillionen?«

Er schüttelte den Kopf. »Nein, ich meine bis vor etwa tausend Jahren. Als Aurelia Dio besiedelt wurde, und das muss an die sechstausend Jahre her sein, gab es den Ring auch schon. Die Kolonisten lebten ganz zu Anfang nur auf Diamond, Halon war noch nicht entdeckt. Jedenfalls nicht das, was es dort zu holen gab. Sie wandten sich als Erstes dem Asteroidenring zu. Zur Rohstoffgewinnung.«

»Sie meinen … dort gibt es Bergbau?«

Wieder schüttelte er den Kopf. »Nicht mehr. Schon seit gut tausend Jahren nicht mehr. Die Vorkommen auf den großen Asteroiden sind erschöpft, und der

Kleinkram hier lohnt nicht. Heutzutage wird nur noch im großen Stil in Storm's End oder dem Miner's Fog abgebaut. Aber die alten MineClaws von damals – davon dürfte es hier noch eine ganze Menge geben.«

»MineClaws?«

»Ja. Das sind Abbauplattformen. Sehen aus wie große Raumschiffe, haben aber ein komplettes Abbau-Equipment samt Verladekapazitäten an Bord. Sie suchen sich so einen Asteroiden aus, einen hübsch großen, der vorher von Sonden angebohrt wurde und gute Erträge verspricht – und klammern sich dran. Anschließend arbeiten sie sich in den Fels hinein. Innerhalb von ein, zwei Jahren ist dann eine ganze Kolonie entstanden.«

»Und Sie meinen, so etwas gibt's da noch?«

»Klar gibt's die noch. Wo sollen sie denn hingekommen sein?«

Vasquez leistete sich ein mitleidiges Lächeln. »Roscoe – die Dinger müssen Tausend Jahre alt sein! Sagten Sie ja selbst!«

»Na und? Hier draußen gibt's keinen Wind und kein Wetter – keinen Regen und keinen Rost … höchstens ein bisschen kosmischen Staub. Ich weiß von Leuten, die manchmal hinaus in den Ring fliegen und nach uralten Schätzen suchen. Aus der Zeit des Asteroiden-Bergbaus. Ich wette, wir könnten da was finden, wo wir uns ein, zwei Wochen verkriechen können. So lange, bis die Drakken die Suche nach uns aufgegeben haben.«

Vasquez stemmte sich in die Höhe. »Glauben Sie wirklich? Und woher kriegen wir Luft und Energie?«

»Wie gesagt, hier draußen im Vakuum hält sich so manches eine ganze Weile. Wenn in irgendeiner Fusionsbatterie noch ein bisschen Saft ist, könnten wir einen Austauscher in Betrieb nehmen. Dann hätten wir schon mal Luft und Licht. Und vielleicht auch Wärme. Der Hopper könnte den Rest liefern.«

Er blickte zu ihr auf, und zum ersten Mal sah sie so aus, als wollte sie ihn ehrlichen Herzens küssen.

»Wie gesagt – es ist nur eine Idee, eine Hoffnung«, sagte er und hob eine Hand. »Garantieren kann ich für nichts. Aber wir sollten es probieren.«

Vasquez stieß einen Jubelschrei aus. Sie schnappte sich Leandra und drückte sich an sie. »Unglaublich!«, jubelte sie. »Und ich dachte schon, wir müssten hier draußen sterben!«

Roscoe versuchte, sie zu beruhigen. Der Erfolg ihres Vorhabens war mehr als ungewiss. Doch nach einer Weile gab er es auf, sie zurückzuhalten. In ihrer Hochstimmung war sie eine wesentlich angenehmere Gesellschaft.

Sie warteten noch viele Stunden und spähten dabei nach Kräften durch den winzigen Fensterausschnitt das umliegende All aus. Vasquez war bereit zu schwören, dass die Drakken längst fort waren, aber Roscoe war sich dessen nicht so sicher. Einen Raumfisch aufzubringen wäre für die Drakken letztlich kein Problem gewesen, irgendwann hätten sie sie gekriegt, das stand außer Frage. Wenn die Drakken jedoch schossen, hatten sie einen schwer wiegenden Grund. Und in diesem Fall würden sie anschließend sichergehen wollen und überprüfen, ob sie ihr Ziel auch wirklich erreicht hatten. Er sagte das Vasquez, und sie verstummte.

Dann widmete er sich wieder der Steuerung des Hoppers. Leandra und er hatten sich erste Brocken einer gemeinsamen Verständigung erarbeitet, und er konnte einigermaßen nachvollziehen, was sie ihm über das Fliegen des Hoppers klar zu machen versuchte. Es schien nicht weiter schwierig zu sein, sah man einmal davon ab, dass man eigentlich einen Schwanz brauchte, um Gas zu geben. Hinter dem Sitz, dort wo sich der

›Einstieg‹ für den Echsenschwanz eines Drakken befand, gab es einen Hebel – die Schubkontrolle. Der Rest
der Steuerung lief über die üblichen vier Pedale und
die Sticks. Es gab noch eine Menge Kontrollen auf dem
großen Pult, aber es sah so aus, als wäre das nur die
manuelle Instrumentierung – wobei an Bord ohnehin
alles rechnergesteuert ablief. Ein großer Holoscreen
mit farbigen Symbolen war das Einzige, was man ansonsten noch beachten musste – hier konnte man
die unterschiedlichen Betriebsmodi einstellen. Roscoe
wunderte sich, dass die Methodik der Drakken der
menschlichen so ähnlich war. Er hatte sich nie Gedanken darüber gemacht und war im Grunde davon ausgegangen, dass die Drakken eine völlig andere Rasse
mit völlig anderer Denkweise wären. Das schien jedoch nicht zuzutreffen. Da unterschieden sich die Ajhan
doch wesentlich deutlicher von den Menschen.

Irgendwann, es mochten seit ihrem Notstart zwanzig Stunden vergangen sein, hielten sie die Warterei
nicht mehr aus und entschlossen sich zum Start. Das
größte Problem war die fehlende Ortung. Sie würden
es nicht einmal erfahren, sollten die Drakken eine weitere Rail auf sie abschießen. Roscoe kam einfach nicht
dahinter, wie die Ortungssensoren des Hoppers funktionierten. Vielleicht liefen sie ja, aber er bekam keine
Anzeige auf die Monitore.

»Ich zähle von zehn bis null, dann gebe ich Vollschub«, kündigte er an. »Setzen Sie sich auf den Boden,
Vasquez, mit dem Rücken und dem Kopf an die Verkleidung gelehnt. Und machen Sie Leandra klar, dass
sie das Gleiche tun soll.«

Vasquez gehorchte, und er begann zu zählen. Der
Hopper war inzwischen auf den Asteroidenring ausgerichtet; vor der Nase lag ein freier Kanal, der zwischen den Trümmerbrocken des Asteroidenfeldes hindurch führte. Bei fünf zog er den hinteren Hebel halb

nach oben, bei null trat er beide Pedale gleichmäßig durch.

Der Hopper, dessen IO-Triebwerke bei fünf machtvoll aufgebrüllt hatten, schob sich mit mörderischer Kraft nach vorn. Mithilfe der Sticks behielt Roscoe die Fluglage unter Kontrolle und steuerte das Schiff durch den Tunnel. Lange war es her, dass er so ein kleines Schiff geflogen hatte, und dazu auch noch manuell, aber das Gefühl war großartig. Die Innenbeleuchtung hatte sich automatisch verringert, und die vorbeijagenden Gesteinsbrocken des Asteroidenfeldes gaben ihm das Gefühl, Herr über ein unbändiges Kraftpaket zu sein. Die G-Kompensatoren jaulten leise, der Antrieb hinter ihm röhrte und fauchte wie ein Drache, dabei aber hatte er das Gefühl, jeder Rail davonfliegen zu können, wenn er es nur wollte. Dieses kleine Ding war ein verdammt potentes Schiff.

Im nächsten Moment sah er, dass er schon mindestens zehn Grad aus dem Kurs gefallen war. Er schoss nach steuerbord und nach oben aus der Ekliptik weg. *Verdammt*, schalt er sich und biss die Zähne zusammen, während er vorsichtig mit den Pedalen den Schub ein Stück zurücknahm und mit den Sticks den Kurs nachkorrigierte. Es gelang ihm, und ein neues Hochgefühl überkam ihn, als er feststellte, dass der Hopper eine automatische Trägheitsdämpfung besaß. Ein unglaubliches Schiff.

Plötzlich heulte ein Alarm los.

Es war ein nervtötendes Tröten, unterstützt durch das rhythmische Aufflammen roter Lampen. Alarmsignale waren offenbar überall gleich.

Vor ihm wechselte der große Holoscreen zu einer anderen Ansicht. »Da haben wir ja die verdammte Ortung!«, rief er.

Vasquez und Leandra hatten sich in die Höhe gestemmt und klammerten sich hinter ihm an den Pilotensitz. Mit besorgten Mienen starrten sie auf das Instrumentenpult, auf dem bunte Lämpchen glühten und farbige Symbole aufleuchteten.

»Da!«, rief Roscoe durch den Lärm und nickte in Richtung des großen Holoscreens. Ein typisches Ortungsdiagramm war zu sehen, mit konzentrischen Kreisen, einer Horizontalebene, kleinen Dreiecken und leuchtenden Beschriftungen. Eines der Dreiecke war rot und wurde von einem rhythmisch pulsierenden, weißen Kreis umschlossen.

»Ich weiß nicht, was das ist«, rief Roscoe, »aber ich tippe auf eine Rail!«

»Was?«, kreischte Vasquez. »Aber … was tun wir jetzt?«

»Beten Sie, Schätzchen! Ich werde inzwischen versuchen, alles aus diesem Hopper rauszuholen!«

Und dann begann eine Jagd, die ihresgleichen suchte.

Leandra machte sich nützlich, indem sie ihn mit drei einfachen Wörtern, die sie ständig wiederholte, zu informieren versuchte, wie weit die Rail, oder was immer es auch sein mochte, noch hinter ihnen war. Er begriff bald, was sie da redete, und es gelang ihm daraufhin, sich ganz auf seine visuelle Sicht aus dem Cockpitfenster zu konzentrieren. Vasquez machte sich ebenso nützlich, indem sie den Mund hielt und nicht herumschrie. Roscoe versuchte, seine vergessenen Talente als Pilot zu reaktivieren.

Es wurde ein wilder Ritt, aber er empfand eine fatale Lust daran. Der Hopper reagierte augenblicklich auf die kleinste Veränderung des Schubvektors und schoss in jede Richtung davon, die Roscoe ihm mit den Finger- oder Fußspitzen befahl. Dabei aber dämpfte das Trägheitssystem alle zu harten Kurswechsel, sodass er das Schiff nicht übersteuern konnte. Es gab nur eine Möglichkeit, die Rail auszutricksen: er musste sie so lange auf Distanz halten, bis ihr Triebwerk ausgebrannt war. Aber das konnte dauern.

Langsam kam der Asteroidenring näher, und wenn er nicht riskieren wollte, mit einem größeren Brocken zu kollidieren, musste er ihn weiträumig umfliegen. Kleinere Brocken, bis etwa Daumengröße, würde die Kerastahlhülle des Hoppers aushalten, selbst bei einer Geschwindigkeit von mehreren Tausend Sekundenmeilen. Kerastahl war für so etwas erfunden worden, außerdem war der Hopper schlank und bot nicht allzu viel frontale Aufschlagsfläche.

Die Worte Leandras signalisierten ihm, dass die Rail nahe war, und er zog den Hopper nach backbord und oben, als die ersten Steinchen auf die Hülle prasselten. Aus den Augenwinkeln sah er, wie sich auf dem Ortungsdiagramm das Symbol des Hoppers von dem der Rail wieder entfernte. Beinahe hätte er gejubelt.

Es war ein phantastisches Gefühl, so viel Schub unter dem Hintern zu haben, dass man einer Rail davonfliegen konnte. Beinahe bedauerte er, dass die Kompensatoren den ganzen Beschleunigungsdruck abfingen – er hätte gern etwas davon verspürt. Allerdings nur *etwas*. Hätten sie alles abbekommen, wären sie in Sekundenbruchteilen zerquetscht worden.

Nun hatten sie die Grenze des Asteroidenrings erreicht. Er lag unterhalb von ihnen, und Roscoe wusste, dass er es nun nicht mehr schwer haben würde, die Rail abzuschütteln. Sie konnte kaum mehr als eine halbe Million Meilen weit fliegen, ehe ihr Antrieb ausgebrannt war. Es müsste ihm eigentlich gelingen, sie so lange auf Distanz zu halten.

Beinahe hätte er laut nach Sandy gerufen und Ortungsdaten von ihr verlangt. Roscoe seufzte bitter. Nie wieder würde er ihre beruhigende Stimme hören. Immerhin hatte er Leandra. Ihre Stimme war ebenfalls angenehm.

Ein hausgroßer, brauner Brocken schälte sich aus dem All und wäre ihm beinahe zum Verhängnis geworden. Mit einer scharfen Kurskorrektur wich er ihm aus. Der Hopper ächzte, und für Momente schien es, als wollte sie eine Riesenfaust der auftretenden Fliehkräfte zerdrücken. Dann hatten die Kompensatoren nachgesteuert, und sie schossen in einer flachen Kurve aus dem G-Knoten heraus.

Die Rail korrigierte besser und kam ihnen für Sekunden gefährlich nahe. Leandra stieß einen Warnruf aus, und Roscoe reagierte schnell – Augenblicke später gewannen sie neuen Abstand. Dann hatten sie den Ring überflogen, die Prasselgeräusche verebbten. »Wir müssen weg von den Fregatten!«, sagte Roscoe und zog den Hopper nach Backbord und unten, um den Ring zwischen sich und die Verfolger zu bringen. »Sonst schicken sie uns noch eine Rail hinterher!«

Kurz darauf leuchtete hinter ihnen etwas auf – es war an einem plötzlichen Widerschein auf den vor ihnen schwebenden Trümmern zu erkennen. Das rot blinkende Dreieck auf dem Ortungsschirm erlosch.

Roscoe schnaufte erleichtert. »Das war's – für den Moment. Entweder ist sie mit einem zu großen Brocken zusammengestoßen, oder sie hat sich selbst gezündet, nachdem sie ausgebrannt war.«

»Werden sie uns weiter verfolgen?«, fragte Vasquez bang.

Roscoe hätte viel gegeben, wenn Sandy jetzt hier gewesen wäre. Sie hätte ihm sagen können, wo die Sentrys waren. »Wenn wir Glück haben«, erklärte er Vasquez, »sind die Fregatten auf der anderen Seite des Rings. Dann haben sie nur die Explosion mitgekriegt und denken vielleicht, es hat uns erwischt.«

Er zog den Hopper noch weiter nach Backbord und tauchte hinter den Asteroidenring. Für eine ganze Weile flog er auf der Innenseite des Rings entlang, dann nahm er den Schub weg, gab Gegenschub und steuerte den Hopper an einer günstigen Stelle mitten in das dichte Asteroidengewirr des Rings hinein.

»Ich denke, wir haben's geschafft«, flüsterte er, so als könnten ihn die Drakken sonst hören. »Die Rail ist zerstört, und hier werden sie uns so schnell nicht finden.«

Sie starrten ehrfurchtsvoll hinaus, wo sich die Trümmer des einstigen Planeten mit erhabener Würde um ihre eigene Achse drehten, manche sehr langsam, andere mit entnervender Geschwindigkeit. Sie schwebten viel weniger dicht beieinander, als Roscoe gedacht hatte, aber die Masse der Trümmerbrocken war es, die ihnen Deckung bot. Der Ring war, das wusste er noch aus der Schule, viele zehntausend Meilen tief und etwa zwanzigtausend dick.

»Roscoe«, sagte Vasquez und deutete auf einen kleinen Monitor. Ein Symbol blinkte dort orangefarben, »das hier leuchtet schon seit einer Minute. Was bedeutet das?«

Er blickte auf den Monitor, und seine Miene verfinsterte sich. »Das ist weniger schön«, stellte er fest.

»So, und was ist es?«

»Ein Standard-Warnsymbol. Der Austauscher meldet Überlastung. Diese Symbolsprache scheint sogar in Drakkenschiffen zu gelten.«

»Der Austauscher? Sie meinen den Sauerstoff?«

Roscoe nickte ernst. »Richtig. Wir sind zu dritt. Dieser Hopper ist nur für eine Person ausgelegt.«

Vasquez schnaufte. »Heißt das, wir werden ersticken?«

Roscoe schüttelte den Kopf. »Nicht ersticken, sondern vergiftet. Zu viel Kohlendioxid.«

»Nett«, stellte sie fest. »Und was tun wir dagegen? Nicht mehr atmen?«

Roscoe beugte sich über das Instrumentenpult und peilte zu den Fenstern hinaus. »Nein. Wir suchen uns umso schneller einen Asteroiden mit einer MineClaw. Keine Sorge – das dürfte nicht allzu schwierig sein. Wir fliegen nur durch den Ring und halten nach möglichst großen Asteroiden Ausschau. Früher muss es hier Hunderte solcher MineClaws gegeben haben. Wenn nicht Tausende.« Er starrte hinaus und suchte das All ab. »Hoffe ich jedenfalls«, fügte er hinzu.

*

»Los, vorwärts!«, rief Bauer und winkte Rowling zum Einstieg.

An der Unterseite des Skygliders war eine metallene Verladerampe heruntergeklappt, die er nun hinaufsteigen sollte, ins Innere der Maschine. Am oberen Ende wartete *Er*, der Pontifex, mit dem Schwert.

Rowling zitterte vor Angst.

Als Oberster Hirte der Hohen Galaktischen Kirche stand der *Pontifex Maximus* an der Spitze dreier kirchlicher Institutionen und war Hüter und Träger des Geheiligten Schwertes des Glaubens. Ein Amt, das außergewöhnliches Führungstalent, Kraft und Macht verlangte, das aber nur zwei Jahre währte, bis ein Herausforderer aus den Reihen der Kardinäle dem amtierenden Pontifex einen Beweis seiner Macht und seines Glaubens abverlangte. Das war Grund genug für den Heiligen Vater, sich fit und stark zu halten. Dass er jedoch ein so riesenhafter Krieger war, hatte Rowling nicht erwartet.

Mit unsicheren Schritten und erhobenen Händen stemmte er sich die wenigen Meter der Rampe hinauf und wünschte sich, sie wäre hundert Meter lang, sodass er sich ein wenig an den Anblick des Pontifex gewöhnen könnte.

Ajhan waren ohnehin größer und kräftiger als Menschen, dabei aber auch friedfertiger und von geduldigerer Natur. Dieser hier war ein Riese: Er mochte zwei Meter dreißig groß sein und über 400 Pfund wiegen; die Brustmuskeln traten unter seinem polierten Brustharnisch hervor. Sein Name Ain:Ain'Qua deutete auf sein männliches Geschlecht hin. Er trug einen schweren, purpurfarbenen Umhang, der vor seinem Kehlkopf von einer goldenen Plakette, auf der sich der geheiligte päpstliche Schwan befand, zusammengehalten wurde. Von dort lief der Umhang über die Schultern und den Rücken bis ganz hinab zum Boden.

Das Schwert selbst war fast so groß wie Rowling. Die Spitze hatte der Pontifex unmittelbar vor sich auf den Boden gesetzt und beide Hände auf die Parierstange gestützt. Seine gewaltigen Armmuskeln, wahrscheinlich im Umfang stärker als Rowlings Oberschenkel, machten ihn zu einem Standbild der Unbesiegbarkeit.

Rowling disponierte um. Er hatte vorgehabt, den Pontifex mit einem gezielten rechten Haken niederzustrecken, aber er sah, dass das unmöglich war. Der Kerl würde nicht mal husten. Sein kantiges, leicht grünliches Gesicht blieb für Rowling eine starre Maske. Er vermochte keine Gefühlsregung dort abzulesen, obwohl Ajhan-Gesichter den menschlichen ähnelten. Nur besaßen Ajhan keine Nase, die Riechwerkzeuge befanden sich links und rechts der Kinnpartie, und das machte ihre kantigen, haarlosen Schädel doch etwas fremdartig.

»Bleib stehen, mein Sohn«, sagte der Papst mit sonorer, wohlklingender Stimme.

Rowling hatte sogleich das Gefühl, unter dem Schutz eines väterlichen Gebieters zu stehen. Die Ausstrahlungskraft dieses Mannes war beeindruckend. Seine dunkelbraunen Augäpfel, in der Mitte von einer hellgrünen Iris durchbrochen, suggerierten Ruhe und Ge-

395

borgenheit. Rowling gehorchte, blieb stehen und nahm die erhobenen Hände ein wenig herunter.

»Du bist es, der die Situation kontrolliert, nicht wahr?«, fragte der Papst. »Ich kann es spüren.«

Rowling schluckte. Er hatte vorgehabt, die Sache mit lässiger Eleganz durchzuziehen, ohne jemandem wehzutun, aber dieser Ajhan war ihm überlegen. Das war das Erste, was sich im Moment feststellen ließ.

Ihm blieb nichts übrig, als zu handeln – wie ein kleiner Ganove. Völlig ohne Stil und Kultiviertheit – wie es einem Papst zukäme. Doch woher hätte er ahnen sollen, dass er solch einem Mann gegenüberstehen würde?

Er nahm die Hände herunter, zog seinen kleinen Laserblaster aus der Tasche und richtete ihn auf den Pontifex Maximus. Eine Tat, wegen der allein er bereits den Tod verdient hätte. »Sie haben Recht, Exzellenz. Mein Freund Wes zielt auf Ihren … *Bruder* hier, und die Waffe Ihres Bruders ist entladen. Wir haben die Oberhand.«

Der Papst seufzte. »Mein Fehler. Ich werde langsam alt. Was hast du vor, mein Sohn?«

Nervös musterte Rowling den Ajhan. Er mochte um die vierzig Jahre alt sein und stand in der Blüte seiner Jugend, denn Ajhan wurden etwas älter als Menschen – durchschnittlich etwa einhundertzehn. Dass dieser Ajhan von sich behauptete, langsam *alt* zu werden, erschien ihm reichlich widersinnig. »Nichts, Exzellenz. Ich muss meine Leute befreien, sie erwarten es von mir. Und danach brauche ich diesen Skyglider.« Er wagte einen Schritt die Rampe hinauf, auf den Riesen zu. »Bitte legen Sie Ihr Schwert auf den Boden und treten Sie zurück. Ich werde Ihnen nichts tun – sofern Sie mich nicht dazu zwingen.«

Der Papst gehorchte. Er legte sein Schwert seitlich auf den metallenen Boden und wich zurück. Seine Bewegungen waren geschmeidig und elegant; Rowling wusste, dass er höllisch würde aufpassen müssen. Dieser Mann konnte zu plötzlicher Aktion explodieren, schneller als er in der Lage wäre, den Abzug zu drücken. Aber das wollte er unter allen Umständen vermeiden. Wenn er den Papst höflich behandelte und ihn zuletzt unversehrt und mit einem freundlichen Wort auf den Lippen entließ, hatte er vielleicht eine Chance, in den nächsten Wochen, sofern er entkommen konnte, lediglich von 300 Ordensrittern gejagt zu werden. Verletzte er den Papst oder tötete ihn gar, würde er es mit allen 1000 zu tun bekommen, dazu noch mit der gesamten Heiligen Inquisition, dem Heiligen Konzil und einem Dutzend Schwerer Flottenverbände der Drakken.

»Ich muss Sie bitten, Heiliger Vater, sich auf den Boden zu setzen«, sagte Rowling, während er langsam die Rampe heraufging. Er konzentrierte sich mit aller Macht.

»Auf den Boden?«, brummte der Papst.

»Ja, bitte. Ich bin mir Ihrer Kraft und Schnelligkeit bewusst. Bitte bringe Sie mich nicht in die Verlegenheit, schießen zu müssen. Ich weiß, dass meine einzige Chance darin besteht, so schnell ich kann den Abzug zu betätigen.«

Der Papst versteifte sich. »Du würdest wirklich auf mich schießen, mein Sohn?«

»Es ist das Letzte, was ich mir wünsche, Heiliger Vater, aber ich kann nicht anders. Ich bin ein gesuchter … äh … Gesetzloser, und …«

»Ich weiß. Du bist Rascal Rowling, nicht wahr?« Er ließ sich im Schneidersitz auf dem kleinen Stück freien Bodens nieder, den die Verladebucht bot. Als er sich die letzten Zentimeter fallen ließ und mit dem Hintern aufkam, erbebte der Skyglider leicht.

»Sie kennen meinen Namen?«, fragte Rowling überrascht. Vorsichtig trat er in das kleine Frachtdeck, jede einzelne Sekunde voll auf den Pontifex konzentriert. Bauer kam nun auch herauf, und der Papst nickte in seine Richtung.

»Bruder Giacomo hier mag ein erbärmlicher Krieger sein – was den Kampf mit Schusswaffen und die Verstellung angeht. In Sachen Ermittlung hingegen leistet er Erstaunliches.« Er sah Rowling wieder an. »Ja, mein Sohn, wir haben dich gesucht. Und gefunden, wie du siehst.«

Rowling lächelte schief. »Wes!«, rief er nach draußen, wo der Regen noch immer kräftig niederging. »Du kannst kommen – aber vorsichtig, hörst du?«

Kurz darauf kam sein Freund langsam und mit erhobener Waffe die Rampe herauf. Interessiert beobachtete Rowling ihn aus den Augenwinkeln. Selbst Wes, ein Ausbund an Gelassenheit, war von dem riesigen Ajhan beeindruckt. Aber er kannte ihn ja bereits.

»Kannst du die *Tigermoth* von hier aus rufen?«, fragte Rowling.

»Krieg ich schon hin. Wohin fliegen wir? Zu den Halfmoons?«

»Ja, zu den Halfmoons. Sieh aber erst mal nach den anderen und schick mir einen her.«

Wes brummte etwas und verschwand.

»Sie haben einen meiner Leute getötet, Exzellenz. War das nötig?«

Der Pontifex schüttelte den massigen Schädel und deutete Wes hinterher. »Mein Schwert war nur auf Betäubung eingestellt, mein Sohn. Der Junge ist bei den anderen. Inzwischen dürfte er wieder wach sein.«

Rowling atmete auf. Er wandte sich an Bauer ... nein, Bruder Giacomo hieß er ja. Er befahl ihm, die Rampe zu schließen. Giacomo gehorchte. Die Rampe glitt summend herauf und wurde zu einem Teil des Schiffsbodens. »Ich muss Sie bitten, Exzellenz, uns bis zu den Halfmoon-Inseln zu begleiten. Dort werden wir von einer Raumyacht abgeholt und werden Sie verlassen. Sofern Sie uns keine Schwierigkeiten bereiten, wird niemandem etwas geschehen.«

Der Papst nickte. »Das klingt nach einem akzeptablen Vorschlag, mein Sohn.«

»Leider werde ich Ihnen für die Dauer des Flugs die Hände zusammenbinden lassen müssen.«

»Wie? Du willst deinen Heiligen Vater fesseln?«

»Was bleibt mir übrig? Sie sind der wahrscheinlich stärkste Kämpfer in der gesamten Föderation. Wenn ich Ihnen auch nur nahe komme, werden Sie mir schneller den Schädel einschlagen, als ich Pontifex sagen kann.«

Der Papst schüttelte den Kopf. »Den Schädel einschlagen? Du hältst mich für sehr viel kriegerischer, als ich es bin, mein Sohn. Ich bin ein Bringer des Friedens und nicht des Krieges.«

»Und warum haben Sie dann versucht, mich in eine Falle zu locken? Und meine Männer hinterrücks angegriffen?«

»Oh, das war etwas anderes …«

Ooje kam herein. »Boss! Welch ein Glück! Ich dachte schon …« Er blieb stehen und starrte den riesigen, am Boden sitzenden Ajhan an. »Da ist er ja«, flüsterte er. »Was ist das nur für ein Monster? Wie kommt der denn …?«

»Reiß dich zusammen, Ooje!«, zischte Rowling seinen jungen Gefährten an. »Das ist unser Heiliger Vater!«

Ooje starrte ihn an und verzog das Gesicht. Im Unterhemd, mit seinen zerzausten schwarzen Haaren und dem Sechs-Tage-Bart gab er nicht gerade das Bild eines gelehrten jungen Mannes ab. »Wer?«, fragte er.

»Der Heilige Vater, der Papst, du Ochse! Benimm dich anständig. Er ist auf einer Mission hier und hat

399

uns nur irrtümlich angegriffen. Nicht wahr, Exzellenz?«

»Das werden wir in Kürze geklärt haben«, antwortete der Papst verbindlich.

Ooje stand mit offenem Mund da und starrte den noch immer sitzenden Ajhan an. Der reichte dem stehenden Ooje bis zur Brust.

»Hol dir eine Waffe und etwas, womit du ihm die Hände binden kannst. Los, Mann – und glotz nicht so!«

Ooje benötigte noch einige Augenblicke, ehe er sich losreißen konnte.

»Ich würde es bevorzugen, nicht gefesselt zu werden«, sagte der Papst.

»Glaube ich Ihnen gern, Exzellenz. Ist mir aber zu gefährlich.«

»Glaubst du? Ich meine … glaubst du an Gott, mein Sohn? An die Existenz des Schöpfers?«

Rowling holte Luft, überlegte, ob es ein Fehler sein konnte, ehrlich zu sein. »Um die Wahrheit zu sagen, Exzellenz – eher nein. Der da oben, er hat mir noch nie geholfen. Wir sind keine Freunde.«

Der Papst lächelte milde. »Und doch glaubst du an ihn, an seine Existenz. Gerade eben hast du es eingeräumt. Du denkst, du könntest ihn strafen, indem du ihm die Verehrung, das Gebet verweigerst. Aber das tut nichts zur Sache. Er liebt dich trotzdem. Denkst du, dass *ich* glaube?«

»Sie?« Rowling war überrascht. »Na, das würde ich doch meinen, oder?«

Wieder lächelte der Papst. Die Ähnlichkeit der Gesichtsausdrücke zwischen Menschen und Ajhan war erstaunlich – und zugleich erleichternd. Es kam selten zu Missverständnissen. »Du hast Recht, mein Sohn. Natürlich glaube ich an Gott. Und deswegen möchte ich dir einen Vorschlag machen. Erspare mir die Würdelosigkeit des Fesselns und nimm mein heiliges Ver-

400

sprechen entgegen, mit Gott als Zeuge, dass ich niemanden angreifen werde. Vorausgesetzt allerdings, du versprichst selbst, dein Wort zu halten.«

»Mein Wort? Dass ich Ihnen nichts tun werde?«

»Richtig.«

Rowling musterte den Ajhan. Die Fremdwesen, die weit entfernt aus dem Ursa-Quad-Sektor stammten, besaßen unter Menschen einen durchweg guten Ruf. Sie waren verlässlich, geduldig und klug, hatten ein festes Gemüt und waren häufig sogar gütig und hilfsbereit. Natürlich gab es auch unter ihnen schwarze Schafe, aber da wurden sie von den Menschen um Längen geschlagen. Dass ausgerechnet der Papst zu denen zählen sollte, erschien Rowling schwer vorstellbar. Die Aussicht hingegen, den Pontifex zu schonen und dadurch seine Gunst – oder wenigsten ein bisschen davon – zu erlangen, war verführerisch. In Kürze würde er, Rowling, auf der Liste der meistgejagten Männer der GalFed einen der Spitzenplätze einnehmen. Vielleicht gelang es ihm, auf diese Weise ein paar Dutzend Plätze abzusteigen.

»Was passiert Ihnen, wenn Sie Ihr Versprechen brechen?«, fragte Rowling. »Wird Gott Sie strafen?«

Der Papst zuckte mit den Schultern. »Ehrlich gesagt glaube ich, dass er mir verzeihen würde. Ich bin sein Vertreter unter den Lebenden und der höchste kirchliche Würdenträger eines ganzen Sternenreiches. Niemand hat das Recht, mich zu bedrohen, so wie du das tust, mein Sohn.«

»Dann weiß ich nicht, ob ich es riskieren kann.«

»Du kannst es. Denn so einfach mache ich es mir nicht. Ich habe ein schweres Amt und muss meinen Glauben und meine Kraft bewahren. Und das kann ich nicht, indem ich mir beliebige Lügen leiste und darauf baue, dass Gott meine Fehlerhaftigkeit schon ausbügeln wird.«

Der Mann war entwaffnend. Wieder beeindruckte er Rowling, flößte ihm sogar Vertrauen ein.

Ein Weile dachte er nach. »Also gut. Ich bin einverstanden, Exzellenz. Ich werde Sie aber von Ooje mit diesem Laserblaster bewachen lassen – rein der Vorsicht halber. Der Junge ist schnell!«

»Schon gut«, sagte der Papst. »Darf ich nun aufstehen?«

»Habe ich Ihr Wort? Ihr … heiliges Versprechen, mit Gott als Zeuge, wie Sie sagten?«

Der Papst schloss die Augen, neigte den Kopf ein wenig und vollführte mit der rechten Hand das Zeichen des Schwans. »Hiermit verspreche ich es – im Namen meines Schöpfers.«

Rowling ließ die Waffe sinken. Innerlich atmete er auf. Er war kein Freund der Kirche und hatte den Pontifex Maximus bisher für nichts als einen brutalen Kriegsherrn gehalten, der weit entfernt, auf Schwanensee, über ein Heer verbohrter Fanatiker gebot. Diese Meinung schien nicht ganz korrekt zu sein.

Ooje kam wieder zu ihnen; er trug eine mächtige TS-Rifle, ein Monster von einer Waffe, und er hatte einen kräftigen Textil-Riemen bei sich. Rowling nahm ihm beides ab und drückte ihm den kleinen Laserblaster in die Hand. »Hier, nimm das. Halte dich immer in seiner Nähe auf und sei wachsam.«

»Du willst ihn … *nicht* fesseln, Boss?«

»Nein. Er hat versprochen, ruhig zu bleiben.«

»Und das glaubst du ihm?« Oojes Worte waren ein einziger Vorwurf.

Rowling blickte auf, sein Blick war ärgerlich. »Ja, ich glaube ihm!«, fuhr er Ooje an. »Er ist der *Papst!*« In Wahrheit aber ärgerte er sich über sich selbst. Ein Mann wie er konnte sich nicht leisten, irgendjemandem zu vertrauen.

18 ◆ Zauberei

Roscoe wusste nicht, ob es nur seine nervöse Sorge war, die ihn glauben ließ, die Atemluft werde schlechter, oder ob sie wirklich langsam verdarb. Das Warnsignal blinkte noch immer, aber er war nicht imstande, die Zeichen auf dem Monitor genau zu deuten. Vasquez saß hechelnd am Boden, er selbst fühlte sich zunehmend unkonzentrierter. Leandra hingegen wirkte nur etwas müde, gab sich aber sonst umgänglich und lächelte noch immer.

Er hatte ihr begreiflich zu machen versucht, dass er etwas suchte, etwas, das sich an großen Asteroiden befand. Obwohl sie nicht wissen konnte, wonach er Ausschau hielt, peilte sie aufmerksam zum Cockpitfenster hinaus und betrachtete jeden Asteroiden genau. Sobald sie irgendetwas Ungewöhnliches entdeckte, gab sie ihm Bescheid, aber ein ums andere Mal musste er ihr signalisieren, dass es nicht *das* gewesen war, was er zu finden hoffte.

Endlich hatten sie einen ersten Erfolg. Nachdem sie den Hopper für Stunden zwischen den zahllosen großen und kleinen Felsbrocken hindurch manövriert hatten, entdeckte Vasquez, die sich hin und wieder erhob, um bei der Suche mitzuhelfen, weit auf der Steuerbordseite endlich ein ganze Gruppe von sehr großen Asteroiden, jeder von ihnen mindestens eine Viertelmeile im Durchmesser. Roscoe schwenkte den Hopper hoffnungsvoll herum und steuerte ihn durch das Meer der Trümmerstücke. Immer wieder donnerten kleinere gegen die Schiffshülle, das war nicht zu vermeiden.

Aber der Hopper flog langsam, und außer den entnervenden Geräuschen blieben sie von Schäden verschont.

Dann verließen sie mit einem Mal das dichte Feld und durchflogen einen Bereich, in dem beinahe freier Raum herrschte – abgesehen von einer großen Zahl mächtiger Felsbrocken; es mochten über hundert sein. Schon am ersten, dem sie nahe kamen, entdeckten sie etwas Ungewöhnliches.

»Da, Roscoe!«, rief Vasquez aufgeregt. »Sehen Sie nur! Ist das so eine MineClaw?«

Roscoe ließ den Hopper an den Asteroiden herantreiben. Er besaß die Form eines Ovals mit ein paar Ausbuchtungen und maß bestimmt eine halbe Meile in der Länge und zweihundert Meter in der Dicke.

»Ja, wäre möglich«, murmelte er.

Der Asteroid drehte sich fast gar nicht. Auf seiner sonnenabgewandten Seite ragte irgendein gerades Teil aus dem tiefen Schatten seiner Unterseite hervor – es sah aus wie eine Metallstütze oder ein Mast. Als sie nahe genug heran waren, konnten sie es erkennen.

»Eine Antenne«, sagte Roscoe. »Vielleicht eine ehemalige Relaisstation, um den Funkverkehr aufrechtzuerhalten. Wegen der vielen Hindernisse.«

Vasquez keuchte. Sie begann zu würgen und ließ sich auf den Boden sinken.

»Schon gut«, sagte er ruhig. »Halten Sie durch. Wir finden schon etwas.«

Er manövrierte den Hopper wieder ein Stück nach unten und ließ ihn mit einem kurzen Schubimpuls unter dem Asteroiden hindurchschießen. Sein Kopf schwirrte, und sein Magen drohte zu rebellieren. Er beschloss mitten in den Kernbereich des Asteroidenfeldes vorzustoßen, in der Hoffnung, dass er dort finden würde, wonach er suchte.

Und dann hatten sie genau das Quäntchen Glück,

das sie benötigten: Im Zentrum dieses Feldes schwebten drei riesige Gesteinsbrocken im All – der kleinste war eine Fast-Kugel von etwa 700 Metern Durchmesser, der zweite ein flach gedrückter Tropfen von über anderthalb Meilen und der dritte ein völlig unregelmäßiges Ding, ähnlich einem fetten Bumerang mit zahllosen Auswüchsen und Vorsprüngen, der mindestens sechs oder sieben Meilen lang war. Er stand völlig still im All. Während sie auf den ersten beiden verschiedene Metallkonstruktionen entdeckten, fanden sie an dem Bumerang eine riesige Höhlung, die genau im Knick saß. Sie war von einer großen Zahl mächtiger Anlagen, Plattformen, Aufbauten und Masten eingerahmt.

»Ich Dummkopf!«, keuchte er. »Eine MineClaw! Ist doch klar, dass man sie daran erkennen kann, dass sie stillstehen. Wer soll dort sonst jemals andocken können?«

Vasquez rappelte sich auf und starrte mit trübem Blick hinaus. Es ging ihr schlecht, sie mussten dringend an die frische Luft gelangen. Ob es auf die Weise klappen würde, wie Roscoe es sich ausmalte, wusste er nicht. Die Hoffnung war alles, was sie im Moment hatten.

Er manövrierte den Hopper so nah an den Asteroiden heran, wie er konnte. Die MineClaw lag auf der sonnenzugewandten Seite, sodass sie alles genau betrachten konnten.

Unzweifelhaft war die große Plattform im Vordergrund als Landefeld für kleine Schiffe gedacht; weiter rechts lag eine Dockanlage für größere Raumfrachter. Ob die Bergleute damals schon Halon-Raumfische gehabt hatten, wusste er nicht. Zwischen den beiden Anlagen war eine Anzahl flacher Metallkästen in den Fels des Asteroiden hineingebaut; er sah Bullaugen – möglicherweise waren das einmal die Quartiere der ständi-

405

gen Besatzung gewesen. Darüber ragten zwei große Bohrschächte auf, die von Metallkonstruktionen umgeben waren. Es gab Auslegerarme, Gerüste, Kabelverspannungen, Aufbauten, Plattformen und Metalltürme. Nur eines gab es nicht: Leben. Dieser Ort war seit ewigen Zeiten verlassen.

Roscoe hatte schon Aberdutzende solcher Anlagen besucht – sie waren sein Geschäft. Mit der *Moose* war er von Aurelia Dio bis zu den Äußeren Hephiden unterwegs gewesen, hatte Erze, Mineralgestein, Eis oder Rohbarren irgendwelcher Stoffe an Bord genommen und sie lichtjahreweit an andere Orte verschifft. Überall waren diese MineClaws von Leben erfüllt gewesen – von zahllosen Lichtern, umherschwirrenden Spacescootern und Kleinraumschiffen, umschwärmt von Habitaten, Raumstationen und mächtigen Raumfischen. Hier aber war nichts. Die Verlassenheit dieser Abbauanlage war geradezu gespenstisch. Eine Anlage in diesem Zustand hatte er noch nie gesehen.

»Was ist, Roscoe?«, wollte Vasquez wissen.

»Nichts. Ich halte nur nach etwas Ausschau …«

Schließlich entdeckte er, was er suchte. Sein Arm schoss nach vorn. »Da! Das muss es sein. Da müssen wir hin!«

Vasquez blinzelte ein paarmal und bemühte sich, den Blick auf das zu fokussieren, was er meinte. Es handelte sich um eine flache Kuppel, die sich unter einem Geflecht spinnenförmig nach außen verlaufender, schwerer Kabelstränge befand.

»Die Verteilerstation!«, sagte Roscoe aufgeregt. »Fusionsbatterien gab's damals schon. Und diese Dinger halten eine Ewigkeit, wenn sie nicht benutzt werden. In jeder Verteilerstation muss es einen Sicherheitsbereich für Notfälle geben – das ist Vorschrift. Falls es mal zu einer Havarie kommt, können dort für ein ganzes Jahr alle lebenswichtigen Dinge erzeugt wer-

406

den, bis hin zu Wärme, Wasser und einfacher Nahrung. Mit Glück können wir sogar von dort aus einen ganzen Teilbereich der Anlage wieder hochfahren!«

»So?«, fragte Vasquez müde. »Und wie kommen wir dort hinüber?«

Roscoe lächelte. »Ganz einfach. Wir müssen nur …«

Das Lächeln blieb ihm im Hals stecken. Seine Augen weiteten sich, er schoss aus dem Pilotensitz in die Höhe und blickte sich voller Panik um. »O nein«, rief er voller Verzweiflung, »wir haben gar keine Druckanzüge an Bord!«

Vasquez starrte ihn entsetzt an. Zum Glück fehlte ihr die Kraft, in einen Wutausbruch zu verfallen. Roscoe spürte, wie ihm von seinem Aufbrausen schwindelig wurde, und ließ sich zurück in den Pilotensitz sinken. In seinem Inneren tobte ein Kampf – das war mehr, als ein Mann aushalten konnte. Die Rettung so nah und doch so fern, als befände sie sich am anderen Ende der Milchstraße.

Verzweifelt schlug er sich die Hände vors Gesicht und stöhnte. Seine Gedanken suchten nach einem Ausweg, einem Trick – aber da gab es nichts. Der Hopper besaß nicht mal eine echte Schleuse. Selbst wenn er ganz nah heransteuerte, waren es mindestens fünfzehn Meter Vakuum, die überbrückt werden mussten, und da gab es keinen Weg. Legenden zufolge hatte es Leute gegeben, die ein paar Meter im All ungeschützt zurückgelegt hatten, aber Roscoe glaubte diese Geschichten nicht. Das All war minus 271 Grad kalt, und es herrschte ein Druck von Null – für mehr als ein paar Sekunden hielt das kein Körper aus.

Leandra sah ihn besorgt an. Er schnaufte schwer und wich ihrem Blick aus, denn er hatte das Gefühl, an allem schuld zu sein. Sie würden hier sterben, und zwar bald. Die Luft war sauer und zum Schneiden, sein Kopf dröhnte.

Für Minuten versank er in einer Ohnmacht. Als er wieder zu sich kam, war Leandras Gesicht über ihm. Sie redete auf ihn ein.

Stöhnend kam er zu sich, griff sich an den Kopf. »Was willst du denn?«, keuchte er.

Sie redete weiterhin auf ihn ein; er verstand kein Wort. Daraufhin zog sie ihn hoch und drückte ihn so weit nach vorn, dass er aus dem Cockpitfenster sehen konnte. Sie schien irgendetwas entdeckt zu haben.

Er bemühte sich, seinen Blick zu schärfen, und erkannte, dass der Hopper inzwischen ganz nah an die Plattform herangetrieben war. Bald würde er gegen eine der Aufbauten stoßen, allerdings war nur wenig zu befürchten, denn das kleine Schiff legte kaum ein paar Zentimeter in der Sekunde zurück.

Leandra stieß immer wieder den gleichen Laut aus und zeigte auf ein metallenes Gerüst, das links von ihnen an einer Containerreihe befestigt war. Ein Hoffnungsfunke stieg in Roscoe auf, als er erkannte, was dort hing: eine Reihe von acht oder zehn schweren Druckanzügen für Monteur- oder Verladearbeiten im All, mit klobigen Werkzeughänden und einem Rückentornister, in dem sich ein kleines Schubaggregat befand. Sie waren so groß, dass man mitsamt einem normalen Druckanzug hineinsteigen konnte, aber sie funktionierten sicher auch allein.

Leandra deutete energisch gestikulierend auf die Anzüge. Sie schien durchaus verstanden zu haben, woran es ihnen mangelte.

Roscoe lachte bitter auf. »Ein netter Fund, Leandra«, sagte er, schüttelte dann aber den Kopf. »Trotzdem leider umsonst. Diese Dinger sind da draußen, und wir brauchen sie hier drin!« Er zeigte hinaus, dann auf den Boden des Cockpits, hob ratlos die Schultern und schüttelte den Kopf. »Es gibt keine Möglichkeit, sie hereinzuholen.«

Leandra schien nicht einverstanden zu sein. Sie nickte eifrig, redete währenddessen aufgeregt und deutete mehrfach hinaus, auf die Luke und dann auf den Boden. Sie schien ihm klar machen zu wollen, dass sie die Dinger hereinholen sollten.

»Du verstehst nicht«, sagte er hilflos und untermalte seine Rede mit weiteren Gesten. »Wir können sie nicht hereinholen. Dazu müssen wir den Druck hier drin zuvor auf Null bringen.« Er vollführte eine Geste des Türöffnens, griff sich dann würgend an den eigenen Hals und stieß Geräusche des Erstickens aus. »Verstehst du nicht? Da draußen ist nichts. Keine Luft zum Atmen! Wir würden sterben, wenn wir die Luke aufmachten.«

Sie hatte seine Gesten mit scharfen Blicken verfolgt, wohl um ihm klar zu machen, dass sie ihm zuhörte und in der Lage war zu begreifen, was er meinte. Doch dann schüttelte sie den Kopf. Sie zog den Kragen ihres Mädchen-Sportpullis herunter und holte etwas hervor – das kleine Amulett, das sie um den Hals trug. Roscoe kannte es bereits, eine kleine Scheibe von sieben oder acht Zentimetern Durchmesser und einem Zentimeter Dicke. Sie hatte mit einer dünnen Lederschnur ein kleines Netz geknüpft, in dem das Amulett festsaß, denn es besaß kein Loch für die Schnur. Er wusste nicht, was dieses Ding helfen sollte – besonders jetzt nicht. Doch sie hielt es hoch, plapperte allerlei und umschloss es schließlich mit den Händen.

Roscoe kam ein Verdacht. Dieses Amulett musste irgendein mystischer Gegenstand ihrer Kultur sein, und nun schien sie zu glauben, dass sie vielleicht mithilfe ihrer Götter das Vakuum besiegen und einen der Anzüge bergen könnte.

»O nein, Schätzchen«, sagte er, hob abwehrend die Hände und schüttelte heftig den Kopf. »Das klappt nicht. Deine Götter, so mächtig sie auch sein mögen, können uns hier nicht helfen ...«

Dann geschah etwas Seltsames.

Leandra schüttelte kurz den Kopf, nahm dann das Amulett in die linke Faust, schloss die Augen hob die rechte Handfläche, so als wollte sie ihm etwas reichen. Roscoe starrte unschlüssig auf ihre Hand.

Dann entstand etwas auf Leandras Handfläche – ein strahlender kleiner Ball. Roscoe stieß einen überraschten Laut aus und wich einen Schritt zurück. Der Ball verlosch wieder, Leandra öffnete die Augen und lächelte ihn an.

»Was ... was war denn *das*?«, fragte er entgeistert.

Sie streckte ihm die Hand hin, und zögernd ergriff er sie. Wieder schloss sie die Augen. Als ihre Hand ganz warm und dann regelrecht heiß wurde, schaffte er es gerade noch, sich zu beherrschen. Danach aber wurde sie kalt und kälter, bis er das Gefühl hatte, ein gefrorenes Stück Metall in der Hand zu halten. Mit einem Aufschrei schüttelte er ihre Hand ab und wich noch einen Schritt zurück.

Er wäre beinahe über Vasquez gefallen, die sich gerade in die Höhe kämpfte. »Roscoe«, keuchte sie. »Was ist los?«

Roscoe war völlig verdattert und deutete auf Leandra. Die war gerade damit beschäftigt, einen glühenden Punkt um ihren Kopf kreisen zu lassen. Vasquez' Augen wurden groß und rund, ihr Mund war weit geöffnet. Die Kleine schwebte plötzlich zwei Handbreit in die Höhe, kugelte sich zusammen und vollführte einen langsamen Überschlag mitten in der Luft, als wäre die Gravitation im Schiff abgeschaltet. Doch das war sie nicht. Völlig ratlos starrten sie sich gegenseitig an, sahen dann wieder zu Leandra. In diesem Moment stieg einer der beiden durchsichtigen Wasserkanister, die sie auf Sandys Rat hin mitgenommen hatten, vom

410

Boden in die Höhe und überschlug sich im Zeitlupentempo. Während der ganzen Zeit hielt Leandra das seltsame Amulett in der linken Faust. Der Kanister sank wieder zu Boden, und Leandra drehte sich mit einem Lächeln zu ihnen. Sie hielt das Amulett in die Höhe und nickte ihnen mit hochgezogenen Brauen zu.

»Verdammt, Roscoe«, keuchte Vasquez, »Ihre Kleine kann *zaubern*!«

Roscoe fiel nichts ein. Was er gesehen hatte, war völlig verrückt, es konnte einfach nicht wirklich sein. Er wusste, dass es Trickkünstler gab, die einem die unbegreiflichsten Kunststücke vorführen konnten – aber selbst wenn Leandra zu ihnen zählen sollte: was hätte es für einen Sinn ergeben, ihnen hier und jetzt so etwas zu zeigen? Eine kleine Belustigung, bevor sie gemeinsam starben?

Er atmete schwer, jedes Luftholen spülte ihm einen Schwindel durch den Körper. Was versuchte Leandra ihnen zu sagen? Glaubte sie etwa, sie könnte mithilfe ihrer Kunststücke dort draußen atmen?

Leandra trat auf ihn zu, nahm ihn an der Hand und zog ihn zur Luke. Roscoe keuchte, ließ es geschehen, starrte sie fragend an, als er davor stand. Sie bedeutete ihm, die Luke zu öffnen.

Roscoe erstarrte.

Das konnte sie nicht ernst meinen. Hilfe suchend sah er zu Vasquez. Die jedoch war auf die Knie gesunken, sie würgte und hustete.

»Verdammt, Leandra!«, keuchte Roscoe hilflos. »Was soll das? Ich kann die Luke nicht öffnen! Wir würden sterben! Außerdem geht das gar nicht. Solange hier drin Druck ist, geht sie gar nicht auf!«

Leandra stand neben ihm und hielt die Augen geschlossen.

Sekunden vergingen – und dann geschah etwas Beängstigendes. Irgendetwas baute sich im Cockpit auf; eine Art Kraftfeld, die ihm elektrisierend durch Mark und Bein fuhr, ihm knisternd die Gesichtshaut erhitzte und die Nackenhaare aufstellte. Als sie die Augen wieder öffnete, war ihr Blick starr und glasig. *Ihre Kleine kann zaubern!*, fuhren ihm Vasquez' Worte durch den Kopf. Er blickte in Richtung der Luke. Dort schien die Luft Wellen zu schlagen, es war, als tauchte man in einem Pool und sah zur Wasseroberfläche hinauf.

»Verdammt, das ist doch nicht möglich!«, ächzte er.

Er steckte die Hand aus, durchstieß die *Oberfläche* und zog sie mit einem schmerzvollen Aufschrei wieder zurück. Es war dort kalt gewesen – schneidend kalt. Langsam kam ihm ein Gedanke, was hier los war. Wieder sah er zu Leandra, die ihren seltsamen Stein mit der Linken umklammert hielt; die Rechte hielt sie ein wenig erhoben. Noch immer wollte sich ein Teil seiner selbst weigern, das zu akzeptieren, was er sah – doch dann zwang ihn etwas, alles zu vergessen, was sein nüchterner Verstand ihm einflößen wollte. Es war Vasquez, die kraftlos zusammensank. Ihnen konnte ohnehin nur noch ein *Wunder* helfen, und dies hier … Nun, wenn es keine Halluzination durch das Kohlendioxid war, dann musste es genau das sein: ein Wunder.

Was Leandra genau vorhatte, wusste er nicht, aber er hatte ohnehin weder eine Wahl, noch ein größeres Maß an Zeit. Er drehte sich herum, beugte sich nach vorn und hieb auf die große, gelbe Taste des Öffnungsmechanismus der Luke.

Dass die Taste gelb war, signalisierte bereits, dass an der Luke selbst der gleiche atmosphärische Druck herrschte wie außen. Sie schwang ohne zu zögern nach außen auf; allein der Umstand, dass kein Zischen zu hören gewesen war, sagte Roscoe, dass sich sein Wunder anschickte, Realität zu werden. Leandra schien mit ihrem unfassbaren Zaubertrick die Kabinenatmosphäre wie in einer Blase zusammenzuhalten. Roscoes benebelter Verstand mahnte ihn, alles Nachdenken auf später zu verschieben.

Die Luke stand weit offen und gab den Blick unmittelbar auf die Plattform der Abbauanlage frei. In ungefähr sieben Metern Entfernung ragte das Gestell mit den Montage-Druckanzügen auf.

Was sollte er tun? Dort hinausgehen? Wie sollte er das überleben? Jenseits des Kabinenausstiegs endete die künstliche Schwerkraftebene des Hoppers – er würde sofort davontreiben. Und dort war es kalt und luftleer … Panik breitete sich in ihm aus.

Und wieder spürte er etwas.

Der Hopper bewegte sich langsam, trieb näher auf das Gestell zu, während sich die Sphäre der Atemluft innerhalb des Schiffs wieder ausdehnte. Sie erreichte mit ihrer Wellen schlagenden Oberfläche die Höhe des Lukenausgangs und wölbte sich dort, wie ein entstehender Tropfen, langsam nach außen. Bald waren es nur noch fünf Meter bis zu den Anzügen, dann nur noch drei. Der Hopper blieb hängen, irgendwo stieß er an, konnte nicht noch näher heran. Die Luftwölbung verdichtete sich; kurz darauf löste sich mit einem leisen Plopp eine Blase wie ein Wassertropfen und schwebte hinaus ins All.

Was Roscoe hier erlebte, war blanker Irrsinn – die Naturgesetze waren auf den Kopf gestellt. Im nächsten Moment tat er etwas, das ebenso irrsinnig war. Er machte ein paar rasche Schritte, sprang durch die offene Luke hinaus und wurde nach einem Sekundenbruchteil in stechender Kälte wieder von Luft umschlossen – er hatte die schwebende Blase erreicht.

Er stieß einen irren Schrei aus, so als hätte er gerade erfolgreich die Schwelle zum Wahnsinn übersprungen. Zahllose Gefühlsregungen durchströmten ihn – Stolz,

Unglauben, Selbstzweifel, Hochgefühl, Depression … alles, was nur aus irgendeiner Ecke seines völlig durchgedrehten Geistes stammen konnte. Er wusste, dass sein Weltbild gerade auf den Kopf gestellt worden war, wenn dies hier kein Traum, sondern Realität war. Ein Teil seines kaum noch agierenden Verstandes rechnete damit, jederzeit aus diesem Traum zu erwachen.

Die Luftblase, von der er umschlossen war, schwebte zu den Anzügen. Offenbar vermochte Leandra ihn sogar zu dirigieren. Augenblicke später war er am Ziel. Er bekam den ersten der Anzüge zu fassen. Das Ding war dick mit grauem Staub bedeckt, die große Scheibe halb blind. Roscoe packte ihn und jaulte auf – es war schneidend kalt. Er ignorierte den Schmerz, suchte nach der Halterung und fand einen Karabiner-Mechanismus, der nach ein paar kräftigen Zügen nachgab.

»Ich hab ihn! Ich hab ihn, Leandra!«, schrie er, obwohl er wusste, dass sie ihn nicht hören konnte.

Dann ging die Reise zurück. Er blieb in seiner Blase, in der er kaum noch Luft bekam. Gleich würde er wieder im Schiff sein. Mit halb benebeltem Geist unterzog er den Anzug einer Inspektion. Normalerweise hängte niemand einen Druckanzug in ein Bereitschaftsgestell, ohne ihn zuvor gebrauchsfertig zu machen, und so durfte er auf volle Sauerstofftanks hoffen. Es kam nur darauf an, wie schnell er sie öffnen konnte. Rasch trieb er zurück, und die plötzlich einsetzende Schwerkraft sagte ihm, dass er wieder beim Hopper war. Einen Augenblick später polterte er mitsamt dem klobigen Anzug ins Innere des kleinen Schiffs.

Röchelnd und mit letzter Kraft zerrte er an der Rückenverkleidung des eiskalten Tornisters, riss sie ab, orientierte sich kurz und fand zwei rote und einen blauen Drehgriff und die üblichen Schlagventile. Keuchend drehte er den blauen Griff und wusste, dass es ihr Ende wäre, wenn der Sauerstofftank nun leer wäre. Ein Zischen ertönte ...

... und augenblicklich spürte er die belebende Wirkung des Sauerstoffs. Er nahm zwei, drei tiefe Züge und kroch zu Vasquez. Mit letzter Kraft zerrte er die bewusstlose Frau zu dem Druckanzug. Leandra hing über dem Ventil, machte Roscoe aber sogleich Platz, sodass er Vasquez darüber halten konnte.

Stöhnend kam sie zu sich.

*

Die Situation war für Rowling etwas peinlich geworden. Er galt als harter Hund, als einer, der niemandem vertraute und den man nur schwer übers Ohr hauen konnte. Und nun war er derjenige, der ein offensichtliches Risiko einging, indem er den Pontifex – den Mann, der traditionell der gefürchtetste Kämpfer der Kirche war – frei herumlaufen ließ.

Obwohl der Ajhan eine überwältigende Ausstrahlungskraft besaß, die einem ein geradezu erhebendes Gefühl von Ehrlichkeit und Vertrauenswürdigkeit einflößte, schmeckte das keinem seiner Männer – wohl auch, weil er sie allesamt überwältigt hatte. Sie teilten Rowlings Vertrauen nicht, das ihm selbst etwas unheimlich war, und bewachten den riesigen Mann mit misstrauischen Blicken. Tudor, Ooje und Zeke hatten sich bewaffnet. Wenn Rowling ehrlich war, war es ihm auch lieber so. Doch er hatte dem Papst sein Wort gegeben und hatte auch das seine.

»Die *Tigermoth* wird uns abholen«, sagte Wes. »Die genauen Koordinaten müssen wir ihr noch durchgeben, wenn wir auf den Halfmoons sind.«

Rowling nickte. Bruder Giacomo machte sich an den Kontrollen des Skygliders zu schaffen, von Lemmy und Mikka bewacht, während draußen der Regen auf die Neoplast-Kuppel des Cockpitdachs niederprasselte. Sie hatten den Durchgang zum Mannschaftsdeck nach hinten geöffnet, und dort saß der Pontifex, von Tudor, Ooje und Zeke bewacht.

Giacomo drehte sich zu Rowling um. »Ich ... wäre dann so weit. Soll ich starten?«

»Ja. Aber vorsichtig, Mönch! Keine dummen Einfälle, und Hände weg von der Funkanlage, verstanden? Das macht Lemmy, wenn es nötig ist.«

Giacomo wagte ein schüchternes Lächeln. »Ja, natürlich«, sagte er. »Wenn Sie nur dem Heiligen Vater nichts tun.«

»Liegt ganz bei ihm. Los, bringen Sie den Vogel in die Luft, und steuern Sie nach Süden. Und schonen Sie unsere Mägen, verstanden?«

Bruder Giacomo nickte und wandte sich den Kontrollen zu. Augenblicke später heulte der Antigrav-Block auf, und der Skyglider hob schaukelnd vom Boden ab. Er gewann langsam an Höhe, während der Sturm, der mit unverminderter Härte blies, ihn mit aller Macht aus dem Kurs zu werfen versuchte. Aber ein Skyglider war, wie gesagt, eine wahre Festung in der Luft. Der Antigrav-Generator fixierte die Fluglage. Er *klebte* den Glider förmlich in das Schwerkraftgefüge der Welt ein. Das ging natürlich auf Kosten der Geschwindigkeit und vor allem der Manövrierbarkeit, aber auf einem Planeten wie Diamond war so eine Maschine Gold wert. Bald darauf kündete nur noch ein stetes Vibrieren von dem Sturm dort draußen. Der Glider stieg höher, während der Wind Regenfahnen gegen das Kanzeldach peitschte, und nahm langsam Fahrt Richtung Süden auf.

Rowling wandte sich um und ging nach hinten zum Mannschaftsdeck. Tudor, Ooje und Zeke saßen im Kreis um den Heiligen Vater herum, natürlich in größtmöglichem Sicherheitsabstand. Misstrauisch beäugten sie den riesigen Mann.

Rowling setzte sich dem Papst gegenüber. »Wir müssen etwas klären, Exzellenz.«

Der Papst nickte kaum merklich. »Nur zu. Sprich, mein Sohn.«

»Sie kennen meinen Namen. Und Sie sagten, Sie hätten mich gesucht und gefunden. Bisher habe ich mich nur für ein ziemlich kleines Licht gehalten. Ich wusste nicht, dass ich so interessant bin, dass sich der Pontifex persönlich auf die Suche nach mir macht.«

Der Papst setzte wieder sein seltsames Lächeln auf. »Zugegeben, deinen Namen erfuhr ich erst hier – mit Bruder Giacomos Hilfe. Aber ist es nicht so, dass du in dieser Gegend der mächtigste Brat-Boss bist?«

Rowling zog die Brauen hoch. »Der mächtigste Brat-Boss? Wie kommen Sie darauf, Exzellenz?«

»Trifft es zu oder nicht?«, lautete die Gegenfrage.

Rowling hob die Schultern. »Ehrlich gesagt: Ich habe keine Ahnung. Es gibt noch andere. Kann schon sein, dass ich zu den größeren zähle. Wofür ist das von Bedeutung?«

»Nun, derzeit wird eine ganz bestimmte Person gesucht. Von den Drakken, der Sektorkontrolle, der planetarischen Polizei, ja sogar von uns. Ich möchte der Erste sein, der diese Person findet.«

»Ah … diese Frau, was?« Rowling grinste. »Ich dachte, Sie leben im Zölibat, Heiliger Vater.«

Diese Bemerkung brachte ihm einen strafenden Blick ein.

Rowling räusperte sich. »Verzeihung, Exzellenz. Meine schlechte Erziehung, wissen Sie …«

Diesmal lachte der Papst leise. »Du bist ein schlagfertiger Mann, Rascal Rowling. Aber du hast Recht, es ist eine Frau. Hat dir Bruder Giacomo von ihr erzählt?«

»Nur, dass es eine Frau ist. Ich sagte ihm, dass ich sie

gern mal kennen lernen würde – wo ihr doch halb Aurelia Dio auf den Fersen ist. Was ist mit ihr? Wie kommen Sie auf die Idee, dass ausgerechnet ich wissen könnte, wo sie steckt? Diamond ist nicht gerade meine Domäne.«

»Eben darum. Dein Gebiet ist das All, nicht wahr? Die Habitate, die Kolonien, die Leviathan-Jäger … Man sagte mir, du versteckst dich mit deinen Leuten und Schiffen im Asteroidenring. Stimmt das?«

»Leute und Schiffe?« Rowling lachte auf. »Was Sie hier sehen, ist so gut wie alles, was ich an Männern habe. Nun gut, ein paar mehr sind es, aber nicht viele. Schiffe habe ich nur zwei. Und vielleicht noch ein paar kleine Keksbüchsen mit Düsen dran. Das ist alles.«

»So? Da habe ich ganz andere Geschichten gehört. Aber gut – ich verlange auch gar nicht, dass du mir die Stärke deiner Truppen verrätst. Mir geht es allein um diese Frau. Hast du etwas von ihr gehört? Oder ist sie gar in deiner Obhut?«

Rowling setzte sich zurecht und legte den Kopf ein wenig schief. »Die Sache beginnt mich zu interessieren, Heiliger Vater. Ich weiß nichts über sie. Was ist das für eine Frau? Ist sie hübsch?«

Der Papst zuckte mit den mächtigen Schultern. »Das kann ich nicht sagen. Sie muss jung sein und hat rote Haare.«

Rowling lachte auf. »Rote Haare? Beginnt etwa wieder die Zeit der Hexenjagd?«

Der Papst lächelte. »Ah, du bist ein gebildeter Mann, wie ich sehe. Die Hexenjagden liegen Jahrtausende zurück. Davon weißt du?«

Die Unterhaltung machte Rowling Spaß. Er ließ sich zurücksinken. »Ja, ich hab davon gelesen. Also hübsch, jung und rothaarig ist sie. Und man sucht sie. Ich glaube, sie gefällt mir bereits.«

»Von *hübsch* habe ich nichts gesagt.«

Rowling grinste breit. »Natürlich ist sie hübsch! Junge rothaarige Frauen, die verfolgt werden, sind *immer* hübsch. Wussten Sie das etwa nicht, Heiliger Vater?« Er lehnte sich weit vor und stützte die Ellbogen auf die Oberschenkel. »Was hat es nun mit ihr auf sich?«

Der Papst richtete sich ein wenig auf und sah zu den anderen Männern. »Nun, ich verstehe deine Neugierde, mein Sohn. Und da ich deine Hilfe benötige, werde ich dir wohl ein paar grundlegende Dinge erklären müssen. Allerdings verlange ich Diskretion.«

Rowling versteifte sich ein wenig. Der Pontifex erwartete von ihm, seine Männer hinauszuschicken, was ihm die Möglichkeit eröffnete, ihn, Rowling, als Geisel zu nehmen.

»Einer meiner Männer muss bleiben, Heiliger Vater!«, sagte er und wandte sich um. »Raus mit euch, Jungs. Und schickt mir Wes herein. Er soll die Tür hinter sich zumachen.«

Mit Gemurre trollten sich Ooje, Tudor und Zeke. Nur allzu gern hätten sie mit angehört, was der Pontifex zu erzählen hatte. Kurz darauf war Wes da, und die Tür zischte zu. Rowling informierte seinen Freund und wies ihn an, keine Silbe dessen, was er hören würde, je weiterzuerzählen.

Er wandte sich dem Papst zu. »Auf Wes können Sie sich verlassen, Exzellenz. Der Mann redet nur, wenn er muss, und wenn er etwas nicht verraten *will*, dann kommt auch keine Silbe über seine Lippen – bis zum Jüngsten Tag.«

Der Papst schnaufte. »Treibe keinen Spott mit den Worten unserer Heiligen Bücher, Rascal.« Er wandte sich an Wes. »Wirst du wirklich schweigen – über alles, was du hörst, mein Sohn?«

Wes erschauerte, blickte unsicher zu Rowling. Dann nickte er. »Ja, Heiliger Vater. Ich verspreche es. Gott ist mein Zeuge.«

Der Papst nickte zufrieden. »Ah. Ein Mann des Glaubens. Dann komme ich mir wenigstens nicht ganz so allein hier vor.« Er sah wieder zu Rowling. »Also gut, dann höre mir zu. Wie du vielleicht weißt, bin ich nicht nur der Vertreter Gottes unter den Lebenden, sondern habe auch noch mehrere Ämter inne. Ich sitze dem Heiligen Konzil vor, bin Großinquisitor der Heiligen Inquisition und der Kriegsfürst des Heeres der Ordensritter.«

»Ja, ich weiß, Exzellenz. Eine ziemliche Machtfülle für einen einzelnen Mann. Wenn Sie mir die Bemerkung erlauben.«

»Du hast Recht und auch wieder nicht, Rascal. Eine große Machtfülle ist es durchaus, aber in seiner gewaltigen Verantwortung stützte sich der Pontifex bisher stets auf das Heilige Konzil. In Wahrheit war es immer die Kardinals- und Bischofsversammlung, welche die wichtigen Entscheidungen gemeinsam traf. Bisher funktionierte diese Machtaufteilung stets gut. Nun aber hat sich das geändert.«

»So? Hat das etwa mit dieser … rothaarigen Schönheit zu tun?«

Wieder lächelte der Papst. »Schönheit? Du bist ein Romantiker, Rascal. Du idealisierst die junge Dame bereits. Aber … nun ja, vielleicht ist Romantik die Grundvoraussetzung für deinen Beruf.«

Rowling lächelte zurück. »Ja, mag sein, Heiliger Vater.«

»Was deine Frage angeht – ja, es hat offenbar mit dieser Frau zu tun, wiewohl nur indirekt. Leider weiß ich zu wenig über diese Sache, und genau das ist der Grund, warum ich sie finden möchte, ehe irgendwer sonst es tut. Sie muss von irgendeiner Randwelt stam-

420

men, an welcher der Pusmoh jedoch großes Interesse hegt. Es scheint, als stellte diese Frau eine gewisse Gefahr dar.«

»Ich dachte … die Kirche und der Pusmoh stehen auf derselben Seite«, fragte Rowling vorsichtig.

Der Papst antwortete nicht gleich. Seine geheimnisvollen dunklen Augen mit den hellgrünen Pupillen und sein mächtiger, kantiger Schädel mit der irritierenden, leicht grünlichen Hautfarbe blieben für eine ganze Weile eine Maske des Schweigens.

Dann schien er zu einem Schluss gekommen zu sein. »Drücken wir es so aus: Die Kirche hat sich stets bemüht, dem Pusmoh gefällig zu sein, was ihn aber noch nie daran gehindert hat, bestimmte Entscheidungen, selbst wenn sie ureigenste Kircheninteressen betrafen, über den Kopf des Heiligen Konzils oder des Pontifex hinweg zu treffen. In Wahrheit waren wir nie unabhängig.«

Rowling holte tief Luft. Informationen dieser Art aus dem Mund des Papstes zu hören hatte etwas von Verschwörung und Rebellion an sich. Und sich gegen den Pusmoh verschwören zu wollen war reiner Selbstmord. Plötzlich war ihm bei diesem Gespräch nicht mehr ganz wohl in seiner Haut.

»Auch deswegen war die angebliche Machtfülle des Pontifex nie mehr als ein Spruch auf einem Stück Papier. Wenn es je Macht in der Kirche gab, dann ging sie vom Heiligen Konzil aus.«

Rowling wog seine Worte sorgfältig ab. »Ich dachte, der Pontifex hätte das Recht, das Konzil jederzeit zu überstimmen, wenn er mit einer Entscheidung nicht einverstanden ist.«

»Das ist richtig. Diese Macht hat der Pontifex.«

Diesmal schwieg Rowling eine Weile. »Das klingt beinahe, Heiliger Vater, als wäre der Pontifex stets nur ein Strohmann des Pusmoh gewesen. Einer, den der

421

Pusmoh einsetzen konnte, wenn das Konzil nicht wie gewünscht funktionierte.«

Rowling erschrak ein wenig, als sich das Gesicht des Papstes zu einer Maske des Zorns verzog. »Ich gehe viel zu weit, mein Sohn. Das sind Dinge, die du niemals hören dürftest, und ganz gewiss nicht aus meinem Mund. Aber du hast mit deiner Vermutung Recht. Weißt du, wie lange ich im Amt bin?«

Rowling schüttelte den Kopf.

»Das siebente Jahr. Ich habe bereits drei Herausforderungen bestanden und habe den letzten Anwärter auf mein Amt so vernichtend geschlagen, dass die gesamte Kirche aufstöhnte. Seither bezeichnen mich manche als unbesiegbar. In der Tat bin ich immer stärker geworden – auch im Glauben. Doch es scheint, als wäre meine Stärke zugleich mein Fluch.«

Langsam verstand Rowling. Dieser Papst war ein Mann von solcher Kraft und Ausstrahlung, dass er zur Gefahr für den Pusmoh geworden war. Dass der Ajhan sich dessen Gewalt nicht bedingungslos beugte, war inzwischen leicht zu erkennen.

»Haben sich deswegen die Verhältnisse in der Kirche geändert, Heiliger Vater? Weil Sie zu stark und zu unbeugsam sind und nicht mehr bedingungslos der Willkür des Pusmoh gehorchen?«

Der Papst blickte unsicher zwischen Wes und Rowling hin und her, dann nickte er. »Wenn ich eines gelernt habe, dann das, dass ich bei weitem nicht unfehlbar bin. Auch wenn mir der Kanon dieses Merkmal unbedingt anheften will. Deswegen halte ich häufig Zwiesprache mit meinem Schöpfer.« Ernst blickte er seine beiden Zuhörer an. »Aber ich muss gestehen, dass es gut tut, auch einmal mit einem einfachen Menschen oder Ajhan über solche Dinge zu reden. Über diese angebliche Unfehlbarkeit, verstehst du, Rascal? Es tut wirklich gut.«

422

Rowling hielt unmerklich die Luft an. Ein solches Geständnis hatte wohl seit tausend Jahren kein Sterblicher mehr aus dem Munde eines Pontifex Maximus vernommen. Worte des Zweifels und der Selbstkritik, aber seltsamerweise wirkte dieser Papst dabei nicht schwach, sondern nur umso stärker.

»Um wieder auf den Punkt zu kommen,« fuhr der Papst fort, »verhält es sich tatsächlich so, dass der Pusmoh vor kurzem die Machtverteilung im Klerus verändert hat. Auf Besorgnis erregende Weise, muss ich zugeben. Ich bin jetzt nur mehr der Vorsitzende des Heiligen Konzils – immerhin der einflussreichste der *Drei Arme*. Aber ich habe lediglich noch eine Stimme. Somit bin ich eigentlich nicht mehr als ein Kardinal.«

Rowling ließ einen Laut der Überraschung hören. »Nur noch *eine?* Das ist eine ziemlich harsche Beschneidung Ihrer Macht, Exzellenz.«

»Es kommt noch harscher. In der Heiligen Inquisition habe ich nun gar nichts mehr zu sagen. Ich war ehemals der Großinquisitor, nun bin ich völlig ohne Einfluss dort. Ein neu ernannter Kardinal wurde zum Großinquisitor erhoben; er hat zusätzlich noch einen Sitz im Konzil. Darüber hinaus bin ich auch nicht mehr der Kriegsherr des Heeres der Ordensritter. Es untersteht nur noch dem Heiligen Konzil. Nicht länger mir.«

Hierzu wollte Rowling sich nicht äußern. Vielleicht war es gut so, wenn eine derartig starke Streitmacht wie das *Heilige Heer* einer Versammlung und nicht einem einzelnen Mann unterstand.

»Dafür aber«, fuhr der Papst fort, »untersteht nun eine Schar der Ordensritter direkt dem neuen Großinquisitor.«

Rowling erschauerte. Das änderte das Ganze abermals. »Tatsächlich? Eine Schar – wie viele sind das?«

»Dreihundertdreiunddreißig, mein Sohn. Ein kom-

423

plettes Drittel des Heeres. Und sie unterstehen allein dem neuen Kardinal, niemandem sonst.«

Nun stieß Rowling einen leisen Pfiff aus. »Ein *Drittel* des Heeres? Unter der alleinigen Kontrolle eines Kardinals, der auch noch der Großinquisitor ist? Soll ich Ihnen etwas sagen, Heiliger Vater? Dieser Mann ist mächtiger als Sie!«

Der Papst nickte beipflichtend. »Allerdings. *Ihn* sollte man den Pontifex Maximus nennen, nicht mich.«

»Und das ist alles wegen dieser Frau?«

Der Papst schüttelte den Kopf. »Ich weiß es nicht. Es begann schon vor vielen Wochen, und damals war noch nirgendwo die Rede von einer Frau, die gesucht wurde. Ich hielt es für eine tief greifende Veränderungsmaßnahme des Pusmoh, der sich seine Pfründe sichern wollte. Dann wurde dieser Kardinal eingesetzt; ich ging davon aus, dass er ein ganz besonderer Mann war, sozusagen ein Agent des Pusmoh, der uns alle, und besonders mich, überwachen sollte. Vor etwa einer Woche aber ging diese neue Sache los. Die Meldung kursierte, dass jemand gesucht werde, und der Kardinal setzte seinen kompletten Machtapparat in Bewegung. Er ließ alle dreihundertdreiunddreißig seiner Kampfschiffe aufbrechen und mobilisierte die gesamte Inquisition ...«

»Was?«, rief Rowling. »Alle dreihundertdreiunddreißig Kampfschiffe?«

Der Papst nickte schwer. »Ja, Rascal. Eine Macht, mit der man einen Schweren Kampfverband der Drakken aufhalten könnte. Und das wegen *einer Person!*« Er musterte Rowling mit ernsten Blicken. »Nun wirst du vielleicht verstehen, warum ich aufbrach, um ihnen zuvorzukommen. Wenn ich herausbekommen will, was da im Gange ist, muss ich die Frau als Erster finden.«

Rowling wurde blass. »Soll das heißen ... die Ordensritter sind *hierher* unterwegs?«

»Genau das. Seit zwei Tagen ist bekannt, dass zu irgendeinem Zeitpunkt innerhalb der letzten Woche ein TT-Hopper ins Aurelia-Dio-System eingeflogen ist. Man hat ihn nur bisher noch nicht gefunden. Mein lieber Bruder Giacomo ist einer der bestinformierten Leute in der Kirche, und ich habe ein sehr schnelles, gut ausgerüstetes Schiff. Also sind wir so schnell wie möglich hierher geflogen. Aber es wird wohl nur noch wenige Stunden dauern, bis die Ordensritter mit ihren Kampfschiffen auf Diamond eintreffen. Bist du sicher, mein Sohn, dass du von dieser Frau bisher noch nichts gehört hast?«

»Absolut sicher, Heiliger Vater. Aber ich muss gestehen, dass ich sehr versucht bin, jedes meiner zwanzig Schiffe loszuschicken und jede Ecke des Systems absuchen zu lassen. Wenn der Pusmoh sie sucht, habe ich keine großen Schwierigkeiten, die Seite zu finden, auf der *ich* stehe!«

Der Papst lächelte wieder. »*Zwanzig* Schiffe? Das hört sich schon besser an. Könntest du dir vorstellen, mein Sohn, dass auch ich auf der Seite stehe, die du soeben gewählt hast?«

Rowling blickte den Papst scharf an. »Völlig sicher bin ich mir noch nicht. Was haben Sie mit dem Mädchen vor, wenn Sie sie in die Finger bekommen, Exzellenz?«

Der Papst schüttelte den Kopf. »Ich habe nicht die Absicht, ihr wehzutun, falls du das meinst. Aber ich würde wohl mit allen Mitteln versuchen, dahinter zu kommen, was es mit ihr auf sich hat. Notfalls mit Gewalt – das muss ich zugeben. Obwohl ich solche Mittel verabscheue. Doch das Wohl der Kirche und vielleicht des ganzen Sternenreichs der GalFed hängt davon ab. Besonders, wenn ich an diesen neuen Kardinal denke. Er tauchte wie aus dem Nichts auf, und sein Gesicht gefällt mir nicht im Mindesten.«

»So? Wie heißt er denn, dieser Kerl?«

»Lakorta. Kardinal Lakorta. Er ist ein Mensch.«

Rowling zog die Mundwinkel nach unten. »Lakorta? Nie gehört, den Namen.«

*

Roscoe musste sich erst daran gewöhnen.

Sein Leben lang hatte er an die ehernen Gesetze der Natur geglaubt, an die Wissenschaft und daran, dass alles erklärbar sei. Alles, was sich jenseits dessen befand, darüber oder darunter oder wo auch immer, konnte man getrost über Bord werfen, denn es war nicht wichtig fürs Leben. Man konnte wunderbar existieren, wenn man alles Esoterische, Übersinnliche, Transzendente und ähnlichen Quatsch außer Acht ließ und sich an die harte, greifbare Realität hielt.

Inzwischen allerdings hatte ihm so ein *Quatsch* das Leben gerettet; ihm, Vasquez und dem Mädchen selbst. Es war nicht hinwegzuleugnen. Zweimal noch hatte er auf dieses *Phänomen* zurückgegriffen, denn der Sauerstoffvorrat des Druckanzuges hatte nicht lange gereicht. Er hatte einen Zweiten geholt und war mit dem Dritten zur Verteilerkuppel geflogen, hatte sie geöffnet und die Notfalleinrichtung in Betrieb genommen. Alles hatte wie am Schnürchen geklappt, und allein *das* war eigentlich schon so etwas wie Zauberei oder Magie.

Er hatte Recht behalten: Die Fusionsbatterien in der Verteilerkuppel lieferten noch immer Energie. Die Kuppel besaß einen Durchmesser von etwa dreißig Metern, und die Batterie-Kabinette waren kreisförmig angelegt. Der gesamte innere Raum, eine kleine, flache Halle, war als Wartungs- und Notfalldeck konzipiert. Es war fast unglaublich. Hier hatte man damals hübsch brav nach Vorschrift gebaut – *ach, die guten alten Zeiten*, hatte Roscoe selig gedacht. Die MineClaw-

Station mochte dreißig Mann als ständiges Personal beherbergt haben, und die hätten hier auch unterkommen können, falls sich eine Havarie, ein Brand oder was auch immer ereignet hätte.

»Hübsch geräumig!«, rief Roscoe, als er sich endlich seines klobigen Druckanzugs entledigen konnte. Die Temperaturanzeige hatte ihm zwölf Grad signalisiert, und nun konnte er endlich wieder frische Luft in seine Lungen pumpen.

»Können Sie atmen, Roscoe?«, schnarrte es aus dem Lautsprecher seines Anzugs.

»Ja, Vasquez. Sie können beide kommen. Es ist noch ein bisschen frisch hier, aber wir haben Luft, Licht und eine Heizung, die auf Hochtouren arbeitet. Die Schwerkaftebene hängt etwas schief, aber damit lässt sich's leben. Und wir haben jede Menge Metallgerümpel. Hier können Sie Bauklötze spielen.«

»Was?«

»Nichts. Kommen Sie einfach. Und bringen Sie Leandra mit. Ich möchte sie küssen.«

»Ja, ja, ich weiß.«

Roscoe schnitt eine Grimasse und machte sich dann daran, Platz zu schaffen. Der Notfallraum war zwar tauglich, aber die ehemaligen Besitzer hatten nicht gerade pedantische Ordnung walten lassen. Hier lag alles herum, das sonst keinen Platz gefunden hatte: Verkleidungsteile, Metallträgerelemente, Kabelrollen, irgendwelche ausgebauten Maschinenteile, Eimer, Töpfe, Werkzeuge, uralte Textilien und ähnliches. Irgendwo musste es Wasser in Form von eingelagertem Eis geben und auch einen Nahrungssynthesizer, falls es damals schon so etwas gegeben hatte. Er sah sich nach Schotts um – es gab mehrere.

»Wollen wir hoffen, dass ihr für den Notfall an ein Klo gedacht habt, ihr Vorväter«, murmelte er. Er hatte keine Lust, sich Vasquez' nächsten Wutanfall anzuhören, falls es diesbezüglich nichts geben sollte. Allerdings war das kaum vorstellbar. Hatten hier wirklich einmal 30 Leute unterkommen müssen, so hatte der Erste sicher schon nach einer halben Stunde gemusst.

Plötzlich fiel ihm etwas ein. Er eilte zu seinem abgelegten Anzug. »Vasquez! Sind Sie noch da? Ich meine – an Bord?«

»Ja. Was ist?«

»Sie müssen den Hopper irgendwie festmachen. Wenn er forttreibt, kommen wir hier nie wieder weg.«

»Der hat sich doch auf der Plattform verkantet, oder?«

»Trotzdem. Wenn er sich löst, sind wir geliefert.«

»Und wie soll ich das machen?«

Roscoe blickte sich um. Sein Blick fiel auf mehrere Rollen von Metallkabeln. »Warten Sie, ich habe hier was. Ich komme raus und hole Sie ab. Das macht man ohnehin besser zu zweit.«

Eilig stieg er wieder in seinen Druckanzug, schloss ihn und nahm mit der rechten Werkzeugklaue eine schwere Kabelrolle auf. Selbst die Energieversorgung des Druckanzugs funktionierte noch, sodass er dessen Arbeitssysteme gebrauchen konnte. Kaum zu glauben! Die Sachen mussten tatsächlich um die tausend Jahre alt sein – aber das All mit seiner Kälte und seinem Vakuum war wohl die beste Konservierungskammer, die man sich nur vorstellen konnte. Er machte sich auf den Weg.

Draußen angekommen, fand er seine beiden Frauen bei dem Hopper. Der rechte, beschädigte Stummelflügel hatte sich in dem Gittergeflecht der Plattform verfangen, und das erleichterte die Sache. Nun musste er nur noch den Bug des Hoppers fixieren. Normalerweise wurde das mit Magnetklammern gemacht, aber wo er die hier finden sollte, wusste er nicht. Mit Vasquez' Hilfe schlang er eines der Kabel um die Nase des kleinen Schiffs und befestigte es an einem Metallmast,

428

der aus der Plattform ragte. Anschließend holte er noch die beiden Wasserkanister aus dem Hopper; inzwischen war es natürlich gefroren. Dann brachte er die beiden Frauen zur Luftschleuse der Verteilerkuppel.

»Passen Sie auf die Schwerkraftebene da drin auf«, sagte er, als der Druckausgleich in der Schleuse zischte. »Ich muss erst das Terminal aus all diesen Schrottteilen ausgraben und das Ding justieren.«

Sie betraten die kleine Halle, und Roscoe schälte sich bestens gelaunt aus dem Druckanzug. Inzwischen war es noch ein bisschen wärmer geworden. Vasquez tat es ihm nach und half Leandra aus dem riesigen Anzug, in dem sie beinahe versank. Roscoe machte sich sofort auf die Suche nach dem Terminal, das es hier irgendwo geben musste, und fand es nach einer Weile hinter einer Wandverkleidung. Leider hatte es Fehlfunktionen und es gelang ihm nicht, die Ebene zu justieren. Auf der rechten Seite des Raums lief man eine Handbreit über dem Boden, aber daran würden sie sich gewöhnen. Einige der Schotts waren nicht zu öffnen, aber sie fanden eine funktionierende Hygienezelle. Einen Nahrungssynthesizer entdeckten sie ebenfalls nicht, aber sie hatten immerhin Wasser.

»Ich bin ohnehin zu dick«, sagte Roscoe und schlug sich auf den Bauch. »Ein Mensch kann es ein paar Wochen ohne Nahrung aushalten.«

»*Sie* vielleicht«, meinte Vasquez missmutig.

Leandra hatte eine zuversichtliche Miene aufgesetzt, sie schlenderte umher und betrachtete interessiert die Umgebung.

Vasquez beobachtete sie eine Weile. »Ich glaube, ich war eine Weile ziemlich benebelt. Wie haben Sie das eigentlich geschafft, Roscoe, diese Druckanzüge hereinzuholen?«

Er studierte ihr Gesicht. »Sie haben das nicht mitbekommen?«

Vasquez zuckte entschuldigend die Achseln und lächelte verlegen. »Ich hatte Halluzinationen. Ich träumte, die Kleine könnte Funken erzeugen und Sachen schweben lassen. Und anschließend sind Sie in einer riesigen Luftblase durchs All geschwebt und haben die Anzüge hereingeholt.«

Roscoe grinste. »Das haben Sie geträumt?«

Sie nickte. »Ziemlich blöd, was? Sie waren die ganze Zeit bei Bewusstsein, nicht wahr?«

Roscoe schüttelte den Kopf. »Nicht mehr als Sie, Vasquez. Was Sie gesehen haben, war real.«

Sie verzog das Gesicht. »Real?«

Roscoe nickte, und seine Gedanken wurden schwer. »Fragen Sie mich nicht, was das für ein Mädchen ist, Vasquez«, sagte er leise. »Aber inzwischen kann ich mir vorstellen, dass die Drakken ein Problem mit ihr haben. Haben Sie das steinerne Amulett gesehen, das sie um den Hals trägt?«

»Ja. Ein seltsames Ding. Was ist damit?«

»Ich sag's nicht gern, Vasquez, aber gewöhnen Sie sich lieber an den Gedanken. Das Ding hat irgendwelche Hexenkräfte. Sie kann wahrhaftig damit zaubern.«

*

»Dreihundertdreiunddreißig Schiffe?«, keuchte José Alvarez. »Beim Gehörnten – weißt du, was das für eine Streitmacht ist? Damit können sie ganz Aurelia-Dio in Schutt und Asche legen!«

»Richtig«, erwiderte Rowling und wandte während des Laufens seinen Kopf nach rechts, um Alvarez zu mustern. Sein Partner sah einmal wieder blendend aus – vermutlich war er der gepflegteste *Brat*, den es zwischen Diamond und Halon gab, ein dunkler Typ mit messerscharf rasiertem Kinnbart, kohlschwarzen Augen und einem gewinnenden Lächeln. »Und das werden sie auch tun, wenn sie erst mal hier sind, José. Wir müssen dieses Mädchen finden und von hier fortschaffen.«

»Und was hast du mit ihr vor? Falls wir sie wirklich finden?«

Rowling verlangsamte seine Schritte und schürzte die Lippen. »Weiß ich noch nicht. Mal sehen. Wir könnten ein Lösegeld verlangen.«

»Ein Lösegeld, Boss?«, mischte sich Wes ein, der neben ihnen herlief. »Und was ist mit … unserem neuen Freund?«

Sie erreichten das Brückenschott der *Tigermoth*, das leise zur Seite glitt und den Weg in eine der modernsten Kommandozentralen im Aurelia-Dio-System freigab. Rowling blieb stehen und musterte Wes. »Dich hat er also auch nicht ganz unbeeindruckt gelassen, was?«

Wes schüttelte den Kopf. »Nee, Boss, kann man nicht sagen.«

Rowling nickte nachdenklich. Der Pontifex war wieder nach Thelur aufgebrochen, da er dort bereits seit zwei Tagen unabgemeldet fehlte. Er hatte aber darauf bestanden, ihnen Bruder Giacomo hier zu lassen. Es war zu einer Vereinbarung gekommen: Rowling sollte Bescheid geben, falls er etwas von der gesuchten Frau hörte oder gar ihrer habhaft würde. Doch es war weit bis Thelur, und Rowling war nun nicht mehr sicher, ob er sich an das Versprechen halten würde. Zumindest würde er sich dieses Mädchen vorher genau ansehen, bevor er eine Entscheidung traf – egal, ob Giacomo nun hier war oder nicht.

»Von wem sprecht ihr?«, wollte Alvarez wissen.

Rowling winkte ab. »Unwichtig. Jemand, den wir kennen gelernt haben.«

Alvarez legte den Kopf schief. »Dieser kleine Dicke, den ihr da mitgebracht habt – ist er das?«

Rowling schüttelte den Kopf. »Vergiss es, José. Wir haben versprochen, diskret zu sein.«

Alvarez blieb demonstrativ vor dem geöffneten Brückenschott stehen und verschränkte die Arme vor der Brust. »Diskret, Rascal? Vergiss nicht, die *Tigermoth* ist *mein* Schiff. Wir waren immer offen zueinander!«

Rowling stemmte seufzend die Fäuste in die Hüften und musterte Alvarez. Seit Jahren waren sie Partner und vertrauten einander; irgendetwas musste er ihm sagen. »Also gut. Der Bursche heißt Giacomo und ist ein Freund ... unseres *Freundes*. Wir haben zugestimmt, ihn mitzunehmen, damit wir Kontakt zu ihm halten können – zu unserem Freund. Genügt dir das?«

Alvarez brummte etwas. »Und wo ist er jetzt – dieser Freund deines Freundes?«

»Giacomo? Ich nehme an, unten, bei den anderen.« Er setzte ein spöttisches Lächeln auf. »Hast du Angst, er könnte dir deinen Vogel auseinander nehmen – diese halbe Portion?«

Rowlings Leute hatten sich unmittelbar nach Ankunft auf der *Tigermoth* abgesetzt und Bruder Giacomo mitgenommen. Vermutlich standen sie gerade unter der Dusche oder waren gleich in die Bordbar geeilt. Die *Tigermoth* hatte in dieser Hinsicht ein echtes Kleinod zu bieten – eine Bar, die ständig geöffnet hatte und in der es sogar zwei Mädchen gab: Syreena, die ehemalige Lebensgefährtin von Alvarez, und Sui:Sui'Tar, eine niedliche Ajhana, die von allen an Bord geliebt wurde.

»Ich wette, der hat schon einen im Tee«, grinste Wes. »Ooje und Lemmy werden ihn abfüllen. Die haben schon unterwegs so was angedeutet.«

Rowling zuckte die Schultern und lächelte unschuldig.

»Na, wollen wir hoffen, dass er in Ordnung ist«,

sagte Alvarez und wandte sich um. Gemeinsam betraten sie die Brücke.

»Was nun diese Frau angeht: Du sagst, sie sei mit einem Hopper in das System eingeflogen – innerhalb der letzten Woche? Da kann sie inzwischen sonst wo sein.«

»Stimmt. Doch unser neuer Freund war der Auffassung, wir wären diejenigen, die am ehesten von ihr wüssten – oder sie gar schon bei uns hätten.«

»Wir? Vielleicht haben die Drakken sie längst gefunden und nach Soraka geschafft!«

Rowling schüttelte den Kopf. »Haben sie nicht, das wissen wir. Unser Freund hat beste Verbindungen, und wir haben außerdem Giacomo, unseren kleinen, knubbeligen Spezialisten für Informationsbeschaffung.«

»Knubbelig?«

Rowling nickte ernst. »Ja. Das sind die Besten.«

Alvarez grinste. »Also gut, dann wollen wir mal sehen.« Er trat mitten in die Brücke und wandte sich an alle Anwesenden in dem großen, runden Raum, der voll gestopft war mit Holoscreens, Monitoren und Elektronik. »Hört mal her, Leute!«, rief er. Etwa fünfzehn Mann wandten sich zu ihm um.

»Wir müssen jemanden für unseren hochverehrten Vorsitzenden finden. Eine junge rothaarige Frau von betörender Schönheit. Sie ist innerhalb der letzten Woche mit einem Drakken-Hopper ins System eingeschwebt und wird jetzt von Gott und der Welt gesucht. Ich möchte, dass eine Suchanfrage an alle Schiffe herausgeht – unsere eigenen und befreundete. Sie sollen ihre Sensoren und Ortungsgeräte heiß laufen lassen, dass man Spiegeleier drauf braten kann. Außerdem werden wir unsere Kontakte bemühen. Jeder verdammte Operator, Überwachungs-Mann, Astrogator oder Raumlotse, der je auch nur einen Lutscher von uns gekriegt hat, soll gefälligst seine Datenbanken

433

durchforsten, ob was gemeldet wurde. Wir haben nicht mehr als ein paar Stunden Zeit dafür. Danach werden Mückenschwärme von Heiligen Ordensrittern mit ihren Bombern hier durchs System schwirren, und wir müssen unsere Hintern einziehen. Los geht's, Männer – und bitte ein bisschen hurtig! Ihr wisst, was ihr zu tun habt.«

Rowling und Wes grinsten sich an. Alvarez war für seine kurzen, äußerst plakativen Reden bekannt. Und es gelang ihm damit auch stets, seine Leute zu Höchstleistungen anzuspornen. Rowling war sicher, dass in weniger als einer Stunde erste Hinweise vorliegen würden, wenn von dem Mädchen überhaupt eine Spur zu finden war.

Rowling klopfte Wes auf die Schulter. »Ach, es ist gut, wieder auf der *Tigermoth* zu sein. Komm, wir genehmigen uns ein Bier bei Syreena.«

Wes brummte eine wohlgelaunte Zustimmung und folgte Rowling.

Als sie am Brückenschott angelangten, stand Bruder Giacomo lächelnd vor ihnen.

»He!«, sagte Rowling. »Ich dachte, Sie wären unten in der Bar.«

»Eine Bar? Hier gibt es eine Bar?«

Rowling klopfte ihm auf die Schulter und zog ihn mit sich. »Klar gibt's hier eine Bar. Eine anständige sogar, im Gegensatz zu den Kaschemmen auf diesem Schlammloch von Diamond! Kommen Sie mit, Heiliger Mann, oder was auch immer Sie sind. Wir werden duschen und uns dann ein paar eiskalte Bierchen genehmigen.«

Giacomo lächelte höflich. Er deutete mit dem Daumen über die Schulter. »Und die Suche nach dieser Frau? Sie ist dem Pontifex sehr wichtig, wissen Sie?«

»Keine Sorge, Bruder. Die Suche ist bereits in vollem Gange.«

19 ♦ Das lange Warten

Cathryn war über Nacht zur begehrtesten Person unter ihnen geworden. Im Ergebnis hieß das allerdings, dass sie ohne Unterlass gefragt wurde, was sie fühle, ob es eine Möglichkeit gebe, Leandra nicht doch zu erreichen, ob sie wisse, wie weit sie entfernt sei, wo sie sich aufhalte und was das für ein angeblicher Freund sei, der sie gerettet habe.

Cathryn konnte den Fragern nichts Neues berichten. Sie fühlte weder einen direkten Kontakt zu ihrer großen Schwester, noch war da ein neuer Traum gewesen, ein besonderes Gefühl oder eine neue Ahnung. Nach kurzer Zeit schon versuchte sie den Leuten zu entkommen. Es dauerte nicht lange, bis Hellami sich schützend vor Cathryn stellte und jeden mit barschen Worten verscheuchte, der sie etwas fragen wollte. Die Sorge um Leandra, die so gut wie jeder in Malangoor verspürte, war einesteils rührend, andererseits aber zu belastend für ein achtjähriges Mädchen.

»Wir können nur für Leandra hoffen«, fasste Izeban zusammen. »Sie muss dort draußen im All auf Wesen gestoßen sein, die keine Drakken sind. Anders ist Cathryns Empfindung nicht zu deuten. Kein Drakken hätte ihr jemals geholfen, das ist wohl sicher.«

»Ihr glaubt«, fragte Roya, »dass es dort draußen im All *noch* mehr Völker gibt? Nicht nur uns und die Drakken?«

»Was dachtet Ihr denn, Fräulein Roya? Das All wimmelt nur so von höherem Leben – das steht vollkommen außer Frage!«

Roya, die in der Bibliothek neben einem der Fenster stand, starrte versonnen zum Felsenhimmel auf, den Blick auf ein großes Sonnenfenster gerichtet, südlich von Malangoor. »Ich wünschte, ich wäre bei ihr …«, murmelte sie versonnen.

Alina, die neben ihr stand, legte ihr mitfühlend eine Hand auf die Schulter. Roya wandte sich um und musterte Alina mit wehmütigen Blicken.

Als wäre in diesem Augenblick ein stummes Signal zwischen beiden geflossen, wandte sich Alina spontan an die anderen Anwesenden. Es waren fast alle da: die übrigen Schwestern des Windes, Jockum, Munuel, Quendras und Cleas, Izeban, Jacko sowie Marko und ein paar Leute aus Malangoor. Es war ähnlich wie in jenen Tagen in Savalgor, als Leandra und die anderen drei auf dem Mutterschiff der Drakken verschollen waren: Als wollte man sich in schwerer Stunde gegenseitig stützen, hatte man sich mit trüben, nachdenklichen Gesichtern versammelt. Schon damals war ihr diese Trauerzusammenkunft auf die Nerven gegangen.

»Hört mal her, ihr Trübsalbläser!«, rief sie herausfordernd in den Raum hinein. »Denkt euch mal, ihr wäret jetzt an Leandras Stelle und könntet sehen, wie wir hier herumsitzen.«

Die anderen warfen ihr betroffene Blicke zu, dann sahen sich Einzelne untereinander an; es war, als stiege eine plötzliche Erkenntnis in ihnen auf.

»Wenn es stimmt, was Cathryn sagt«, fuhr sie fort, »und ich *glaube ihr*, dann ist Leandra am Leben. Und dann könnt ihr wetten, dass sie etwas unternimmt. Nur wir hocken hier herum und tun nichts!«

Victor, der ganz in der Nähe saß und ihr überrascht den Blick zugewandt hatte, sah aus, als wäre er soeben erwacht. Sie lächelte dankbar, als er sich erhob und das Wort ergriff. »Alina hat völlig Recht. Wir wissen, dass Leandra lebt. Das muss uns für den Augenblick genügen. Helfen können wir ihr nicht. Tun wir lieber etwas.«

»Sie lebt? Wissen wir das wirklich?«, fragte Jacko unentschlossen.

»Ja! Sie lebt!«, war eine Kinderstimme zu hören. Cathryn hatte sich ebenfalls erhoben, die Fäuste geballt und war offenbar bereit, sich mit jedem anzulegen, der das Gegenteil behaupten wollte. Jacko verstummte.

»Ich glaube Cathryn«, bekräftigte Alina. »Und als eure Shaba sage ich euch jetzt: Wir hören auf, hier dumm herumzusitzen.« Sie blickte in die Runde, niemand widersprach. Es schien, als hätte sie sogar eine gewisse Beschämung ausgelöst. »Was Leandra auch geschehen sein mag«, fuhr sie fort, »wir sollten gar nicht erst damit rechnen, dass sie so bald wiederkehrt. Wenn ich da draußen wäre und hätte schon einen Freund gewonnen, würde ich mich als Erstes einmal gründlich umsehen. Ich kann mir nicht vorstellen, dass sie wiederkäme und uns *nichts* zu berichten hätte. Nein! Ganz bestimmt unternimmt Leandra etwas.«

Victor, dem man ansehen konnte, wie stolz er auf Alina und ihren plötzlichen Appell war, baute sich neben ihr auf. »Genau! Tun wir etwas! Es gibt noch genügend Drakken, die wir jagen können, Rasnor arbeitet schon wieder daran, uns Knüppel zwischen die Beine zu werfen, und dann ist da noch diese Sache mit Phenros' Geheimnis. Damit sind wir bisher auch nicht weitergekommen.«

Das war für Azrani wie ein Signal. Sie stand auf. »Ich mache mich sofort auf nach Savalgor«, erklärte sie entschlossen und blickte kurz zu Marina. »Wir beide. Wir haben kürzlich erst etwas entdeckt. Wir müssen die Sache nur wieder aufgreifen.«

Auch Roya schien neuen Tatendrang zu verspüren – es war wie ein plötzliches Erwachen, das Alina aus-

437

gelöst hatte. »Und wir verdoppeln wir von hier aus unsere Anstrengungen, Rasnor zu erwischen.«

»Also schön«, erklärte Hochmeister Jockum, als hätte er das Schlusswort zu sprechen. »Vermutlich habt ihr Recht. Hoffen wir, dass sich Leandra dort draußen im All als ebenso talentiert erweist, Freunde um sich zu sammeln. Machen wir uns wieder an die Arbeit!«

Die Entspannung im Raum war greifbar. Als Alina spürte, wie alle mit einem Mal wieder daran glaubten, dass Leandra *tatsächlich* noch am Leben war, stiegen ihr Tränen in die Augen. Das war es, was sie für ihre Freunde sein wollte und was sie von sich selbst forderte: eine Shaba, die andere anspornen und zu Taten bewegen konnte. Das galt in besonderem Maße jetzt, da Leandra nicht bei ihnen war.

Während sich die Versammlung in unerwarteter Eile auflöste, nahm Victor sie in die Arme und küsste sie auf die Wange. »Du bist wundervoll«, flüsterte er. »Leandra wäre stolz auf Dich.«

Alina musste das Gesicht abwenden, um den Gefühlssturm zu verbergen, der sie durchtoste. Dass ausgerechnet Victor das zu ihr sagte, war die schönste und wichtigste Bestätigung für sie.

»So«, sagte er und sah ihr grinsend in die Augen. »Jetzt möchte ich etwas richtig Gefährliches tun. Wüsstest du einen Drakkenstützpunkt, den man überfallen könnte?«

Alina lachte leise auf und wischte sich die Tränen fort. »Wir zusammen oder du ganz allein?«, fragte sie.

*

Schon kurz nach ihrer Rückkehr nach Savalgor, zu der sie das Stygische Portal benutzt hatten, baten Azrani und Marina um ein Gespräch mit dem Primas und Munuel.

»Wir haben uns Gedanken gemacht, Hochmeister«, erklärte Azrani und warf Marina, die neben ihr auf der Bank im Turmzimmer des Primas saß, einen raschen Blick zu. Marina, die einige Zettel und Blätter in der Hand hielt, nickte entschlossen. »... und uns ein bisschen umgesehen«, fügte Azrani hinzu und räusperte sich. »In der Cambrischen Basilika.«

»Kinder, das muss aufhören!«, beklagte sich der Primas und stand auf. »Schön und gut, dass ihr so erfolgreich darin seid, in alten Kellern irgendwelche Geheimnisse auszugraben. Aber das gibt euch nicht das Recht, auf alle Zeiten in Bereiche einzudringen, die für euch verbotener Grund sind!«

Munuel, der etwas abseits saß, schien sich nicht an der Unterhaltung beteiligen zu wollen. Er hatte es sich auf einem altertümlichen Polsterstuhl bequem gemacht, die Beine ausgestreckt und lauschte.

»Aber dort lagern Schätze, Hochmeister!«, wandte Azrani ein. »Alte Dokumente, Schriftrollen, Folianten – und vor allem Landkarten!«

»Ja«, bestätigte Marina mit leuchtenden Augen, »auch Baupläne. Zahllose Baupläne von wichtigen Gebäuden, überall in Akrania. Von Ordenshäusern, Tempelanlagen, Festungen ... es ist alles da. Beispielsweise haben wir von Hegmafor ein rundes Dutzend alter Pläne gefunden. Ulkigerweise widersprechen sie sich gegenseitig. Stimmt es, dass dort das Original des Kodex aufbewahrt wird?«

»Hegmafor ...?«, fragte der Primas verwirrt.

»Apropos *verbotener Grund!*«, mischte sich Azrani ein. »Wir haben auch wieder einen neuen Weg nach Torgard gefunden – obwohl die Gänge fast vollständig überflutet waren.«

Der Primas stöhnte. »Sogar in Torgard wart ihr?«

»Jawohl, Hochmeister. Dort gibt es eine riesige Bibliothek. Und die ist ganz anders als unsere – ich meine, dort steht eine ganz andere Sorte Bücher. Lauter Sachen der Bruderschaft, manche von ihnen unglaublich alt.«

Jockum ließ sich wieder auf seinen alten, zerbrechlichen Stuhl sinken und seufzte. Es war ein Laut des Tadels, aber er ließ zugleich eine gewisse Neugier erkennen. »Und? Was habt ihr gefunden?«

»Leider nichts, was uns sagen könnte, wo dieses rätselhafte Bauwerk zu finden ist. Aber wir haben trotzdem etwas Wichtiges entdeckt. Einen Hinweis, dass Ihr womöglich einer ganz verkehrten Spur gefolgt seid, Hochmeister. Ihr und Meister Munuel.«

Jockum warf zuerst einen Blick zu Munuel, dann musterte er die beiden Mädchen nachdenklich. Er kannte sie schon lange, aber nicht so gut wie Leandra oder Roya. Heute trugen sie beide einen Pferdeschwanz und Kleidung in bunten Farben, was ihnen zusätzlich eine Ausstrahlung munterer Tatkraft und Rührigkeit verlieh. Die beiden brachten etwas ungeahnt Lebendiges, ja geradezu Betriebsames in diese alten Mauern … Er hatte sich nur noch nicht entschieden, ob ihm das gefiel oder nicht.

»Wir sollen eine ganz falsche Spur verfolgt haben?«, fragte er. »Wie kommt ihr darauf?«

»Wir haben Bilder gefunden. Eine Menge Kohlezeichnungen, einige bunte Kreidemalereien und sogar ein paar Ölbilder. Ihr habt Phenros als Künstler bezeichnet, Hochmeister, nicht wahr? Ihr seid aber offenbar davon ausgegangen, dass er Dichter war. Wohl deswegen, weil Ihr als Erstes Gedichte von ihm in die Hand bekamt. Wir aber vermuten, dass er vielmehr Maler als Dichter war.«

Jockum zog die Augenbrauen hoch. »Maler? Sind denn diese Bilder von ihm, die ihr gefunden habt?«

»Ja. Jedenfalls vermuten wir das. Allerdings tragen die Bilder keine Namenszeichnung.«

Jockum stieß ein leises nachdenkliches Brummen aus. »Und wie kommt ihr dann darauf, dass sie von Phenros stammen?«

»Auf ihnen finden sich viele Dinge wieder, die Phenros in seinen Texten angedeutet hat. Und sie ähneln dem Stil der Skizzen, die sich in seinen Schriften finden.«

Jockum warf den Mädchen zweifelnde Blicke zu. Hätte er nicht gewusst, wie sorgfältig sie für gewöhnlich arbeiteten, hätte er ihre Vermutungen in Zweifel gezogen. Phenros – ein Maler? Das war vollständig an ihm vorbeigegangen.

»Gut«, sagte er schließlich und breitete die Arme aus. »Vielleicht habt ihr ja Recht mit diesen Bildern. Aber warum soll deswegen die Spur, die wir verfolgt haben, falsch gewesen sein?«

»Wir glauben«, erklärte Azrani, »dass Phenros sein Rätsel eher in Bildern versteckt hätte als in Gedichten. Er hätte die Sprache der Bilder wenigstens mit einbezogen. Das war seine wahre Leidenschaft.« Sie erhob sich und ging zur Tür, neben der sie beim Hereinkommen eine große, lederne Mappe abgestellt hatte. Sie kniete sich nieder, öffnete eine kleine Schleife und zog aus der Mappe eine Anzahl großformatiger Blätter heraus. »Hier, Hochmeister. Seht Euch das an.«

Jockum erhob sich, als Azrani den Packen auf seinen Schreibtisch legte. Auch Munuel kam herbei.

Staunend betrachtete Jockum die Bilder eines nach dem anderen. Viele waren Kohlezeichnungen, manche mit Kreide oder Tinte gemalt, ein paar wenige auch mit Öl. Jedes Einzelne zeugte jedoch unverkennbar von meisterlicher Hand. Wer dies gemalt hatte, verstand sein Handwerk vorzüglich.

Munuel brummte leise – ein Laut der Enttäuschung.

»Du kannst es nicht sehen?«, fragte Jockum und hielt ein Blatt in die Höhe.

Munuel schüttelte den Kopf. »Nein. Die Vierecke der Blätter schon, aber nicht das, was auf ihnen ist.«

»Auch nicht das hier – mit Tinte?« Jockum hielt ihm eines hin, das ein unbekanntes Gesicht zeigte. Munuel nahm es und hielt es sich nah vors Gesicht. Verwirrenderweise schloss er dabei die Augen.

»Gerade noch so«, erklärte er. »Es ist das Gesicht einer Frau, nicht wahr? Ich kann es im Trivocum kaum erkennen.«

Jockum nickte verstehend und beschrieb ihm die Motive. »Hier sind Landschaften. Sehr schöne Bildaufteilung … ein knorriger Baum im Vordergrund … eine Herde wilder Mulloohs vor einer Stützpfeiler-Staffette … ein Waldsee mit einem kleinen Wasserfall … sehr hübsch. Ah, eine Stadt … hmm … Savalgor ist das aber nicht. Und noch eine Stadt … nein, eher ein Dorf. Ach, wer weiß schon, was es damals für Städte und Dörfer gab, vor zweitausend Jahren.« Auf diese Weise erklärte er Munuel die Motive der etwa zwanzig Bilder und Zeichnungen, die Azrani ihm gegeben hatte. Schließlich hatte er das Letzte beschrieben und legte es auf den Packen zurück.

Munuel seufzte und setzte sich wieder auf seinen Polsterstuhl.

»Schön und gut, Kinder«, sagte der Primas väterlich und mit einem wohlwollenden Lächeln. »Wer das hier gemalt hat, der hat sein Handwerk verstanden. Nehmen wir einmal an, dass es Phenros war. Ich verstehe immer noch nicht, warum das unsere Reise nach Chjant infrage stellt.«

»Die Texte führten ganz offensichtlich ins Nichts, Hochmeister«, erklärte Marina, die nun aufstand und sich neben Azrani stellte. »Ihr habt uns beschrieben, was ihr dort in Chjant vorgefunden habt, im diesem *Tal der tanzenden Steine*.« Sie hob einen der Zettel, die sie die ganze Zeit über in der Hand gehalten hatte. »Euer

Gedicht spricht zwar von einem solchen Ort, aber die letzten beiden Zeilen enthalten unserer Ansicht nach einen wichtigen Hinweis.« Sie las vor:

»... *das Bild der Natur und der Welt zu verstehn,*
und nicht sich selbst im Wege zu stehn.«

Munuel deutete zu Jockum. »Da hast du's!« sagte er. »Das habe ich dir damals schon gesagt!«

Jockum hob abwehrend beide Hände. »Langsam! Ich kenne diese beiden Zeilen und habe mir ausreichend Gedanken darüber gemacht. Was beweisen sie schon? Ich ...«

»Es gibt ein Bild von Phenros, das *Natur und Welt* heißt«, sagte Azrani.

Der Primas starrte sie verblüfft an. »*Was*?«

Munuel hatte sich aufgerichtet. »Ein Bild?«

»Ja. Leider haben wir es noch nicht finden können. Aber wir haben eine Art Bilderverzeichnis, eine Liste.« Marina stand auf, trat zu Jockum und zeigte ihm eines der Blätter. »Es handelt sich um die alte Gildenschrift – aber dies hier heißt doch *Natur und Welt*, oder?« Sie deutete auf eine Stelle in der Liste.

Jockum betrachtete das Papier. Es war alt, brüchig und gelblichbraun verfärbt. Wie die meisten dieser Schriftstücke war es jedoch magisch versiegelt und haltbar gemacht – eine Kunst, die man in Magierkreisen schon seit Jahrtausenden pflegte. Er studierte die Zeilen, in denen eine sorgfältige Hand säuberliche Schriftzeichen platziert hatte – und tatsächlich, dort standen die historischen Worte.

»Bild dreizehn, Natur und Welt«, las er mit leicht zitternder Stimme vor. Er ließ das Blatt sinken und starrte Marina staunend an.

Sie war ein sehr hübsches Mädchen, und dass sie darüber hinaus auch noch so klug war, verschlug Jockum ein wenig die Sprache. Sie erinnerte ihn an Leandra und überhaupt an jede Einzelne der sechs. Nein, sie waren ja jetzt *sieben*. Er blickte zu Azrani.

Azrani bemerkte seinen verblüfften Blick und kicherte leise. »Was ist, Hochmeister?«

Er schüttelte abwesend den Kopf, seufzte über sich selbst und streifte die plötzliche Anwandlung ab. Eine tiefe Dankbarkeit ergriff ihn. Eine Dankbarkeit darüber, dass das Schicksal seiner alten Seele ein Gefühl der Sicherheit zuspielte, was die Zukunft anging. Mit Alina als Shaba und diesen Mädchen und ihren Freuden als Streitmacht im Hintergrund konnte man in Akrania und der ganzen Höhlenwelt einigermaßen beruhigt in die Zukunft blicken.

Es sah wieder auf das Blatt mit der Liste. »Ihr beiden erstaunt mich wirklich«, meinte er wohlwollend. »Unerhört, was ihr so alles zutage fördert.«

Munuel wandte den Kopf in Richtung Marina und Azrani. »Habt ihr eine Vorstellung, wo dieses Bild zu finden sein könnte?«

Beide zuckten die Schultern. »Es fragt sich, ob es überhaupt noch existiert. Wenn es nicht auf magischem Wege haltbar gemacht wurde …«

»Oh, das wurde es bestimmt!«, meinte Munuel. »Wenn Phenros sein Geheimnis in ein Rätsel verpackt hat, hat er sicher auch in diesem Fall dafür Sorge getragen, dass es nicht dem Zahn der Zeit zum Opfer fiel.«

»Es könnte auch vernichtet worden sein«, gab Azrani zu bedenken. »Zweitausend Jahre sind eine lange Zeit. Ich würde eher sagen, ein Bild, das so lange überlebt, hätte ziemlich viel Glück gehabt.«

Munuel nickte beipflichtend. »Ja, da hast du nicht Unrecht. Aber was nützt es, ein Geheimnis zu verstecken, wenn die Hinweise darauf nur für eine gewisse Zeit überdauern können? Haben wir euch je von diesem Gedicht erzählt? Wo wir es fanden?«

Die beiden Mädchen schüttelten die Köpfe. »Nein, Meister«, sagte Azrani. »Ich dachte, auf irgendwelchen alten Pergamenten im Keller des Ordenshauses.«

Munuel nickte. »Ja, dort fanden wir den ersten Hinweis, der uns auf diese Fährte brachte – ebenfalls ein Gedicht. Aber jenes, in dem der Hinweis *Natur und Welt* versteckt ist, mussten wir erst mühsam suchen. Das Original ist in einer Steintafel eingemeißelt, die sich in einer Grotte in den Bergen befindet. Die Tafel war rundherum mit Runenzeichen verbrämt. Ich habe sie damals nicht entschlüsselt, aber inzwischen glaube ich zu wissen, welchem Zweck sie dienten.«

Azrani nickte. »Ah, jetzt verstehe ich. Mit den Runen sorgte Phenros dafür, dass diese Tafel die Zeiten überdauern konnte, nicht wahr?«

Munuel nickte. »Richtig. Vor Jahrtausenden begann unsere Magie mit Runenzeichen. Sie zählen zu den ältesten Werkzeugen unserer Zunft und haben die Eigenschaft, das Fließen stygischer Energien an einen Ort zu binden. Man findet sie oft in Steinkreisen, wie beispielsweise dem Asgard, der nahe meinem Heimatdorf Angadoor liegt. Fachkundig platzierte Runenzeichen können zum Beispiel eine Steintafel für ewige Zeiten vor dem Verfall bewahren.«

»Wenn Phenros die Steintafel auf diese Weise geschützt hat«, sagte Marina aufgeregt, »hat er das mit dem Bild vielleicht ebenso gemacht, nicht wahr?«

Jockum nickte. »Richtig. Na, das ist mal eine gute Nachricht! Ihr Mädchen – ich bin hoch zufrieden mit euch! Wir werden uns sofort auf die Suche nach diesem Bild machen!«

»Aber wo?«

»Das ist doch kinderleicht! Im *Südosten! Wo Steine tanzen, Felsen verglühn und Wasser bergauf strömt!*«

»Nun ist er übergeschnappt!«, murmelte Munuel leise, und fügte lauter und in ärgerlichem Ton hinzu:

445

»Du willst doch wohl nicht wieder zurück nach Chjant, in dein verrücktes Tal!«

»Wer spricht von Chjant?«, fragte Jockum fröhlich. »Der gute, alte Phenros hat zwar sein Geheimnis gut versteckt«, er tippte sich mit dem Zeigefinger gegen die Schläfe, »aber er hat nicht damit gerechnet, dass sich dereinst ein Mann namens Jockum dieser Sache annehmen würde!« Er zwinkerte ihnen zu und trat hinter seinem Schreibtisch hervor. »Folgt mir, ihr tumbes Jungvolk!«

*

Es war schon das zweite Mal innerhalb weniger Wochen, dass Rasnor ein längeres Stück zu Pferd reisen musste.

Mit einem Drakkenschiff nach Hegmafor zu fliegen wäre eine große Dummheit gewesen, selbst bei Nacht. Die alte Abtei lag viel zu tief im Landesinneren; ein Flug, wann auch immer, hätte bemerkt werden können. Um keinen Preis durfte jetzt die Aufmerksamkeit seiner Feinde auf diesen Ort gelenkt werden.

Drei Tage lang war er zügig geritten, und nun tauchten jenseits der knorrigen Holzbrücke über die Wildbachschlucht wieder die schwarzgrauen, trutzigen Mauern der alten Abtei auf. Dass es dort jene *Tiefen* gab, wie er sie kürzlich erblickt hatte, war zuvor unbekannt gewesen. Er war aufs Äußerste gespannt, was er vorfinden würde, wenn er noch *tiefer* grub.

Die alte Holzbrücke knarrte, als sein Gaul mit klappernden Hufen darüber ritt. Die Abtei, die sich auf ihrer von dem Wildbach umflossenen Felskuppe erhob, war von ansteigenden Bergflanken, steilen Klippen und knorrigen Felsformationen umgeben. Die Mauern waren ungewöhnlich hoch für einen Ort der Frömmigkeit, Rasnor schätzte sie auf sechzehn bis zwanzig Ellen. Rechts hinter der ihm zugewandten südlichen Mauer stand das Zeughaus mit seinem schiefergedeckten Dach. Der Bau wirkte so alt, als wäre er mitsamt dem unter dem Dach hervorschauenden Balkenwerk versteinert. Im Hintergrund erhob sich das massige Haupthaus, dessen östlicher Teil vom Abteitempel mit seinem grauen Kuppeldach verdeckt wurde. Ganz links hingegen, westlich des seltsamen, steinernen Kastens der Bibliothek und der breiten Holzbauten der Stallungen, erhob sich am westlichsten Punkt der knorrige Turm des Sanctums. Hegmafor war wahrlich ein abweisender Ort, jedoch von einer gewissen wild-romantischen Schönheit. Nur selten verirrte sich ein Wanderer hierher.

Als er sich der hohen Pforte näherte, einem großen Flügeltor, öffnete sich eine kleine Nebentür und zwei Mönche kamen heraus. Rasnor erkannte Prior Septos, der andere schien ein junger Mann, ein Novize zu sein. Septos kam auf Rasnor zugeeilt, während der andere am Tor stehen blieb.

»Hoher Meister«, rief Septos, »wie gut, dass Ihr kommt!«

Rasnor ließ sich vom Sattel herabrutschen. »Septos. Was gibt es denn?«

Der Prior blieb vor ihm stehen. »Es ist furchtbar. Kurz nach Eurer Abreise haben die Brüder den …« Er unterbrach sich und sah nach dem Novizen, der beim Tor stehen geblieben war. Doch der schien außer Hörweite zu sein, und Septos wandte sich wieder zu Rasnor. »Die Alchimistenbrüder haben den Sarkophag wieder geöffnet«, fuhr er mit leiser Stimme fort. »Ihr wisst schon … um eine neue Rezeptur für die Einbalsamierung des Leichnams auszuprobieren. Seitdem ist da unten die Hölle los. Ich weiß nicht, welches Phänomen dort zugange ist. So etwas habe ich noch nie erlebt, Hoher Meister!«

Ein unangenehmes Gefühl kroch Rasnors Rücken

herauf. Er hatte eigentlich gehofft, dass sich die seltsamen Kräfte in Chasts totem Körper beruhigt hätten. Stattdessen kam nun diese Nachricht. Er hatte keine Vorstellung, welcher Dämon sich in der Leiche seines Vorgängers festgesetzt hatte.

»Keine Sorge«, sagte er, den Gelassenen spielend. »Ich werde mir das ansehen.«

Septos seufzte lautstark, er schien sehr erleichtert. »Wunderbar«, seufzte er. Seine Miene wurde wieder geschäftig. »Ich hatte Euch gar nicht erwartet, Hoher Meister. Wart Ihr zufrieden mit den Männern, die ich Euch schickte?«

Rasnor nickte und klopfte Septos, der fast einen Kopf größer war als er, auf die Schulter. »Ja, war ich. Und auch mit den Büchern, mein Bester. Derlei Literatur unterhält mich sehr. Deswegen bin ich auch hier. Ist es wahr, was du geschrieben hast – dass es hier noch immer einen der *Wächter der Tiefe* gibt?«

»O ja, Meister! Ein uralter Kerl, völlig verrückt ... ich wage gar nicht daran zu denken, wie alt er sein mag. Er ist oben, im Turm.«

Rasnor zog erstaunt die Brauen hoch. »Im Turm? Ich dachte ...«

Septos hob eine Hand. »Schon mein Vorgänger hat ihn dort hinaufbringen lassen. Das muss an die fünfzehn Jahre her sein ...«

»*Fünfzehn* Jahre?«, stieß Rasnor überrascht hervor.

»Ja, Hoher Meister. Er wurde uns unheimlich, nachdem er seit Ewigkeiten irgendwo dort unten in den tiefsten Kellern gehockt hatte und den ganzen Tag nur den Kopf hin und her gewiegt und vor sich hin gebrabbelt hatte. Er isst so gut wie nichts und schläft fast nie. Wir wollten ihn aus den Kellern fort haben, aber wir haben ihn danach weiter versorgt. Wir wagten nicht, ihn einfach seinem Schicksal zu überlassen.«

Wieder fühlte Rasnor einen Schauer auf dem Rücken, diesmal aber war eine Spur mehr Abenteuerlust und weniger Furcht dabei. Diesen Wächter musste er unbedingt sehen. Hinab in den Keller zu gehen, um nach Chasts Sarkophag zu sehen, würde ihn jedoch einiges an Überwindung kosten.

Sie erreichten die Abteipforte, und Rasnor übergab dem Novizen die Zügel seines Gauls. Am unschuldig-frommen Blick des Jungen sah er, dass dieser keine Ahnung von dem hatte, was sich unterhalb der Abtei abspielte. Das war auch gut so – ein unbedarft funktionierender Abteibetrieb war die beste Tarnung für die wahren Aktivitäten von Hegmafor.

Sie betraten den Innenhof, und Rasnor blickte zum Himmel, um zu ermessen, wie lange der Tag noch dauern würde. Es war später Nachmittag, und das gab ihm Zeit, sich zuerst dem *Wächter* zuwenden zu können und danach erst mit Septos in die Keller hinabsteigen zu müssen. Er teilte ihm seinen Entschluss mit.

Septos nickte eilfertig und geleitete ihn ins Haupthaus. Dort begegneten sie dem Primas Wondras, dem sich Rasnor ehrerbietig als einfacher Wandermönch namens Sarun und alter Bekannter von Septos vorstellte. Der Primas nickte freundlich und wünschte einen guten Aufenthalt – auch er hatte keine Ahnung von den uralten Kellern unter der Abtei.

»Wir müssen hinauf ins Geheimarchiv des Primas«, flüsterte Septos, als Wondras fort war. »Ich selbst kann von meiner Amtsstube aus jederzeit dorthin – durch die Räume des Primas. Ihr jedoch müsst durch einen geheimen Weg durch das Skriptorium hinauf.«

Er winkte Rasnor hinter sich her und öffnete gleich links eine schwere Holztür. Muffige kühle Luft schlug ihnen entgegen. Sie betraten einen hohen, kalten Raum mit Säulengewölbe, in dem es eine Menge uralter Stehpulte und leerer Regale gab. Durch die nach Westen gelegenen Fenster drang das Licht des Spätnachmit-

449

tags herein; das war aber auch das einzig Lebendige an diesem Ort.

»Wir benutzen nur noch das östliche Skriptorium«, erklärte Septos leise. »Es sind viel zu wenig Mönche hier, um beide Säle zu betreiben. Folgt mir.«

Er durchquerte den Raum an der Westseite und gelangte zu einem Erker mit einer weiteren schweren Holztür. »Hier geht's hinauf«, flüsterte er und öffnete die Tür mit einem Schlüssel seines schweren Schlüsselbundes, den er an seinem Leibriemen trug. Rechts stand auf einem Schränkchen ein großer Kerzenleuchter. Septos nahm ihn, konzentrierte sich einen Augenblick und ließ eine Magie losschnappen. Mit einem einzigen Schlag flammten alle Kerzen auf. Diebisch lächelte er Rasnor an – kein frommer Mönch des Rebenländer Ordens hätte so etwas tun dürfen, geschweige denn tun *können*.

Über eine schmale, steile Wendeltreppe gelangten sie drei Stockwerke höher. Eine weitere Tür gewährte ihnen Zugang in das Geheimarchiv, das sich, wie Septos erklärte, auf dem Dachboden direkt über der Amtsstube des Primas befand. Hier gab es hinter Regalen einen versteckten Zugang in einen schmalen geheimen Gang, der zwischen zwei Wänden lag; dahinter folgten eine Treppe, ein weiterer Gang und zuletzt eine abenteuerlich verwinkelte Stiege, die in den Turm des Haupthauses hinaufführte. »Alles geheim«, erklärte Septos, von Stolz erfüllt. »Das sind Gänge und Räume, deren Existenz man weder von außen noch von den regulären Innenräumen aus erkennen kann. Sie befinden sich samt und sonders in dazwischenliegenden Wänden und Stockwerken. Eine Meisterleistung unserer Ahnenbrüder!«

Rasnor nickte anerkennend. Am oberen Ende der Stiege erreichten sie eine niedere Tür, die Septos ebenfalls aufschloss. »Seid geduldig mit ihm, Hoher Meis-

450

ter«, flüsterte er. »Er ist nicht ganz richtig im Kopf. Aber vielleicht kann er Euch gewisse Fragen beantworten. Ich warte im Geheimarchiv auf Euch. Ich muss dort ohnehin noch etwas nachsehen.« Er nahm sich eine einzelne Kerze und reichte Rasnor den Leuchter.

Rasnor nahm ihn entgegen, nickte und zog die Tür vorsichtig auf. Abermals schlug ihm ein Lufthauch entgegen, diesmal jedoch feucht und faulig. Angewidert verzog er das Gesicht. Mit einem viel sagenden Seitenblick zu Septos bückte er sich und betrat den geheimen Raum.

20 ◆ Tanzende Steine

»Wo führst du uns hin?«, fragte Munuel
ungeduldig.

Hochmeister Jockum war bester Laune. Mit for-
schem Schritt marschierte er über das Kopfsteinpflas-
ter der Savalgorer Gassen. »Nur Geduld, wir sind
gleich da!«

Marina und Azrani folgten ihnen mit ein paar Schritten Abstand, dabei leise tuschelnd in ein Gespräch vertieft. Sie umrundeten ein Häusereck und fanden sich
auf dem Platz der Cambrischen Basilika wieder. Vor
ihnen ragte der gewaltige, uralte Bau mit seinem Turm
der Stürme auf, dem höchsten, von Menschenhand
erschaffenen Bauwerk in ganz Akrania. Jockum marschierte geradenwegs auf das große Hauptportal des
gewaltigen Kirchenbaus zu.

»Ihr wollt in die Basilika, Hochmeister?«, fragte Azrani von hinten.

»Die Basilika?«, echote Munuel von rechts.

»Ja, meine Freunde«, antwortete Jockum mit Bestimmtheit. »Folgt mir einfach!«

Marina reichte Munuel helfend die Hand, als sie
die flachen und weiten Portalstufen hinaufschritten. In
dem großen, zweiflügligen Portaltor gab es ganz rechts
eine kleine Einlasstür, die offen stand. Jockum marschierte zielstrebig auf sie zu und verschwand im Innern der Basilika. Marina, Munuel und Azrani folgten
ihm nach kurzem Zögern. Kurz darauf standen sie in
einem gewaltigen, hohen Saal, in dem riesenhafte Säulen in der Art von Stützpfeilern in die Höhe streb-

ten. Eine riesige, runde Kuppel wölbte sich über der Haupthalle. Dort oben befanden sich Malereien und Fresken in großer Zahl – sie stellten legendäre Ereignisse in der Geschichte des Landes Akrania dar. Direkt unterhalb der Kuppel befand sich ein flaches Stufenpodest, auf dem in einer großen verzierten Schale aus Gusseisen das *Ewige Feuer* brannte. Es war ein magisches Feuer, welches die Kräfte des Diesseits und des Stygiums darstellen sollte, die sich auf ewig am Trivocum rieben.

Jockum blieb vor dem Podest stehen und wies in die Weite der Basilika. »Wisst ihr, wie alt die Cambrische Basilika ist?«

Die Mädchen schüttelten die Köpfe, Munuel schwieg.

»Nein, diesmal sind es keine zweitausend Jahre, sondern nur vierhundert! Doch Savalgor ist viel, viel älter – annähernd dreitausend Jahre. Und beinahe ebenso alt ist der Cambrische Orden.« Er drehte sich zu ihnen um und verschränkte die Arme vor der Brust. »Da fragt man sich doch, was hier wohl die ganze Zeit über war, als die Basilika noch nicht existierte, oder? Ich meine, hier, an diesem Ort? In Savalgor war der Platz schon immer begrenzt, und ganz sicher hat man diese Stelle nicht zweieinhalb Jahrtausende frei gehalten, weil man vielleicht irgendwann einmal hier eine Basilika erbauen würde.«

Die Mädchen sahen sich ratlos an, auch Munuel zuckte mit den Schultern.

»Ich will es euch sagen. Der Orden war früher viel größer, und hier, an dieser Stelle, befand sich bis vor vierhundert Jahren unser Ordenshaus. Dort hingegen, wo wir heute residieren, war nur das Ordensarchiv.« Er legte eine kurze Pause ein und nickte ihnen zu. »Ich spreche allerdings vom *Orden*, wie euch vielleicht aufgefallen ist; vielleicht hätte ich besser *Gilde* sagen sollen. Damals nämlich waren in der *Gilde der Magier* die fünf großen Orden der Höhlenwelt vereint: die Cambrier, die Phygrier, die Usmarer, der Azurier-Orden und die Urgewaltigen. Doch dann kam es zur Spaltung, und vier der Orden gingen fort. Die Phygrier nach Tharul, die Usmarer zurück in ihre Heimatstadt nach Usmar und die beiden anderen nach Veldoor und Chjant. Savalgor wurde zum Hauptsitz der Cambrier. Obwohl der Cambrische Orden damals noch immer der größte von allen war, verfügte er längst nicht mehr über die frühere Zahl an Mitgliedern.«

»Eine kleine Geschichtsstunde, Jockum?«, fragte Munuel.

»Hör nur erst zu!«, erwiderte der Primas unbeirrt. »Der damalige Shabib wollte nach dieser Spaltung ein Zeichen setzen. Er bat damals die zahlenmäßig sehr geschrumpften Cambrier darum, in die Gebäude des Ordensarchivs umzuziehen, und wollte ihnen dafür eine großartige Basilika erbauen lassen. Genau hier.« Er hob die Hände und blickte in die Höhe. »So geschah es dann auch. Das alte Ordenshaus, das hier stand, wurde abgerissen und die Basilika erbaut. Als sie nach etwa dreißig Jahren Bauzeit fertig war, wurde nachträglich der wesentliche Teil des Ordensarchivs in den Turm der Stürme verlagert, wo er sich heute noch befindet.«

»Ah!«, sagte Marina verstehend.

»Jetzt wird mir klar, warum in den Kellern des heutigen Ordenshauses so viele *uralte* Dokumente lagern!«, meinte Azrani.

»Ja, richtig«, nickte Jockum. »Die wirklich alten Dokumente sind bei uns, weil es das viel ältere Archiv ist. Die meisten der neueren sind mit dem Umzug des Archivs vor vierhundert Jahren in den Turm der Stürme gewandert.«

»Worauf willst du hinaus?«, fragte Munuel ungeduldig. »Denkst du, wir könnten hier noch mehr …?«

»Nein, nein«, unterbrach ihn Jockum. »Um die Dokumente geht es gar nicht. Wir sind wegen des alten Ordenshauses hier. Der Ort, an dem Phenros wirkte, war *hier!* Es war lange vor dem Bau der Basilika, ja sogar noch vor Anbruch des Dunklen Zeitalters. Doch was er damals schrieb und niederlegte, wanderte naturgemäß ins *Archiv* des Ordenshauses – dahin, wo wir heute unseren Sitz haben. Deswegen fanden wir es auch dort. Gearbeitet aber hat Phenros hier!« Wieder hob er beide Arme.

Marina nickte verstehend. »Und was nützt uns das? Damals stand hier ein ganz anderer Bau ...«

»Ganz recht!«, sagte Jockum. »Es wäre interessant, einmal in den Kellern herumzustöbern, ob sich noch ein alter Bauplan des früheren Ordenshauses findet. Ich wette, ihr beiden Kellerasseln würdet ihn finden!«

Marina und Azrani lächelten unsicher.

»Aber den brauchen wir jetzt gar nicht!«, fuhr Jockum fort. »Was für uns im Moment wichtig ist, weiß ich auch so.« Er tippte sich mit dem Zeigefinger gegen die Schläfe. »Folgt mir!«

Jockum wandte sich voller Energie um und marschierte auf das dem Hauptportal gegenüberliegende, kleinere Portal der Basilika zu. Die drei beeilten sich, ihm zu folgen. Bald darauf traten sie durch eine weitere kleine Innentür aus dem Bau der Basilika heraus und standen im Freien.

»Der Cambrische Garten!«, erklärte Jockum und beschrieb eine große Geste nach Süden hin, wo sich ein wunderschön gepflegter Park erstreckte, der von einer hohen Mauer mit einigen Türmchen umgeben war. Rings um die gepflegten Rasenflächen wuchsen hübsche, bunte Blumenreihen, fein gestutzte Drachenbäumchen und Zedern; etliche kleine Wasserläufe durchzogen den Park mit seinen Teichen und niedlichen Pagoden. Der Garten war eine einzige Pracht, und angesichts der drangvollen Enge in der Stadt Savalgor zugleich eine unerhörte Platzverschwendung. Mehrere Mönche waren mit der Gartenpflege beschäftigt, ein paar Savalgorer Bürger hatten sich auf Steinblöcke niedergelassen und gaben sich dem warmen Schein des Großen Savalgorer Sonnenfensters hin.

»Hier war ich noch nie!«, flüsterte Marina.

»Ist das dein Ernst, mein Kind?«, fragte Jockum tadelnd.

Marina zuckte nur unschuldig mit den Schultern.

»Also gut«, sagte Jockum. »Wovon ihr sicher nichts wisst, ist die Tatsache, dass dieser Garten der einzige Teil des früheren Ordenshauses ist, der bis heute erhalten blieb. Das alte Gebäude wurde abgerissen, um dem Bau der Basilika Platz zu machen, aber der Garten blieb. Weiß jemand von euch den Grund?«

Hochmeister Jockums Ton hatte etwas Belehrendes angenommen, es schien, als wollte er hier selbst für seinen alten Freund Munuel einen geschichtlichen Unterricht abhalten.

»Der Garten soll angeblich den genauen Mittelpunkt der Höhlenwelt darstellen und, wie sein Name schon sagt, etwas Magisches an sich haben«, leierte Munuel ungeduldig herunter. »Im Übrigen solltest du dich nicht so aufspielen, ja?«

»Nun reg dich nicht auf!«, erwiderte Jockum. »Ich kenne diesen Garten gut. Ich komme oft hierher. Und als ich nun darüber nachdachte, wie Phenros sicherstellen konnte, dass sein Bild auch nach langer, langer Zeit noch erhalten wäre, fiel mir der Cambrische Garten ein.«

»Du glaubst, dieses Bild befindet sich hier? Tanzende Steine, glühender Fels, und Wasser, das bergauf fließt?«

Jockum lächelte fröhlich wie ein kleiner Schuljunge.

»Ja, stimmt. Darf ich euch noch eine Frage stellen? Eine Letzte?«

»Eine Einzige noch«, erklärte Munuel streng.

»Danke, verehrter Meister. In welche Richtung müssen wir jetzt gehen?«

Die anderen wirkten verblüfft, aber nach kurzer Zeit fragte Azrani: »Nach ... *Süden* und *Osten*?«

Jockum strahlte. »Genau! Du hast Recht, mein Kind. *Weit* nach Süden und Osten.« Er deutete voraus und setzte sich in Bewegung.

Er eilte Treppenstufen hinab, schwenkte auf einen Kiesweg, der schräg nach links führte und blickte sich nach ihnen um, ob sie ihm auch folgten. Langsam wurden sie ein wenig von Jockums Begeisterung angesteckt.

Es ging zwischen gestutzten Hecken und blühenden Blumenbeeten hindurch; der Garten besaß in etwa die Form eines Trapezes, das von der Basilika nach Süden fortstrebte. Bald erreichten sie den südöstlichen Teil und stießen dort auf einen kleinen See. Schnaufend hielt Jockum inne und wies auf die gepflegte Anlage, die sich vor ihren Augen erstreckte.

Der See war halbkreisförmig und erstreckte sich an seiner weitesten Stelle über etwa fünfzig Schritt. In der Mitte lag eine winzige Insel. Sie maß kaum sechs oder sieben Schritt im Durchmesser; eine Gruppe übereinander getürmter, rotbrauner Felsblöcke erhob sich mitten auf ihr. Ganz oben, aus dem höchsten der Steine, sprudelte ein kleiner Quell, dessen Wasser sich in einer Kuhle sammelte und dann in einem glatten Strahl in die Tiefe plätscherte, wo es am Fuß der Felsenbrocken in einer Spalte verschwand. Offenbar speiste dieses Wasser nicht den See – oder es tat es an einer Stelle, die nicht einzusehen war.

Jockum betrat vorsichtig den Rasen und näherte sich dem See. An seiner schmalsten Stelle war das Ufer von glatten, weißen und hellbraunen Kieseln gesäumt. Dort blieb er stehen.

»Der Cambrische Quell«, flüsterte er ehrfurchtsvoll. »Es heißt, seine Wasser kämen aus dem Nirgendwo und flössen auch wieder dorthin zurück.«

»Und was tun wir hier?«, flüsterte Munuel zurück.

Bevor er antworten konnte, deutete Marina mit aufgerissenen Augen auf den See. »Wasser, das *bergauf* fließt!«

Hochmeister Jockum lächelte und nickte. Er starrte ebenfalls auf den See, auf die stille, unberührte Wasserfläche. Dort spiegelte sich das Inselchen mit dem Cambrischen Quell und erzeugte den Eindruck, als strömte das Wasser bergauf.

Munuel stieß ein ungläubiges Lachen aus. »Eine Spiegelung? Ist es das, was ihr seht?«

»Ja, mein Bester. Hast du hier einmal zur Abendstunde gestanden?« Er deutete in die Höhe. »Wenn die Sonnenfenster rötlich werden? Leider sind wir heute zu früh.«

Munuel nickte. »Ich weiß, was du meinst. Die Felsen des Cambrischen Quells. Sie sind von feinen Quarzit-Adern durchzogen und leuchten zuweilen abends, wenn die Lichtverhältnisse stimmen. Und wo sind die ... *Tanzenden Steine?*«

Jockum bückte sich, hob einen der weißen Kiesel auf und drückte ihn Munuel in die Hand. »Sie sind alle flach, ist dir das einmal aufgefallen?«, fragte er.

Munuel wendete den Kiesel in der Hand und nickte.

Jockum hatte inzwischen einen Weiteren aufgehoben. Er beugte sich ein wenig hinab, holte aus und schleuderte den Stein in flachem Winkel auf die Wasserfläche. Der sprang über das Wasser und versank schließlich ein Stück links von der kleinen Insel. »Nennt man das nicht *einen Stein tanzen lassen?*«, fragte er.

Munuel grinste breit. »Ich gratuliere dir, mein Freund«, sagte er. »Eine echte Intelligenzleistung! Du hast mich überzeugt. Hier muss Phenros sein Bild *Natur und Welt* versteckt haben. Weißt du etwa auch schon, wo es ist?«

Jockum schüttelte den Kopf. »Nein, noch nicht. Aber wir finden es, verlass dich drauf!«

*

Der Alte war nicht viel mehr als ein Häufchen vertrocknetes Laub.

Vorsichtig kroch Rasnor auf Knien an ihn heran; der Raum war zu niedrig, um darin aufrecht stehen zu können. Den Kerzenleuchter stellte er ab, ehe er ganz heran war, denn er sah, dass der Alte, der im Schneidersitz auf einem Strohlager saß, die Augen zusammenkniff.

Noch nie hatte Rasnor einen lebendigen Menschen mit so vielen Falten gesehen. Sein braunfleckiges Gesicht wies nicht mal eine einzige halbwegs glatte Stelle von der Größe eines Kupferfolints auf; das dünne weißgraue Haar hing ihm bis zu den Hüften herab, ebenso der Bart. Der Alte trug nur einen braunen Lumpen, an mehreren eingerissenen Stellen konnte man die faltige Haut seines Leibes erkennen – ein Körper, so dünn und flüchtig wie uraltes Papier. Er saß auf einem Häuflein Stroh. Am Geruch war leicht zu erkennen, dass er sich nicht erhob, wenn er seine Notdurft verrichtete. Rasnor war es ein Rätsel, wie dieses Gespenst von einem Menschen überhaupt noch leben konnte.

Oder sollte ich besser fragen: warum?, dachte er.

Langsam entspannten sich die Züge des Alten, seine Augen schienen sich an die Helligkeit gewöhnt zu haben. Die Augenlider öffnete er jedoch nicht. Gebeugt saß er auf seinem Lager, und seine strichdünnen Lippen bewegten sich leise, wie in einem stillen Gebet.

»Alter?«, flüsterte Rasnor. »Hörst du mich?«

Keine Antwort.

Die faltige Miene des Wächters schien zu einem ewig währenden, spöttischen Grinsen erstarrt zu sein. Seine Lippen bewegten sich weiterhin.

»Alter?«, wiederholte Rasnor. »*Wächter?* Hörst du auf diesen Namen?«

Es dauerte eine ganze Weile, dann kam eine Antwort, eine leise, zischelnde Stimme, wie von einer Schlange.

»*Hast du ihn gesehen?*«

Rasnor erschauerte. Er wusste sofort, von wem der Alte sprach. Eine von leisen Wellen des Schreckens erschütterte Weile überlegte er, ob er antworten sollte oder aber besser schnell wieder ging.

Dann holte er vorsichtig Luft, als wäre sie heiß und er könnte sich die Lungenhärchen verbrennen. »Ja«, hauchte er. »Ich habe ihn gesehen.«

Der Alte ließ ein irres Kichern hören.

Aus irgendeinem Grund schlug Rasnors Herz plötzlich dröhnend, für Augenblicke fürchtete er wahrhaftig einen Herzanfall, dann verebbte das beängstigende Gefühl wieder.

Die zischelnde Stimme des Alten erklang wieder. »Er hat zu tief gewühlt, verstehst du? Zu tief!« Wieder das Kichern.

Rasnor würgte einen ekelhaft kantigen Kloß herunter. »Zu ... tief? Was meinst du damit? *Wo* hat er gewühlt?«

Es dauerte stets eine kurze Weile, ehe der Alte antwortete. »Wo glaubst du wohl? In der *Tiefe*, natürlich!«

Etwas in der Art hatte Rasnor bereits erwartet. Etwas Rätselhaftes, Verschlüsseltes, Kryptisches.

»Willst du auch wühlen?«, fragte der Wächter.

»Ich?« Rasnor schluckte. »Ich ... ich weiß nicht.«

Der Alte kicherte wieder. »Tu es nicht«, sagte er, aber seine Worte klangen eher wie eine Aufforderung.

Rasnor brachte allen Mut auf. »Und ... wenn doch?«

»Sardin hat es versucht, Chast hat es versucht, und zwischen ihnen ein Dutzend andere. Keiner hat es beherrschen können. Es sind die Geheimnisse der *Alten!*«

Rasnor schauderte.

Plötzlich stand er auf der gleichen Stufe mit den legendären Meistern der Bruderschaft. Hier schien sich eine Möglichkeit zu bieten, mit diesen Männern gleichzuziehen – ja, sie vielleicht sogar zu übertreffen. Ihm musste nur eins gelingen: *Es* zu beherrschen – was immer *Es* auch war. Er lachte auf, nicht minder irr als der verrückte Wächter. Der Alte hatte genau gewusst, wer ihn da besuchte und warum.

Ich sehe es mir einmal an, sagte er sich. *Ja, das werde ich tun!*

»Wo ... muss ich graben?«, hauchte er.

»Nicht graben! *Wühlen!* Mit bloßen Händen. Auf deinen Knien. In den tiefsten Abgründen.«

Rasnor wagte nicht zu antworten, wagte nicht, *ja* zu sagen.

Lange Zeit herrschte Stille, die so eindringlich wurde, dass Rasnor zuletzt kaum mehr zu atmen wagte. Kalter Schweiß trat auf seine Stirn. Er hatte das schwindelnde Gefühl, bereits den entscheidenden Schritt zu weit gegangen zu sein. Als er es nicht mehr aushielt, schnappte er nach Luft – ein Geräusch, das wie ein Quietschen durch die Stille der Turmkammer schnitt.

Der Alte kicherte wieder, dieses Mal laut, als empfände er unendliches Vergnügen.

Rasnor verlor die Nerven. Er beschloss zu verschwinden, und zwar auf der Stelle. Unter aufkommender Panik kämpfte er sich auf die Füße, griff nach dem Kerzenleuchter und wandte sich der Tür zu.

Schon im ersten Augenblick, da er dem Alten den Rücken zuwandte, packte ihn das Gefühl, als streckte ein namenloser Horror von hinten seine Klaue nach ihm aus. Er stieß ein gequältes Heulen aus, als ihn zwei leise geflüsterte Worte von hinten erreichten. Zwei Worte, die ihm die Nackenhaare aufstellten und ihm mehr Angst einjagten als irgend etwas zuvor in seinem Leben – und er hatte so manches gesehen.

»*Frag ihn!*«

Zwei Herzschläge darauf hatte Rasnor die Tür erreicht, stieß sie auf und ließ sich förmlich hinausfallen, nicht mehr auf den Kerzenleuchter achtend, der ihm aus der Hand glitt und polternd das schmale, verwinkelte Stiegenhaus hinabfiel. Während aus dem Raum des Alten ein meckerndes, anschwellendes Lachen tönte, trat er die verfluchte Tür mit den Füßen zu, stemmte sich hoch und eilte in vollkommener Dunkelheit die steilen Stufen herab. Er stieß sich Kopf, Ellbogen und Schienbeine, doch das spürte er schon gar nicht mehr; nur fort wollte er von hier, nur fort. Unten angekommen, stolperte er über den erloschenen Kerzenleuchter, rappelte sich wieder auf und versuchte aus der Erinnerung den Verlauf des Ganges wieder zu finden. Polternd bahnte er sich seinen Weg; erst sehr spät wurde ihm klar, dass er vor Septos ein Gesicht zu wahren hatte – er, der neue *schreckliche* Hohe Meister der Bruderschaft, der gerade einen Moment des Grauens erlebt hatte, den er selbst nie würde überbieten können. Jedenfalls nicht dann, wenn er vorhatte, halbwegs auf der Seite der geistig Gesunden zu bleiben.

Vom Lärm angelockt, kam ihm im unteren Gang Prior Septon mit seiner einzelnen Kerze entgegen. »Hoher Meister!«, rief er besorgt. »Beim Felsenhimmel! Ist Euch etwas zugestoßen?«

Mit einer regelrechten Kraftanstrengung riss sich Rasnor zusammen, zerrte seine Robe glatt und strich sich über Gesicht und Haare, ehe Septos ihn vollends erreicht hatte. »Nein … nein, Septos. Alles in Ordnung. Ich bin nur … gestürzt und habe mein Licht verloren. Es ist nichts passiert.«

Er bemühte sich um gleichmäßiges Atmen und ein einigermaßen glaubwürdiges Lächeln, als der Prior bei ihm stand. Dessen Miene zeigte Erleichterung. »Dann ist es ja gut«, seufzte er. »Hat der Alte geredet? Habt Ihr ihm etwas entlocken können?«

Rasnor schüttelte den Kopf. »Nein. Er ist verstockt und abweisend. Ich habe nichts aus ihm herausbringen können.«

Septos nickte verstehend. »Ja, das dachte ich mir schon. Es hat keinen Zweck mit ihm. Er ist uns allen unheimlich. Hoffentlich stirbt er bald.« Nach einer kurzen Pause fügte er hinzu: »Können wir dann jetzt hinab, in die Katakomben? Der Sarkophag muss unbedingt …«

Ein eiskalter Hauch strich über Rasnor hinweg. Rasch hob er eine Hand und schüttelte entschieden den Kopf. »Nein, Septos. Heute nicht mehr. Ich bin müde wie ein Mullooh. Das muss bis … morgen warten.«

Septos aber warf ihm einen Blick zu, als wüsste er sehr genau, was in Wahrheit geschehen war.

21 ◆ Donnervögel

So richtig hatte Altmeister Ötzli das nicht begriffen mit dem Tachyonen-Transfer. Er stand in der Brücke der L-2367, betrachtete all die seltsamen Geräte, Bildschirme, Konsolen und beobachtete die Drakken, die hier beschäftigt waren.

»Und wir sind nur eine … Kopie?«, fragte er leise. »Eine Kopie unserer selbst?«

Nuntio Julian senkte respektvoll das Haupt. »Ja, Exzellenz. Tachyonen sind Materieteilchen, die sich ständig oberhalb der Lichtgeschwindigkeit bewegen. Sie werden niemals langsamer. Der Rafter-Projektor, den ich Ihnen heute Morgen zeigte, hat die physikalische Struktur dieses Schiffs durch Antimateriebeschuss während der Beschleunigung sukzessive durch Tachyonen und andere Teilchen der Tachyonen-Gruppe ersetzt. Wir bewegen uns nun oberhalb der Lichtgeschwindigkeit.«

»Und müssen dabei *bremsen?*«

»Richtig, Exzellenz. Die meisten Teilchen aus der Tachyonen-Gruppe haben das Bestreben, sich der höchsten Geschwindigkeit des SuperC-Raumes zu nähern. Würde der Rafter-Projektor diesen Prozess nicht durch ständigen Teilchentausch in der Balance halten, würden wir an der höchsten Geschwindigkeit des SuperC-Raumes gewissermaßen *kleben* bleiben.« Er lächelte verbindlich. »Das wäre sehr unangenehm.«

Ötzli räusperte sich. An all diese vielen neuen Wörter musste er sich erst noch gewöhnen, wie auch an die Sprache selbst. »Und … was ist jenseits dieser höchsten Geschwindigkeit, Julian?«

Der Nuntio hob die Schultern. »Bedauerlicherweise weiß das niemand, Exzellenz.«

Ötzli atmete auf. Er empfand es als erleichternd, dass auch diese über die Maßen hoch entwickelte Technik irgendwo Grenzen besaß.

LiinGhor näherte sich. »Retransfer in einer Minute, Kardinal Lakorta«, sagte der Drakken mit seiner kalten Echsenstimme. »Sie sollten sich setzen.«

Ötzli nickte und sah sich nach einer der Kompensations-Liegen um. Die Drakken hatten beim Retransfer so etwas nicht nötig, aber ihm war gestern, beim Eintritt in die Überlichtsphäre, gehörig schlecht geworden.

»Hier drüben, Exzellenz«, sagte Nuntio Julian und wies in eine Nische, in der sich zwei der Liegen befanden. »Wenn Sie erlauben?«

Wieder nickte Ötzli und schritt in die angegebene Richtung. Der zierliche Julian, ein eilfertiger junger Mann von hoher Intelligenz, aber unsicherem Auftreten, hastete voran und baute sich neben der flachen, sesselartigen Liege auf, so als benötigte der Kardinal seine Assistenz, um sich darauf niederzulassen. Ötzli verscheuchte den Burschen mit einer Handbewegung und ließ sich auf der Liege nieder. Als er es sich bequem gemacht hatte, krabbelte auch der Nuntio umständlich auf die seine.

»Noch dreißig Sekunden«, tönte die Stimme des Drakkenoffiziers herüber.

Ötzli legte sich sorgsam zurecht. »Irgendetwas Neues vom Pontifex?«, fragte er.

»Nein, Exzellenz, leider. Wir wissen immer noch nicht, wohin er verschwunden ist. Aber das ist nichts Ungewöhnliches. Alle Päpste der letzten Dekaden taten dies – um unversehens an irgendeinem Ort aufzutauchen, an dem sie nicht erwartet wurden.« Er räusperte sich. »Um dort die Mahnung und das Wort Gottes zu verbreiten.«

All dieses Gottes-Gerede war Ötzli fremd. »Sie sind der päpstliche Gesandte, Julian. Wer, wenn nicht Sie, sollte wissen, wo er sich aufhält?«

Julian lachte unsicher. »Oh, Exzellenz, es heißt nicht viel, Nuntio zu sein. Sie sehen ja, ich wurde Ihnen zugeteilt. Von höchster Stelle.«

»Ja«, brummte Ötzli. »Nicht zuletzt, um mich über die Handlungen des Papstes auf dem Laufenden zu halten. Vergessen Sie das nicht!«

»Retransfer in fünf Sekunden … vier … drei …«, schnarrte LiinGhors Stimme durch die Brücke.

Altmeister Ötzli versteifte sich. Bei eins schloss er die Augen und holte tief Luft, obwohl er das nicht tun sollte. Eine Welle von Übelkeit, gepaart mit einem hilflosen Gefühl der Verlorenheit und einem Blick auf einen Ort des Ewigen, den eigentlich kein Lebender je erhaschen sollte, überspülte ihn. Er stieß den Atem aus, ächzte und versuchte, sein pochendes Herz zu beruhigen. Man hatte ihm gesagt, dass sich dieses Gefühl mit der Zeit verflüchtigte, bis man eines Tages gar nichts mehr spürte. *Hoffentlich*, dachte er und öffnete die Augen.

Julian saß bereits auf der Kante seiner Liege. »Schon da!«, meinte er fröhlich.

Ötzli sog Luft in seine Lungen, versuchte das flaue Gefühl aus seinem Magen zu verdrängen und das Flirren aus seinem Kopf zu bekommen. Er war ein alter Mann, und obgleich er über Mittel verfügte, seine Gesundheit zu stützen wie kaum ein anderer, spürte er die Last der Jahre. Instinktiv tastete er nach dem Steinamulett, das er um den Hals hätte tragen sollen … Ein schmerzliches Gefühl stach durch seinen Körper: Nein, noch besaß er keines, diese verfluchte Leandra hatte es ihm gestohlen!

Als er an die Begebenheit auf der MAF-1 dachte, wurde ihm schlecht vor Zorn. Dieses Weibsstück wollte ihn einfach nicht in Frieden lassen! Dass es ihm dort nicht gelungen war, sie zu töten, saß ihm wie ein Dolch im Herzen. Welche Schmach, dass sie ihm sogar das Amulett abgejagt hatte! Es war das Dritte gewesen, das er erzeugt hatte – nachdem sein kleiner Drakkentrupp mühevolle Wochen lang das Wolodit in die Verdichterhalle transportiert hatte. Die ersten beiden Amulette hatte er für seine Magie-Experimente hergeben müssen, das Dritte endlich hätte für ihn selbst sein sollen. Nun mussten die Drakken die Verdichterhalle erst wieder mühsam anfüllen, und er musste noch Wochen warten.

Keuchend richtete er sich auf.

Die Beleuchtung auf der Brücke hatte sich verändert, nun herrschte angenehmeres, gelbliches Licht. Julian hatte ihm erklärt, dass dies eines der bisher ungeklärten Phänomene des Überlichtflugs war: das Licht als solches veränderte *dort drüben* seine Farbe. Alles schien kalt und grau. Er selbst konnte es ebenfalls bestätigen: Auch das Trivocum sah anders aus. Der sonst so lebhafte rötliche Schimmer hatte einen kalt-bläulichen Stich, und das gefiel ihm nicht sonderlich.

Als er saß, wischte er sich kurz mit den Händen übers Gesicht, holte tief Luft und stemmte sich langsam in die Höhe.

»Meldung!«, rief Julian und trat fordernd ein paar Schritte auf eine Gruppe von Drakken zu. »Meldung für Kardinal Lakorta!«

Als Ötzli stand, straffte er sich.

Innerhalb der letzten Monate war er von einem verstoßenen und geächteten Niemand zu einer Person von Einfluss und Größe aufgestiegen. Nun hatte er nicht nur eine Drakkenstreitmacht hinter sich, sondern verfügte mit den *Ordensrittern* auch noch über ein Drittel der schlagkräftigsten Raumflotte dieses galaktischen Riesenreiches. Hinzu kamen noch die Heilige Inquisition, eine kirchliche Ermittlungsbehörde, bei deren bloßer Namensnennung Menschen und Ajhan erzitterten, und letztlich der Pusmoh selbst, die ebenso gewaltige wie auch rätselhafte Macht, die dieses ganze Imperium steuerte. Nun fühlte er sich für sein Vorhaben auf der richtigen Seite. Es war ein lächerlicher Gedanke zu glauben, die kleine Leandra hätte auch nur den Hauch einer Chance, ihm zu entkommen. Vor zwei Wochen, in der MAF-1, war ihr das noch einmal gelungen – doch das war das letzte Mal gewesen.

Er wusste nicht einmal, was sie hier wollte. Die Drakken besiegen? Das Imperium der GalFed zerschlagen und mit ihrem lächerlichen Mädchentrupp und ihren paar Magierfreunden eine Herrschaft des Cambrischen Ordens in der Milchstraße errichten? Er lachte trocken.

»Exzellenz …?«

Er winkte ab. »Nichts, nichts.«

Mit noch etwas wackeligen Schritten näherte er sich den Drakken, die sich um einen großen, kastenförmigen Tisch gruppiert hatten. Ein Muuni, einer dieser fetten, hüfthohen Würmer watschelte vorüber, und Ötzli wartete, bis das rätselhafte Wesen fort war. Muuni mussten so etwas wie mentale Symbionten höherer Drakken sein, die ihre Geisteskräfte verstärkten.

Ein Schauer überkam ihn, als ihm klar wurde, welches verquere Wort er da in Gedanken gebraucht hatte: *mentale Symbionten*. Und vor ihm, über dem kastenförmigen Tisch, schwebte eine dieser seltsamen *Projektionen*.

Seit seiner Sprachschulung, die man ihm im Schlaf verabreicht hatte, geisterten Unmengen von Wörtern in seinem geplagten Kopf herum; Wörter, die er zwar aussprechen konnte, deren Sinn er aber nicht oder nur schlecht verstand. Man hatte ihm gesagt, in seinem Alter wäre es nicht mehr möglich, seinem Hirn all die

Neben- und Quelleninformationen auch noch zu verabreichen. Es wäre überlastet worden.

»Was ist nun?«, verlangte er mit herrisch-fordernder Stimme, während er die in der Luft schwebenden Punkte und Symbole betrachtete. »Gibt es Neuigkeiten?«

LiinGhor trat neben ihn und las etwas von einer halb durchsichtigen Tafel ab, die er in den Händen hielt. Dann hob er den Blick und studierte einige der großen Holoscreens, die ringsum unterhalb der kuppelförmigen Decke der Brücke angebracht waren. »Ja, Sir«, sagte der Offizier. Er wechselte ständig zwischen *Kardinal* und *Sir*; eine kirchliche Ehrenanrede und ein militärischer Rang waren für ihn offenbar das Gleiche. »Über hundert Kampfschiffe der *Ordensritter* sind bereits hier. Es re-transferieren ständig weitere.«

Donnervögel, dachte Altmeister Ötzli. *Sie haben Sinn für das Dramatische.*

Er war froh darüber, dass die Besatzungen seiner *Donnervögel* nur aus Menschen und Ajhan, nicht aber aus Drakken bestanden. Es machte ihn stolz, dass er nun über fast tausend Elitekämpfer gebot – genau genommen 999, verteilt auf 333 mörderische Kampfraumschiffe. Er hatte das Gefühl, dass er nun alles zurückbekam, was ihm in seiner Heimat Akrania verwehrt geblieben war.

»Ich bekomme gerade eine weitere Meldung von der Sektorkontrolle, Sir«, fuhr LiinGhor fort. »Demnach gab es bereits einen möglichen Kontakt mit der gesuchten Person.«

»Einen *möglichen* Kontakt?«, fragte Ötzli verwundert.

»Ja, Kardinal, gestern.« LiinGhor las etwas von einem großen Holoscreen ab. »Ein Raumfisch namens *Moose* wurde beschossen. Der Kapitän hatte den Auftrag, ein nicht identifiziertes Objekt anzusteuern und zu scannen – möglicherweise Raumschrott oder aber

469

der gesuchte TT-Hopper. Die *Moose* nahm das Objekt offenbar kurz darauf an Bord … und …«

Schon wieder diese Wörter. Unmengen davon.

»Was ist?«, stieß Ötzli ungeduldig hervor.

»Moment, Sir, ich muss erst weiterlesen …« Der Drakkenoffizier ließ sich nicht aus der Ruhe bringen. Als er fertig war, wandte er sich Ötzli direkt zu. »Der Kommandant der *Moose*, ein Mann namens Darius Roscoe, verweigerte offenbar die Herausgabe des Objektes. Er versuchte zu fliehen, was mit einem Raumfisch gegenüber unseren Wachschiffen ein lächerliches Vorhaben ist.«

»Und? Was ist passiert?«

»Die *Moose* wurde zerstört, Sir.«

Ötzli schluckte. »Zerstört?«

»Jawohl, Sir. Eines der Wachschiffe schoss einen Rail-Flugkörper auf den Raumfisch ab. Er wurde voll getroffen.«

Ötzli schnaufte leise. »Wie sicher ist es, dass es sich bei diesem … *Raumschrott* um das gesuchte Schiff handelte?«

»Den Berichten zufolge muss der TT-Hopper vor etwa sieben Tagen in dieses System eingeflogen sein«, erklärte der Drakken. »Wir wissen nicht sicher, ob es der Hopper war, den die *Moose* im All aufnahm, aber das Verhalten des Kommandanten deutet darauf hin, dass es sich um etwas handelte, das er nicht erwartet hatte. Etwas womöglich sehr Wertvolles.«

Ötzli starrte betroffen auf den großen Holoscreen, auf dem unverständliche Zeichen und Symbole aufgereiht waren. Sollte Leandra so unspektakulär umgekommen sein? Eine Rakete – und dann: aus und vorbei? Er ertappte sich dabei, keinen Geschmack an diesem Gedanken zu finden. Er hätte sie noch einmal sehen wollen, um ihr zu zeigen, dass sie letztlich an *ihm* gescheitert war.

470

Nuntio Julian kicherte leise. »Etwas Wertvolles? Nun, Kommandant, eine Person, noch dazu eine völlig fremde, kann man wohl kaum als etwas Wertvolles bezeichnen, nicht?«

»Ein TT-Antrieb ist sehr wertvoll«, antwortete der Drakken. »Derzeit vermissen wir keine TT-Schiffe, abgesehen vom Flottenkontingent der MAF-1.«

Julian winkte ab. »Was weiß ein Frachterkapitän schon von TT-Schiffen? Und dieser Russo oder wie er hieß kannte das Mädchen ja nicht; er dürfte allenfalls verunsichert gewesen sein. Und wie hätte jemand wie diese Frau, die unsere Sprache nicht spricht, einen Schiffskapitän innerhalb so kurzer Zeit dazu bringen können, sein Leben für sie aufs Spiel zu setzen?«

Ötzli sah zu Julian und hob abwehrend beide Hand. »Hören Sie auf, Nuntio, hören Sie auf«, sagte er ärgerlich. »Ich kenne dieses teuflische Weib. Die verdreht sogar einem Trupp Drakken die Köpfe, wenn man ihr nur eine Minute gibt!«

Julian starrte Altmeister Ötzli verwundert an.

Irgendein Drakken sagte etwas aus dem Hintergrund, und LiinGhor wandte sich um. Über den großen Holoscreen tickerten Symbole.

»Es kommt eine neue Meldung, Sir«, sagte der Offizier und bemühte sich, die Informationen schnell zu lesen. »Es wurde eine zweite Rail abfeuert. Einige Stunden später.«

Ötzli trat vor. »So?«

»Jawohl«, bestätigte der Offizier, während er weiterlas. »Nahe des zerstörten Raumfischs befand sich ein Asteroidenfeld. Von dort aus bewegte sich ein nicht identifiziertes Objekt, das unseren Messungen nach über einen IO-2-Antrieb verfügte, neunzehn Stunden und vierzehn Minuten später mit hohen Beschleunigungswerten zu einem Asteroidenring in der Nachbarschaft. Eines unserer Wachschiffe feuerte eine Rail ab,

471

die das Objekt jedoch nicht einholen konnte. Sie zündete sich selbst, als ihr Triebwerk ausgebrannt war. Das Objekt entkam in den Asteroidenring.«

Ötzlis Herz klopfte. »Tatsächlich? Und was ist ein … IO-2-Antrieb, LiinGhor?«

Der Offizier wandte sich um. »Ein weiterentwickelter Ionenstrahlantrieb aus unserer eigenen Fertigung, Sir. Er besitzt ein typisches Wellenmuster, das leicht messbar ist. Unsere neuen Hopper sind damit ausgerüstet.«

»*Das ist sie!*«, rief Ötzli aus. »Ganz sicher, das ist sie!«

»Sind Sie sich gewiss, Exzellenz?«, fragte Julian verwirrt.

»Ich kann sie förmlich riechen, dieses Miststück!«, stieß Ötzli zwischen wütend zusammengebissenen Zähnen hervor. Er wandte sich an den Drakkenoffizier. »Was ist das … ein *Asteroidenring*, LiinGhor?«

»Ein großes Feld frei im All schwebender Felsstücke, Sir. Ein ehemaliger Planet, der von Gravitationskräften zertrümmert wurde.«

»Felsstücke? Kann man sich … mit so einem Hopper dazwischen verstecken?«

»Jawohl, Sir. Genau das dürfte der Grund für das unidentifizierte Schiff gewesen sein, sich dorthin zu bewegen.«

Ötzli ballte die Fäuste. »Jetzt haben wir sie!«, rief er begeistert. »Los, Offizier! Fliegen Sie dorthin! Und geben Sie den *Donnervögeln* Befehl, uns zu folgen. Und zwar allen 333, verstanden?«

»Jawohl, Sir«, der Drakken wandte sich um.

Nuntio Julian war sichtlich betroffen von der plötzlichen Energie Ötzlis. Der Altmeister nahm ihn beiseite. »All diese Wörter treiben mich noch in den Wahnsinn, Julian. Was, bei allen Dämonen, ist ein *Raumfisch?*«

*

Die *Tigermoth* war eine schlanke, etwa 80 Meter lange Raumyacht mit einer Hülle aus monoklinem Kristall, der aus Ajhanfertigung stammte. Die Ajhan waren unübertroffen in allem, was mit Kristallen und ihren verschiedenen Strukturen zu tun hatte. Sie verfügten über ganze Industriezweige, die sich auf die Züchtung von Kristallgittern für die unterschiedlichsten Anforderungen spezialisiert hatten. Mit jeder Dekade erzeugten sie noch bessere Produkte. Ajhanhüllen waren den Kerastahl-Konstruktionen der Drakken inzwischen ebenbürtig, sie hielten sogar noch stärkeren Meteoritenaufschlägen stand, waren jedoch steifer und deswegen bei harschen Flugmanövern bruchgefährdeter. Dafür aber verfügte die *Tigermoth* über einen der stärksten konventionellen IO-Antriebe. Sie war in der Lage, jedem Drakkenwachschiff zu entkommen, und das hatte sie auch bitter nötig, denn die Drakken versuchten seit Jahren schon, sie zu erwischen.

Nach dem Start war sie mit Höchstgeschwindigkeit ins All hinausgeschossen, direkt querab, um möglichen Verfolgern zu entgehen. Nachdem sie mit heulenden Kompensatoren eine halbe Million Meilen hinaus ins All geschossen war, befahl Kapitän Alvarez einen Kurswechsel in Richtung 210 Grad auf der Frühlingsachse der Aurelia-Ekliptik. Bereits in den ersten Minuten hatten seine Spezialisten aus den vorliegenden Daten Folgendes interpretiert: Wenn die gesuchte junge Frau tatsächlich von einer, wie Rowling erzählt hatte, zurückgebliebenen Randwelt stammte, war es unwahrscheinlich, dass sie sich auf die Steuerung des TT-Antriebs eines Drakkenschiffs verstand. Das war eine hoch komplizierte Angelegenheit, die allein schon navigatorisch ein jahrelanges Studium erforderte. Drakkenschiffe mit TT-Antrieb besaßen jedoch, so sagten die Datenbanken, Not-Automatiken, mit deren Hilfe in Raumnot geratene Schiffe zum nächsten Drakken-

Leuchtfeuer dirigiert wurden. Auf diese Weise musste der Hopper hierher ins Aurelia-Dio-System gelangt sein. Das Aurelia-Dio-Leuchtfeuer befand sich auf Oberon, dem äußersten Planeten des Systems. Oberon war geradezu winzig, besaß einen Durchmesser von nur 400 Meilen, war dafür aber sehr schnell unterwegs. Seine siderische Umlaufzeit betrug nur 163 Jahre, was bedeutete, dass er in der Stunde etwa eine halbe Million Meilen auf seiner Kreisbahn um die Sonne zurücklegte. Wenn man davon ausging, dass der Hopper tatsächlich vor etwa einer Woche angekommen war, hatte Oberon seither etwa 85 Millionen Meilen zurückgelegt, und anhand dessen ließ sich bestimmen, wo der Hopper innerhalb des Systems ungefähr angekommen sein musste.

Alvarez war stolz auf seine Leute und hoffte, dass die Ordensritter nicht so schnell auf diese Idee kamen – oder jedenfalls so spät, dass er einen Zeitvorteil herausholen konnte. Einer weiteren Idee zufolge ließ er ausrechnen, von wo die Ordensritter kommen würden. Thelur lag in Richtung des Mittelpunkts der Milchstraße, und Oberon, so stellte sich heraus, lag fast genau im Aphel dazu – ganz auf der anderen Seite des Systems.

Schließlich, etwa zwei Stunden später, kam eine Meldung herein, die ihn dazu trieb, im Laufschritt hinab in die Bar zu eilen.

»José!«, rief Rowling gut gelaunt, als er seinen Freund und Partner hereinstürmen sah, und hob ihm sein Glas entgegen. »Setz dich zu uns, alter Freund …«

»Wir haben sie!«, rief Alvarez und ließ sich schnaufend auf einen Polstersessel an Rowlings Tisch fallen. Er nahm Rowling das Glas aus der Hand und kippte den Inhalt in einem Zug herunter. »Wir haben dein rothaariges Mädchen gefunden, Mann!«

Rowling richtete sich auf. »Tatsächlich?«

Alvarez sah sich um und nickte triumphierend in die Runde. Fast alle von Rowlings Leuten waren da, einschließlich des kleinen Dicken, des *Knubbeligen*.

»Wir haben da einen Mann auf Spektor Fünf, einen Sektor-Operator namens Ubik. Der hat gestern mitgekriegt, wie eine Suchaktion von seinem Boss Griswold abgewickelt wurde.«

»Eine Suchaktion?«

»Ja. Er wollte von einem Frachterkäpt'n ein Stück Raumschrott scannen lassen. Der Bursche flog hin, entschloss sich dann aber offenbar, das Ding zu kassieren. Woraufhin die Drakken sauer wurden. Sie schickten ein paar Sentrys hoch. Der Typ versuchte zu fliehen, aber die Sentrys schossen ihm seinen Fisch mit einer Rail vom Himmel.«

»Ein Raumfisch? Der Kerl wollte den Drakken mit einem *Fisch* abhauen?«

»Ja. Ein echter Verrückter.«

Rowling schüttelte den Kopf. »Und wie kommst du nun darauf, dass das was mit unserem Mädchen zu tun hat?«

»Ubik war neugierig und hat den Sektor noch eine Weile beobachtet. Ein paar Stunden später wurde da noch eine Rail abgefeuert.«

»Na und?«

»Nun rate erst mal, wie dieser Fisch hieß.«

Rowling hob die Schultern und machte ein fragendes Gesicht.

Alvarez lachte auf. »Das Ding gehörte mal uns. Es war die *Moose*.«

Rowling machte große Augen. »Die *Moose*? Heißt das etwa … der Frachterkäpt'n war Roscoe?«

Alvarez grinste vergnügt. »Genau. Unser alter Freund Roscoe.«

Rowling sprang auf. »Und du denkst, er lebt noch?«

»Ubik hat den Sektor gescannt und ein Hopper-

Triebwerk gemessen. Ich wette, Roscoe hat dieses Mädchen aufgelesen und ist mit ihr abgezischt. Kein anderer würde so was Irres machen!«

»Ha!«, rief Rowling. »Das wird ein Spaß! Roscoe – der alte Mistkerl! Mit dem hab ich noch eine Rechnung offen!« Tatendurstig stieg er über die Beine seiner Leute hinweg. »Komm, José. Wie lange brauchen wir bis da raus? Hat dein Kumpel Ubik die Raum-Koordinaten?«

Alvarez erhob sich und schüttelte den Kopf. »Die hat dieser Griswold gelöscht. Aber meine Jungs haben da was Feines ausgerechnet. Es muss am Asteroidenring passiert sein, und wir kennen sehr wahrscheinlich den richtigen Sektorabschnitt. Sie versuchen gerade das Wrack der *Moose* zu orten.«

Roscoe legte seinen Arm um Alvarez' Schultern und zog ihn mit sich. »Das Wrack der *Moose*? Klasse Idee! Ach, ich liebe dich, du alter Raumdrache! Ich wusste, du würdest mich nicht enttäuschen.« Er küsste ihn, während er ihn in Richtung des Ausgangs mit sich zog, schmatzend auf die Stirn.

»Du bist ja schon wieder betrunken, Mann!«, klagte Alvarez und befreite sich aus Rowlings Griff.

»Na und? Wir haben ja auch Grund zu feiern.«

Sie erreichten das Schott und traten hinaus auf den Gang.

»Moment, ich will mit!«, hörten sie hinter sich eine Stimme.

Sie wandten sich beide um und erkannten Bruder Giacomo. Mit einem breiten Lächeln im Gesicht gesellte sich der kleine, rundliche Mönch zu ihnen.

»Sie sind ganz schön neugierig, Giacomo!«, meinte Rowling.

»Das ist mein Beruf, wenn Sie mir verzeihen.« Er neigte untertänig den Kopf.

»Na schön. Dann kommen Sie mit. Feiern wir unseren Triumph zu dritt.«

Als sie die Brücke erreichten, waren bereits die nächsten Meldungen da. Die Erste war erfreulich, denn das Wrack der *Moose* war gefunden worden. Die zweite Nachricht jedoch war beängstigend. »Wir haben im Nordosten der Ekliptik schon über 200 Kontakte, Commander«, sagte einer der Operatoren. »Lauter Mirajets, es sind auch ein paar Halfanten darunter. Und es werden immer mehr. Wenn sie in diesem Tempo weiterfliegen, sind sie zur gleichen Zeit wie wir am Ring, Sir.«

»Was?«, keuchte Alvarez. »So schnell?«

»Ja, Sir. Und sie steuern den gleichen Sektorabschnitt an.«

Rowlings Alkoholpegel verflüchtigte sich innerhalb von Sekunden. »Verdammt – wie sollen wir sie dann noch erwischen? Gegen die Ordensritter haben wir keine Chance.«

Alvarez trat in die Mitte der Brücke. »Herhören, Herrschaften! Notsignale an alle befreundeten Schiffe, auf unseren geheimen Frequenzen. Gebt ihnen die Koordinaten durch und fragt an, wer von ihnen *vor* uns und den Ordensrittern im Asteroidenring sein kann! Sie sollen diesen verdammten Hopper finden! Wir müssen ihn kriegen, bevor diese Quissler dort sind!«

Neue Geschäftigkeit erfüllte die Brücke. Rowling hatte Alvarez immer für sein Führungstalent bewundert. Obwohl hier nichts nach strenger, militärischer Ordnung organisiert war, lief alles, wenn es darauf ankam, blitzschnell ab. Vermutlich konnte keine noch so gut gedrillte Drakkenbesatzung Alvarez' Trupp in dieser Hinsicht das Wasser reichen. Sie setzten sich und warteten die ersten Rückmeldungen ab.

»Wo ist dein Kumpel Giacomo?«, fragte Alvarez.

Rowling sah sich um. »Keine Ahnung. Der ist mir im Moment ehrlich gesagt auch egal.«

»Neuer Kontakt!«, rief einer der Operatoren.

»Was?«

»Nein Sir, kein Kontakt«, korrigierte sich der Mann. »Es war das Echo eines TT-Sprungs. Ganz in der Nähe.«

»Ein TT-Sprung?«, rief Alvarez. »Werden wir angegriffen?«

»Nein, Sir. Es war nur ein Sprung, kein Re-Transfer. Das Ding, was auch immer es war, ist längst fort.«

Rowling und Alvarez blickten sich fragend an.

22 ◆ Das Geheiligte Schwert

Roscoe wusste nicht recht, was in Vasquez gefahren war. Seit sie die Verteilerkuppel betreten hatten, war sie lammfromm. Sie beteiligte sich an Aufräumarbeiten, half mit, wo sie konnte, und fügte sich ohne Murren seinen Bitten. Im Augenblick saß sie mit Leandra zusammen, um die Sprachbarriere zu überwinden, indem sie ihr mehr Wörter beibrachte. Er hörte Worte wie Wasser, Atmen, Licht, Renica, Asteroid oder Raumschiff. Leandra lächelte, sie hatte ein sonniges Gemüt und einen sehr wachen Verstand. Aber davon hatten sie ja bereits genügend Kostproben bekommen. Ohne die Kleine wären sie längst tot.

Ihn hingegen plagte ein schlechtes Gewissen. Er hatte Vasquez in diese fatale Situation hineinmanövriert, er konnte es drehen oder wenden wie er wollte. Vasquez mochte ein Quälgeist ohnegleichen sein, er jedoch war der Wahnsinnige in dieser Sache gewesen. Er hoffte inständig, es würde sich irgendwann herausstellen, dass er wenigstens halbwegs richtig gehandelt hatte. Es wäre über die Maßen peinlich herauszufinden, dass das Mädchen nur wegen Taschendiebstahls gesucht wurde.

»Ich gehe mal raus«, informierte er die beiden. »Mal sehen, ob es Verbindungen zu anderen Teilen der Station gibt, die wir reaktivieren können.«

»Ist gut«, sagte Vasquez friedlich. Auch Leandra warf ihm ein Lächeln zu. Das Mädchen erwärmte ihm das Herz – mit jedem Blickkontakt und jedem Wort ihrer unbekannten Sprache.

Ein sehnsuchtsvolles Seufzen unterdrückend, stieg er in seinen klobigen Druckanzug. Vasquez kam zu ihm und überprüfte sein korrektes Anlegen wie eine fürsorgliche Ehefrau, die ihrem Mann morgens die Krawatte zurechtrückt, bevor sie ihn ins Büro entlässt. *Fehlt nur noch ein Abschiedskuss,* dachte er grummelnd. Leandra stand gleich neben Vasquez und warf ihm einen frechen Blick zu.

Er grinste schief zurück – sie schien zu verstehen, was er dachte.

Dann winkte er, betrat die Schleuse und tappte, als er draußen war, mithilfe der Magnetschuhe auf die Plattform hinaus.

Die Anlage unterschied sich kaum von denen, die es heutzutage gab. Natürlich waren die Maschinen und Gerätschaften inzwischen viel moderner, doch der Aufbau schien sehr ähnlich. Angefangen von der Verteilerkuppel und der Notunterkunft über die Bohranlagen, die Verladeplattform und die Unterkünfte bis hin zum Frachterdock, den Verladegreifern und den Kommandotürmen, war bis heute alles beim Alten geblieben. Er fühlte sich fast zu Hause hier.

Zuversichtlich stapfte er das Gittergeflecht der Plattform entlang zu den Unterkünften. Es musste hier eine Kombüse geben, und vielleicht gab es doch einen Nahrungssynthesizer, der noch funktionierte. So ein Gerät war groß, dürfte damals noch größer gewesen sein, sodass er es kaum in die Kuppel hinüberbringen konnte. Aber vielleicht gelang es ihm, Energie bis in die Kombüse zu leiten. Dann würden sie auch etwas zu essen haben und konnten es hier notfalls ein oder zwei Wochen aushalten.

Als er irgendwo aus der Ferne einen Blitz zu sich herdringen sah, wusste er instinktiv, dass daraus nichts werden würde.

Abrupt blieb er stehen und drehte sich in Richtung

des Asteroidenfeldes, das sich in die Ferne des Alls erstreckte. Rechts über ihm, kaum eine Meile entfernt, hing der große, fast kugelrunde Asteroid, den sie bei ihrer Ankunft entdeckt hatten; von dem tropfenförmigen war im Augenblick nichts zu sehen. Dafür aber gab es andere: große, graue Gesteinsbrocken, die träge rotierten und ein ständiges Wechselspiel von heller Sonnenreflexion und dem Versinken in schwärzeste Schatten boten. Schräg unterhalb von ihm trieb langsam ein länglicher Stein vorbei, der wie irr um die eigene Achse rotierte; eine seltsame Anwandlung von Ordnungssinn wollte Roscoe dorthin fliegen lassen, um ihn anzuhalten – mit seiner nervösen Bewegung passte er nicht hierher, in dieses Refugium der alten Riesen. Etwas oberhalb seines Blickhorizonts lag die Ebene des Asteroidenrings; er konnte erkennen, wie sich die Gesteinstrümmer in der Ferne zu einer Fläche verdichteten und hinaus in die Unendlichkeit strebten. Im Moment blickte er von Aurelia weg, in die Tiefe des Alls.

Wieder zuckte ein Blitz auf. Roscoe fluchte leise: Blitze hatten hier nichts zu suchen – sie konnten nur bedeuten, dass jemand hier war. Und wenn das zutraf, konnte es wiederum nur bedeuten, dass man nach ihnen suchte. Plötzlich erhob sich ein lautloser Sturm winziger Gesteinssplitter – sie prasselten auf seinen Anzug und prallten von umliegenden Gegenständen ab. Instinktiv stieß er sich ab und schnellte in den Schatten eines großen Robo-Greifarms. Der Schauer ließ nach.

Aufatmend kam er aus seiner Deckung wieder hervor; hätte er einen leichteren Druckanzug als dieses Monteurs-Ungetüm getragen, hätten einzelne Splitter seinen Anzug durchschlagen können. Was das gewesen war, lag allzu deutlich auf der Hand: die Blitze mussten von Explosionen stammen. Entweder gab es hier einen Kampf, bei dem ein Asteroid getroffen worden war, oder – viel wahrscheinlicher – jemand schoss, um sie aus der Deckung zu treiben, wahllos um sich.

Voller Unruhe wandte er sich um. Vor ihm tauchte der festgezurrte Hopper auf, und der war äußerst verräterisch. Aber es gab keine Möglichkeit, das Ding unsichtbar zu machen. Er wünschte, er hätte rennen können, aber seine Fortbewegung war an die Magnetschuhe gebunden und quälend langsam. Während er zurück in Richtung der Schleuse tappte, leuchteten zwei weitere Blitze auf. Sie kamen von irgendwo dort draußen, außerhalb seines Blickwinkels, aber er hatte das unangenehme Gefühl, dass sie stärker gewesen waren.

Als er kurz vor der Schleusentür war, ließ ihn eine Bewegung über sich aufschrecken. Ein schlanker, weiß glänzender Mirajet war gerade lautlos über ihn hinweggeschossen, im nächsten Augenblick kamen noch zwei. *Verdammt – sie waren schon hier!* Betroffen starrte er den drei Maschinen hinterher. Es waren kleine, pfeilförmige Schiffe, drei- oder fünfsitzig, und sie wurden hauptsächlich von zwei Institutionen verwendet: vom Cubemail-Service oder vom Militär. Und da der Cubemail-Service hier im Asteroidenring wohl kaum Kundschaft haben dürfte, und vor allem, weil er nicht *zu schießen* pflegte, blieb nur noch eins: die Drakken.

Wie war das nur möglich?

Dieses Mädchen Leandra schien so wichtig zu sein, dass die Drakken ihr ein komplettes Kampfgeschwader auf die Spur gesetzt hatten. Selbst hier schienen sie nicht mehr sicher zu sein. Gerade wollte er zur Kuppel eilen, da blieb er ein weiteres Mal wie angewurzelt stehen.

Ein riesiger Krieger stand vor ihm. Roscoe war groß, aber dieser Kerl überragte ihn fast um Haupteslänge. Und er hielt ein monströses Schwert in den Händen.

*

Das grüne Licht leuchtete auf, zum Zeichen, dass der Suchlauf die richtige Frequenz gefunden hatte. Ain:Ain'Qua schnalzte mit der Zunge, und die Verbindung wurde aufgebaut.

»Sind Sie Roscoe?«, fragte er.

Diesmal war sein Ton fordernd, befehlsgewohnt, nicht so milde wie bei der Unterhaltung mit diesem Piratenboss Rowling.

»R-Roscoe?«, fragte der Mann verdattert.

»Ja. Sie werden doch Ihren Namen wissen, Mann. Sind Sie Roscoe?«

Ain:Ain'Qua hörte ein deutliches Schlucken. Der Kerl sah kräftig aus, aber er war unbewaffnet. Zum Zeichen, dass er es ernst meinte, hob er das Schwert noch ein wenig.

»Ja, bin ich«, krächzte der Mann.

Guter Junge, dachte Ain:Ain'Qua. *Du auch, Giacomo.*

»Haben Sie die Frau bei sich?« Er deutete nach schräg hinten. »Ist sie da drin, in der Kuppel?«

Wieder das Schlucken. »Die … äh, Frau?«

Ain:Ain'Qua mahnte sich, nicht die Geduld zu verlieren. Dieser Roscoe war kein kampferprobter Mann, der es gewohnt war, sich innerhalb von Augenblicken auf neue Situationen einzustellen. Es passierte einem schließlich nicht alle Tage, dass man irgendwo im All von einem Rittersmann mit Schwert überrascht wurde. *Ich sollte mir noch ein Schlachtross zulegen*, dachte er.

Er ließ das Schwert sinken. »Hören Sie, Roscoe! Es geht um Sekunden. Haben Sie die drei Mirajets nicht gesehen? Die Ordensritter sind bereits hier. Wenn Sie die Frau retten wollen, sollten Sie langsam ein wenig schneller schalten!«

»Die Ordensritter?« Roscoe deutete ins All hinaus. »Das waren Ordensritter? Von der Kirche?« Endlich schien er sich wieder zu fangen.

»Ja. Und sie meinen es ernst.«

»Und … und was sind dann Sie? Mit Ihrem komischen Schwert?«

»Dazu müssten Sie erst einmal ganz tief Luft holen, aber dafür ist jetzt keine Zeit. Kommen Sie!«

Er schwang das Schwert über die Schulter, wo es, quer über seinem Rücken, in der Magnethalterung einrastete, seine Länge um ein Drittel reduzierte und stumpf wurde. Bei seinem Amtsantritt hatte er darauf bestanden, ein der heutigen Technologie angemessenes Schwert zu erhalten, nachdem sich einige seiner Amtsvorgänger mit dem Original des *Geheiligten Schwertes* fast umgebracht hatten. Heute lag es im Privatarchiv seines Amtssitzes auf Schwanensee im Opera-System, dem Sitz der Hohen Galaktischen Kirche.

Ain:Ain'Qua wandte sich um und trat auf die Schleuse zu. Es war das erste Mal überhaupt, dass er die Magnetfunktion seiner Stiefel verwenden musste, aber sie arbeitete einwandfrei. Überhaupt war dieser gesamte Anzug eine einzige Überraschung. Er musste sich irgendetwas für Giacomo überlegen. Der Mann war Gold wert.

An der Schleuse der Kuppel angekommen, fand er den Öffnungsschalter auf Anhieb, betätigte ihn und packte Roscoe ohne viele Umstände am Arm. »Los jetzt!«, forderte er. »Wir müssen uns beeilen!«

Roscoe wand sich aus seinem Griff. Endlich war sein Verstand wieder erwacht. »He! Lassen Sie mich los!«

Ein Blitz, der draußen im All aufleuchtete, machte ihn gefügiger. Erschrocken wandte er sich um. Ain:Ain'Qua nutzte diesen Augenblick, um ihn abermals zu packen und mit sich in die Schleuse zu ziehen. Roscoe ließ es geschehen. Drinnen angekommen, drückte Ain:Ain'Qua auf die Taste, und die Außentür der Schleusenkammer schloss sich. Ein lauter werdendes Zischen kündete vom Druckausgleich.

»Wer sind Sie?«, verlangte Roscoe zu wissen. »Wie haben Sie uns gefunden?«

»Ein Freund. Gefunden habe ich Sie mit dem Schwert.«

»Mit ... dem *Schwert*?«

»Ja. Das erkläre ich Ihnen später.« Die Innentür glitt auf. »Los jetzt!«

Ain:Ain'Qua schob Roscoe wohlweislich voran, denn die Frau mochte einen Ajhan wie ihn noch nie gesehen haben, vor allem keinen so großen. Sie mussten so schnell es ging fort von hier, und das würde nur klappen, wenn sie nicht in Hysterie verfiel.

Roscoe stolperte in den hell erleuchteten Innenraum. Befriedigt stellte Ain:Ain'Qua fest, dass eine Schwerkraftebene aufgebaut war, wenn auch mit geringfügiger Schieflage. Roscoe, der vor ihm zum Stehen kam, öffnete umständlich seinen klobigen Helm, während Ain:Ain'Qua nur mit dem Kinn einen kleinen Sensor berührte und sich sein Pneumoplasthelm daraufhin fast lautlos zusammenfaltete und im Kragen seines Anzugs verschwand. Ein weiterer Druck seines Kinns transformierte das tetragonale Kristallgitter seines hauchdünnen Druckanzugs zu amorpher Basis zurück und ließ es in den winzigen Tank seines Halsrings strömen. Augenblicke später war der gesamte Anzug in dem kaum drei Zentimeter dicken Ring verschwunden.

Er versuchte den Puls seiner zwei Herzen zu beruhigen, denn er war aufgeregt. Ihm stand nun selbst eine nicht ganz alltägliche Begegnung bevor: Er würde die Frau treffen, die von der größten Konzentration an bewaffneten Kräften gejagt wurde, an die sich sein wohl gebildeter Verstand erinnern konnte. So etwas hatte es noch nie gegeben.

Er trat hinter Roscoe hervor, spähte in den Raum, und sah *zwei* Frauen.

Verwirrt starrte er Roscoe an.

Die beiden klammerten sich aneinander und wichen mit entsetzten Gesichtern zurück. Die eine war mittelgroß, besaß einen nach menschlichen Maßstäben wohl geformten Körper und hatte lange dunkelbraune Haare. Die andere war nur ein kleines Mädchen.

»Sind Sie es?«, fragte er die Große und deutete hinaus. »Die Frau, die mit diesem Hopper dort draußen kam?«

»Sie … sie kann sie nicht verstehen«, sagte Roscoe zögernd. »Sie spricht nicht unsere Sprache.«

Die Frau schüttelte den Kopf. »Nein, tut sie nicht«, fügte sie hinzu.

Ain:Ain'Qua starrte verwirrt zwischen ihr und Roscoe hin und her. »Eben noch sagten Sie …«

Plötzlich löste sich das Mädchen von der Frau und kam mit zögernden Schritten auf ihn zu. Ihre grünen Augen waren weit geöffnet, ihr Gesicht ein Ausdruck des maßlosen Erstaunens. Er sah sie an – und endlich verstand er. *Sie* war es – sie war die gesuchte Frau!

Sein Blick für Menschen war nicht so unterscheidungsfähig wie für die Angehörigen seiner eigenen Art. Nun aber sah er, dass sie eine voll entwickelte Frau war, jung zwar und sehr zierlich, aber kein kleines Mädchen, wie er anfangs gedacht hatte. Und dann sah er noch etwas anderes. Oder besser: er fühlte es.

Mit einem Mal wusste er, warum dieser Roscoe solch eine Verrücktheit gewagt hatte. Man sagte ihm, dem Pontifex, nach, dass er eine große Ausstrahlungskraft besitze. Aber dieses Mädchen mit den rotbraunen Haaren war ihm mindestens ebenbürtig.

Sie ging langsam auf ihn zu; kaum reichte sie ihm bis zur Brust, aber sie war seltsam furchtlos. Erstaunen und Neugierde schienen sie vorwärtszutreiben, trugen den Sieg über die Furcht davon, die sie eigentlich hätte empfinden sollen. Als sie ihn erreicht hatte, hob sie die Hand und fuhr ihm mit ungläubig-erstaunter Miene mit den Fingerspitzen der rechten Hand über die nackte, leicht grünliche Haut seines rechten Unterarms.

Die zwei Herzen in seiner Brust pochten dumpf. Sie war so zierlich und klein, dass sie allenfalls ein Drittel von ihm wiegen konnte. Ihre Hand würde wie die eines kleinen Kindes in der seinen verschwinden, ihre Oberschenkel durften wohl kaum den Umfang seines Unterarms erreichen. Und trotzdem hatte sie ihn berührt und schien mehr Faszination denn Besorgnis zu empfinden. Dann umkreiste sie ihn. Erfüllt von einer seltsamen Wärme, blieb er stehen und beobachtete sie.

Es gab eine unerklärliche Anziehungskraft zwischen Menschen und Ajhan – doch dies hier war mehr als das. Ein Schauer fuhr sein Rückgrat herab, als er spürte, dass sie beide von der gleichen Art waren: Kreaturen, die für ihre Ideale kämpften, die einen Glauben hatten und die sich nicht von den Verlockungen der Macht, des Reichtums oder des Ruhmes verführen ließen. Ob sie im menschlichen Sinn schön war, vermochte er nicht zu sagen, aber er empfand sie so. Und sie war gleichzeitig so zerbrechlich, dass sich ein mächtiges Bedürfnis in ihm regte, sie zu beschützen. Sein Vorsatz, sie nötigenfalls mit Gewalt zum Reden zu bringen, zerschmolz wie Butter in der Sonne.

Schließlich hatte sie ihn umrundet, wandte sich kurz zu Roscoe und sagte etwas in einer ihm unbekannten Sprache. Dann sah sie zu ihm auf – wie ein kleines Mädchen zu ihrem Vater.

Und lächelte.

Beinahe hätte er die Fassung verloren.

Seit ihrer ersten Begegnung mochten sie sich – die Menschen und die Ajhan. Menschen fühlten so etwas wie Ruhe und Entspanntheit in Gegenwart eines

Ajhan, während die Ajhan Menschen als geistig erfrischend, beschützenswert und irgendwie niedlich empfanden. Diese Anziehungskraft glaubte er im Moment besonders stark spüren zu können. Natürlich gab es auf beiden Seiten Individuen – zum Glück waren sie eindeutig in der Minderzahl –, welche die jeweils andere Rasse nicht mochten, verachteten oder gar hassten. Solche Leute gab es immer.

Was ihn an die Notlage erinnerte, in der sie sich befanden ...

Er leistete es sich, sie mit seiner Hand – einer vergleichsweise riesigen Pranke – kurz und sanft an der Wange zu berühren. Er lächelte zurück, versuchte dabei, die menschliche Art des Lächelns zu imitieren. Sie schien es zu verstehen.

Endlich raffte er seine Sinne zusammen und hob den Kopf. »Wir müssen fort von hier!«, sagte er zu Roscoe und der anderen Frau. »Eine Schar der Heiligen Ordensritter ist hier – die *Donnervögel*. Das sind runde tausend bis an die Zähne bewaffnete Elitekrieger mit dreihundertdreiunddreißig der schnellsten und kampfstärksten Schiffe, die man sich nur denken kann. Sie sind auf der Jagd nach Ihnen, Roscoe.« Er deutete auf das Mädchen. »Nach *ihr!*«

»Ja ... aber ... wer, zum Teufel, sind *Sie*, Ajhan?«

Ain:Ain'Qua wollte dem Konflikt aus dem Weg gehen, der sich unweigerlich ergeben würde, wenn er sagte, er sei der Pontifex. Ihm kam eine Idee. »Ich habe ein hohes Kirchenamt inne«, sagte er. »Und Sie sind in einer ziemlich verzwickten Lage. Also sollten Sie mir wenigstens für den Augenblick vertrauen.« Er deutete auf den Boden, wo in einem unförmigen Haufen die klobigen Drückanzüge der Frauen beieinander lagen. »Haben diese Dinger eine Steuerung?«

Roscoe seufzte angespannt, nickte dann. »Ja, haben sie.«

»Gut, dann beeilen wir uns. Ich habe einen Skyglider draußen.«

»Einen Skyglider? Aber der ist doch nur ...«

»Ein etwas aufpoliertes Modell. Los jetzt, sorgen Sie dafür, dass die anderen ihr Zeug anziehen!«

Roscoe starrte ihn für Sekunden unschlüssig an, dann endlich entschied er sich. »Los, Vasquez!«, sagte er zu seiner Begleiterin. »Beeilen Sie sich. Ich helfe Leandra.« Die Frau nickte und machte sich eilig daran, ihren Druckanzug anzulegen.

Leandra, echote es in Ain:Ain'Quas Kopf. Der Name war ihm fremd, hatte keinerlei Bedeutung für ihn, aber er klang gut. Er bückte sich, hob den Druckanzug auf und bedeutete ihr hineinzusteigen. Sie zögerte keinen Augenblick und ließ sich von ihm helfen. Roscoe kam hinzu und erledigte die letzten Handgriffe, bevor er seinen Helm wieder aufsetzte. Zischend baute Leandras Anzug Druck auf, die Helm-Innenbeleuchtung flammte auf. Ain:Ain'Qua aktivierte seinen eigenen Druckanzug, und der Helm entfaltete sich über seinen Kopf hinweg, während sein Körper von der dunkelgrauen Substanz des Tetra-Kristalls umflossen wurde.

»Übrigens, ich heiße Ain:Ain'Qua«, sagte er durch den noch offenen Spalt des Gesichtskreises.

Roscoe blickte auf. »Meinen Namen scheinen Sie ja bestens zu kennen«, sagte er. »Das dort ist Janica Vasquez, und das Mädchen heißt Leandra.«

Ain:Ain'Qua nickte. »Ja. Das habe ich schon mitbekommen.«

Ein Aufleuchten ließ sie zusammenfahren. Der Blitz einer Explosion war durch ein Bullauge hereingedrungen.

»Los, wir müssen fort!« Ain:Ain'Qua setzte sich in Bewegung und öffnete die Schleusentür. Die Schleuse war nicht groß genug für alle vier, sie mussten paarweise hindurch. Er bückte sich und stieg hinein.

»Die beiden werden wahrscheinlich mit der Schubsteuerung des Anzugs nicht zurechtkommen«, hörte er Roscoes Stimme. »Wir haben die Dinger erst hier gefunden.«

»Dann ... muss jeder von uns eine der beiden ziehen. Ich fliege mit dem Mädchen voraus. Sie folgen mit ihr.« Er deutete auf Vasquez.

»So? Sind Sie hier etwa der Boss?«, erwiderte Roscoe.

Ain:Ain'Qua verschärfte seinen Tonfall. »Ja, bin ich. Besser, Sie akzeptieren das. Sonst überlege ich es mir und lasse Sie hier. Sie brauche ich nicht, nur das Mädchen!«

Roscoe brummte unwillig, er schien die Warnung zu verstehen. In diesem Moment aber zögerte er. Er sah, dass nur noch Leandra in die Schleuse passen würde. Sie Ain:Ain'Qua anzuvertrauen bedeutete, ihm schon jetzt die Möglichkeit zu geben, allein mit ihr zu verschwinden.

Ain:Ain'Qua winkte ungeduldig. »Los jetzt, her mit ihr! Ich werde Sie schon nicht hier zurücklassen.«

»Wo bringen Sie uns hin, Ajhan?«, wollte Roscoe wissen.

»Erst einmal fort von hier. Aber wenn Sie weiterhin so trödeln, wird nichts mehr daraus. In Kürze werden hier dreihundertdreiunddreißig Mirajets und Halfanten durch die Gegend schwärmen. Dazu sicher noch ein paar Dutzend größere Drakkenschiffe!«

Zögernd schob Roscoe das Mädchen voran und brachte sie zur Schleuse. Er hob einen drohenden Zeigefinger. »Wenn Sie ihr etwas antun oder sie zu entführen versuchen, bringe ich Sie um, Ajhan!«

Ain:Ain'Qua lächelte bissig. Dass sich Roscoe trotz seiner unübersehbaren Unterlegenheit zu einer solchen Drohung hinreißen ließ, ehrte ihn und seine Motive. Ain:Ain'Qua blickte durch die Helmscheibe von Leandras Anzug. Völlig verloren steckte sie in dem riesigen Ding und konnte kaum heraussehen. *Er würde bis aufs Messer für dich kämpfen, mein Kind,* dachte er zufrieden.

Er zog Leandra zu sich, nickte Roscoe aufmunternd zu und winkte ihm kurz. Dann hieb er auf die Schleusentaste und sah noch, wie sich Roscoe zu seiner Begleiterin umwandte.

Dann war die Schleusentür zu, und er schloss schnell seine Helmscheibe ganz. Der Druckausgleich zischte bereits. Prüfend blickte er durch das Bullauge der Außentür. Wie viel Zeit hatten sie noch? Vor vielen Jahren war er selbst Ordensritter gewesen und wusste, dass diese Männer darauf gedrillt waren, blitzschnell zuzuschlagen. Die größte Gefahr stellte der Hopper dar, der wie eine riesige Flagge mit der Aufschrift *Hier sind wir!* an der Plattform festgemacht war.

Die Außentür glitt zur Seite, und Ain:Ain'Qua stemmte sich hinaus. Er zog das Mädchen mit sich, und ein Schauer durchfuhr ihn, als er ihre Körperwärme durch seinen Anzug hindurch zu spüren glaubte. *Das ist gar nicht möglich,* sagte ihm sein Verstand.

Ein greller, gelb-blauer Blitz leuchtete auf. Ain:Ain'Qua erstarrte. Über ihnen zerbarst ein riesiger Asteroid in einer doppelt ringförmigen Detonation. Er packte das Mädchen, stieß sich mit aller Kraft ab und schnellte hinter einen metallenen Container, der im Felsgestein neben der Plattform verankert war. Um ein Haar hätte er die von ihm angepeilte Fixierungsstütze nicht zu fassen bekommen – doch dann hatte er sie. So schnell er konnte, zog er sich und das Mädchen in den Schatten des Containers.

Es war keine Sekunde zu früh. Ein heftiger Gesteinshagel prasselte über sie hinweg, er konnte es an den Vibrationen des Metalls in seiner Hand spüren. Einige schwerere Brocken kollidierten mit dem Asteroiden, manche so heftig, dass sich die Aufprallenergie in schwachen gelblichen Blitzen entlud.

»Roscoe!«, rief er in sein Mikrophon. »Sind Sie in Ordnung?«

»Ja, verdammt«, hörte er den Käpt'n. »Der Druck scheint noch zu stehen. Warum schießen die so brutal? Wollen die das Mädchen nicht lebend?«

»Das müssten Sie doch am besten wissen! Haben die nicht Ihre *Moose* zu Asche geschossen?«

Roscoe antwortete erst nach Sekunden. »Woher wissen Sie das?«

»Los, kommen Sie endlich raus da! Wir haben keine Zeit mehr!«

Roscoe antwortete nicht, aber Ain:Ain'Qua sah am wechselnden Licht des Bullauges der Schleuse, dass sich dort drin etwas tat. Eine bange Minute später öffnete sich die Tür, und er kam mit Vasquez an der Hand heraus.

Ain:Ain'Qua winkte ihnen und stieß sich ab. Er schloss seinen mächtigen rechten Arm um den Bauch seiner Passagierin – sie kam ihm so leicht vor wie ein Püppchen. Mit der Zunge bewegte er einen winzigen Stick, der für den Schubvektor zuständig war, und steuerte von der Plattform weg in Richtung der beiden großen Bohrlöcher auf der Oberseite des Asteroiden. Ein Blick zurück sagte ihm, dass Roscoe und Vasquez ihm folgten.

»Runter, Ajhan! Da kommen Schiffe!«, meldete Roscoe.

Ain:Ain'Qua wusste nicht von wo, aber die ihm empfohlene Bewegungsrichtung war eindeutig. Rasch steuerte er abwärts, zog das Mädchen mit hinab und sah auch schon das kalte Feuer der Austrittsöffnung eines Mirajet-Antriebs. Das Schiff strich links von ihm am Asteroiden vorüber, diesmal deutlich langsamer als die drei Jets zuvor. Kurz darauf folgten zwei weitere, dann noch eines.

»Sie wollen uns heraustreiben«, flüsterte er über die Sprechverbindung, so als könnten die Piloten ihn hören, wenn er zu laut sprach. »Deswegen schießen sie auf die Asteroiden. Um uns Angst zu machen und uns zur Flucht zu treiben.«

»Was ihnen ja auch gelungen ist«, lautete der Kommentar Roscoes. »Können sie unseren Sprechfunk abhören?«

»Möglich«, erwiderte Ain:Ain'Qua. »Aber ihn anzupeilen ist eine andere Sache. Beeilen wir uns.«

Er bemühte sich, so knapp wie möglich über der Oberfläche des Asteroiden dahinzugleiten. Roscoe besaß offenbar ein gutes Gefühl für die Steuerung seines Anzugs, denn er flog rasch und noch niedriger. »Jetzt nach links«, dirigierte er und steuerte in eine Felsspalte auf der Oberfläche des Asteroiden.

Wieder leuchtete ein Blitz auf – diesmal weiter entfernt. Ain:Ain'Qua empfand es als im höchsten Maße trügerisch: Hier im Vakuum hörte man nicht das leiseste Geräusch, aber um einen herum war die Hölle los. Wieder sah er einen Mirajet – nein, diesmal war es ein Halfant, eines dieser legendären Schiffe, von denen es nur ganz wenige gab – selbst bei den Ordensrittern. Sie wurden nur von den höchstverdienten Männern geflogen, den Paladinen – Elitekriegern, die kaum weniger gefährlich waren als ihre Schiffe selbst. Nun kam es ihm widersinnig vor, dass ausgerechnet die Kirche über die tödlichsten aller Kämpfer verfügte; ein Paladin in einem Halfant würde ohne große Umstände einen Drakkenkreuzer in die Ewigkeit befördern. Dabei entsprach das Größenverhältnis der Schiffe zueinander etwa dem einer Mücke zu einem ausgewachsenen Vogel.

Der Halfant strich mit majestätischer Ruhe über die

schweigende Welt der Trümmerstücke hinweg, den glitzernden Leib geformt wie eine Krabbe ohne Beine und Scheren. Ein einzelnes dieser Schiffe war bewaffnet wie ein leichter Kampfverband, und es besaß einen Antrieb, für den das Wort Katapult wie eine lächerliche Untertreibung wirkte. Und natürlich hatte es auch einen TT-Antrieb. Ein Schauer lief Ain:Ain'Qua über den Rücken, als er an seine Zeit in einem Halfant dachte – es war eine ganz besondere Erfahrung des Fliegens. Nie wieder hatte er so etwas erlebt, auch jetzt nicht, da er diesen *aufpolierten* Skyglider besaß, ein kleines Spielzeug aus Bruder Giacomos Zauberkiste. In ihm steckte sehr viel mehr, als man ihm von außen ansah. Dennoch: trotz all der Finessen würde er einem Halfant damit nicht die Stirn bieten können. Nicht einmal einem Mirajet der Ordensritter.

Die Spalte in der felsigen Oberfläche des Asteroiden hatte sich inzwischen vertieft und beschrieb nun einen Knick. »Wir sind gleich da«, flüsterte er Roscoe zu.

Im selben Augenblick ahnte er, dass er einen Fehler begangen hatte.

Ein Halfant besaß nicht nur einen besseren Antrieb und eine bessere Bewaffnung – er verfügte auch über weitaus bessere Sensoren. *Mist*, fluchte Ain:Ain'Qua in sich hinein. Angstvoll blickte er nach oben. Von dem Halfant war nichts zu sehen.

Während des Dahingleitens richtete er den Oberkörper ein wenig auf und bedeutete Roscoe mit einer heftigen Geste zu, dass er nicht funken solle. Natürlich deutete Roscoe das Winken falsch.

»Was ist, Ajhan? Sind wir bald da?«

Er *musste* antworten. So knapp es ging. »Funkstille!«, bellte er in sein Mikro und schaltete dann vollständig ab.

Und schon war es passiert. Ein leises, stetiges Piepsen ertönte in seinem Helm. Es überraschte ihn kaum mehr, dass Giacomo seinem Wunderwerk von Druckanzug sogar Passivsensoren spendiert hatte. Das Piepsen wies auf einen Retraktionsversuch eines Sensors hin, die Wellenspur des Funksignals im Raumgefüge zurückzuverfolgen.

Ain:Ain'Qua blickte sich um und sah den Skyglider. Nun ging es um Sekunden.

Er korrigierte den Kurs und steuerte unmittelbar in die Öffnung der Frachtrampe hinein, die er offen gelassen hatte. Leandra hing in seiner Umarmung und rührte sich nicht. Sie war klug genug, im Moment völlig stillzuhalten.

Mit ziemlichem Tempo stießen sie in die Luke, und er musste eine unsanfte Kollision zuerst mit der Lukeneinfassung und dann mit der Rückwand des Frachtdecks in Kauf nehmen. Es gelang ihm, Leandra so fest zu halten, dass sie selbst verschont blieb. Sofort ließ er sie los und stieß sich wieder ab, um durch die gegenüberliegende Luke ins Cockpit zu segeln. Die VIPE des Bordrechners erwachte im selben Augenblick, da sie die Rückkunft ihres Herrn erkannte.

Nun musste er die Sprechverbindung wieder aktivieren. Aber es war egal, der Halfant war ohnehin schon aufmerksam geworden. »Vorbereitung für Notstart!«, rief er in sein Mikrophon.

Die VIPE zögerte kaum eine Sekunde, dann flammten sämtliche Holoscreens und Instrumentenbeleuchtungen auf. Zu hören war immer noch nichts, denn im Schiff herrschte kein Druck. Er musste erst warten, bis Roscoe und seine Begleiterin an Bord waren.

Eine schwache Erschütterung, die durch den Glider lief, kündete davon, dass die beiden angekommen waren. »Ti:Ta'Yuh – die Rampe schließen, sobald die beiden sicher an Bord sind. Anschließend Druckaufbau im Schiff.«

»Ist bereits in Arbeit, Sir.«

Ain:Ain'Qua spürte, wie sich die Schwerkraftebene im Schiff verfestigte; lauter werdende Summ- und Zischgeräusche kündeten von sich aufbauender Atmosphäre. Er hatte die VIPE dieses Schiffes nach dem Kosenamen der einzigen Ajhana benannt, in die er sich je verliebt hatte – im jugendlichen Alter von neunzehn Jahren. Zu dieser Zeit war er Novize gewesen. Später hatte er nie wieder Gelegenheit für so viele Gefühle gefunden, und auch seine VIPE war ihm das erhoffte Maß an Herzenswärme schuldig geblieben.

»Druckaufbau oberhalb des Schwellenwerts. Systemstatus 65 Prozent. Notstart möglich in t minus 15. Wünschen Sie manuelle Steuerung, Sir?«

»Ja, Ti:Ta'Yuh.« Er betätigte den Abschaltmechanismus seines Druckanzugs und ließ sich auf den Pilotensitz fallen. »Hast du Ortungsdaten?«

»Ich messe Energiemuster im Raumgefüge, habe jedoch keinen Kontakt, Sir. Wir müssten diese Felsspalte verlassen.«

»Gut. Wir starten mit Vollschub. Bemühe dich um möglichst geringe Verzögerung beim Kompensations-Ausgleich.«

»Selbstverständlich, Sir.«

Er seufzte. Manchmal könnte Ti:Ta'Yuh ruhig etwas weniger förmlich sein.

»Gib mir eine Geräuschsimulation. Schön laut, damit uns richtig warm wird.«

»Wie Sie wünschen, Sir.«

Ain:Ain'Qua drehte sich um. Seine drei Passiere waren noch immer voll in ihre Druckanzüge gekleidet. Er hieb auf die Taste für die Tür des Mannschaftsdecks und deutete nach hinten. »Los, Roscoe! Dort rein mit Ihnen. Wenn Sie korrekt für einen Notstart sitzen, schreien Sie!«

Zum Glück reagierte der Mensch schnell. Er drängte die beiden Frauen nach hinten, und wenige Sekunden nach Notstart-Freigabe durch Ti:Ta'Yuh hörte Ain:Ain'Qua Roscoes Ruf.

»Es geht los!«, brüllte er und fuhr mit dem Hauptregler den Schub hoch.

Hinten im Schiff baute sich ein infernalisches Brüllen auf. Der gesamte Glider verfiel in Vibration, während er sich leicht vom Boden löste und das sechsbeinige Fahrgestell eingezogen wurde. Die Kaltfusionsröhren fuhren nach unten, monokliner Kristallschaum strömte durch das Hohlskelett des Flugwerks, und ein schwerer Kerastahl-Schirm schob sich über die großzügig verglaste Pilotenkanzel. Innerhalb von wenigen Sekunden verwandelte sich die Maschine in ein raumtaugliches Projektil mit allen Finessen. *Gegen einen Halfant werden wir trotzdem niemals ankommen*, dachte Ain:Ain'Qua. *Wir können nur versuchen zu fliehen.*

Dann begann er mit den Pedalen und den Sticks zu arbeiten.

Der Glider – Bruder Giacomo hatte vorgeschlagen, ihn in diesem Zustand *Starglider* zu nennen – hob sich mit brüllenden Triebwerken aus der Spalte.

»Ortungsdaten, Sir! Zwei Kontakte auf 35 und 38 Grad Seitenpeilung, tief. Ein weiterer auf 280 Grad, hoch.«

Ti:Ta'Yuhs letztes Wort ging in einem wahren Donnerschlag unter. Der Glider wurde mit dem Heck hochgewirbelt, durch die verkleinerte Frontscheibe drang der grelle Blitz einer Explosion herein. Ain:Ain'Qua stieß ein Heulen aus und ließ den Glider geradeaus davonschießen.

»Zu laut, Sir?«, fragte Ti:Ta'Yuh.

»Nein, nein«, keuchte Ain:Ain'Qua. »Gerade richtig. Das hält einen wach. Öffne den Schirm ein Stück. Ich will etwas sehen.«

Ti:Ta'Yuh gehorchte ohne Verzögerung. Das Licht im Cockpit war bereits heruntergefahren, und nun kam die Trümmerwelt des Asteroidenrings mit beängstigender Geschwindigkeit auf ihn zugerast.

Ain:Ain'Qua konzentrierte sich allein auf die Steuerung. Der Glider schoss durch einen Tunnel von drei mittelgroßen Asteroiden hindurch; weit vorn, etwas links, explodierte gerade ein weiterer Asteroid. Er behielt Recht: Die Gegner zerschossen einzelne Brocken, um ihn, falls er sich verstecken wollte, zur Bewegung zu zwingen. Anders war in diesem Asteroidenfeld ein Aufspüren nicht möglich.

»Sie fliegen zu schnell, Sir«, tönte Ti:Ta'Yuh. »Bei diesem Tempo werden Sie bei rasch aufeinander folgenden Manövern die Kontrolle verlieren …«

»Halt die Klappe, Ti:Ta'Yuh. Werden wir verfolgt?«

Nach einigen Sekunden Pause kam die Antwort: »Ja, Sir. Eines der Schiffe hat sich auf unsere Wellenspur gesetzt. Es kommt näher.«

»Ist es der Halfant?«

»Das kann ich derzeit noch nicht ermitteln, Sir, ich …«

Ich wette, er ist es!, sagte sich Ain:Ain'Qua, während Ti:Ta'Yuhs technische Ausführungen für ihn mit dem Geräuschhintergrund verschmolzen. Er wusste genau, mit welchen Waffen er nun rechnen musste. Neben der durchschlagskräftigen Laser-Impulskanone war da noch ein Raketenstarter, der die unterschiedlichsten Gefechtsköpfe auflegen konnte. Wenn es die Ordensritter im Gegensatz zu den Drakken darauf abgesehen hatten, das Mädchen lebend zu kriegen – worauf er inständig hoffte –, musste er mit einer Disruptor-Bombe rechnen. Sie würde mit einem Schockimpuls seine Bordsysteme durcheinander wirbeln und wahrscheinlich seine Kaltfusion ins Stocken bringen. Auf diese Weise lahmgelegt, konnte man den Glider dann leicht mit einem G-Strahl irgendwo im All aufsammeln. Danach würde er es auf eine Nagelprobe ankommen lassen müssen: Würden die Ordensritter ihm, dem Pontifex, noch gehorchen? Wahrscheinlich nicht, denn dieser Lakorta war mit Sicherheit irgendwo in der Nähe.

»Mach den Schirm weiter auf, Ti:Ta'Yuh!«, befahl er.

»Das ist gefährlich, Sir!«, wandte seine VIPE ein. »Bei den vielen kleinen Trümmerstücken …«

»Den Schirm auf!«, brüllte er. »Muss ich jeden Mist mit dir diskutieren?«

Augenblicklich öffnete sich der Kerastahl-Schirm vor der Cockpitkuppel und gewährte ihm einen besseren Blick. Er wusste selbst, dass es gefährlich war, aber das war die gesamte Situation. Lieber handelte er sich einen kleinen Durchschlag in der Scheibe ein, als mit einem hausgroßen Asteroiden zu kollidieren.

Er war tatsächlich sehr schnell; links und rechts schossen die Trümmerbrocken nur so an ihm vorbei. Trotz seiner Panik zwang er sich, mit der Geschwindigkeit etwas herunterzugehen. Der Halfant würde es jetzt nur noch leichter haben, ihm zu folgen.

»Ortungsdaten, Ti:Ta'Yuh!«

»Abstand zum Verfolger: vierzehn Komma fünf Meilen, geringer werdend. Vor uns nimmt die Dichte des Asteroidenfelds zu. Ich empfehle ein Ausweichen nach oben, aus dem Asteroidenfeld heraus.

»Bist du verrückt?«, bellte er. Irgendetwas stimmte mit dieser VIPE nicht. »Sind wir erst einmal im freien All, hat er uns in Sekunden! Weißt du nicht, wie schnell ein Halfant ist?«

Ti:Ta'Yuh antwortete nicht.

Ain:Ain'Qua beschlich ein mulmiges Gefühl. Wenn seine Bordintelligenz nicht mehr funktionierte, war er eine leichte Beute für seinen Verfolger.

Er beschloss, es mit heftigen Flugmanövern zu versuchen. »Ti:Ta'Yuh? Bist du noch da?«

»Selbstverständlich, Sir!«

»Halte mich über den Verfolger auf dem Laufenden. Ich werde jetzt ein paar Manöver versuchen.«

Etwas rechts unten kam ein bizarrer Asteroid auf ihn zugerast. Mit den Sticks presste er einen heftigen Gegenschubimpuls durch die Kaltfusionsröhren und zwang dann hinter dem Asteroiden den Glider in eine harte Kurve nach rechts unten. Direkt dahinter kam ein weiterer in Sicht, Ain:Ain'Qua wiederholte sein Manöver und sauste haarscharf vor dem zweiten Asteroiden in die Tiefe.

»Verfolger noch immer auf der Wellenspur, Sir. Abstand sechzehn Komma fünf Meilen.«

Seine beiden Herzen pulsten heftig. Solche Flugmanöver hatte er seit einem Jahrzehnt nicht mehr praktiziert.

Ein Feld kleiner Trümmer kam auf ihn zu; mit scharfem Blick erspähte er einen Tunnel, der mitten durch sie hindurchführte. Er zog den Glider in einer harten Wende nach links, hätte dabei beinahe die Richtung verloren, schaffte es aber gerade noch. Vor ihm tat sich der Tunnel auf. Mit halsbrecherischer Geschwindigkeit schoss der Glider hinein, und wäre ihm nicht ausgerechnet ein Halfant auf den Fersen gewesen, hätte er seinen Verfolger mit einem solchen Manöver vermutlich abgehängt. Den Halfant aber schienen seine Flugmanöver nicht sonderlich zu beeindrucken.

»Verfolger-Abstand: vierzehn Meilen, Sir«, informierte ihn Ti:Ta'Yuh.

Er stieß einen Fluch aus. Kurz darauf kam eine weitere Meldung: »Raketen-Launch, Sir. Eine Mirage-T. Gefechtskopf unbekannt.«

Sein nächster Fluch folgte. *Gott, hilf mir!*, sandte seine Seele ein Gebet zu seinem Schöpfer, während sein Verstand bemüht war, ein Höchstmaß an Reaktionsfähigkeit aufzubringen. Ein faustgroßer Stein prallte gegen die Cockpitscheibe; der Schlag fuhr wie ein

Peitschenknall durch den Glider. Zum Glück blieb nur ein kleiner Sprung zurück, der bald wieder versiegelt sein würde.

Plötzlich tauchte ein riesiger Umriss vor ihm auf – die tiefschwarze Schattenseite eines großen Asteroiden mitten in der Flugbahn.

»Ti:Ta'Yuh – warum warnst du mich nicht?«, schrie er.

Mit voller Kraft stieg er in die Gegenschub-Pedale und riss den Glider mit beiden Sticks nach links oben, wo er eine Einbuchtung in dem Asteroiden sah. Vielleicht bekam er den Glider dort noch hindurch. Er schaffte es, dann aber tauchte etwas auf – ein Metallmast.

Verdammt – eine Abbaustation!, schoss es ihm durch den Kopf, dann folgte ein heftiger Krach. Der Glider wurde ein wenig aus seiner Flugbahn geworfen, Augenblicke später erleuchtete ein heftiger Blitz das All. Ti:Ta'Yuhs Geräuschsimulation kam ein ganzes Stück zu spät.

»Was war das?«, rief Ain:Ain'Qua.

Ti:Ta'Yuh antwortete nicht gleich. »Bojenkollision«, hieß es dann. »Das Schiff kollidierte mit … einer … Antenne, Sir. Danach … habe Kontakt verloren, Sir. Vermutlich ist die Boje mit einer … Boje kollidiert.«

»Boje? Was für eine Boje? Was redest du da für einen Unsinn, Ti:Ta'Yuh?«

Abermals hörte er eine Geräuschsimulation, diesmal aber ohne den charakteristischen Lichtblitz. Schließlich dämmerte ihm, was geschehen war.

»Ti:Ta'Yuh, bist du in Ordnung?«

Es dauerte ein paar Sekunden. »Ich glaube nicht, Sir.«

»Das war ein Disruptor, nicht wahr? Beim Start! Und jetzt wieder!«

»Vergleichsdaten beschädigt, Sir.«

Der Glider raste noch immer durch den Tunnel.

Ain:Ain'Qua hatte keine Ahnung, wie nah der Halfant war, von Ti:Ta'Yuh würde er es jedenfalls nicht mehr erfahren. Er konnte nur hoffen, dass die Steuerung des Gliders nicht versagte.

»Was ist los?«, hörte er Roscoes Stimme von hinten. »Versagt Ihre Bordintelligenz, Ajhan?«

»Ich heiße Ain:Ain'Qua!«, rief er ärgerlich nach hinten. »*Mensch!*«

»Schon gut, tut mir Leid. Kann ich irgendwie helfen?«

Der Tunnel endete, und als Ain:Ain'Qua schon dachte, er hätte eine kurze, freie Strecke vor sich, auf der er beschleunigen und sich etwas überlegen könnte, prasselte ein ohrenbetäubender Hagel von Kleinmeteoriten auf die Cockpitscheibe. Instinktiv riss er die Arme hoch.

Die Scheibe hielt, wurde aber von zahllosen Kratzern und Sprüngen überzogen, sodass er nach kurzer Zeit nichts mehr sehen konnte. *Das ist das Ende!*, dachte er. Er trat die Gegenschub-Pedale nieder und spürte dabei, dass die Kompensatoren die Balance kaum noch halten konnten. Er musste sich am Sitz festhalten, um nicht nach vorn gegen die Scheibe geschleudert zu werden. Er hatte vergessen, die Gurte zu befestigen. Von hinten hörte er eine Frau kreischen, dann einen dumpfen Knall. Die Kaltfusionsröhren brüllten, der Glider begann zu taumeln, dann sah er nur noch irgendetwas Riesiges, Graues auf sich zurasen.

*

Als Vasquez zu sich kam, brannte es lichterloh um sie herum.

Etwas zerrte an ihrem rechten Arm, vor ihr ragte ein Bein in die Höhe. Nach einigen Augenblicken erkannte sie, dass es sich nicht um ein wirkliches Feuer handelte, sondern um Funken und Flammen, die ihrem völlig durcheinander geschüttelten Hirn entsprangen. Sterne tanzten vor ihren Augen, und ein seltsames Flirren wallte hinter ihrer Stirn.

Das Bein verschwand, und der Zug an ihrem Arm wurde stärker. Sie wandte den Kopf und erkannte Leandra. Die Kleine vermochte aus ihrem Anzug kaum herauszuschauen, versuchte aber ... Nein, es war der riesige Ajhan, der an ihrem Arm zog. Leandra stand neben ihm und starrte mit gläsernem Blick schräg an ihr vorbei. Es war die Richtung, wo sie ihre Beine hätte fühlen sollen.

Ein entsetzlicher Schreck durchfuhr sie.

Meine Beine! Wo sind meine Beine? Sie verdrehte voller Schrecken den Kopf, aber der klobige Anzug gewährte ihr nur einen Blick nach vorn zur Helmscheibe hinaus.

Etwas fühlte sie dann doch, und endlich hörte sie auch die anderen. »Noch ... ein kleines Stück, Leandra!«. Es war Roscoes Stimme. Plötzlich war auch er da, kniete offenbar rechts von ihr und befand sich in irgendeiner Anstrengung; seine Stimme hatte ungefähr so geklungen, als stemmte er etwas Schweres in die Höhe.

Plötzlich hob sich eine enorme Last von ihren Beinen, und mit schmerzhaftem Kribbeln schoss Blut in sie hinein, so heftig, dass sie aufstöhnte. Im selben Moment verstärkte sich der Zug an ihrem Arm, und sie wurde ein Stück nach hinten gezogen.

»Sind Sie in Ordnung, Vasquez?«, hörte sie die Stimme des Ajhan.

Immerhin, er hat sich meinen Namen gemerkt, dachte sie und seufzte erleichtert. Sie versuchte sich aufzurichten, schaffte es aber erst beim zweiten Versuch. Langsam klärte sich ihr Blick. Sie saß auf dem Boden des Mannschaftsdecks, in dem die Sitze herausgerissen und durcheinander gewirbelt herumlagen. Irgendetwas hatte

die rechte Seite des kuppelförmigen Gliderdachs eingedrückt, und zwar bis ganz herunter auf den Boden,
sodass ihre Beine darunter begraben worden waren.
Am Boden sah sie den Spalt, in dem sie gesteckt hatten, und es war eigentlich ein Wunder, dass sie darin
nicht zu Mus zerquetscht worden waren. Sie wandte
den Kopf zu Leandra und fand ein aufmunterndes
Lächeln in ihrem Gesicht. Nun wurde ihr klar, was gerade geschehen war. Die Kleine hatte einmal mehr ihre
rätselhaften *Zauberkräfte* eingesetzt. Ein Schauer glitt
Vasquez' Rücken herab.

»Wir müssen hier weg!«, hörte sie Roscoes aufge-
regte Stimme. »Der Halfant wird gleich zurückkom-
men!«

Hier weg? Wohin?

Sie hatte eigentlich vorgehabt, diese Fragen laut zu
äußern, aber sie wollten nicht über ihre Lippen kommen. Zwei starke Arme griffen sie und hoben sie hoch
wie eine Puppe. Der große Ajhan hatte sie aufgehoben;
trotz des riesigen Schadens schien der Schwerkraft-
Projektor des Gliders noch zu arbeiten.

Klar müssen wir hier weg, dachte sie. *So ist die menschliche Natur. Flucht, so lange es irgend möglich ist. Selbst
wenn sie ins Nichts führt.*

Sie fühlte sich in den Armen des Ajhan seltsam
sicher und beschützt und leistete es sich, keinen Gedanken auf das zu verschwenden, was passiert war,
wo sie sich befanden und was ihnen noch zu tun offen
stand.

Als sie sich orientierte, stellte sie fest, dass Roscoe
und Leandra bereits das Deck verlassen hatten. Der
Ajhan trug sie in Richtung des Cockpits. Auch der
Durchgang war eingedrückt, das Schott auf halbem
Weg verklemmt, und draußen sah sie ein riesiges Loch
im Kanzeldach des Cockpits.

»Lassen … Sie mich runter«, brachte sie zustande,

als der Ajhan versuchen wollte, sich seitlich mit ihr auf
dem Arm durch den Spalt zu drücken.

»Können Sie laufen?«

Ihre Lider flatterten. Wie hieß er noch gleich? Ja …
Ain:Ain'Qua. Die faszinierenden, braun-grünen Ajhan-
Augen seines kantigen, nasenlosen Gesichts blickten
besorgt auf sie herab. Nie zuvor hatte sie einen Ajhan
als gut aussehend empfunden, aber dieser hier war es.
Ein Mann wie ein Fels. Selbst der kräftige Roscoe wirkte neben ihm wie ein Leichtgewicht.

»He!«, machte der Ahjan. »Werden Sie wach, Vasquez!«

Sie stöhnte. »Ja, ja. Lassen Sie mich runter.«

Er setzte sie vorsichtig ab. Mit Mühe konnte sie sich
halten; als sie stand, spürte sie, wie ihr Herz mit Macht
zu pumpen begann, und zunehmend kehrte Kraft in
ihre Glieder zurück.

»Wo … wo sind wir?«

»Auf einem großen Asteroiden. Die VIPE hat versagt, und ich habe die Kontrolle verloren. Offenbar
sind wir seitlich in eine Spalte hineingerutscht.«

»Gut, Mann. Kommen Sie«, sagte sie und winkte
ihm.

Taumelnd tappte sie voraus und hätte beinahe einen
Lachanfall bekommen, als sie merkte, auf welch ab-
struse Weise sie eben das Kommando zu übernehmen
versucht hatte. Ihre Knie gaben nach, Ain:Ain'Qua jedoch war zur Stelle und fing sie auf. Er schob sie durch
die Öffnung des verklemmten Schotts, schwenkte sie
im Cockpit herum und drückte sie weiter in Richtung
des kleinen Frachtdecks.

»Wohin, Ain:Ain'Qua?«, fragte sie mit leicht lallen-
der Stimme. »Wo wollen Sie auf diesem Asteroiden
hin? Gibt's hier … ein *Hotel?*«

Sie erhielt keine Antwort, ließ sich aber widerstands-
los voranschieben.

Die Frachtrampe war halb geöffnet. Als sie hinaussah und die Oberfläche des Asteroiden erkennen konnte, wurde ihr klar, dass der Glider um gute neunzig Grad gekippt in einem Riss auf der Oberfläche feststecken musste. Roscoe und Leandra standen draußen, im rechten Winkel zu ihr. Für Augenblicke machte der Anblick sie schwindeln, bis sie begriff, dass sie sich im Einflussbereich der Schwerkraft des Schiffs befand. Vorsichtig schritt sie voran, darauf gefasst, dass sie an irgendeinem Punkt abrupt enden würde.

»Schnell!«, hörte sie den Ajhan. Er packte sie um die Taille und zog sie mit sich nach draußen. Wie sie vermutet hatte, endete die Schwere ganz plötzlich und machte einer anderen Platz. Sie war äußerst gering, hielt sie aber auf der Oberfläche des Asteroiden. Er musste recht groß sein.

Als sie draußen waren, arbeitete sich der Ajhan mithilfe seiner Anzugsteuerung voran und folgte den beiden, die eilig ein Stück zwischen sich und den zerstörten Glider zu bringen versuchten. Die Spalte, in die er gerast war, öffnete sich wie ein Trichter zur Oberfläche des Asteroiden hin, rechts und links zogen sich weitere Geländerisse durch den grauen Felsen. Der Asteroid musste zehn Meilen Durchmesser haben, vielleicht sogar noch mehr.

An einer günstigen Stelle sprangen sie in eine der Spalten hinab und versteckten sich unter einem Überhang.

»Er wird bald wiederkommen!«, sagte Roscoe und peilte ins All hinaus. Kaum hatte er es ausgesprochen, huschte ein Schatten über die Asteroidenoberfläche.

»Da ist er schon!«, flüsterte er.

»Funkstille!«, befahl Ain:Ain'Qua scharf. Er winkte sie alle herbei und bedeutete ihnen, zum Gespräch die Helme aneinander zu legen.

»Was sollen wir denn tun?«, sagte Vasquez schnarrend. »Von hier kommen wir doch nie wieder fort!«

»Nur ruhig«, hörte sie Roscoe gepresst durch ihren Helm. »Sauerstoff hat jeder von uns für eine ganze Weile. So ein Austauscher kann einen eine Woche lang am Leben halten. Wir müssen währenddessen nur wieder eine Abbaustation auftreiben und sie in Betrieb nehmen. Haben wir doch schon mal geschafft, nicht wahr, Vasquez?«

»Sie meinen, hier, auf diesem Asteroiden?«

»Hier oder anderswo. Kurze Strecken können wir mit den Anzügen fliegen. Zu den nächsten größeren Brocken sind es kaum mehr als sechs, sieben Meilen. Aber wir sollten es zuerst hier probieren. Dieser ist ziemlich groß.«

Sie schöpfte Hoffnung. »Aber ... wenn wir es schaffen, wie kommen wir von hier wieder weg? Ich meine, zu einer Welt oder einer Raumstation?«

»Dafür sorge *ich*«, sagte Ain:Ain'Qua. Er hielt ein kleines, eiförmiges Gerät in die Höhe. »Ich habe einen guten Freund in der Nähe. Solange er dieses System nicht verlässt – und das wird er nicht, ehe er mich nicht wieder gefunden hat –, kann ich mit ihm Kontakt aufnehmen.«

Vasquez stieß ein erleichtertes Seufzen aus. Sie hatte nicht gedacht, dass sie in ihrer Lage überhaupt noch etwas würden tun können.

»Unser Problem ist Wasser«, sagte Roscoe. »Mehr als drei Tage halten wir es ohne Wasser nicht aus. Deswegen müssen wir so schnell es geht wieder eine Anlage finden. Ich schlage vor, wir machen uns sofort auf den Weg.«

»In welche Richtung?«

Schweigen stellte sich ein. Jeder wusste: Ein Zehn-Meilen-Asteroid war klein, aber wenn man auf seiner Oberfläche etwas suchte, entpuppte er sich plötzlich als riesig.

»Wir müssen ins All hinauf!«, meinte Vasquez und deutete nach oben. Von dort aus hat man Überblick.«

»Gute Idee. Aber da oben ist der Halfant. Der wird nur darauf warten, dass wir die Nase herausstrecken.«

»Dann ... warten wir, bis er aufgibt. Irgendwann wird er ja wieder davonfliegen, nicht wahr? Ich meine ... irgendwann ...«

Schweigen breitete sich aus. Anscheinend saßen sie in der Falle.

23 ◆ Eingeholt

Sieh mal, wen ich hier habe!«, rief Alvarez.

Rascal Rowling, nervös und angespannt, fuhr herum. Sein Freund José kam auf die Brücke, begleitet von sechs schwer bewaffneten Haudegen, die einen kleinen, rundlichen Mann umringt hatten. Jeder der Männer sah aus, als hätte er gerade eine Begegnung mit einem drei Meter hohen Watuki gehabt, nur der kleine Mann schien unverletzt. Es war Bruder Giacomo, und er grinste verlegen.

»Aber ...«, stotterte Rowling.

Alvarez nickte ärgerlich und deutete auf Giacomo. »Ja, ja! Wir hätten besser doch auf diese *halbe Portion* achten sollen!« Er warf Rowling schwungvoll einen kleinen Gegenstand zu. Rowling konnte ihn gerade noch fangen. Er hielt ihn in die Höhe und betrachtete ihn.

»Kennst du diese Dinger?«, fragte Alvarez.

Rowling nickte betroffen. »Ja. Ein RW-Transponder. Damit kann man verdammt weit funken.«

»Richtig. So ein Ding kostet ein Vermögen. Das ist die Ausrüstung von Spezialisten. Ich schätze, du hast uns da einen netten kleinen Spion an Bord geholt, der so allerlei an seinen großen Boss gemeldet hat. Wer auch immer das ist – dieser *Freund* von dir!«

Rowling starrte den kleinen, rundlichen Kerl mit dem dümmlichen Lächeln verwirrt an. »Giacomo? Ein Spion?«

»Wenn man sich so ansieht, was er aus Lars und

seiner Truppe gemacht hat?« Alvarez wies auf seine Leute.

Nun klappte Rowlings Kinnlade gänzlich herab. Er deutete auf die sechs Männer. »Das war *er*? Er hat die sechs so zugerichtet? Ich dachte ...«

Alvarez stemmte die Fäuste in die Seiten und nickte ärgerlich.

Rowling lachte lauthals los. Alle in der Brücke drehten sich zu ihm herum, Alvarez jedoch schien das gar nicht lustig zu finden. »Was gibt's da zu kichern?«

Mit Mühe beruhigte Rowling sich wieder. Dann warf er die Arme in die Luft. »Verdammt, was bin ich für ein Idiot! Dieser Bursche und sein Ajhan-Freund haben uns komplett verladen! *Er* muss es gewesen sein, der vor drei Stunden diesen TT-Sprung gemacht hat, verstehst du, José? Bruder Giacomo hat ihm brühwarm weitergereicht, was wir hier alles entdeckt haben ... und dass er nur noch nach dem Wrack der *Moose* suchen muss.« Er lachte auf. »Unglaublich. Da sind wir doch dem angeblichen Pontifex voll auf den Leim gegangen!«

»O nein, Mister Rowling!«, sagte Giacomo und schüttelte den Kopf, während er einen Zeigefinger hob. »Nicht *angeblich*. Er ist es tatsächlich.« Er lächelte freundlich. »Allerdings, was den Leim angeht – damit haben Sie vermutlich Recht.«

»Er ist es wirklich?« Rowling zog die Brauen hoch.

»Na, egal.« Er winkte dem kleinen Mann und hielt ihm das eiförmige Gerät hin. »Kommen Sie her, Giacomo. Sie können sich nützlich machen.«

»Was soll das?«, knirschte Alvarez und trat zu Rowling und Giacomo. »Was soll dieser Pontifex-Quatsch? Pontifex – ist das nicht der Papst? Der Oberste Hirte der Hohen Galaktischen Kirche?«

»Später, José.« Rowling hob abwehrend die Hände. Er wandte sich Bruder Giacomo zu. »Können Sie ihn

510

mit diesem Ding finden? Ich fürchte nämlich, er steckt in ziemlichen Schwierigkeiten.«

»In Schwierigkeiten?«

Rowling hob eine Hand und wandte sich an einen der Leute auf der Brücke. »Chief, fahren Sie das Licht auf der Brücke herunter!«, rief er. »Und geben Sie mir ein Panoramabild auf die großen Monitore.«

Es wurde dunkler, und jeder der großen Holoscreens, die unter der kuppelförmigen Decke angebracht waren, schaltete um. Über eine Breite von fünf oder sechs Monitoren erschien ein Bild des Außenbereichs.

Schlagartig verstummten alle Gespräche auf der Brücke, denn das Bild war ebenso beeindruckend wie schön. Ringsum erstreckte sich der Asteroidenring vor dem großartigen Hintergrund der Sterne. Die Trümmerbrocken des einstigen Planeten waren wie auf einer flachen, unsichtbaren Ebene ausgebreitet, große und kleine, und bildeten im Licht von Aurelia ein Band, das in warmen Braun- und glitzernden Weiß- und Grautönen leuchtete. Rowling erinnerte sich an das Sprichwort von dem Raumfahrer, der sein Leben lang durch das All reiste und sich dennoch nie daran statt sehen konnte.

»Schön, nicht?«, sagte er.

Giacomo nickte stumm.

»Und dennoch tödlich. Irgendwo dort draußen ist er jetzt und …«

Auf einem der Holoscreens rechts leuchtete ein greller Blitz auf. Alle Köpfe fuhren herum. »Was war das?«, fragte Giacomo.

Rowling nickte wissend. »Genau das wollte ich Ihnen zeigen, Giacomo. Die meisten der Schiffe der Ordensritter sind bereits da. Sie machen Jagd auf Roscoe und das Mädchen. Und auch auf Ihren Boss, Giacomo – sofern er die beiden gefunden hat.« Er sah den kleinen Mann bedeutungsvoll an. »Und da Sie eine so überaus reichhaltige Trickkiste besitzen, habe ich den Verdacht, dass er es vielleicht schon geschafft hat.«

Giacomo grinste verlegen. »Das ist gut möglich, Mr. Rowling. Ehrlich gesagt gehe ich davon aus, dass er längst von hier fort ist – auf dem Weg nach Thelur. *Mit der jungen Dame.*«

»Soso. Davon gehen Sie also aus? Nun, ich tippe auf etwas anderes.« Er wandte sich wieder an den Brückenoffizier. »Chief, spielen Sie mir die Ortungsdaten ein!«

Jemand raunte eine Bestätigung, dann huschten rechts über einen Holoscreen eine Reihe von Zahlen und Diagrammkurven.

»Da! Sehen Sie? Das sind Sensordaten, die wir vor einer halben Stunde empfangen haben. Sie deuten klar auf einem Kampf hin.« Er wies auf einzelne Zeilen in der langen Liste. »Disruptor-Granaten, Wellenspuren von heißen Triebwerken … es sieht hübsch nach einer Flucht aus. Zum einen war das Schiff daran beteiligt, dessen TT-Sprung-Echo wir vor drei Stunden gemessen haben, zum anderen ein Halfant.«

»Ein Halfant?«

»Kennen Sie die etwa nicht? Ein Kurzwort für Halon-Infant. Das sind Exoskelette von Baby-Halon-Leviathanen. Sie sind sehr klein, extrem belastbar und außerordentlich selten. Ihre Ordensritter haben ein paar davon. Man kann sagen, es sind die beweglichsten, schnellsten und bestausgerüsteten Schiffe, die es überhaupt gibt. Auch wenn der Glider Ihres Ajhan-Freundes etwas ganz Spezielles sein mag – gegen so einen Halfant gibt er eine schlechte Figur ab.«

Bruder Giacomo nickte. »Ja, ich erinnere mich. Ich habe einmal von diesen Schiffen gehört. Ich wusste nicht, dass wir welche davon haben. Und Sie sagen, so eines verfolgt den Glider von Ain:Ain'Qua?«

»Ich fürchte, ja. Leider haben wir die Nachricht nur

über einen Überwachungsempfänger bekommen, deswegen haben wir keine Peilungsdaten.« Er wies mit einer Rundumbewegung auf die Monitore, die das All zeigten. »Wir wissen nur, dass es irgendwo dort draußen war.«

»Und jetzt? Ich meine, in diesem Augenblick? Ist da nichts mehr?«

Rowling sah zum Brückenoffizier, und als der den Kopf schüttelte, tat er es ihm nach. »Nein. Zuletzt ereignete sich ein Energieausstoß, dessen Muster typisch für kinetische Energie ist. Es könnte ein Zusammenstoß gewesen sein – mit einem Asteroiden. Ob das von dem Halfant stammte oder dem anderen Schiff, wissen wir nicht. Danach kam nichts mehr.«

Bruder Giacomos Gesicht zeigte inzwischen Unruhe.

»Na, was ist?«, forderte Rowling. »Veranlasst Sie das nicht irgendwie zum Handeln?«

»Zum Handeln? Nun, ich …«

»Hören Sie, Giacomo! Wenn Ihr Pontifex so gut ist, dass er sich ohnehin schon auf dem Weg nach Thelur befindet, müssen wir uns ja nicht sorgen, oder? Und Sie können auch nichts mehr falsch machen. Wenn er jedoch irgendwo da draußen ist«, und damit deutete Rowling auf die Holoscreens, »dann sind wir im Moment wohl die Einzigen, die ihm noch helfen können. Allerdings sollten wir uns beeilen.«

Giacomo starrte Rowling betroffen an.

»Wissen Sie«, fügte Rowling noch hinzu, »ich mochte Ihren Boss irgendwie. Wäre schade, wenn er dort draußen einfach so umkäme. Überlegen Sie sich's!«

*

Nach einer Stunde des Wartens hielt es Roscoe nicht mehr aus. Er gab den anderen ein Zeichen, dass sie die Helme aneinander legen sollten.

»Wir könnten uns doch innerhalb dieser Risse und Spalten fortbewegen«, schlug er vor.

Ain:Ain'Qua brummte missmutig. »Das bringt uns nirgendwohin. Dieser Asteroid hat eine Oberfläche von mindestens fünfzig Quadratmeilen. Wie sollen wir etwas finden, wenn wir in Spalten herumkriechen?«

»Ja, kann sein. Aber diese Warterei macht mich verrückt. Vielleicht haben wir ja Glück und finden irgendeine Außenanlage. Einen Antennenmast oder so.«

»Oder wir entdecken eine MineClaw auf einem Asteroiden in der Nähe«, schlug Vasquez vor. Alle blickten nach oben. Doch in unmittelbarer Nachbarschaft befand sich nur ein einziger größerer Asteroid – und auf dem war von ihrem Blickwinkel aus nichts zu entdecken.

»In der Stunde, die wir hier schon gewartet haben, hätten wir gut ein paar Meilen zurücklegen können«, fügte Roscoe hinzu.

Ain:Ain'Qua gab sich geschlagen. »Also schön. In welche Richtung?«

Vasquez deutete nach hinten. »Dort ist eine Erhebung. Vielleicht haben wir von da ein wenig Überblick.«

Ain:Ain'Qua nickte und drängte sich an ihr vorbei. Die sehr geringe Schwerkraft war eher hinderlich als nützlich, denn man konnte sich nur allzu leicht in die falsche Richtung abstoßen. Es gelang ihm trotzdem, unten zu bleiben und sich vergleichsweise rasch voranzuarbeiten. Die anderen folgten ihm.

Für eine Viertelstunde bewegten sie sich in dem etwa drei Meter tiefen Riss voran – zuerst in Richtung der Absturzstelle, dann daran vorbei und schließlich den Hügel hinauf, wo die Spalte flacher wurde. Der Halfant zeigte sich nicht mehr, dafür aber nahmen sie hin und wieder Blitze wahr, und vereinzelt, zumeist in größerer Entfernung, zogen andere Schiffe vorüber.

514

»Ich frage mich, wo er ist«, meinte Roscoe, als sie eine Pause einlegten und ihre Helme wieder aneinander legten. »Und warum er keine Verstärkung holt. Die anderen ziehen dort oben umher, als suchten sie ernsthaft nach uns.«

»Kann sein, dass die Besatzung des Halfant den Ruhm allein davontragen will«, erklärte Ain:Ain'Qua. »Die Ordensritter leben in einem strengen Kastensystem. Sollte der Pilot ein Neuling auf seinem Schiff sein, muss er fürchten, wieder verdrängt zu werden. Das bringt ihn vielleicht dazu, allein zu agieren. Könnte unser Glück sein.«

»Aber das bedeutet, dass wir ihn noch nicht los sind«, gab Roscoe zu bedenken und deutete ins All hinaus. »Sagen Sie, Ain:Ain'Qua … Sie wollten mir doch erklären, wie Sie uns gefunden haben, nicht wahr?«

»Das wollen Sie ausgerechnet *jetzt* wissen, Roscoe?«

»Es geht um das Schwert. Sie sagten, das Schwert habe uns gefunden. Stimmt das etwa?«

»Was tut das jetzt zur Sache?«

»Ich frage mich, ob diese Ordensritter ebenfalls solche Schwerter haben. Und uns ebenso leicht finden können.«

Der Ajhan zögerte. »Nein, haben sie nicht. Dieses Schwert ist einzigartig. Aber ich bedauere inzwischen, das gesagt zu haben. Belassen wir es dabei.«

»Sie wollen es nicht sagen?«

Roscoe sah, wie Ain:Ain'Qua in seinem Helm den Kopf schüttelte. »Nein. Das ist ein Geheimnis der Kirche und meines Amtes. Es muss Ihnen genügen zu wissen, dass uns die Ordensritter nicht auf diese Weise aufspüren können.«

Roscoe schnaufte unwillig.

»Los jetzt, machen wir weiter«, forderte Ain:Ain'Qua. Sie setzten sich wieder in Bewegung. Im Bereich der

Hügelkuppe wurden die Risse zahlreicher. Sie konnten sich gut verbergen, aber die Anstrengung der ungewohnten Art der Bewegung machte sich bemerkbar. Ständig hielten sie Ausschau nach Schiffen, aber nur in der Ferne konnten sie vereinzelt die leuchtenden Spuren der Antriebe vorüberziehen sehen. Es schienen immer weniger zu werden. Schließlich gelangten sie auf der Hügelkuppe an.

Vorsichtig hoben sie die Köpfe aus der Vertiefung, in der sie saßen, aber das Ergebnis war enttäuschend. Der Horizont war ringsum so nah, dass Roscoe das Gefühl hatte, er könne nicht einmal eine halbe Meile weit sehen. Die Unregelmäßigkeiten der Oberfläche taten ihr Übriges.

Ain:Ain'Qua sah ins All hinauf. »Wenn einer von uns einen hohen Sprung wagt, könnte er leicht gesehen werden. Es ist riskant.«

»Vielleicht sind sie längst fort«, meinte Vasquez hoffnungsvoll. »Vielleicht glauben sie, wir wären bei dem Aufprall umgekommen!«

»Davon würden sie sich überzeugen«, brummte Roscoe und suchte intensiv das All über sich ab. »Da bin ich mir ziemlich sicher. Mir ist schleierhaft, warum dieser Halfant wieder verschwunden ist.«

»Ich werde es wagen«, erklärte Ain:Ain'Qua. »Wir müssen irgendetwas tun. Ich bin der Schwerste, also werde ich am schnellsten wieder zurückfallen. Außerdem kann ich den Anzug steuern.«

Niemand hatte etwas einzuwenden. Ain:Ain'Qua kletterte aus der Vertiefung, blickte sich kurz um und ging dann in die Knie. Mit einem sanften Sprung stieß er sich ab und gewann rasch an Höhe.

Angstvoll beobachteten sie seinen Flug. Nach kurzer Zeit hatte er schon zwanzig oder fünfundzwanzig Meter Höhe erreicht, und es schien, als wollte er ungebremst weiterfliegen, bis er den nächsten Asteroiden

516

erreicht hatte. Sie sahen, wie er versuchte, sich mit Schwimmbewegungen herumzudrehen, das Ergebnis aber war, dass er in Schieflage geriet und bald seitlich mit den Füßen voran nach oben trieb.

Plötzlich begann er wild mit den Armen zu rudern. Gleich darauf sahen sie kleine, weißliche Wölkchen von ihm wegschießen. Seine Fluglage stabilisierte sich, aber das Rudern seiner Arme hörte nicht auf.

Vasquez' Helm knallte gegen den Roscoes. »Winkt er uns?«, rief sie angstvoll.

»Ja, kann sein!« Einem Impuls folgend, schaltete er mit der Zunge seine Sprechverbindung ein.

»…üsst weg!«, tönte es aus seinem Helmlautsprecher. »Hört ihr denn nicht! Schnell …! Sie kommen … über den Hügelrücken hinweg … links von euch …!«

Roscoe fuhr herum, sah Vasquez an. Sie hatte offenbar den gleichen Gedanken wie er gehabt und die Sprechverbindung aktiviert. Leandra, die bei ihnen kniete und sicher nicht wusste, was geschah, starrte sie nur furchtsam an.

Wie auf ein Stichwort hin blickten sie alle in die Höhe, wo Ain:Ain'Qua mithilfe seiner Anzugsteuerung wieder herabkam – in höchster Eile. Wenige Sekunden später war er bei ihnen, kam auf allen vieren auf und musste sich abfedern. Noch während er um sein Gleichgewicht kämpfte und sich aufzurichten versuchte, hörten sie wieder seine Stimme. »Fliehen Sie, Roscoe! Schnell!«

»Aber …«

Endlich hatte sich Ain:Ain'Qua gefangen. Er zog sein Schwert. »Los, Mann, träumen Sie nicht!«, rief er. »Nehmen Sie die beiden Frauen und verschwinden Sie!« Er deutete nach rechts. »Dort unten, eineinhalb Meilen entfernt, ist irgendetwas, eine Station! Ich kümmere mich um die drei, verschwinden Sie endlich!«

»Die *drei* …?«, keuchte er.

517

Roscoe erhielt einen derben Stoß, der ihn in Bewegung setzte, dann sah er, wie Ain:Ain'Qua Vasquez und Leandra ebenfalls in seine Richtung beförderte. Das Schwert des Ajhan funkelte plötzlich; es schien so etwas wie blass leuchtendes Hitzeflirren zu verstrahlen, während sich der große Mann von ihnen wegbewegte.

Als Vasquez gegen ihn prallte, erwachte er endlich aus seiner Lähmung. Er packte sie unter der Achsel, Leandra bekam er im Vorbeisegeln zu greifen. Mit den Lippen schnappte er nach dem dünnen Plastikröhrchen des Sticks und aktivierte mit der Zunge seine Anzugsteuerung.

»Roscoe ...«, keuchte Vasquez, aber er achtete nicht auf sie.

Ohne wirklich zu wissen, was ihnen drohte und was Ain:Ain'Qua mit ›... die drei‹ gemeint hatte, versuchte er, möglichst viel Abstand zwischen sich und den Ajhan zu bringen. Er steuerte über die Kuppe des Hügels hinweg und folgte dessen Flanke abwärts. Es gelang ihm überraschend gut.

Im nächsten Moment tönten fauchende und zischende Geräusche durch seinen Helmlautsprecher. Er hörte irgendetwas in Ajhansprache. Dann ein Stöhnen. Voller Panik legte er den Kopf in den Nacken und versuchte irgendetwas in Flugrichtung durch seine Helmscheibe zu erkennen. Inzwischen hatte er ziemlich an Fahrt gewonnen und glitt, immer schneller werdend, über die felsige Oberfläche des Asteroiden dahin. *Nicht zu tief*, mahnte er sich, *sonst reiße ich mir den Anzug auf. Oder den von Leandra oder Vasquez.*

In seinem Hirn tobten die Gedanken umher. Was tun, wenn er tatsächlich die Station erreichte, die Ain:Ain'Qua gesehen zu haben glaubte? Was war mit Ain:Ain'Qua? Würde er verletzt oder gefangen genommen werden – oder gar sterben? Was sollte er tun, wenn man sie stellte? Er besaß nicht einmal eine Waffe.

Hinter ihm blitzte etwas auf. Er versuchte sich während des Fliegens herumzuwälzen, aber es gelang ihm nicht. Wild pochte sein Herz. Auch Vasquez' Schicksal bedrückte ihn immer mehr; er hatte sie inzwischen tief in diese Sache hineingerissen. So wenig er sie auch mochte, sie war nur ein einfacher Passagier gewesen, und nun zählte sie zu den meistgejagten Personen eines ganzen Sternenreiches.

»Roscoe!«, rief sie. »Sie müssen weiter nach links. Weiter links!«

»Was?«, keuchte er. Auf die Richtung hatte er überhaupt nicht geachtet. Erneut versuchte er sich zu orientieren, als zum zweiten Mal etwas am Rande seines Gesichtsfeldes aufblitzte. Durch seinen Helmlautsprecher krachten und knisterten Geräusche. Er hätte eine Menge dafür gegeben, ein winziges bisschen Überblick zu gewinnen, aber im Augenblick waren sie nicht viel mehr als ein Bündel aus drei Menschen, das blind über irgendeinen Asteroiden hinwegjagte.

»Roscoe!« Vasquez' Stimme war ein Schrei gewesen.

Als sein Kopf hochzuckte, sah er etwas so Unerwartetes, dass er für einen Moment glaubte zu träumen. Es war ein Fuß, eine Stiefelsohle, und ehe er auch nur einen Gedankenfetzen weiter kam, sauste sie auf ihn zu, krachte auf seine Schulter und kugelte ihm fast das Armgelenk aus. Er schrie auf.

Der nächste schmerzhafte Tritt, diesmal gegen die andere Schulter, kam Augenblicke später. Er traf ihn so hart, dass er stöhnend die beiden Frauen loslassen musste. Dann erwischte ihn etwas im Rücken, und ihm blieb die Luft weg. Als er seine Sinne wieder beisammenhatte, hing er fest in der Umklammerung irgendeines Fremden. »Halten Sie still Mann, sonst dreh ich

519

Ihnen den Saft ab!«, kam eine seltsam leise und raunende Stimme über den Helmlautsprecher.

Roscoe wusste sofort, dass er besser widerspruchslos gehorchte. Das musste einer der Ordensritter sein. Diese Kerle standen in dem Ruf, die bestausgerüsteten und gefährlichsten Krieger der Galaxis zu sein und darüber hinaus nicht sonderlich zartfühlend. Ain:Ain'Qua hatte es ihm bereits angedeutet: Nur Leandra war wichtig, er selbst und Vasquez waren verzichtbare Randfiguren.

Hilflos verfluchte er sich selbst, dass er sich gegen nichts, was hier geschah, zur Wehr setzen konnte. Das war unwürdig für einen Mann seines Berufs. Eine unbestimmte Wut wuchs in ihm.

»Ruhig, Mann«, hörte er wieder die Stimme.

Er versuchte sich umzublicken. Der Kerl, der ihn hielt, trug einen hochmodernen Anzug, so wie Ain:Ain'Qua. Und da war noch ein weiterer Mann, er hielt Vasquez wie auch Leandra. Zu fünft schwebten sie ganz langsam knapp über der Oberfläche des Asteroiden. Ihn zu bremsen war wohl der Sinn der brutalen Tritte gewesen.

Roscoe hörte, wie der Mann, der ihn hielt, irgendetwas sagte. Es kam nicht über seinen Helmfunk, offenbar lief es über eine andere Frequenz. Kurz darauf knackste es wieder in seinem Lautsprecher.

»Wir haben das Mädchen und die beiden anderen, Exzellenz«, hörte er die Stimme des Mannes, der ihn festhielt. »Es ist besser, Sie ziehen sich zurück.«

Schlagartig wurde ihm klar, dass diese Worte an Ain:Ain'Qua gerichtet sein mussten. *Exzellenz?* War der Ajhan etwa ein Bischof – oder gar ein Kardinal? Er versuchte sich zu orientieren, konnte ihn aber nirgendwo entdecken.

»Ich befehle euch, das Mädchen herauszugeben!«, donnerte Ain:Ain'Quas Stimme plötzlich über die Lautsprecher. »Im Namen der Hohen Galaktischen Kirche – lasst sie frei!«

»Wir unterstehen nicht mehr Ihrem Befehl, Exzellenz«, erklärte der Ordensritter mit der kalten Stimme. »Bleiben Sie, wo Sie sind. Oder wir müssen den beiden anderen etwas antun.«

»Die anderen beiden?«, kam Ain:Ain'Quas wütende Stimme. »Die kümmern mich nicht. Verschwindet, aber schnell! Dann bleibt ihr am Leben!«

Verdammt, schoss es Roscoe durch den Kopf. *Wir sind Geiseln! Wir sind für Ain:Ain'Qua nur Schachfiguren im Spiel um Leandra!*

»Wären sie Ihnen so gleichgültig, Exzellenz, hätten Sie sie nicht bis hierher mitgenommen«, erwiderte der Ordensritter abgebrüht. »Bleiben Sie fort von uns. Unser Schiff wird uns gleich hier abholen. Sie können sich dann mit Kardinal Lakorta auseinander setzen. Sie wissen, wo Sie ihn finden.«

»Ja, das weiß ich!«, donnerte Ain:Ain'Quas Stimme ein weiteres Mal über den Helmfunk. »In den Folterkellern der Kathedrale von Toledo Salamanca! Lasst das Mädchen frei oder ihr werdet sterben!«

»Bleiben Sie zurück, Exzellenz!«, tönte die Stimme des Ordensritters. Inzwischen schien auch er etwas unsicher geworden zu sein. »Bleiben Sie zurück! Dieser Roscoe und die Frau sind sonst zuerst an der Reihe – das schwöre ich!«

Roscoe fluchte in sich hinein. Wenn es Ain:Ain'Qua wirklich nur um Leandra ging, wäre er in weniger als einer Minute tot. Verzweifelt überlegte er, ob er den Ordensritter mithilfe seines Werkzeugarms überwältigen konnte. Voller Panik sah er nach dem anderen – selbst wenn es ihm gelänge, hätte der andere noch immer Vasquez und Leandra in seiner Gewalt. Doch Roscoe hatte nicht das Recht, Vasquez' Sicherheit aufs Spiel zu setzen.

Dann jedoch wendete sich das Blatt. Und das auf eine Art und Weise, die sich Roscoe nicht in seinen verrücktesten Träumen hätte ausmalen können.

Es begann damit, dass rechts von ihm, hinter dem Horizont des Asteroiden, ein Leuchten aufkam, als wollte dort im nächsten Moment Aurelia aufgehen. Dann stieg ein Raumschiffkörper empor. Seine Form war unverkennbar: es war der Halfant. Roscoe ächzte leise. Wenn Ain:Ain'Qua nun bloß nichts unternahm! Dann würden er und Vasquez wenigstens erst einmal überleben.

Das gefährlich aussehende Schiff stieg höher, es war flach und diskusförmig, mit einem etwas unregelmäßigen Korpus, wie es für Leviathane üblich war. Für einen Augenblick legte es sich leicht schräg und schwenkte mit Eleganz in eine leichte Kurve, um zu ihnen herabzugleiten.

Plötzlich zuckte etwas neben dem Halfant auf. Roscoe schärfte seinen Blick … aber da passierte es auch schon: Lautlos zerplatzte das gesamte Schiff in einer grellen Feuerwolke, die Augenblicke später über sie hinwegstrich. Er stieß ein ersticktes Keuchen aus.

Anfangs war das einzige Geräusch ein knatterndes Krachen im Helmlautsprecher – dann raste mit einem dumpfen Grollen eine Partikelwolke über sie hinweg. Sie wurden davongewirbelt, aber der Mann, der ihn festhielt, ließ ihn nicht los.

»Verdammt«, kreischte der Ordensritter und flog mithilfe seiner Anzugsteuerung zu dem anderen zurück, »was war *das?*«

»Unser Schiff!«, kam die fassungslose Antwort. »Es ist zerstört!«

Roscoe schwirrte der Kopf. Hatte Ain:Ain'Qua den Halfant zerstört? Abgesehen von der bangen Frage, ob ein einzelner Mann so viel mörderische Feuerkraft mit sich herumtragen konnte: Würde jetzt ein offener

Kampf entbrennen? Dann wären er und Vasquez so gut wie tot.

Was Roscoe stattdessen zu hören bekam, war eine laute, unbekannte Stimme über den Helmlautsprecher. »He, ihr Ordens-Heinis! Könnt ihr mich hören?«

Roscoe sah aus den Augenwinkeln, wie sich die beiden Ordensritter mit vor Entsetzen geweiteten Augen anblickten. Der andere war, wie Roscoe nun durch dessen Helmscheibe erkannte, ein Ajhan.

»Ob ihr mich hören könnt, ihr Typen!«, tönte es.

»J-ja. Wer spricht da?«

»Tut nix zur Sache, Mann. Hast du gesehen, was ich gerade mit eurem Schiff gemacht habe?«

Roscoe hörte deutlich das betroffene Schlucken des Mannes, der ihn hielt. Alle kalte Selbstsicherheit war von ihm abgefallen. »Ja«, keuchte er.

»Hübsche Explosion, was? Das war eine MTX, Konkurrenzprodukt eurer Rails, verstehst du? Die Dinger sind beschissen teuer, also erspar mir, die Nächste auf euren Papst abzufeuern.«

»Auf unseren … Papst?«

»Du weißt genau, wovon ich spreche, Mann. Gebt eure Gefangenen frei. Das Mädchen, Roscoe und wen ihr sonst noch habt.«

Roscoe holte tief Luft. Er glaubte, die fremde Stimme irgendwoher zu kennen. Und dass hier jeder seinen Namen wusste, machte ihn langsam nervös.

»Das … das ist nicht möglich!« Der Ordensritters mühte sich, wieder fester zu klingen. »Wir haben uns an unseren Auftrag und an unseren Kodex zu halten. Wenn das Mädchen stirbt – auch gut!«

»Dann werdet ihr in Ehren begraben, was?«, spottete der Fremde. »Ah, jetzt seh ich euch.«

Roscoe, noch immer im Klammergriff des Ordensritters, wurde herumgeschwenkt, als dieser den Horizont absuchte. Da sah Roscoe ein geheimnisvoll bläulich funkelndes Ajhanschiff über dem Asteroidenhorizont aufsteigen.

Die *Tigermoth!*

Dieses Schiff kannte er nur zu gut – er wusste bloß nicht, ob er weinen oder lachen sollte. Die Stimme gehörte zu José Alvarez, und für den Moment entschloss sich Roscoe fürs Lachen, denn seine Überlebenschancen hatten sich gerade um ein Gutteil erhöht. Nun kam es darauf an, wie die Ordensritter reagierten. Er schöpfte Hoffnung.

»Hört zu, ihr Ordens-Fuzzis«, tönte Alvarez in seiner unnachahmlichen Art. »Wir haben's brandeilig. Wenn ihr nicht spurt, werde ich euren Pontifex Maximus mit einer meiner sündteuren MTX-e grillen, danach friedlich nach Hause fliegen und den ganzen Scheiß hier auf meiner nächsten Steuererklärung als geschäftlichen Fehlschlag absetzen, kapiert? Mich kratzt das nicht weiter. Euch aber wird man, wenn euch die Inquisition erst mal die Gräten verbogen und euch anschließend eingeäschert hat, in den Grabstein meißeln, dass ihr euren Heiligen Vater auf dem Gewissen habt. Na, würde euch das gefallen?«

Die beiden antworteten nicht.

Roscoe ignorierte seine Verwirrung angesichts Alvarez' seltsamer Sprüche über den *Pontifex* oder den *Heiligen Vater*. Er musste handeln und alle Fragen auf später verschieben. Mit einer Kraftanstrengung wand er sich aus dem inzwischen längst nicht mehr so harten Griff des Ordensritters. Der setzte ihm keinen nennenswerten Widerstand entgegen. Roscoe ließ es sich nicht nehmen, dem Kerl zuletzt noch den Ellbogen mit Kraft in die Seite zu rammen.

Der Mann ächzte, wurde seitlich abgetrieben, fing sich aber nach kurzer Zeit mit einem Schubstoß wieder.

»Alvarez, du blöder Sack!«, fauchte Roscoe in sein Helmmikrophon. »Komm her mit deiner Kiste!«

»Roscoe, alter Freund«, klang Alvarez' Stimme süßlich durch den Lautsprecher. »Wie ist das werte Befinden?«

»Glaub bloß nicht, dass ich dir jetzt die Füße küsse. Meinetwegen bist du sicher nicht hier!«

»Nun sei nicht so muffig!«, beschwerte sich Alvarez. »Du kannst ja bleiben, wenn dir was nicht passt!«

Roscoe antwortete nicht. Natürlich war er dankbar; er hätte Alvarez für seine abgefeimte Tat geradezu küssen mögen. Was aber sollte das Gerede mit dem *Pontifex* und dem *Heiligen Vater?*

Unwirsch stieß er den Ajhan vor die Brust, um ihm Vasquez und Leandra zu entreißen. Die beiden Frauen gaben sich die Hand. Roscoe aktivierte seine Schubsteuerung und zog sie mit sich fort – in Richtung der *Tigermoth*, die ihnen entgegenschwebte.

*

Als Roscoe, inzwischen seines klobigen Anzugs entledigt, auf dem Weg zur Brücke der *Tigermoth* hörte, dass Ain:Ain'Qua ebenfalls an Bord geholt worden war, kochte Wut in ihm auf.

»Dieser verdammte Mistkerl!«, knirschte er Vasquez zu. »Er wollte uns verschachern!«

Vasquez warf ihm im Laufen einen unsicheren Blick zu. »Sind Sie sicher? Vielleicht war es nur ein Trick …?«

»Ein Trick!«, brauste Roscoe auf. »Der hätte uns eiskalt geopfert! Um *sie* zu kriegen!« Er nickte in Richtung Leandras, die unsicher zu ihnen aufblickte. Sie hätten das Bild eines Elternpaares mit Tochter abgeben können. Zwei Besatzungsmitglieder der *Tigermoth*, die sich ihnen nicht vorgestellt hatten, eskortierten sie zu Alvarez.

Sie marschierten durch einige lange Gänge, deren

Aussehen schon darauf hindeutete, dass die *Tigermoth* ein Schiff nach dem letzten Stand der Technik war – und dazu noch mit verschwenderisch luxuriöser Ausstattung. Diese Brats ließen es sich gut gehen. *Kunststück*, dachte Roscoe, *von Steuernzahlen kann hier keine Rede sein.* Er warf Vasquez ein schräges Grinsen zu, ohne ihr zu erklären, was ihm gerade durch den Kopf ging. Ihr Beruf, anfangs in seiner Vorstellung ein blanker Horror, hatte inzwischen für diese ganze Affäre seine Bedeutung verloren.

Sie erreichten die Brücke. Mit einem sanften, beinahe erlesenen Geräusch glitt das Schott zur Seite und gab den Weg in eine der modernsten Schiffszentralen frei, die man im ganzen Aurelia-Dio-System finden konnte. In der Mitte des Raumes stand Alvarez. Mit einem Grinsen und weit ausgebreiteten Armen kam er auf Roscoe zu.

»Roscoe, alte Landratte!«, rief er. »Welch eine Freude!«

Roscoe knirschte mit den Zähnen. Überall auf der Brücke sah er bekannte Gesichter – Kumpane aus alten Zeiten –, und sie grinsten nicht minder unverschämt als Alvarez. Er hob abwehrend die Hände. »Bleib mir vom Leib!«, warnte er den Kommandanten der *Tigermoth*.

Alvarez blieb stehen und stemmte die Fäuste in die Hüften. »Du fängst an, mir auf die Nerven zu gehen«, maulte er. »Dein Gesichtsausdruck könnte ruhig ein wenig freundlicher sein, nachdem du jetzt noch *lebst*.«

Roscoe schnaufte nur und winkte ab.

Alvarez brummte, beschloss dann aber offenbar, sich Erfreulicherem zuzuwenden. Er wandte sich demonstrativ von Roscoe ab und musterte die beiden Frauen. Ein breites Grinsen überzog sein Gesicht. »Ich tippe auf dich, meine Süße«, sagte er zu Leandra. »Nichts gegen Sie, Verehrteste«, sagte er mit einem Seitenblick auf Vasquez, »aber Sie sehen ein bisschen zu normal für diese Sache aus.«

Vasquez machte große Augen. Dass sie *normal* sei, hatte ihr offenbar noch niemand gesagt. Alvarez hob nonchalant lächelnd die Hände. »Verzeihen Sie. Wir reden später darüber – unter vier Augen, ja? Für den Moment …« Er trat einen Schritt auf Leandra zu und streckte ihr beide Hände entgegen. »Welch ein hübsches junges Fräulein«, sagte er mit einem weltmännischen Lächeln. »Folgen Sie mir!«

Leandra setzte ein vergnügtes Grinsen auf und reichte ihm die Hand.

Er führte sie nach links, wo mehrere Männer vor einem großen Holoscreen standen, auf dem, wie Roscoe leicht erkennen konnte, Ortungsdaten dargestellt waren.

»Darf ich Ihnen Ihren Retter vorstellen, junge Dame?«, fragte Alvarez mit einer galanten Verbeugung.

Einer der Männer drehte sich herum.

»*Rowling!*«, entfuhr es Roscoe.

Rascal Rowling würdigte ihn keines Blickes. Er lächelte Leandra an, und sein Lächeln war das eines hungrigen Wolfes.

Innerhalb von Augenblicken fällte Roscoe eine Entscheidung. Er machte ein paar schnelle Schritte auf Rowling zu, in der festen Absicht, ihm einen rechten Haken am linken unteren Kinn zu verpassen, und zwar mit Wucht.

Doch die Folge der Ereignisse wollte so schnell nicht innehalten. Das Brückenschott glitt auf, und Ain:Ain'Qua kam herein, gefolgt von mehreren Männern. Die letzten beiden waren Wes, ein Veteran und Vertrauter Rowlings, sowie ein kleiner rundlicher Mann.

Roscoe erstarrte.

»Womit wir alle beisammen wären!«, rief Rowling

erfreut. »Wir sollten in die Bar gehen, um das Treffen mit einer Flasche ajhanischem Yhuyatti zu feiern! Was meint ihr?«

»Ich werde das Treffen anders feiern«, grollte Roscoe. Er änderte seine Richtung, war mit zwei Schritten bei Ain:Ain'Qua und hieb dem riesigen Ajhan mit aller Kraft die Faust in den Magen.

Ain:Ain'Qua stieß ein Ächzen aus und krümmte sich unter der Wucht des Schlages. Einen Moment später traf Roscoe etwas an der Schläfe. Dann folgten zwei mächtige Hiebe gegen die Brust, ein Tritt in die Magengrube, und das Letzte war eine Art Fußfeger, der ihm die Beine wegriss und ihn quer über die Brücke schliddern ließ. Er krachte gegen irgendeine Verkleidung und blieb benommen liegen.

Hinter ihm erhob sich plötzliches Geschrei. Verzweifelt versuchte er Luft in die Lungen zu bekommen, schaffte es endlich und sah auf. In diesem Moment kam ihm Wes entgegengetaumelt, offenbar schwer getroffen. Der kleine Rundliche schien der Urheber dessen zu sein. Ein anderer Mann der Brückenbesatzung und Alvarez stürzten sich auf ihn, als Ain:Ain'Qua wieder zu Kräften kam und dem Rundlichen zu helfen versuchte. Das wiederum rief Rowling, der wilde Flüche brüllte, auf den Plan. Mit einem Satz sprang er auf Ain:Ain'Qua los, während Wes neben Roscoe auf den Boden krachte. Vasquez und Leandra zogen sich angstvoll nach rechts zurück. Plötzliches Gejohle brach auf der Brücke los. Als Wes aufstehen wollte, um sich wieder am Kampf zu beteiligen, stellte Roscoe ihm ein Bein. Er grinste ihn bissig an, als ihm einfiel, dass er mit diesem Verleumder auch noch ein, zwei Rechnungen offen hatte. Ächzend schlug Wes der Länge nach auf den Boden.

Roscoe stemmte sich in die Höhe – da flog ihm Alvarez entgegen. Augenblicke später lag er wieder am

528

Boden. Zum Dank für das Abfedern erhielt er von Alvarez einen Schlag gegen die Schläfe. Wes fügte noch einen Tritt gegen den Oberschenkel hinzu, und Roscoe heulte vor Schmerz auf. Jetzt fehlte nur noch, dass sich Vasquez plötzlich darauf besann, Rache für all die erlittene Schmach üben zu wollen. Mit dröhnendem Schädel und schmerzenden Gliedern blieb er liegen und beschloss, den Kopf unten zu halten.

Plötzlich erstarrte die Zeit.

Es war, als hätte jemand die Welt um sie herum von einem Moment auf den anderen in einen zähen Brei gestoßen oder sie in klebrige Zuckerwatte gepackt. Roscoe konnte sich kaum noch bewegen. Er sah, dass auch die anderen wie in einer dickflüssigen, jedoch durchsichtigen Masse feststeckten. Wunderbarerweise ließen sogar die Schmerzen nach. Für Sekunden überließ er seinen gepeinigten Körper dem wohltuenden Gefühl; dann erst verstand er, was geschah.

Langsam drehte den Kopf, bis er sie im Blick hatte – *Leandra*. Sie stand am Rande des Chaos, hielt ihr seltsames steinernes Amulett mit der Faust umschlossen und hatte die andere Hand leicht erhoben. Ihre Augen waren halb geschlossen. Vasquez stand hinter ihr und hielt mit beiden Händen ihre Schultern.

Endlich hörte er etwas.

Es war Leandras Stimme, eine Mischung ihres feinen, mädchenhaften Soprans und eines tiefen, verzerrten Klangbilds, das wie eine zu langsam abgespielte Aufnahme dröhnte. Sie rief etwas in ihrer fremden Sprache, und ihre Stimme war voller Ärger und Missbilligung. Roscoe musste ihre Worte gar nicht verstehen, um zu wissen, was sie wollte. Sie forderte, dass sie sich wie erwachsene Männer benahmen und mit der lächerlichen Schlägerei aufhörten.

Er stieß ein erleichtertes Seufzen aus und blieb, wo er war. Seine Schulter, sein rechtes Knie, die linke Rippenpartie und sein Magen waren nur noch fremde Bereiche, die dumpf rumorten. Als das seltsame Gefühl dann endlich verebbte und die Beweglichkeit wie auch die Schmerzen zurückkehrten, ließ er stöhnend seinen Kopf zurücksinken. Es wurde Zeit, dass dieser verrückte Tag endete und ein neuer begann. Er nahm sich vor, heute mit niemandem mehr zu reden und sich nur noch in irgendeine abgelegene Ecke zu verkriechen, wo er sich seine Wunden lecken konnte – die körperlichen wie auch die seelischen.

24 ◆ Natur und Welt

Unglaublich!«, sagte Jockum kopfschüttelnd und sah sich um. »Dass diese Grotte seit über zweitausend Jahren unentdeckt blieb!«

Marina lächelte. »Dabei lag sie die ganze Zeit direkt vor unserer Nase.«

»Das Wasser!«, meinte Azrani aus dem Hintergrund, und ihre Stimme erzeugte einen leichten Hall in der Grotte. »Das Wasser ist schuld. Wer mag sich schon unter einen Wasserfall stellen, um zu sehen, wohin eine kleine Felsspalte führt?«

Jockum nickte und blickte sich noch einmal mit erhobener Fackel um. Die Grotte hatte das typische Aussehen aller Höhlen, die es unter Savalgor so zahlreich gab: zerklüfteter grauer Fels, wie von Wasserströmen ausgewaschen. Sie war nicht groß, etwas kleiner als das Refektorium des Ordenshauses, dafür aber sehr feucht. Von Süden her plätscherte über einen Felsbuckel das zufließende Wasser in die Grotte und sammelte sich in einem kleinen Teich, wo es augenscheinlich versickerte. Ein zweiter Teich wurde vom Wasser des Cambrischen Quells gespeist, das durch eine Öffnung in der Höhlendecke herabregnete. Vom Teich floss es weiter durch eine Rinne unter einen flachen Felsen und verschwand irgendwo in der unbekannten Tiefe der Grotte.

»Und ... wie kommt das Wasser da hinauf? Zu unserem Cambrischen Quell?«, fragte Jockum und deutete in die Höhe.

»Runenzeichen, Hochmeister. Wen wundert's? Ihr hattet Recht, unser Freund Phenros war ein Meister

der Runen. Seht hier!« Azrani balancierte über Felsbrocken hinweg auf die andere Seite des ersten kleinen
Teichs, ging dort in die Hocke und deutete auf ein seltsames Felsgebilde, das versteckt am linken Rand des
Tümpels lag. Es verschmolz mit der dahinter liegenden Wand und schmiegte sich in eine Nische zwischen
großen Felsbrocken. Ein flacher Tunnel, durch den das
Wasser floss, führte in die Dunkelheit.

Jockum trat so weit nach links wie er konnte und
hob die Fackel. Das Licht der beiden Öllampen, die sie
gestern hier heruntergebracht hatten, war nicht sehr
hell und reichte nicht bis in die Nischen. Doch im Licht
der Fackel konnte er die tief in den Felsen gemeißelten
Runenzeichen erkennen, die den kleinen Tunnel umgaben. »Eine vergessene Kunst«, sagte er mit anerken-
nendem Kopfnicken. »Wir sollten uns im Orden mal
wieder damit beschäftigen. Kaum zu glauben: Seit
über zweitausend Jahren halten sie hier einen einfachen stygischen Energiefluss aufrecht.«

»Wenn Phenros noch mehr Rätsel verborgen hat,
dürften wir auf weitere Runen stoßen«, meinte Marina.
»Diese Kunst hat er wirklich beherrscht.«

Jockum wandte sich um und sah nach Marina, die
seit gestern Abend hier unten beschäftigt war. Vor ihr,
auf einem glatten Stück Felswand, befand sich ein
großes, kunstvoll gestaltetes Ölgemälde, das ebenfalls
von Runenzeichen eingerahmt war. Phenros hatte auch
hier alle Sorgfalt darauf verwendet, sein Vermächtnis
dauerhaft zu sichern. Das Gemälde strahlte selbst nach
dieser langen Zeit noch immer in kräftigen Farben;
nicht einmal die Feuchtigkeit der Grotte hatte ihm
etwas anhaben können.

Jockum trat zu Marina, die an einer Staffelei stand,
und betrachtete das Bild, das sie malte. »Du hast Talent, mein Kind«, sagte er anerkennend. Der wievielte
Teil ist das jetzt?«

532

»Ich weiß nicht genau. Aber es sind nur noch zwei übrig, dann bin ich fertig.«

»Und? Ist dir während des Abmalens eine Idee gekommen, worin die Bedeutung liegen könnte?«

»Vielleicht ist es so etwas wie ein Plan. Es gibt so viele kleine Einzelheiten, die man erst entdeckt, wenn man es Stück für Stück abmalt.« Sie ließ von ihrer Arbeit ab und trat zu der großen Felswand, auf der das Gemälde aufgetragen war.

»Hier, Hochmeister, seht nur. Eine Stadt. Sie ist nicht groß, aber es könnte dennoch Savalgor sein. Vor zweitausend Jahren war es sicher nicht so riesig wie heute. Der Palast fehlt, aber es mag sein, dass es den damals noch gar nicht gab. Und hier ... da ist eine große Wüste abgebildet, hier unten ein Gebirgszug. Das da könnte der Mogellsee sein und dies hier das Meer – der Akeanos. Es gibt Dörfer, Hügel, Wälder, Grasland und Flüsse, einfach alles. *Natur und Welt* eben.« Sie unterbrach sich und nickte. »Nur ... so schön das Bild auch sein mag, es ergibt eigentlich keinen Sinn.«

»Keinen Sinn?«

»Nein. Ein Maler versucht doch etwas auszudrücken, nicht wahr? Aber das hier ... das ist nur ein kunterbuntes Sammelsurium von Landschaften und Ansiedlungen. Schön gemalt, aber ohne Inhalt oder Aussage.«

»Es sei denn ...«, begann Jockum vieldeutig.

Marina lächelte und nickte. »Ja. Es sei denn, es ist zum Beispiel eine Landkarte.«

Jockum trat einen Schritt zurück und musterte das Bild nachdenklich. Er schüttelte den Kopf. »Eine Landkarte kann es nicht sein. Ich kenne keinen Flecken in Akrania, wo auch nur eine dieser Gegenden an eine andere grenzt, so wie es hier zu sehen ist. Hier ... diese Steppenlandschaft ... sie grenzt an einen riesigen Wald, hinter dem ein breiter Fluss liegt, dem ein Gebirge folgt …« Er schüttelte den Kopf. »Das passt nicht zueinander.«

Marina seufzte. »Darüber zerbrechen wir uns auch schon die ganze Zeit die Köpfe. Aber irgendetwas muss es bedeuten. Warum hätte sich Phenros sonst solche Mühe machen sollen, mit dieser Grotte, dem magischen Quell und allem?«

»Nun, wir werden sehen. Wenn du alles abgemalt hast, mein Kind, werden wir es im Ordenshaus genauer untersuchen. Dort haben wir dann auch unser Archiv zur Verfügung. Und jede Menge Brüder, die vor Neugierde platzen und alle noch ihr Sprüchlein dazu aufsagen wollen. Da werden wir der Sache doch sicher auf die Spur kommen, was?«

Marina lächelte zuversichtlich und begab sich wieder zu ihrer Staffelei. Jockum ließ sich von Azrani in das steife Ölzeug helfen, das einer der Ordensbrüder von einem Hafenmeister ausgeborgt hatte. Als er fertig angekleidet war, stellte er sich mitten unter den Wasserstrahl, sodass er auf seine Mütze prasselte, grinste breit und winkte zum Abschied. Dann kämpfte er sich gegen den Wasserstrahl die kurze Leiter hinauf und verließ die Grotte.

*

Noch am selben Abend wurde Marina fertig. Sorgfältig verpackte sie die einzelnen Papierbögen in Ölzeug, band sie an die Schnur, die Azrani von oben durch den Spalt herunterhängen ließ, und zog sich dann ihre eigene Garnitur Ölzeug an. Sie löschte alle Lampen und stieg durch den prasselnden Wasserstrom nach oben.

Als sie unter dem Wasserstrahl hervorkroch, war es bereits dunkel. Azrani empfing sie mit einem Tuch zum Abtrocknen; die Rolle mit den Papierbögen hatte sie bereits heraufgezogen und in dem kleinen Boot verstaut, das am Ufer ihrer winzigen Insel lag. Drüben auf der anderen Seite wartete mit erhobener Fackel der gestrenge Meister Olmar, seines Zeichens Oberster Hüter und Pfleger des Cambrischen Gartens.

»Na, hast du alles?«, fragte sie leise.

Marina schüttelte den Kopf. »Ich weiß nicht. Irgendetwas ist da unten noch verborgen. Das sagt mir mein Gefühl. Aber ich bin noch nicht dahintergekommen, was es sein könnte.«

»Das werden wir schon noch rauskriegen – mit so vielen Leuten.«

Marina blickte auf. »So vielen Leuten?«

»Ja. Die ganzen Novizen, Adepten und Magister im Ordenshaus. Sie sind alle versessen darauf, uns zu helfen …«

Marina stutzte, nickte dann aber. Sie wusste, worauf Azrani hinaus wollte. Sie standen in dem Ruf, nur dem eigenen Geschlecht zugetan zu sein, und wussten selbst nicht, ob das der Wahrheit entsprach. Tatsache war, dass sie seit dem Zeitpunkt, da sie aus Savalgor geflohen waren, sich mit keinem Mann mehr abgegeben hatten, und das mit gutem Grund. Es waren nicht nur die Erlebnisse in Guldors Hurenhaus gewesen, die sie gewissermaßen *in die Flucht* vor den Männern getrieben hatten, sondern auch noch das Verhalten dieser drei Kerle, die sie damals aus Savalgor geschleust hatten. Wären sie nicht zu zweit gewesen und die Kerle nicht sturzbetrunken über ihre eigenen Füße gestolpert, wäre es womöglich zu einer Gewalttat gekommen. Sie hatten sich mit viel Glück zur Wehr setzen und fliehen können und waren heilfroh gewesen, danach nur noch mit sich selbst zu tun zu haben. Für Monate hatten sie in ihrem versteckten Wald nicht einmal einen Mann zu Gesicht bekommen. Allem Unheil zum Trotz stellte sich die Frage, ob deswegen alle Männer so waren und ob sie wirklich nur sich selbst trauen durften.

»Vielleicht sollten wir es mal drauf ankommen lassen?«, schlug Marina flüsternd vor.

Azranis Blick war wenig überzeugt. Sie seufzte nur, antwortete aber nicht.

Gemeinsam luden sie den Rest ihrer Sachen in das winzige Boot, stießen es ins Wasser und sprangen schnell hinterher. Meister Olmar, der seit dem Zeitpunkt, da sie in sein geheiligtes Refugium eingedrungen waren, alles genau beobachtet hatte, zog mit finsterer Miene unwirsch die Leine an und holte sie nach drüben. Er schien es gar nicht mehr abwarten zu können, die Störenfriede aus seinem geheiligten Garten hinauszubekommen.

Die beiden schenkten ihm ihr süßestes Lächeln, jedoch ohne wahrnehmbaren Erfolg. »Seid ihr jetzt endlich fertig?«, fragte er barsch, als sie, auf der anderen Seite angekommen, das Boot verließen.

»Möglich, dass wir noch einmal hinübersetzen müssen, Meister«, sagte Azrani bedauernd. »Ich würde an Eurer Stelle das Boot noch hier lassen. Sonst müssten wir es wieder herschleppen lassen, und Ihr seht ja, wie arg das dem Rasen schadet …«

Olmar, ein hoch gewachsener, glatzköpfiger Mann in den Siebzigern, der gewiss jedes seiner Stiefmütterchen beim Vornamen kannte, murmelte ungeduldig: »Ja, ja! Nun geht schon! Es ist spät, ich hätte die Tore längst schließen müssen!«

»Denkt Ihr, Meister«, fragte Marina, »hier könnte es *noch* einen Ort geben, an dem Phenros etwas hinterlassen hat? Einen Ort, der ebenso gut versteckt und geschützt ist wie die kleine Grotte unter dem Cambrischen Quell?«

Olmar sah sie entsetzt an. »Noch einen? Aber …« Er schüttelte den Kopf und winkte heftig ab. »Nein, nein, ganz gewiss nicht. Jedenfalls ist mir nie etwas aufgefallen.«

»Schade …«, meinte Azrani mit einem bedauernden Blick zu Marina. »Dann werden wir am Ende noch den ganzen Garten aufgraben lassen müssen …«

»*Was?*«, keuchte Olmar. »Das ist gewiss nicht Euer Ernst! Ich werde …«

Die beiden Mädchen grinsten sich an und sahen zu, dass sie davonkamen. Als sie die Basilika verlassen hatten, meinte Marina: »Gute Idee, ihm Angst zu machen. Die Drohung wird ihm Flügel verleihen. Mit Glück findet er ganz von selbst noch etwas Wichtiges.«

Als sie das Ordenshaus erreichten, war der Abend schon fortgeschritten, doch es herrschte keineswegs Ruhe in den altehrwürdigen Hallen. Das Refektorium lag offenbar noch immer unter dem Beschlag des Kellerfundes, und dort schien große Aufregung zu herrschen.

Azrani und Marina ließen sich von dem Lärm anziehen und begaben sich dorthin, ohne zuvor ihr Zimmer aufzusuchen. Wie immer löste ihr Erscheinen bei den Brüdern freudige Erregung aus, und sie lächelten sich verstohlen an – hier würde es ihnen niemals an Gesellschaft, Hilfe oder Beistand mangeln.

Als sie die Tische erreichten, auf denen die Kristalle hätten liegen sollen, blieben sie überrascht stehen. Kein einziger Kristall war mehr zu entdecken. Anfangs hatten hier über hundert Stück gelegen. Dafür aber stand ein jeder, der Beine hatte zu kommen, um die Tische herum – es waren gute fünfundzwanzig Personen. Aufgeregt tuschelten sie miteinander.

Jockum, der unter ihnen stand, wandte sich um. »Da seid ihr ja!« Er deutete auf einen der Tische. »Sie sind weg! «

»Das sehe ich«, sagte Azrani. »Und wo sind sie jetzt?«

Jockum zeigte ihr die leeren Handflächen. »Ihr glaubt, wir hätten sie fortgeschafft?« Er schüttelte energisch den Kopf. »Nein, nein. Sie sind einfach verschwunden! Vor unseren Augen. Vor einer Stunde hat es angefangen. Sie verschwanden nacheinander. Immer ein paar zugleich – bis zuletzt keine mehr übrig waren.«

Verblüfft musterten die beiden Mädchen die Tische. Niemand sagte etwas, auch keiner der Novizen, Adepten und Meister des Ordenshauses wusste Rat.

»Habt ihr schon im Keller nachgesehen?«, fragte Azrani.

»Im Keller?«

»Ja. Dort, wo wir sie gefunden haben.«

Jockum, verwundert über diese Idee, schüttelte den Kopf. »Nein. Wie kommst du darauf, dass sie dort sein könnten?«

Azrani zuckte die Achseln. »Ich weiß nicht. Es ist nur ein Gefühl.« Sie legte ihre Sachen weg und wandte sich um. »Ich gehe nachsehen. Wer kommt mit?«

Augenblicklich setzte sich ein rundes Dutzend Männer in Bewegung. Marina lachte leise auf. Sie rannten sich fast gegenseitig um, dann blieb die Hälfte von ihnen peinlich berührt stehen und schätzte sich gegenseitig ab. Die übrigen sechs ließen sich nicht beirren und eilten Azrani hinterher. Sie war gar nicht erst stehen geblieben, und hatte schon fast die Tür des Refektoriums erreicht. Kurz darauf war sie mit ihrer Eskorte verschwunden.

Marina wandte sich schwungvoll um und trat zu ihren Bildern. »Ich brauche Platz!«, sagte sie. »Hier irgendwo auf dem Boden. Ich habe zwölf Bögen abgemalt.«

Auch ihr eilten etliche der Männer zu Hilfe. Tische wurden beiseite gerückt und sie begann, ihre Arbeit auf dem Boden auszulegen. Der Primas und seine Magister stellten sich direkt vor dem Bild auf, während Marina noch die einzelnen Bögen auf dem Boden verteilte, bis eine gleich große Kopie des Originals entstand, die ungefähr vier mal sechs Ellen maß. Anerkennende Worte für ihr zeichnerisches Talent wurden laut. Sie hatte ihre Kopien in Kohle und bunter Kreide angefertigt und genau darauf geachtet, dass alle wichtigen Einzelheiten vorhanden waren.

Sie erhob sich und betrachtete nachdenklich ihr Werk. »Je länger ich es mir ansehe«, meinte sie, »desto fremder kommt es mir vor. Keine der Landschaften ist so, dass man sie wiedererkennen könnte.« Sie deutete auf einen riesigen Wald. »Ist das da nun der Mogellwald oder nicht?«

Jockum nickte. »Ja, das wissen wir ja schon. Die Landschaften sind sehr allgemein gehalten. Und völlig durcheinander.«

Bald darauf stellte sich das ein, was Munuel vorausgesagt hatte: Die Anwesenden begannen zu diskutieren und zu spekulieren, und Marina schöpfte Hoffnung, dass einer von ihnen einen guten Einfall haben würde. Zwei Dutzend Köpfe produzierten einfach mehr Ideen als drei oder vier.

Doch auch die versammelte Belegschaft des Ordenshauses brachte keine zündende Idee hervor. Als eine halbe Stunde später Azrani mit ihrem Anhang zurückkam, hatte man sie völlig vergessen.

»Wo seid ihr denn so lange gewesen?«

»Na, im Keller. Die Kristalle waren tatsächlich da unten. Aber nicht so, wie wir gedacht hatten. Seht euch das mal an!«

Die Männer hatten mehrere Kisten mit heraufgebracht, die sie nun auf die Tische stellten. Nacheinander holten sie metallisch schimmernde Würfel heraus. Es waren fünfzehn Stück in drei verschiedenen Größen. Die kleinen Würfel hatten die Größe eines Hühnereis, die mittleren die eines Apfels und die großen das Maß einer mittelgroßen Melone. Darüber hinaus befand sich auf jeder der matt silbern schimmernden

Würfelflächen ein blasses Symbol. Staunend betrachteten zwei Dutzend Augenpaare den Fund.

»Aber … es sind *Würfel!*«, flüsterte jemand.

»Richtig«, bestätigte Azrani mit einem zufriedenen Lächeln. »Dort unten gibt es noch einen Raum. Wir haben ihn gerade entdeckt – hinter einer uralten Holztür, die wir anfangs nicht gesehen hatten. Wir fanden dort lauter Schatullen und kleine Truhen, in denen diese Würfel lagen. Nun passt mal auf!«

Sie nahm einen der mittelgroßen Würfel in die Hand, wendete ihn mehrmals und stellte ihn wieder auf den Tisch. Mit ausgestrecktem Zeigefinger drückte sie auf die nach oben weisende Würfelfläche.

Ein Laut der Verblüffung entrang sich den vielen Kehlen, als der Würfel plötzlich von innen heraus aufleuchtete und dann in mehrere Einzelteile zerfiel. Als die Erscheinung vorüber war, lagen sechs vierseitige Pyramiden aus buntem Kristall auf dem Tisch.

Azrani wies auf den Tisch und verschränkte die Arme vor der Brust. »Bitte sehr. Da sind sie wieder, unsere Pyramiden.«

· Azrani wiederholte ihre Vorführung mit einem anderen Würfel, einem der großen. Anschließend demonstrierte sie den umgekehrten Weg. Sie fügte die sechs Pyramiden des kleineren, zerlegten Würfels wieder zusammen; es ging völlig mühelos. »Sie haften aneinander«, erklärte sie. Kurz darauf war der Würfel wieder vollständig

»Jeder der Würfel besteht aus sechs vierseitigen Kristallpyramiden«, erklärte sie. »Das ist offenbar der Grund für die Rückkehr all der Pyramiden in den Keller.« Sie runzelte die Stirn. »Wie soll ich sagen … sie wollten offenbar wieder vollständig sein.«

Fragende Blicke trafen sie, aber sie war vorbereitet und nahm wieder eine der Pyramiden in die

Hand. Sie fuhr mit dem Zeigefinger darüber und zeigte ihn dann den Anwesenden. Ihre Fingerspitze war schmutzig.

»Wir haben die Pyramiden geputzt, nicht wahr?« Sie hob einen der Würfel in die Höhe. »Jeder von ihnen besteht aus sechs Pyramiden, von denen *eine* schmutzig ist!«

Ausrufe des Erstaunens wurden laut.

»Also gehe ich davon aus«, fuhr Azrani fort, »dass in den Schatullen im zweiten Raum jeweils eine dieser Pyramiden lag: sozusagen ein Sechstel eines Würfels. Die übrigen fünf Teile befanden sich im ersten Raum. Nachdem wir sie von dort fortgeholt hatten, kehrten sie nach einer gewissen Zeit zu ihrer … hm …« Sie überlegte kurz und sagte dann: »… zu ihrer *Mutterpyramide* zurück.«

»Ihrer Mutterpyramide?«

Azrani tippte auf die Grundfläche der schmutzigen Pyramide des Würfels, den sie in der Hand hielt. »Ein Sechseck«, sagte sie und zeigte ihren Zuhörern das schwach erkennbare Symbol, das wie eingraviert wirkte. »Das hatten wir bisher noch nicht. Alle schmutzigen Pyramiden besitzen ein Sechsecksymbol auf der Unterseite.«

Nun schienen alle Einzelheiten zu passen. Der Primas nickte anerkennend. »Du hast offenbar mit allem Recht, mein Kind«, sagte er väterlich. »Nur eins ist mir nicht klar: Warum lagen die Würfel für über zweitausend Jahre dort unten *getrennt* und haben sich erst wieder zusammengefügt, nachdem wir einen Teil hier herauf holten?«

Azrani zuckte mit den Schultern und schüttelte den Kopf. »Weiß ich leider auch nicht, Hochmeister. Vielleicht müssen sie mehr als nur ein paar Schritt getrennt werden, damit dies in Gang gesetzt wird.«

Der Primas brummte nachdenklich und nahm eine

der Pyramiden in die Hand. »Womit wir bei der letzten Frage wären. Wozu soll das alles gut sein?«

Darauf hatte im Augenblick niemand eine Antwort.

Eine neue Phase des Studiums begann. Die Adepten und Magister machten sich über die Würfel her und probierten alles aus, was ihnen einfiel. Doch mehr als das bisher Gefundene gaben die Pyramiden und Würfel nicht preis. Zuletzt äußerste jemand den Gedanken, es könne sich vielleicht nur um Spielzeug handeln – Spielzeug mit wundersamen Eigenschaften, aber ohne besonderen Sinn in dieser Welt.

»Es ist nicht einmal Magie«, murmelte einer der Novizen, ein rundlicher Bursche mit roten Wangen. Er hatte offenbar das Trivocum beobachtet. Bestätigendes Gemurmel erhob sich unter den Anwesenden.

»Wenn es keine Magie ist, was ist es dann?«

Keiner wusste eine Antwort.

Gegen Mitternacht löste sich die Versammlung auf. Niemand war dem Geheimnis um die Pyramiden einen Schritt näher gekommen.

*

Schlechter hatte Rasnor noch nie geschlafen.

Da er behauptet hatte, sehr müde zu sein, konnte er am Abend nicht einmal die Bibliothek aufsuchen oder wenigstens einen Spaziergang machen. Stundenlang lag er wach auf seiner kargen Pritsche im Schlafsaal, brütete dumpf vor sich hin und versuchte irgendeine halbwegs glaubhafte Ausrede zu finden, um am kommenden Morgen *nicht* in das Kellerverlies zu Chasts grausiger Leiche hinabsteigen zu müssen.

Frag ihn, echote es in seinem Hirn.

Etwas Entsetzlicheres war noch nie von ihm verlangt worden. Jetzt, da Septos ihm berichtet hatte, dass der Leichnam des ehemaligen Hohen Meisters der Bruderschaft regelrecht tobte, schlug ihm das Herz bis zum Hals, wenn er allein daran dachte, ihn in Augenschein zu nehmen. Geschweige denn, *ihn etwas zu fragen!*

Was, bei allen Dämonen, war das für ein grauenhaftes Phänomen? Er hatte noch nie davon gehört, dass sich Leichen von Menschen so *verhielten*. Die Dunkelwesen, die von Dämonen erzeugt werden konnten, kamen aus einer ganz anderen Ecke: Sie waren Manifestationen stygischer Kräfte im Diesseits, kleine Dämonen also, Knotenpunkte von zerstörerischen Energien. Es gehörte zu ihrer Natur, ein für die Lebenden möglichst erschreckendes Aussehen anzunehmen. Doch sie waren an den Dämonen gebunden, der im Diesseits aufgetaucht war – wie auch immer er hierher geraten war.

Doch Körper von Toten?

Hätte ihm vor Wochen jemand die Frage gestellt, ob so etwas möglich wäre, hätte er es als lächerlich abgetan. Welch Grauen erregende Kraft steckte nur in Chasts Leiche?

Zum x-ten Male warf er sich auf seiner Pritsche herum, und wieder kam das Gemecker der anderen Schlafenden, er solle endlich ruhig sein. Da er hier oben in der Abtei unerkannt bleiben musste, konnte er sich nicht einmal gegen diese Kerle zur Wehr setzen.

Eine Zeit lang versuchte er sich mit anderen Dingen abzulenken. Ötzlis Rückkunft musste kurz bevorstehen, aber Marius war glücklicherweise schon in Savalgor aktiv, und Rasnor hoffte auf eine baldige positive Nachricht, was Malangoor anging. Wenn das klappte, würde er wenigstens in dieser Sache vorankommen. Seinen Besuch hier in Hegmafor hatte er bereits als Misserfolg abgehakt.

Irgendwann übermannte ihn der Schlaf, doch nun quälten ihn grässliche Träume. Es endete damit, dass er von drei Brüdern geweckt wurde, die an seiner Pritsche aufmarschiert waren, um sich bei ihm lautstark zu beschweren. Wütend kleidete er sich an und verließ den Schlafsaal.

Bis die Nacht herum war, trieb er sich in dunklen Ecken herum, versuchte im Zeughaus einen Platz zu finden, wo er sich niederlegen konnte, und wanderte ziellos im Tempel und im Skriptorium umher. In Letzterem war noch ein fleißiger Mönch zugange, der bis tief in die Nacht arbeitete – auch von ihm wurde er verscheucht.

Als endlich der Tag anbrach, war er wie gerädert.

Jetzt bin ich vielleicht so erledigt, dass mir selbst Chasts Leiche nichts mehr ausmacht, dachte er müde.

Als Septos ihn beim Frühstück im Refektorium erblickte und sich zu ihm setzte, zeigte er sich bestürzt. »Ihr seht nicht gut aus, Hoher Meister. Habt Ihr schlecht geschlafen?«

Rasnor sah keinen Sinn darin, es zu leugnen. »Ja, hab ich.« Lustlos zerbröckelte er das fade Abteibrot zwischen den Fingern, um die Essigtunke auf seinem Teller aufzusaugen. »Da war ein Kerl, der hat derart geschnarcht … es war nicht auszuhalten.«

»Oh, das tut mir Leid«, sagte Septos einfühlsam. »Nun ja, wenn wir die Sache dort unten rasch erledigen könnten … es wäre mir ein Vergnügen, Euch danach meine Kammer zur Verfügung zu stellen. Den ganzen Tag über, wenn Ihr wollt!«

Rasnor blickte zu Septos auf. Gerade hatte er noch überlegt, ob ihm nicht eine gute Ausrede einfiele, den Gang hinab in die Verliese abzusagen, vielleicht wegen seiner Müdigkeit, seiner mangelnden Konzentration …

Abrupt stand er auf. »Du hast Recht, Bruder Septos. Gehen wir hinab und bringen diese leidige Sache hinter uns.« Er blickte aus dem Fenster, das hinaus auf den Innenhof führte. Unschlüssig deutete er auf den massigen Turm, der auf der anderen Seite des Hofes aufragte. »Können wir denn jetzt, bei Tage, dort hinüber ins Sanctum, ohne dass es auffällt?«

Septos sah sich verstohlen um, aber es hielt sich niemand in der Nähe auf, der ihnen hätte zuhören können. »Es gibt noch einen geheimen Zugang von der Bibliothek aus. Der ist tagsüber der bessere.«

Beinahe wäre Rasnor ein verärgertes Stöhnen entfahren – es würde einfach keinen Aufschub und keine Ausflüchte geben. Aber er beherrschte sich noch rechtzeitig. »Los, Septos. Ich will das hinter mich bringen.«

Der Prior schob sich noch etwas in den Mund, dann erhob er sich kauend und mit zuversichtlicher Miene. »Wie Ihr wünscht, Hoher Meister.«

Sie stellten ihr Geschirr zurück, verließen das Refektorium und wandten sich der Bibliothek zu, einem hohen, fast turmartigen Gebäude im nördlichen Teil der Abteianlage.

»Die Alchimisten glauben«, erklärte Septos unterwegs mit leiser Stimme, »dass sich Chast einmal irgendeiner Ungeheuerlichkeit verschrieben haben muss. Anders, meinen sie, sei es nicht zu erklären, dass nach seinem körperlichen Tod sein Leichnam auf diese schreckliche Weise aktiv ist.«

Rasnor blickte Septos nur kurz an, sagte aber nichts. Nach dem, was der *Wächter* ihm angedeutet hatte, war es vollkommen klar, dass Chast etwas Derartiges getan haben musste. Es fragte sich nur, was.

Als sie die Bibliothek erreichten und in den ersten Saal eintraten, war es, als beträten sie eine andere Welt. Hier lasteten die Geheimnisse vergangener Jahrhunderte; Rasnor wusste, dass die Bibliotheken von Hegmafor kein Hort des zeitgemäßen Wissens waren. Nein, hier war das gesammelt, was die Menschen lange vergangener Zeitalter erforscht hatten. Seit vielen Jahrzehnten schon hatte kaum mehr neues Wissen in die alten Mauern dieses Ortes Einzug gehalten – das

fand sich inzwischen fast ausschließlich in den Bibliotheken der großen Städte. Leise durchquerten sie einen
großen, schweigenden Saal mit hohen Stellwänden
voller Bücher, auf denen die Zeit und der Staub wie ein
dunkles Vermächtnis lasteten. Rasnor war lange nicht
mehr hier gewesen und verspürte wieder jenes seltsam
bedrückende Gefühl jener unaussprechlichen Myste-
rien, die zwischen den brüchigen Seiten lauerten und
darauf warteten, dass irgendein unbedachter Novize
zu tief in alte, verbotene Texte hineinlas und irgendetwas Grauenhaftes zu neuem Leben erweckte.

Nein, korrigierte sich Rasnor. Hier gab es zwar eine
Menge alter kryptischer Texte, aber das wirkliche
Grauen steckte in den Seiten der *Verbotenen Bücher* –
jener Schriftstücke und Folianten, die in den verschlos-
senen Teilen der Bibliothek gelagert wurden. Und natürlich in den Geheimarchiven der Bruderschaft.

Septos geleitete ihn durch die stille Halle, in der
jeder noch so leise Schritt wie eine ungehörige Stö-
rung wirkte. Als sie am anderen Ende des Saales angelangten, ging es eine kleine Treppe hinauf und in
einen kleinen Nebenflügel, wo ebenfalls Bücher gelagert wurden. Hier gab es nicht einmal Fenster, und
es kündigte sich an, dass der Besucher in Bereiche
vordrang, in denen sich dunkle Werke sammelten.
Septos trat zu einer unscheinbaren Tür, die am anderen Ende dieses Flügels versteckt hinter mehreren
Regalreihen lag. Sie bestand aus dickem schwarzem
Holz und war mit schweren Eisenbändern beschla-
gen. Rasnor fühlte einen Schauer. Aus seiner Novizenzeit wusste er noch, dass diese Tür zu einem jener
verbotenen Archive führte – er hatte den Raum nie
betreten dürfen.

Septos zog einen schweren Eisenschlüssel hervor,
danach noch einen und noch einen. Drei Schlösser besaß diese Tür, dann erst konnte man sie öffnen.

Rasnor staunte, als sich dahinter nur eine steinerne Treppe offenbarte, die hinab in die Dunkelheit führte. Septos ließ ein winziges magisches Licht aufflammen und winkte Rasnor eilig hinein. Von innen versperrte er die Tür wieder. »Eine Tarnung«, erklärte er flüsternd. »Die Schlüssel gelten als verloren, und es heißt, hinter dieser Tür lauere etwas Böses.« Er grinste. »Aber es ist nur eine Treppe. Eine Treppe, die in die alten Keller hinabführt.«

Rasnor nickte. Nun näherten sie sich endgültig dem Ziel, und es gab kein Zurück mehr.

Septos ging wieder voraus. Nach einer Weile und jenseits eines kleinen Labyrinths von engen Gängen und Treppen erreichten sie einen Abschnitt, indem es wieder eine Beleuchtung durch Öllampen gab. Bald darauf begegneten sie den ersten Brüdern.

Man begrüßte Rasnor ehrerbietig, um nicht zu sagen: unterwürfig. Er wusste, dass sein künftiger Ruf als Hoher Meister nun ganz entschieden davon abhing, ob er eine gute Figur bei dem Problem mit Chasts Leiche abzugeben vermochte. Ob es ihm darüber hinaus gelang, sie zum Schweigen zu bringen, war noch eine ganz andere Frage.

Zum Schweigen bringen?, verhöhnte er sich selbst. *Im Gegenteil, du Holzkopf! Reden soll sie!*

Septos holte mehrere Fackeln und teilte zwei Brüder ein, die sie, mit Licht bewaffnet, begleiten sollten. »Dort unten kann man kaum mehr eine Magie wirken«, erklärte er seine Maßnahme. »Sicher ist sicher.« Rasnor fröstelte.

Dann begannen sie den Abstieg.

Irgendwo kam ein Punkt, ab dem die schmalen Tunnel und Gänge *alt* wirkten. Wirklich alt, nicht im Sinne von Jahrhunderten. Es war die Art, wie die Stollen durch den Fels getrieben waren, roh, altertümlich, mit einfachsten Werkzeugen oder mithilfe von primitiven Magien. Immer wieder stießen sie auf archaische Runenzeichen, die Rasnor das letzte Mal gar nicht aufgefallen waren.

»Und hier unten habt Ihr den *Wächter* gefunden?«, flüsterte er.

»Nun ja ... *gefunden* ist nicht das richtige Wort. Wir wussten, dass er hier war und irgendetwas bewachte ...«

»Er *bewachte* etwas?«

Septos zog den Kopf ein und duckte sich unter einem Vorsprung hinweg. »Ja, Hoher Meister. Er heißt doch ›Wächter der Tiefe‹, nicht wahr? Irgendetwas muss er demnach hier unten bewacht haben.«

»Das heißt, Ihr wisst gar nicht, was?«

Septos schüttelte den Kopf. »Sagen wollte er nichts. Und niemand hat gewagt ... so tief zu graben.«

So tief zu wühlen, sagte sich Rasnor in Gedanken. *Auf Knien und mit den bloßen Händen ...*

Sie waren ein gutes Stück vorgedrungen, und die Gegenwart des grausigen Leichnams war bereits zu spüren. Das Trivocum war graublau und schlug auf eine Art Wellen, wie Rasnor es noch nie erlebt hatte. *Wo hast du gewühlt, Chast? In welchen namenlosen Tiefen hast du gegraben, dass dein vermoderter Kadaver keine Ruhe finden kann?*

Der vorangehende Novize war immer langsamer geworden. Nun blieb er stehen. Als er sich umwandte und Rasnor sein Gesicht im Licht der heftig flackernden Fackel sehen konnte, erschrak er. Der Junge war bleich und voller Panik. »Ich ... ich ...«, stotterte er, brachte aber sonst nichts zustande.

Rasnor ergriff die Gelegenheit, seinen angeblichen Mut zu beweisen. »Lass mich vorangehen«, sagte er und drängte sich an Septos vorbei. Er nahm dem Novizen die Fackel aus der Hand und übernahm die Spitze des Vierertrupps.

Augenblicke später wünschte er sich, er hätte es nicht getan.

Plötzlich kam es ihm vor, als wäre er aus dem schützenden Schatten eines Felsens hervorgetreten und hätte sich in einen glühenden Wind gestellt ... nein, in einen *Sturm!* In den Sturm stygischer Energien, die aus der Tiefe unter ihnen heraufkochten. Er kämpfte darum, den Mut aufzubringen, um weiterzugehen. Ihm schlug ein sengender Hauch wie von einem entsetzlich heißen Wüstenwind entgegen, der ihm die Haut verbrennen wollte, die Haut und das Fleisch, bis nur noch ein ebenso hässlicher Leichnam von ihm übrig wäre wie jenes grauenvolle Ding dort unten.

Er glaubte spüren zu können, dass sich etwas verändert hatte. Es war nicht mehr so wie vor ein paar Wochen, als um den Leichnam eine mächtige, doch tote Aura gewesen war, die ihre Schrecken einflößenden Energien durch den Felsen und die alten Tunnel geschickt hatte. Nein, dieses Mal war etwas ... *erwacht.*

»Ihr bleibt hier!«, flüsterte er mit bebender Stimme und hielt seinen Begleitern eine abwehrende Hand entgegen.

Ja, es ist die richtige Entscheidung. Hier kann mir niemand helfen. Ich muss es allein durchstehen.

»Hoher Meister!«, warf Septos ein. »Seid Ihr sicher? Ich meine ...«

Rasnor drehte sich herum. »Was?«

Septos schluckte. »Seit die Alchimisten den Deckel des Sarkophags entfernten und dann flohen, war keiner mehr von uns unten. Wir ... wir wissen nicht wirklich, was dort ist!«

»Geht!«, sagte Rasnor. »Geht alle hinauf. Ich muss das allein tun!«

Septos und die beiden Novizen starrten ihn furcht-

sam an. Plötzlich wandten sie sich alle drei um und beeilten sich, von diesem Ort fortzukommen.

Rasnor wandte sich wieder um. Er wusste nicht,
welcher seltsame, verzweifelte Mut ihn gepackt hatte.
Seine Haut brannte, seine Hirn fühlte sich an wie
elektrisch aufgeladen, und seine Angst wurzelte tiefer als jede Erinnerung in seinem Denken. Dennoch
beging er den Wahnsinn, die anderen zurückzuschi-
cken.

Unter Mühen setzte er den rechten Fuß ein Stück
nach vorn. Es folgte der Linke, dann wieder der Rechte.
Zögernd, furchtsam.

Was tue ich da?, kreischte sein Geist.

Er tappte weiter. Irgendetwas zog ihn nach vorn,
und als er endlich begriff, was es war, konnte er nicht
mehr zurück.

Ich werde gerufen!

Sein geplagtes Hirn wollte ihn mit aller Macht von
diesem Wahnsinn losreißen und fliehen, doch ein
anderer Teil seines Denkens nagelte ihn fest, trieb
ihn weiter nach vorn. Er wusste, dass er keine Ruhe
mehr finden würde, ehe er diese Sache nicht durch-
gestanden hatte. Sofern er es überhaupt durchstehen
konnte.

Die Kraft zog ihn weiter voran. Schon hatte er das
Ende des Tunnels erreicht, wo eine irrwitzig steile
Treppe in ein grausiges schwarzes Loch hinabführte;
er konnte sich überhaupt nicht mehr an diese Stelle erinnern. Diese ganzen Tunnel und Schächte gemahnten
einen ständig leise daran, dass man hier jederzeit hilflos stecken bleiben könnte.

Tiefer und tiefer ging es, und plötzlich stand er wieder vor der uralten, schwarzen speckigen Tür mit den
bizarren Schnitzereien. Sie stand einen Spalt offen.

Rasnor hob die Fackel. Sein Herz pumpte schwer,
sein Atem ging stoßweise.

Dort drin herrschte *Licht!*

Ein schwaches Licht, eigentlich nur ein fahler Schein, ganz gewiss nicht natürlichen Ursprungs. Aber es sagte allzu deutlich, dass er Recht hatte: Hier ... war etwas *erwacht!*

25 ✦ Besuch aus dem Stygium

Marina konnte in dieser Nacht einfach nicht einschlafen. Das war wieder einmal typisch für sie – wenn sie eine Frage beschäftigte, geisterten die Gedanken so hartnäckig in ihrem Kopf herum, dass sie einfach keine Ruhe finden konnte. Nachdem sie sich zwei Stunden lang unablässig in ihrem Bett herumgewälzt und sich Azrani mehrfach beschwert hatte, stand sie auf, kleidete sich an und machte sich leise auf den Weg hinab ins Refektorium, um sich alles noch einmal genau anzusehen.

Lautlos schlich sie die dunkle Wendeltreppe des Turms hinunter, öffnete dort, wo die kleine Holztreppe in den Innenhof hinabführte, eine Tür und trat auf den Balustradengang des Hauptgebäudes hinaus, der im ersten Stock an der Außenwand des altehrwürdigen Gemäuers hinüber zum Oberen Portalgang führte. Das Ordenshaus war ein verzwickt angelegtes Bauwerk, so als hätten die Erbauer damals schon der Erwartung Rechnung tragen wollen, dass ein solches Haus gefälligst jede Menge versteckte Winkel, verborgene Nischen und geheimnisvolle Ecken aufzuweisen hätte.

»Marina?«, hörte sie eine verhaltene Stimme aus dem Hof heraufschallen. »So spät noch unterwegs?«

Sie spähte hinab in den Hof, wo sie nahe des Tors zur Straße einen Novizen auf Nachtwache entdeckte. Sie erinnerte sich an die Stimme, konnte aber den Jungen nicht richtig erkennen. »Ja«, rief sie mit Flüsterstimme hinab. »Ich kann nicht schlafen. Ich seh mir alles noch mal an.«

Sie winkte ihm, und er winkte zurück. Gleich darauf erreichte sie den Portalgang und schob unter Einsatz ihres ganzen Körpergewichts die schwere, uralte Türe auf, die sich nur widerwillig und mit protestierendem Gequietsche in ihren schmiedeeisernen Scharnieren bewegte. Dann entzündete sie eine der Öllampen, die am Eingang bereitstanden, und tappte den finsteren Gang hinab zum Refektorium. Schon während sie sich der großen Tür am Ende des Ganges näherte, sah sie, dass noch Licht brannte. Jemand musste sich dort aufhalten.

Ein wenig befangen trat sie zu der schweren Holztür, die von ähnlicher Machart war wie die große Portaltür. Ein schmaler Spalt stand offen, und sie gedachte dort hindurchzuspähen – aber da spürte sie, dass etwas nicht stimmte. Das Licht war von seltsamer Färbung, und ein leises, knisterndes Geräusch durchdrang die Luft.

Noch war sie nicht alarmiert – sie empfand nicht mehr als Verwunderung und wollte nachsehen, wer da mit einem so seltsamen Licht um diese Stunde noch herumschlich. Neugierig beugte sie sich vor, streckte den Kopf halb durch den Spalt und blickte in Richtung des hinteren Teils der kleinen Halle, wo all die bunten Pyramidensteine, Würfel und ihre große Zeichnung lagen.

Als sie sah, wer – oder besser: *was* – sich dort drinnen aufhielt, wäre ihr fast ein Aufschrei entfahren.

Es war eine schwach strahlende, türkisblaue Erscheinung, die über den Fundstücken schwebte, ein leuchtender Geist, der von einem Punkt zum anderen schwebte, als bewegte er sich unter Wasser fort. Nur weil Marina früher schon einmal den Schattenwesen der Bruderschaft begegnet war, schaffte sie es, sich zu beherrschen und nicht auf der Stelle in heillose Panik zu verfallen. Schwer atmend und am ganzen Leib zitternd, blieb sie stehen und rührte sich nicht, während ihr Herz förmlich danach schrie, so schnell wie möglich zu verschwinden.

Mit äußerster Willenskraft zwang sie sich zu bleiben, wo sie war.

Das Wesen hatte sie bisher noch nicht bemerkt. Trotz ihrer Furcht wusste Marina, dass sie herausbekommen musste, was das für eine Kreatur war und warum sie sich für ihre Fundsachen interessierte. Es war unübersehbar, dass sie die Pyramiden und Würfel untersuchte, die in den unterschiedlichsten Größen die Tische bevölkerten. Auch die zwölf aneinander gelegten Papierbögen, die noch immer am Boden lagen, schienen das Wesen zu beschäftigen.

Marinas Hals war trocken, ihr Herz schlug dumpf und schnell. Die Körperform des Wesens konnte sie nicht recht erkennen, da sie es nur von der Seite sah. Es hatte etwas von einer riesigen Grille an sich, mit geknickten Hinterbeinen und einem lang gestreckten Leib. Einen Kopf sah sie nicht, vielleicht waren die Wahrnehmungsorgane dieser Monstrosität im Oberkörper … oder sie hatte gar keine. Vielleicht, weil sie so etwas nicht benötigte; vielleicht, weil sie sich auf der magischen Ebene orientierte.

Das erinnerte Marina an die eigenen, neu gewonnenen Fähigkeiten in Sachen Magie. Doch außer dem Kunst, das Trivocum mit dem *Inneren Auge* sehen zu können, sowie der alten, gemeinsamen Sprache der Drachen und der Menschen hatte sie noch nicht viel gelernt. Eine Magie, um sich gegen dieses Biest wehren zu können, lag weit jenseits ihrer Fähigkeiten.

Heftig atmend stand sie da und überlegte, was sie tun sollte.

Und dann sammelte die Kreatur die Pyramiden ein. Marinas Herz machte einen Satz. Das durfte nicht sein!

Der drängende Gedanke, dass sie irgendetwas unternehmen musste, aber nicht wusste, was, fesselte sie an ihren Platz. Sollte sie das Wesen mit bloßen Händen angreifen? Floh es vielleicht, wenn sie mit Getöse ins Refektorium stürmte? Die Antwort darauf bekam sie sofort. Sie musste irgendein Geräusch gemacht haben, denn plötzlich fuhr das Wesen herum.

Ja, es war ein *Monstrum*. Marina sah nun, wo sich der Kopf des Wesens befand: der gesamte lang gestreckte Teil, den sie für den Körper gehalten hatte, war nichts als eine monströse Visage, ein zähnestarrendes Maul in einem Albtraum von einem Gesicht. Gehörnt, mit tastenden Fühlern und widerlichen Tentakeln, die das Maul umgaben, kam das Biest auf sie zu. Der türkisfarbene, leuchtende Leib hatte ein erschreckendes Rotorange angenommen, und es zischte wie eine Raubkatze.

Marina schrie auf. Sie ließ die Öllampe fallen, die scheppernd auf dem Steinboden auftraf und augenblicklich verlosch. Sofort stand sie im Dunkeln, nur noch von dem giftigen Lichtschein angestrahlt, der durch den Türschlitz auf sie fiel. Sie wirbelte herum, rutschte auf der Öllache aus, kämpfte um Halt und versuchte, einen Vorsprung zu erlangen. Keuchend und strampelnd arbeitete sie sich von der Tür weg, kam wieder auf die Füße und rannte in die Dunkelheit hinein, in die Richtung, in der sie den Gang vermutete. Ihre Augen flimmerten von Nachbildern des gleißenden Strahlens. Die Arme nach vorn gestreckt, hastete sie weiter, stolperte und erkannte mit Entsetzen, dass sie von dem Licht verfolgt wurde.

Hinter ihr wurde es heller.

Eine physische Gewalt packte sie, eine Welle; sie verlor den Boden unter den Füßen, wurde davongehoben. Ihr letzter Gedanke galt der schweren Holztür, die sich irgendwo vor ihr befinden musste und gegen die sie in wenigen Augenblicken mit dem Kopf voran krachen musste.

Als der Aufschlag kam, war er erstaunlich weich. Ihr blieb die Luft weg, sie kugelte davon, überschlug sich, blieb irgendwo benommen liegen und spürte dabei, wie sich die Welt von diesem Wahnsinn *entleerte,* wie das namenlose Etwas durch ein Schlupfloch glitt oder davongesogen wurde. Endlich war es vorbei.

Sie vernahm ein Ächzen.

Es war völlig dunkel um sie herum, erst nach Sekunden erkannte sie über sich das graue Viereck eines Fensters, dann noch eins, gleich daneben.

»Ma-Marina?«, keuchte jemand.

Ihr Herz pochte wild. Sie spürte, dass diese Stimme zu niemandem gehören konnte, der ihr etwas antun wollte. *Es ist der Junge vom Tor,* schoss es ihr durch den Kopf.

»Wer ... wer ist da?«, fragte sie, um seinen Namen zu erfahren.

»Ich bin's ... Marius«, kam die Antwort.

Marius? Den Namen kannte sie nicht ... Doch dann wusste sie plötzlich, wem die Stimme gehörte. Dem untersetzten, etwas rundlichen Burschen mit dem rosigen Gesicht. Ja, er war derjenige, der ihr zuvor aus dem Hof zugerufen hatte.

»Was ... was ist passiert?«

»Das frage ich *dich!*«, erwiderte er.

Sie hörte, wie er sich in die Höhe stemmte, dann folgten Schritte, eine Tür quietschte und sie sah einen schwachen Lichtschein. Kurz darauf kam er wieder zurück – diesmal mit einer Öllampe. Er kniete sich neben sie.

»Alles in Ordnung mit dir?«

Sie seufzte erleichtert. »Ja. Es geht.«

»Du kamst mir entgegen, als hätte dich ein Katapult

abgeschossen. Als wären dir alle Höllendämonen auf den Fersen!«

Ein Blick in die Umgebung sagte ihr, dass sie es bis nach draußen geschafft hatte, auf den oberen Balustradengang. »Kann man wohl sagen. Hast du nichts gesehen?«

Er schüttelte den Kopf. »Ich öffnete gerade die Tür. Du schriest, dann kamst du auch schon.«

Marina stand auf und blickte sich um. Schräg links von ihr lag die Portaltür, aber sie schien von dem gewaltigen Sturm der stygischen Kräfte völlig unberührt. Und das Ordenshaus lag in nächtlichem Frieden vor ihr, als wäre hier nicht das Geringste geschehen.

»Wie bist du so schnell hier herauf gekommen?«, wollte sie wissen. »Von meinem Schrei bis zu dem Moment, da ich …«

»Ich war schon hier oben«, erklärte er und deutete in den Hof hinab. »Bin gerade abgelöst worden. Es ist zwei Stunden nach Mitternacht.«

Marina nickte. Unten im Hof sah sie jemanden stehen, offenbar der Novize, der Marius abgelöst hatte. »Alles klar bei euch da oben?«, hörte sie. »Was war das für ein Krach?«

»Schon gut«, rief Marius nach unten. »Geh wieder auf deine Wache.«

Marina musterte den Jungen. Er war etwa so groß und so alt wie sie, ein pausbäckiger Bursche mit schüchternem Gehabe und einigen Pfund Übergewicht. Seine braunen Haare trug er bürstenartig kurz geschoren. An seiner Gesichtshaut erkannte sie gleich, dass er zu dem Typ gehörte, der seine babyweiche Haut noch bis weit ins Mannesalter behalten würde – und dass er trotz seiner etwa zwanzig Jahre noch eine ganze Weile benötigen würde, Letzteres zu erreichen. Er wirkte nicht gerade wie der heldenhafte Kämpfer, den sie vor zwei Minuten noch hätte gebrauchen können, aber sein Rücken war breit, und er schien wild entschlossen, für sie in den Krieg zu ziehen – wie wohl die meisten Novizen hier.

»Würdest du … mitkommen?«, fragte sie vorsichtig. »Ich meine, ins Refektorium? Ich muss nachsehen, was dort vorgefallen ist.«

Marius schenkte ihr ein schüchternes Lächeln. »Ja. Sicher.«

Sie blickte zur Tür und hatte plötzlich Angst vor dem eigenen Mut. Wenn Marius nichts von der Erscheinung mitbekommen hatte, dann musste es etwas gewesen sein, das ganz speziell ihr selbst gegolten hatte. Deswegen mochte es auch umso gefährlicher sein, weil es bedeutete, dass hier ein Meister am Werk gewesen war. Ein Feind, der sich versteckt hielt und über mächtige Magie gebot. Dass dieses Monstrum von jemandem geschickt worden war, stand für sie außer Frage. Aber von wem? Von Rasnor und seinen Schergen?

Marius deutete ihr Zögern richtig. Er nickte, wandte sich um und ging voraus. Marina folgte ihm, noch immer mit Furcht im Herzen.

Als sie den Gang erreichten, lag er stumm und dunkel vor ihnen. Ängstlich spähte sie voraus, ob sie irgendwo etwas von dem fahlen, türkisblauen Licht dieser schrecklichen Kreatur entdecken konnte. Aber da war nichts, nur Dunkelheit.

»Was war denn los?«, fragte Marius flüsternd.

Marina fühlte sich hinter seinem breiten Rücken sicherer und sah sich in ihrer Ahnung bestätigt, dass Männer vielleicht doch nicht vollkommen unnütz auf dieser Welt waren. Mit knappen Worten beschrieb sie ihm, was sie erlebt hatte. *Erlebt zu haben glaubte.*

Marius, obwohl unsicher, erwies sich als taktvoller Vertreter seines Geschlechts. Er erklärte ihr *nicht*, dass sie wohl vollkommen verrückt sei und gewiss nur

Hirngespinste gesehen habe. Bedächtig schritt er mit seiner Öllampe in der Hand voran, sodass sie das Gefühl bekam, er täte wirklich alles, um sie zu verteidigen, wenn plötzlich irgendein schreckliches Wesen auftauchte. Aber es tauchte keines auf.

Sie erreichten unbehelligt die Tür zum Refektorium. Marius spähte durch den halb offenen Türspalt hinein, entdeckte aber nichts. Vorsichtig öffnete er die Tür ganz. Vor ihnen lag die Dunkelheit des Speisesaals. Nur am anderen Ende, wo auf den Tischen die Pyramiden und die ausgebreiteten Blätter auf dem Boden lagen, drang schwaches, graues Nachtlicht durch zwei mit vielen kleinen Butzenscheiben verglaste Fenster.

»Hier ist es passiert?«, flüsterte er.

»Ja«, hauchte sie zurück.

Damit schien der Fall erledigt zu sein. Nichts drohte hier, inzwischen nicht einmal mehr ein mulmiges Gefühl. Der Geist war fort.

Marius ging voraus, und sie durchquerten die kleine Halle. Die vorderen Bänke waren bereits für das Frühstück mit Tellern und Besteck gedeckt. Nicht einmal Unordnung herrschte auf ihnen.

Nacheinander entzündete er die größeren Öllampen, die auf den Tischen standen, und Marina nahm die Pyramiden in Augenschein. Es schien keine zu fehlen. Die auf dem Boden ausgelegten Blätter waren nicht einmal verrutscht.

»Ich weiß«, sagte sie seufzend, »es sieht so aus, als würde ich spinnen. Aber glaub mir, ich …«

»Ich … ich hab doch gar nichts gesagt«, meinte Marius und hob eine Hand. »Außerdem glaube ich dir.«

Ohne Zweifel hatte sie seit einer Minute einen neuen Verehrer. Seine Schüchternheit rührte sie irgendwie. Ob er seine Worte allerdings ehrlich meinte oder ihr nur schmeicheln wollte, war dahingestellt. Aber wenigstens musste sie sich in diesem Moment

nicht gegen ruppige, zweifelnde Männersprüche verteidigen. Das war erleichternd, denn sie hatte andere
Dinge im Sinn.

»Du ... du glaubst mir?«

Er nickte. »Ja. Deine Geschichte klingt nicht eben all-
täglich, aber ich finde, du wirkst keinesfalls wie jemand, der ...«, er machte mit dem Zeigefinger eine
kreisende Bewegung neben der Schläfe, »... nicht mehr
alle Tassen im Schrank hat. Im Gegenteil.« Er räusperte
sich. »Du hast schon ein paarmal bewiesen, wie klug
du bist.«

Er warmer Schauer rann ihr über den Rücken. Dass
man sie wirklich ernst nahm, hatte sie bisher allenfalls
bei Azrani oder im Kreis ihrer engsten Freunde erlebt.
Dass ihr hingegen *ein Mann* eine solche Geschichte
abnahm, war mehr, als sie sich in dieser nächtlichen
Stunde erhofft hätte.

Marius wandte sich ihrem Bild zu. »Und du kannst
sehr gut zeichnen. Ich wette, du hast bald herausgefunden, welches Geheimnis dahintersteckt.«

Beinahe wäre ihr ein wohliges Seufzen entglitten.
Langsam wurde ihr klar, dass sie sich selbst nur wenig
zutraute. Mehr als ein hübscher Anblick für all die
Männer hier zu sein hatte sie gar nicht erwartet. Irgendeiner dieser Ordensleute wäre schließlich auf das
Geheimnis des Phenros gekommen, während sie und
Azrani so etwas wie schmückendes Beiwerk wären,
verehrt und bewundert von diesem Männervolk – für
ihr Aussehen, aber nicht für ihre Intelligenz ... Doch in
Wahrheit waren sie beide es, die hier den Ton angaben.
Sie tadelte sich, ihr Licht so sehr unter den Scheffel gestellt zu haben. Ausgerechnet dieser Marius lehrte sie
nun, dass sie jemand war.

Sie lächelte ihn freundlich an. Er war ein netter
Junge; sie wünschte sich, er wäre ein wenig mehr ein
Mannsbild, denn dann hätte sie vielleicht Lust auf ihn

verspürt. Energisch verscheuchte sie derlei Gedanken aus ihrem Kopf. Im Augenblick waren ganz andere Dinge wichtig.

»Mir ist etwas eingefallen«, verriet sie ihm und ließ sich auf die Knie nieder. »Vorhin, als ich im Bett lag und nicht einschlafen konnte, weißt du?« Sie deutete auf die zwölf Bilder, die sie abgemalt hatte. »Es könnte nämlich sein, dass diese Landschaften einfach nur in der falschen Reihenfolge aneinander gesetzt wurden und deswegen keinen Sinn ergeben.«

»Wie meinst du das?«

»Wir halten dies hier für eine Landkarte«, erklärte sie. »Weil es als Gemälde überhaupt keinen Sinn ergibt. Es hat kein Motiv. Es sind nur zwölf Landsch ...« Sie unterbrach sich.

»Was ist?«, fragte er leise.

»Zwölf«, sagte sie nachdenklich. »Ausgerechnet zwölf.«

»Du hast auch zwölf Blätter bemalt«, erwiderte er. »Ein ... Zufall?«

Sie schüttelte langsam den Kopf und studierte dabei ihr Werk. »Nein. Es hatte genau die Größe von zwölf einzelnen Papierbögen. Ich habe ...« Wieder unterbrach sie sich. »Ach du meine Güte!« Sie blickte ihn betroffen an.

Er musterte sie mit fragend hochgezogenen Augenbrauen.

»Weißt du, welche zwölf Bögen ich da verwendet habe?« Sie deutete auf die am Boden liegenden Blätter. »Sie stammen aus Phenros' Bildermappe! Da waren zwölf leere Papierbögen drin. Ich habe gar nicht weiter darüber nachgedacht und sie einfach genommen.«

Marius verzog das Gesicht. »Glaubst du etwa, Phenros habe geahnt, dass einmal jemand sein Gemälde auf zwölf Papierbögen kopieren würde?« Er schüttelte den Kopf. »Das ist weit hergeholt, findest du nicht?«

Marina hatte die Stirn in Falten gelegt; es war ihr anzusehen, dass sie mit aller Schärfe nachdachte. »Nicht, wenn dieses Kopieren eine zwingend notwendige Aufgabe ist. Ich meine, um hinter das Geheimnis zu kommen.«

»Zwingend notwendig?«

Marina ließ sich nicht von ihrer Idee abbringen. Sie erhob sich und wühlte in den Papieren und Schriftrollen, die überall herumlagen. Schließlich fand sie, was sie suchte. Aufgeregt studierte sie eines der Papiere, eilte dann zur Wand, wo die große lederne Mappe lehnte, und beförderte sie auf den Tisch. Dort breitete sie mehrere Zeichnungen aus. Neugierig trat Marius zu ihr.

»Nicht zu glauben!«, keuchte sie aufgeregt. »Ich hab es gefunden! Ich hab es tatsächlich herausgefunden!«

»Wirklich?«

»Es ist wirklich eine Landkarte!«, sagte sie. »Man muss sie nur richtig lesen!«

*

Es war gewiss eine Weile her, seit jemand die gesamte Belegschaft des Cambrischen Ordens so lange nach Mitternacht aus den Betten getrommelt hatte. Genau genommen war es gar nicht Marina gewesen, sondern die blanke Neuigkeit, die sich trotz nachtschlafender Stunde bis in den letzten Winkel herumgesprochen hatte. Eine halbe Stunde, nachdem sie die Lösung von Phenros' Rätsel entdeckt hatte, waren alle da. Der Primas und Munuel kamen zuletzt, und so hob sich Marina ihre große Enthüllung auf, bis wirklich jeder der Ordensbrüder anwesend war und Azrani noch dazu.

Als der Hochmeister und Munuel das Refektorium betraten und sich die Menge vor ihnen teilte, stand Marina schon bereit. Siegesgewiss lächelte sie den beiden alten Herren entgegen.

Die zwölf Bilder am Boden lagen nicht mehr in einem Viereck zu drei mal vier, sondern waren hintereinander aufgereiht – alle zwölf in einer Linie. Darunter lag eine weitere Linie, ebenfalls zwölf Bilder, und jedes davon, das erkannte der Primas sofort, war eines der kunstvollen Gemälde des Phenros, welche die Mädchen in der ledernen Mappe entdeckt hatten.

»Soso«, sagte der Primas schulmeisterlich. »Das hier ist also das Geheimnis!«

»Jawohl«, bestätigte Marina. »Seht, Hochmeister: auf Phenros' Gemälde *Natur und Welt* gibt es zwölf Landschaften. Nur sind sie sehr allgemein gehalten, ohne besondere Merkmale, einfach nur Wälder, Seen, Berge und so weiter. Darüber hinaus sind sie ohne erkennbare Ordnung gemalt worden. Nirgends findet sich ein Zusammenhang wieder, wie wir ihn irgendwoher kennen.«

Der Primas deutete auf die beiden Reihen der zwölf Bilder. »Aber du scheinst einen gefunden zu haben.«

Marina lächelte breit. »Das Geheimnis steckt in den Nummern der Bilder. Erinnert Ihr Euch noch an die Liste?« Marina hielt einen Zettel hoch und zeigte ihn dem Hochmeister. »Dies ist ein Verzeichnis der Bilder Phenros'. Wir haben nicht alle Bilder gefunden, die auf dieser Liste stehen, aber die dreizehn, um die es geht, sind vorhanden.«

Jockum nickte. »Ich erinnere mich. *Natur und Welt* war Nummer dreizehn.«

»Richtig. Phenros hat all seinen Bildern Namen gegeben, aber *nummeriert* hat er nur dreizehn Stück. Das dreizehnte ist, wie gesagt, *Natur und Welt*, die übrigen zwölf sind ganz gewöhnliche Zeichnungen und Malereien.« Sie deutete auf die zweite Reihe der am Boden liegenden Bilder. »Doch jedes dieser Bilder hat einen Bezug zu einer der Landschaften auf Bild Nummer dreizehn. Wenn man sie richtig zuordnet und dann in die Reihenfolge eins bis zwölf auslegt, kommt das hier dabei heraus.«

Hochmeister Jockum trat zum ersten Bild der Reihe von Phenros' Gemälden. Es zeigte das Porträt eines älteren Mannes. Darüber lag das erste Bild von Marinas Kopien: eine Stadt mit einem Stützpfeiler im Hintergrund. Der Primas brummte ratlos. »Was haben die beiden miteinander zu tun?«

Marina deutete auf das Porträt. »Das ist ein Selbstbildnis. Es zeigt Phenros. Seht nur, was aus seiner Brusttasche ragt: ein Pinsel und ein Kohlegriffel. Dieser Mann hier war also Maler. Und da Phenros' Wirkungsort Savalgor war, kann zu diesem Bild eigentlich nur eine Stadt passen. Das dort muss Savalgor sein. Es fehlt zwar der Palast im Stützpfeiler, aber den gab es damals wohl noch nicht. Wir können das noch überprüfen. Aber von der Form her, würde der Pfeiler schon zutreffen, meint Ihr nicht, Hochmeister?«

Der Primas brummte etwas; offenbar war er nicht recht überzeugt. »Und warum liegt es hier als Erstes?«

»Zwei Gründe, Hochmeister: Zunächst trägt dieses Bild die Nummer Eins in Phenros' Liste, und zweitens muss die Reise ja wohl in Savalgor beginnen.«

Wieder brummte der Primas leise, dann trat er vor das zweite Bild. »Und dies hier?«

Phenros' Gemälde zeigte temperamentvoll galoppierende Pferde – eine Kohlezeichnung voller Bewegung, von meisterlicher Hand gefertigt. Darüber lag Marinas Kopie einer einfachen Flusslandschaft. »Das Bild Nummer zwei«, erklärte sie. »Die Tiefebene nördlich von Savalgor. Dort gab es schon immer Wildpferde.«

»Na!«, machte der Primas. »Das ist aber ein sehr vager Zusammenhang, nicht?«

»Nicht unbedingt, Hochmeister Jockum«, meldete sich Marius. Er hockte sich auf die Fersen und deutete

auf eine kleine Stelle des Bildes mit der Flusslandschaft. »Hier sind die Pferde ebenfalls.«

Jockum verzog das Gesicht. »Das sollen Pferde sein?«

»Aber ja, Hochmeister! Seht nur, die Bildaufteilung.
Im Hintergrund die Steppe, dann der Wald, der Stützpfeiler. Es ist genau dieses Bild hier, nur sehr verklei-
nert.«

Jockum beugte sich vor und musterte die Stelle,
dann den jungen Mann, der das behauptete. »Adept
Marius, nicht wahr? Du bist noch nicht lange im Ordenshaus. Wie kommt es, dass du so steife Behauptungen aufstellst?«

»Er war dabei, Hochmeister«, erklärte Marina be-
scheiden. »Er hat mir geholfen, die Bilder zu sortie-
ren.«

Wieder brummte der Primas. Irgendetwas schien ihn
heute Nacht dazu zu verleiten, sich besonders auto-
ritär zu geben. »Und weiter?«

Sie schritten zum nächsten Bilderpaar. Diesmal war
er mit der Interpretation eher einverstanden, denn
Phenros hatte, abermals mit Kohle, eine finstere Szene
mit Spukgesichtern und gespenstischem, spärlichem
Lichteinfall gemalt. Das darüber liegende Bild, Marinas Kopie, gab ein schroffes, dabei sehr dunkles Gebirge wieder. Das konnte nur das Akranische Felsengebirge nordöstlich von Savalgor sein, das für seine
Lichtlosigkeit bekannt war. Dort gab es ausgesprochen wenig Sonnenfenster, dafür aber zahllose Spukgeschichten.

Das nächste Bild Marinas zeigte als Landschaftsform
eine weite Grassteppe, und als der Primas sah, dass
Phenros dazu ein wundervolles Ölgemälde gemalt
hatte, das eine riesige Mullohherde zeigte, entspannte
sich sein Gesichtsausdruck. Es folgte ein Bild von
Phenros mit zwei Fischerschaluppen, während Marina
ein zugehöriges Bild des Akeanos vorzuweisen hatte;

565

danach sah man eine weite Inselwelt und dazu passend eine Darstellung pummeliger Salmdrachen, die seit alters auf den nördlichen Inseln von Chjant lebten. So ging es weiter, bis die letzten drei Bilderpaare gänzlich unbekannte Gefilde zeigten – Marinas Vermutung nach auf dem Kontinent Veldoor.

»Hier haben wir raten müssen, denn keiner von uns war je auf Veldoor«, erklärte sie. »Da ist eine Wüste mit seltsamen Trichtern im Boden …«

»Sandwürmer«, meinte der Primas. »Ganz gemeine Bestien und unter dem Einfluss stygischer Verseuchung geradezu monströs. Ich habe zwar nie selbst welche gesehen, aber verschiedentlich davon gehört.« Er räusperte sich. »Marina, ich muss eingestehen, dass deine Darlegung überzeugend wirkt. Ich denke, so gut wie unsere Spur ist das hier allemal.«

Marina, die zuletzt doch etwas unsicher geworden war, blickte ihn hoffnungsvoll an. »Wirklich? Das findet Ihr?«

»Beruhigend zu wissen«, erklärte er, »dass du nicht *alles* siehst, mein Kind. Sonst käme man sich glatt überflüssig vor.«

»Was meint Ihr, Hochmeister?«

Er deutete auf das letzte Bilderpaar. »Stell dir mal die beiden Bilder übereinander liegend vor.« Er bückte sich, hob die beiden Papierbögen auf, legte sie übereinander und hielt sie vor das Licht einer Öllampe. Aus dem, was vorher ein abgestorbener Baum im Vordergrund und ein schroffer Bergstock im Hintergrund gewesen war, schälten sich nun seltsame, gebogene und säulenartige Gebilde.

»So etwas habe ich schon einmal gesehen«, erklärte Jockum. »Nein, *gehört!*« korrigierte er sich. Er sah sich nach seinem Freund Munuel um. »Weißt du noch, Munuel? Dieser letzte Vers mit dem … *toten Gerippe der Zeiten, verendet in sandigen Weiten,* den wir nie verstanden haben?« Er deutete auf das Bald. »Das hier sieht mir wie eine Wüste aus, in der das Knochengeripppe eines Tieres aus dem Sand ragt ...«

Marina runzelte die Stirn »Es wirkt riesig groß. Und was ist das da?« Sie deutete auf mächtige, fliehende Linien hinter dem Geripppe und auf ein dunkles Tor im Mittelgrund.

Jockum betrachtete das Bild lange Zeit und schüttelte dann den Kopf. »Ich weiß nicht genau. Aber ich wette, dass dies das Ziel ist. Das Bild deckt sich mit dem Vers, den wir fanden. Uns fehlte nur ein konkreter Hinweis, in welche Richtung wir uns wenden müssen.« Er schritt noch einmal die doppelte Reihe von Marinas Zeichnungen ab und nickte. »Ja, ich denke, das ist eine wirklich gute Spur!«

»Warum versuchen wir dann nicht, dieser Karte zu folgen?«, schlug Azrani vor. »Ich finde, das Wagnis könnte man eingehen. Es sieht nicht allzu gefährlich aus.«

Der Primas musterte die beiden Mädchen. Dann sah er kurz zu Munuel und schüttelte bedächtig den Kopf. »Also gut. Wollt ihr beiden diese Reise wagen? Ich fürchte, Munuel und ich ... für uns ist das nichts mehr. Ich selbst habe im letzten Jahr mehr auf Drachenrücken gesessen, als es mir gut getan hat, und Munuel tut sich sehr schwer mit seiner Sicht nur auf das Trivocum.«

Azrani grinste. »Genau das wollte ich vorschlagen«, meine sie und sah zu Marina. Ihre Freundin nickte begeistert.

*

Komm zu mir, kleiner Rasnor!, zischte eine Stimme aus dem Türspalt.

Rasnor konnte sich nicht entziehen. Nicht, solange er nicht wusste, was dort drin war.

Er zitterte am ganzen Leib, als er auf die Tür zutrat; die Fackel flackerte so heftig, als wäre er mit ihr in einen nächtlichen Sturm hinausgegangen. Seine Augen, seine Ohren – sie lieferten ihm keine verlässlichen Informationen mehr; es schien, als wackelte und zitterte alles, als stünde dieses furchtbare Grab kurz davor, von einem Erbeben verschüttet zu werden.

Mit zusammengebissenen Zähnen und zu Schlitzen verengten Augenlidern tappte er vorwärts, das Herz nur mehr ein hart pulsierender Knoten geplagten Fleisches, zusammengepresst von einer dunklen Kraft, die ihm alle Wärme aus dem Körper saugen wollte. Mit der rechten Hand stieß er die schwere Tür ein Stück auf. Chasts Leichnam würde dort stehen, aufrecht und mit ausgestreckten Armen, um nach ihm zu greifen und ihn zu erwürgen – ihn, der es gewagt hatte, seinen Platz einzunehmen.

Doch er sah nur den Sarkophag.

Flackerndes, gelbgraues Licht drang aus ihm hervor, so als brenne trocknes Laub in seinem Innern. Der Deckel war an den Sockel gelehnt, wie beim ersten Mal, als er hier eingedrungen war. Allein würde er ihn ohnehin nicht auf den Sarkophag heben können – aber er bezweifelte auch, dass das noch irgendeinen Sinn machte. Es war zu spät; der Geist des Chast war aus dem Reich der Toten zurückgekehrt, um ihn hier zu stellen und für den Frevel zu bestrafen, sich nun selbst Hoher Meister zu nennen.

Keuchend trat Rasnor in den Raum; er war niedriger, als er sich erinnerte, und enger, als es seinem geplagten Geist lieb gewesen wäre. Der Sarkophag schien leer zu sein; er wagte kaum, näher heranzutreten und den Kopf zu recken, um ganz hineinblicken zu können. Nach wie vor drang das fahle Leuchten aus seiner Tiefe. Erst jetzt sah Rasnor, dass die Decke des Raumes mit Steinmetzarbeiten bedeckt war – wie auch der Boden. Doch es handelte sich nicht um klar erkennbare Formen und Linien – nein, hier war ein grauenhafter Stümper am Werk gewesen. Er hatte mit derben Hammerschlägen große, primitive Figuren in den Stein geprügelt, hässliche monströse Fratzen und wirre geometrische Linien, die groteske Formen ergaben. Vielleicht war es gerade die armselige Machart der Arbeiten, die sie so bedrohlich erscheinen ließ. Es war, als spräche der Irrsinn des Erzeugers aus seinen Figuren. Der Gedanke, diesem Wahnsinnigen zu begegnen, jagte Rasnor kalte Schauer über den Rücken. Dann aber sah er etwas, das ihm wirkliche Angst einjagte – mehr Angst als all die Gravuren oder die vermoderte Leiche, die dort in dem steinernen Kasten gelegen hatte.

Auf der anderen Seite des Raumes befand sich eine weitere *Tür.*

Stöhnend wich Rasnor an die Wand zurück.

Die Tür war klein, wie für Zwerge gebaut, aber sie sah noch älter und primitiver aus als die andere – und sie stand offen.

Rasnor kämpfte gegen ein würgendes Entsetzen an, das ihn zu übermannen drohte. Er konnte sich beim besten Willen nicht erinnern, dass diese Tür zuvor schon da gewesen wäre, nein – sie wäre ihm ganz sicher aufgefallen. Die Vorstellung, dass es von diesem lästerlichen Ort aus *noch* tiefer hinabgehen sollte, bereitete ihm namenlose Angst. Was auf dieser Welt konnte so grauenvoll sein, dass es danach verlangte, sich an einem noch tiefer gelegenen Ort zu verkriechen?

Komm, Rasnor, ich warte!

»Was willst du von mir, Chast?«, kreischte er voller Panik.

Was ich will? Nichts! Du willst etwas von mir!

»Nein! Das … das ist nicht wahr!«

O doch! Du willst wissen, was mir die Macht verlieh,

569

Hoher Meister zu sein. Du willst erfahren, wie ich die Kräfte erlangte, alle meine Neider und Rivalen zu vernichten! Komm herab – in die Tiefe! Ich zeige dir Gongh, das Reich der Alten! Ich zeige dir, wie man wirklich mächtig wird! Du wirst diese Macht brauchen, um gegen deine zukünftigen Feinde bestehen zu können! Vertrau mir, Rasnor! Vertrau mir ...

Rasnor machte ein paar schnelle Schritte nach vorn und versetzte der schweren kleinen Tür einen kräftigen Tritt.

Sie krachte zu, und augenblicklich verebbte der stygische Wahnsinn an diesem Ort. Die Erschütterung jedoch war so stark, dass der Fels mit einem scharfen Knacken barst und Risse den Raum durchliefen. Staub und Gesteinssplitter rieselten von der Decke herab – dann war es endlich ruhiger.

Rasnor stand schwer atmend da. Das Leuchten im Sarkophag war erloschen, und die Fackel in seiner Hand brannte wieder halbwegs ruhig, obwohl keinesfalls die Rede davon sein konnte, dass sich das Trivocum wieder völlig normalisiert hätte.

Er starrte die kleine Tür an. Sie reichte ihm kaum bis zur Gürtelhöhe und war überdeckt mit seltsamen Zeichen, Fratzen fremdartiger Wesen und Symbolen, die an die Magie gemahnten, für ihn aber völlig unbekannter Herkunft waren.

Wie hatte er diese Tür bei seinem letzten Besuch übersehen können?

Seine Haut war noch immer elektrisiert von der rätselhaften Energie, die hier geherrscht hatte. Nein, das war nicht das Stygium gewesen, wurde ihm plötzlich klar. Dieser Ort war der Berührungspunkt seiner Welt mit einer Sphäre, wie er sie bisher noch nicht gekannt hatte. Langsam ging er rückwärts, näherte sich der großen Tür, trat hinaus und zog sie hinter sich zu.

Abermals ebbte der Fluss der fremden Energien

ab, versiegte aber nicht vollständig. Nein, bei weitem nicht! Übrig blieb ein Gefühl von alarmierender Unruhe und Gefahr, die jemandem, der zum ersten Mal hierher kam, die Haare zu Berge würden stehen lassen. Vielleicht war das auch gut so.

Schlotternd hob er die Fackel, zog sich zurück, schwor sich, nie wieder hier herunter zu kommen.

Irgendeine hartnäckige Stimme in seinem Innern aber versuchte ihm einzureden, dass er eines Tages doch wieder hier sein werde.

»Nein! *Nie* wieder!«, schrie er wutentbrannt den kalten, steinernen Wänden entgegen.

Er wandte sich um und floh die Stufen hinauf, die Finsternis im Rücken, die wie mit einer riesigen, kalten Klaue nach ihm greifen wollte. Auf seiner fast panikartigen Flucht nach oben schlug er mehrfach mit Ellbogen, Knien und Schultern gegen die Felsen. Es dauerte lang, ehe er seine Schritte zu verlangsamen wagte.

Irgendwo kam ihm Septos entgegen. »Hoher Meister!«, keuchte der Prior. »Es ... es hat sich verändert! Wir haben es spüren können! Es ist fast ... fort!«

Rasnor warf ihm wütende Blicke entgegen. »Da unten war es, nicht wahr? Dort unten, in diesem Raum, hockte der *Wächter der Tiefe!*«

»Ich ... ich weiß nicht«, antwortete Septos verunsichert. »Das war vor meiner Zeit.«

»Warum hast du mir nichts von der Tür erzählt?«

»Von der Tür? Aber ...«

»Die *kleine* Tür meine ich. Die der Wächter bewacht hat!«

Septos atmete plötzlich schwer. »Eine kleine Tür? Ich ... ich weiß nicht, wovon Ihr sprecht, Hoher Meister!«

Rasnor erschauerte wieder. Der Schrecken wollte ihn einfach nicht loslassen. Es mochte sein, dass Septos tatsächlich nichts wusste. Das aber würde bedeuten ...

Entschlossen setzte er sich Richtung Ausgang in Bewegung. »Ich reise ab, jetzt gleich!«, verkündete er. »Und sag jedem, dass die Verliese dort unten ab sofort *verboten* sind! Die Alchimisten sollen sich eine andere Arbeit suchen. Niemand geht jemals wieder dort hinab, verstanden? Niemand!« Die letzten Worte hatte er Septos förmlich entgegen gebellt.

Septos erzitterte unter der Gewalt seiner Stimme. »Jawohl, Hoher Meister. Wie Ihr befehlt.«

26 ◆ Wendepunkt

Mit offenen Augen lag Leandra in ihrem schmalen Bett. Man hatte sie hier einquartiert, einem winzigen Raum voller kleiner Wunder, in dem sie jedoch, soweit sie das im Augenblick ermessen konnte, keine Gefangene war. Das Licht war gedämpft und das Bett bequem.

Sie dachte an Victor.

Ihr war eingefallen, dass sie kein Lied mehr von ihm gehört hatte, seit sie damals Jacko kennen gelernt hatten, im Wirtshaus an der Straße nach Tharul. Das war ein großartiger Tag gewesen.

Victor hatte aus dem Stegreif ein Spottlied gedichtet und es den Gästen vorgetragen, völlig unbedarft und frei von der Seele weg, wo er doch zumindest geahnt haben musste, dass so gut wie alle Gäste dieses Wirthauses Mitglieder einer Räuberbande gewesen waren. Und Jacko – der Mann, über den er sich mit seinem Lied lustig gemacht hatte, war ihr Anführer gewesen. Ein dreistes, wenn nicht gar gefährliches Unterfangen.

Es war der Moment gewesen, in dem sich Leandra zum ersten Mal ein bisschen in Victor verliebt hatte, diesen verrückten Dichter und Sänger, der sich so frech der Übermacht der Räuberbande entgegengestellt hatte.

Sie musste lächeln. Der Ärmste war damals ganz schön in Gefühlsnöte geraten, und sie hatte ihn in der Folge so ziemlich allem ausgesetzt, was eine Frau an seelischer Verwirrung stiften konnte, wenn sie selbst nicht wusste, was sie wollte. Aber zum Glück hatte er Geduld aufgebracht. Welch vergnügliches Heldenepos hätte er wohl aus der Szene gedichtet, die hier vor kurzem stattgefunden hatte: als sich sieben oder acht erwachsene Männer plötzlich wie halbwüchsige Raufbolde aufeinander gestürzt und sich die Ohren wund geprügelt hatten.

Was waren das nur für Leute?

Wie kam es, dass sie hier draußen im All auf *Menschen* stieß? Und *wie groß* sie alle waren! Leandra kam sich wie ein Zwerg unter ihnen vor. Besonders eindrucksvoll fand sie den riesigen grünen Mann, aber er konnte unmöglich ein Mensch sein. Dennoch sprach er wie sie, und ein Einzelner war er ebenfalls nicht. Einer der beiden, die sie auf dem großen Felsbrocken im All erwischt hatten, war von der gleichen Art gewesen, und auch in dem großen Raum, in dem die Prügelei stattgefunden hatte, hatten sich zwei dieser Leute aufgehalten. Sie war fasziniert von den seltsamen Augen dieser Wesen: tief dunkelbraun, aber doch von einem warmen Farbton, mit einer strahlend hellgrünen Pupille. Eigentlich hätte sie Furcht empfinden müssen, so fremdartig wirkten diese Augen; dazu kam noch der flache Teil des Gesichts, wo die Nase fehlte, und die seltsamen Öffnungen rechts und links am Kinn. Das wohl Erstaunlichste an diesen Gesichtern war, wie sie fand, der trotz allem freundliche und Vertrauen einflößende Ausdruck. Sie hatten nichts Beunruhigendes an sich. Sie freute sich geradezu auf ein Wiedersehen mit dem großen grünen Mann.

Es war ein eigentümliches Gefühl, einen Tag mit derartig vielen Ereignissen und so vielen neuen Personen zu erleben – und dabei nichts von allem verstanden zu haben. Sie beherrschte weder die Sprache, noch verstand sie wirklich, was geschehen war. Allein mithilfe ihres Gefühls hatte sie sich orientieren und Entscheidungen treffen müssen. Und was die Sache noch schwieriger gemacht hatte, waren all die Streitigkeiten zwischen den Personen gewesen. Auch da hatte sie nur mithilfe ihres Gefühls entscheiden können und wusste nicht, ob sie sich inzwischen nicht schon Feinde gemacht hatte.

Besonders ihre beiden Retter interessierten sie: Rosko und Waskes.

Leandra hatte keine Ahnung, in welcher Beziehung sie zueinander standen, nur eins war ihr klar: Besondere Zuneigung empfanden sie füreinander nicht. Überhaupt schien hier niemand Zuneigung für irgendeinen anderen zu empfinden. Das ängstigte Leandra ein wenig. Was sie bisher mitbekommen hatte, waren im Grunde nur Streit und Zank und Kampf und Verfolgung gewesen. Und natürlich waren die Drakken da. Vielleicht lag es an ihnen, dass die Leute so grob miteinander umgingen. In ihrer eigenen Welt war es nicht anders gewesen.

Das Seltsame jedoch war: alle schienen sich *für sie* zu interessieren, und *sie* mochte man durchaus. Rosko mochte sie, das war kaum zu übersehen. Auch der große, grüne Mann tat es, und Waskes eigentlich auch, obwohl sie aus irgendeinem Grund eifersüchtig auf sie zu sein schien.

Es war eine Welt, oder besser: ein *Weltall* voller Rätsel. Aber sie empfand dennoch keine Enttäuschung. Diese Welt war ungeheuer aufregend, und sie war begierig darauf, mehr zu erfahren. Ihre wichtigste Aufgabe bestand im Augenblick ganz sicher darin, sich erst einmal mit der Sprache der Fremden vertraut zu machen, damit sie sich orientieren konnte. Nur musste dafür endlich Ruhe einkehren. Wenn diese Herumhetzerei einmal aufhörte, würde sie sich jemanden suchen, von dem sie die fremde Sprache erlernen konnte.

Es klopfte.

»Ja?«, rief sie.

Die weiße Tür glitt sanft zur Seite, und Waskes kam herein. Sie trug einen freundlichen Gesichtsausdruck und winkte sie aus ihrem Bett heraus. Leandra richtete sich auf.

Waskes begann zu reden, und Leandra versuchte aus ihren Gesten und dem Tonfall herauszudeuten, was sie wollte. Offenbar sollte sich Leandra ankleiden und mitkommen. Irgendetwas mit dem Kopf sollte passieren, mit Waskes' Kopf oder mit ihrem. Waskes machte Zeichen, als wollte sie sich eine Mütze aufsetzen.

Leandra erhob sich, zog sich die bunten Sachen wieder an, die ihr gut gefielen, und folgte Waskes. Sie begaben sich zurück in den Raum mit den vielen Leuchtschirmen, in dem der Kampf stattgefunden hatte. Als sie eintraten, legte ihr Waskes beschützend den Arm über die Schulter. Leandra empfand es als beruhigend. Alle Männer, die an der Prügelei beteiligt gewesen waren, waren anwesend, auch der große, grüne Mann war da.

Frieden herrschte hier nicht, das war deutlich zu spüren. Die Männer schossen ungemütliche Blicke aufeinander ab, einige hatten Blessuren im Gesicht oder trugen Verbände, einer hatte sogar den Arm in einer Schlinge. Für den Moment schien man sich auf Frieden geeinigt zu haben.

Leandra wusste nicht, ob man böse auf sie war, weil sie eingegriffen hatte, oder vielleicht, weil sie die Ursache für all den Zank gewesen war. Wäre sie ein dummes Huhn gewesen, hätte sie sich vielleicht eingebildet, dass man sich um ihre Gunst geschlagen hatte. Aber das war Unfug. Jeder schien ein großes Interesse an ihr zu hegen, so als hätte man sie bereits hier erwartet, bevor sie aufgetaucht war.

Wenn sie nur mit ihnen reden könnte!

Als die Männer sie mit allerlei prüfenden Blicken bedachten, wurde sie unsicher. Sie redeten miteinander, schienen sich streiten zu wollen, doch dann beruhigte sich der Disput wieder. Die Gegenwart des großen, grünen Mannes beruhigte Leandra. Dann kam einer auf sie zu, es war Rauli, wenn sie seinen Namen richtig verstanden hatte. Er und der andere, dunkle Kerl, der Rosko anfangs begrüßt hatte, nahmen sich ihrer an und führten sie wieder aus dem Raum heraus. Es wirkte wie eine Strafmaßnahme, so als wollte man sie einsperren. Sie bekam Angst.

Draußen angekommen, blieb Leandra demonstrativ stehen. Rauli und der andere, die sie weiterführen wollten, sahen sie fragend an.

Mit leicht klopfendem Herzen deutete sie zurück zu dem großen Raum, dessen Tür sich inzwischen wieder geschlossen hatte. »Ich will, dass Rosko mitkommt«, verlangte sie. »Und Waskes.«

Die beiden Männer tauschten Blicke.

»Rosko und Waskes!«, sagte sie und sprach die beiden Namen deutlich aus. Sie überlegte, ob sie auch noch um den großen, grünen Mann bitten sollte, doch seinen Namen hatte sie nicht richtig verstanden, Eieikwa oder so ähnlich. Aber dann entschied sie sich dagegen. Zwei Leute würde man ihr vielleicht gestatten, drei eher nicht. »Rosko und Waskes!«, wiederholte sie.

Die beiden Männer schienen die Namen zu verstehen. Rauli zuckte mit den Schultern, ließ sie mit dem anderen allein und kehrte kurz darauf mit Rosko und Waskes zurück. Waskes legte ihr gleich wieder den Arm um die Schultern, und das beruhigte sie. Offenbar hatte man nicht vor, ihr etwas anzutun.

*

»Sie sind nicht zu finden, Sir«, erklärte LiinGhor.

»Nicht zu finden?«, bellte Altmeister Ötzli. »Was soll das heißen?«

Der Muuni-Wurm des Drakken erschauerte unter der Wucht von Ötzlis Stimme und tappte devot ein paar Schritte zurück. »Der Asteroidenring ist zu groß, Sir«, sagte der Drakkenoffizier ungerührt. »Wir wissen seit geraumer Zeit, dass die Brats hier einen oder mehrere Schlupfwinkel haben. Aber das Asteroidenfeld hat ein Volumen von mehreren hundert Billionen Kubikmeilen.«

»Ein ... *was?*«

»Eine räumliche Ausdehnung, Exzellenz!«, half Nuntio Julian aus.

Ötzlis Blick fuhr herum und starrte den jungen Mann mit blitzenden Augen an. Dann wandte er sich wieder dem Drakkenoffizier zu. »Wovon der allergrößte Teil aus faustgroßen Steinen und Eiskristallen besteht!«, hielt er wütend dagegen – zum ersten Mal direkt den Wissensschatz nutzend, den man ihm ins Hirn gepumpt hatte. »So ein Asteroid, in dem man einen Schlupfwinkel errichten kann, muss doch wenigstens ein oder zwei Meilen Durchmesser haben, oder nicht? Davon kann es doch nicht so viele geben!«

»Dort existierte einmal ein Planet mit über fünfzehntausend Meilen Durchmesser«, sagte LiinGhor unerschütterlich. »Das Feld der Asteroiden ist riesig, auch die Zahl der größeren Brocken. Es sind über fünfzigtausend.«

Ötzli warf einen ärgerlichen Seitenblick auf die beiden Ordensritter, die bewegungslos rechts von ihm in Gardeuniform und Habachtstellung verharrten. Seit er in die verrückte Welt dieses Sternenreichs vorgedrungen war, überschüttete man ihn mit Zahlen und Fakten, die jenseits seiner Vorstellungskraft lagen. Er hätte nicht einmal sagen können, wie viele Eimer man mit fünfzigtausend Maiskörnern hätte füllen können – geschweige denn, was *mehrere hundert Billionen Kubikmeilen* waren. Er wusste nur, dass er diese Leandra brauchte, oder wenigstens eine Spur von ihr, um dem Pusmoh wieder unter die Augen treten zu können.

Welche Augen, dachte er säuerlich, als er sich an die bisher einzige Begegnung erinnerte. Er hatte mit einer tönenden Wand gesprochen, auf der sich ein seltsames Symbol befunden hatte.

»Sie sind doch hier in dieser Gegend verschwunden, nicht wahr?«, bohrte er nach. »Also scheidet der größte Teil dieses Rings als Versteck aus. Sie müssen noch in der Nähe sein – sonst hätten doch eure Geräte etwas gemeldet! Ich meine … von diesen Wellen, die von den Triebwerken ausgehen. Schließlich habt ihr eine Menge Schiffe hier!«

»Verteilt auf ein solches Gebiet, in dem es derart viele Hindernisse gibt, sind es nicht viele«, erwiderte LiinGoor, der für Drakken-Verhältnisse ohnehin ziemlich gesprächig war.

Ötzli stieß ein wütendes Knurren aus. Seit anderthalb Tagen jagten die angeblich so perfekt gerüsteten Ordensritter durch dieses Stückchen All und waren dennoch nicht in der Lage, die Spur der Brats zu finden. Er baute sich vor den beiden Ordensrittern auf. »Und was eure Geschichte angeht, kann ich sie ebenso wenig glauben! Der Pontifex! Wie soll er denn so schnell hierher gekommen sein! Und woher soll er überhaupt von dem Mädchen wissen! Ich glaube, ihr beiden benutzt das nur als Schutzbehauptung für euer Versagen!«

Der rechte der beiden, ein riesiger Ajhan, der Ötzli mit einer Handbewegung hätte zerquetschen können, blickte mit einer Spur Verächtlichkeit auf ihn herab. Der andere, ein Mensch, der fast ebenso groß war, tat es ihm nach. »Unser Kodex verbietet uns derlei Handlungen, Exzellenz. Was wir sagen, entspricht der Wahrheit.«

Kodex, hallte es in Ötzlis Ohren wider. Damals, in der Höhlenwelt, hatte man ihn den *Hüter des Kodex* genannt – inzwischen aber wusste er, wie viel solche hoch ehrenhaften Gesetzbücher wert waren: nämlich gar nichts. Diesen beiden Kerlen hier traute er ebenso wenig wie irgendeinem Kodex. Er wünschte sich, er hätte über die Macht seiner Magie verfügen können. Vielleicht hätte er hier stehenden Fußes an diesen hochnäsigen Betrügern ein Exempel statuiert.

»Und wo ist er jetzt, euer Pontifex?«

»Das wissen wir nicht, Exzellenz. Womöglich ist er ebenfalls bei den Brats.«

Ötzli lachte innerlich auf. Das würde zu diesem aufgeblasenen *Heiligen Vater* gut passen! Seit der Pusmoh seine Macht beschnitten hatte, benahm sich dieser Glaubenskrieger wie ein Verrückter. Aber dass er wirklich bis hierher nach Aurelia Dio gekommen sein sollte, und noch dazu so schnell, konnte Ötzli nur schwer glauben.

Nuntio Julian hatte sich abgewandt und stand leicht nach vorn gebeugt, so als hätte er etwas mit einem Kind zu flüstern, das vor ihm stand. Aber da war kein Kind. Als Ötzli begriff, dass er wieder sein seltsames Sprechgerät benutzte, verlangte er zu wissen, was denn im Moment so wichtig sein konnte. »Was ist?«, fragte er.

Julian richtete sich auf. Er war ein wenig blass. »Es … es funktioniert, Exzellenz!«

Ötzli zog die Augenbrauen zusammen. »Es *funktioniert? Was?«

»Ihre Magie, Exzellenz!«, keuchte Julian. »Ihre Magie! Sie funktioniert tatsächlich! Ihr Bruder Polmar hat soeben eine Nachricht von Soraka empfangen!«

Ein heißer Schauer glitt Ötzlis Rücken herab. »Ist das wahr?«

Julian nickte eifrig. »Ja! Die Bestätigung ist ebenfalls korrekt! Es … es hat wirklich geklappt!«

Ötzlis Herz machte einen Satz. »Schnell! Zu Polmar!«, rief er. »Wo ist er?«

»Im Com-Deck, Kardinal. Hier entlang!«

Kurz darauf eilten sie durch die Verbindungsgänge der L-2367, eines riesigen, lang gestreckten Metall-ungetüms der Drakken, das ihm direkt vom Pusmoh als Kommandoschiff unterstellt worden war. Wenn es stimmte, was man ihm gesagt hatte, musste die L-2367 eine wahre Festung sein; eine Festung, mit der man sich zugleich pfeilschnell bewegen und angreifen konnte. Was aber im Augenblick der wesentlich wichtigere Punkt war: Dieses Schiff war seit einigen Sekunden das erste und einzige in der gesamten GalFed, das über weite Strecken und ohne Zeitverlust Nachrichten versenden und empfangen konnte. Jedenfalls dann, wenn Polmar, dieser Träumer, nicht wieder völligen Mist angestellt hatte.

»Wissen Sie, wie weit es nach Soraka ist, Exzellenz? *Siebzehntausend* Lichtjahre!«, jubilierte Julian unterwegs.

Sie marschierten eilig den Korridor hinab. Ötzli warf ihm einen vorwurfsvollen Seitenblick zu. »Lichtjahre? Eure seltsamen Maße sagen mir nichts.«

Julian, über die Maßen erregt, suchte nach Worten. »Zu Fuß würden Sie … Moment …«

Er streifte seinen Ärmel zurück und begann aufge-regt auf das kleine Gerät einzustochern, das an seinem Handgelenk befestigt war. Während er irgendwelche Zahlen zusammenzählte, murmelte er unverständliche Worte und klemmte geschäftig die Zunge in den Mundwinkel.

Schließlich hatte er es. »Drei Komma fünfundsiebzig

mal zehn hoch zwölf Jahre, Exzellenz!«, strahlte er. »Das sind beinahe vier Billionen! Vier Billionen Jahre zu Fuß, Exzellenz – vorausgesetzt natürlich, Sie laufen jeden Tag vierundzwanzig Stunden, ohne Unterbrechung!« Er stieß ein fröhliches Lachen aus, das Ötzli jedoch nicht anzustecken vermochte. »Und diese ganze Strecke überbrückt Ihre Magie innerhalb einer einzigen Sekunde! Unfassbar! Wie machen Sie das nur, Kardinal?«

Ötzli warf ihm einen missgestimmten Seitenblick zu und schnippte mit den Fingern. »So!«, sagte er.

Julian lachte vergnügt auf und versuchte, mit ihm Schritt zu halten.

Ötzli stürmte weiter voran; wo dieses Com-Deck lag, wusste er. Nächtelang hatte er mit Polmar dort die magischen Verwebungen geübt und wieder geübt. Er hatte sie selbst in mühsamer Kleinarbeit aus Büchern und Schriftrollen zusammengetragen und gehofft, dass sie tatsächlich einmal das gewünschte Ergebnis bringen würden. Ausgerechnet die Drakken, die eigentlich nichts von Magie verstanden, hatten ihm gesagt, dass dies möglich sein müsste.

Von der Theorie her schien es tatsächlich machbar. Im Stygium gab es keine Entfernungen, nicht im Sinne dessen, was Julian mit seinen vermaledeiten *Billionen* meinte. Es galt nur, die Stelle im Trivocum zu finden, wo man mit einer Nachricht wieder *hinaus* musste, gewissermaßen das Aurikel des Partners. Sie hatten es mit Gleichförmigkeit in den Schlüsseln, Filtern und Iterationen versucht, oder sogar mit *Gleichzeitigkeit,* was natürlich ein naiver Gedanke gewesen war. Dann aber war ihm der zündende Einfall gekommen – und ausgerechnet von Munuel stammte er, seinem alten Freund, der ihn damals in Savalgor so bitter gedemütigt hatte.

Ein Dämon im Stygium war der Schlüssel! Ein Knotenpunkt von Energien des Chaos, dort gefesselt und als Medium benutzt – das war ein Ort, den man auffinden konnte. Ötzli hoffte inständig, dass Polmar vernünftig gearbeitet und tatsächlich eine Verbindung hergestellt hatte. Besonders auch deshalb, weil Ötzli für diese Sache die einzigen beiden Wolodit-Amulette hatte opfern müssen, die es gab. Das Dritte, das sein eigenes hätte werden sollen, hatte ihm diese verfluchte Leandra geraubt. Nun besaß Polmar eines, und das andere war bei Dheros auf Soraka.

Das und noch einiges mehr waren nötig gewesen, um den Pusmoh so weit zu überzeugen, dass er Ötzlis Plan zustimmte. War es Polmar tatsächlich gelungen, die erhoffte Verbindung herzustellen, so hatte er einen gewaltigen Schritt nach vorn getan. Dann hätte sich das Opfer der Woloditsteine auch gelohnt, und der Pusmoh würde ihm vielleicht zugestehen, seinen Plan bezüglich der Höhlenwelt fortzusetzen.

Wäre da nur dieses leidige Problem mit Leandra nicht gewesen!

Endlich erreichten sie das Com-Deck. Es war schon seltsam: An einem Ort, an dem alles von den unbegreiflichen technischen Geräten der Drakken beherrscht wurde, gab es einen kleinen Raum, der anmutete, als stammte er aus einer anderen Welt. Er war vollständig mit Holz ausgekleidet, es gab Wasser, Pflanzen und Kerzenschein – alles Dinge, welche die gemeinsame Existenz des Diesseits und des Stygiums symbolisierten. Es ging darum, das Trivocum besonders gut greifbar zu machen, und sie hatten festgestellt, dass kaltes Metall nur sehr schlecht dafür geeignet war. Anders als beispielsweise Holz, in dem zu jedem Zeitpunkt Entstehen und Verfall zugleich zugegen waren. Ötzli war froh, dass die Drakken sich jeglichen Kommentars über diesen befremdlichen Ort enthielten. Es waren Dinge, die man nur schwer erklären konnte und die nach außen hin womöglich etwas lächerlich wirkten.

Als sie endlich bei Polmar angelangten, fanden sie den Magier schweißnass vor.

Er saß in dem kleinen Raum, in dem es ungewöhnlich heiß zu sein schien, und brütete über steinalten Büchern und Notizen. Neben ihm stand Liza Zhan, seine dunkelhäutige Novizin. Als Ötzli und Julian eintrafen, blickte Polmar auf – sein Gesicht war von Hoffnung, Glück und zugleich Todesangst geprägt.

Ötzli stockte, als er Polmar ins Gesicht blickte. Der Mann hatte sich mit einem ängstlichen Lächeln im Gesicht erhoben.

»Was ist?«, fragte Ötzli, von plötzlichem Misstrauen erfüllt.

»Nichts, Meister. Ich meine … es funktioniert! Wir haben es wirklich geschafft. Ich habe eine Nachricht mit Dheros austauschen können. So als wäre er im Raum nebenan.« Er ließ ein gequältes kleines Lachen hören. »Es liegt am Webmuster der Fesselung, Meister. Wie man den stygischen Knoten bindet. Ich habe Dheros ein Signal zu geben versucht, und er hat es verstanden und selbst angewandt. Danach konnten wir miteinander sprechen, als wären wir … im gleichen … Gang.«

Ötzli zog die Brauen in die Höhe. »Im gleichen Gang?«

Polmar, ein dunkelblonder Mann mit einem dünnen Ziegenbart und fahrigem Auftreten, nickte eifrig. »Ja, Meister. Es ist ein wenig so, als stünde man an den entgegengesetzten Enden eines langen Tunnels. Aber es funktioniert tatsächlich!«

Ötzli brummte. »Und warum bist du nun so aufgeregt wie ein Huhn, das mit dem Schlachterbeil verfolgt wird?«

Polmars Kinnlade sank herab. Fast schon panisch sah er sich um, so als suchte er eine Fluchtmöglichkeit. Seine Novizin, ein pummeliges, aber nicht hässliches

Mädchen mit jener Art von braunen Augen, die einem auf der Stelle grenzenloses Vertrauen suggerierten, sah kaum ruhiger aus.

»Wir wurden zurück nach Soraka befohlen, Meister«, sagte sie leise und blickte zu Boden.

Ötzli stutzte. »Was? *Das* ist die erste Nachricht? Ihr stellt eine Verbindung über … siebzehntausend Lichtjahre her, und *das* ist es, was ihr als Erstes hört?«

»Nein, nein, nicht als Erstes, Meister«, versuchte Polmar ihn zu beruhigen. »Dheros übersandte Grüße und wollte wissen, wie es uns gehe.«

»Grüße von Dheros? Nachdem wir wochenlang geschwitzt und nun ein wahres Wunder vollbracht haben? Ein Wunder, das dieses ganze verdammte Sternenreich auf den Kopf stellen wird?«

Polmar wich zurück und hob abwehrend die Hände. »Nein, nein, Meister. Es waren keine Grüße von Dheros direkt. Die Grüße stammten von … *der Stimme.*«

Ötzli stieß einen Fluch aus. Nun verstand er. Polmar zitterte deswegen so, weil er gezwungen worden war, einen Bericht abzugeben, ohne zuvor mit ihm Rücksprache halten zu können. Einen Bericht an dieses rätselhafte Wesen, mit dem er bereits gesprochen, das er aber noch nie gesehen hatte: *die Stimme des Pusmoh.*

»Was hast du ihm gesagt?«

»Nichts, Meister … ich meine … er verlangte zu wissen, ob wir … Leandra haben. Ich konnte nichts tun, ich musste etwas sagen.«

»Und dann hat er dich zurückbeordert?«

»Ja, Meister. Dheros übermittelte den Befehl der *Stimme*, dass die L-2367 nach Soraka zurückkehren soll – sofort.«

Ein kleiner Seitenblick zu Liza Zhan sagte Ötzli, dass er die Wahrheit sprach. Er hatte das Mädchen angewiesen, Polmar zu beobachten.

Wut stieg in Ötzli auf. Er spürte die Gegenwart des

Amuletts von Polmar, und seine Nähe hätte ausgereicht, hier eine verheerende Magie zu wirken. Aber gegen wen? Polmar war nur ein ängstlicher Kerl, der nicht gewagt hatte, gegen die *Stimme des Pusmoh* zu handeln. Schließlich war er nicht zum spitzfindigen Taktiker ausgebildet worden, sondern nur, um Nachrichten zu übermitteln. Und das hatte er gut gemacht.

Das also war der Dank des Pusmoh.

Schon daheim war ihm stets der Dank für seine Taten vorenthalten worden, und nun schien es auf die gleiche Weise weiterzugehen. War das sein Schicksal? Immer nur der Resteaufsammler zu sein, während andere sich mit den Früchten seiner Arbeit schmückten?

Als er zurück auf der Brücke war, befahl er Liin-Goor, die L-2367 mit Höchstgeschwindigkeit zurück nach Soraka zu steuern. Er hatte vor, diesem verdammten Pusmoh sein Geheimnis zu entreißen. Denn nun besaß er den Schlüssel zu einem anderen Geheimnis, ohne das der Pusmoh nicht mehr auskommen konnte: das lang gesuchte Geheimnis der Nachrichtenübermittlung ohne Zeitverlust.

*

Leandra träumte.

Sie träumte lauter verrückte Sachen, von fremden Raumschiffen, Städten, Sonnen, riesigen Häusern, in denen Tausende von Leuten lebten, und von all den Dingen, die sie jeden Tag vollbrachten. Sie sah kleine Kinder, die mit bunten Gegenständen spielten, Frauen, die mit Töpfen hantierten, und Männer, die mit irgendwelchen Geräten fremdartige Arbeiten verrichteten. Dazugehörige Wörter purzelten in ihrem Hirn herum. Alles ging rasend schnell.

Sie sah phantastische, fremde Welten, keine einzige davon mit Stützpfeilern oder Sonnenfenstern. Viele davon mit riesigen Ozeanen oder dschungelartigen Wäldern überdeckt. Menschen gab es überall, und sie wusste nun, dass die großen grünen Leute Ajhan hießen. Sie lebten irgendwo auf einer entfernten Welt in großen Sippen, wie die Drachen in der Höhlenwelt. Es gab welche, die nur männlich, und andere, die nur weiblich waren. Und dann waren da noch welche, die sich ändern konnten, man erkannte es an ihren Namen. Die Ajhan gefielen Leandra. Sie schienen friedlich und besonnen zu sein, nur die mit den zwei Geschlechtern, die sich noch nicht für etwas entschieden hatten, waren ungestüm und wild.

Ihre Reise ging weiter durchs All. Sie kam in Gegenden, wo Raumschiffe mit gigantischen Schirmen Staub aufsammelten, wo auf großen, schwebenden Felskugeln Bergbau betrieben wurde, oder winzigkleine Schiffe wie das ihre Würfel aus Zucker oder Mehl mit rasender Eile von einer Welt zur anderen schafften. Was sie immer mehr verblüffte und zugleich begeisterte, war die schiere Größe dieses Reiches, das sie in ihrem Traum bereiste. Es schien Hunderte von Welten zu geben, auf denen zahllose Menschen und Ajhan lebten, und zwischen allen flitzten Raumschiffe hin und her. Wenn sie ein hohes Tempo erreicht hatten, verschwanden sie einfach und tauchten anderswo wieder auf. Die meisten verschwanden durch so etwas wie Tore, die im All aus mehreren riesigen Felsbrocken gebildet wurden, welche im Kreis angeordnet waren. Nur wenige der Schiffe vermochten *irgendwo* zu verschwinden und wieder aufzutauchen, wie sie es wollten.

Dann sah sie Bilder des Alls, die mit Strichen und Kreisen und Zeichen versehen waren, und sie erkannte die Zeichen sogar. Sie erhielt einen Einblick in die Größe des Alls, und die empfand sie geradezu als erschreckend. So riesig das Sternenreich auch sein mochte, von dem sie träumte, es schien weniger als ein Wassertropfen im Mogellsee zu sein – im Vergleich zum ganzen Kosmos.

Und dann kamen die Drakken.

Es war der hässliche Teil des Traums, denn sie begriff, dass dieses ganze Reich längst nicht so schön und frei war, wie es anfangs den Anschein gehabt hatte. Nein, es verhielt sich umgekehrt. Es gab zahllose Drakken, überall waren sie, flogen mit ihren hässlichen grauen Raumschiffen umher und kontrollierten alles und jeden. Auf jeder der Welten gab es Drakkengarnisonen, so wie damals in Angadoor, als die Soldaten gekommen waren, weil der Hierokratische Rat das Kriegsrecht über Akrania verhängt hatte. Die Drakken überwachten jede Welt, jede Reiseverbindung im All, und sie erhielten sogar Geld dafür. Das bekam Leandra immer wieder mit – und sie bekam auch mit, dass niemand dieses Geld freiwillig zahlte.

Die Drakken stammten aus einem besonderen Raumsektor *(woher kannte sie dieses Wort?)*, der *Tryaden* genannt wurde, und dann gab es noch einen, der *Innere Zone* hieß, und dort waren sie auch. Niemand ging gern dorthin, ja, es handelte sich sogar um Sperrgebiete. Das Bunte, Aufregende, Vielfältige und Inspirierende dieses gewaltigen Reiches erlitt einen bedrückenden, grauen Anstrich, als klar wurde, wie weit die Drakken in die Tiefe all dessen eingedrungen waren, in wie vielen Ritzen, Nischen und verborgenen Ecken sie saßen und alles beobachteten. Viele Leute, Menschen wie Ajhan, waren deswegen in Not geraten. Und so blühte in anderen Ritzen, Nischen und Ecken wiederum das Böse. Verrat, Raub, Mord, Diebstahl, Terror und Boshaftigkeit hockten dort wie üble Geschwüre und wucherten. Leandra erkannte, dass Ungerechtigkeit, Korruptheit und Willkür, wenn sie durch die Obrigkeit angewandt wurde, der beste Nährboden für den Niedergang der einfachen Leute war – dafür, dass sie selbst so verderbt wurden wie ihre Beherrscher. Gern hätte sie das Alina gesagt, als Hinweis und Warnung für ihr Amt, aber bei Alina war zum Glück so etwas nicht zu befürchten. Jedenfalls nicht, solange es ihr gelang, den Hierokratischen Rat zu beherrschen und die Zügel in der Hand zu behalten. Alina war ein guter Mensch, und Leandra überkam ein warmes Gefühl der Zuneigung, als sie an sie dachte. Victor würde jetzt wohl bei ihr sein, aber sie spürte keine Eifersucht, nur ein bisschen Sehnsucht.

Ihr Traum, durch ihre eigenen Gedanken und Wünsche für kurze Zeit unterbrochen, ging weiter, und er währte noch lange. Sie spürte, wie sie müde wurde von all den Dingen, die ihr durch den Kopf gingen, und wie ihr Geist gleichzeitig immer unruhiger und durchgedrehter wurde. Irgendwann verflachte alles zu einem grauen Brei und sie erwachte.

Nun erinnerte sie sich. Sie lag auf einer bequemen, flachen Liege in einem weiten Raum, in dem alles weiß war und es viele fremdartige Geräte gab. Das Licht war stark gedämpft, und sie trug etwas Seltsames auf dem Kopf – eine Art Kappe, an der viele Schnüre befestigt waren. Vasquez saß neben ihr auf einem Stuhl und schlief. Ihr Gesicht war friedlich und entspannt, und so friedlich schlafend war sie sehr hübsch, obwohl sie für Leandras Geschmack viel zu groß war.

Aber auch Rowling und die anderen waren so groß; es schien sich um eine Art von Menschen zu handeln, die ein Stück höher gewachsen waren als die Leute der Höhlenwelt. Allerdings waren sie auch nicht viel breiter. Roscoe war ungefähr so groß wie ihr alter Freund und Kampfgefährte Jacko, dabei aber längst nicht so muskulös.

Leandra hob den rechten Arm und stupste Vasquez mit den Fingerspitzen an.

Die große Frau erwachte mit einem leichten Schreck, sah sie dann freundlich an und fragte: »Ah, du bist wohl durch mit deinem Kurs, was?«

Leandra schnappte erschrocken nach Luft.

Sie konnte Vasquez verstehen!

Vasquez drückte sie sanft zurück auf die Liege. »Denk dir nichts, Leandra. Du wirst bald alles verstehen. Aber für den Moment musst du erst einmal schlafen. *Richtig* schlafen, verstehst du?« Sie machte eine kleine Kreisbewegung mit dem Zeigefinger an der Schläfe. »Sonst drehst du durch von all dem Zeug!«

Vasquez wandte sich zur Seite und drückte auf einen Knopf an einem der Geräte.

Der leichte Druck auf Leandras Kopf wurde schwächer, und Vasquez nahm das seltsame Gerät von ihrem Schädel. Zugleich strömte ein betäubendes Gefühl durch Leandras Körper, ihr Arm pulste leicht, und als sie zu ihrer linken Ellbogenbeuge blickte, sah sie dort einen dünnen, durchsichtigen Schlauch. Eine metallene Nadel steckte in ihrer Haut.

Bevor sie jedoch der Schreck darüber richtig erreichte, fielen ihr schon die Augen zu, und sie trieb zurück ins Reich der Träume. Diesmal jedoch sah sie nur einen kleinen Wasserfall, der in einen Teich gluckerte.

27 ◆ Soraka

Als sie wieder aufwachte, war sie gewappnet.

Es war bei weitem nicht das erste Mal, dass sie aus einer Bewusstlosigkeit oder einem Traum erwachte und sich unter ganz neuen Umständen wieder fand. Die letzten anderthalb Jahre in der Höhlenwelt, in denen sie ständig im Mittelpunkt neuer, gefährlicher Ereignisse gestanden hatte, waren nicht ohne Spuren an ihr vorübergegangen. Nicht nur als Magierin, sondern auch als Frau, Kämpferin und Mensch war sie gereift und mit vielen Wassern gewaschen. Leandra fühlte sich gut und stark und hatte dabei dennoch nicht das Gefühl, den Boden unter den Füßen verloren zu haben.

Dass sie sich nun wieder an einem anderen Ort befand, brachte sie nicht sonderlich durcheinander. Sie musste eine Weile geschlafen haben, und man hatte sie wohl verlegt.

Der Raum war kleiner, und sie lag nicht mehr auf einer Liege, sondern auf einem normalen Bett. Noch bevor sie entdeckte, dass die Wände aus Stein waren, war ihr bereits aufgefallen, dass das Vibrieren und all die leisen Geräusche fehlten, die an Bord der *Tigermoth* geherrscht hatten.

Tigermoth?

Ja – das war das Raumschiff gewesen, auf dem sie mit Roscoe und Vasquez ...

Leandra richtete sich auf.

Dass sie nun plötzlich fremde Wörter in ihrem Kopf

hatte und sie in Gedanken sogar richtig buchstabie-
ren konnte – Vasquez und nicht *Waskes* –, nahm sie
mit der Abgeklärtheit einer erfahrenen Magierin hin,
die schon so manches erfahren hatte, was einem gewöhnlich Angst einjagte. Sie hatte sogar schon so
manches selbst *gewirkt,* was einem gewöhnlich Angst
einjagte.

Diese Liege mit dem seltsamen Apparat und diesem Gerät auf dem Kopf … Man hatte ihr offenbar im
Schlaf die fremde Sprache beigebracht. Eine beeindruckende Erfindung. Damit sparte man unerhört viel
Zeit und Mühe. Hinzu kam noch, dass sie nun eine
Unmenge von Bildern im Kopf hatte, Bilder, die aus
ihrer neuen Umgebung stammten. Allerdings verstand
sie nicht ein Zehntel davon. Aber das machte nichts –
sie hatte Spaß am Lernen und war geradezu begierig
darauf, jeden auszufragen, der ihr ab jetzt über den
Weg lief.

Auf der Bettkante sitzend, ließ sie die Füße bau-
meln – das Bett war so hoch, dass ihre Fußspitzen nicht
einmal den Boden erreichten. Sie war nackt, irgendwer, wahrscheinlich Vasquez, hatte sie entkleidet. Sie
seufzte; nun hatte jemand ihre Drachentätowierung gesehen und würde sich Gedanken machen … *Nein,* unterbrach sie sich in Gedanken, *Vasquez und Roscoe müssen mich ja schon früher so gesehen haben.*

Mit Bedauern dachte sie an ihre Kleider und besonders das Kettenhemd, dieses leichte magische Ding,
das ihr Hilda einst geschenkt hatte. Leider war es
auf der *Moose* zurückgeblieben, mitsamt dem Schwert.
Und die *Moose* existierte nicht mehr.

Die *Moose?*

Ja, das war Roscoes Schiff gewesen, das Schiff, das
plötzlich explodiert war. Aber woher kannte sie den
Namen *Moose?* Eigentlich konnte dieser *Kurs,* wie Vasquez ihn genannt hatte, unmöglich den Namen von

Roscoes Schiff enthalten haben ... oder doch? *Egal,* dachte sie und ließ sich von der Bettkante rutschen.

Auf einem ungewöhnlich geformten Stuhl lagen ihre Kleider. An dem frischen Geruch erkannte sie, dass sie gereinigt worden waren, auch die Unterwäsche. Sie war nun ein ganz neuer Mensch, hatte neue Kleider und sogar eine neue Sprache. Nur eines war zum Glück noch wie früher, nämlich ihre Drachentätowierung und ihr ...

Mit einem leichtem Schreck fuhr ihre Hand hinauf zum Hals – und sie atmete auf. Das Wolodit-Amulett war noch da. Ohne das Amulett hätte sie keinen Schutz mehr gehabt. In einer fremden Umgebung wie dieser wäre das ein furchtbarer Verlust.

Als sie in ihre Unterwäsche schlüpfte, dachte sie über die Magie nach. Sie hatte damit schon weitaus mehr herumgeprotzt, als sie sich vorgenommen hatte. Die Magie hätte ihr Geheimnis bleiben sollen – bis sie ihre Künste einmal dringend brauchte. Nun gut, damals, als sie den schweren Roscoe auf die Brücke hatte zerren müssen, oder die Situation in dem kleinen Schiff, als ihnen die Luft ausgegangen war – das waren sicher Notfälle gewesen. Und auch, als Vasquez' Beine eingeklemmt gewesen waren. Aber die Rauferei auf der Brücke der *Tigermoth* ...? Da hätte sie vielleicht lieber doch nicht eingreifen sollen. Wenn jeder wusste, was sie konnte, und auch, dass sie nicht lange zögern würde, davon Gebrauch zu machen, würde ihr in entscheidenden Momenten der Überraschungseffekt fehlen.

Darüber hinaus war es nicht mehr so leicht wie früher – mit der Magie.

In der Höhlenwelt, wo das Wolodit und das Trivocum allgegenwärtig waren, hatte ein Magier keine sonderliche Mühe, ein Aurikel zu setzen, und ein magisches Ereignis wie die Entwicklung von Hitze, Druck oder eine Illusion herbeizuführen. Hier *draußen* allerdings war das etwas anderes. In ihrem Amulett steckte ein ganzer Berg an Wolodit, aber dieser *Berg* wirkte anders als eine *Umgebung* aus Wolodit. Sie musste sich viel stärker konzentrieren als früher, musste ihre Aurikel förmlich ins Trivocum pressen, und sie schlossen sich auch nicht mehr so leicht wie einst. Sie hatte das Gefühl, dass es sie inzwischen das Doppelte an mentaler Kraft kostete, eine Magie zu wirken. Ab jetzt war Zurückhaltung geboten.

Sobald sie angezogen war, verließ sie den kleinen Raum.

Die Tür führte auf einen spärlich erleuchteten Gang hinaus. Wie lange sie geschlafen hatte, wusste sie nicht, bestimmt aber waren es viele Stunden gewesen. Inzwischen mussten sie auf irgendeiner Welt gelandet sein, wo man sie in ein unterirdisches Quartier gebracht hatte. Die Steinwände, die es auch hier draußen im Gang gab, und das fehlende Vibrieren, das für ein Raumschiff typisch war, deuteten darauf hin.

Sie marschierte nach rechts, wo der Korridor etwas heller erleuchtet war. Dort fand sie auch mehrere Türen, die jedoch allesamt verschlossen waren. Nach kurzer Zeit erreichte sie einen Vertikalport. So etwas kannte sie bereits vom Mutterschiff der Drakken und von Roscoes Schiff. Dabei erinnerte sie sich an die nette Stimme der Frau, die sie gern einmal gesehen hätte. Als sie daran dachte, dass diese Frau die Flucht von der *Moose* offenbar nicht mehr geschafft hatte, überkam sie ein Gefühl dumpfer Trauer. Sie musste Roscoe unbedingt nach ihr fragen. Hoffentlich war sie nicht wirklich umgekommen.

Mutig sprang Leandra in die schwach leuchtende, leere Röhre des Ports – und blieb mitten in der Luft hängen. *Du musst eine Richtung angeben!*, hörte sie die Stimme in ihrem Kopf.

Ja, natürlich. Auf der *Moose* hatte die Frau mit der netten Stimme immer für alles gesorgt, hier aber gab es so etwas offenbar nicht. In der Luft schwebend, sah sie sich um, konnte aber nichts entdecken, womit sie diesem Vertikalport hätte mitteilen wollen, wohin sie wollte. Die leuchtende Röhre erstreckte sich über und unter ihr in schwindelnde Fernen, und ihr wurde etwas mulmig im Magen.

»Ich will hinauf!«, rief sie laut in die Röhre.

Augenblicke später schon geriet sie in Bewegung, sehr rasch sogar, und hielt kurz darauf wieder an. Vor ihr befand sich eine Ausstiegsöffnung, aber da erstreckte sich nur ein ähnlich dunkler und langweiliger Korridor wie zuvor.

»Höher!«, rief sie, aber nichts passierte.

Sie vermutete, dass die Wörter *hinauf* oder *hinunter* diejenigen waren, auf die der Vertikalport wartete. Wieder rief sie *hinauf* – und behielt Recht. Der Vertikalport schoss sie jedes Mal ein Stück höher – aber selbst als sie ganz oben war, sah sie nichts als leere, schwach erleuchtete Gänge. Und dass der Port nach oben hin *endete*, beunruhigte sie. Sie befand sich eindeutig in einem unterirdischen Reich – wie konnte es sein, dass es nach oben keinen Ausgang gab? War sie am Ende *doch* eine Gefangene und befand sich in einem Kerker?

Sie rief *Hinunter!* und wurde wieder in die Tiefe befördert. Nach einer Weile passierte sie den Korridor, aus dem sie gekommen war, und nur eine Ebene tiefer stieß sie schon auf eine kleine Halle, in der sich Menschen und Ajhan aufhielten.

Ajhan.

Ja, diese grünen Leute … Selbst Jacko würde neben einem von ihnen nicht gerade wie ein Muskelprotz wirken. Inzwischen wusste sie einiges über die Ajhan, und trotzdem warf sie heimliche Blicke auf sie. Sie besaßen eine eigentümlich kantige Erscheinung, ihre

Schultern, Arme, Beine und sogar das Gesicht wirkten, als wären ihre Muskelstränge ein wenig viereckig. Hoffentlich traf sie den großen Ajhan bald wieder – zu ihm hatte sie sich hingezogen gefühlt. Jetzt wusste sie auch seinen richtigen Namen: Ain:Ain'Qua. Eine ulkige Schreibweise.

Sie sprang aus dem Vertikalport, und mehrere Gesichter wandten sich ihr zu.

Die meisten der Leute waren Männer in derber Kleidung, manche trugen Gegenstände, andere schienen nur unterwegs von hier nach dort zu sein. Die meisten sahen wieder weg, aber dann kam jemand auf sie zu – eine Ajhana. Sie war kleiner als ihre männlichen Artgenossen, sehr schlank und sehr weiblich gerundet, etwa so groß wie ein menschlicher Mann. Einer der menschlichen Männer *von hier*, wohlgemerkt. Die Ajhana war einen guten Kopf größer als Leandra. In der Höhlenwelt war Leandra eine eher groß gewachsene junge Frau, die den meisten Männern wenigstens bis zu den Augen reichte. Hier aber, unter diesen Riesen, wirkte sie so klein wie die zierliche Roya neben ihrem groß und kräftig gebauten Freund Marko. So ähnlich musste sie, Leandra, neben dieser Ajhana aussehen.

Die Ajhana blieb vor ihr stehen und sah sie mit einem kecken Lächeln an. Sie besaß wirklich eine ungewöhnlich weibliche Ausstrahlung, ihr Gang war leichtfüßig und grazil, ihre Rundungen waren ausgeprägt und ihr Körper doch muskulös. Sie trug einen sehr eng anliegenden, aber dennoch molligen Anzug aus einem dicken, hellblauen Material, der die Arme und den Hals frei ließ und knapp unterhalb der Knie endete. Überall auf ihrer Kleidung waren rotgoldene Muster und Kringel eingestickt, sie wirkte edel und teuer. Ihre schlanken Füße steckten in ulkigen Sandalen, die an die Körper von Rieseninsekten erinnerten.

»Hallo, Leandra«, sagte sie lächelnd.

»Äh ... hallo«, erwiderte sie.

»Hast du dich gut erholt? Ich bin Via:Lan'Chi. Wenn du so weit bist, könnte ich dich zu Rascal bringen. Er wartet schon auf dich.«

Leandra fühlte einen leichten Schwindel. Das Auftreten der Ajhana war derart freundlich und von solcher Wärme, ohne dabei aufdringlich zu sein, dass sie erst einmal schlucken musste. Menschen waren nicht so. Es schien fast, als besäßen weibliche Ajhan noch einmal doppelt so viel von dem, was ihre männlichen Artgenossen so anziehend machte.

»Rascal?«, fragte sie befangen. »Wer ... wer ist das?«

Sie lächelte wieder. »Rascal Rowling. Der Mann, der dich hierher geholt hat. Gib Acht – er ist ein Frauenheld. Er hat hier auf *Potato* schon so ziemlich alle Frauen herumgekriegt – einschließlich mir.«

Leandra keuchte leise. »Einschließlich ... Ihnen?«

Via:Lan'Chi, die sich bereits halb umgedreht und in Bewegung gesetzt hatte, blieb wieder stehen. Erstaunt musterte sie Leandra, dann aber nickte sie verstehend. »Stimmt ja – du bist von einer Barbarenwelt.« Sie räusperte sich entschuldigend. »Verzeih den Ausdruck. Und sag bitte nicht *Sie* zu mir, einverstanden? Wir sind hier alle ... mehr oder weniger ... befreundet.«

Leandra lächelte verlegen. »Ja, gut.«

»Du sieht uns Ajhan wohl zum ersten Mal, was?«

»Nicht ganz. Aber dass ihr und wir miteinander ...« Sie machte eine kleine Geste mit den Fingern. »Also, das wusste ich nicht.«

Via:Lan'Chi zuckte mit den Achseln und setzte sich schlendernd wieder in Bewegung. Leandra folgte ihr. »Es kommt nicht allzu oft vor, weißt du? Ajhan und Menschen mögen sich, meistens jedenfalls, aber es gibt dennoch eine Hemmschwelle. Wegen der Haut, meine ich. Ihr seid rosa, wir sind grün. Das ist für die meisten unüberwindlich.« Ihr Lächeln wurde noch ein wenig breiter. »Wenn man es allerdings überwindet … nun, dann wird es wirklich interessant.«

Leandra musterte die Ajhana von oben bis unten, versuchte sich dabei vorzustellen, wie es für einen Menschen wäre, ein solches Wesen zu lieben. Ein leises Herzklopfen beschlich sie, als sie daran dachte, wie es für sie selbst wäre – es war eine Weile her, aber sie hatte bereits eine Erfahrung mit einer anderen Frau gemacht, mit Hellami. Via:Lan'Chi *hatte* etwas Besonderes an sich, eine fremdartige, aber aufregend sinnliche Weiblichkeit. Dennoch bezweifelte Leandra, dass sie es über sich bringen könnte, sie zu berühren. Vielleicht waren die Anziehungskräfte zwischen Männern und Frauen stark genug, um diese Schwelle zu überbrücken – jedenfalls manchmal.

Via:Lan'Chi lächelte Leandra an, als wüsste sie, was sie dachte.

Leandra schluckte verlegen und wechselte eilig das Thema. »*Potato?* Ist das … diese Welt hier?«

»Diese *Welt*?« Via:Lan'Chi lachte leise auf. Sie bogen in einen breiten Gang ein, der nach links führte. Am anderen Ende des Ganges, weit entfernt, befand sich ein großes metallenes Tor. »Nun ja, du kannst es eine Welt nennen, wenn du willst. In Wirklichkeit ist es nur ein Stein im All, ein Asteroid. *Potato* – unsere Raumkartoffel.« Sie zeichnete mit beiden Händen eine Form in die Luft. »Sieht tatsächlich aus wie eine Kartoffel. Sechs Meilen Durchmesser und ausgehöhlt wie ein Termitenbau. Vor langer Zeit war dies mal eine Bergbauanlage.«

Leandra nickte. »Ja. So etwas habe ich schon gesehen. Und was macht ihr hier? Keinen Bergbau mehr?«

Wieder blieb Via:Lan'Chi stehen. Sie blickte auf Leandra herab und tippte sich gegen die Schläfe. »Das … wurde dir nicht beigebracht? Von deinem Suggestor?«

»Suggestor?«

»Ja, das Gerät, das dich unsere Sprache gelehrt hat.«
Leandra schüttelte den Kopf.

Via:Lan'Chi stemmte beide Arme in die Seiten. Leandra wunderte sich, dass die Verhaltensweisen und die Gestik dieser fremden Wesen so menschlich waren.

»Wir sind *Brats!*«, sagte Via:Lan'Chi.

Brats.

Dieses Wort kannte sie aus ihrem Traum. Sie merkte, wie langsam Informationen aus ihrer Erinnerung in ihr Denken einsickerten: Brats waren so etwas wie Banditen oder Räuber, nur mit Raumschiffen. Sie lauerten irgendwo im All entlang der großen Handelsrouten, die von Schiffen wie der *Moose* befahren wurden, und überfielen sie. Dazu setzten sie spezielle Geräte ein, welche die Antriebe der Frachtschiffe lahm legten, woraufhin sie diese um ihre Ladung erleichterten. Danach durften die Frachter meist wieder weiterfliegen. Die Brats genossen, wie Leandras Informationen verrieten, unter der Bevölkerung dennoch ein gewisses Wohlwollen, wenn man einmal von den Kapitänen der Frachtschiffe selbst absah. Das lag daran, dass sie in Wahrheit nicht die Leute schädigten, sondern den Pusmoh, der für die Sicherheit auf den Handelsrouten zuständig war und die ausgeraubten Kapitäne entschädigen musste.

Der *Pusmoh.* Was war das nun wieder?

»Ihr seid also Diebe«, stellte Leandra fest.

Via:Lan'Chi zuckte leicht zusammen, dann grinste sie breit. »Ja, Süße, du hast Recht.«

Leandra deutete in das Gesicht der Ajhana. »Wie kommt es, dass du grinst? Und lachst? Das sind doch ... Gesten von uns Menschen. Müsstet ihr nicht ... ganz anders sein?«

Nun lachte Via:Lan'Chi hell auf, legte den Arm um Leandras Schulter und zog sie mit sich. »Weißt du was, du kleines Biest? Ich mag dich. Du bist frech, gerade heraus und offenbar ziemlich klug. Dir fallen Dinge auf, die mir gar nicht in den Sinn kämen.«

Leandra mochte die Ajhana ebenfalls. »Und?«, lächelte sie. »Warum seid ihr nun so?«

Via:Lan'Chi zuckte mit den Schultern. »Keine Ahnung. Die Menschen und die Ajhan kennen sich schon seit Jahrtausenden. Aber du hast Recht: Jetzt, wo du es sagst, fällt es mir auch auf. Zu Hause sind wir nicht so. Ich meine, dort, wo wir herkommen – in Ursa Quad.«

Leandra blickte zu der großen Frau auf. »So?«

Via:Lan'Chi schüttelte den Kopf und lächelte dann über sich selbst, als sie sich bei dieser menschlichen Geste ertappte. »Nein. Ich denke, das ist etwas, das wir von euch übernommen haben. Jedenfalls die Ajhan, die hier bei den Menschen leben. Wie auch die Sprache.«

»Du sprichst wie ein Mensch, völlig klar und ohne Färbung.«

»Ich bin hier geboren, mein Schatz. Wie die meisten Ajhan, die du in diesem Teil der Milchstraße treffen wirst. Wir sprechen die Sprache der Menschen, bewegen uns wie sie, lachen wie sie. Ich war erst einmal in Ursa Quad und kam mir dort ganz verloren vor. Es ist viele Jahre her.«

»Du kamst mit deinem eigenen Volk nicht zurecht?«

Sie schlenderten langsam den Gang hinab. Via:Lan'Chi hielt noch immer den Arm um Leandras Schultern. »Es ist nicht so, dass ich mich verstoßen gefühlt hätte«, erklärte sie. Ihre Stimme verriet leichte Melancholie. »Aber ich war dort fremd. Es stimmt – wir Ajhan kennen von Natur aus nicht allzu viele Gesten, so wie ihr Menschen. Wir sind ruhiger, leben weniger gefühlsbetont – wir werden sogar älter.« Sie spitzte die vollen Lippen, die eine leicht bläuliche Färbung besaßen. Die Lippen der Männer ihres Volkes waren sehr schmal, kaum vorhanden. »Jetzt, wo du mich darauf aufmerksam machst …«, sagte sie nachdenklich, »fällt mir auf, dass auch viele Menschen in Ursa Quad leben – Menschen, die dort geboren wurden. Sie sind ebenfalls anders. Sie sind ein bisschen wie wir geworden.« Via:Lan'Chi blieb stehen und sah Leandra an. »Du bist ein ungewöhnliches Mädchen«, stellte sie fest. »Kaum habe ich dich getroffen, bringst du mich zum Nachdenken. Es scheint zu stimmen, was man über dich sagt.«

»So? Was sagt man denn?«

Via:Lan'Chi setzte ein unglückliches Gesicht auf. »Nichts Gutes, fürchte ich. Jedenfalls nichts, was dir nützt. Es heißt, du seist etwas Besonderes. So besonders, dass der Pusmoh dich am liebsten tot sehen will.«

Ein heißer Schauer durchströmte Leandra; sie glaubte, ihn auf den Wangen spüren zu können. Zum einen war es ein bisschen Stolz über ihre angeblich so große Ausstrahlungskraft, zum anderen aber verspürte sie Angst vor dem, was ihr andere anzutun gedachten, weil sie Neid, Eifersucht oder Furcht empfanden. War ihre Aura mehr ein Fluch denn ein Segen?

»Komm, Schätzchen«, sagte Via:Lan'Chi gutmütig. »Gehen wir endlich ins Vestibül, Rascal wartet schon auf dich.«

»Ins… *was?*«

*

»Hübsch, nicht wahr?«, rief Rowling und warf die Arme in die Luft, um mit einer großen Geste rundum zu deuten. Seine Stimme hallte von den fernen, bizarren Felswänden wider. »Ist nur irgendein altertümliches Wort, Vestibül – es bedeutet so etwas wie Eingangshalle.« Er stieß ein Lachen aus. »Die Eingangshalle ins Reich des Bösen, der Verdammnis und der Gesetzlosigkeit!«

Leandra blickte fasziniert in die Höhe und drehte sich einmal langsam im Kreis.

Sie stand in einer Halle, die bestimmt so groß war wie der Wappensaal im Palast von Savalgor. Hier jedoch gab es keine mit tausend Talglichtern bestückten Leuchter unter der Decke und auch keine Fahnen, Gardisten oder Festtagsschmuck – dafür aber seltsame Säulen aus grünlich funkelndem Erzgestein, die im Licht vieler bunter Scheinwerfer auf mystische und faszinierende Weise glitzerten.

»Das ist Malachit«, erklärte Rowling mit lauter Stimme und deutete auf die länglichen Gebilde, die sich aus der Felsendecke schoben und andernorts wieder darin verschwanden. »Hier wurde einmal Kupfer gewonnen, Leandra. Kennst du Kupfer?«

Sie nickte und drehte sich noch einmal. Der Boden der Halle bestand aus einem Metallgittergeflecht, auf dem überall Kästen aus gelbem Material, Metallteile, Rollen aus Drahtseilen und irgendwelche Maschinenteile herumlagen, zumeist von schmutzigen Planen überdeckt. Eine dicke, schmierige Staubschicht breitete sich über alles, außer an den Plätzen, wo sich offenbar öfter Personen aufhielten. Der Dreck war atemberaubend, und es war ihr ein Rätsel, warum Rowling dennoch Wert auf die aufwändigen Lichteffekte legte. Rundum, innerhalb des unregelmäßig geformten, aber annährend kreisrunden Hohlraums, leuchteten die bunten Lampen auf raffinierte Weise die Felswände aus. Sie deutete auf den Metallboden. »Wenn ihr einmal ordentlich sauber machen würdet, könntet ihr hier ein richtig schönes Fest feiern.«

Rowling lachte vergnügt. »Die ersten verständlichen Worte aus deinem Munde!« Mit erhobenen Armen wandte er sich an die übrigen Anwesenden. »Und was teilt uns unser kleiner Schatz mit? Dass wir *sauber machen* sollen!« Wieder lachte er. »Nun weiß ich, warum die Drakken dich jagen!«

Ausgelassenes Gelächter erhob sich unter den Anwesenden – etwa 25 Leute, wie Leandra schätzte. Auch Roscoe, Vasquez und Ain:Ain'Qua waren da, dazu noch sein Freund, der kleine dicke Mann, und Alvarez, der Kapitän der *Tigermoth.*

Leandra war nicht ärgerlich, baute sich aber dennoch fordernd vor Rowling auf. »Was willst du von mir, Rascal Rowling?«, verlangte sie zu wissen.

»Oho!«, erwiderte er mit vor der Brust verschränkten Armen. Er war nicht der Erste, der sie um mehr als Kopfeslänge überragte. »Wäre nicht erst einmal ein *Danke* für die Rettung angebracht? Schließlich haben wir dich und deine Freunde unter erheblichem Risiko vor den Ordensrittern gerettet. Wir haben sogar einen von ihnen getötet und einen Halfant in Stücke geschossen, was sie uns ziemlich übel nehmen dürften. Vermutlich stehen wir nun auf der Liste ihrer Lieblingsfeinde gleich unterhalb von dir!«

Leandra sah sich nach Roscoe, Vasquez und Ain:Ain'Qua um, die zusammen etwas rechts von der Mitte der Halle standen, von zwei bulligen Männern flankiert. Auch der kleine rundliche Meisterkämpfer war bei ihnen. Sie hatten nicht gelacht, als Rowling sein Getöse angestimmt hatte, und das stärkte Leandra etwas den Rücken. Auch Rowling war ihr nicht wirklich unsympathisch, aber seine großtuerische Art störte sie.

Er hatte sich, bezeichnend genug, breitbeinig im genauen Zentrum seines *Vestibüls* aufgebaut. Hinter ihm befand sich ein Stufenpodest, auf dem ein massiver Eisenstuhl mit einer reich mit Metallteilen verbrämten Rückenlehne stand. Das sollte wohl so etwas wie ein Thron sein. *Wahrscheinlich wird er sich auch bald darauf niederlassen,* dachte sie. Die anderen Anwesenden waren runde zwei Dutzend Menschen und Ajhan, die sich, in ähnlich unbescheidener Art wie Rowling, hier und dort in der Halle herumlümmelten: stehend, hockend, liegend – alle offenbar darum bemüht, nach außen hin kundzutun, dass hier die üblichen Regeln der Gesellschaft keine Geltung hatten. Via:Lan'Chi hatte sich zu ihnen gesellt, saß nun zehn Schritte links von Leandra auf einer Kiste und beobachtete sie neugierig.

Leandra mahnte sich, im Verhalten dieser Leute nicht *zu viel* zu sehen, das gegen sie oder ihre Freunde gerichtet war. Es waren *Brats*, das wusste sie nun. Und dieses Sternenreich, wie immer es auch aussehen mochte, stand unter der Herrschaft der Drakken; so weit sie es beurteilen konnte, nicht freiwillig. Vielleicht hätte sie sich selbst wie diese Leute gebärdet, wäre sie eine von ihnen gewesen.

»Was oder wer ist dieser Pusmoh?«, verlangte sie zu wissen.

»Der Pusmoh?« Rowling ließ die Arme sinken und schlenderte über die Treppenstufen hinauf zu seinem Thron, wo er sich lässig fallen ließ und ein Bein schräg über eine Armlehne hängte. »Der Pusmoh ist der, der dich jagt, Leandra. Weißt du das etwa nicht?«

Leandra schüttelte den Kopf. »Ich verstehe nicht einmal, *warum* ich gejagt werde. Ich habe mich zufällig mit diesem Schiff im All verirrt. Wie kann da dieser Pusmoh wissen, dass ich hier bin?«

»Es scheint, als kennte er dich«, stellte Rowling fest.

»Mich kennen?« Leandra zog die Stirn kraus und überlegte. »Wer ist der Pusmoh? Der Oberste der Drakken?«

»So ähnlich. Genau weiß das niemand, denn noch nie hat ihn jemand gesehen.«

Leandra stutzte. »Noch nie?«

Rowling schüttelte den Kopf. »Vielleicht ist er der Oberste Drakken. Oder eine Art Ratsversammlung.

Vielleicht irgendein scheußliches Wesen mit Tentakeln aus den Tiefen des Alls.« Er machte eine kurze Pause. »Oder er ist ein kleines Mädchen ... so wie du.«

Vereinzelte Lacher waren zu hören. Sonderlich überzeugt hatten sie nicht geklungen, und Leandra kümmerte sich nicht darum.

»Der Pusmoh ist derjenige«, fuhr Rowling fort, »der die Richtung vorgibt, der die Macht in der *GalFed* in Händen hält, und der allen Leuten sagt, was sie zu tun und zu lassen haben.«

Leandra legte den Kopf schief. »Und von so etwas lasst ihr euch beherrschen?«, fragte sie herausfordernd.

»Mit einer Streitmacht wie den Drakken im Rücken ist das leicht«, erwiderte Rowling ungerührt. »Die Drakken haben Tausende von riesigen, schwer bewaffneten Schiffen. Sie widmen sich allein dem Kriegshandwerk, kontrollieren jedes Sonnensystem und jeden Raumsektor. Sie allein haben das Recht, Waffen zu führen, und sind die alleinige Militärmacht in der Galaktischen Föderation. Niemand besitzt auch nur annähernd die militärische Stärke, sich ihnen widersetzen zu können. Sie üben im Namen des Pusmoh die Macht aus und kontrollieren alles.«

»Bis auf uns!«, rief jemand aus dem Hintergrund.

»Richtig!«, rief Rowling zurück. »Bis auf uns!«

Lautstarkes Gejohle und Hochrufe brachen aus.

Als sich der Lärm gelegt hatte, wandte sich Rowling wieder an Leandra. »Warum jagen sie dich, Leandra? Was ist an dir so Besonderes?«

»Sag ihm nichts!«, hörte sie Roscoes Stimme. »Dieser Kerl will dich verkaufen! Er will wissen, wie viel er verlangen kann!«

Leandra blickte unsicher zwischen Roscoe und Rowling hin und her. »Verlangen?«, fragte sie verwirrt. »Von wem?«

»Vom Pusmoh natürlich!«, rief Roscoe voller Zorn und schoss giftige Blicke auf Rowling ab. »Oder von den Drakken! Er ist ein *Brat*, ein Gesetzloser!«

Leandra starrte Rowling erschrocken an und trat zwei Schritte zurück. »Du willst mich an die Drakken verkaufen?«

Rowling, der Roscoe ärgerlich gemustert hatte, hob lässig eine Hand. »Immer langsam! Das ist überhaupt nicht gesagt!«

»Natürlich!«, stieß Roscoe hervor. »Deine Geldgier ist weithin bekannt! Du verrätst ohne Gewissensbisse deine besten Freunde, wenn du damit nur ein paar Solis machen kannst!«

Nun schoss Rowling von seinem Thron in die Höhe. »Geht jetzt diese alte Geschichte schon wieder los!«, brüllte er voller Wut in Roscoes Richtung.

»Ja, allerdings!«, brüllte Roscoe zurück und löste sich aus seiner Gruppe. »Du hast mir die *Moose* mit einer manipulierten Antriebssteuerung verkauft! Damit deine miesen Kumpanen mich auf jeder dritten Frachttour aufhalten und ausräumen konnten!«

»Na und? Das gehört dazu – wir sind Brats! Raumpiraten! Schließlich warst du selbst mal einer! Hast du je einen Soli zahlen müssen? Das Sektor-Sicherheitsbüro musste dich jedes Mal auszahlen!«

Roscoe warf ärgerlich eine Hand in die Luft. »Ja, das musste es! Und ich habe mir jedes Mal wochenlang die Hacken wund laufen müssen, von einem Beamten zum anderen, bis ich an das Geld kam.«

Rowling winkte gelangweilt ab. »Dafür gibt's eine Zeitaufwandsentschädigung. Das weißt du so gut wie ich.«

Roscoe trat einen weiteren Schritt auf Rowling zu. »Ich habe Auftraggeber verloren! Und bei den Drakken stehe ich auf der schwarzen Liste! Glaubst du, denen fällt es nicht auf, wenn da einer immer und immer wieder überfallen wird? Wir waren einmal Freunde, du mieser ...«

»Hee!«, rief eine andere Stimme, und Leandras Kopf fuhr herum. Alvarez war mit erhobenen Händen vorgetreten. »Worüber streiten wir uns eigentlich? Ihr solltet diese alten Geschichten endlich begraben – sie fangen an, mir auf die Nerven zu gehen! Es geht hier doch um das Mädchen, oder? Und da habe ich auch noch ein Wörtchen mitzureden!« Er deutete auf Leandra, als wäre sie ein Stück Fracht.

Das stank ihr gewaltig.

»Niemand wird hier ein Wörtchen mitreden!«, schnitt die scharfe Stimme des kleinen, dicklichen Mannes durch die Halle. »Die Hohe Galaktische Kirche wird sich der jungen Dame annehmen, niemand sonst!«

Nun geht das schon wieder los, seufzte Leandra in Gedanken.

Alvarez lachte auf. »Die Kirche? Dass ich nicht lache! Glaubst du etwa, kleiner Bruder Giacomo, dass wir uns der Kirche beugen, wenn wir es schon vor dem Pusmoh nicht tun?«

Giacomo richtete sich zu voller Größe auf, was nicht allzu viel war. »Ihr werdet es in Gegenwart des Pontifex nicht wagen, euch zu widersetzen!«

»Hört auf!«, rief Leandra ärgerlich und hob die Hände. »Niemand entscheidet über mich! Nur ich selbst!«

Ihre Worte verhallten in der Weite des *Vestibüls,* und augenblicklich kehrte Stille ein. Alle starrten sie an, als könnte niemand glauben, dass sie selbst zu diesem Thema etwas beizutragen hatte.

Alvarez baute sich vor ihr auf. »Du kleines Früchtchen!«, spottete er. »Natürlich werden *wir* über dich entscheiden! Du befindest dich in unserer Gewalt, falls dir das entgangen ist. Und wir sind keine Sozialbehörde!«

Rowling kam die Stufen seines Podests hinunterspaziert. »Er hat Recht, mein Herz,« sagte er nonchalant. »Du, der Pontifex und sein Gehilfe … ihr werdet uns ein nettes Lösegeld einbringen. Und diese hübsche Miss Vasquez soll eine hohe Pusmoh-Beamtin sein, wie uns der Nachrichtenticker verrät. Vielleicht findet sich sogar jemand, der uns ein paar Solis für Roscoe gibt. Das ist unser Geschäft, verstehst du? Ihr habt uns Kosten verursacht. Für die Bergung.«

Leandra holte tief Luft. »Ihr wollt uns tatsächlich verkaufen? An die Drakken und diesen Pusmoh? Von denen ihr alle unterdrückt werdet?«

»Wir haben die Welt nicht gemacht, Süße. So ist der Lauf der Dinge.«

Leandra verschränkte die Arme vor der Brust. »Kommt nicht infrage!«

Rowling starrte sie erstaunt an, dann aber setzte er ein breites Grinsen auf. »Was gedenkst du dagegen zu tun?«

Leandra zögerte nicht lange. Sie trat ein paar Schritte zurück, stellte sich breitbeinig hin und stemmte trotzig die Fäuste in die Seiten. Ihr Lächeln war grimmig-herausfordernd, als sie antwortete: »Was ich dagegen zu *tun* gedenke?«

Das selbstsichere Grinsen wich aus den Gesichtern der beiden Brat-Anführer, als wäre es von einer riesigen Woge fortgespült worden. Leandra sah ihnen an, dass sie sich sehr rasch an das erinnert hatten, was auf der Brücke der *Tigermoth* geschehen war. Interessanterweise obsiegte bei Rowling die Neugier schon bald über die momentane Bestürzung. Rasch trat er einen seiner verlorenen Schritte auf Leandra zu.

»Was war das eigentlich?«, fragte er erregt. »Was hast du da mit uns gemacht, auf der *Tigermoth*? War das Magie?«

Leandra zog die Augenbrauen ein wenig in die Höhe, so als hörte sie dieses Wort zum ersten Mal.

Rowling drehte sich kurz um und deutete auf die kleine Gruppe, in der Roscoe, Vasquez, Ain:Ain'Qua und der kleine Giacomo beieinander standen. »Sie sagen, du könntest zaubern. Das ist doch Quatsch, oder?«

Leandra behielt ihre breitbeinige Haltung bei. »Nenn es, wie du willst, Rowling. Feststeht, dass ich dich damit hinauf zur Decke geschossen habe, ehe du mich auch nur erreicht hast!« Sie warf einen kurzen Blick in die Höhe.

Das hätte sie nicht tun sollen.

Rascal Rowling war ein kampfgewohnter Mann, der augenblicklich zu reagieren verstand. Als ihr Blick wieder herabsank, war er schon bei ihr, packte sie mit seiner weitaus überlegenen Muskelkraft, riss sie herum, hob sie von den Füßen und hatte sie Augenblicke später schon mit eisenhartem Griff an sich gepresst – ihren Rücken gegen seinen Bauch. Ihre Füße baumelten einen halben Meter über dem Boden.

»Na, Schätzchen? Wie ist es jetzt!«

Leandra rang um Luft. »Lass mich … los!«, krächzte sie.

Rowling lachte ausgelassen und blickte in die Höhe. »Die Decke ist immer noch so weit entfernt wie zuvor. Ich spüre nichts von deinen sagenhaften Zauberkräften!«

Leandra hätte sich ohrfeigen können. Es war eine Binsenweisheit, dass ein Magier möglichst ungestört in seiner Konzentration sein musste, um eine Magie wirken zu können – und jetzt, da sie kaum Luft bekam und zudem das Öffnen eines Aurikels mit diesem Wolodit-Amulett schwieriger war als sonst, bekam sie rein gar nichts zustande. Nichts außer einem hilflosen Keuchen.

Plötzlich war sie wieder frei und purzelte zu Boden.

Als sie sich herumgerollt hatte und ächzend wieder in die Höhe kam, thronte Rowling breitbeinig über ihr und blickte auf sie herab wie auf einen Wurm.

»Es … es ging nicht …«, stammelte sie.

»*Was* ging nicht?«, bellte er sie an wie ein wütender Vater, der sein ungehorsames Kind tadelt.

Leandra, noch immer kniend, blickte unsicher in die Runde und hatte das Gefühl, noch nie eine so peinliche Situation erlebt zu haben. Sie hatte ihm gedroht, ihn an die Decke zu schießen! »Es geht nicht so einfach!«, sagte sie hilflos und hob entschuldigend die Hände. »Man muss sich konzentrieren können, und als du mich …«

Rowling grinste breit. »Konzentrieren?«, rief er höhnisch. »Du musst dich konzentrieren? Wie viel Zeit brauchst du dazu? Vielleicht ein Viertelstündchen?«

Etliche Leute in der Halle lachten hämisch auf, aber Via:Lan'Chi, die in Leandras Blickrichtung saß, nicht. Das machte ihr ein wenig Mut. Sie erhob sich ganz. »Nein, so lange natürlich nicht. Aber dennoch, es braucht Zeit. Besonders, weil das Amulett …«

Wieder war Rowling schneller, als sie reagieren konnte. Mit einer einzigen knappen Bewegung schoss seine Hand vor und riss ihr mit einem derben Ruck das Wolodit-Amulett vom Hals.

Sie quietschte vor Schmerz auf und hielt sich den Hals.

Sein Tonfall war noch immer triefend vor Spott. »*Damit* machst du es – diesen Quatsch?« Er lachte auf.

Nun geschahen mehrere Dinge gleichzeitig. Leandra wurde in diesem Augenblick klar, dass sie keinen Körperkontakt zu dem Amulett benötigte. Es entfaltete seine Aura in einem gewissen Umkreis; obwohl Rowling es in der Hand hielt, hatte ihr *Inneres Auge* einen nahezu uneingeschränkten Blick auf das Trivocum. Hellrot und leuchtend stand es vor ihr – natürlich mit dem leicht grauen Stich, der typisch für hier *draußen* war, außerhalb der Höhlenwelt. Aber sie könnte eine Magie wirken, wenn das Amulett in der Nähe war. Das Zweite, worüber sie sich klar wurde, war ihre Dummheit und ihre naive Haltung, die ihr die Konzentration verdorben hatte. Sie war hier nicht unter Freunden – nur weil diese Kerle menschlich waren und sie vor den Drakken gerettet hatten! Sie hatte reichlich Anlass, sich zu wappnen und misstrauisch zu sein. Und das Dritte schließlich, was sie spürte, war ihre plötzliche Wut gegen diesen aufgeblasenen Kerl, der sich gewaltig vorkam, weil er ein Mädchen wie sie hatte festhalten können.

Er hielt das Amulett in die Höhe. »Abgesehen davon, dass ich noch immer nichts davon gespürt habe«, rief er lautstark in die Halle, »was hilft es schon, wenn man eine halbe Ewigkeit dafür braucht …«

Leandra ballte die linke Faust. Ihre rechte Hand schoss nach vorn, so als wollte sie Rowling einen Stoß versetzen. Doch er stand zu weit entfernt; zwei, drei Schritte trennten sie noch. Doch plötzlich traf ihn eine unsichtbare Kraft, hob ihn, den zwei Meter großen Mann, von den Füßen und ließ ihn mit Wucht gegen Alvarez prallen, der hinter ihm stand, sodass beide mit einem überraschten Aufschrei zu Boden stürzten. Leandra setzte nach, vollführte eine beidhändige Geste, die so wirkte, als wollte sie sich ihre nassen Hände abschütteln – jedoch mit dem beängstigenden Ergebnis, dass ein blauer, vor Elektrizität und Funken knisternder Blitz aus ihren Händen stob, über die beiden gestürzten Männer hinwegschoss und mit einem krachenden Schlag in den eisernen Thron fuhr. Der ganze Effekt wurde davon gekrönt, dass sich der Stuhl, der gewiss eine ganze Menge wog, langsam nach hinten neigte und mit Scheppern und Gedröhn die Stufen des Sockels hinabpolterte.

Mit vor Aufregung bebendem Brustkorb richtete Leandra sich auf und sagte wütend zu den beiden am Boden liegenden Männern: »… manchmal braucht's nur eine Sekunde. Wenn man wütend genug ist!«

Die beiden starrten sie mit großen Augen an. Einige der Brats waren aufgesprungen und hatten Waffen gezogen, Via:Lan'Chi stand erschrocken da und glotzte sie fassungslos an. Nur Roscoe, Vasquez und Ain:Ain'Qua zeigten keine allzu große Überraschung mehr.

Leandra trat zu Rowling und riss ihm das Amulett aus den Händen. Doch trotz ihrer gelungenen Demonstration wurde ihr diese Sache zunehmend peinlich. Sie knotete das gerissene Band wieder zusammen, hängte sich das Amulett um den Hals und verbarg es diesmal sorgfältig unter ihrer Kleidung. Eine Genugtuung über ihren effektvollen Auftritt wollte sich indes nicht einstellen.

Rowling stand eilig auf. Der anfängliche Schreck in seinen Augen verwandelte sich, wie schon zuvor, überraschend schnell in ein aufgeregtes Leuchten. »Du kannst es wirklich!«, rief er aus. Er drehte sich zu seinen Leuten um, warf die Arme in die Luft und rief: »Sie kann es *wirklich!*«

Leider war er der Einzige, den dies zur Begeisterung veranlasste. Seine Leute waren hauptsächlich schockiert und starrten Leandra ungläubig an.

Rowling wandte sich zu ihr um und hatte es offenbar erstaunlich eilig, die eben noch heraufbeschworene Spannung zwischen ihnen in plötzliche Eintracht zu verwandeln. »Wie hast du das gemacht, Mädchen?«, rief er, nahm sie mit beiden Händen an den Schultern und blickte sie mit leuchtenden Augen an. »Weißt du, was man *daraus* machen könnte …?«

»Du willst sie doch wohl nicht in den Zirkus stecken wollen!«, rief Roscoe aufgebracht und kam herbei.

Noch bevor er sie erreichte, spürte Leandra eine andere Hand auf der Schulter, die sie sanft, aber bestimmt von Rowling wegzog. Es war Via:Lan'Chi.

»Na ja«, meinte Rowling und hob erklärend die Hände. »Es gibt viele Möglichkeiten. Ich dachte eher daran, die Sektorkontrolle ein wenig zu ärgern und ...«

Roscoe stampfte an Rowling vorbei und baute sich zwischen ihm und Leandra auf. »Es wird Zeit, dass du mit diesem Blödsinn aufhörst«, maulte er ihn an. »Sie ist kein Schaustück in deiner Sammlung von bunten Paradiesvögeln!«

»So?«, schoss Rowling zurück. »Dann sag mir doch mal, was sie ist! Sie wird von den Drakken gejagt; also hat sie wohl kaum eine andere Möglichkeit, als bei uns zu bleiben!« Er deutete in Richtung Ain:Ain'Qua, der nach wie vor schweigend abseits stand und die Szene beobachtete. »Oder willst du sie etwa diesen Kirchenheinis mitgeben? Womöglich endet sie dann in einem Kloster auf Thelur. Als Wunderheilerin!«

Leandra gewann langsam den Eindruck, dass hier niemand so recht wusste, was er mit ihr anfangen sollte. Sie war tatsächlich so etwas wie ein Paradiesvogel, wenngleich sie nicht hätte sagen können, was das war. Aber der Name sagte genug.

Langsam musste sie sich überlegen, was sie tun sollte. Das Schicksal hatte sie hierher ins All verschlagen, und nun lag eine neue, große Chance vor ihr. Mit Izeban hatte sie darüber gesprochen, dass sie gern versuchen würde dahinter zu kommen, wer die Drakken waren, woher sie stammten und ob der Höhlenwelt noch immer Gefahr von ihnen drohte. Nun war sie hier. Anstatt schnellstmöglich wieder nach Hause zurückzukehren, in eine Sicherheit, die vielleicht gar keine war, hatte sie nun die Möglichkeit, tatsächlich wertvolle Informationen zu sammeln und, wenn möglich, etwas gegen drohende Gefahren zu unternehmen.

Ihr Entschluss reifte innerhalb von Sekunden. Ja – sie würde bleiben und etwas unternehmen! Und all diese Leute hier, die augenscheinlich nichts Besseres zu tun hatten, als sich gegenseitig zu verprügeln, würden ihr dabei helfen!

*

Eine Woche nach dem Verlassen des Aurelia-Dio-Systems retransferierte die L-2367 einige Lichtstunden von Serakash entfernt in den Normalraum und steuerte den Orbit von Soraka an, der Zentralwelt der Galaktischen Föderation.

Ötzli hatte das Glück, in einem der Shuttles zur Planeten-Oberfläche befördert zu werden, die ein komplettes Glasdach besaßen. Im All über Soraka gab es ein Dutzend riesiger Orbitalstationen, von denen aus ständig Shuttles unterwegs waren, um die ankommenden und abfliegenden Reisenden in die riesigen Städte Sorakas zu befördern oder von dort wieder ins All zu bringen.

Mit Hunderten anderer Passagiere saß er auf einer weiten, mit bequemen Sitzen ausgerüsteten, fliegenden Plattform, über der sich eine Kuppel aus künstlichem Glas wölbte, das fast unsichtbar war. Wenn man seine Phantasie ein wenig bemühte, konnte man meinen, man schwebte frei im Weltall. Der Anblick des Sternenhimmels über Soraka lohnte sich über die Maßen.

Die gefürchtete Innere Zone, der Bereich, in dem nur die Drakken und der Pusmoh lebten, lag nahe dem heißen Kern der Galaxis, und dieser bot einen überwältigenden Anblick. Die Sterne standen im galaktischen Zentrum so dicht beieinander, dass sie in der Mitte zu einer gewaltigen, gleißenden Kugel verschmolzen, die den Himmel über Soraka nachts wie auch tagsüber beherrschte. Das intensive Licht brachte

vielerorts kosmische Staubwolken in den faszinierend-
sten Farben zum Leuchten; Ötzli wäre niemals zuvor
auf den Gedanken gekommen, dass das All von solch
einer Farbenpracht erfüllt sein könnte.

»Der Himmel ist hier nie gleich«, sagte Julian leise.
Er saß gleich neben Ötzli und deutete hinaus in Richtung des Galaktischen Kerns. »Es ist ein junges Stern-
gebiet, eines, in dem viel entsteht und wieder vergeht.
An manchen Tagen strahlt eine helle Supernova am
Himmel, ein paar Tage später ist sie dann verschwunden und hat einer neuen Erscheinung Platz gemacht:
einem Schwarzen Loch.«

Supernova, Schwarzes Loch – das waren alles Begriffe,
die in seinem Hirn existierten. Wenn er sich anstrengte,
fand er sogar die zugehörigen Erklärungen, aber es
war stets leichter, wenn ein anderer das übernahm. Er
war nicht mehr der Jüngste und hatte allerhand
Schwierigkeiten, die unzähligen neuen Dinge zu verar-
beiten. Man hatte ihn ohnehin gewarnt.

Julian beugte sich wieder zur Seite – ein Zeichen
dafür, dass er abermals mit seiner Sprechverbindung
hantierte. »Wir haben Glück«, sagte er. »Dieses Mal
können Sie mit *der Stimme* persönlich sprechen, Kardinal. Er ist gerade auf Soraka anwesend. Ich habe
eine persönliche Zusammenkunft für Sie erwirken
können.«

Ötzli zog die Brauen in die Höhe. »Tatsächlich? Mit
der Stimme? Ich wusste gar nicht … ist er ein Mensch?«

»Ich glaube ja, Kardinal. Ich selbst habe ihn noch nie
gesehen.«

Leises Herzklopfen beschlich Ötzli. Soweit er wusste, war *die Stimme* die ranghöchste Persönlichkeit in
der Galaktischen Föderation überhaupt, abgesehen
vom Pusmoh selbst, der jedoch nie selbst in Erscheinung trat. Ötzlis Vorsatz, auf Soraka das Geheimnis des Pusmoh zu ergründen, relativierte sich. Nie-

615

mand würde es jemals wagen, sich *der Stimme* zu widersetzen.

»Wo fliegen wir hin, Julian? Wieder nach Saphira?«

»Ja, Exzellenz, zuerst schon, aber wir bleiben nicht dort. Wir müssen nach The Morha.«

Ötzlis Herzklopfen wurde lauter. The Morha war der Große Amtssitz des Pusmoh, ein monströses Gebäude auf einem Berg weit nordöstlich von Saphira. Er hatte Bilder gesehen. The Morha war wie eine Festung aus blankem Stahl, ein grauer, kantiger Klotz, drohend anzusehen und in einer finsteren Gegend gelegen, die ihn an das Land Noor in der Höhlenwelt erinnerte. Zweifellos besaß The Morha dieses Aussehen, um jeden Besucher bis ins Mark einzuschüchtern. Der Kontinent, auf dem diese Pusmoh-Festung lag, stand unter der Bewachung einer gigantischen Drakkenstreitmacht, die mit Sicherheit ebenfalls nur den Zweck hatte einzuschüchtern. Niemand mit einem Mindestmaß an Verstand hätte je gewagt, sich diesem Kontinent unerlaubt zu nähern.

Das Shuttle flog in rasanter Geschwindigkeit zu einem Raumhafen, der so gigantisch war, dass man für seine Ausmaße beinahe ein neues Wort erfinden musste. Man konnte ihn nur aus dem All in vollem Maße überblicken; er erstreckte sich über fast tausend Meilen in einem riesenhaften Sechseck in einer ehemaligen Wüstenlandschaft. Hier konnten die größten Raumschiffe landen, Titanen, die vom anderen Ende der Milchstraße kamen und kostbare Fracht nach Soraka brachten. Die wertvollsten aller Stoffe wurden auf diesem Planeten verfrachtet: Beryllium, Rhodium und Gold, die man für spezielle Aufgaben in der Nano- und Waffen-Technologie benötigte.

Die vierzehn großen Raumsektoren der GalFed entrichteten ihre Steuern entweder in der Standardwährung Soli oder aber in Naturalien, was bedeutete, dass sie ihre besonderen Erzeugnisse hierher lieferten. Der Pusmoh und die Drakken hatten einen gigantischen Bedarf an Rohstoffen und Steuereinnahmen, denn sie hatten einen Krieg zu finanzieren. Einen Krieg, gegen den das, was in der Höhlenwelt stattgefunden hatte, wie eine kleine Rangelei wirkte.

Links über dem Horizont ging die Sonne Serakash auf, und das Shuttle sank, während es sich dem Saphira-Spaceport näherte, in die Helligkeit eines beginnenden Tages. Der großartige Anblick des Galaktischen Kerns im All wurde blasser, verschwand aber nicht. Als sie hundert oder zweihundert Meilen über dem Spaceport dahinglitten, erkannte Ötzli in der Tiefe die Strukturen riesiger Bauwerke und die breiten Ströme der planetarischen Verkehrswege. Obwohl er dies alles nun schon ein paarmal erlebt hatte, faszinierte es ihn jedes Mal wieder neu. Er konnte sich eines gewissen Gefühls von Stolz nicht erwehren, dass er in diesem unfassbar fortschrittlichen und riesenhaften Sternenreich bereits eine Person von hohem Rang und Einfluss war. Wer hier auf Soraka verkehrte, war vermutlich immer von hohem Rang, aber selbst unter ihnen war er etwas Besonderes. Er bekleidete einen Kardinalsposten im Heiligen Konzil der Hohen Galaktischen Kirche, und damit war er einer der 144 höchsten kirchlichen Würdenträgern im Umkreis von … er grinste und blickte zu Julian.

»Wie lange muss man laufen für diese 17 000 Lichtjahre, Julian?«

Der junge Mann stutzte, dann ging ein Strahlen in seinem Gesicht auf. »Äh … ungefähr 4 Billionen Jahre, Exzellenz.«

Ötzli blickte wieder zur Kuppel hinaus. *Für die 50 000 Lichtjahre der GalFed also etwa 12 Billionen Jahre zu Fuß,* dachte er wohlgelaunt. Nicht schlecht. Früher hatte sein Einfluss allenfalls ein paar Tagesritte weit gereicht.

617

Das Shuttle sank tiefer und der gewaltige Spaceport wurde zu einem unüberschaubaren Meer von riesigen Landeebenen, Hallen, Plattformen, Türmen und Verkehrswegen. Nach der Landung nahm sich ein kleines, schwebendes Gerät des Gepäcks der beiden an, und Julian lotste ihn durch gewaltige Hallen und Korridore zu immer neuen Fahrzeugen, die sie jeweils ein Stück weiter brachten. Überall waren Menschen, Ajhan und Drakken unterwegs, Letztere an diesem Ort häufiger in Begleitung ihrer Muuni-Würmer.

Endlich erreichten sie einen separaten Teil des Spaceports, in dem es ruhiger wurde. Es war ein riesiges, überdachtes Achteck mit einem weiten Innenhof, in dem ein paar mittelgroße Shuttles knapp über dem Boden schwebten und die Betriebsamkeit weniger hektisch war als in den anderen Hallen. Eine Ahjana in roter Uniform kam ihnen entgegen. »Kardinal Lakorta?«, fragte sie und Julian bejahte. »Bitte hier entlang«, sagte sie, »wir können sofort starten.«

Sie wurden zu einem kleinen, schlanken Schiff geleitet, das noch ganz neu *roch*. Ötzli empfand das als sehr befriedigend, zeugte es doch davon, dass er nicht wie ein Lakai behandelt wurde.

Bald darauf hob das Schiff ab und wandte sich nach Nordosten. Es stieg hoch hinauf und glitt an einer geheimnisvollen Höhenlinie entlang, die, sofern man nach oben blickte, den Eindruck erweckte, man befinde sich im All, nach unten hin aber so wirkte, als flöge man im Schutz des Planeten über weites Land hinweg.

In dieser Richtung endete das bebaute Gebiet von Saphira sehr schnell und machte einer kargen, braunen Steppe Platz, die sich endlos dahinzog. Ötzli hatte gehört, dass es auf Soraka kaum noch eine einheimische Tier- und Pflanzenwelt gab – der Planet war schon vor Jahrtausenden so sehr von den gewaltigen Bauwerken der GalFed überzogen worden, dass keine höheren Lebensformen mehr hatten überleben können. Nur in den weiten Meeren gab es noch eine halbwegs intakte Tier- und Pflanzenwelt, da die Ozeane allein als Wasserspeicher dienten.

Nach einer Weile überschritten sie wieder die Tag-Nacht-Grenze, und es wurde dunkel. Das Land unter ihnen war nichts als ein finsterer Schemen, hin und wieder von einer Bergkette durchbrochen. Nachdem sie einen Meeresarm überquert hatten, hob sich das Land unter dem Shuttle. Es war ein einziger, gewaltiger Berg, der sich da aufschwang, und als in der Ferne unzählige winzige Lichter aufkamen, wusste Ötzli, dass sie ihr Ziel erreicht hatten.

Alles Weitere lief wie in einem Traum ab.

Auf den Bildern, die er gesehen hatte, war ihm The Morha wie eine riesenhafte Festung vorgekommen, nun aber, als er das Gebäude zum ersten Mal wirklich sah und es sich monumental in den Himmel erhob, wirkte es eher wie ein Gebirge. Der Bau war eine Ansammlung ineinander verschachtelter Pyramidenstümpfe. Der größte davon bildete den Bergstock und wurde von einer ganzen Stafette anderer überthront, bis der höchste schließlich bis fast zu den Sternen hinauf vorstieß. Ötzli bezweifelte, dass dieses Bauwerk an irgendeinem Ort innerhalb der Höhlenwelt Platz gefunden hätte. Zusammen mit dem gleißenden Galaktischen Kern und den atemberaubend farbigen Wolken aus Sternenstaub im All bildete das mit zahllosen Lichtfunken übersäte, schwarz-kupferfarben glänzende Bauwerk das wohl phantastischste Bild, das Ötzli jemals erblickt hatte. Er konnte nicht anders, als vor der Größe dessen, der dieses Monument errichtet hatte, Ehrfurcht zu empfinden.

Stumm schwebte das Shuttle auf eine Plattform auf der Oberseite eines der Pyramidenstümpfe zu. Ötzlis

Herz begann zu pochen, als sie näher kamen, immer näher, und sich die Plattform dabei in immer kleinere Einzelheiten auflöste, bis sie sich zuletzt als eine Fläche entpuppte, auf der ganz Savalgor samt seiner beiden Monolithen, der Stadtmauer und dem großen Felspfeiler mitsamt dem Palast Platz gefunden hätte.

Das Shuttle sank herab. Als es stand, pflanzte sich durch das Landegestell ein untergründiges, tiefes Vibrieren ins Innere fort. Es war wie das Grollen eines gewaltigen Tieres, das unter ihnen im Schlaf lag – bereit zu erwachen und den ganzen Planeten zu verschlingen, wenn es sein musste. Ötzli wurde von dem Vibrieren vollständig ergriffen, noch bevor er sich erheben konnte. Ihm kam der Gedanke, dass es dem verdammten Pusmoh bis hierhin sehr eindrucksvoll gelungen war, jedem Besucher das letzte bisschen Mut zu nehmen. Sein Herz schlug dumpf und hart in seiner Brust, und irgendetwas in ihm fragte sich unablässig und voller Angst, was er alles falsch gemacht hatte und ob er diesen Ort je wieder lebend verlassen würde. Dass er kein Amulett bei sich trug, bereitete ihm beinahe körperliche Schmerzen. Wie dumm, dass er nicht daran gedacht hatte, Polmars Amulett für diese Reise nach The Morha an sich zu nehmen.

Draußen wurden sie von einem schweigenden Sechsertrupp Drakken empfangen. Sie trugen weiße Körperpanzer von einer Art, die Ötzli noch nie gesehen hatte. Sie waren sehr groß und hielten schlanke, metallisch-glänzende Waffen vor der Brust. »Kardinal Lakorta?«, wurde er wieder gefragt.

Befangen nickte er und sagte: »Ja. Ich habe ein Treffen mit …«

»Folgen Sie mir«, lautete die mechanische Antwort eines der Drakken, der links vorn stand. Er unterschied sich lediglich durch ein paar graue Streifen über der linken Schulter von den anderen.

Der Drakkentrupp schwenkte nach rechts und trabte davon, um sich nach wenigen Schritten über eine kurze Rampe auf eine Schwebeplattform zu begeben, ein in der GalFed weit verbreitetes Transportmittel. Die Plattform, etwa sechs Schritt im Quadrat, schwankte ein wenig, als die Drakken darauf traten, jedoch weniger, als Ötzli erwartet hätte. Die Drakken waren große und kräftige Wesen, dabei aber vergleichsweise leicht. Wahrscheinlich war das der Grund für ihre unerhörte Schnelligkeit.

Nachdem Ötzli und Julian ebenfalls hinaufgestiegen waren, setzte sich die Plattform in Bewegung. Sie glitt in einen schrägen Schacht, sank durch eine gigantische hohe Halle, in der man einen kleinen Felspfeiler hätte aufstellen können, und gliederte sich, ganz unten angekommen, in eine Reihe von fliegenden Kisten und Kästen ein, die sich in einem geordneten Strom nach Westen bewegten.

Als er sich staunend umsah, formte sich in seinen Gedanken zum ersten Mal eine Erkenntnis über die Unterschiede der drei Kulturen, die in der GalFed miteinander lebten. Die Welt des Pusmoh und der Drakken bestand fast immer aus Metall und war kalt und kantig, während die Menschen draußen im All und auf den kolonisierten Planeten in einer Umgebung lebten, die aus lebendigen Materialen, Stein und Kunststoff bestand und eher weich und rund wirkte. Menschen bewohnten Häuser aus Stein und Holz, die Dinge ihres täglichen Lebens bestanden fast ausschließlich aus diesen erstaunlichen Kunststoffen, und die meisten Raumschiffe stammten von Halon, aus dem noch halb lebendigen Material dieser riesenhaften Raumbestien. Die Ajhan waren wieder anders. Sie waren die Meister des Kristalls, den sie in alle Formen bis hin zu Flüssigkeiten verändern konnten. Ihre Welt glitzerte und brach das Licht in sämtliche Farben. Natürlich verwendeten alle drei Rassen Metall, nirgends aber war das Allgemeinbild so sehr davon geprägt wie hier bei den Drakken.

Ötzli sah gigantische Röhren, Türme, Gerüste und Wände aus schwarz-goldenem Metall, das an Kupfer erinnerte und zugleich ein wenig glänzte, so als wäre es nass. Ein ausschließliches Drakkenrefugium schien dies hier nicht zu sein, sonst hätten die anwesenden Drakken keine Körperpanzer getragen und es wäre sehr viel feuchter gewesen. Der Schweber glitt, nach wie vor eingegliedert in den Strom der Kästen und Kisten, durch dunkle Tunnel, metallisch schimmernde Schächte und kathedralenartige Hallen. Dieser *Große Amtssitz des Pusmoh* schien eher so etwas wie eine Herstellungsanlage zu sein. Was man hier produzierte, vermochte Ötzli jedoch nicht zu sagen. Die Hallen wären groß genug gewesen, um selbst die größten Drakkenschiffe darin herzustellen, aber er wusste, dass dies nur in den Tryaden geschah, dem kleinen Raumsektor auf halbem Weg nach Storm's End, der allein dem Drakkenmilitär vorbehalten war. Dort musste sich auch irgendwo die geheimnisvolle Welt befinden, auf der diese wimmelnde Drakkenbrut das Licht einer rätselhaften Sonne erblickte. Ein Dreigestirn sollte es sein, sagte eine schaurige Legende.

Ötzli erschauerte, als er sich wieder einmal der Masse des Wissens bewusst wurde, die in seinem geplagten Kopf umherschwirrte. Sogar *Legenden* hatte man ihm eingetrichtert, und zudem auch noch solche, welche die Drakken nicht unbedingt glorifizierten. Manchmal musste er die Augen schließen und im zähen und trüben Ozean seiner Kenntnisse nach seinem *Ich* fischen, um nicht den Überblick zu verlieren.

Schließlich gelangten sie an ihr Ziel.

Sie glitten durch ein letztes Portal und erreichten eine Halle von einer Größe, die nur noch grotesk zu nennen war. Sie lag im Halbdunkel und besaß die Form des Innern eines Pyramidenstumpfes, was zu erwarten gewesen war. Doch sie war so weit, dass sich die Ferne im Dunst verlor, und so hoch, dass man einen ganzen Bergstock des Ramakorums darin hätte aufstellen können. Es waren die Dimensionen der gigantischen Höhlen seiner Heimatwelt, nur befanden sie sich hier innerhalb eines Gebäudes.

Ötzli stöhnte leise.

Nichts, was lebende Wesen je erschaffen konnten, brauchte so viel Platz. Verwirrt und ungläubig schüttelte er den Kopf. War dies hier das finale Monument des Größenwahns einer von Herrschsucht besessenen Rasse? Oder war dieser rätselhafte Pusmoh tatsächlich etwas so Großes und Gewaltiges, dass nur eine Halle diesen Ausmaßes für ihn angemessen war?

Der Schweber glitt, klein wie ein Staubkorn, in Richtung der Mitte der Halle und benötigte allein dafür eine Viertelstunde. Dann wurde er langsamer und hielt schließlich an.

28 ♦ Die Stimme

Jemand hatte Ötzli einmal gesagt, dass man Gebäude wie die Cambrische Basilika in Savalgor deswegen so hoch und so weit baute, damit die Blicke des Betrachters nach oben gelenkt wurden, wo er die ganze Wucht der *über ihm* versammelten Mächte verspürte.

Das konnte er nun voll und ganz bestätigen. Er vermochte kaum seinen Blick unten zu halten, als er mit seinem Gefolge am südlichen Ende eines riesigen, kreisrunden Feldes in der Mitte der Halle Aufstellung nahm. Der Kreis musste eine halbe Meile Durchmesser haben. Immerzu jedoch musste er hinaufblicken, von wo sanftes, ungewöhnlich warmes Licht zu ihm herabdrang. Julian stand neben ihm; die sechs Drakken hatten sich hinter ihnen nebeneinander aufgereiht.

Der riesenhafte Kreis, genau in der Hallenmitte gelegen, war nichts als eine einfache Vertiefung mit einem metallgefassten Rand, die kaum mehr als eine Handbreit unterhalb des übrigen Bodens lag. Das Material des Kreises war allerdings faszinierend. Es schien aus geschwärztem Glas zu bestehen und war so glatt und ohne jeden Makel, dass man glaubte, im Nichts zu schweben, wenn man darauf stand. Kein Staubkörnchen, kein Kratzer und keine Schliere waren weit und breit zu entdecken.

Das umgebende Licht war mild und rötlich gelb und stammte aus einer Unzahl von winzigen Lichtern, die wie Sterne hoch droben an der Decke der Halle standen. Nach wie vor war alles von dem untergründigen, leisen Vibrieren erfüllt. Doch in der Luft lag zusätzlich ein dunkles, kaum hörbares Dröhnen, das beunruhigend wirkte.

»Tritt vor, Lakorta«, hörte er eine tiefe, seltsam nahe Stimme. Die Sprechweise war gepflegt, der Unterton aber von tiefem Bass und von unduldsamer Härte. Sie hatte geklungen, als stünde der Sprecher unmittelbar vor ihm. Erschrocken sah er sich um. Aber da war niemand. Erst nach einer Weile entdeckte er im Halbdunkel über der schwarzen Glasfläche einen Schemen – weit entfernt.

»Ist er das?«, flüsterte Ötzli und nickte in Richtung der Gestalt.

»Ich glaube schon«, kam es leise von Julian zurück.

Ötzli atmete langsam durch die Nase ein und aus. Er versuchte, seinen Herzschlag zu beruhigen. Furchtsam setzte er sich in Bewegung. Jeder Schritt widerstrebte ihm, aber ihm blieb nichts anderes übrig, als sich dieser Gestalt zu nähern. Sie stand allein mitten auf der glatten Fläche und bewegte sich nicht. Als Ötzli näher kam, konnte er erste Einzelheiten erkennen. Es schien sich um einen enorm hoch gewachsenen Mann zu handeln, der eine lange, schwarze, nach unten breiter werdende Robe trug; die Arme hatte er priesterlich vor der Körpermitte verschränkt. Seine Hände verschwanden unter den langen, weiten Ärmeln der Robe. Auf dem Kopf trug er einen hohen, sich verjüngenden Hut, der in einer seltsamen, nach vorn weisenden Rolle endete. Der schwarze Stoff seiner Robe glitzerte geheimnisvoll. Bald darauf erkannte Ötzli glänzende, tiefrote Borten an den Säumen und Nähten des Gewandes. Es wirkte wie ein festliches Kleidungsstück, in dem der Träger bewegungslos dastand.

Es dauerte Minuten, bis Ötzli ihn erreicht hatte. Julian war ihm gefolgt, und auch die sechs Drakken waren bei ihnen geblieben. Als sie wie auf einen unhörbaren Befehl gleichzeitig etwa zehn Schritte vor der Gestalt stehen blieben, stellte Ötzli fest, dass der Mann gute zwei Ellen größer war als er selbst und damit wohl sogar den Pontifex noch überragte.

Er schluckte hart. Sein Hals schmerzte, denn er war trocken wie Staub. »Seid Ihr ... *die Stimme?*«

»Richtig«, lautete die Antwort mit leicht verächtlichem Unterton. »Wir kennen uns bereits. Nur war ich früher nicht wirklich anwesend. Jetzt bin ich es.«

Ötzli hatte nicht erkennen können, dass sich der Mund des Mannes ... *der Stimme* bewegt hätte, aber er war klar und deutlich zu verstehen gewesen.

Ein Schauer lief ihm den Rücken herab. Er, der die Kunst, andere einzuschüchtern, bis in die feinsten Einzelheiten beherrschte, kämpfte um seine innere Ruhe. Er wusste, was jetzt kommen würde, und er wusste auch, dass er ohne jede Möglichkeit zur Gegenwehr hier stand.

»Du hast versagt, Lakorta. Du versprachst, mir die Frau bringen, aber ich sehe sie nicht.«

Ötzli versuchte sich aufzurichten. »Der Pontifex kam mir ins Gehege ... ähm ... *Stimme* ...«

»Mein Name ist *Amo-Uun.* Der Titel Doy-en-Zha'oul hat die Bedeutung dessen, was ihr Menschen und Ajhan ›*Stimme des Pusmoh*‹ nennt. Du wirst mich deshalb in Zukunft mit *Doy Amo-Uun* ansprechen, dazu in der Form, die mir gebührt. Und ich rate dir, erhebe niemals deine Stimme gegen mich. Hast du mich verstanden, Lakorta?«

»J-ja.« Er schluckte und fügte noch rasch »Doy Amo-Uun« hinzu.

»Gut. Dass sich der Pontifex einmischte, interessiert mich nicht. Du hast mir diese Frau versprochen, wenn ich dir eine entsprechend große Streitmacht unterstelle. Du hast eine Schar Ordensritter erhalten, das sind dreihundertdreiunddreißig über die Maßen gerüstete, perfekt ausgebildete Krieger, die dazu noch mit überragenden Schiffen ausgestattet sind. Wo ist nun diese Frau?«

»Aber ... diese Krieger waren das *Problem*, Doy Amo-Uun! Ich ...«

Ein heftiger Stoß elektrischer Energie durchfuhr Ötzli. Für Sekunden führten seine Muskeln einen wilden, unkontrollierten Tanz auf. Er stieß ein Röcheln aus – dann war es vorbei. Hilflos stürzte er zu Boden.

Als er die Kontrolle über sich zurückerlangte, lag er keuchend auf der schwarzen Glasfläche; sein Hirn versuchte verzweifelt zu verstehen, was gerade passiert war.

»Ich sagte: Erhebe deine Stimme nicht gegen mich!«, brandete die Stimme wie eine riesige, heiße Welle über ihn hinweg. Er krümmte sich unter der Lautstärke zusammen, stöhnte entsetzt auf, und seine Panik wuchs, als er sah, dass Julian ungerührt neben ihm stand und fragend auf ihn herabblickte. Unter Aufbringung all seiner Kräfte kämpfte er sich auf die Füße und trat einige Schritte zurück, gebückt und in Verteidigungshaltung, so als würde die nächste Strafmaßnahme gleich folgen.

In seinem Hirn kochte der heiße Wunsch, sich gegen diese entwürdigende Behandlung wehren zu können. Hätte er nur sein Wolodit-Amulett gehabt! Er hasste Leandra dafür nur umso mehr, dass sie ihm das seine gestohlen hatte! Dennoch galt im Moment sein schlimmster Zorn diesem selbstherrlichen, größenwahnsinnigen Doy Amo-Uun. Hätte er in diesem Moment über seine Magie verfügen können, hätte er ihn in Fetzen gerissen!

Aber was dann?

Sekunden später wäre er selbst tot gewesen. Auch wenn er es geschafft hätte, die sechs Drakken hinter sich mit einer schnellen Magie hinwegzufegen – dieses Gebäude hätte er niemals lebend verlassen, geschweige denn diesen Planeten. Schlimmer als die Demütigung und der Schmerz in den Gliedern war, dass er diesem Doy Amo-Uun seine Wut nicht einmal entgegenbrüllen konnte. Mit glühendem Zorn, der ihm die Röte ins Gesicht trieb, blieb er gekrümmt stehen und blickte das Wesen hasserfüllt an.

»Merke dir, Lakorta, dass ich kein Versagen akzeptiere. Du hast behauptet, du findest diese Frau, wenn ich dir eine entsprechende Streitmacht gebe, und ich habe es getan. Aber ich sehe die Frau nicht. In Zeiten des Krieges ist jedes einzelne Schiff kostbar; du aber hast eine ganze Flotte verlangt und ihre Stärke vergeudet.«

»Aber ich ...« Er verstummte. Er wollte einwenden, dass die Ordensritter keine Kriegsmacht waren, sondern ein Teil der Kirche, doch er fürchtete die nächste Strafmaßnahme.

»Ich gebe dir eine letzte Chance, deine Fähigkeiten wie auch deine Treue zu beweisen.«

Ötzli atmete ein wenig auf. »Danke, Doy Amo-Uun. Ich werde diese Leandra ...«

»... mit der Frau hast du nichts mehr zu tun«, stellte *die Stimme* fest. »Dieser Auftrag ist für dich beendet, denn du hast dich als unfähig erwiesen.«

»*Waas*?«, rief Lakorta.

Augenblicklich wurde er von einem neuen Energieschub gebeutelt, schlimmer noch als der vorherige. Er schrie gepeinigt auf, stürzte abermals zu Boden, und als er sich wieder in die Höhe kämpfte, troff ihm der Speichel aus dem Mundwinkel. Sein Herz raste so arg, dass er fürchtete, ihn werde sogleich der Schlag treffen.

»Die nächste Strafe wird tödlich sein!«, donnerte ihm die Stimme entgegen.

Keuchend bemühte sich Ötzli, auf den Füßen zu bleiben. Sein Verlangen nach Rache war völlig in den

Hintergrund getreten; er kämpfte nur noch darum, stehen zu können. Mühevoll hob er den Kopf. Doy Amo-Uun stand da wie ganz zu Beginn und hatte sich keinen Millimeter bewegt.

»Du wirst dieses Mädchen *nicht* weiter verfolgen – diese Aufgabe werde ich einem anderen übertragen. Du wirst stattdessen zu deiner Welt zurückkehren und dort etwas für mich tun. Die Aufgabe ist nicht allzu schwierig, also solltest du sie bewältigen können.«

Ötzli war unfähig, irgendeine Gemütsregung zu empfinden; halb betäubt und schmerzverkrümmt stand er da.

»Die MAF-1 umkreist noch immer die Höhlenwelt«, fuhr *die Stimme* fort. »Du wirst dich dort hinbegeben, das Schiff mithilfe eines Stabes von menschlichen Technikern wieder in Besitz nehmen und es entseuchen.«

»Entseuchen? Ihr meint ... das Salz? Ihr wollt das Schiff wieder mit Drakken bemannen?«, fragte Ötzli ächzend.

»Richtig.«

Ötzli schluckte. »Soll es ... etwa einen *zweiten* Angriff auf die Höhlenwelt geben?«

»Du hast keinerlei Fragen zu stellen, Lakorta! Tu deine Arbeit. Wenn du erfolgreich bist und dich bewährst, werde ich dich vielleicht in eine Position erheben, in der du mehr Informationen erhältst und enger in die Pläne des Pusmoh eingebunden wirst. Aber bis dahin ist es noch ein weiter Weg für dich! Du musst lernen, dich bedingungslos unterzuordnen. Ihr Höhlenweltler seid entschieden zu widerborstig – und du scheinst ein besonders hartnäckiger Vertreter deiner Art zu sein.«

Ötzli zitterte. Es war nicht nur wegen seiner Schmerzen; nein, das pure Verlangen nach Wissen schüttelte ihn. Es schien ihm kaum vorstellbar, dass der Pusmoh einen zweiten Angriff wagen würde, denn die Höhlenwelt hatte mit den Hunderttausenden von Drachen einen schier unüberwindlichen Beschützer. Im Moment konnte er sich nur vorstellen, dass die MAF-1, dieses gewaltige Schiff, ein zu wertvolles Objekt war, als dass der Pusmoh es sich leisten konnte, es dort draußen im Orbit der Höhlenwelt zu vergessen und verfallen zu lassen. Er wusste, dass der Krieg gegen die Saari den Pusmoh immer stärker in Bedrängnis brachte. Nachdem in diesem kosmischen Konflikt seit mehreren tausend Jahren keine Entscheidung gefallen war, strapazierte der Bedarf an Kriegsmaterial die Kraft und vor allem die Geduld der Bürger der GalFed. Ein so gewaltiges Schiff wie die MAF-1 musste deswegen um jeden Preis gerettet werden. Aber was würde mit der Höhlenwelt geschehen?

Ötzli nahm allen Mut zusammen. »Darf ich eine Frage stellen?«

»Wenn du nicht fürchten musst, dafür bestraft zu werden …«

Ein Stich fuhr durch sein Herz, doch er musste es einfach wissen. Er holte tief Luft. »Warum sollte unsere Welt vollständig vernichtet werden?«

Für einen Augenblick breitete sich Schweigen über das schwarze Nichts, in dem sie standen. Nur das allgegenwärtige Summen und die untergründigen Vibrationen waren noch zu vernehmen. »Vollständige Vernichtung? Wie kommst du darauf?«

Ötzli zwang sich, nicht den Mut aufzugeben. Seine Kraft, diesem Doy Amo-Uun zu dienen, dessen vordergründigstes Merkmal die Willkür zu sein schien, hing davon ab, wie viel Sinn er in seinem Gehorsam erkennen konnte. »Ich habe damals erfahren, dass die Höhlenwelt binnen einer Zwanzig-Jahres-Frist unbewohnbar geworden wäre. Durch den Staub aus den Bergwerken. »

Ötzli rechnete mit einem neuen Stromschlag, der ihm den Rest geben würde. Aber es geschah nichts.

»Die Antwort hast du bereits erhalten, Lakorta. Ich habe nichts mehr hinzuzufügen. Nun *geh*, ich habe zu tun!«

Ötzli starrte Doy Amo-Uun an. *Er hatte sie bereits erhalten?* Verwirrt durchforstete er sein Gedächtnis, ob ihm etwas entgangen war.

»Wir sollten gehen!«, flüsterte Julian, der neben ihn getreten war, mit eindringlicher Stimme.

Ötzli konnte den Stromschlag förmlich spüren, der ihn durchzucken würde, sollte er nicht augenblicklich gehorchen. Er ließ sich von Julian fortdrängen.

Später fiel ihm ein, dass der Doy Amo-Uun kein Wort über den großartigen Erfolg in der magischen Nachrichtenübermittlung verloren hatte. War es möglich, dass der Pusmoh die Pläne mit der Magie der Höhlenwelt bereits vollkommen aufgegeben hatte? Das wäre ein weiterer herber Rückschlag, denn damit wäre er selbst ohne jeden weiteren Nutzen für den Pusmoh. Irgendetwas musste da noch sein, irgendetwas Wichtiges, denn sonst hätte ihn der Doy Amo-Uun einfach töten können.

Dieser Besuch war ein einziger Misserfolg gewesen und zudem zu einer vermaledeiten Rätselaufgabe geworden. Er hatte keinerlei Nutzen aus all dem gezogen. Doch eines wusste er nun ganz gewiss: Er mochte den Pusmoh und diese widerliche *Stimme* nicht.

Anscheinend hatte man ihm noch eine winzige Galgenfrist eingeräumt. Er musste sie um jeden Preis nutzen, sonst war es aus für ihn.

Aber er hatte schon eine Idee.

*

Betroffenes Schweigen war in der Blue Moon Bar auf *Potato* eingekehrt, nur die Musik klang noch leise durch den Raum. Alle starrten Leandra an – und Leandra starrte zurück, als verstünde sie nicht, warum die Anwesenden so verblüfft waren. Rechts neben ihr saß Rowling, der sich seit einigen Tagen sehr freundlich und zugänglich gab und ihr offene Bewunderung für ihre »Zaubertricks« entgegenbrachte. Neben ihm hatte Alvarez Stellung bezogen, der etwas großmäulige Käpt'n der *Tigermoth,* den sie im Verdacht hatte, sie in sein Bett kriegen zu wollen – obwohl sie kaum mehr als eine halbe Portion für ihn sein konnte. Sie starrten Leandra ebenso mit offenem Mund an wie Vasquez, die auf der anderen Seite des hufeisenförmigen Tresens dieser seltsamen Bar saß, und wie Ain:Ain'Qua, der sich links an eine Säule gelehnt hatte und nicht mehr so richtig wie ein *Heiliger Vater* wirkte. Auch Bruder Giacomo, Via:Lan'Chi, Wes und natürlich Roscoe waren da und mit ihnen viele andere Brats – Menschen wie Ajhan.

»*Was* sollen wir?«, krächzte Rowling, der sich offenbar gerade an seinem Getränk verschluckt hatte.

Leandra gelangte zu der Auffassung, dass man sie einfach nicht richtig verstanden hatte. Sie hob die Arme und sagte laut und deutlich, dass es jeder hören konnte: »Euch erheben! Aufstehen gegen diesen Pusmoh! Euch nicht länger einer Macht unterordnen, von der ihr nichts wisst und die euch gängelt, wie es ihr gerade gefällt!«

Die Blicke blieben die gleichen.

Immer noch wurde sie angestarrt, ungläubig, verblüfft, ja sogar schockiert.

Sie schüttelte den Kopf. »Was ist? Klingt das so … verrückt?«

»Allerdings, mein Herz!«, platzte Rowling heraus. »Das ist so ziemlich das Verrückteste, was ich je gehört habe!«

Langsam erhob sich Gemurmel. Unsicher sah sie

sich um, konnte aber nirgendwo ein Gesicht entdecken, das von ihrer Idee begeistert schien.

»Seit dreieinhalb Jahrtausenden beherrschen euch diese Drakken!«, rief sie und tippte sich gegen die Schläfe. »Ihr habt mir genug eingetrichtert, dass ich weiß, wie unglücklich ihr damit seid. Der Pusmoh verlangt euch Unmengen von Steuern ab und kontrolliert alles – den gesamten Handel, ja, euer Leben. Wer sich nicht fügt, wird von den Drakken brutal bestraft. Warum wehrt ihr euch nicht gegen so eine Behandlung?«

»Wehren?«, rief Alvarez. »Weißt du nicht, wie stark die Drakken sind? Die würden uns kurz und klein schießen, ehe wir auch nur ein Dutzend Schiffe zusammen hätten, um uns zu *wehren!*«

Leandra verschränkte trotzig die Arme vor der Brust. »Wir haben es auch geschafft!«

Alvarez winkte ab. »Ihr!«, rief er aus. »Das ist eine ganze andere Sache … mit eurer seltsamen *Magie* … und diesen Drachen.« Er wandte sich ab und griff nach seinem Glas. »Wer weiß, ob das alles so stimmt, wie du es uns erzählt hast.«

Nun ließ Leandra die Arme wieder sinken. »Willst du damit behaupten, ich hätte euch angelogen?«

»Nein, Schätzchen. Aber wir haben nur deine Version des Ganzen gehört. Eine romantische Geschichte aus der Ritterzeit, mit Magie und Drachen. Wäre mal gespannt, wie sich das Ganze anhören würde, wenn wir es von einem Drakken erzählt bekämen.«

Leandra war sprachlos. »Du würdest einem Drakken eher glauben als mir?«

Alvarez brummte unwillig und drückte sich um eine Antwort, indem er sein Glas ansetzte und trank.

Rowling meldete sich wieder zu Wort. »Vergiss es, Leandra. Es geht hier nicht darum, ob wir dir deine Geschichte glauben oder nicht. Der Pusmoh ist viel zu mächtig. Nie hat jemand auch nur gewagt, sich gegen die Drakken zu erheben. Außerdem schützen sie die gesamte Föderation vor den Saari-Bestien. Wollten wir uns gegen die Drakken erheben, gäben wir zugleich den Schutz auf, den sie uns gewähren.«

»Wenn ihr meine Geschichte schon anzweifelt, warum dann nicht auch die des Pusmoh? Wer weiß, ob das alles so stimmt, was euch erzählt wird? Ich kann nicht glauben, dass ihr euch seit Jahrtausenden dieser Herrschaft beugt und nicht einmal wisst, wer der Pusmoh überhaupt ist!«

Als Leandra sich umsah, erblickte sie nach wie vor nur wenig Zustimmung in den Gesichtern. Immerhin nickte Via:Lan'Chi ihr aufmunternd zu, und auch Roscoe schien nicht zufrieden damit, dass man ihre Worte einfach abtat.

»Sie hat Recht!«, sagte er laut. »Dass wir nicht einmal wissen, wer oder was der Pusmoh überhaupt ist, ist ein Armutszeugnis!«

Er erntete dafür nur abfälliges Geraune und Gemurmel.

»Uns geht es gut – wir sind frei!«, rief jemand.

»Ach wirklich?«, erwiderte Roscoe trotzig. »Für euer bisschen Freiheit versteckt ihr euch hier in diesem kalten Stein im All und werdet ständig gejagt. Das nennt ihr frei sein?«

»Ist immer noch besser«, sagte Alvarez entschieden, »als von den Drakken gejagt zu werden. Das blüht uns nämlich, wenn wir unsere Nase zu tief in Sachen stecken, die uns nichts angehen.«

Leandra holte empört Luft. »So seht ihr das also – eine Sache, die euch nichts angeht.« Sie nickte. »Also gut. Dann bleibt alle hier in eurer Raumkartoffel und ... *genießt* eure Freiheit. Aber glaubt nicht, dass ich bei euch bleibe. Wenn es sein muss, mache ich allein weiter.«

»Ha, du Früchtchen!«, rief Alvarez. »Du hast nichts!

Nur die Kleider an deinem Leib. Dir fehlt Geld, ein Schiff, Verbindungen, ein Ansatzpunkt ... einfach alles! Wie willst du allein von hier fortkommen?«

Leandra hatte keine Argumente, nichts, womit sie Alvarez' Sprüche entkräften konnte. Aber nachgeben kam für sie nicht infrage. Man hatte ihr klar gemacht, dass sie sich, wenn sie nicht gegen Lösegeld an die Drakken ausgeliefert werden wollte, ihre Rettung und ihren Aufenthalt hier *verdienen* musste. Sie würde eine *Brat* werden müssen, mindestens für ein Jahr, um sich auf diese Weise freikaufen zu können. Roscoe hatte einmal Ähnliches durchgemacht. Bei ihm hatte es drei Jahre gedauert. Diese Zeit hatte sie auf gar keinen Fall.

»Außerdem ...«, hob Alvarez an, aber sie gebot ihm mit erhobener Hand Einhalt.

»Ich weiß. Du willst deine *Unkosten* ersetzt haben!«, sagte sie wütend. »Aber das vergiss mal ganz schnell. Ich habe nicht um eine Rettung gebeten.«

Alvarez grinste bissig. »So? Du glaubst, du kommst damit durch? Du glaubst, du kannst einfach gehen, wenn ich es nicht gestatte?«

Leandra deutete auf Rowling, der nicht ganz so entschlossen wirkte wie Alvarez. »Ich dachte, *er* ist hier der Boss.«

»Wir sind Partner. Er wird dich nicht gehen lassen, wenn ich es verlange!«

»Warte mal, José ...«, hob Rowling an, doch er verstummte, als ihm Alvarez einen wütenden Blick zuwarf.

»Fall mir jetzt bloß nicht in den Rücken, Rascal!«, warnte Alvarez ihn. An Leandra gewandt, fuhr er fort: »Du bleibst hier! Und du arbeitest deine Schulden ab, verstanden?«

Leandra verschränkte die Arme vor der Brust. »Und wenn nicht?«

»Dann ... dann hast du ... verspielt!«

Leandra lächelte mitleidig. »*Verspielt?* Du meinst, du würdest mich töten, wenn ich nicht gehorche? Pass bloß auf, dass ich dir nicht …«

»Schluss jetzt!« Es war Roscoes Stimme, die schneidend durch die Bar fuhr. Er drängte sich vor und maß Alvarez mit verächtlichen Blicken. »Du schuldest mir noch was, du großartiger Erfolgsmensch! Ich verlange von dir, dass du sie freigibst!«

Alvarez stieß einen spöttischen Laut aus. »Ich schulde dir noch was? Im Gegenteil – ich hab auch dich gerettet! Wann gedenkst du mir die Kosten dafür zu erstatten?«

Roscoe drehte sich um und marschierte zu Leandra. Er legte ihr eine Hand auf die Schulter und zog sie mit sich. »Komm, wir gehen«, raunte er ihr zu. »Der beruhigt sich schon wieder.«

Sie war noch reichlich aufgebracht, wusste aber, dass sie hier im Augenblick keine weiteren Punkte machen konnte. Sie schoss einen letzten giftigen Blick auf Alvarez ab und ließ sich von Roscoe fortziehen.

Kurz darauf waren sie draußen im Gang, und erst als die automatische Tür hinter ihnen zuglitt, vermochte Leandra ihren Ärger einigermaßen beiseite zu schieben. »Nicht zu glauben!«, knirschte sie. »Diese Kerle denken nur ans Geld! Hat Alvarez es etwa nötig, sich von mir bezahlen zu lassen? Was kann ich ihm schon geben?«

»Nicht alle sind so«, versuchte er sie zu beruhigen. »Allerdings … dass diese Leute wirklich so wenig Interesse haben zu wissen, wer sie beherrscht …«

Leandra blieb stehen und wandte sich Roscoe zu. Sie streckte die Arme in die Höhe, um ihn hinter dem Hals zu fassen zu bekommen, und zog ihn zu sich herab. »Danke, Darius, dass du zu mir hältst. Ohne dich …« Sie gab ihm einen langen, freundschaftlichen Kuss auf die Wange.

Als sie ihn losließ, grinste er. »Schon gut, Kleines. Du kannst dich auf mich verlassen.«

Sie zog die Brauen hoch. »*Kleines?*«

Er richtete sich zu voller Größe auf. »Gewöhn dich dran!«, sagte er mit betont tiefer Stimme. »Wenn ich dir nicht wenigstens in der Körpergröße überlegen bin …«

Sie lächelte und beschloss, es ihm durchgehen zu lassen.

»Was machen wir nun?«, fragte er. Seine Frage war von neutralem Tonfall, was verriet, dass er sich nicht den Forderungen von Alvarez unterzuordnen gedachte, andererseits aber auch keinen zündenden Einfall hatte, wie sie nun weiterkommen sollten.

»Du … willst mir wirklich helfen?«, fragte sie. »Und bei mir bleiben?«

»Ja, Boss, will ich«, erklärte er und salutierte. »Aber du musst für mich sorgen. Ich habe nichts mehr. Täglich eine warme Mahlzeit und einmal pro Woche frische Bettwäsche.«

Leandra kicherte. »Ich – dein Boss? Mach lieber langsam, Darius.« Sie wies in Richtung der Blue Moon Bar. »Du hast es gehört. Ich habe kein Geld, kein Schiff, keine Verbindungen … nur die Kleider an meinem Leib.«

»Und die hast du von mir«, erinnerte er sie.

Nun musste sie laut auflachen. »Was ist? Willst du sie wiederhaben? Gleich hier?«

»Ein verlockender Gedanke«, grinste er. Er legte ihr den Arm um die Schulter und setzte sich wieder in Bewegung. »Verschwinden wir erst mal. Wir müssen uns wirklich etwas Gutes ausdenken, sonst stecken wir hier fest.«

*

Als sich Ain:Ain'Qua an einem etwas abgelegenen Tisch der Blue Moon Bar niederließ, ein alkoholfreies

Getränk vor sich, wusste er zum ersten Mal seit langer Zeit nicht mehr, was er tun sollte. Inzwischen kannte er Leandras Geheimnis – den Grund, aus dem heraus die Drakken sie jagten. Was es ihm allerdings nicht erleichterte, sein aus der Verankerung gerissenes Weltbild wieder zu ordnen.

Herr, welche Prüfung erlegst du mir da auf?

Dieses Phänomen der Magie ließ ihn seit Tagen schlecht schlafen. Er war schon mehrfach Zeuge der Macht der Geisteskräfte dieses Mädchens geworden und wusste nicht, wie er diese Unfassbarkeit einordnen sollte – war sie im Sinne seines Glaubens als gut oder als böse zu betrachten? Ihm war bisher kein Fall übersinnlicher Kräfte bekannt geworden, der so konkrete wie auch machtvolle Formen angenommen hatte. Natürlich – hier oder dort gab es einmal einen Wunderheiler oder eine alte Frau, die mit Geisteskraft kleine Gegenstände bewegen konnte, wenn sie sich sehr anstrengte, und dann waren da noch die üblichen Telepathen, Hellsichtigen, Zauberkünstler und sonstigen zweifelhaften Gestalten.

Leandra hingegen war eine Person, die mit ihren Geisteskräften vielfältige, massive und ausgesprochen greifbare Veränderungen herbeizuführen vermochte. Er war überzeugt davon, dass er zu ihr gehen und verlangen könnte, sie solle einen tonnenschweren Lastenrobot in die Höhe heben – und sie würde es tun. Schlimmer noch: Sie hatte erzählt, dass ihre Fähigkeiten auf ihrer Heimatwelt keine Seltenheit waren. Dort sollte es Tausende von Magiern geben.

Er schüttelte unmerklich den Kopf. Kein Wunder, dass die Drakken sich dieser Kräfte bedienen wollten. Ohne jeden Zweifel zu Kriegszwecken.

Als Oberhaupt der Hohen Galaktischen Kirche betraf ihn dieses Phänomen mehr als irgendjemanden sonst im Sternenreich des Pusmoh – jedenfalls, was die ethisch-moralische Seite anging. Hier schickte sich die Kreatur an, in den gottgegebenen Lauf der Dinge einzugreifen, und das konnte er nicht ignorieren. Noch nie in den dreieinhalbtausend Jahren seit Bestehen der GalFed waren zwei so grundverschiedene Weltbilder aufeinander geprallt: das eine wertebezogen und mit religiöser Grundhaltung, das andere zutiefst heidnisch und okkult. Es stellte sich die Frage, ob er Leandra überhaupt annehmen durfte oder sie als *besessen, teuflisch* oder *verderbt* von sich weisen musste. Die Reformierte Bibel der Menschen sprach in dieser Hinsicht kaum andere Worte als die Neue J'hee-Rolle der Ajhan.

Doch seinem Herz fiel es schwer, dieses Mädchen als böse zu betrachten. Nein, ganz im Gegenteil, sie schien voller Gutartigkeit und positiver Ziele zu sein, und er mochte sie – sogar sehr. Glücklicherweise hatte sie ihm erzählt, dass sich auf ihrer Welt auch die Magier in Gut und Böse aufteilten: solche, die sich der Zerstörung und der Machtausübung zugewandt hatten, und andere, die in einer Gilde unter einem ethischen Kodex vereint waren. Somit blieb ihm die vorläufige Möglichkeit offen, auch die Magier als Gruppe in das religiöse Schema von Gut und Böse einzuordnen.

Bruder Giacomo kam und bat, sich setzen zu dürfen. »Wenn Sie gestatten, Heiliger Vater …«, sagte er höflich, »ich sehe Ihnen an, dass Sie schon wieder dieses Problem mit der Magie beschäftigt.«

Ain:Ain'Qua nickte; die Anrede *Heiliger Vater* gebrauchte Giacomo immer dann, wenn er eine gewisse Vertraulichkeit signalisieren wollte. Ain:Ain'Qua war ihm stets dankbar, wenn er sich als diskreter Gesprächspartner anbot. Er schätzte die Meinung seines Gehilfen, wiewohl es unangemessen wäre, ihn um seinen Rat zu fragen. Dazu war ihr Rang und auch ihr Gebiet allzu unterschiedlich.

»Haben Sie schon einmal daran gedacht, Heiliger

Vater«, sagte Giacomo flüsternd, »diese Magie als ein rein physisches Phänomen zu betrachten? Und nicht als ein übersinnliches?«

Ain:Ain'Qua stutzte. »Physisch? Ehrlich gesagt, nein. Wie meinst du das, Giacomo?«

»Nun, ich habe mir das Ganze ein wenig von Leandra erklären lassen. Diese Magie basiert auf dem so genannten *Prinzip der Kräfte*, was sich von unserem Weltbild nicht allzu sehr unterscheidet: Es gibt ebenfalls klare Wertigkeiten. Das Gute, die Seite des Lebenden und der Schöpfung, nennen Leandra und ihr Volk das *Diesseits* oder die Sphäre der Ordnung. Das Böse hingegen ist das Stygium, die Sphäre des Chaos, welches danach trachtet, die geordneten Strukturen des Diesseits zu zerstören. Umgekehrt ist es natürlich ebenso.« Er legte eine kurze, nachdenklich Pause ein. »Außergewöhnlich ist allerdings dieses *Trivocum*. Es scheint eine Trennlinie, eine Grenze zwischen den Sphären der Ordnung und des Chaos zu sein – eine sehr stabile sogar. Leandra beschreibt es als einen rötlichen Schleier, der überall und nirgends zugleich ist. Magier platzieren dort mithilfe ihrer Geisteskräfte Öffnungen, die sie Aurikel nennen, und lenken den Kräfte, die durch sie zu fließen beginnen, um magische Ereignisse zu wirken.«

Ain:Ain'Qua nickte Giacomo zu, dass er ihm hatte folgen können. »Schön und gut. Aber was hilft mir dies bei meinem Problem?«

»Nun, soweit ich es verstanden habe, Heiliger Vater, vermag diese Magie nichts wirklich Mystisches zu vollbringen.«

Ain:Ain'Qua runzelte die Stirn. »So?«

»Nein. Sie kann keinen Menschen in ein Schwein verwandeln oder etwas in dieser Art. Mir erscheint es vielmehr so, als ließen sich mit ihrer Hilfe nur gewöhnliche physikalische Kräfte beeinflussen. Nun ja –

zugegeben auf eine Art und Weise, die mitunter etwas erschreckend wirkt. Aber letztlich geht es nur um das Herbeiführen von Hitze, Kälte, Schwere ... oder von Ereignissen, die eine Kombination dessen darstellen.«

Ain:Ain'Qua starrte in die Luft und nickte bedächtig. »Magie als Beeinflussung physischer Kräfte. Eine interessante Theorie, Giacomo.«

»Sie könnte uns helfen, wenn Sie erlauben, Heiliger Vater, dieses Phänomen von der Frage der grundsätzlichen, ethischen Bewertung fortzuheben. Man könnte die Magie als ein Werkzeug betrachten, das erst mit der Art seiner Verwendung – oder durch den Benutzer selbst – die Wertigkeit von Gut und Böse erhält.«

Ain:Ain'Qua nickte bedächtig. »Eine elegante Lösung. Vorläufig, wohlgemerkt. Was mir aber im Zusammenhang mit dieser Magie sehr bedenklich verkommt, ist der Glaube an einen Gott, welcher der Höhlenwelt gänzlich zu fehlen scheint. Das ist seltsam, nicht wahr?«

»Man verneigt sich in Demut vor jenem Prinzip der Kräfte«, rezitierte Giacomo. »So hat es Leandra mir erklärt. Allerdings: Es sind ausgerechnet die Magier der Höhlenwelt, die eine Existenz *Gottes* abstreiten. Sie glauben, mit ihrem *Inneren Auge* Einblick in die transzendenten Sphären zu haben, und meinen, dass sie dort ...«, er lachte leise auf, »Gott sehen müssten, wenn es ihn gäbe.«

Ain:Ain'Qua lachte ebenfalls. »So einfach werden sie es sich doch nicht machen, oder?«

Giacomo schüttelte den Kopf. »Nein, natürlich nicht. Das wäre enttäuschend. Es stützt sich vielmehr darauf, dass ihre Weltsicht vollkommen erklärbar erscheint: Es gibt ein Diesseits und ein Jenseits, dazwischen das Trivocum und weiter nichts, was nicht vergleichsweise einfach zu erklären wäre. Allerdings ist ihre Welt noch nicht weiter kompliziert. Sie leben in früh-zivilisatorischen Verhältnissen; sie haben nichts, was allzu komplexe Erklärungen erfordern würde.«

Ain:Ain'Qua schüttelte ungläubig den Kopf. »Ich frage mich, wie es möglich ist, dass ein Volk für Jahrtausende ohne einen Glauben auskommt. Es hätte sich etwas entwickeln müssen.«

»Sie hatten ihre Magier, und die glaubten, alles sehen und beweisen zu können. Interessanterweise blieben ihnen offenbar ... nun, wie soll ich sagen: *Glaubenskriege* erspart. Das ist ein ungewöhnliches Phänomen. Nicht, dass es bei ihnen friedlich zugegangen wäre, aber es scheint, als wären ihre Kriege Machtkämpfe zwischen Stämmen oder Nationen gewesen, niemals aber durch religiöse Überzeugungen geschürt worden. Sie wissen sicher, dass die GalFed in dieser Hinsicht eine erschreckende Geschichte aufzuweisen hat.«

Ain:Ain'Qua nickte. »Du hast dich offenbar länger mit ihr unterhalten, mein Sohn.«

»Ja, Exzellenz, mit Ihrer Erlaubnis. Ich empfand es als faszinierend, besonders dieses Quasi-Heidentum, das dennoch auf einer Philosophie der Wertigkeiten gründet. Eine sehr pragmatische und funktionale Art der Religion, wie ich zugeben muss.«

Ain:Ain'Qua maß seinen Gehilfen mit einem zweifelnden Seitenblick. »Pragmatisch? Funktional? Glaubst du eigentlich an unseren Schöpfer, Bruder Giacomo?«

Giacomo lächelte. »Verzeiht, Exzellenz. Sehr kalte Begriffe, zugegeben. Ich fürchte, ich beschäftige mich zu sehr mit den Wissenschaften.«

»Du bist meiner Frage ausgewichen.«

Giacomo setzte ein verlegenes Lächeln auf. »Wenn Sie gestatten, Heiliger Vater, ich habe durchaus meinen Glauben an Gott, jedoch ist er nicht sehr ... traditionell.«

»Traditionell?«

»Er folgt in manchen Punkten einer eigenen Vorstellung und nicht den ... zuweilen etwas altertümlichen Auslegungen der Hohen Galaktischen Kirche.«

Ain:Ain'Qua seufzte lautstark und hob eine abwehrende Hand. »Das verschieben wir lieber auf ein anderes Mal. Einer Grundsatzdiskussion bin ich jetzt nicht gewachsen. Diese Leandra macht mir genug Sorgen.«

»Sorgen? Welcher Art, Exzellenz?«

Ain:Ain'Qua brummte leise. »Ich überlege mir, ob wir ihr helfen sollen oder ob sie eher ein Fall für die Heilige Inquisition ist.«

»Die Inquisition? Bisher haben Sie sich eher darum bemüht, sie im Zaum zu halten, Exzellenz. Darüber hinaus untersteht sie inzwischen diesem Kardinal Lakorta. Würde Leandra ihm in die Fänge geraten ...«

Ain:Ain'Qua blickte auf. »Du plädierst also *für* sie?«

Giacomo räusperte sich. »Ich denke, Heiliger Vater, dass dieses Trivocum im übertragenen Sinne eine ... wie soll ich sagen: eine ethisch akzeptable Bedeutung haben könnte. Auch wenn es von den Höhlenweltlern nur als ein Ding betrachtet wird und nicht als eine Wesenheit. Doch es besitzt eigene Kräfte, die sich dem Einfluss der Menschen entziehen. Für meinen Geschmack könnte man dieses Trivocum als einen Anknüpfungspunkt für eine ethische Lehre betrachten. So wie die unerklärbaren Phänomene unserer Welt häufig eine Brücke zu Gott bilden. Dieses Gestein Wolodit, das den Weg zum Trivocum eröffnet, scheint mir die einzig rätselhafte Größe zu sein.«

Ain:Ain'Qua lächelte schwach. »Du willst ihnen den Glauben bringen, Giacomo? Mithilfe ihres Trivocums?«

Giacomo schüttelte den Kopf. »Nein, Heiliger Vater, das wäre vermessen, und es ist ganz und gar nicht meine Aufgabe.«

Ain:Ain'Qua seufzte und nickte verstehend. »Aha. Du denkst, es wäre meine. Es ist lange her, dass die

Kirche irgendwen missioniert hat. Ich müsste in alten Büchern nachschlagen, wie man so etwas überhaupt anstellt.«

»Was ich meine, Heiliger Vater, ist, dass wir vielleicht Anlass haben, über das Wolodit oder das Trivocum nachzudenken, nicht aber über die Gesinnung Leandras. Die scheint mir außer Frage zu stehen. Besonders, wenn man sie im Lichte dessen betrachtet, was dieses Mädchen vorhat.«

Ein Ausdruck der Zufriedenheit legte sich auf Ain:Ain'Quas Züge. Er richtete sich auf. »Genau das wollte ich vor dir hören, mein Bester. Also gut – helfen wir ihr.«

Abermals räusperte sich Giacomo. »Die Hilfe wird massiv ausfallen müssen, Exzellenz. Sie hat buchstäblich nichts, nicht einmal eine Idee, wo sie mit ihrer Suche anfangen soll.«

»Was hältst du von diesem Roscoe?«

»Er ist verliebt in das Mädchen.«

Ain:Ain'Qua winkte ab. »Ja, das sieht ein Blinder. Ich habe gefragt, was du von ihm hältst.«

Giacomo zuckte die Schultern. »Ihm scheint die Abgebrühtheit zu fehlen. Offenbar war er lange nicht mehr mit … solch *zivilisierten Kreisen* in Kontakt.« Mit einem Nicken und einem Seitenblick wies er auf die Brats in der Blue Moon Bar. Sie alle schienen ebenso in Diskussionen über Leandra vertieft zu sein. Niemand achtete auf Ain:Ain'Qua und Giacomo. »Ansonsten aber ist er offenbar klug und verlässlich. Als Frachterkapitän dürfte er viel herumgekommen sein und sich einigermaßen gut auskennen.«

Ain:Ain'Qua nickte. »Das denke ich auch. Schließen wir ihn mit ein. Also schön – hör mir zu, Giacomo. Was immer Leandra herausfindet, nützt auch uns. Ich werde versuchen, ein kleines Abkommen mit ihr zu treffen: ihre Informationen gegen unsere Hilfe. Ich möchte, dass du all deine Quellen anzapfst, sogar die, von denen ich gar nicht wissen möchte, dass du sie hast. Versuch etwas zu finden, das wir Leandra und Roscoe mitgeben können. Leider müssen wir sie ganz allein auf die Reise schicken, denn keiner von uns beiden kann es sich leisten, sie zu begleiten. Wir müssen schnellstens zurück nach Thelur und dort wieder in Erscheinung treten. Und uns um diesen Lakorta kümmern. Ich wette, er steckt hinter diesem Einsatz der Ordensritter.«

»Die Brats werden Sie nicht so leicht gehen lassen, Exzellenz. Und auch Leandra nicht.«

»Überlass das mir, Giacomo. Ich werde mich mit Rowling unterhalten.«

Giacomo nickte, wissend, dass sein Prinzipal das Problem mit den Brats mit Sicherheit lösen würde. »Dann ... gibt es nur noch ein letztes kleines Problem.«

»Noch eins?«

Giacomo senkte die Stimme. »Was passiert mit dieser Miss Vasquez?« Er blickte unauffällig in Richtung der Leute, die sich am Tresen drängten. Auffallend allein saß Vasquez bei ihnen und starrte niedergeschlagen in die Luft. »Sie ist eine Pusmoh-Beamtin. Und sie hat eine Menge einstecken müssen. Nun sitzt sie ganz allein da – niemand interessiert sich für sie.«

»Dein Mitgefühl ehrt dich, Giacomo. Aber ist das im Augenblick für uns von Bedeutung? Ich kann mich nicht um die ganze Welt kümmern.«

»Sie hat sehr viel mitbekommen, Exzellenz. Mit ihrem Wissen könnte sie die Brats hier auf *Potato* auffliegen lassen, Roscoe und Leandra ans Messer liefern und alles offen legen, was Sie mit dieser Sache zu tun haben, Heiliger Vater.«

Ain:Ain'Qua stieß ein leises Stöhnen aus. »Ja, bei allen Göttern, du hast Recht.«

»Bei ... *allen Göttern*, Exzellenz?«

»Eine Art Fluch, Giacomo. Zum höheren Ruhm unseres Schöpfers. Manchmal benötigt auch ein Pontifex einen Kraftausdruck. Ich habe da ziemlich einge-
schränkte Möglichkeiten.«

Giacomo lachte leise. »Soll ich mich um sie kümmern, Heiliger Vater? Oder wollen Sie das tun?«

»Schon gut, Giacomo«, erwiderte er und erhob sich.
»Ich mache das.«

29 ◆ Aufbruch

Die unheimliche nächtliche Begegnung behielten Marina und Marius für sich. Da offenbar niemand sonst etwas davon mitbekommen hatte, ergaben sich auch keine unangenehmen Fragen. Die entscheidende Feststellung war die, dass nichts fehlte – alle Pyramiden waren da, und von den Bildern wurde ebenfalls keines vermisst. Marina leistete es sich, das Vorkommnis aus ihrem Kopf zu streichen. Das Ordenshaus war ein Ort, an dem seit Jahrhunderten die seltsamsten magischen Phänomene beheimatet waren, und vielleicht war diese schreckliche Kreatur nur irgendein ruheloser Geist gewesen – ein ehemaliger Bewohner dieses Ortes, der einmal einem Verbrechen zum Opfer gefallen war, oder etwas in dieser Art. Ein solches Haus war gewiss nicht immer nur ein Hort des Guten und der Rechtschaffenheit gewesen; auch hier mochten einmal Ränke geschmiedet oder unliebsame Rivalen beseitigt worden sein.

In den folgenden zwei Tagen bemühten sich Marina und Azrani, die Annahme, dass Phenros' Bild eine Landkarte sei, mit weiteren Beweisen zu untermauern. Im Besonderen kümmerte sich Marina um das Bild Nummer zwölf. Mehrfach suchte sie die kleine Grotte unter dem Cambrischen Quell wieder auf und erforschte die seltsame Form, die sich durch das Übereinanderlegen der beiden Bilder ergab. Aber es blieb dabei: Da war nur eine Art Gerippe zu sehen, als wäre ein Tier rücklings im dem Sand verendet. Dahinter lag etwas ... möglicherweise ein großes Bauwerk mit einem dunklen Portal an der Vorderseite. Die Größenverhältnisse waren verwirrend, vermutlich würde man erst Genaueres sagen können, wenn man davor stand. Allerdings ergab sich die Frage, was heute noch von dem Bauwerk stand. Marina hegte wenig Hoffnung, mehr als ein paar verfallene Ruinen vorzufinden, vorausgesetzt, es gelang ihnen, diesen Ort ausfindig zu machen.

Marius war immer öfter in Marinas Nähe anzutreffen. Sie hoffte, dass er nicht damit begann, ihr den Hof zu machen. Er war nett und hilfreich, aber keinesfalls ihr Typ. Azrani hingegen machte Anstalten, sich gegen Marius' Gesellschaft aufzulehnen. Erst als sie sicher war, dass Marina kein Interesse an ihm hegte, beruhigte sie sich wieder. Schließlich musste sie zugeben, dass Marius ebenso viel Geschick besaß wie sie, den alten Dokumenten, Folianten und Schriftrollen ihre Geheimnisse zu entreißen. Auch erwies er sich als überraschend kundig in den Künsten der Magie. Er war, wie er erklärt hatte, schon seit über einem Jahr Adept, hatte gerade seine einjährige Zeit der Wanderschaft hinter sich gebracht und wartete nun auf die Ernennung zum Jungmagier. Bald waren sie ausschließlich damit beschäftigt, Phenros Geheimnisse zu entschlüsseln.

Nach einigen Tagen wurden Azrani und Marina beim Primas vorstellig und kündigten ihre Reise nach Veldoor an.

»Dort muss des Rätsels Lösung zu finden sein«, erklärte Azrani. »Wir haben alle Bildinhalte genauestens aufgelistet und mit sämtlichen Karten, Reiseberichten und sonstigen Hinweisen verglichen, die wir finden konnten. Der Ort, an den uns die Karte führt, muss sich an der Ostküste von Veldoor befinden. Auf einer wüstenartigen Hochebene, die sich in einer unzugänglichen Bergregion befindet. Alle Hinweise ergeben das gleiche Bild.«

»Veldoor ist ein Kontinent, der massiv stygisch ver-
seucht ist«, gab der Primas zu bedenken. »Dort hat sich
seit dem Dunklen Zeitalter das Trivocum nicht wieder vollständig zurückgebildet, und deshalb trifft man
heute noch die bizarrsten Phänomene an. Viele davon
sind gefährlich.«

»Marius könnte mitkommen«, schlug Marina vor.

»Marius?«, fragte der Hochmeister erstaunt. »Dieser … junge Adept von Magister Jussef?«

»Er ist als Magier ziemlich gut, Hochmeister. Ich
weiß nicht recht, warum er noch immer Adept ist. Er
könnte ohne Probleme die Prüfung zum Jungmagier
ablegen.«

Jockum nickte. »Ja. Das hat mir Jussef auch schon
berichtet. Er soll sehr geschickt sein. Aber dennoch:
Für eine Reise nach Veldoor wäre eher ein Gildenmeister oder ein Altmeister angemessen. Aber ihr wisst ja:
Munuel und ich scheiden für solche Reisen inzwischen
aus.«

»Wir haben ja noch die Drachen, Hochmeister«, erwiderte Marina. »Die Drachen können auf uns aufpassen.
Selbst die Drachen, die in Veldoor leben, sind unsere
Freunde.« Sie blickte hoffnungsvoll zu Azrani. »Schließlich gehören wir zu den *Schwestern des Windes*.«

Jockum lachte leise auf. Er fragte sich, warum die
beiden überhaupt zu ihm kamen. Er hatte keinerlei
disziplinarische Gewalt über sie. Und wenn man es
einmal aus dem Blickwinkel betrachtete, dass sie im
Dienste von Ulfa und seinem Vermächtnis standen,
hätten eher *sie* hier die Befehle geben können.

»Wenn ihr meint, dass es wichtig ist und ihr es schaffen könnt – meinen Segen habt ihr«, erklärte er. »Nur
eine Bitte hätte ich: Kehrt heil wieder zurück. Nicht
auszudenken, welche Gram allein hier im Ordenshaus herrschen würde, sollte einer von euch etwas zustoßen.«

Azrani winkte lächelnd ab. »Nun macht es nicht so dramatisch, Hochmeister. Wir ziehen ja nicht in den Krieg. Es ist nur eine kleine Reise in ein anderes Land.«

»Wann wollt ihr aufbrechen?«

»So bald wie möglich. Wir haben alles beisammen, was wir brauchen. Wir müssten nur ein bisschen Reisegepäck zusammenstellen und mit Nerolaan Kontakt aufnehmen. Ach ja: Marius weiß noch nichts von seinem Glück.«

»Meinetwegen nehmt ihn mit. Ich wünsche euch gutes Gelingen.«

In Hochstimmung verließen sie den Hochmeister und machten sich daran, ihre Habseligkeiten einzupacken. Marina fertigte eine stark verkleinerte Kopie ihrer Reiseroute an.

Als Marius erfuhr, dass die beiden Mädchen nach Veldoor reisen wollten und er sie begleiten sollte, zeigte er sich ziemlich verwirrt. »Müsst ihr das denn gar nicht mit den anderen besprechen? Mit den *Schwestern des Windes?* In ... Malangoor?«

Marina stutze. »Malangoor? Wie kommst du denn auf diesen Namen?«

Marius zuckte unschuldig grinsend mit den Achseln. »Na ja, das hat sich doch inzwischen herumgesprochen. Dass Malangoor der geheimnisvolle Gründungsort und Stützpunkt der *Schwestern des Windes* ist. Stimmt das etwa nicht?«

Nun kam auch Azrani herbei. »Herumgesprochen? Wo hast du denn *davon* gehört?«

Unsicher blickte Marius zwischen beiden hin und her. Er spürte, dass er den Mund zu weit aufgerissen hatte. Offenbar war das Geheimnis um Malangoor doch besser gehütet, als er gedacht hatte. »Gehört? Na, ich ...« Er gab vor, angestrengt nachzudenken. »Hm ... ich weiß auch nicht. Irgendwer hat das erzählt. Ich weiß aber nicht mehr, wer. Ist das so ein großes Geheimnis?«

Plötzlich wirkten die beiden, als lägen hundert Meilen und zahllose unüberbrückbare Abgründe zwischen ihnen und ihm.

»Allerdings ist es das!«, fuhr ihn Marina an. Ihre Miene war plötzlich toderst. »Es wäre mir lieb, wenn du mir *genau* sagen könntest, wer dir das erzählt hat!«

Marius fühlte Schwindel in sich aufsteigen. »Ich ... ich weiß es wirklich nicht mehr. Es war wohl nur eine beiläufige Bemerkung von irgendjemandem ...«

»So beiläufig«, fuhr ihn Azrani an, »dass du sie dir genau gemerkt hast und dir jetzt Gedanken machst, ob wir nicht dort hin müssten? Überhaupt wundert es mich, dass du von den *Schwestern des Windes* sprichst. Selbst davon wissen eigentlich nur der Primas und Munuel. Keine Ahnung, wie *du* davon erfahren konntest!«

»Nun mach mal halblang ...«, rief Marius verzweifelt. »Das ist doch nur Novizengeschwätz. Man redet hier ständig über euch, das muss euch doch klar sein!«

»Ist es uns auch!«, erwiderte Marina kalt. »Und über *was* die Novizen da reden, ist uns ebenfalls völlig klar. Das, was du jedoch erwähnst, ist etwas völlig anderes.«

Hatte Marius noch vor kurzem gedacht, er wäre den beiden inzwischen so nahe gekommen, dass eine gewisse Vertautheit zwischen ihnen bestünde, sah er sich nun herb enttäuscht. Sie wirkten in ihrer Einigkeit plötzlich wie eine Wand aus Fels. Er schalt sich einen Narren, die Kraft ihrer Freundschaft so gering eingeschätzt zu haben.

Marina, deren hübsches Gesicht sonst Wärme und Freundlichkeit ausstrahlte, war plötzlich so kalt wie das einer Statue aus Stein. »Nichts gegen dich, Marius«, maulte sie, »aber mit *dir* werde ich diese Reise nicht antreten! Nicht, bis du uns nicht in aller Ausführlichkeit erklärt hast, woher du von den *Schwestern des*

Windes und Malangoor weißt!« Sie blickte kurz zu Azrani, die mit ebensolch steinerner Miene den Kopf schüttelte.

Verdammter Mist!, fluchte Marius in sich hinein.

*

»Weißt du was?«, fragte Marina leise. »Irgendwie mag ich ihn.«

Azrani, die sich bei ihr untergehakt hatte, während sie die endlosen Stufen hinaufstiegen, verzog das Gesicht. »Wirklich? Diesen Dickwanst? Der hat ja noch viel mehr drauf als Marius!«

»Na und? Dafür ist er witzig, klug und wenigstens ein richtiger Kerl. Und er gibt sich Mühe, nett zu sein.«

Azrani seufzte. »Bei so was wirst du immer weich, oder? Macht es dir denn gar nichts aus, dass er einer von *denen* ist?«, wandte Azrani leise ein. »Von der Bruderschaft!«

Marina winkte ab. »Das war einmal. Alina hat ihn bekehrt – mit einem Lächeln. Alina kann so etwas.«

Azrani schien das nicht zu überzeugen. Sie blickte über die Schulter die Treppe hinab. »Ich frage mich, ob ein Drache ihn überhaupt in die Lüfte bekommt. Der wiegt ja mehr als wir beide zusammen!«

»Ach, klar. Ein Drache wie Nerolaan schafft drei von seiner Sorte.«

Leise tuschelnd stiegen sie weiter die Wendeltreppe hinauf. Der schwer schnaufende Ullrik war bereits hoffnungslos zurückgefallen. »Hätten wir nicht …«, keuchte er, »die Drachen hinunter … auf den Marktplatz bestellen können?«

Marina blieb stehen, grinste und sprang die Stufen zu ihm hinab. Sie hakte sich bei ihm unter, um ihn mit sich zu ziehen. »Nur nicht schlapp machen! Wir haben es absichtlich so gedreht, dass du den ganzen Weg bis hinauf zum Drachenhorst laufen musst. Wenn du dir je Hoffnungen auf eine von uns machen willst, musst du etwas für deinen Körper tun, mein Bester.«

Ullrik blieb stehen. »Die inneren Werte sind es, die zählen!«, keuchte er mit belehrend erhobenem Zeigefinger. »Die inneren Werte! Über schnöde Äußerlichkeiten bin ich erhaben. Frauen dieser Art interessieren mich gar nicht.«

Azrani kam nun ebenfalls herunter und hakte sich auf der anderen Seite bei ihm ein. »Ah, jetzt verstehe ich endlich«, meinte sie fröhlich. »Du hast dir absichtlich so einen dicken Bauch zugelegt, um die guten Mädchen von den schlechten unterscheiden zu können.«

»Ganz recht, junge Dame«, grollte er mit seinem brummigen Bass. »Auf solche Kätzchen wie euch falle ich gar nicht erst herein! Wie weit ist es noch?«

»Bestimmt noch eine halbe Stunde«, meinte Azrani. »Glaubst du denn wirklich, dass du auf einem Drachen fliegen kannst?«

Ullrik richtete sich zu seiner ganzen Größe auf, die nicht unbeträchtlich war. Wenn er so dastand, konnte man ihn mit seinem bärtigen Gesicht und seinem wuchtigen Körper für einen gewaltigen Barbarenkrieger halten. Ihm fehlte nur eine Rüstung und eine riesige Streitaxt.

Mit vorwurfsvollen Blicken maß er Azrani. »Allerdings, du junges Gemüse! So ein Wrack bin ich nun auch wieder nicht. Nur eine Treppe wie diese – darauf war ich nicht gefasst. Wie viele Stufen hat sie eigentlich?«

Azrani dachte kurz nach. »Der Drachenhorst liegt angeblich fünfhundert Ellen über dem Marktplatz. Bei ... sagen wir: zwei Stufen pro Elle wären das ... ähm ... genau tausend Stufen.«

»*Tausend* Stufen?«, kreischte er mit sich überschlagender Stimme. »Jetzt weiß ich es! Ein verkappter Mordanschlag! Ihr wollt mich umbringen! Wer hat euch dazu angestiftet?«

Sie lachten beide auf. »Schon gut, schon gut. Niemand will dich umbringen. Nun komm schon. Wir wollen endlich hinauf.«

Ullrik kämpfte sich aus den Haltegriffen der beiden Mädchen frei, warf ihnen einen trotzigen Blick zu und marschierte mit neu erwachter Kraft die Stufen hinauf. Auf seinem Rücken trug er einen riesigen Rucksack – Azranis Vermutung nach ausschließlich Essensvorräte.

Sie grinsten sich an und folgten ihm.

Als sie eine gute halbe Stunde später oben auf dem Drachenhorst des Palastes anlangten, war Ullrik völlig erledigt. Ächzend warf er seinen Rucksack ab und ließ sich zu Boden sinken.

Der Drachenhorst lag auf einem natürlichen, breiten Sims des Savalgorer Stützpfeilers, nach Norden hin gelegen und direkt oberhalb des Shabibspalastes, der sich im Inneren des Pfeilers befand. Die Ebene maß etwa hundertsechzig Schritt in der Länge und sechzig in der Breite und war so flach wie eine Tischplatte. Im Süden, zur aufsteigenden Felswand des Pfeilers hin, befanden sich etliche große Holztore. Eines davon war geöffnet, und der riesige Leib eines Sonnendrachen schaute ein Stück heraus; er hatte sich zusammengerollt wie eine Katze und schien zu schlafen. Ansonsten war niemand zu sehen.

Azrani deutete auf eine Holzhütte, die am westlichen Ende des Drachenhorstes gegen die Felswand gebaut war. »Das muss die Hütte des Drachenmeisters sein«, sagte sie und ließ ihren Rucksack zu Boden sinken. »Da muss ich als Erstes hin. Wartet hier, ja?«

Ullrik stieß ein erschöpftes Seufzen aus und nickte. Marina entledigte sich ebenfalls ihres Rucksacks und setzte sich Ullrik schräg gegenüber auf den Boden.

Ihren Rucksack benutzte sie als Lehne, während sie alle viere von sich streckte. Auch sie war erschöpft. Nur Azrani schien der Aufstieg nichts ausgemacht zu haben. Sie hatte die kleine Hütte bereits erreicht, klopfte an und wurde gleich darauf eingelassen.

»Wir wollten von hier oben losfliegen«, erklärte Marina matt, »damit es nicht jeder in der Stadt mitbekommt. Von unserer Reise soll nach Möglichkeit niemand wissen. Du weißt ja, womit dieser Marius schon herumgetönt hat.«

Ullrik nickte wieder. Das Sprechen war ihm im Augenblick offenbar zu mühevoll. Für eine Weile warteten sie schweigend auf Azrani.

»Du hast Alina damals bei ihrer Flucht geholfen, nicht wahr?«, fragte Marina nach einer Weile, um irgendein Gespräch zu beginnen.

Ullrik lächelte, zog ein Tuch hervor und tupfte sich die Stirn ab. »Ein Glück, dass ich damals nicht wusste, wer sie war. Ich hätte mir vor Ehrfurcht in die Hosen gemacht. Die *Shaba!*«

»Und wie hast du's später erfahren?«

»Ach, das war Zufall. Ich kam auf einem Markt in Tulanbaar am Zelt einer kleinen Schaustellertruppe vorbei. Akrobaten und Gaukler, du weißt schon. Sie hatten auch einen Geschichtenerzähler dabei, und nun darfst du raten, was zurzeit die Lieblingsgeschichte solcher Truppen ist.«

Marina schmunzelte. »Ja, ich weiß schon. Das gefährliche Abenteuer von Alina, der frisch gebackenen Shaba, die ganz allein vor den Drakken floh und Akrania vor der Sklaverei bewahrte.«

Ullrik nickte froh. »Genau. Übrigens hat sie dabei noch ein paar Dämonen mit bloßer Hand erwürgt, mehrere Dutzend kleiner Kinder vor dem Ertrinken gerettet und den Obersten Drakken mit einem magischen Schwert durchbohrt. Wusstest du das?«

»Oh, ich bin sicher, sie hat noch Hunderte weiterer Heldentaten vollbracht. Hast du sie etwa daran erkannt?«

Ullrik lachte auf. »Nein, nein. So herum wäre ich nie darauf gekommen. Aber der Geschichtenerzähler hatte ein Porträt von ihr ausgestellt, in einem netten goldenen Rahmen. Es sah ihr zwar nicht sehr ähnlich, aber dennoch: es war ein sehr hübsches Gesicht. Deswegen bin ich stehen geblieben und habe eine Weile zugehört. Dann erzählte der Mann etwas von ihrem Hund, der mit seinem Gebell Drakken töten konnte. Da wusste ich, dass ich damals tatsächlich der Shaba geholfen hatte.«

Marina nickte. »Das war Benni. Und dann bist du einfach schnurstracks nach Savalgor marschiert, um bei ihr vorzusprechen?«

»Ja. Sie hatte mir damals gesagt, ich solle mir ihr Gesicht merken und sie werde an mich denken, wenn wir uns jemals wieder sehen würden.«

Sie lächelte. »Wirklich? Das hat sie gesagt?«

»Wort für Wort. Ich bin dann losmarschiert – bei Nacht und Nebel. Ich war mit ein paar Brüdern zusammen, wir hatten uns in einer alten Ruine irgendwo im Marschenforst verkrochen. Zum Glück hat mich niemand verfolgt.«

»… und du hast gehofft, dass Alina dich aufnehmen würde?«

»Warum nicht? Ich suchte schon seit einiger Zeit nach einer Gelegenheit, von dort zu verschwinden, weißt du?« Sein Blick verfinsterte sich. »Die Bruderschaft … früher einmal haben wir an ein Ziel geglaubt. Auch wenn es ein dunkles, böses Ziel war – aber das war uns ja gar nicht bewusst. Ich wurde hineingeboren in die Bruderschaft, habe nie eine Mutter gehabt. Nur Väter – dunkle, böse Väter. Sie haben es verstanden, den Hass auf die normalen Leute in uns zu schüren, bis wir zuletzt überzeugt waren, es sei richtig, was wir tun. Aber jetzt? Da regieren dort nur noch der Hass, der Neid, die Angst ... Ich war froh, plötzlich zu wissen, dass es jemanden gab, der mir aus diesem Sumpf heraushelfen konnte.«

»So sicher warst du? Du hast Alina doch nur dieses eine Mal gesehen.«

Ullrik warf ihr einen viel sagenden Blick zu. Marina verstand. Zu Alina Vertrauen zu fassen war eine Sache von Sekunden. Ein Blick in ihre Augen genügte.

»Wie war euer Wiedersehen?«

Er seufzte leidenschaftlich. »Sie fiel mir um den Hals – so wahr ich hier sitze! Ach, Alina hat eine unbeschreibliche Ausstrahlung, und sie ist so wunderschön ... Ich habe mich richtig verliebt in sie.«

Marina kicherte leise. »Wirklich? Hast du ihr das gesagt?«

»Bist du verrückt? Sie ist eine verheiratete Frau, und Mutter ist sie obendrein auch noch.« Er grinste sie an. »Aber nun hat sie mich ja euch Kätzchen zugeteilt, nicht wahr?«

»Aha!«, stellte Marina geschäftsmäßig fest und verschränkte die Arme vor der Brust. »Also sind wir doch nicht so sehr unter deiner Würde, was? Wir *Kätzchen*.« Sie hob die Schultern. »Was soll das eigentlich bedeuten?«

Er lächelte unschuldig. »Ach, nichts. Ist nur so ein Ausdruck ...«

Sie hörten eine Tür gehen, und Azrani trat aus der Hütte des Drachenmeisters. »Seltsam«, berichtete sie, als sie wieder bei ihnen war. »Aus irgendeinem Grund sind die Drachen noch nicht da. Ich hatte mit Nerolaan abgemacht, dass wir heute ab der Mittagszeit reisebereit sind. Eigentlich hätte er schon heute Morgen hier eintreffen sollen.«

Marina stand auf und blickte sich um. »Und was machen wir nun?«

Azrani zuckte mit den Schultern. »Ich weiß auch nicht. Wir werden einfach noch warten müssen.«

Marina seufzte, und Azrani setzte sich neben sie. Zu dritt starrten sie in den Himmel hinaus, lauschten abwechselnd ins Trivocum, aber kein Nerolaan meldete sich. Zum Zeitvertreib brachte Marina Ullrik ein paar Wörter der alten Drachensprache bei und erklärte ihm, wie man durch das Trivocum mit den Drachen in Verbindung trat. Ullrik erwies sich klug und verständig. So vergingen zwei Stunden, aber Nerolaan und seine beiden Artgenossen tauchten immer noch nicht auf.

»Wir könnten mal den Sonnendrachen fragen«, meinte Azrani schließlich.

Marina und Ullrik blickten in Richtung des schlafenden Giganten. »Den dort drüben?«

Azrani drehte sich um. »Ja. Er heißt Meados. Der Drachenmeister sagte, er sei vor drei Tagen von weit her gekommen, aus dem Osten.«

»Und … was willst du ihn fragen?«

Azrani erhob sich. »Einfach um seinen Rat. Er hat sicher bessere Möglichkeiten als wir, andere Drachen übers Trivocum zu fragen. Vielleicht bekommt er heraus, wo Nerolaan steckt.«

Plötzliche Neugierde stieg in Marina auf. Mit einem Sonnendrachen hatte sie noch nie gesprochen. Innerhalb von Augenblicken war sie auf den Beinen, und eilte quer über den Platz auf den riesigen Sonnendrachen zu. Azrani folgte ihr.

Als sie vor ihm angelangte, wurde ihr klar, dass sie bisher noch nie einem so großen Drachen nahe gekommen war. Abgesehen von den schrecklichen Malachista – mystischen Kreaturen, über deren wahre Natur man sich immer noch uneinig war –, waren die Sonnendrachen die größte Art der fliegenden Echsen, die es in der Höhlenwelt gab. Dieser hier musste eine

Spannweite von hundert oder hundertzwanzig Ellen haben – er war einfach gewaltig.

Die hinteren zwei Drittel seines Körpers lagen in einem der Drachenquartiere, einer großen Höhlung in der aufsteigenden Felswand. Ein Teil des Bodens war mit Stroh gedeckt, und das zweiflügelige Holztor war weit geöffnet. Rechts neben dem Drachen standen zwei große, steinerne Tröge, der eine mit Wasser gefüllt, der andere mit reifen Golaanüssen, die einen herb-süßlichen Duft verströmten.

Azrani gesellte sich zu Marina. Noch immer lag der Drache schlafend auf seinem Platz. Seine ledrige Haut war graubraun, mit großen Flecken auf der Brust, dem Bauch, dem Rücken und den Schwingen, wo die Farbe in Ockergelb überging. Sonnendrachen zählten zu den wenigen vierbeinigen Arten, die meisten Drachenarten besaßen nur zwei Beine. Sein Rücken war vergleichsweise flach und von einem ungewöhnlich breiten Hornkamm überzogen, der viele Lücken aufwies. Auf seinem Rücken würden sich über ein Dutzend Leute gut festhalten können. Der massige Schädel des Tieres war kantig und sicher größer als Marina und Azrani zusammen.

Befangen und unsicher, ob ein kleiner Mensch wie sie überhaupt ein so majestätisches Wesen aufwecken dürfte, tastete sich Marina ans Trivocum heran.

Meados?

Es dauerte nur Augenblicke, da öffnete der große Drache die Augen. Er hob den riesigen Schädel und wandte ihn den beiden Mädchen zu.

Verzeih, Meados, sagte sie in der alten Drachensprache über das Trivocum. *Mein Name ist Marina. Darf ich dich etwas fragen?*

Der Drache schnaubte, drehte den Schädel ein wenig zur Seite und riss den Rachen zu einem gewaltigen Gähnen auf. Der Laut, den der dabei ausstieß, war so abgründig tief, dass er den blanken Felsen in Schwingung zu versetzen schien. Erschrocken traten Marina und Azrani einen Schritt zurück.

Du beherrschst die Alte Sprache?, fragte der Drache übers Trivocum.

Ja, Meados. Ich ... würde dich gern etwas fragen.

Und was?, lautete die Antwort.

Das Wesen starrte sie mit geschlitzten Augen an, aber Marina fühlte sich nicht bedroht – sie hatte eher das Gefühl, als läge in diesem riesigen Drachengesicht etwas Schelmisches. Auch Meados' Stimme klang weich und neugierig; Marina hatte nach seinem Gähnen eher ein urweltliches Dröhnen erwartet, gepaart mit einem ernsthaften, würdevollen Auftreten. Sie wurde unsicher.

Geht es dir gut?, fragte sie. *Bist du ausgeschlafen? Ich ... könnte später noch einmal wiederkommen.*

Schon gut, ich bin wach. Bist du nicht eine der Schwestern des Windes?

Sie stutzte. *Ja, das stimmt, ich bin Marina. Woher weißt du das?*

Ich kann es spüren, antwortete der Drache mit seiner feinen Stimme. *Du trägst ein Zeichen ... unseres Urdrachen. Ein Zeichen von Ulfa.* Er musterte sie eingehend und fügte nach einer Weile hinzu: *Es ist gut, dich zu treffen.*

So? Warum das?

Ich komme weit aus dem Osten, wo es fast nichts als hohe Gebirge und Wüsten gibt. Dort leben keine Menschen. Doch auch wir vernahmen Ulfas Ruf, der zum Krieg gegen die fremden Eindringlinge aufrief. Wir waren jedoch zu weit entfernt und haben an diesem Krieg kaum teilgenommen ... Du musst wissen, dass der Osten unsere Heimat ist. Von dort stammen die Drachen.

Tatsächlich? Das wusste ich nicht, meinte Marina.

Ihr Menschen wisst so manches nicht, was uns Drachen

betrifft, erklärte Meados väterlich. *Umgekehrt ist es natürlich ähnlich. Deswegen bin ich auch hier. Ich bin alt, Marina. Ich weiß nicht, wie viel Zeit mir noch vergönnt ist. So beschloss ich, hierher in den Westen zu fliegen, um die Menschen aufzusuchen. Ich wollte selbst sehen, wie sich die wieder erstandene Freundschaft zwischen euch und uns Drachen anfühlt. Und ich wollte eine von euch treffen – eine von den* Schwestern des Windes.

Marina nickte verstehend und wies dann auf ihre Freundin, die neben ihr stand. *Hier ist noch eine von uns, Meados. Sie heißt Azrani.*

Azrani?, fragte der Drache. *Ja, ich erinnere mich. Dieser Name wurde ebenfalls erwähnt.* Der Drache blickte Azrani an und sah dann kurz zu Ullrik, der sich zögernd näherte.

Und … wer ist euer Begleiter?

Das ist Ullrik. Ein Freund.

Meados stieß ein leises Grollen aus, was vermutlich so etwas wie ein verstehendes Nicken darstellen sollte. Nach einer Weile fragte er: *Ist … Leandra auch hier?*

Leandra? Du scheinst all unsere Namen zu kennen.

Meados ließ so etwas wie ein Lachen ertönen – eine ungewöhnliche Gemütsäußerung für einen Drachen. *Ihr seid unter den Drachen berühmt – wisst ihr das nicht? Alle Drachen der Höhlenwelt kennen eure Namen. Es ist ein unverhofftes Glück, dass ich zweien von euch so bald schon hier begegne.*

Ah so. Aber Leandra ist leider nicht hier, Meados.

Nicht?, fragte Meados erstaunt. *Das ist … schade. Nun ja …*

Marinas Aussage war reichlich unbestimmt gewesen, und sie überlegte bereits, wie sie dem Drachen erklären sollte, was Leandra zugestoßen war. Aber da streifte sie ein seltsames Gefühl von Befremdung, denn Meados schien sich gar nicht weiter für Leandras Verbleib zu interessieren. Sie tauschte einen kurzen Blick mit Azrani, die offenbar selbst die Luft angehalten hatte: Keine von ihnen hatte sich bisher Gedanken darüber gemacht, wie man Leandras Schicksal einem Außenstehenden erklären sollte – nicht einmal, ob man es überhaupt tun sollte. Marina kam zu einem traurigen Schluss: Was Leandra widerfahren war, musste in gewisser Weise ein Geheimnis bleiben.

Du wolltest mir anfangs selbst eine Frage stellen, nicht wahr?, unterbrach der Sonnendrache ihre Gedanken. *Womit kann ich dir behilflich sein?*

Dankbar für den Themenwechsel, hob Marina den Blick. *Wir sind eigentlich auf dem Weg nach Veldoor, Meados. Aber unser Drachenfreund Nerolaan, der uns mit zwei anderen Felsdrachen dorthin bringen wollte, ist noch nicht erschienen. Wir fragen uns, wo er steckt.*

Nerolaan, sagst du? Der Sonnendrache hob den Kopf und musterte die drei Menschen. *Oh, verzeih ... wie dumm von mir. Heute Morgen ... erhielt ich eine Nachricht. Jetzt erst verstehe ich, dass sie euch betrifft.*

Wirklich?, fragte Marina beunruhigt. *Ist etwas passiert?*

Ich weiß es nicht, Marina ... Die Nachricht gelangte über andere Drachen bis hierher. Ich bin nur zufällig der Letzte in der Kette. Sie besagt, dass sich Nerolaan entschuldigen lässt, denn er könne nicht kommen. Die Nachricht soll an zwei junge Frauen übermittelt werden, die heute hier auf ihn warten.

Verwirrt sah Marina zu Azrani und Ullrik. Ihre Freundin zuckte mit den Schultern und teilte dann Ullrik die Neuigkeit mit. Der dicke Mönch zog erstaunt die Brauen in die Höhe.

Sonst hast du nichts gehört, Meados?, fragte Marina betroffen. *Nur, dass er nicht kommen kann? Das ist alles?*

Ja, leider. Wartet ihr schon lange? Ich fürchte, ich habe tief geschlafen und euer Kommen nicht bemerkt.

Marina seufzte enttäuscht und sah ihre Freunde an. »Was machen wir nun?«

Weder Ullrik noch Azrani wussten eine Antwort.

Ihr wollt nach Veldoor?

Plötzlich entstand ein dunkler Ton in der Luft, der drohend und dumpf wie ein Paukenschlag den alten Drachenlandeplatz um sie herum erfüllte. Verwundert drehte sich Marina zu Meados um. Der Drache war seltsam starr geworden.

Ja, Meados. Kennst du Veldoor?

Schweigen dehnte sich aus, das seltsame Gefühl blieb.

Das ist spärlich besiedeltes Land – und es ist nicht ungefährlich dort. Was sucht ihr da?

Marina war verunsichert, gerade so, als hätte sie verbotenen Grund betreten wollen. In dem Verlangen, sich zu erklären, hob sie die Schultern und sagte: *Das wissen wir selbst noch nicht genau. Wir haben alte Dokumente gefunden, die uns einen Weg nach Veldoor weisen. Dort hoffen wir Antworten auf bestimmte Fragen zu finden. Drängende Fragen.*

Meados wirkte nun wie ein strenger Gebieter. Auch seine Stimme war ernster und deutlich tiefer geworden.

Darf ich wissen, welche Fragen das sind?

Marinas Unruhe wuchs. Hatte Meados sich anfangs betont unverfänglich gegeben, so schien er in Wahrheit ein erhebliches Interesse an dem zu hegen, was sie vorhatten.

Gern hätte sie Azrani oder Ullrik um Rat gefragt, denn sie wusste nicht, wie viel sie preisgeben durfte. Seit kurzem gab es in ihrem Leben und dem ihrer Schwestern vieles, das höchster Vertraulichkeit bedurfte – aber galt das auch gegenüber den Drachen? Es war schlechterdings unmöglich, dies jetzt in Gegenwart von Meados mit Azrani zu besprechen.

Es geht um die Drakken, erwiderte sie zögernd. *Uns ist klar geworden, dass sie unsere Welt nicht nur ausbeuten, sondern letzten Endes vollständig vernichten wollten.*

Vollständig vernichten? Meados starrte Marina nur an. *Und was hat das mit Veldoor zu tun?*

Marina focht einen innerlichen Kampf, obgleich sie den Grund dafür nicht nennen konnte. Wenn es auf dieser Welt jemanden gab, der wahrhaft vertrauenswürdig war, dann waren es schließlich die Drachen.

Einer unserer Ahnen, erklärte sie befangen, *entdeckte ein rätselhaftes Relikt – offenbar auf Veldoor. Womöglich ein Bauwerk. Obwohl heute, nach Jahrtausenden, höchstens noch ein paar Ruinen übrig sein dürften. Wir hatten vor, es zu suchen und herauszufinden, ob es uns dem Geheimnis der Drakken auf die Spur bringen kann.*

Und ... was versprecht ihr euch davon?

Marina wandte den Blick Hilfe suchend zu Azrani. Warum nur wurde sie das Gefühl nicht los, etwas offen zu legen, über das sie schweigen sollte? Doch Azrani und auch Ullrik wirkten seltsam starr und unbeteiligt. Als sie den Blick wieder zu dem riesigen Sonnendrachen wandte, war ihr klar, dass ihr der Mut fehlte, ihm jetzt Einhalt zu gebieten. *Wir ... wir müssen herausbekommen, ob uns trotz unseres Sieges über die Drakken immer noch Gefahr von ihnen droht,* erklärte sie.

Die Flanken des riesenhaften Geschöpfes hoben und senkten sich in langsamem Rhythmus. Sein Blick war streng, seine Haltung gebieterisch. Marina stand furchtsam wie ein Mäuschen vor ihm und musste sich regelrecht zwingen weiterzuatmen. Solch ein Gefühl hatte sie noch nie einem Drachen gegenüber verspürt.

Sekunden vergingen ...

Und plötzlich war alles wieder vorbei.

Marina schnappte nach Luft; beinahe hätte sie vor Erleichterung aufgeseufzt. Es war, als hätte jemand in einem finsteren, stickigen Zimmer plötzlich die Vorhänge geöffnet und die Fenster weit aufgerissen.

Als sie zu Meados sah, schien all das seltsame Gehabe vollständig von ihm abgefallen zu sein. Er wirkte
so freundlich und unverfänglich wie zu Beginn ihrer
Begegnung.

Das klingt nach einer dringenden Aufgabe, erklärte er
munter. *Wenn ihr wollt, springe ich für Nerolaan ein und
bringe euch nach Veldoor. Seid ihr einverstanden?*

Marina starrte den Sonnendrachen befangen an.

Du musst verzeihen, erklärte Meados, *wenn ich gerade
ein wenig ... bedrohlich gewirkt habe. Wir Sonnendrachen
fühlen uns für das Wohlergehen aller anderen Drachen der
Höhlenwelt mit verantwortlich. Manchmal übermannt uns
da ... eine zu große Ernsthaftigkeit.*

Marina schluckte und lächelte dann unsicher. *Wirklich?*, fragte sie.

Ja. Aber vergessen wir das. Was ist nun? Fliegen wir?

Marina tauschte Blicke mit Azrani und Ullrik.

Einerseits war Meados' Angebot eine große Hilfe,
und sie hatte schon immer mal auf einem dieser majestätischen Riesendrachen fliegen wollen. Was ihr allerdings weniger behagte, war die Tatsache, dass sie überhaupt keine Möglichkeit hatte abzulehnen, wollte sie
mit ihrer dringenden Mission vorankommen.

Das würdest du wirklich tun?, fragte sie unbeholfen.

Ja, natürlich.

Und ... wann würdest du losfliegen?

Am besten sofort!, antwortete Meados und richtete sich
zu voller Größe auf.

Als sie etwa eine halbe Stunde in der Luft waren,
beugte sich Azrani, die hinter Marina auf dem breiten
Drachenrücken saß, ganz nah an ihr Ohr. Leise zischte
sie durch den Wind: »Ich kriege langsam Bedenken.«

Betroffen wandte Marina sich um. »Bedenken?«

»Merkst du's nicht? Wir fliegen nach Osten, nicht nach Norden. Wir fliegen in Richtung der Berge.«

Marina reckte sich, um über den Kopf des Drachen hinweg nach vorn blicken zu können. Tatsächlich – zwischen mächtigen Pfeilern hindurch sah sie die ersten dunklen Gipfel einer Bergekette auftauchen – es konnte nur das Akranische Felsengebirge sein. Laut Phenros' Beschreibung jedoch hätten sie zuerst ein gutes Stück nach Norden über das Savalgorer Tiefland fliegen müssen, ehe sie nach Osten beidrehten.

Ein ungutes Gefühl krallte sich in Marinas Eingeweide. Meados kannte doch gewiss den Weg – besser als sie selbst. Oder wollte er am Ende gar nicht nach Veldoor?

DANKSAGUNG

Wieder einmal haben mir viele Personen bei der Verwirklichung dieses Romans geholfen, bei denen ich mich ganz herzlich bedanken möchte: bei meinem Literaturagenten Michael Meller, meiner Lektorin Angela Kuepper und bei Martina Vogl vom SF/Fantasy-Lektorat des Heyne Verlags. Besonderen Dank auch an meine Korrekturleserinnen und -leser: Regina Seidel, Dorothea Wagner, Peter Mader und Achim Groeling. Des Weiteren schulde ich auch den vielen treuen Besuchern meiner Website www.hoehlenwelt-saga.de Dank, die mir zahllose Anregungen und nützliche Kritik haben zukommen lassen.

Zuletzt möchte ich noch Hans-Werner Sahm meine Verbundenheit ausdrücken, der abermals eines seiner wundervollen Gemälde für den Umschlag zur Verfügung gestellt hat.

Harald Evers,
im Juni 2003

INHALT

PROLOG	♦ Lakorta	9
1	♦ Die Ruinen von Thoo	17
2	♦ Allein gelassen	47
3	♦ Stygischer Tanz	75
4	♦ Rätsel der Vergangenheit	102
5	♦ Drachenmädchen	135
6	♦ Die Gründung	152
7	♦ Besuch	170
8	♦ Die siebente Schwester	190
9	♦ Neue Horizonte	212
10	♦ Die Bestie	253
11	♦ Der Engel	265
12	♦ Barbarenbraut	289
13	♦ Verbindung	309
14	♦ Der letzte Schritt	326
15	♦ Abschied	346
16	♦ Wasser	362
17	♦ Treibgut	380
18	♦ Zauberei	403
19	♦ Das lange Warten	435
20	♦ Tanzende Steine	452
21	♦ Donnervögel	464
22	♦ Das Geheiligte Schwert	479

23	♦	Eingeholt	509
24	♦	Natur und Welt	531
25	♦	Besuch aus dem Stygium	552
26	♦	Wendepunkt	573
27	♦	Soraka	591
28	♦	Die Stimme	624
29	♦	Aufbruch	647

Von HARALD EVERS erschien in der Reihe
HEYNE SCIENCE FICTION & FANTASY:

HÖHLENWELT-SAGA

Erster Zyklus

1. Die Bruderschaft von Yoor · 06/9127
2. Leandras Schwur · 06/9128
3. Der dunkle Pakt · 06/9129
4. Das magische Siegel · 06/9196

in der ALLGEMEINEN REIHE:

HÖHLENWELT-SAGA

Zweiter Zyklus

1. Die Schwestern des Windes · 01/13773

Weitere Romane in Vorbereitung

HEYNE

Die magische Welt der Fantasy

Grenzenlose Träume und Abenteuer pur!

Fantastische Geschichten mit faszinierenden Bildern und Atem beraubenden Momenten.

Julianne Lee
Vogelfrei – Das Schwert der Zeit
01/13325

Tanith Lee
Die Macht des Einhorns
01/13639

Philip Pullman
Das Magische Messer
01/10965

Terry Pratchett
Trucker Wühler Flügel
Die Nomen – Trilogie
01/13596

Wolfgang und Heike Hohlbein
Drachenfeuer
01/13276

John Bellairs
Das Museum des Magiers
01/13525

01/13276

HEYNE-TASCHENBÜCHER